U0922790

长篇传记小说

上卷

玄奘大传

陈景富 著

未来出版社

图书在版编目(CIP)数据

玄奘大传 : 全2册 / 陈景富著. ——西安 : 未来出版社, 2015.5
ISBN 978-7-5417-5634-4

Ⅰ. ①玄… Ⅱ. ①陈… Ⅲ. ①传记小说-中国-当代
Ⅳ. ①I247.5

中国版本图书馆CIP数据核字(2015)第083385号

玄奘大传(上、下卷)

选题策划	陆 军
责任编辑	陆 军
封面设计	李 宣
装帧设计	许 歌
技术监制	宇小玲 宋宏伟
出版发行	未来出版社
	地址:西安市丰庆路91号 邮编:710082
	电话:029-84297353 88654719
经 销	全国新华书店
印 刷	西安市建明工贸有限责任公司
开 本	720mm×1016mm 1/16
印 张	74.25
字 数	1180千字
版 次	2015年5月第1版
印 次	2015年5月第1次印刷
书 号	ISBN 978-7-5417-5634-4
定 价	98.00元(全2册)

我们从古以来，就有埋头苦干的人，有拼命硬干的人，有为民请命的人，有舍身求法的人……虽然是等于为帝王将相作家谱的『正史』，也往往掩不住他们的光耀，这就是中国的脊梁。

——鲁　迅

诸恶莫作，众善奉行，
自净其意，是诸佛教。

——《增一阿含经》

目录

第一部 入道篇

第二部 西游记

第三部 升华录

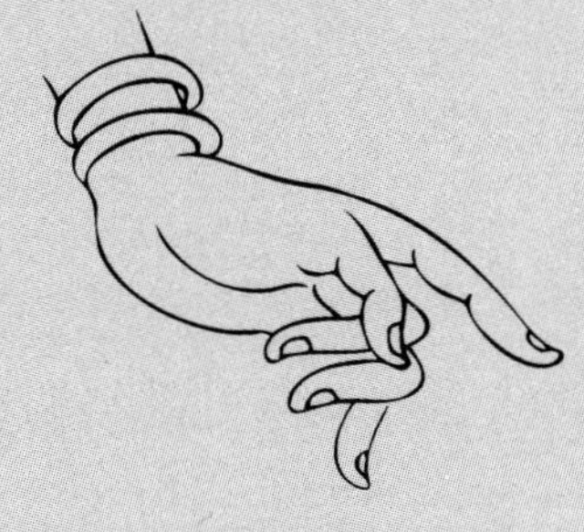

第一部　入道篇

第一回

雷泽圣种清源绵邈　悬弭诞辰空生瑞兆

在幅员辽阔的神州土地上，大河奔腾，高山矗立，说不尽的轩昂宏伟，道不尽的壮丽瑰奇。五洲四海，天上地下，还有哪方能像这里一样让华夏儿女如此动情、如此依恋的呢！

这里但说那自古王者出巡必到之名山，屈指数来就有五座，即东岳泰山、西岳华山、南岳衡山、北岳恒山、中岳嵩山。岳者，既指山之高大，也喻王者巡视诸侯守地的无量功德。

五岳之中，嵩山雄冠四岳，尊位中天，突兀而起，峻峭奇险，其高不亚于泰山、华山，故称雄壮。登高鸟瞰，大河、洛水淌漾而过，钟灵毓秀。

嵩山分太室山和少室山，颍水中分，各拥众峰而对峙。咽喉处设轩辕关，俗称"十八盘"，扼南来北往之交通。朝阳落日，各踞东西而勘天地之正。空水氤氲连南北，阴阳交汇生风雨，难怪自古人们都称它为神山、仙山了。

历代相传，虞舜当政，每隔五年就到这里巡狩一次。大禹在山中治水而居于阳城，这阳城就在嵩山之阳。禹妻涂山氏化为巨石而生子，“启母石”至今犹存。其妹少姨是少室山神，专司蚕桑，造福一方黔首黎元。《国语》说，夏代之兴，融降于崇山。这崇山就是嵩山。到了汉代，武帝前来朝礼，山呼万岁。意外的天籁之声，着实使这位英明盖世的天子高兴了很久很久。

嵩山的隐逸仙踪，竹帛黄卷中的记载也不在少数。《庄子》里就说到，在远古时候，有一位叫许由的人，好静而乐山水，一直隐居于沛泽，神尧要把权位让给他，他更退而遁于嵩山颍水之阳、箕山之下。尧当政后又要召他为九州之长，许由觉得自己的双耳被这些权呀位呀的话玷污了，于是走到颍水边撩起清波洗了又洗。巢父也是山中的隐者，这时正牵牛到河边饮水，看见许由洗耳，问其原由，许由便把千般的委屈说了一遍。巢父未听完，便急忙把牛从水边牵走。许由反问其何以如此，巢父回道：“你怕玷污了耳朵，我就不怕弄脏了牛嘴？”二人神会，不禁仰天呵呵大笑。

到了春秋时期，嵩山里除了隐者之外，还出现了得道成仙的人，浮丘公、王子晋就是最著名的两位。

子晋，字子乔，是周灵王的太子。这位神宗圣胄，原本是补天益地的崇基，拥有天下三分其二的洪业。自小好道，慕义向善，后来因为父王企图截断洛水和谷水保护王宫，子晋犯颜苦谏，终不为纳。由是知国运之将衰，从此以隐游为乐，常吹笙，作凤凰鸣，悠游伊、洛二水间。浮丘公见状，便将他接上嵩高山。子晋既居嵩山，乐而忘返，一晃三十年就过去了。这时，他已修炼成仙，托山民桓良约家人说：“七月七日那天，你们在缑氏山等我。”期至，家人齐集缑氏山下，翘首以待，果然见太子骑着白鹤到达山顶，但可望而不可近，子晋也只是遥遥举手相谢，并不近前，经数日，飘然而去。家人后来于缑氏山脚下拾得一只鞋，这是子晋为抚慰家人而特意留下的，所以，习俗称得鞋处为“抚父堆”，并于堆上立祠祭祀之。因了这个故事，靠山的川谷称凤凰谷，谷中的村落称游仙乡控鹤里。

嵩高山的雄浑与豪迈，仙风与道气，有始以来就这样不停地风熏雨润，练血养胎，催芽抽条，培育了一代又一代既血气方刚而又情意缠绵的男男女女。如今，山下控鹤里之陈村，又将有一个新的生命呱呱坠地。只是，现在还难以预卜其是男是女，而且，在走向这个红尘世界的路上，也似乎有点举步维艰，颇不顺利。关于这一点，稍后再来交代。

且说这陈村，从华夏历史习俗看，不问就知道这里聚居的都是陈姓的族人。它的内涵和宋村、姚店、郭镇、李家村、杜家庄等等诸如此类的村名一样，都是宗族历史的遗踪残迹。也正因为此，所以几乎是每一个这样的村落，每一个这样的姓氏，都有着自己的一部绵邈而光荣的历史。陈村，陈氏，自然也少不了这样源远流长而又光辉灿烂的一页。

就说正在焦急而忙碌地迎接新生命降临的这一家吧，其家谱上就这样明白无误地写着：

早在轩辕黄帝御宇之前数百年，少典之妃任姒游华阳，感瑞而生神农氏炎帝。炎帝以火德而称王，初都于陈，这就是陈氏的源头。

周武王求虞舜的后代妫满封于陈，陈氏先祖的血统中又添加了一缕耀眼的神光，在姬周一代便终于显耀起来。

妫满的子孙轸，后来做了楚国的宰相，封于颍川，并且以陈为姓，这就是百家姓中陈姓的第一页。妫满子孙完的这一支系，因故逃亡到齐国，不敢再以陈姓出现，于是取了一个近音“田”字代之。可见呀，这陈、田二姓竟是一家子。

到了汉代，陈氏开始光宗耀祖，最著名的人物应算陈平、陈宠祖孙和陈寔父子了。

陈平幼时家贫，然志不懈怠。既投汉王，六出奇计而助其定天下。高祖崩，佯从吕后而终保汉室。

陈宠的美声则在于明习祖业，身居台阁而能奏议温淬，主政宽厚，自在机枢而能谢遣门人，拒绝知友，一心唯在公家。

陈寔，字仲弓，官至闻喜长、太丘长，与时贤荀淑、韩韶、钟皓共称“颍川四长”。是时世衰，宦官当政，流俗以隐遁、洁身、狂放者为高，预政问事者则被讥为“牧竖”。时政愈昏，此风愈张。陈寔生当其时，却能进退有节，为人则以德报怨，为吏则能推功揽过，行政则以清静为务，断事则但求平心率物。于是，百姓服其德，思其贤。乡里相传：“宁为刑罚所加，不为陈君所短。”在朝高官如太尉、司徒之属，虽当群僚毕贺，却常为先于寔登大位而惭愧。于是，举荐相续，三公之位空待，而寔却是闭门悬车，栖迟养老，以终天年。既卒，百姓披麻送丧，刊石立碑，台衡吊祭，天子追谥，“文范先生”以是流芳。

先生有子六个，纪、谌最贤，有名于当时。纪之裔无考。谌曾出任曹魏之清河太守。谌之子钦，或说为鲜卑拓拔魏的上党郡太守，或说是征东将军南阳郡开国公。钦之子康，学而优仕，先后任北朝高齐的国子博士、司业、礼部侍郎，食封周南，也就是洛阳，子孙遂定居在这里。

康之子惠，自小性格恬静，渐长，其心唯在坟典，对升官发财那一套全不在意。他推崇、追仰的人物是与高祖寔同时的高士郭泰。为什么？因为这郭泰，也就是郭林宗，家贫而有志，不屑斗筲之役，从师学，三年即博通坟籍，而且善辩，抑扬顿挫，听者无不洗耳。时任河南尹的李膺，既见泰，不禁击节称奇，并从此过从甚密。而这李膺，又是当朝的一位大名鼎鼎的人物，人称“天下楷模”，只是性情简亢，不好交接，唯以同郡人荀淑、陈寔为师友。在纲纪废弛的乱世，他能独持风宪，制裁群品，所以朝野皆高其名。士人中有谁得到其容纳接待，则被称之为“登龙门”。郭泰既见爱于李膺，这一下就更是了不得了，一夜之间名震京师，成了衣冠儒生仰慕追逐的明星。可他也有与众不同而令人叫绝之处，那就是无论什么大人物举有道、劝仕进，都一一被谢绝。他虽有“邦国殄瘁”、“瞻乌爰止”之哭，但深知天之所废，非人力所可以回，所以也从不危言激论，唯此，党祸虽深，终而得免。其一生或以褒衣博带、折巾避雨、周游列国、奖训士类为乐事，或从闭门教授弟子而得慰藉。陈惠不仅慕郭泰之德行，而且形貌穿戴也如出一辙，褒衣博带，雍容儒雅，视官场为樊笼，望山水而情随，正是他这一代，把家从洛阳迁到了缑氏山下的游仙乡控鹤里。本来啊，白云来去无留意，花开花落魂不惊，却无奈，司隶辟命，州郡贡孝廉，苦辞难免，最后不得不屈志而出任陈留县令，不久前才转迁江陵。

正在任上的陈惠，当下还不知道家里的难事呢。

其实，陈家的所谓难事，原本是一件大喜事，大好事：陈家要添口了！

按陈夫人宋氏推算，丈夫离家就任江陵令前数日，记得正是二月二日中和节后的第二天，最后一次房事，大约一个月左右，恶心，呕吐，厌食，至例期，月信不报，这样，产期应在十二月初三前后。可眼下都快十五了，还没有动静呢！宋氏嘴上虽不说，心里却难免不是十五个吊桶打水——七上八下的。更让宋氏揪心的是：丈夫正在江陵县忙公事，家里这摊子他是顾不过来了；自己虽生有三男一女，但老大已夭折，老二长捷自小好道，早就到洛阳净土寺出家从师习法，老三迅儿，年方十岁，贪玩，只会添乱，哪帮得上什么忙？老四是个丫头，才八岁，更不能指望什么了。能帮着跑跑腿的，就只有从洛阳跟过来的仆人六伯老夫妇了。六伯自老爷入仕起便在身边侍候,年纪大了,不能再随老爷同往江陵,但为人厚道、老实,老爷舍不得辞掉他,再说这家里也得有个人帮衬帮衬,所以便留了下来。可这生娃儿是女人家的事,他哪能插手?六伯母既老且弱,自然也是心有余而力不足。好在邻居郝妈是个热心人,十天前就到家里来张罗接生的事了。只是她家也丢下不得,只能是两边跑。万一生产时郝妈不在身边,那就真不知如何是好了。

宋氏又掰指算起产期,都快超过十天了,还没有动静,越想越没底,越没底,心里越急得慌,于是望窗外喊道:"六伯!"

"在呢。"六伯在窗外答道。

"你到隔壁去看看郝妈在忙什么,能不能请她抽空……"

"我就去。"

六伯心里也着急,知道主人的心事,没等说完便一边答话,一边抬腿往大门口走。

说来也巧,还没跨出门槛,郝妈已经到了跟前,身后还跟着一个老头子,七十开外,是村里的老郎中,颇得人望,乡亲们将他比作华佗,尊称为"华爷"。

郝妈把手里提着的一满篮鸡蛋递给六伯,六伯难为情地犹豫着不肯接:"都送来那么多了……"

郝妈不容分辩地低声吩咐:"别声张,都是乡亲的心意。放好,用得着。"郝妈回头对老郎中说:"找个地方坐下,候着!"那语调就像一道命令,不可抗拒。

"郝妈!"宋氏闻声在屋里招呼,她并不知道外面发生了什么事,也不晓得老郎中也来了。

郝妈跨进卧室门,连声说:"来了,来了,别着急,衣服用具早就收拾停当了。"

宋氏要起身迎接，郝妈急步走到床边阻止。宋氏顺手拉郝妈坐到床沿，焦虑地说："哎，我这是怎么了？会不会有什么差错……"

"别身痒就以为生了虱子，胡思乱想什么！还在期限内呢，积善之家，只有余庆，会有什么差错！"郝妈用右手拍拍宋氏的手说："你知道，村里的娃，十个有八个是我接到这世上的，见得多了，有的过了预产期一个多月呢，还不是好好地生下来了！再说了，现在春寒料峭的，肚子里暖和，孩子不过是舍不得这份舒服，想多呆几天罢了。"

宋氏被郝妈的风趣逗笑了，焦急的心情舒缓了下来，勉强起身送郝妈出房门，但仍然忍不住地又说了一句："超了这么些日子，实在是破例了。"

"破例了，好呀。"郎中见宋氏出来，习惯性地起身迎上前这样说道。

宋氏闻声，不看便知道是谁，也挺着身子紧走两步上前，说："失礼了，不知道华爷也来了。"

"是我让他随时候着的，生怕有事找不着人。"郝妈解释。

宋氏有点难为情，解嘲说："嘿，这小家伙，未出来就不守规矩了。"

"所以我说破例好啊。这不守规矩呀，就说明这事，这人，奇！神！"华爷接口说，"上古时，那女狄吞珠有娠，在孕十四个月才生大禹，老子在胎更有七十二年之久，那夏启是从石头里蹦出来的，释迦文佛是从右胁生下的，破例的事多啦，不都成了不世之才了！"

宋氏听到这里，忽然想起昨晚的事，凑到郝妈耳边悄声说："华爷说的事，还真让我碰到了，昨晚朦朦胧胧中，房顶上突然出现一团白光，护着全身精光的胖娃娃好快地往下掉，我急忙伸出手去接……就在那当儿，我醒了，发觉双手在捂着肚子，一头的汗，心里像一面响鼓，咚咚直跳。”

郝妈听完，似乎悟出了什么，一脸的喜色，轻轻地拍了一下宋氏的大肚子，乐呵呵地大声说：“我说了嘛，没事的，空中掉下的娃，不就是天生骄子吗！”

华爷、六伯看着郝妈，莫明所以，一脸茫然，而郝妈只管乐，不解释。

宋氏也是个稍知诗书的人，听郝妈这样说，心里似乎也转忧为喜，只是喜色还未露，却猛然眼前一黑，趔趄了一小步，靠到了郝妈身上。郝妈急忙用手揽着宋氏的两腋，发令道：“快搬椅子来！”

话音落地，六伯搬来一把太师椅放到跟前，同时帮郝妈将宋氏安顿到椅子上。

这时，宋氏也缓过了气，双眼无力地望着大家，充满了歉意，低声说：“是饿了。”

郝妈转头对六伯：“都大晌午了，还没给饭吃？”

“早就给过，一口没动，又囫囵地端回厨房了。”六伯婆从灶房出来，手里端着一碗鸡蛋羹，“我在锅里温着呢，随时可以用的。”

郝妈接过蛋羹，碗身果然还是温乎乎的，称赞六伯婆说：“好，好，想得周到。”

郝妈一面说，一面把蛋羹递给宋氏，催她赶紧吃。

宋氏接过蛋羹，强咽了几口，突然慌慌张张地把碗塞给郝妈，一边用手捂着肚子喊疼。

郝妈急忙把碗递给六伯，同时招呼六伯婆：“快，快，一起把她扶进里房。”

过了一会儿，郝妈从房里传出命令：“六伯，你赶紧烧好温汤，就放到门旁，再在开水锅里将剪刀煮透、晾凉。华爷你不能离开这屋一会儿。”

一时间,屋子里的这几个人都忙了起来:六伯在灶房里烧水、煮剪刀;六伯婆先是从房里出来盛了一盆温汤端进去,然后又从另一间房子里抱出一叠干净的白棉布片、单子、小棉被之类。华爷暂时无事可做,但却一副紧张、严阵以待的神气,就好像是在等待冲锋令似的。

卧房里,宋氏阵痛发作,轻则哼哼,重则喊叫。郝妈在指挥:"使劲,握紧拳头!"

宋氏满头大汗,已经筋疲力尽,但阵痛继续,而且激烈,喊声已经不很高,却不由得不攒劲,像是不情愿放弃什么,又像是要攻克什么。

郝妈给宋氏擦了擦脸上的汗,重复着老调:"使劲,握紧拳头!"

宋氏鼓了鼓气,试图作最后的努力,但仍然无果。

郝妈对身边的六伯婆说:"拿碗温开水来,让她喝点水。"

宋氏挣扎着喝了一口,精神稍好了一些,更厉害的阵痛逼得她不得不继续喊叫、挣扎……

前厅里,华爷和六伯也在熬夜,不同的是,这里没有喊叫,没有对话,二人在八仙桌旁对坐,焦急,无能为力,万般无奈,但都精神抖擞,随时准备接受任何命令和任务。黑夜沉沉,油灯昏暗,但两人都充满着期盼和希望。

卧室里,哼呀喊的,翻来覆去,一直折腾到又一天的凌晨。六伯婆端来一碗面汤,用汤匙送到宋氏嘴边,宋氏强忍着疼痛,喝了几口,刚咽下肚,更厉害的阵痛开始了,宋氏突然大喊起来,挣扎着想坐起,差些儿没把六伯婆手中的碗给撞掉了。郝妈把她按住,不让动:"躺着,躺着,使劲,使劲!"

也许是面汤起了作用,宋氏就像大力士扛起千钧鼎那样,惊天动地地大喊一声,紧接着便听到了两声清脆的啼叫……

宋氏一时像卸下沉重的包袱，彻底地瘫了下来。

郝妈和六伯婆二人，一个在包裹娃娃，一个在善后。

忙碌告一段落，郝妈这才发现宋氏情况不好，赶忙朝窗外喊："华爷，快来！"

华爷与六伯正同声庆贺呢，忽然听到"命令"，蹭地从椅子上跃起，顾不了许多，快步走进卧房，问道："怎么了？"

郝妈："昏过去了。"

华爷："胎盘完整？"

郝妈："囫囵着呢。"

华爷："没撕裂？"

郝妈："好好的。"

华爷："红多少？"

郝妈："只点点。"

"号号脉。"华爷说完就坐到了椅子上。

郝妈帮着将宋氏的手放平。华爷将中指、食指、无名指按在宋氏的手腕处，凝神良久，起身道："无甚大碍。"

却说宋氏自使出最后一把劲之后，一方面是不堪阵痛，整整地折腾了一夜，一方面是因为突然松弛下来，于是乎脑子里恍恍惚惚、昏昏沉沉的，一时对外界失去了感知，可脑子却格外活跃地动了起来：一片黑暗中，一匹雪白雪白的骏马飞奔而至…一个披着白斗篷的英俊少年纵身一跃，跨上骏马，抽紧缰绳，双腿一夹，箭也似地向前奔驰而去…远处，马不停蹄，那青年回过头来，不停地挥手告别…宋氏不由自主地向前伸手、跃起，同时呼喊："娃去哪……"

"好好的，哪儿都没去。六伯、华爷正在大门墙上悬弧呢！"郝妈回道，"你终于清醒了，差点儿没把我老婆子吓死！"

什么叫悬弧？弧即弓，悬弧就是挂一把弓。按民俗，凡生男，于大门左墙上悬弓，寓“尚武”之意；生女，则于右墙设帨，帨即佩巾，寓“侍候人”之意。悬弧、设帨，总称为悬弭。

郝妈说话时，六伯婆已将孩子抱过来放在宋氏身边。

宋氏抚摸着宝贝儿子，连说：“你没走，你没走。”

众人莫名其妙。

第二回

君子乐生小民安业　丱岁无忧童心有慕

嵩岳缑氏山下凤凰谷游仙乡控鹤里陈村宋氏产育时昏厥过去，其实只是虚惊一场。据华爷当时对她的望、闻、切以及后来的问，诊断的结论是：四十四岁生子，年龄偏大；长期素食，营养欠缺；产前空腹，过度虚耗；分娩后，重担卸下，思想突然放松，这一张一弛，变化太大，一时调整不过来，精神不免失控。所以，稍事休息，元气恢复，神志也就清醒过来了，于身体并无大碍。不过，这世间的各种事，有时看起来似乎并不相干，但在实际上却是互相联系着的。宋氏的昏厥，本身并不是什么病，但虚耗之后，非但没有及时得到补充，哺乳之外又添劳作，却导致了不可挽回的结局，这中间却有着内在的联系。只是，这是后事了。

却说那天生之骄子，垂耳圆腮，脸庞方正，来到尘世还不到两个时辰，那双眼就睁开了，清泉般的明澈，眸子忽闪忽闪的，好奇而明敏，容貌绝美，长大必然是一位美男子，又因其悬弭诞辰有空生之瑞，所以见者无不说其将来大有出息。远在江陵任上的陈惠听说又添贵子，而且还有一段奇缘，高兴之余，遂取名为“祎”，暗喻“奇”与“美”。

祎生于有隋开皇之末，总两角于仁寿之岁，光阴荏苒，转眼就已经五岁了。此时，文帝已经内除赵、陈、越、代、滕、毕六王之乱，外肃东夏、山南、巴蜀三方之叛，平一四海，继之以薄赋、轻刑、修制度，勤政、节俭、亲百姓的治国之术，正所谓自强不息，朝夕孜孜，于是乎，人庶殷繁，府库充实，致使二十年间天下无事，虽不能喻之为盛世，却也可以聊称君子乐生、小人安业的太平世道了。缑氏山下的陈村村民所过的正是这样一种清淡、宁静、平和、宴如的生活！

江陵令陈惠一家，靠着每年百石之俸，日子本来就已够殷实，所以，虽也按例分得数顷职分田、永业露田，但除一两亩菜地外，其余大部并不亲自佃作，而是出让给乡里人多地少之家耕种，也不取租，只是代出国家课役罢了。如果家中尚有余财，则往往用以赈施贫穷。陈惠本人性静好简，不务荣进，得失不关于心，名利全忘于怀，又任官在外，一切家务均交由宋氏决断料理。宋氏之父名钦，现任洛州长史，辅佐太守管理治内事务，兼有官宦、书香门第，所以，宋氏自然是知书识礼。在家，是世间少有的鸿妻莱妇；在外，是好善乐施的大善人，远近的乡亲邻里，没有一个不说她好的。

六月，麦收刚毕，场还没有完全清理干净。晌午时分，陈八将晾干扬净的麦粒满满地装了两筐，挑起来直奔陈惠家，心想，放下担子就可以回来把场上的收尾活干完，歇几天，又得开始秋种了。

陈村不大，陈八正这样想着时，已到了陈惠家的大门外。让他没有想到的是，这里已有四五个乡亲的担子一字儿排队候着了，有本村东头的犟五、幺弟，缑氏村的缑七，凤凰里的张三。

陈八放下担子，一一打过招呼，用眼神问道：“怎么回事？家里没人?”

“张六伯说,陈夫人近来身体欠佳,在歇晌,已通报去了。”排在最前头的幺弟回答。

说话间,大门开启,陈夫人宋氏急匆匆地从屋里走出来,脸虽稍显憔悴,但却掩不住坚强的气质。她略带歉意地微笑着迎向大伙,说:“让乡亲们久等了,很对不住,请多多原谅。”

随后,宋氏望着幺弟说:“不是已经告诉过你爹吗,你家人虽多,但老的老,少的少,能干活的就你一个,生活并不宽裕,那几石粮就不用还了。”

幺弟憨厚地回道:“俺爹说,这几石粮还是前年闹灾俺奶殁时借的,都好几年了,去年送来,婶婶你让挑了回去,今年风调雨顺,收成又比去年强,所以,这次一定要收下。我爹说了,好借好还,再借不难。”

“幺弟,你看你说哪里的话啊,只要我仓里还有盈余,这两扇大门便随时向乡亲们开着。”宋氏与幺弟说完,又转向犟五,“你真是够犟的了,说好了的……”

“那不成,这粮一定得还。”犟五倔强地说,“要不,俺妈九泉之下也心不安。那年要不是婶母你接济,俺妈还入不了土呢!”

宋氏和蔼地解释说:“那是你陈叔给你妈当挽幛送的。”

“买挽幛哪要几石粮的?”犟五还是那样的犟,“分明是替我们垫的办丧钱嘛。”

宋氏觉得犟五确是犟得可爱,笑着说道:“好好,就算是我们垫的吧。既然垫了,哪还能要回来?向过世的人讨债不成?”

“俗话说,父债子还啊。”犟五还在犟。

“可我手上并没有你妈、你犟五的借据呀!”宋氏还是微笑着,两手一摊,看看犟五,又看看众人,“没借据收债,是要犯王法的呀,不是吗?”

犟五虽还想犟,却一时语塞,众人想帮犟五一把,可心里除了敬意之外,却找不到任何帮衬的词儿。

轮到邻村的缑七了,他很内疚地说:“娃没把牛拴好,糟蹋了你家的菜地……”

“所以你也来凑热闹?”宋氏接过话头,“娃还不到十岁,能干活就应称赞了,还求全?再说,牛不吃饱怎么给你拉犁拖耙呀。你这粮是还债?是交租?还是送礼?我能收?”

不知不觉间,陈家的大门口又添了几副担子,还有老的少的一大群人,郝妈、华爷也在场。

大门里面,六伯老夫妇俩带着陈家的三个娃也聚在一起往外看。陈祎最小,最得宠,在门里面看着不过瘾,于是便跑了出来。郝妈眼尖,怕他妨碍宋氏,一把将他拉到自己身边,带着几分威严审问道:“今天的功课做完了?”

郝妈所说的“功课”,指的是背诵诸子书。刚才说过了,陈惠在外公干,这家里的“内政外交”全由宋氏操办,教育子女的大权也由她总揽,除出家的老二外,身边的三个子女按年龄大小,各有分量不同的任务,内容当然是《大学》、《论语》、《中庸》、《孟子》之属。陈祎虽是最小,但聪敏过人,已开始背诵《论语》,每天的任务都由宋氏规定,并督察到底。这虽然是家内事,但陈村人没有一个不知晓。

陈祎专心听母亲说话,没顾得上回答郝妈,郝妈于是又重复了一遍:“功课做完了?”

陈祎这才回过神来答道:“背了。”

“背来!”

陈祎将被郝妈牵着的小手抽出来,立正,犹如面对严师,开始背诵:“子曰:为政以德,譬如北辰,居其所而众星共之。”

郝妈听不懂陈祎所背诵的句子,但感觉顺当,也就认可了,还一个劲地称赞说:“好、好、好!”。

宋氏和乡亲们说话时,也听到了陈祎的背诵,但并不在意,直到郝妈的称赞声影响了她与乡亲们的交流,她才朝那一老一幼看了一眼,欲言又止,面对众人无奈地笑了笑,表示歉意,之后才又继续专心处理眼前的事。她的眼光在人群中逡巡着,似在寻找或数点什么似的。

终于,宋氏双眼一眨,下定决心,拿定了主意,对众人说道:“也好,大家既然都来了,乡亲们也都在场,我们今天就把这事给了结了。我过去说,地产五谷,本为养人。我家有余存,赈给缺者,理所当然,岂为牟利?大家执意要还,心思我明白,但我若收了,岂不是言而无信,自陷不义?免得大家今后反复往来劳累,让我继续犯难,我再次把话说明、说透了。”

说到这里,她转身吩咐道:“六伯,你回屋里将那个漆匣子拿出来。”

六伯应声走了。不一会,便双手捧着一只漆匣子出来,将它递给宋氏。

众人望着宋氏手中的盒子,一头雾水,不知道她究竟要做什么。

宋氏接过匣子后,招呼华爷、郝妈等几位老人过来,对众人说:“为了免去大家的挂念,也让我从此省心,我把当年你们硬要给我留下的借据欠条都找了出来。”

说着,宋氏打开漆匣盖子,取出十来张大小不一、字体歪歪斜斜,还揿有红手印的纸片,交给华爷,继续说:“现在由郝妈、华爷几位长辈过目、宣读,呼到谁,谁就过来把条子拿回去,粮食也挑回去，没了借据欠条，自然也就无凭无证，我家与大伙从此两清，你们再也不欠谁的……”

“夫人，使不得的。”守在挑子旁的汉子们喊了起来，“哪有欠债不还的道理啊！使不得的！”

这时，一直没言语的华爷也开口了，他为难地对宋氏说：“得跟老爷商量……”

“老爷早就这样吩咐过了。”夫人不容置疑地打断华爷的话，“华爷，你念吧。郝妈和诸老也来过目。”

华爷没理由再推辞，只好开始念：“凤凰里张铁柱！”

张铁柱就是张三，他听到了呼叫，但不知所措地站着不动，旁边的人搡了他一下，他仍然不知该怎么做才好，为难极了。

“张铁柱！”华爷重呼了一遍，仍然无人应答，没法，又呼了另一个人，“王子村姚栓全！”

人群涌动，大家四处张望，没有应答声，更无人走过来。

宋氏见无人应答，更无人来领条子，一时急了，便取过那两张条子，举起来扬了扬，恳求道：“你们来取回吧，给我一个面子。”

人们纹丝不动，更静了。

有人在打火吸烟，闷声不响，只是一口一口地吐着烟圈。

不知什么时候，陈祎挤到了母亲身边，拉着她的手，一块儿着急。

宋氏看着吸烟的人，看着一个一个的烟圈儿腾空而起，然后又一个一个地消失得无影无踪，她的脑子里就像那消散了的烟圈儿，也是空空的，一筹莫展。

人群中，不知是谁猛地吸了一大口烟，烟锅子闪动着一团特别明显的红光，宋氏看在眼里，突然灵机一动，立即弯腰和小儿子耳语了几句。

陈祎忽闪着大眼睛，看着母亲手里的欠条，带着童稚的好奇，神神秘秘说了一句："烧了？"

宋氏见小儿子居然能猜到自己要做的事儿，心里高兴极了。不过，她没有把这份赞叹之情流露出来，当然也没有直接回答他的问题，只是做了个手势，催他赶快去办。

不一会，陈祎端着一座烛台从屋里出来，六伯紧紧地跟着，在一旁护着，既害怕他走急了跌倒，也害怕把烛台摔坏了。显然，六伯原本是不让他端的，但最后还是拗不过这五岁的人儿，不得不认输做了"随扈"。

"娘，烛台！"陈祎很为自己办了一件大事而高兴，气喘吁吁地报功道，同时仰起头来望着宋氏，显然在等待嘉奖。

宋氏没有理会儿子，而是吩咐六伯："你点着吧。"

六伯把蜡烛点燃，烛光在大白天里并不耀眼。

众人面对如此情景，整个儿是一片疑惑的目光。

宋氏将自己拿着的两张借据交回给华爷，转身高声对众人说："既然大家不愿将借据欠条领回去，那就这样吧，我当着大家的面，把它烧了。"

众人惊愕。

宋氏对华爷说："你念一张，我烧一张。"

华爷无法抗拒宋氏的真诚，从头开始一张一张地念：

"张铁柱！"

"姚栓全！"

……

华爷每念完一张，就将它交给宋氏，陈祎则立即从母亲手中抢过来，就烛台引火烧了，每烧完一张，就高兴地喊一声："烧了！"

稚嫩的欢呼声，撼动了在场的每一个人的心宫神府，推倒了世俗冷漠与隔阂的高墙，唤醒了人与人之间的善良与友爱。这一点，从在场的上百双涔泪的眼睛中就可以找到充分的证明。

就在陈夫人宋氏当众烧掉借据、欠条的第二天，陈村一带发生了一起轰动性事件。

这天早上，天气不太好，天亮老久了，太阳还没有露过脸。不过，陈村，不，不只是陈村，而是连同周围的庄、里一起，都热闹了起来。整个村庄在一夜之间，突然变得干净了许多，俨然换了一副容貌。村民们个个梳洗打扮，穿戴齐整，有的还换上了新衣、花衣，手里拿着香烛、鲜花，拎着水果，庄重的神情中透露出喜悦，颇有几分节庆的气氛。

陈村村民在村边聚集得差不多之后，也没人发什么号令，几个老人前头走，其他人便都跟了上来，簇拥着，但却有规有矩，井然有序，一如游龙蜿蜒，直奔嵩山寺而去。

人流里，昨天见过的小伙幺弟让陈祎骑在自己的脖子上，两只大手握着那两只小手。他俩的前面，是陈祎的姐姐芸儿和三哥。

没走多远，陈祎不愿高高在上，挣扎着要求下来自己走。幺弟向前方打量了一下，掂量着离目的地已经不远，于是把他放了下来。

刚一着地，陈祎就撒开腿往队伍前头蹿，幺弟阻拦不住，只好带着另外两个孩子挤着往前追。

快到队伍前头时，陈祎便远远地喊开了："爷爷，奶奶！"

华爷这时正在和人说着话，没来得及搭理他。郝妈伸手把他拉过来，想抱着他走，陈祎挣扎着说："我能走！"

郝妈无奈，只好随了他，说："好好好，自己走。只是要乖，跟紧大人，不要吵，听爷爷说话。"

这时，队伍的前头，已经不只是几位老人，不少年轻的、壮年的也都聚了过来，听华爷讲闻所未闻的、略带几分神秘色彩的事儿：

“当今这皇上呀，就出生在河西同州的般若寺。那时节，他父亲杨忠正在鲜卑拓拔魏丞相宇文泰麾下征战黑水稽胡，管不了他娘俩，正愁呢，却从河东过来一位尼姑，法号叫智仙，到寺里见一寮房紫气外溢，进去一看，里面有一妇人和刚生下不久的男婴，感觉事情有点神，于是上前帮忙收拾好包裹，随后抱到另一间净室亲自抚养，一直到男婴十三岁离寺外出任官为止。”

郝妈打断华爷的话头说：“皇上一降生就和佛结下了这么深的缘分?!”

华爷为自己的博识感到几分骄傲，说：“还不止这些。还在龙潜那会儿，一个天竺国的婆罗门突然来到他府上，交给他一个包裹，说：‘这是大觉如来的遗身，官人你日后鸿福无疆，特留与你供养。’话音刚落，人就不知去向了。智仙尼姑临圆寂的时候，叮咛道：‘佛法将灭，一切神明今已西去。你日后当为普天慈父，重兴佛法，一切神明还会再来。’不久，宇文周的第四代皇帝果然下了一道严令，要毁灭佛法。据说，这已经是佛法传来后所历的第二次劫难了。皇上登基之后，虽政务繁忙，日理万机，却从来未忘过神尼的嘱咐，大兴佛法，还在一所叫什么名字来着的女寺里起了一座连基浮图，用来收藏那包舍利子。后来，那塔一旬之内，连发四次神光，塔身通红通红的，就跟铁匠铺里的锻炉一样。目睹如此祥瑞，皇上于是从六十岁生日那天起，就是从四年前的六月十三日起，连着下了几道敕令，将那包舍利子分送各州起塔供养。今儿俺们要去看的，已经是第三批了。听说，四月初八佛诞节那天，皇上就派了一位高僧，带着两个侍从，外加一个散官，五匹马，将佛舍利和一百二十斤薰陆香送到了州府，接着就是选寺建塔。”

说到这里，华爷见大家听得这么入神，脸上洋溢着的那种满足感，实在难用言语形容。他不由自主地还想往下说，队伍中却突然有人大喊道："看那塔！到了！"

这时，华爷和众人都从各自的沉醉中缓过神来，举目朝前寻找目标。陈祎被大人挡住了目光，急忙挣脱郝妈的手，直往前面蹿去。

前方不远处，殿堂楼阁一大片，鳞次栉比，钩心斗角，其中，苕然白塔，高标挺拔，在泼黛的群山映衬下，分外醒目。

四面八方的民众，从山岭的羊肠小道，从原野的乡间大路，纷纷汇聚到嵩山中的这座古寺，参加一项盛大而隆重的法事活动，为的是亲眼看一看当今皇上分赐的这份大觉遗身将有怎样的瑞相，亲眼看一看将它奉安入塔时又是怎样的一种仪式，隆重到何种程度。

在乡民看来，如此大事，亘古及今，从来没有，人生纵得百岁大寿，亦难得遇上一回。何况，佛经又说，人如果诚心供奉一粒舍利，哪怕就像芥子一般大小，都说明他有善根，凭此善根，即可证得菩提，入得无余涅槃，出离生死，永不退转；如果在舍利塔前恭敬地念一声佛，供养一瓣鲜花，也是一大福德，也一定会得到永无穷尽的果报，众生如此，一切含生亦皆如此。所以，人人都揣着一颗怦怦跳动的心，还有一种莫名的饥渴，期盼着甘露的降临。

然而，与人们闪光的眼睛、亮堂的心境不一样，天空却依旧是浓云密布，阴沉沉的，山雨欲来。好在人们并没有注意到心情与天气之间的这种不和谐性，仍然不知疲倦地踮足翘首在等待轰动的时刻。

离晌午大约还有一个时辰，寺院外面突然人声沸腾，原来，是州里奉送舍利的队伍来到了。

奉送舍利场面之盛大，真是让这乡间村姑野叟大为咂舌：队伍前头，中间为辇舆，上置一鎏金小精舍，精舍里是一琉璃瓶，琉璃瓶中复有一纯金小瓶，佛舍利就安放在这小金瓶里。琉璃瓶用薰陆香泥将瓶盖封紧并加盖印记。州总管、刺史及县尉以上的一干人等分列于辇舆两侧步引，后继者是耀人眼目的宝盖、幡幢、华台、像辇、佛帐、佛舆、香山、香钵等仪仗，以及种种音声队伍。再后是四部大众无数，一个个容仪整肃，各自手执香、花，或烧或抛撒，同时口诵赞呗，声情互动，让人听后不禁肃然起敬，虔诚回向，洗心从善。

临近寺院，黑压压的人群，人头攒动，摩肩擦背，简直是水泄不通，但当奉送舍利的队伍到来时，人潮却瞬间闪开，让出一条大道，队伍循此大道顺利进入寺院，直接到达舍利塔前，右旋绕塔数周后，在塔门前停下，然后将盛佛舍利的金塔连同琉璃瓶、小金瓶从辇舆移至塔前的供桌上，一下子吸引了万千众人的目光，原来纷扰喧阗的会场顿时阒寂下来。但是，才过片刻，寂静的会场突然又开始轰动了，此间，只见与会万众都面朝舍利三拜九叩不停地顶礼膜拜，攀恋呼号，是有幸亲睹佛舍利瑞相的喜极而悲，还是祈福求佑的强烈希冀，抑或是对舍利将要入塔瘗藏的不舍与留恋，实在难以分清、说清。

也许是人群的嚎啕痛哭声感动了天地、鬼神似的，一直阴沉欲雨的天空此时渐渐地裂开了一条大缝，山河，大地，人们的脸上、心中，顷刻撒满了阳光。

就在这个时候，音声鼓乐、梵呗佛曲四起，礼赞歌颂之声弥漫山谷，随风荡漾。

音声梵呗停止，钦命宣导高僧向四部大众如是唱言："至尊以菩萨大慈无边无际，哀愍众生，切于骨髓，所以分布舍利，共天下同作善因。”

与会无数法众齐念：“南无我佛，谨此稽首！”

接下来，宣导高僧又神情凝重地代皇上宣读了忏悔文，是谓：“菩萨戒佛弟子皇帝某，敬白十方三世一切诸佛、一切诸法、一切贤圣僧，弟子皇帝某，蒙三宝福祐，欲与一切民庶共建菩提。现将佛之舍利分布各州起塔，普修善业，同登妙果，为弟子我及皇后、皇太子广、诸王子孙等内外官人，一切法界幽显生灵，三途八难之众等忏悔行道。奉请十方常住诸佛、十二部经甚深法藏、诸尊菩萨、一切贤圣，降赴道场，以证我弟子皇帝某，正在向一切众生发露忏悔：自己从无始以来，曾作十种恶业，或自己做，或教唆他人做，或见人做而窃喜，所有这一切，都是罪恶的渊源，是一定要坠地狱，变畜生饿鬼的；如果生在人间，则会短寿多病、卑贱贫穷、易生邪见、起谄妄诬陷之心，由于尘障无明，一直未能自寤悔改。现如今蒙如来慈光照耀，方始看清前罪，深感惭愧，畏怖不已。今日特于三宝之前，自我发露忏悔，悉除前罪，并宣誓，从现身起直至成佛，决不再犯此等诸罪。”

四部大众听了皇帝的发露忏悔文，不仅确信无疑，而且还引以为心声，且悲且喜，且愧且惧。那份虔诚，那份悔意，那份自新的决心，真令人刻骨铭心啊。只听有人如此说：“天子，这是什么样的人物？是上天之子，是受天之命而子养下民之君！皇帝，这又是什么样的人物？皇帝就是天子，就是兼五帝三皇之善而总理天下的人！今儿连皇上都要在三宝面前忏悔自己的罪过，都发誓要悔过自新，我们，皇帝的子民，怎么还能不恭敬佛祖？还有什么值得贪着难舍？为什么还不及早弃恶从善？”

就在这时，便见有人投财贿衣，有人截发而施，有人礼忏受戒，屠猎弃刀断弓，盗贼自首向善，等等，不一而足。

舍利将入函，四众纷纷聚拥围绕，争着最后再看一眼舍利。钦命宣导高僧只好高捧宝瓶再绕场一周，让众人瞻礼。

于是，会场再次沸腾了：人们因感动而泪流满面，为哀恋而号哭，声震如雷，天地为之动容变色。

向晚，陈村在经历了一次史无前例的欢乐以后，很快又恢复了乡间特有的那种宁静，连袅袅的炊烟也显得分外温柔，慢慢地从烟囱里冒出来，又慢慢地上升，然后就打瞌睡儿，向四下弥漫，散去。

陈家大院也是静悄悄的，但这只是表面现象。你看，饭菜都做好端到桌上来了，却没有一个人来就座，显然是发生了什么事嘛。

宋氏半个月来身体一直不爽，这时还躺在床上将息。虽如此，一门心思儿却都在窗外呢，看似在闭目养神，耳朵却在全神谛听着外面的每一个动静，唯恐漏掉了任何细微的声音。

六伯老俩口尤其显得焦躁不安，坐也不是，站也不是，不停地往大门方向瞧。

显然，宋氏和六伯他们都在等候三个孩子的归来。

孩子们都到哪里去了呢？这还得回头交代几句：舍利入塔仪式结束后，人群陆续散去，却不见了陈祎影儿。郝妈问华爷要人，华爷说跟他哥姐在一起，于是大家安心地离开了寺院回家。可家里等回来的却只有哥姐俩，问到缘故，都说跟郝妈、华爷在一起。六伯二老急忙分头找郝妈和华爷问究竟，自然，责任又回到了哥姐俩身上。

这就更让人焦急了：原来的人海，现在已经散尽，流散到山里山外、四村八乡。陈祎会不会跟错了人，走岔了路？夜幕将临，人在哪儿，到哪里去寻？

几乎问遍了全村，还好，总算得到了一条可喜的消息：人是由幺弟带回来了。于是,哥姐俩便一起接人去了。

不一会,门外传来了一阵急匆匆的脚步声,六伯二老不约而同地走到大门口,一看,是哥姐俩回来了,幺弟也一同跟了来。

未等二老开口,幺弟便非常肯定地说:“是我带回来了。”

幺弟指着大门口的石阶,继续说:“就在这分手,看着他走进屋后我才离开的!”

说话间,宋氏从房里走了出来,步履有点沉重。显然,她已经听到了幺弟的话,心里虽然纳闷、焦急,但却是不露声色,在前厅的椅子上坐定后,细声说:“是不是困乏了睡在什么地方,或者是到哪玩去了。”

宋氏略作思索,便指挥道:“你们哥姐俩到屋外近旁再找一遍,六伯二老,你们到屋里每个旮旯再仔仔细细看看。”

六伯二老点燃蜡烛,一房一房地查,一个角落一个角落地看,看遍了,还是没踪影。

哥姐俩也先后回来了,都未带回好消息。

宋氏忽然想起,这孩儿好静,近来老爱一个人跑到屋后园子里去玩,现在会不会就在那里呢?于是,她决定亲自去看个究竟,便从椅子上站起来后,慢慢地踱向通后园的角门,众人不约而同地跟在后面。

角门开着,宋氏跨过门槛,拐过一个墙角,朝不远处的那块平日晾晒粮食、杂物的场子望去,果然有了天大的发现。她回头止住众人,自个轻手轻脚地朝目标走去。

却说那陈祎,果真就自个儿呆在场子上。暮色朦胧中,他正在面西端坐,专心致志地做着什么。

宋氏从背后走近去,心里不由一颤:陈祎学着和尚的姿势,盘腿而坐,挺腰合十,面前是用净土堆成的方形小塔,不太规整,但还是像模像样的。塔前摆放着几枝野草花,还有小小的野果,小小的嘴唇在不停地翕动,那神情的专注,已经到了忘乎一切的地步。

为了不使他受惊,宋氏慢慢地蹲下来,一只手轻柔地落下,按着那小小的肩头,再用手指轻轻地捏了捏,同时将脸贴过去,带着爱怜和温存,柔声问:"我的儿,你在做什么呢?"

陈祎知是母亲来了,秘密再也保守不住,所以显得有点难为情。他倏地站起来,紧紧地搂住母亲的脖子,小脸贴着大脸,稚气十足,流着眼泪说道:"不要娘生病……"

宋氏听了小儿子娇嫩的心声,看到儿子难过的样子,抑制不住心头激动,也哭了,泪水夺眶而出,有如泉涌。她紧紧地搂抱着儿子,不停地亲吻着那稚嫩的小脸,任由泪水在大脸小脸之间流淌。

第三回

国征重徭小民难免祸　家有丁忧月落不可挽

人世间的事，往往是人算不如天算，有时是遇祸反得福，正合了古人的箴言，即所谓“塞翁失马，焉知非福”。有时却又是求福反招祸，贤哲对此也有深刻的总结，所谓“机关算尽太聪明，反误了卿卿性命”，说的就是这档事。个中原因，是由于那祸与福本来就是一对孪生兄弟，如圣人老子说，“祸兮福之所倚，福兮祸之所伏”。祸与福其实只与“识”和“度”两个字相关。一个人如果能做到知己之长短、知人之善恶、知事之曲直、知物之利害，这叫“有见识”；待人、处事、接物得体、这叫“有度”。如此，则福不求自至，祸不避自除。反之，当为而不为，无为而强为，暗昧无度，其必然的结果就只能是求福福不来，防祸祸难免。

就拿隋帝三次下诏在全国兴建舍利塔一事来说，敕建舍利塔的诏书中虽然冠冕堂皇地写着“仰为正觉大慈大悲，救护群生，津梁庶品，皇帝与四海之内一切人民俱发菩提，共修福业，生生世世，永作善因，同登妙果”，但实际上则是假公济私、挂羊头卖狗肉，在

“共修福业”、“同登妙果”的口号下去邀“万岁”之福，邀皇后、皇太子杨广、诸王子孙之福。这其中就未免有点居心不正了，心既不正，后果如何自然也就可以预料。曾相传，在各地修建舍利塔时，曾显种种祥瑞，天下人差不多都相信、都认为是一种大吉大喜。但高僧灵裕法师却敢持异见，出语惊人。他说：所谓的种种瑞应，其实是祸福兼表呀。诸瑞之中，间杂着白花、白树、白塔、白云，这不明显地是吉缘之中包含着凶兆吗！预言初出，听者皆摇头不信，不仅不信，而且还为他这种狂放犯上的言语咋舌、捏汗。然而，最后证明，事情确实被他言中了。第二次下诏建舍利塔才过半年多，文献独孤皇后死了，寿限五十还未出头呢。只是，因为独孤后虽有“二圣”之称，但尚与国家易主、更新大局无关，故举国哀固哀之，倒也没人往什么祸福方面多想。第三次，就是刚刚过去的这次，当时，皇上已经疾病缠身，为了表示心中的虔诚，祈福延寿，特别选择在四月初八佛诞节那天下诏建舍利塔。万没想到的是，才过了三个多月，他自己也撂下拼死拼活才夺来、又日昃忘倦、朝夕孜孜地经营了二十多年的江山社稷，突然暴崩，走人了，自己最不乐意、最忌讳、千方百计要避免的事情却发生了。为什么？撇开那些深奥的经国谋略呀权术呀不谈，仅从思想认识角度看，归根结底还是识量不够。也就是说，他太执迷于当政二十多年来天下无事之功，自以为真的已臻至治、堪称经国之贤君了，根本就没想过自己有无过错的问题，当然也就忽视了自己不学无术、好小数而弃大体、远忠臣而委邪佞、唯皇后之言是用等诸多毛病，甚至到死也不知觉悟，即使有些觉察，也不认为这些“小节”能够撼动江山，只要多建些佛塔，多修些供养，多说几句虚而不实、冠冕堂皇的忏悔话便可以掩过饰非，消灾免祸，甚至可以资善以成善，缘庆而得庆。在他的脑子里，压根就没有未雨绸缪、防患于未然的想法。这说明，他对国事，对家事，对佛事，都没有真知灼见。比如说，在国事、家事方面最关键的问题，也就是皇储的选择问题上，就真的犯了糊涂。在事佛方面，前面已经提到过，就是心口不一，言行脱节。要崇佛，必须先使心有所归、心有所依。所谓归依，就是归信、发愿、厉行，也就是相信佛所说的四谛、十二缘起等净法，立誓、发愿，志求出世之道，修八正道、六波罗蜜、三十七道品等正行。文皇帝信愿或许有，但关键的修行却是没有的，所以，仅仅想通过建塔、供佛等诸多法事活动去求福求寿，便只能是一种奢想和妄求了。

俗话说得好，旁观者清。皇帝执迷不悟之处，那灵裕法师早就看了个清楚，因为他曾经是皇帝的座上客，同时却又是一个局外人。

早在有隋立国之前，这位灵裕法师已经是学通儒释、精研三学、兼修禅教、允副玄望的高僧和一方法主，故时人尊称他为“裕菩萨”。开皇十一年，皇上崇仰释门，在海内搜访英俊时彦，得知灵裕法师德覆时望，于是下了一道诏书，表白了一番自己归敬三宝、护持正法的胸臆，又对他本人说了许多钦仰、赞许的话，请他务必到长安协助弘法教化。灵裕法师以圣情难违，于是不辞耄耋之年，徒步到达京师，被安排在地处九五贵位的国家寺院——大兴善寺居住。接着，皇上又准备立他为国统，也就是管理大隋天下僧尼的最高首领、最大的主儿。不料，灵裕法师对当“官”从来就不感兴趣。早在相州弘法的时候，当州刺史就奉敕举荐他为本州都统，被他婉言谢绝了。现如今，皇帝又假众议令就国统之位，他觉得，皇上所用并非自己所长，一旦当了官，其实就是上了套，剩下的就只有听命于人的日子了。对于一个法师来说，一旦当了官，在很大程度上其实就是不务正业、放弃讲经说法、放弃习禅坐定和思考生死大事因缘的开始，因此也就是落伍的开始，走下坡路的开始。于是，他上表请皇帝开恩,将他放还旧所。皇上看了他的奏表,见其言情皆切,而且所说不无道理,便同意了他的请求。后来,宰相等一批高官显要上表说,国统的职位是如何如何之重要,灵裕法师是何等何等之称职,等等。皇帝见众议难却,动摇了初衷,复又再三下敕挽留。这一来,灵裕法师便抓住了理:一国之主,义无二言,今复重留,有违先诺。他这样想,也照直这样对皇上说了。皇上见法师刚正,是自在人,节不可屈,于是委派几位大臣携带重礼,前往法师住处宣旨放还,并代自己受戒忏悔。灵裕法师为什么放着别人眼里的"美差"不做,而执意于山野草泽呢?这自有其主张。他曾对门人说:"对王臣的亲附,宁远而勿近。太亲近了,对方会以为你有所求,离不开他,于是既看不起你,也轻蔑佛法;如果你离他远一点,他反而对你、对佛法都敬重有加。"果不其然,他返回旧所之后,敕使往来于途,倸赐不断,甚至亲下诏书,慰问奖喻。不难发现,灵裕法师与皇帝的关系非同一般,既在京师长安呆过多年,还归旧所之后又仍然与朝廷有密切联系,以他的世故和眼力,这天下事还有什么能瞒得过他?红尘再厚,还能遮得住他的慧眼?对草创元勋及有功于国的将领如高熲等诛除罪退,使忠臣义士不得竭心尽力,他会不见不闻?惑于情而听从皇后之言,易储宫,托付无所,除诸子,点火萧墙,既绝根本,又剪枝叶,众所皆知,他会独不知"殷鉴"之说?诸如此类,不用纷陈。只是,作为方外之人,他不愿因循俗人的言句,而是改用了谶纬的术语,以阴阳变化、吉凶征兆来替代忠臣的劝诫和谏士的廷诤罢了。世俗士民在再次经历了举国素衣的大丧之后,这才不得不承认灵裕法师言之可信,而且钦服他的胆识和洞察能力。

不过,灵裕法师或许也有他始料不及之处,因为他并没有进一步预测到有隋的厄运才不过是刚刚开始。

皇帝暴崩之后，继登大位的新主儿是他的第二个儿子，叫杨广，小字阿嫫。如今，大隋的祸福，天下的兴亡，就全系在他身上了。他是孚众望呢，还是负众望？走着瞧吧。

今年的天候气序有点怪，入夏早，入冬也早。中州大地，才十一月，乡下人的身上，便已经是里三层外三层的了。从昨晚开始，西北风呼呼地刮个不停，一马平川的原野上，大风扬起的阵阵尘土把天地变成了个混沌世界。

大风中，一支零乱不整的民工队伍正在迎着北风前进，人们或扛着锨，或挑着筐，或推着鹿车，几乎每个人都尽量地腾出一只手来捂紧棉袄，头则向前侧歪着，企图藉此来抵挡迎面扑来的寒风。

这一干人等都是嵩岳缑山脚下一带的村民，他们正在应征前往龙门去执行一项工程任务。传说新帝刚刚下敕，要自龙门经长平、汲郡、临清关、浚仪、襄城至上洛，挖一道壕堑，因此责令官府就地征集数十万劳力。数量如此之大，身为缑山一带的健男丁壮，自然一个也不能幸免。

一面是天气冷，一面是心里不舒坦，甚至可以说是有点窝火、憋气，队伍中，大部分人都闷头闷脑地在想着什么。他们对眼前的这档事很是想不通，当然也就十分抵触，只是没有说出来罢了。只有陈村的幺弟、犟五和缑氏村的缑七几个走在一起，相互掏着心里话。

犟五在三人中年纪居中，比幺弟大七八岁，较缑七小四五岁，四十开外，不到五十岁，性子又倔，还保持着壮汉的气势，他用一种博识广闻的口气说："老祖宗都说，历来新天子登基之初，都要大赦，轻徭薄赋，表示爱民如子，给点甜的吃，把大家的嘴给粘住了。现在倒好，七月继位，八月出兵并州打兄弟，十月殡先帝，还不满一月，便驾临洛阳，才睡了一宿，就出了这馊主意……”

“小声点，别人听见了！”缑七胆小，用胳膊肘撞了撞犟五，怯生生地这样说。

“这风就像吹喇叭似的，再大的声音也被它淹没了。”犟五不在乎，继续说，“都寒冬腊月的了，还把这么多大的小的赶到这风里来，挖什么鸟堑！”

幺弟记起华爷说过的话，不太同意犟五的看法：“听说是为了设什么关防，要阻止北边突厥骑兵的南下侵扰。”

犟五对什么关防御敌之类并不比幺弟知道得更多，有意避过问题，说：“就算是这样吧，也用不着拣个大冷天开工呀！再说了，都传这新主儿就爱耍花枪，来虚的。他排行老二，原来就不是太子，后来假装节俭、孝顺，讨好卖乖，在皇后面前说老大的坏话，使绊子，踩倒了高粱露出草，这才有了他出头的今天。他的话，得反着听才对，至少也要再三思忖思忖。”

缑七听到这里，脑瓜儿也不知不觉中进了境界，只是还没忘了自己胆小。他转着眼珠儿窥看了一下前后左右，知道没有人注意他们，便也神秘兮兮地小声说：“听传说，这主儿在老子爹还没歇气的时候就开始操办登基的事了，而且还和老子爹的爱妃在寝宫外间亲热。老子爹知道后，气得眼发黑，传诏要恢复老大的太子位，在这千钧一发的当儿，他抢先一步，派狗腿子下了毒手。”

“所以嘛，七月驾崩，八月才报丧。”

这是从背后传来的声音，缑七颇觉意外，吃了一惊，回头一看，原来也是熟人——凤凰谷的李栓住。

李栓住看到缑七那一脸失色的样子，轻蔑地说道：“把他的，吓死你了！全天下都知道的事你还当深奥？”

缑七傻笑着，有点难为情。

“做贼心虚。”犟五听李栓住此话，更加无所畏惧，“老头子尸骨未寒，便在兄弟中大开杀戒，杀的杀，下狱的下狱，相煎太急！这样的人，心里哪还有咱百姓！”

李栓住的入伙，犟五的大丈夫气概，似乎也使缑七壮了胆，他尽量地搜索着储存在记忆中的传闻：“说的也是，听从北边逃难来的人说，近几年，漠北大乱，各部落连年混战，败北的逃西边去了，称王的又归附了朝廷，哪来什么边患？”

“照你这样说，那挖堑真是脱裤子放屁了？”幺弟原来的信念动摇了，也开始怀疑起来。

“我看这背后还有鬼主意。”犟五不仅回答了幺弟的疑问，而且十分明确地强调了自己的见解，虽然，他现在没有任何根据，将来大概也不会有什么凭证。

众人也许被犟五的自信震慑了，竟没有一个对他的话产生丝毫的怀疑，顿时觉得像是真有什么大难就要临头似的，个个心情沉重，闷声不响，只顾侧着身，逆着风向前走。

犟五作为中州大地上的一个普通农民，除了秋收冬藏这一行还算娴熟以外，其他方面的确没有什么出众之处，当然更没有预测未来的丝毫天分，但后来世事的发展却真的证明了他的预言，或者说猜测的正确性：新皇帝征集几十万民工在大冷天里挖壕堑，的确不是出于什么当务之急，而是另有其他打算。不管民工们愿意不愿意，这条壕堑也最终挖成了，但直到隋运告终，也未曾见到它发挥过任何预期的效用。不过，这是后话了。

北方的冬天本来是农闲季节，在大风天气里，陈村周围的原野上，不要说人影，就连飞鸟也难得见到。村里也绝少人来往，几乎家家都是关门闭户的，加之青壮劳力都服役去了，自然也就少了许多活力。只有村官里正陈正德因公务在身,不得不冒着风寒走街串巷地忙乎着,刚刚把挖堑的百来号人马打发上路,又不得不为下一个苦差犯愁。

犯什么愁,因为什么?原因呀,首先一点是,下一次工役征调得忒急,年前就得准备好,元宵节一过立马上路;二是工役时间长,只告诉了服役开始的时间,至于何时结束,没有说,也不敢问;三是服役人数多,多到让里正不可理解。因为,新帝登基后不久曾颁诏说,可免除妇人及奴婢、部曲的课税,男子二十二始成丁,服兵役。话才出口,唾沫星子未干,怎么就只管要人?而且不论性别年限,竟然又是百几十号人,陈村总共才二百多户,人数不足一千,真正的丁壮也不过二百号左右,这就意味着健妇和弱冠男子也得出来顶役。如果连这些人也服役去了,那么村里就真的只剩下老病和童稚了,如此一来,这村子不就像挖了根、砍了头的树,还有什么生机?与等着枯死有什么两样?

可是,犯愁归犯愁,再犯愁也得想办法交差,原因很简单,这是皇差,自己是里正,皇差办不好,这是事关脑袋搬不搬家的大问题。他思前想后,认为解决问题的关键是人数,能不能减少供役的数量呢?他带着侥幸的想法,向"上头"探听了一下,可刚提出问题,"上头"就把他呵斥住了,接着还罗列了一连串即将开工的工程名称,营东京啦,建显仁宫啦,开通济渠啦,挖运河啦,造西苑啦,等等。末了,又声色俱厉地质问道:"这么些工程,哪一项能缺人?不需要人?既然你来了,那就顺便告知你,陈村还得增加一百人。回去准备好。"里正一听便蒙了:要求减员不得反而被加了码。这日子还怎么过?

退路是没有了,只好硬着头皮往前走。里正回村后,自作主张地划界限,不分男女,十六岁为下限,五十五岁为上限,掰着指头逐家数，先后数了不下十遍，结果都叫人发愁：勉强合格的不足三百人，除去已供役的百来人，还有很大的缺口，这就意味着要在年龄上再往上、往下移动。果真这样，下至十四岁，上至六十岁的全村男女，都在应征之列。我的天呀，这又不是地里的韭菜，割了一茬很快就能长出新的一茬来，能供应得上吗？把这么些老的小的男女赶去做如此繁重的累活儿，于心何忍！于理何容！

果然，当他挨家挨户地过梳子，一人一人地查年庚、登记造册的时候，没有一家不是哭哭啼啼、唉声叹气的，性子刚的，脾气暴的，更是指天骂地，不堪入耳。还好，都是针对世道的，并无一言一语涉及里正本人。因为大家都心知肚明：这是皇帝的主意，上头派下来的活儿，里正不过是芝麻大的当差，奉命而行罢了，何况也有一肚子苦衷，怪他何用？

里正和乡亲们相处了大半辈子，摸透了他们的脾气，在这件事上，他感同身受，所以，面对哭的、叹的、骂的，既不劝说，也不阻止，办完事，硬着心肠再交代一句“早作准备，上头令一下就得走”，便迈着沉重的步伐，出门走了。

彼此理解，所以里正一路干下来，也没和哪个乡亲发生过矛盾、争执。

里正在村里转了一整天了，眼看就要到掌灯时分，应该回去吃晚饭了，但还剩一家没有登记，而明天就是上报名单的最后时限，无论如何，今儿非得把这事儿给了结了不可。于是在离开幺弟家之后，便沿巷向西拐了一个弯，抬眼就看见了陈惠家的大门，这也就是今儿工作的最后一个目的地。本来嘛，加快脚步，赶紧把事情办妥，早些儿回家填肚子，不管碰到谁都会这样想，这样做。可里正这时却犯难了，脚步不由自主地又放慢了，最后竟至于停了下来，不看远，也不看近，只是闷头在想心事，一脸的焦急、无奈、犹豫、踟蹰，真真是进亦难退亦难呢。

几天来，里正在这同一个地点欲进又止，如今已是第三次了。

头一次，他就是站在这个地方，远远地望着这座大门，既敬且畏。敬的是这家的主人，承袭祖风，不卑不亢，不贪不霸，端端正正地做人，和和气气地处世，就像眼前的这座大门，不求高大，也不慕奢华，但敦厚坚固，朴素大方，平易近人。而最令人赏识、赞叹的是，它永远是干干净净的，不管是春夏秋冬，也不管是风前雨后，一皆如此，总让人觉得物如其人，人如其物。所谓畏，其实是不忍。不忍什么？不忍伤害一个积善之家，不忍损毁一颗良心，一种精神，一种美德，也就是陈夫人宋氏当众烧掉借据时所昭示的那些品格和情操。想到这里，他猛地觉得，为了征役一事，即使是站在这里远望一眼那座庄严的大门，也是一种羞耻。于是，他没有再前进一步，而是折转身离去了。

第二次，他仍然是走到这里又站住了，因为，他看见从街巷的另一头走出了几个人，有老有小，老的是张六伯和老伴，小的是陈家的老三和女儿芸儿，一起拽着一大捆柴火，走进那敦厚坚固的大门，接着，陈夫人宋氏拿着扫帚，小儿子陈祎端着簸箕走出来，把门外台阶及附近的地面扫了一遍，既毕，返屋，再慢慢地掩上那两扇厚重的大门。里正看在眼里，不由得这样想：一捆柴火，本来是一个成年男女提起甩到背上就能搬走的，可在这家，竟然得全家倾巢出动，主仆一齐上阵，这样的人家，维持日常生计尚且如此困难，又哪里承受得了推车挑担、挥锄把铲的重活？这样的家庭，就像一把单薄的纸伞，挡挡阳光还勉强，要抵挡风雨就实在是强人所难了。这样想着，里正再也顾不得什么钦命圣旨，抬起脚再次转身离去了，压根就不敢、也不愿意从那大门口走过，尽管他知道工役催得很急，而这家的老三已年足十五，虚岁十六了。

现在,这是他第三次站在两次“败下阵来”的老地方了。由于役期越来越近,现实逼得他不得不走进这座大门;在专制皇权这条无形鞭子驱逼下,不得不在此时此刻强颜面对这大门内的老老少少。

里正真的是换了一副铁石心肠?真的是下了最后的决心?真的有足够的信心去完成这样一件艰难的工作了?这且放下不说,转过来先看看陈惠家的情况。

自入冬以来,陈夫人宋氏的身体更糟了,血气、心力都日见衰竭,下床走动的次数越来越少,勉强走上几步,不仅气喘,而且大汗淋漓,更要命的是,还吃不下饭。其中的原因,晚年得子,伤了身体,是一个方面;家务繁重,事无巨细一身担,又是一个方面;饮食太过清淡,“缺肥的庄稼长不欢”,也是自然之理。所有这些个,生最后一胎时就都见了苗头,此后又经过了这么些年,过度使用的船只能是越来越漏。不过,这还是其次的原因,最伤人的是心事和精神。这宋氏本性是个极其细心的女人,虽从来没有向任何人打听过村里的事,但凭着敏锐而细致入微的观察力,对乡亲们不胜重负的徭役却知道得清清楚楚,就连里正在政令如此严苛的当下却不涉足这座大门的个中原因,同样都估计得八九不离十。正因为如此,她心里的沉重与担忧就更倍于他人了。在她看来,乡亲们怨声载道,不仅是一个陈村的问题,它反映的是整个天下的形势。于是,她想到了老爷任官的江陵,那里的情形会比陈村好?她摇了摇头。陈村的小小里正面对全村老少尚且于心不忍,那么,悲天悯人、愤世嫉俗的老爷能甘当今上的爪牙鹰犬?她也摇了摇头。凭老爷一夫之力,既不能挽狂澜于既倒,以老爷耿直的脾气,又不会同流合污,那么,万全之策何有?安身立命之地何在?家之余庆又何有？仕途不足惜，老爷从来就未对升官发财、功名利禄上过心，出任江陵令还是在知交故友鼓动、怂恿之下才应承下来的，所以，削官无所谓，丢了原本不想要的东西就像甩掉了一个包袱，只会让人觉得轻松；不仅如此，一家人也可以从此团圆，共享天伦之乐，这不正是所谓的“有舍才有得”吗！所惧者，万一秉性不改，挺身抗诏，岂不是要招来杀身之祸！再看眼下，整个陈村就像翻了锅那样闹闹腾腾的，哪一家哪一户没有里正双脚带去的尘土？为什么自家屋就这样冷清寂寞，盼都盼不来里正的影儿？她心里明白，因为自己乃至老三都已列在这次服役的名单之内，里正不忍亲口说出这般残酷的事实，非到不得已，他决不会迈进陈家的门槛。显然，里正的良苦用心，让宋氏有一种感觉，就像大冷天遇到了一把火，心中减少了一些寒意，又像是一个身陷泥淖的人，在艰难中得人拉了一把。可是，她转而又想：里正能不知道，陈惠家的门是一定得进的？因为，小小的里正绝不可能抗拒至高无上的权力。设若愤而抗诏，那就不啻为“螳臂挡车”，结局将是很惨的。结论既然是这样的清楚不过，那么，骨肉分离，天各一方，生死由之，这便是必然之事了。所以，里正不入自家大门的善意和好意，不仅没能减少宋氏的担忧痛苦，反而是让这个细心、明敏的女人感到了事态的严重性。在她看来，眼前是一座无法翻越的大山，任何人都不能帮她解开这个死结，摆脱这个困境。这样，心中的忧愁不是减少了，而是加倍地增加了。每每想到此事，宋氏就顿时觉得阵阵的胸闷，憋得连气都喘不过来，整个的一颗心好像被一只力大无比的手紧紧地拧着，越抓越紧，绞痛难忍，彻夜难眠。每当这个时候，小儿子总是小脸贴着大脸，小手搂住宋氏的脖子，身体儿贴得紧紧的，连一丝儿缝隙都不愿留，而为娘的也总是将他抱得牢牢的。不过，恐怕连宋氏都未必分得清楚，她所搂紧的、怕失去的，究竟是老四还是老三。

张六伯老俩口眼看着宋氏的身体每况愈下，心里自然万分焦急，总是想着法子做些可口的饭菜送到跟前，可宋氏往往是动也不动，有时经不起一再劝说，不得不拿起筷子，那也只是做做样子，意思意思而已。这个家里，除了村中普遍弥漫的那种哀愁以外，自然又多了一层更为深刻而切近的危机。

显然，危机的严重气氛也让小陈祎觉察出来了，不仅觉察出来了，还正在为挽救危机、缓和危机而别出心裁地做着努力。他把屋后园地里的泥塔重新整修了一遍，每日里准时采些野花插在塔前，然后盘腿坐下，胸前合掌，口中念念有词。谁见到、听到了，都会明白其意思。

这天一大早，宋氏病情转重，陈祎一直离不开身。傍晚时分，看见母亲隐约睡去，他才又来到后园，照例打坐作礼之后，额外地增加了一句话："我要俺娘的病快好！"

说话时，声音有些哽噎，泪珠儿也掉了下来。

起身回屋时，天已黑下来，只有天边的那一弯弦月在闪闪发光。陈祎被吸引住了，不由自主地停住脚步观看。

弦月刚开始引起陈祎注意时，还是慢悠悠地走着，一副难舍难分的样子；可后来，越接近山头，脚步也随着快了起来，眼看就要跌落到山后时，陈祎焦急地伸出小手，像是要将它抓住似的，连声喊道："不要，不要你走！"

然而，他没能挽留落月，小小的脸蛋上充满了哀愁，茫然不知所措地望着弦月跌落的那个深渊，呆呆地站了很久很久……

突然，园门处传来了呼喊声："小祎，小祎……"

喊声里充满了万分的焦急和凄惶。

却说里正正在踌躇的当儿，背后突然传来急促的脚步声。回头一看，是郝妈和华爷，跟在后面的是陈家的老三迅儿，三人的神色都有些紧张。这样的一个阵容，这样的一种气氛，不觉让里正预感到一种不祥的征兆。

等郝妈三人到得跟前，里正正要发问，郝妈却抢了个先，一把拽了他便往前走，看都不看他一眼，说：“快，一块儿去看看，不要出什么大事了。”

“什么大事？”里正不由自主地跟着郝妈走、一面看着华爷这样问。

华爷没作答，只是边走边想着什么。

迅儿看见华爷没有回答，于是从旁回道：“俺娘昏过去了。”

“昏过去了？”里正挣脱郝妈的手，脚不停步，掰着迅儿的肩膀问。

迅儿不禁哽咽，泪水像珠子般掉了下来。

里正真的感到了事情的严重性，立刻加快了脚步，不，不只是加快，简直就是跑着小步，冲向那近日一直不愿意迈进的陈家大门。

张六伯箭步从里面出来，一把抓住里正的手，失魂落魄地说道：“可把你们等来了！”

进到厅堂，众人也不禁惊住了：陈夫人宋氏就席地躺在六伯母怀里，不省人事，芸儿和祎儿跪在旁边，哭得像泪人儿似的。

华爷抢步上前，蹲下，伸出中指和食指，放到宋氏鼻孔前，显然是要测气息。

在场的人都看得清楚，华爷的那两只手指微微地颤动了一下；停了一会，又微微地摇了摇头，是否定，还是表示失望，一时难测。

几乎就在摇头的同时，华爷将中指、食指和无名指按在宋氏左耳下颈部部位，良久无语。

芸儿和祎儿满怀期待地望着华爷，好像在问："俺娘怎么了？"

华爷无言以对，两行老泪从深深的眼窝中如泉涌出。

里正、郝妈、六伯二老已猜测大事不好，一时相顾无语，大惊失色。

迅儿、芸儿和祎儿看见大人们神色突变，吓坏了，就像天塌了一般，同时扑到宋氏身上，哇的一声哭了起来："娘，不要，不要走……"

细嫩凄婉的哭声、呼喊声，撕心裂胆，冲门破户，飞向陈村的所有街巷。

裹挟着这哭声和呼喊，凛冽的寒风在中州莽莽苍苍的原野上也一阵紧似一阵地嘶号着，狂奔着！

第四回

新帝改元号大苦未　循良辞官归控鹤里

陈夫人宋氏的突然仙升，据华爷的判断，是心力交瘁所致。陈家的清望和她本人的好善乐施德行，博得了远近乡亲的好评。所以，她的死，无论是沾亲者还是带故者，无论是曾经受益者还是未曾受益者，都不禁为之垂泪叹息，特别是面对那半大不小或稚气未脱、一时无依无靠的三个娃们，更是怜悯有加，悱恻不已。

噩耗很快传到江陵，县令陈惠得到内人亡故的消息，悚悚之余也感到事出有因。固然，在生死问题上，他看得很开，以为生老病死是谁都不可避免的，只是一个时间早晚问题，一个突发或渐变的问题，不管怎样，这一天是肯定要到来的。当然，从夫妻情分上讲，聚少离多，虽然吃穿无忧，但将家中的大事小事都加到一个女人、一个弱者身上，则未免略显几分无情。所以，当他面对报丧者时，那表情自然是复杂的，坦然之中夹杂着几分无奈，表面的平静难掩内心的痛苦，没有叹息但却胸怀内疚。不过，不管持何态度，都已改变不了既成之事实，逝者长往，入土为安，活着的人最好的追思就是尽快地办好、办完丧事。

主意既定，陈惠于是写了封书札交给来人，意思是敬请亲朋好友和乡亲们给个脸，好生再帮个忙，协助六伯二老尽早让夫人走好最后一程，对大家的情意、恩惠，惠某将没齿不忘，生当图报云云。

得了准信，张六伯会同华爷、郝妈等乡亲，很快办完了丧事。远在洛口服役的幺弟、缑七、犟五等也都设法偷偷地溜回村里送宋氏，也就是送他们心目中的活菩萨走完、走好最后一程。

却说陈惠在听到噩耗后没有告假奔丧，究其原因， 是公务繁杂，一时交代不完，而且治内也有啼饥号寒者等待安顿；二是政局乱象已显，难免没有小人在背后盯着自己，乘机加你一个“玩忽职守”的罪名。入仕这档事，自己本来就没有多少主动性，是郡中举孝廉把自己推到这吃俸禄队伍中来的。再说当时旧主当政，天下无事，区宇晏如，颇与自己清净守道、无为而化的志趣相合，所以也就一时随遇而安，宿夜匪懈，至于现在。然而，未及料，社稷换主，新帝易辙，风雨难断，阴晴莫测。有人说，新主年方二十即有善举令闻，奉命率师南平吴会，北击突厥，在兄弟四人中，是为国家一统、四边安宁出力最多的一个，也正因为如此，虽非嫡长，但却深得皇后钟爱、文皇革虑，遂至于后来阴起篡逆夺宗之心，有弑君杀弟之行。不过，深宫中事，为了权和利这两个字，六亲不认，祸起萧墙，同室操戈，骨肉相残，胜者为王败者寇，几乎是从开天辟地时起就已存在，是非曲直，谁人能断？就说新帝继登大位的当年，所遵行的还是先帝的“仁寿”年号，至次年才改元为“大业”。从字面上看，这新主儿好像是要在父皇的基础上干一番大事，光扬祖业，更新局面，再上一层楼。果真如此，倒也不失为国之大幸。但是，识者对此却很不以为然，甚者则恶之，他们用离合法将“大業”这两个字拆而再合，于是变成了“大苦未”，并据此认为，这意味着有隋天下将丧乱不止，率土将有涂炭之苦。陈惠虽不相信什么拆字法，但顾虑和担心却有过之无不及，因为身在官场，他亲眼看过许多诏令、秘档，无一道、无一件不是令人浑身发冷的。举其几招儿就能说明问题：

俗话说，看人看头招。头招就是开局，开局反映出全局的套路，是一个人智慧、韬略、理念、能力、作风的总演示。杨家皇朝的这位新主儿，大位还未坐热，竟然就大兴徭役，设什么关防，这第一招未免显得举措无方，进退失据，一露脸就给人一个不爽的印象。没过几天，又下了一道诏书，要在洛阳营建新都。这是听信了一位官员的话，以“雍州为破木之衝”，犯了陛下的“木命”，故不可久居，以是故要迁都，至少也要再设第二个都城。但为了掩盖这种不经之谈，在营建新都的诏书中改成了另一个理由，即以《易经》“变则通”来答疑申辩，以《左传》俭德侈恶之诫为饰，信誓旦旦地说建宫室的举动是“听采舆论，谋及庶民”，目的是便于出巡，观省风俗，躬亲存问。因此，宫室的制度，根本在于方便，上栋下宇，能避风雨即可，并非高台广厦才是标准的形式，不要以为瑶台琼室才称得上是宫殿，而土阶采椽就不配帝王居住。所以，营建东京，一定要务从节俭，无令雕墙峻宇复起于当今，而要使卑宫菲食贻于后世。真所谓说的比唱的还好听了。可就从改元的当春三月开始，却为营建东京每月征调的役丁竟然多达二百万，至次年正月建成，前后历时十个月，役丁人次不下二千万。在营建的同时，又迁徙洛州城内居民及诸州富商大贾几万户到新城居住。这第二招已在一定程度上暴露了其宣言的虚伪性，所推行的政施非但与“谋及庶民”、“躬亲存问”无关，反而是与沉重的徭役挂上了钩。

几乎是在营建东都的同时，新帝又在寿安县营建显仁宫，宫域之大，南接皂涧，北跨洛水之滨，这又需要多少役丁！五月，更在新城之西筑西苑，周长二百里，面积之大由此可见。苑内有海，周十里，海中筑蓬莱、方丈、瀛洲三山，各高出水面百余尺，楼台殿阁罗络于山上，或向或背，有如仙人罗列；苑之北面有龙鳞渠，萦纡蜿蜒，注于海内；沿渠建有十六座院宇，门皆面渠，各以四品夫人为主人；整个苑内，堂殿峥嵘，楼观岌嶪，穷极奢华。秋冬肃杀时则剪彩为花叶，缀于枝头，常换常新，一如阳春。又剪彩为荷芰菱芡，布于沼内，这位新帝每游幸，则令去冰而布之。十六院夫人竞相以精丽的珍馐佳肴求市恩宠。月夜游宴，宫女数千骑随侍，这新主儿又自作《清夜游曲》，令于马上演奏。

寻欢作乐，意犹未已。于是又发河南、淮北、淮南百几十万民众，开通济渠。自西苑引谷、洛二水入河，又自板渚引河入汴水，再自大梁以东引汴水入泗水，由泗水而达淮河，复从山阳开邗沟，至扬子而入于江。渠宽四十步，其旁筑御道，沿岸植柳，又置离宫四十余所，以供驻跸。在开渠引水的同时，又遣使至江南造龙舟及杂船数万艘。在整个工程中，官府督役严急，役丁死者十四五，从城皋至河阳，沿途搬运死者的车子相望于道。八月，行幸江都，走的就是通济渠、大河、汴水、泗水、淮河和邗沟。先乘小朱航自显仁宫起程，沿通济渠出洛口，然后改乘龙舟。这龙舟的威风，让人咋舌：共四重，高四十五尺，长二百丈，最上一重有正殿、内殿和东西朝堂；中间二重分为一百二十房，皆以金玉装饰之；下重为内侍的居室。萧皇后乘翔螭舟，制度较龙舟小，但装饰一无差异。此外别有浮景九艘，皆三重，都为水殿；漾彩、朱鸟、苍螭、白虎、玄武、飞羽、青凫、陵波、五楼、道场、玄坛、板艙、黄篾又数千艘，专供后宫、诸王、公主、百官、僧尼、道士、蕃客乘用，及搭载内外百司供奉之物。总用挽船力士八万余人，仅漾彩以上的挽者就有九千余人，称作殿脚，一律穿戴锦彩长袍。又有专供十二卫士兵乘用及运载兵器帐幕之船如平乘、青龙、艨艟、艚爰、八櫂、艇舸等数千艘，率由士兵自己牵挽，不给役夫。如此上万只船及八万挽士，外加十二卫士兵，舳舻相接，二百余里，映照水陆。两岸翊行，旌旗蔽野。所过州县，五百里内皆令献食，多者一州至百舆，极水陆之奇珍，饱食之外，剩者率弃埋于野……

看看，这接二连三的几招是不是彻底暴露了这新主儿的执政本质？算不算横征暴敛，穷奢极欲，荒淫无度？在如此沉重的徭役压迫下，百姓还有活路吗？

为了防止自己主观臆断，陈惠又反复将新主儿的这些言行、措施与圣人夫子的教诲作了一番比对。在陈惠看来，夫子说“孝经”十八章，分别了天子、诸侯、卿大夫、士和庶民行孝的定分。孝是天之经，地之义，民之用；则天之明，因地之利，顺天下之势，其教可不肃而成，其政可不严而治。孝可用于修身，也可用于理家，更可用于治国、平天下，天下欢心，生则亲安之，死则鬼享之，正所谓“有觉得行，四国顺之”也；所谓的孝子，在家则事亲恭敬和乐，在外则居上不骄，为下不乱，在众不争；居上而骄则亡，为下而乱则刑，在众而争则兵。可见，孝可通于神明，光于四海，无所不通。因此故，圣人之至德莫大于孝，五刑之罪莫大于不孝；孝无终始而患不及者，未之有也。特别要注意的是，夫子说孝，根本则在于要求天子以身作则，“先之以博爱而民莫遗其亲，陈之以德义而民兴行，先之以敬让而民不争,导之以礼乐而民和睦,示之以好恶而民知禁”。陈惠认为,以夫子的这把尺子就可以检验出国君之贤与不肖,可以见其为政之治与乱。本朝的新主儿,诓君弑主,非长而谋君位,既登大位而骄奢淫逸,无博爱、德义、敬让可言,不孝,不悌,无礼,无乐。根本既失,殷鉴何远?

陈惠原来想,新政更张,要看出端倪,必须假以时日,不料才数个月,便已让人有了天崩地裂之忧,心头不由得生起羁鸟还林、池鱼归海之想。这也难怪,俗话不是说“江山易改,本性难移”吗?从陈平的大义护汉,到陈宠祖孙的抵制王莽篡夺、议法从轻,至于陈寔的清静修德、党锢祸急而请囚,等等,一脉下来,无论是武是文,浩然正气,一以贯之。这陈惠自然也继承了祖传家风,自小潜心坟典,博通经术,英洁而有雅操,加之身长八尺,美眉明目,褒衣博带,一副儒者之容。表面上温文尔雅,恬静寡言,不务荣进,骨子里却是伟丈夫的气质,眼睛里揉不得细沙,皮肉里容不得芒刺,评判人物,虽不危言耸听,却也决不趋炎附势、沆瀣一气,闻利禄而掩耳,见小人而远之,风韵气度,都可与刘汉郭林宗匹比。这样的人,能做恶者帮凶,为虎作伥?能与淫者为伍,同流合污?本来,在接到妻子亡故噩耗的那一刻开始,他就有了一个念头:息缨冠之心,结辟萝之志,解职归隐,效子晋而控鹤,遵李郭而戏洛。此后又经过几个月的观察,政坛非但没有改弦更张的迹象,反而是更加昏乱了。至此,他终于果断地做出决定,与官场作一次彻底的了断,拿到解职文牒,求个干净名声,然后去做个自由人,寻渔樵之乐。

事情说来也容易,陈惠要求解职的消息才传出,进出郡守和吏部大员家门口的人就骤然多了起来。不满月,新的县令就已经到任。陈惠眼里看着,耳里听着,不免感叹这世界真的就像一个大舞台,生、旦、净、末、丑等等各种各样的角色都有。有人要解职去官,有人却绞尽脑汁追逐之;有人视官场为樊笼,有人则视之如金屋;有人以为官职就是肩上的重担,夙夜匪懈而犹忧民无寸利;有人则宝之如罾罶在握,洵洵然唯恐鱼虾之不能尽。小小的七品芝麻官,追逐者竟然如此之众,这就已经让人瞠目,新官到任之神速,更难免不令人惊诧。谁敢保证说,这不是火中取栗、助纣为虐之徒?

不过,对于陈惠来说,新官的好与坏,已经不关自己的事。他一一将公事交代妥当,便将随侍张全宝叫来,吩咐道:"快快地将被褥和穿戴以外的衣物送人,把那两箱书好好收拾齐全,妥当保护好,随身带了回家。"

张全宝当天就一一照办完毕。次日一大早,趁人们回头觉正睡得香的时候,陈惠便踏上了还乡的归途,像天上的流云,飘然而去,连头都没回过一次。

缑氏镇凤凰谷控鹤里陈村陈家的情况,并不像陈惠想象的那么糟。当然,新丧之家所特有的那种心中的和脸上的阴云是很难在短时间内拂之即去的,大年没有心情过,这是一定的了。不过,整个陈村的人们也都没有过好,虽然凭了开皇、仁寿的余荫,家家户户的餐桌上仍然不缺鱼呀肉的,但许多家庭的顶梁柱正在远方服役,而更多的家庭又即将妻离子散,哪里还有节日的气氛?所以,相形之下,陈家的余哀便显得不那么突出。

除了新丧之痛外,陈家的生活并没有因此而乱成一团,毕竟,这是一个受千百年传统文化浸润过的家庭,血脉在,家风在,精神在。张六伯按照陈夫人宋氏的遗愿,暂时管理着这个破碎的家庭,料理一切生活起居事务,督促孩子们一遍又一遍地背诵以前学过的四书五经课文，虽然无法指导他们学习新的内容，但至少不会把学过的生疏了，忘记了。宋氏生前最怜爱、最担心的是尾仔祎儿，怕他哭泣，怕他伤心，怕他不习惯，怕他难适应，怕他小小的人生过早地遇到太多太多的坎坷和困难。但实际上，陈祎表现得比他的哥哥和姐姐似乎还要成熟，更懂事，更自觉，更勤奋，而且也很坚强。他非但不哭泣，而且有意用稚气的笑声掩饰内心的忧伤；做事总是要比哥哥姐姐更主动、更使劲，以此表示他能成，他不需要比别人更多的照顾和帮助。比如吃饭，他总是争着端菜、摆筷子，总是自己盛饭，而且坚持饭后洗碗。在读书上，他背诵的遍数也最多，内容更不比兄姐们少。不仅如此，他还善于动脑子，玩点子，而且别出心裁。

你看，今天又不知是动了哪一根筋了。早饭时，他吃得比往时要快，转眼间就把一个拳头大小的馍和一碗小米粥收拾了，和往常一样，也是自己洗的碗。然后，他就缠着姐姐说，要到外面玩一阵儿，姐姐说："还没收拾屋子和扫地呢。"

陈祎二话没说，拿起扫帚就扫了起来，干得还特别起劲和细心。干毕，得意地拉过姐姐让她检查："你看干净吧？"

姐姐芸儿从桌底到房子旮旯仔细地看了一遍，果真未能找出茬子，于是笑着用小拇指按了按他的额头，算是表示满意和通过。

出门时，张六伯吩咐了一句："不要走得太远、玩得太久了。"

姐弟二人头也不回地应了一声，就一溜烟地跑了。

可没跑出多远，芸儿却突然停了步，问道："到哪儿玩？"

陈祎没回答，硬拽着姐姐继续往前走。

出了村，又走了一会儿，便到了缑山北山脚。一路上，人渐渐地多了起来，而且都是奔往同一个目标：永泰寺。

据传，这永泰寺是北方马上民族政权拓跋魏孝文帝元宏从平城迁都洛阳后大兴佛法时所建立的，到这会儿已经有一百几十年的岁月了，比起嵩高山中的少林寺、达摩庵、二祖庵和前不久将佛舍利入塔供养的法王寺来，应当说是一座小寺，不够起眼，但却是附近村民不可或缺的精神寄托之所。当然，关于这些个历史，陈祎姐弟并不懂得，也不关心。

小庙是由一道土墙圈起来的院子。山门朝南，是一座人字披单间砖柱土坯墙建筑。门中开，门上方悬一块做工不精的木匾，已有些年份，边角有所损坏，上书“永泰寺”三字，红色，但已斑驳。山门殿内正中砖台上供奉一尊不到三尺高的大肚弥勒泥塑像，当然不是精雕细刻的上品，但笑得尽情，乐得逗人，看他一眼，忧愁的愁绪减一半，高兴的兴头添一倍。砖台前面设一个功德箱。尊像后面有门通内院。进了内院向北走一二百步，便是寺中的唯一的正式殿堂，推山式建筑，面宽三间，砖木结构，双扇门，普通的花窗，无论是门窗还是梁椽，已全然看不出上过油漆的痕迹。门上方是一面“大悲殿”横匾，殿内正中偏北的方形砖台上供奉着观世音菩萨像。山门和大殿以外，院子东西两侧还分别有几间简易的房子，是僧寮、香积厨和堆放杂物的场所。因为寺院小，只住了一老两小三个尼姑。老尼姑悟静是一院之主，也就是住持，俗称当家，虽然不懂什么坟典子史经集，内典也知之甚少，但入道从教已数十年，见的听的都不少，对村夫野老来说，她的那点知识已经足够派用场了；加之她又极富慈悲情怀，所以还称得上是闻名遐迩，进香上供者当然也就络绎于途了。这不吗，今儿进进出出寺院的人不是比平常又多了许多？

陈祎拉住姐姐站在山门外，不想立即进到院子里。他一面看着熙熙攘攘的人群，一面皱着眉头、满脸不高兴地小声嘟囔道："今儿为啥人这么多?"

是啊，为什么人这么多？要知道，今天，小陈祎拉姐姐做伴到寺院来，原本是想做一件稀罕、神秘事，不想让更多的人知道。未曾料到，却是碰上了这般的喧闹，还怎么做呀?

心里虽然烦，但又好奇心强，所以，最后还是挪不动脚步离开这个地方。小脑瓜儿想：办不成事就看看热闹吧，要不就白跑一趟了！于是，他牵着姐姐的手便径直进了山门。

院子内，人们拥挤着往大悲殿前的香炉里烧香点烛，向大悲像顶礼膜拜，往功德箱里投些碎银零钱。

在大悲像前的香案上，有一筒子，筒子里插满了卜签。善男信女们排着队按次序抽签卜命，悟静师父就坐在桌旁给人解签说法。

对于烧香礼佛这等事，小陈祎去年在嵩高山法王寺奉安佛舍利入塔供养法会上就见过，所不同的是，今儿人们不仅能看，而且不论老幼大小，个个都能参与。这可让小陈祎高兴极了，他原来想得很神秘的事，其实是再平常不过了。别人都在不遮不掩地做，自己为什么还当秘密？为什么还怕人见，难为情?

陈祎这样想定之后，心中不再犹豫，拉着姐姐便要去烧香礼佛。

姐姐挣脱弟弟的小手，为难地说："烧香是要钱的啊!"

陈祎没有回话，而是神秘兮兮地从上衣的小口袋里掏出一文铜钱塞到姐姐手里，然后又很得意地望着她直笑。

姐姐恍然大悟地盯着弟弟问："你早有准备，今儿来就为这?"

陈祎毫不掩饰地点点头。

"为娘?"姐姐猜问。

陈祎以问作答："昨儿张奶不是说，今儿是娘去世十个月吗?"

“是十周月。”姐姐纠正说，终于明白弟弟来此的目的，“为什么不早明说？”

陈家姐弟烧过香，又向大悲像叩过头，见悟静师父那里还是那么多的人在问这问那，而她又总是细声细语地回答不停，心里便起了敬意和信任。待人少了些，姐弟俩便凑到桌子前，指着观世音菩萨问：“奶奶，这是谁呀？”

悟静师父慈祥地微笑着，伸手将他指向佛像的小指头轻轻地按下，然后把整个小手掌握在自己的手心里，同时摇了摇头，意思是说，佛像是不可以用手指去指指点点的。

当然，陈祎现在还不完全理解这个意思，只当是犯了什么小过失，吐了吐小舌头，表示知错了，然后再问道：“供在上面的这个人是谁呀？”

师父怀着无限的敬意告诉小陈祎：“这是观世音菩萨呀！”

小陈祎望着悟静师父，盼着她继续往下说。

“观世音菩萨大慈大悲，最乐于救苦救难。”悟静师父耐心地、尽量简洁明了地讲解，然后好奇地问：“小施主，你有什么困难需要帮助吗？”

“我想我娘。”小陈祎踮起脚尖凑到悟静的耳边小声说。

悟静师父从来没有碰到过这样的求助者，心里乐了，但却不敢流露在脸上，而是关切地问道：“你娘怎么了？”

小陈祎似乎不愿意回答，芸儿带着眷恋和哀愁低声代他回道：“走了。”

悟静师父听后不禁认真起来，问道：“两位小施主家在哪？”

“陈村。”芸儿答。

悟静师父似乎明白了什么，试探着问："陈官人家？"

姐弟二人不知道"官人"是什么意思，怅然无语。

悟静师父复问道："陈惠家的？"

姐弟二人同时点了点头。

悟静师父思想上虽然已有所猜测，但在得到明确的答案后还是不免心头一颤，遥远的往事也随之涌上心头：十几年前，香客不慎，寺院失火，大悲殿被烧成废墟。大火中，自己只顾救火，被掉下来的椽子打昏，幸好众人救得及时，没有葬身火海。在寺院最困难的时候，就是这陈家出钱出粮，众人出力，东拼西凑地重建起现在的这座殿宇，再塑金身，寺院的香火这才得以继续下去。自己在受伤期间，这家的女主人也给予了不少接济，经常让张妈前来嘘寒问暖的。据她所知，得益的其实不止是寺院，这附近四村八邻的，沾过这家的恩泽的人实在不少，这也就是人们将这家的女主人看成为"活菩萨"的原因！这几年，因为自己年事日高，在外行化的时候少了，对陈家的小辈们也就知道得不仔细了。没想到，今儿自己面对的竟然是大恩人的心肝，永远不能尘封的记忆也由此被重新勾起，感恩与爱怜同时在心中迸发，她把两个孩子搂在怀里，温柔而又肯定地说道："你们的娘没有走！"

孩子们一时弄不懂老师父的话，两双眼睛里充满了疑惑。

悟静师父没有立即解释，却明知故问道："你们都想念娘，是吗？"

两个孩子都点了点头。悟静师父继续说："不仅你们想念，我也想念，大家都想念你们的娘呢。"

说到这里，悟静师父思索了一会儿，然后抚摸着姐弟二人的头，意味深长地说："总是被人怀念的人，永远是不会走的。"

两个孩子更不懂了。

悟静师父微笑着说:“她留在你们心里,也留在我心里,留在大家的心里呢。”

姐弟俩虽然还是不懂悟静师父话中的含意,但听说娘还被那么多人记着,心里一时充满了高兴和骄傲,小脸蛋就像盛开的鲜花。

快到正午的时候,姐弟二人从寺院回到村里。临到家,看见大门口有许多人在进进出出,以为家里又出了什么事,便不约而同地加快脚步往回走。刚踏进大门,张六伯一面迈着老腿小跑着迎上来,一面又喜又急地喊道:“好乖乖,总算把你们盼回来了。都半天了,到哪儿要去了!”

“缑山寺。”陈祎已经做完自己想做的事,已经没有什么秘密可言,于是大声地这样回答。

张六伯此刻已经不关心陈祎的答案是什么,只是拽着他的小手快步往厅堂走去,嘴里还说着:“你们快来看,谁回来了?”

“谁?”陈祎的两条小腿追着张六伯的两条老腿,心不在走路上,以致在跨过门槛时,差些儿被绊倒。

张六伯扶着他站定,没有答他的问话,而是说:“快看看,是谁回来了!”

陈祎定神抬头,只见华爷、郝妈、里正等众人正围着一个身材魁梧的人说话,还没有来得及仔细端详,身后的姐姐却已经扑将过去,同时还又惊又喜地喊了声:“爹!”

姐姐的这一扑、这一喊,使陈祎终于明白:眼前被众人围着的巨人就是自己的爹!以前,娘每天都在自己耳边念叨着爹,村里人也都说自己有个好爹,所以,自从娘去世后,他就把爹当成娘,白天想,夜里盼,可总是不见爹的身影。没想到,现在,爹就在眼前!这使他感到突然，又掩不住惊喜，喜从天降，大喜过望！对于眼前的这个巨人，小陈祎虽然从未见过面，但却并不感到陌生，非但不陌生，还似曾相识，甚至觉得他不只是一个人，而是一座山，一座巨大无比的靠山，自己小小的身躯一下子有了依托，有了安全，一切的一切都有了保障！为什么会是这样，一见如故，一往情深？血缘，是血缘关系在显示它的功能、发挥它的作用，除此之外，再不会找得到别的答案。

但是，不知为什么，小陈祎并没有立即扑将过去，也没有喊一声“爹”，不过，他哭了，只有眼泪，没有声音，那表情，是伤心？是委屈？是惊喜？是满足？很难说清楚。整个的一个泪人儿，让人看了心酸、心碎、心疼、心爱。

几乎就在同时，陈惠跨前一步，一把将他抱起来，紧紧地搂在怀里。直到这时，小陈祎才放声大哭起来，很尽情，很痛快。

第五回

重徭难避家无余庆　孺子淳孝业有来人

大业元年秋，陈惠解官归来后，所面对的是一个破碎之家：夫人已经仙升数月；儿子老三迅儿在母亲死后不到一个月时，也与村中其他人一起被征调服役去了，在何方服役，服的是什么役，至今全无消息；老二依旧在洛阳净土寺念佛诵经，法号常捷，自遁入空门后便很少回家，在母亲中阴期满七七日，曾为之设斋并请同寺僧诵经做道场；女儿本来也在服役者之列，里正考虑到陈家新丧，冒着极大的风险硬是将她从名单上抹掉了。所以，如今陈惠膝下还剩一双儿女，即芸儿和祎儿。人死不能复生，徭役也不能抗拒，这个家就像一面破镜，是永远也不能重圆了。但不管怎么说，陈惠的解职还乡，在娇儿弱女身边又筑起了一座大靠山，也算是不幸中之大幸了。同时，别忘了，张六伯一家三口也还在，所以，家务、外活都还有个帮手。此时此刻，两家虽然不是血亲。却比血亲还要亲密呢！

关于这张氏几口，在这里也顺便说几句：陈惠赴江陵任时，原来的随侍张六伯年近耳顺，已经难胜工役之任，但念他厚道勤劳，遂将他留在陈村帮着看守门户，听由夫人宋氏差遣，而让其在河北老家务农的儿子张全宝前来代他在身边效力。此外，还让全宝顺便携母至陈村，成全张六伯老俩口晚年的团圆，也算是对他随侍劳碌的一种补偿。

人们都说，陈府是由陈、张两姓合成的一个家。从眼前的情况看，可谓是实话实说，也是对陈家的一种赞誉。因为，像这样的事，世间本来就罕有，出在官宦之家就更让人刮目了。

可惜的是，即使像这样带有悲哀色彩的家的好景，延续的时间也是非常有限的。陈惠回到陈村，真正过上无官一身轻、不为世事所扰的生活，细算起来，其实只有一年多一点的时间。

在这一年多的时间里，有一档事在民间传得沸沸扬扬，几乎是人人扼腕，无人不骂，简直到了人怨天怒的地步。传说谓，皇帝曾下诏，让吏部尚书牛弘重新拟定车驾、服饰及仪仗等制度，又任命开府仪同三司何稠为太府少卿，负责设计制造。此公引经据典，费尽心机，在继承《诗》、《书》记载的传统制作方法的同时，又经过一番删削创新，最后制造出新的衮冕和弁，即皇帝用的礼服和帽子。特别令人瞩目的是由三万六千名卫士组成的大朝会使用的黄麾仪仗、辂辇车舆、皇后卤薄、百官仪服，一样比一样穷奢极侈。自此，皇帝每次游幸，羽仪填街塞巷，绵延达二十余里。其中，羽仪制作的数目非常庞大，飞禽走兽的羽毛需求量当然也就很大，所有这些用料，自然是要向各州县征收。这样，各地民众便不得不广设网罗而捕之，乃至于鸟兽凡堪用者，皆被捕杀殆尽。据传，太湖南岸有个地方叫乌程，那里有棵参天大树，一鹤筑巢其上，繁衍化育，人欲得其羽，却不能攀，于是决定砍树而取之。老鹤虽不通人性，但经验告诉它，覆巢之下绝无完卵，为救其子，遂将自身的羽毛连皮一起剥下，投掷于地。官府以寿鹤有心，献羽呈瑞，上表奏请称颂。可百姓听到此讯，却无不唏嘘叹息。陈惠闻之，则心里愤愤，只是脸上看不出来罢了。

如果说征羽、税毛的事远在南方，陈惠能够仅以一个旁观者、局外人的身份表示内心的不满，那么，对于接下来发生的事情，他就无论如何也不能置之度外了。

陈惠喜静，好思索而话少，一方面是性格使然，一方面是久游宦海，深知言多必有失，虽说君子居多，但小人不得不防，在山雨欲来风满楼的时节，三缄其口尤为上策。夫子曾经告诫过：可与言而不与之言，是为失人；不可与言而与之言，是为失言。智者不失人，亦不失言。三者，与人语，目的是为了交流，不在卖弄渊博，而在心通，话不投机，半句嫌多，所以，非遇灵犀，不开尊口。因此故，他的朋友、常客，说多不多，官场老手、投机商人，他是一个不交；说少不少，村夫，高士，耄耋，少年，皆可登堂入室。就陈村这个小角落而言，陈惠官位最高，学识最出众，又面善心慈，体察民情，所以村民都近似于崇拜他，有消息就向他报告，有问题就找他请教，有心结就对他诉说，把他当朋友，当老师，当长者。里正陈正德甚至于把他当上司，打从陈惠回到村子的那天开始，但凡政事，无论大小，都一个不漏地向他报告，找他商量。

今天一大早，里正估摸着陈惠已经吃过早饭，便急忙赶来和他谈事。按年龄，二人相当，都是五十出头，论辈分，陈惠比里正大一辈，所以，见面时，里正是这样打招呼的："叔，你早。"

"从便。"陈惠应过，看着里正，指指几前的空椅子这样说，随又向外吩咐，"全宝，上茶！"

全宝端茶进来，放到几上，说了声"里正请用"，回头就走了。

里正才端起茶杯，随即又放回原处，未说话却先叹了一声气：

“唉!”

陈惠没有把里正当外人,随便在厅里踱着步,不时摇着手中的羽扇,驱除秋老虎的余热,听到叹声,头也不回,问道:“又派差了,还是征税了?”

里正眼神迷茫,显出一副穷于应付的愁容:“这是怎么回事呢,五月份征河北十郡丁男凿太行,通驰道,说是为了出巡大漠;七月发丁男百万,筑榆林至紫河长城,说是要防突厥。一方面开门引狼,一方面又筑墙拒虎,这都是为什么?”

陈惠正要开口说些什么,不期华爷进来了,招手笑笑,算是打过招呼。显然,华爷在进门时已经听到里正说的话,于是一面就座,一面接茬说:“有人从新都洛阳回来说,明年开春还要挖什么渠来着?”

“永济渠。”里正证实说,“引沁水南流入河,然后北通涿郡。”

“又要征伕百万?”华爷有点不敢相信。

“稍后还要再征二十万筑长城!”里正明显地露出心烦意乱的神色,不停地摇着头。

屋里一时沉默,华爷和里正同时凝视着陈惠,期望从他那里得到答案。

陈惠解甲归田,本来就是出于对官场的讨厌,所以回到陈村以后,就对政事不闻不问,但因为他人望好,所以,各种信息还是不断灌进他的耳里,刚才里正和华爷谈的,以前就知道了。他对这些事自有自己的看法,但从来都未在众人面前说过,今儿这两人都是可以掏心窝的,不忍让他们失望,于是说:“此乃负富强之资,逞无厌之欲,效殷周之制度,慕秦汉之规模也。”

华爷和里正不完全听得懂陈惠所说的话,但能感觉出其内心的激愤。

陈惠心中仍有不平，于是又略带些讥讽口气继续说道："先帝轻徭薄赋，恭行节俭，内修制度，外抚夷狄，日昃忘倦，辛苦经营二十多年，府库充实，人物殷阜，他现在得了手，此时不风光到什么时候再风光？"

至此，华爷和里正终于听懂了，陈惠所说的他，是指今上；所说的"风光"，指的乃是今上恃才矜己，荒淫无度，挥霍国库，耀武扬威，只顾出个人风头，图一己之享乐的做派。

"风光就风光呗，却怎么杀起人来了？"里正嘟囔道。

陈惠知道，里正所说的杀人，是指前不久，大约是七月光景吧，杨广下令杀光禄大夫贺若弼、礼部尚书宇文弼、太常卿高颎一事。前者有克定三吴之功，但因先期决战，虽胜而仍获责于杨广，及嗣位，疏忌尤甚。次者为平陈之谋士，但以才气声望而为杨广所妒。三人之中，高颎最为物议所推，此人既有文武大略，又极明达世务，作为开国元勋，可谓功高盖世，还在杨坚禅位开国前夜，他就曾宣誓受其驱驰而不辞灭族。暨登基，更蒙任寄，竭诚尽节，居功有让，荐举贤良，务使各尽其用，兢兢业业，以天下为己任，凡二十余年，朝野公推，有"真宰相"之喻；但其在平陈期间，效周武王灭商而杀妲己之法，斩亡陈宠姬陈丽华，以及谏阻高皇帝废长立幼，皆与杨广欲望相悖，如此一来，他的命运结局至此已经天定了一半；迨杨广即位，又公然以诏收周、齐亡国乐人及天下散乐事及周天元好声色而亡国故事类比，指修筑长城为"非急务"之举，称朝廷殊无纲纪，夸耀大国，盛饰远略，曲事突厥，太过奢华等等，终于触怒龙颜，这样，命运结局的另一半到此也就最终锁定。

想到这里，陈惠不禁心潮起伏，感慨百端，很为这些忠臣、骁将惋惜，鸣不平，于是用反语表示愤懑和鄙视，说道："竟然在太岁头上动土，虎口拔牙，被诛杀在所必然，不车裂就算是宽容的了。"

华爷似乎还听到些什么新闻，忧心忡忡地接过话头说："到处都在传，鸡多夜鸣。还说，黄昏而鸣，百姓有事；入定而鸣，战事频仍；夜半而鸣，流血漫漫。我仔细听了几夜，果如传说。这恐怕不是什么好兆头。"

里正听到这里，也想起了什么，说："三月间，有卜者观天象，彗星现于西方，光芒竟天，参参如扫，干历癸娄，角亢而没。最近，又见于南方，亦竟天，亦干角亢，频扫太微帝座，干犯列宿，唯不及参、井，经岁乃灭。据此占候得凶兆：去垢布新，即天所以去无道，建有德。彗星现久者灾深，彗星大而事大，行迟者期远，兵大起，国大乱而亡，此外还夹有水旱饥馑土工疾疫。"

说到这里，华爷沉吟片刻，既是自问，又是问大家："难道真的天下要大乱了？"

里正心头也有拨不开的浓云密雾。

陈惠虽有同感，但未形之于色。

华爷比里正看得开些，自解道："嘿，自古兴亡相继，三十年河东，三十年河西，所谓风水轮流转嘛。不是说，君子之泽，五世而斩吗？好的国君尚且如此，如果真是昏君当国，那么，除旧布新，改朝换代，倒是越早越好。只是兵火无情，老百姓又得遭殃了。"

"如今兵火未起，人都已经喘不过气来了。"里正深有体会地说。

众人说话间，芸儿端着一碗药汤进来，递给陈惠，说："爹，到服药时间了。"

陈惠对服药似有抗拒之意，所以漫不经心地回道："知道了，放到案上吧。"

芸儿将药放到案上，转身就要走，陈惠诫道："哎，芸儿还没和爷爷、大哥作礼告辞呢！"

芸儿腼腆地略微抬了抬头，但还是不敢直面客人，低声地说："爷爷、大哥安座！"

里正对芸儿点点头："好，好，好孩子。"

华爷也以夸奖的语气逗趣说："真是女大十八变，芸儿越变越漂亮了。"

芸儿脸蛋儿涨得通红，把头压得更低，羞涩地笑着快步出去了。陈惠在背后又补了一句："把祎儿看紧些！"

"是！"芸儿在厅堂门外答了一声。

三人把谈话的主题由国事转到家事。

"芸儿过十四岁了吧？"

这是里正的明知故问。近年为劳役问题，他对全村男女的年龄就像用篦子梳头一样，不知过了多少遍，几乎都能背出来了，何况这次还是专门为这闺女而来的！刚才一开头不是就谈到开永济渠通涿郡的事了？男女一起征，又是逾百万的天文数字，芸儿这次是无论如何也避免不了了，就是他陈正德再敢顶风冒一次险，按陈惠的端正性儿，也不会去做明知不可为而为的事。今儿此来，就是为了及早提个醒，未雨绸缪，早备良策，免得到时仓促无措，不仅如此，他还煞费苦心地想出一招，但不知管用不管用，也不知陈惠同意不同意，所以，不等陈惠回答，便又加问了一句："可有媒妁之言？"

陈惠笑笑，说："未遑顾及。"

华爷来了兴趣，而且态度认真，说："这可是件大事。夫人仙逝后，你既当爹又当妈的，哪招呼得过来！赶快选个佳婿，也好有事时多个帮手。"

陈惠既不表示赞同，也不表示反对，而是略显犹豫地说："眼下正值多事之秋，谁顾得上谁？"

里正瞧机会来了，显出比华爷还积极的态度，说道："正因为是多事之秋，才更要在不安中求安稳，彼此有个照应。闺女若终身有托，你又省了事，岂不是两全其美的好事！"

陈惠玩味着里正的话，似有所悟，语带玄机地说："嘿，如今徭役频兴，何谓有所托，何谓无所托？三公六卿不谓官不大，见杀见戮，哪一朝少了？君不见，现如今不也是飞鸟尽良弓藏，狐兔尽走狗烹吗？贺若弼军功再高，宇文弼再有权谋，高颎再有文武大略，都难免诛杀，何况你我之辈与芸芸众生？如果人间尽是火宅，又哪里寻安稳处？"

"嘿，天下偌大，风再狂也有刮不到的地方，雨再暴哪能把所有的地面都打湿！"里正不假思索，脱口而出，"《孙子兵法》不是说，三十六计……"

"哈哈，妙，三十六计，哈哈！"华爷悟破三关，情不自禁地欢呼起来。

陈惠微微地扬了扬眉，似笑非笑的，不作言语。

三人沉浸在各自的特定思维境界中，大约延续了那么一阵子。如果把他们此时的脸谱制作成一幅形像图画，那就是：里正胸有成竹，未免自得；华爷大彻大悟，兴高采烈；陈惠城府纵深，难窥虚实，似藏还露。直到祎儿的出现，这幅凝固了的画面才像投石入水那样随波而隐。

祎儿站在门槛外，圆睁双眼注视着厅堂里面三个神情各不相同的人，莫名所以，好一阵竟然没有哪一个注意到自己，于是才打破局面喊道："爹！"

听到这一喊，陈惠首先反应过来。他先是微微一颤，继之从沉思中回归现实，露出严父惯有的面孔，质道："不背书，跑这里来干什么？"

“过来，到爷这里来。”华爷见是祎儿，脸上瞬间堆起笑容，既爱又怜道，“天这么热，人这么小，背什么书！”

“再说呢，如今这乱劲，哪里是读书的地方，读了又有什么用?”里正对陈惠的做法也拐弯抹角地表示了不同的意见。

陈惠听二人如此说，既不急也不躁，既不倨也不漫，而是和颜悦色地讲了一通读书与修身、正己、齐家、治国、平天下的大道理：“你们所说未免偏颇。古训说：学之者将殖焉，不学者将落焉。这是讲的学则进、不学则退的道理。书本者，圣哲贤能所观察、总结出来的机神妙旨也，借之可以了解天地、阴阳的变化，还可以整肃纲纪，弘扬道德，利物，独善。所谓《诗》教人温柔敦厚，《书》教人疏通知远，《乐》教人广博易良，《易》教人洁静精微，《礼》教人恭俭庄敬，《春秋》教人属辞比事是也。国家大业资之，可以养成清明的德治；匹夫资之，可以使自己变成道德高尚的人。为什么我们可以通古，为什么后人可以知今，就因为有了书籍，通过学习，就可以‘不疾而速，不行而至’。当然，书不能死读，学要善于变通，但变通要以中庸为度，这样，通过变通可以扩大知识的妙用，而坚持中庸则可以使妙用持久。先人从据龟象设卦到仿鸟迹创造文字，从结绳刻木到创造书契，都是一个学习的过程，学以致用，学而益进。这个传统，吾辈怎么可以中断？又者，周道衰，礼崩乐坏，孔圣于是修治六经以救之；秦政暴，焚书坑儒，大汉于是复倡儒学于民间。亡羊补牢，虽未为晚，但前车之辙，岂可不鉴？既知世之将乱，受学问道不是更有必要了吗！”

“听君一席言，胜读十年书，老叔见笑了。”里正听后心悦诚服，这样检讨说。

“他大哥说哪里话，你所言自然实在，只是不能自弃呀。”陈惠向里正解释，复又问华爷，“老伯你说对吧?”

“自然，自然。”华爷还是那样乐呵呵的，转而对靠怀站着的祎儿说，“你爹说得对，好好读书，长大后做个有出息的人。”

陈祎离开华爷怀抱正要往外走，陈惠发话了：“且慢，《论语》背到什么成分了？”

“都背熟了。”祎儿答。

华爷睁大眼睛看着祎儿，将信将疑地问：“都背熟了？！”

“都背熟了。”祎儿虽然是回答华爷所问，但眼睛却看着陈惠，很是肯定，很是自信。

“那好，当着爷爷和老哥的面，背将来！”陈惠以不容推辞的口气说。

华爷和里正都急了，几乎是同声恳求道：“罢，罢。别难为娃儿了，俺们都信，都信。”

华爷怕陈惠坚持要背，于是又增加一条反对的理由：“《论语》篇幅那么长，要背完得多少时间！”

陈惠自然知道华爷的话在理，当然知道一部《论语》的分量，二十个单元数千言，才八岁的年纪居然就能背下来，这小子果真有几分天资，内心未免又增加了几分欣喜，爱怜之情也更加浓重，于是实在不忍心摧残这棵刚出土的苗子。再说，背完一部《论语》，的确不是一时半会儿的事情。这样，从本意上说，已经没有了要他再背书的打算。但君子说话，言之既出，驷马难追，虽然华爷和里正都是朝夕相见，再熟悉不过的乡亲邻里，可说话不算数，也未免显得自己太没有分量；另一方面呢，不管自己认为自己多么君子，也多多少少会有些虚荣心，从衷怀深处讲，也有趁此机会炫耀炫耀小儿子聪明劲的想法，于是这又使得他不愿轻易地改变原来的注意。经过这样的一番思前想后，陈惠采取了一种折中的方案：

“好吧，就听华爷和你老哥的意见，不背《论语》了，但得背《孝经》。”

陈惠话音刚落，小陈祎蹭地一下从华爷怀里挣脱出来，再上前两步，笔直地站在陈惠面前，毕恭毕敬，一副随顺从命的模样。众人看在眼里，大为诧异，不解眼前这颗小脑袋又在转悠着什么新戏法。

“如此这般，是何缘故？”陈惠莫名所以地问。

“夫子是曾子的老师，夫子要为他讲授《孝经》，曾子闻师命而避席。顽儿今奉慈训，岂敢怠慢？子之于父反不及徒之于师乎？”小陈祎一本正经，有板有眼、不磕不碰地回答。

众人又是大为惊诧，一时竟然无语。好一阵以后，才各自以不同的方式表示夸奖和称赞：

“哎哟哟，哎哟哟，祎儿呀，真有你的，竟然引经据典说出这番大道理，懂得如此亲亲大理！孝，孝，淳孝！”华爷像发现天大奇迹般称赞毕，转而朝陈惠道，“家有乌雏，恭喜恭喜。”

里正紧接着华爷的话，也说道：“不可思议，不可思议。真乃书香之家，不教而成，业有来人，业有来人！”

陈惠听着对儿子的称赞，脸上风平浪静，胸中却心潮澎湃，他端起桌上那碗凉透了的药汤，将它当成美酒，仰颈一饮而尽，放下碗，瞪着陈祎正色道：“少贫嘴，背将来！”

小陈祎两腿一并，立正应道：“听爹的！”

华爷和里正听着陈惠爹儿俩的对答，都笑了。

第六回

死亡相继宦室生蓬草　遗孤无托空门结净缘

小儿子祎儿的聪明灵秀，着实使陈惠高兴了许久。高兴是深沉的，但却很短暂，因为他得立即面对并着手解决一个十分棘手的难题：芸儿究竟是嫁还是不嫁？乱世荒年的，嫁给谁，嫁到哪里？

里正登门，专门问及女儿婚事，明显地暗示徭役的不可避免性和紧迫性；而“三十六计”的续句则是“走为上计”，也就是说，嫁后便远走他乡，用“躲”的办法来逃避沉重的徭役。在无计可施之时，此亦不失为一种办法。里正的良苦用心，实在让陈惠感激多多。本来嘛，作为黎民百姓，力耕应徭，这是理家兴业的职责，也是忠君报国的分内事。但如今法令滋章，徭役频兴，征税百端，滑吏侵渔，国无宁日，民不聊生，百姓虽微，却也是一条命，既不能坐以待毙，更不能乐呵呵去为昏君效劳，为无谓的徭役去卖命送死。俗话说，恶木之荫不能暂息，民伤则离散，这是迫不得已的事情、走投无路的办法。振叶以寻根，观澜以溯源，责不在民，而在于一人的残暴、贪戾。

主意既定，陈惠于是开始着手选婿。经过一番深思熟虑，他把随侍自己数十年的老仆张六伯叫来商量大计。

张六伯听完陈惠的主意，不禁连忙摆手摇头说：“千万使不得，千万使不得！全宝是奴才、粗人，芸儿是主子、闺秀，门不当户不对的，不匹配啊！”

陈惠解释说：“六伯你言过其实了。我如今已经解职家居，和你一样都是黔首黎民了，怎么可以说是门不当户不对呢？怎么个不匹配？再说，我这个家，就算以前曾经被称作宦门吧，可你是知道的，芸儿和她的兄弟们从来就没有娇生惯养过，只是靠了鄙某的薄俸，一家人才没有断顿儿。至于劳作，细活粗活的，其实和平常人家的孩子并无两样，也是吃得苦，受得累的命儿。说到全宝，这几年在我身边听差，人勤快，手脚也麻利，又憨厚老实，是个挑得起担子过日子的汉子，又知根知底的，芸儿嫁了他，我也就放心了。”

“老爷话虽如此说，这样的婚配，到底还是委屈了芸儿这闺女，我心里老大的不踏实，总觉着会亏欠她一辈子的。所以，此事还望老爷从长计较，另选龙门，更择快婿。”张六伯总觉得事情发生得突然，而且不合情理，像是在做梦似的，根本上是不可能的事情，所以始终持否定态度。

“勤劳忠厚是持家做人的根本，有了这一条，生活就有了指望。这哪里是委屈了芸儿？我倒觉得，日后说不定证明，是芸儿亏得嫁了全宝呢。”陈惠继续说服着张六伯，并最后表明自己的态度，“这件事我思前想后了好几遍，现在就等你拿主意了。”

“老爷不敢如此说，老奴我要羞死了。这样的事情，哪有我拿主意的理儿？要不是害怕糟践了芸儿闺女，那倒真是我累世修行也修不来的福分，高兴还高兴不过来呢。”张六伯觉得主人主意已定，再推辞就是不识抬举了，所以高兴之余又忐忑地问，“那老爷的打算是？”

陈惠见张六伯已经松口，便招呼他坐得更近些说道：“此事并不需声张，连长捷和祎儿都不必知道，只要把芸儿和全宝叫到一起，晓以原委，然后找个月明星稀的夜晚，你们老少四人便静悄悄地离开陈村，回河北老家太行山深处过日子去。”

“这却使不得，老爷。我们带着闺女走了，剩下你和祎儿爷俩一老一少在这儿，日子怎么个过呀！祎儿还小，什么都帮不了你的忙，只会添乱呢。至于老爷你自己，本来身子骨就不硬朗，自离任居家至今，还未调息将养过来呢，万一出了什么事儿，那可是老奴一家的罪过了，怎么担当得起呀？使不得，使不得，这可使不得。”张六伯觉得陈惠的主意不可行，急忙地提出一连串反对理由。

“事到如今，也只好这样了。”陈惠继续说服老张，“陈家在这儿扎根时间久了，乡亲们都热情乐助，还怕饿着冻着不成？你们放心走吧，不碍事的。”

张六伯仍然不赞成陈惠的说法，坚持说：“老爷有人缘，这不假。但如今的时局乱哄哄的，各家都有一本难念的经，自顾尚且无暇，即使还有那助人的心思，恐怕也是力不从心了。再说了，光是每天这几顿饭，谁来做？几担水，谁来挑？园里的菜，谁来管，谁来摘？腊月寒冬里，取暖的火炉谁来生？老爷的心里，能装得下天下文章，可哪里有缝儿塞这些针头线尾的琐事！老爷的手，曾捉管挥毫断天下大事，可哪有空儿过问过那盐油酱醋、锅碗瓢盆！总不能时时、事事都等乡亲、邻里来帮忙吧？”

在张六伯恳切而严肃的质询面前，陈惠处处语塞，无言以对，一时也不知如何是好。在处理此类事情方面，倒是张六伯比陈惠内行得多。他见陈惠陷入沉默，便主动提出了解决问题的方案：“老奴有个念头，或许是个两全之法。”

陈惠抬眼望着张老六:“你且说来。”

张六伯胸有成竹,说道:“不妨这样,由全宝带了芸儿闺女走,老奴留下来继续侍候老爷和祎儿你们爹儿俩。”

陈惠不同意,说:“这哪能成?成全了我这里,又使你们骨肉分离,于理何在,于心何忍!”

“老爷此话太过克己了。芸儿跟全宝走了,与老爷不也是骨肉分离了?而且还得一起过苦日子呢!老爷既然不嫌弃顽犊,老奴就更没有理儿不为老爷效犬马之劳了。”张六伯情真意切地说,“这般处置,老爷不需再为芸儿操心,老奴也不用再担心老爷爹儿俩了,岂不是好事?”

张六伯的话合情合理,陈惠提不出反对意见,算是默认了。

此后不几天,芸儿与张全宝一起离开陈村,回河北太行山老家去了。头几天,陈祎曾问起芸姐和宝哥的事,陈惠回他道:“念你的书,别管大人的事。”

陈祎是个聪明的孩子,打那以后,便再也没有发问过,更没有向外人说起过。所以,在好长一段时间里,村里竟无人知晓此事,当然,里正与华爷除外。

芸儿和全宝走后,陈家的大门又少了两个人进出。陈惠和张老六夫妇虽然同住一个屋檐下,但在生活方式、文化层面、兴趣爱好等诸多方面却形同两个世界的人,可谓没有共同语言。所以,张老六夫妇整日里除照管陈惠父子三顿饭之外,便是尽量找些针头线尾般的事来充实生活,一件接着一件,没完没了,循环往复,即使是夫妇之间,也难得有一句话,更不用说和陈惠交流了。而陈惠方面,一天里除了吃饭睡觉,有时和上门造访的邻居闲聊闲聊之外,其余时间便是读他的三坟五典、八索九丘、六经左传以及诸子之说，而尤其悠游于老庄之学，追求克己、无功、无名的境界。自然，教育儿子也是每日里必不可少的功课，只是，从现实计，教授的内容多为夫子的经世之学。

在安静而沉闷的生活中，陈祎是唯一好动而富有生命力的因子。他是一粒投入水中搅起生活涟漪的小石子，也是将张六伯夫妇与其父亲这两个不同世界连接起来的唯一纽带。陈祎有时因为玩过头忘了学习，或者文章背得不够流利而受到父亲的呵斥，张六伯便会及时地赶来呵护；而张六伯要了解陈惠的起居状况，也总是通过陈祎获得第一手信息。就这样，原来并不通畅的两个世界终于连接起来，融洽而且协调，日子过得倒也其乐融融。

光阴荏苒，寒暑倏忽，日子已经过到大业五年的秋末冬初，在陈惠家这个平静了一段时间的小港湾里，如今又刮过一阵狂风，而且，狂风掀起的巨浪竟然倾覆了一艘大船，这真是意料不及的变故。

近几日，有消息不断地传到陈村：薛道衡因上《高祖文皇帝颂》被敕令缢杀。这薛道衡何许人也？他的被缢杀，为什么会引起陈惠心潮起伏？

薛道衡以文才有名于高齐、宇文周之世。杨坚受禅建隋后，他从内史舍人做到淮南道行台尚书吏部郎、吏部侍郎、内史侍郎、仪同三司。隋文帝为奖挹其勤劳，复又进位为上开府，位同三公。由于久当枢要，才与名兼显于世，从太子到诸王均争与交结，像高颎、杨素等一类重臣也雅相推重，于是声名藉甚，无竞一时。仁寿中，隋文帝忽然觉得，让薛道衡长时间主持机密并不是一件好事，于是不惜割爱断臂，出为襄州总管，最后转番州刺史。杨广篡位之后，他要求致仕退休，回到京城。可风尘未拂，他便奏上一篇《高祖文皇帝颂》，颂扬先帝创业垂统的圣德、统一四海的神功、禋祀上帝的大孝、偃武修文的至政。但是，令薛道衡始料不及的是，他感恩戴德的一番肺腑之言却成了十恶不赦的罪过。杨广认为，薛道衡你赞美先朝，不过是要吐《鱼藻》之骨鲠罢了。这是什么意思呢？原来，《鱼藻》本是《诗经》“小雅”中的一篇，内容是以鱼在水草中快乐游泳来映衬周武王住在镐京的安宁和舒服，用以反刺周幽王时万物失性、人民颠沛的恶政。这样，经过如此这般的比对、附会，薛道衡便成了“借古讽今”、“诽谤今上”的罪人。这可是要丢性命的重罪啊！就在杨广准备治他罪时，好心的同僚提醒他要立即杜绝宾客，卑辞下气，冀免祸于万一。但他却以为这是危言耸听，仍然执迷不悟。当时，朝廷正在讨论新令，久不能决，薛道衡看着眼痒，又忍不住放话说：“哼，要是高颎还在，这新令早就议定颁行了。”佞臣耳长，将此话密报了杨广。杨广听后怒不可遏，恶狠狠地说：“你在想念高颎啊！”说罢，即令执法者勘验此事。薛道衡自以为不过是说了一句实话，何错之有？非但不思悬崖之险，反而快马加鞭，催促宪司快办早断，而且于听事当日自作聪明地吩咐家人准备好酒馔，用为赦令下达时招待登门庆贺的宾客。但是，他想错了，杨广没有赦他的罪，而是令他自尽。薛道衡没有丝毫思想上的准备，所以，闻敕后，犹如五雷轰顶，昏然不知引诀。最后竟至于被敕令缢杀，妻子远徙边陲且末。

陈惠虽然未曾与薛道衡有过交往，但却深知他的大名，所以，当听到其遭遇不幸时，就难免不在心中拍案了。公道地讲，薛道衡以他的才能受到皇帝的重用，但并不等于他就是一个完人，在巧滑的人看来，其所为显得十分迂腐。你看，致仕便致仕了，退休便退休了，好好颐养你的天年，不比什么都好？还上什么鸟《颂》？还表什么忠心？还感什么恩德？你好心，别人却当成驴肝肺，吃力不讨好，想尽忠却换来了个杀头结局，何苦来着？俗话说，不在其位不谋其政；又说，不吃那份斋，不撞那口钟。那新令定与不定，行与不行，与你何干？都退休了，还仗什么义，执什么言？更迂的是，哪壶不开你提哪壶，这不是等于公开与皇帝作对，不给人家脸？愚不可及，不碰钉子才怪哩！不过，要是都这样评价人，这天下就没有什么是非好恶之分了，朝廷也就没有什么谏臣、诤臣了。《诗》谓："父兮生我，母兮鞠我。拊我畜我，长我育我。顾我复我，出入腹我。欲报之德，昊天网极。"子之于父如此，臣之于君亦如此。薛道衡受君之重，驱驰丹陛，感恩而起颂，自然之理。他学填海之禽、泣河之士，不图增地益流，唯在尽心之所存，忘力之所及，缘毫翰而希赞述，其心不谓不诚，其情不谓不深，其意不谓不切。好端端的行为，却落了个杀头的下场，这岂不是欲加之罪，何患无辞吗？薛道衡颂的是谁？是你老子，是先帝，连这样的人都要杀，是既不忠又不孝。不孝不忠，是为无道，是为淫暴。夫子曾说过，天子有诤臣七人，虽无道不失其天下；诸侯有诤臣五人，虽无道不失其国；大夫有诤臣三人，虽无道不失其家；士有诤友，则身不离于令名；父有诤子，则身不陷于不义。故当不义，则子不可不诤于父，臣不可不诤于君。又说，君子之事上也，进思尽忠，退思补过，将顺其美，匡救其恶。法者，政之则也，久议不决，必碍施治。忧国而思贤，不奖而反惩，这天下还有正道和直道吗？

正值陈惠情绪最糟糕的时候，忽见厅门外有人影晃动，不禁喝问："是谁？"

"爹，是我。"陈祎手里拿了一本书，恭顺地站在门外。

"来干什么？"陈惠声音里流露出几分烦躁。

陈祎平静地回答："爹不是说要检查功课吗？"

"为甚么现在才来？"陈惠烦躁不减。

陈祎迟疑了一下,还是平静地回答:“爹吩咐今日隅中来哩。”

“我说的是日中。”陈惠烦躁到几乎不讲理的程度。

陈祎虽然惊怵、惶惑,但还是很镇定地说:“爹,你约的是隅中,儿按时来了,见你心情不好,我一直在门外等着。就算是日中吧,现在也到时辰了。”

陈惠厉声道;“你没看我正有事吗!”

陈祎不知怎样回答才好,眼里噙满了泪水。

张六伯从一开始就站在僻处观察这爷儿俩的动静,这时,看见祎儿受委屈的样子,便急忙提了壶开水进来,给桌上的茶杯满上,说:“老爷,你喝杯茶,暖和暖和。”接着又转过身招呼祎儿,“外面怪冷的,有什么话进来给爹说。”

张六伯及时地满上的这杯茶虽然冒着热气,但却有效地浇灭了陈惠心中的燥火。他猛然觉得自己失态了,并且为自己的“健忘”和语无伦次深深地自责,本能地而不是理智地招呼陈祎走到自己跟前,情不自禁地将他紧紧搂在怀里,似乎是在借用这种方式表示反省、后悔,并请求一颗被无辜伤害了的幼小心灵的原谅。他开始在心里反躬自问:自己曾立志学许由颍水洗耳,超然于物外,自信既往也未曾留恋权势和利禄,不想今日还是被一个薛道衡之死弄得神魂颠倒、七窍冒烟,可见修行尚未到家,尘心仍未泯灭,远未达到物我两忘的境界,还未达到万物相通浑一的本然认识,所谓小知閒閒、小言詹詹者是也。经过这样一番检讨,他觉得眼前明亮了许多,心情平静了许多,思想开阔了许多,认识到自己还不是无己的至人、无功的神人、无名的圣人。

张六伯看见父子俩重又亲爱如初,便如释重负般不声不响地走开了。

良久,陈惠松开怀抱,将清瘦修长的两只大手按住儿子小小的肩膀，威严而又不失慈祥地说："记住，爹期望你鹏程万里！我现在有点累了，功课放到午后申时再检查吧。"

未时过后，陈祎手中拿着一本《孟子》，准时来到厅堂，父亲不在。他站在那里，一动不动，静静地等候了许久，但还是不见那个高大的身影出现。

申时将尽，还是没有动静，陈祎想出去问问六伯，但又怕爹此时出现，责备自己不守时。正不知如何是好呢，六伯却出现了，一老一少各自圆睁着疑问的大眼睛看着对方，显然都在发问："你爹呢？""我爹呢？"焦点都是陈惠其人。

按习惯，每日午饭过后，陈惠都要躺上半个时辰，然后起来。这时，张六伯总是不迟不早地提了壶开水进来为他泡上一杯茶。之后，陈惠即就桌旁椅子坐下，一边看书，一边喝茶，直到日入、黄昏。今日未时，张六伯也曾提了水进来冲茶，但未见陈惠，以为他因早上的事过于激动，想多休息一会儿，所以也就不太在意。其后，他回到自己的屋里，一边假寐，一边竖起耳朵，不放过整个院子里的任何一点儿声响，所以，他自信自午时至今，这家里绝对没有任何人出入过。

这样想着时，张六伯赶忙示意陈祎进卧室看看。

陈祎看后出来说："爹还在休息。"

张六伯听后，心里觉得事情有些蹊跷。凭自己在老爷身边侍候的经验，他午间休息从来就没有超过半个时辰的，今天破例得也太离谱了吧？不过，最后还是那条旧理由冲掉了他的警惕性。

快到晚饭时分，还是没见人影。张六伯忍耐不住了，又催陈祎进房去看动静。

陈祎出来说："推了几下，爹还没有醒。"

这一下，张六伯方才急了，连忙亲自进房看究竟。走近床边，他先是轻轻地喊道："老爷，快醒醒，白天睡过了头，晚上就不好合眼了呢。"

陈惠没有反应。

张老六接着又说道："老爷是哪里欠安了？要不要叫华爷来瞧瞧？"

陈惠仍然没有反应。

至此，张老六真正急了，赶忙上前伸手摸了摸陈惠的额头，既接触，心头不禁颤了一下，接下来又不由自主地做了几个下意识的测试动作，结果都很令人失望。终于，张老六彻底地崩溃了。他转身从房里出来，简单地对老伴吩咐了几句，接着就疯也似地冲出了大门。

不久，张六伯回来了，跟在身后的是华爷、里正和郝妈。

四人径直进了陈惠的寝房。

良久，当华爷四人从房里出来的时候，个个都是一脸的沉重，在厅堂里或坐着，或站着，或蹲着，好一阵没有说话。期间，郝妈拉过祎儿，紧紧地搂在怀里，就好像怕他丢了似的，老泪止不住地往下掉，嘴里喃喃道："娃好，娃乖，娃是男子汉……"

郝妈越喃喃，泪水便越是难以控制，最后竟至于悲痛难抑，失声大哭起来。

直到此时，陈祎的感觉里还没出现"死"这个概念，但从大人们一连串活动和表情中，却已经猜着父亲发生了什么不测，而且很是严重，因为觉得严重，所以连问都不敢问。由于担心和惶恐，于是也跟着郝妈一起哭了起来。

华爷、里正看着一老一幼哭泣，也都有说不出的心酸、痛楚和哀愁。

陈惠死了。华爷的结论是：气塞猝亡。理由是，陈惠解职回来后，身心略显疲敝，但查无病症，平日里吃些药，不过是益神补气而已。几年下来，他们朝夕相处，从没听他说过腰酸腿痛的，也经常为他望、闻、问、切过，总的说来还算正常。所以，唯一的结论只能是，劳心过度，气血不济，突然撒手。

事发的当天，里正陈正德就急匆匆地赶到东都洛阳城南净土寺，找到陈惠的次子长捷，告知其父突然去世的噩耗，然后一起回来处理丧事。又多得乡亲们的鼎力相助，丧事倒也办得顺利圆满，这里放下不谈。

陈祎五岁丧母，十岁丧父，宦门娇子不幸地沦落为无依无靠的孤儿。俗谓"长兄如父"，在长捷看来，由于三弟服役，至今不知所之，妹子嫁人，远在千里之外，于是，自己便成了祎儿的唯一至亲。可是，自己已经落发出家，不可能还俗来继承这份家业，抚育年幼的弟弟。再说，释子无家，以天下为道场。一个无家的僧人，也是没有抚养能力的。又者，陈姓的族人虽然不少，但一方面是陈家没有求人的习惯，二是现如今正是多事之秋，岁月艰难，寄托他人，也不合适。所以，最后剩下可走的路便只有一条：与空门结缘，让他跟自己到净土寺去，先做个沙弥过几年，长成后，若有缘，便削发染衣，若无缘，也有了自食其力的资本。但问题是，他愿意不愿意这样做呢？

在办完父亲丧事的当夜，兄弟两人躺在同一张床上，相互依偎着，在黑暗中进行着一场事关前途、命运的对话：

长捷："祎儿，咱娘和爹都走了，你今后怎么办呢？"

陈祎："爹和娘为啥都是说走就走呢？"

长捷："人生无常啊。"

陈祎:“什么叫无常?”

长捷:“就是说,世间万物,生灭随时,都不是永久性的。人也一样,生和死的事情,随时随处都会发生,不会长生不老,因此也就没有人可以万寿无疆。”

陈祎:“可村头寺里的老师父说,咱娘没有走。”

长捷:“你说的是永泰寺的悟静师父?”

陈祎:“是的。她说咱妈慈悲,大家都会记住她的。”

长捷:“师父说得对,咱娘咱爹都是好人,因为我和你,还有大家,都记住了他们,所以说他们没有走。只是,生和死的事,你现在还不懂,以后慢慢体味吧。我问你呢,今后咋办?”

好久,陈祎没有回答,他张大眼睛看着房顶,但黑暗使他什么也看不见。

长捷:“我问你呢,今后咋办?”

“不知道。”

陈祎被催得没办法,便照实说了,声音很小,像挤出来的一样,很无力,很无奈,很迷茫。说完,他侧过身,一双柔弱的小手紧紧地搂着哥哥的脖子,小脸贴着他的大脸。

长捷隐约地觉得自己的脸潮湿了,但他一动不动,只是用心去感觉和体味,然后轻声地问:“你哭了?”

陈祎没有回答,但小脸与哥哥的大脸贴得更紧了。是啊,生活或许是灿烂多彩的,但同时也会有风雨和阴霾,生活既诱人,也会令人恐惧。十岁的孩子,他不过是地里刚出土的小苗,巢里破壳不久的雏鸟,正是最需要呵护的时刻,你能期望他去搏击风云,抵御冰霜?俗话不是说,有娘的孩子像块宝,没娘的孩子是根草吗?一个十岁的孤儿连草都不如,要他填写生活的答卷,回答高深的人生问题,这实在是太苛刻了。陈祎的娇嫩、柔弱,使长捷不忍按照原先的设计继续提出问题。

可是，出人意料的是，正当长捷一筹莫展的时候，陈祎却说话了："哥，我跟你走！"

声音仍然很小，但显示着几分坚定。

长捷不敢相信自己的耳朵："什么，你在说什么？"

"跟你走。"声音里没有任何犹豫。

长捷还是不敢相信："跟我走？到洛阳净土寺去？"

"唔。"陈祎的那双小手将长捷的脖子搂得更紧了，唯恐他会把自己甩掉似的。

听清了弟弟的肯定回答，长捷有如卸下了千斤重担，但心里并无高兴愉悦的感觉。在世俗人的眼里，出家为僧，往往被认为是不得已的选择、无路中的路。何况，他能否经受得起佛门粗茶淡饭、青灯孤影生活的考验，也还是一个大大的问号。想到这里，他便直截了当地问道："寺里的生活很清苦，又不能吃肉吃蛋的，你能受得了？"

陈祎："我在家也不吃肉。"

长捷："每天还要干许多杂活。"

陈祎："我在家也抱柴、扫地，还跟张爷爷、张奶奶到地里浇肥、摘菜呢！"

长捷："还要背诵佛经呢！"

陈祎："我把《孝经》、《论语》、《孟子》都背诵下来了，佛经比这还难吗？"

长捷："应该是最难的。"

陈祎："佛经里都讲什么？"

长捷："讲什么？讲去恶从善，讲行善积德，讲慈悲喜舍，讲救苦救难，讲众生平等，讲护生放生，讲和睦团结……"

陈祎:“也讲观世音菩萨吗?”

长捷:“何止讲观世音菩萨！还讲普贤菩萨、地藏菩萨、文殊菩萨、弥勒菩萨,还讲过去佛、现世佛、未来佛,还讲四大天王、五百罗汉,等等。”

陈祎:“这些人都是干什么的?”

长捷:“都是行善积德、慈悲好舍、救苦救难的好人,是众生学习的榜样。”

陈祎:“他们都跟咱娘咱爹一样啊,那我念,我一定念。”

长捷轻轻地捏了一下陈祎的屁股蛋,算是一种奖赏,说:“祎儿真乖!”

这次谈话,比长捷预期的要顺利,也还圆满。他惊喜地发现,弟弟很聪明,而且心善,心正,用佛门的话来说,就是所谓的利根上器,经过一番磨砺,或许会有不期的收获。

就这样,陈祎跟着哥哥长捷出离了红尘世界的大门,踏进了清净世界的大门,从此岸走向彼岸,从有限走向无限,从轮回走向永恒。这是旧生活的结束,同时也是新生活的开始。

不过,对于一个才十岁的孩子,人人都可以提出这样的问题:在解脱生死大事的漫漫长路上,小陈祎能走多远？能走到底吗?

第七回
童稚无邪道心通灵　天性难泯百戏牵魂

史家说，天作孽，犹可违，人作孽，不可逭。又说，吉凶由人，妖不妄作。道理很清楚：天下之治与乱，人为第一因。前面说过了，当朝的主儿一方面是刚愎自用，妒贤嫉能，锄骨肉，屠忠良，为所欲为，无所不用其极，另一方面则凭借先朝积下来的那点儿底子，负富强之资，逞无厌之欲，只顾在神州大地上营造他的淫乐窝，压根就看不出他有什么治国的方略和功夫，一副聪明的头脑统统用到了骄、奢、淫、逸这些个方面。为了达此目的，真可称得上是挖空心思，绞尽脑汁了。到了大业六、七年这光景，非但未见有丝毫改弦更张的苗头，反而是像大火遇上了狂风，越烧越旺，愈演愈烈；民情像一口煮开了的锅，沸沸扬扬；国势像高山走石，一落千丈。九州之大，竟然没有一间静室。

却说陈祎跟着哥哥长捷来到净土寺，转眼之间已一年有余。时间不算长，但小家伙长进很快，长捷布置的那几篇经文如《无量寿经》、《观无量寿经》、《阿弥陀经》、《往生论》等，都已经背得滚瓜烂熟。这期间，几乎用不着长捷催促，当然也不知道他从这些经典中看到了怎样的世界，那专注的神情，像着了迷似的，有时几个时辰身子连动都不动一下。

这天，他正在按照长捷的布置，读诵另外一部经典《弥勒成佛经》，虽然只有一卷，但却整整耗费了几个时辰。当他掩卷背诵完经文时，方才觉得肚子有点饿了。他站起来准备去吃饭，不料竟然趔趄了几步。到得斋堂前，一看，门已经关了。自然，饭是吃不上了，因为寺院有条规矩：过午不食，这是通例。

正当陈祎闷着头往回走的时候，斋堂门吱的一声开了一条缝，并且从里面传出轻轻的喝声："往哪走！"

陈祎没有思想准备，不禁吃了一惊。回头一看，原来是斋堂厨头慈心老和尚，这才定了神，并且不暇顾盼地溜进了斋堂。

厨头慈心把门重新关好，然后把陈祎带到紧挨着香积厨的卧室，将桌子上扣着的大碗掀开，推过满满的一碗盖浇饭，态度严肃地责备道："总是忘了时辰，还不赶紧吃！"

陈祎并不拒绝，也没有丝毫的难为情，靠着桌子就狼吞虎咽地吃起来。看情景，这样的事恐怕已经不是第一次了。

慈心和尚与陈祎间的亲昵关系，如果不是在寺院这个特定的环境里，人们可能要误认为他们是爷儿俩呢。

为什么这一老一少如此亲昵？原因之一是，慈心和尚是孤儿出身，陈祎如今也没了爹娘，于是同病相怜；原因之二是，全寺上下都知道陈祎聪明，经念得好，且又乖巧，一有空就到香积厨来扫地、摘菜什么的，活儿虽然不算干得太多，但那颗乐于助人的心却让人喜欢。再说慈心和尚这个人，大家称他"老"，不是因为他年纪大，而是因为他才四十出头，却有着一副饱经风霜的老相，由于心宽，吃得下，睡得香，体胖腰圆，又时常堆着微笑，颇有几分大肚弥勒模样，倒也与他的法讳名实相符。这样的人与娃儿之间，本来就有一种说不清的亲合情缘，何况陈祎又是一个乖乖童子。以是故，这一老一少便成了东京净土寺里的忘年交。

斋毕，陈祎在水池旁洗钵，慈心和尚上前抢过代他洗，一面洗一面说："寺里律规严格，今后再耽误，就只好饿肚子了。记住没有？"

"多谢师父，记住了。"陈祎答应着。

陈祎出了斋堂，径直往寮房走去，想小憩一会儿再读诵经卷。

进得屋里，却意外地发现众僧都没有休息，而是围作一团，正在议论着什么事儿。因为饭后来了困意，陈祎顾不得这许多，倒在床上就想睡，蒙眬中却听到众僧窃窃私语：

"那帮壮士几十上百名呢，都穿着一色的练衣素冠。开始时，手里或持花或焚香，自称是弥勒佛下凡，蜂拥着通过天津桥冲向皇城端门。守门卫士不明底里，以为是僧家在搞什么佛事活动，所以一个个稽首致敬。可是，当他们走近卫士时，却突然扔掉手里的香、花，猛地从卫士手中夺过器杖，同时举起造反的义旗。说也凑巧，正在这关节上，齐王杨暕上朝奏事，行到这里，看见光天化日之下竟有敢夺禁卫之器杖者，也不问原由名籍，抽出随身佩剑，迅雷不及掩耳般连杀数人。其他人见状不妙，急忙夺路四处逃走。那杨暕和身边侍卫紧追不舍，但终因人手少，当场只抓住了十余人。"

"那其余的人呢？"

"不知去向，正在全城搜捕呢！"

"这事儿是真的？"

“谁敢造谣，我活腻了不成？”

“唉，这个年过得真不安宁！”

“还想安宁？我看这才是开始呢。这几年徭役不息，兵革岁动，虽有律令，但不过是招牌、幌子罢了。如今贿赂公行，穷人连说理的地方都没有了。”

“没听说吗，皇上出巡突厥经过北边，也亲眼看见了失业百姓道殣相望的苦状。”

“去年河南、山东水灾，被淹没的就有三十余郡呢！”

“听说现在又要兴兵高丽，从各地搬运粮食、攻具到前方，担的担，挑的挑，岸牵水挽，往往数十上百万人，劳顿饥饿，死人相枕，臭秽盈路，惨极了。”

“为了造渡海作战的大船，船工长时间泡在水里，腿上、身上的肉都烂了，骨头都露出来了。”

陈祎一听到百姓受苦的话，身子就像被蝎子蜇了那样颤动了一下，下意识地蜷缩起来，全然没了困意。隔了一会，又听一个僧人说道：“天下都乱成一锅粥了，还在游幸江都，东巡会稽，建汾阳宫，征民间美女，唯恐享不尽人间福乐。唉……”

陈祎年纪虽小，但已善恶分明，听到这里，不觉心里烦躁起来。他再也躺不住了，便不声不响地爬起来，又不声不响地走了出去。

净土寺位于洛阳城南伊、洛二水之间，负帝城而望嵩高、少室。寺内复殿重楼，青台紫阁，山池相映，松竹比高，兰芷争幽；四周清林绿水，高爽平阔，形胜之最。虽是冰封季节，风韵犹在。从有隋初季开始，高僧海玉、灵干就住寺弘扬华严学。招提之美，学薮之富，一方可数。

陈祎漫无目的地在院内溜了一圈，胸中的郁闷仍然没有减去多少，于是想找一个好去处排解排解。心里这样想着，便站定抬头搜索，不意正好处在藏经阁下。

这藏经阁是一座方形双层廊庑钻尖顶式建筑，本来就是寺内最高的殿宇，加之又建在一高台基上，所以，登之不仅可以俯揽全寺，而且可以北看帝宫，南看伊阙。陈祎不暇思索地信步拾级登之。到得二层，凭栏放目，伊、洛二水从眼底蜿蜒流过，石台、四夷馆等古迹文物尽收眼帘。寒风，疏林，辽阔的天宇，果然使陈祎的心胸顿觉清爽起来，郁闷似乎也在不知不觉中烟消云散。不仅如此，而且还有了一种诵经的冲动，于是取出随身携带的《弥勒下生经》，整襟拭目，准备开诵。

刚要开口之际，山门方向突然传来连续不断的嚓嚓脚步声，紧接着又是吆喝呵斥声，再下来就是僧众惊恐之声，乱哄哄、闹嗡嗡的，连成一片。陈祎知道，经是诵不成了，于是索性在回廊中央盘腿而坐，正身挺腰，双掌手心向上叠放在脐下，口里念着阿弥陀佛名号，企图借此来消除内心的烦乱。

却说院子里的脚步声、吆喝呵斥声，原来都来自禁卫兵。他们一路追踪端门前逃脱的反叛者，挨门挨户地清查搜索。在寺里，他们逐殿逐室地细细查了一遍，并且将所有僧人都赶到大雄宝殿前，住持上座海玉老和尚，还有老和尚的座上宾、现任大理卿郑善果大人亦不例外。

自然，陈祎也最终被发现并解押前来。羁押士卒如获要犯似地向长官报告说：“他躲在后面楼上……”

“我不是躲在楼上，我是坐在藏经阁回廊上。”陈祎更正说。

“我问他坐在楼上做什么，他回说在捉贼。”兵卒在继续禀报。

长官听兵卒如此说，不屑地斜了陈祎一眼，说：“你也在捉贼?!”

陈袆回答:“是。”

僧众一片惊讶。

长捷听弟弟如此说,不禁心头一紧,担心地想:“一个娃儿,捉什么贼? 口出狂言,惹是招非,可不是闹着玩的。”

长官紧追不舍:“贼在哪里?”

“在心里。”陈袆的右手掌按在胸口处。

“别胡说!”长官带着训斥的口气。

“我说的是实话。”陈袆回答。

“还在胡说! 牛大的一个贼,怎么可以藏在心里?”长官质问道。

陈袆回道:“人不可以躲在心里,贼却可以。”

“你莫非也想造反……”

人众中一直默不作声的寺中上座海玉老和尚看着校官将要发作,唯恐捅出大娄子,便欲上前分解。身旁的大理卿郑善果伸手微微一挡,徐步出列,对那校官说道:“长官且莫动怒,我来代你查问。”

“你是何人?”校官质问。

“本官姓郑,名善果……”

“当朝大理卿郑大人! 卑职失礼了。”校官一听郑善果三字,如雷贯耳,失色地箭步上前,握拳单跪致礼道歉。

郑善果蔼然一笑,抚慰说:“你一心为公,何礼之失! 只是佛门中事,你未必完全尽然。待我替你继续审问,可否?”

校官欣然回道:“卑职万幸,请大人审之。”

郑善果转向陈袆:“沙弥不可造次。你老实说来,可曾真的见了贼?"

陈祎不改前言:"真见了。"

"贼在何处?"

"在心中。"

"偌大的贼,如何能藏于心?"

"人不能藏,贼能藏。"

"此贼何物?"

"此贼就是贪瞋痴。"

校官听之,茫然不解,郑善果解释说:"此贼者,非彼贼也。这贪瞋痴乃众生通病,执着于心,蒙蔽真性,因此无明。三贼不除,心所不得安宁,难出生死苦海。捉贼者,止恶行善也,离欲出世也,转染成净也,证菩提入涅槃之通途也。"说到这里,遂又转身问陈祎,"可是此意?"

陈祎点头:"正是。"

大理卿:"何不早早禀明?"

陈祎坦然:"我只知有心贼,不知还有反贼,也不懂什么样的人叫反贼。"

僧众中嘈杂私语声四起,有人愕然,深恐陈祎的话冲撞了禁卫官兵和朝贵,会给寺院惹来麻烦;有人称赞这小沙弥有胆量,遇事竟然能如此从容镇定;有人钦佩他的聪明机智,深得法要,语出惊人。

禁卫官兵在净土寺没有发现任何可疑人物,撤走了。众僧正要散去,上座海玉长老连忙叫住说:"且不急着散,寺里正有事要宣布呢。"

众人就地站住,屏声静气,海玉长老这才继续说:"郑大人适才来寺通报，有司业已布告，洛京拟于夏月度二七僧，凡追仰如来、皈依八正、德业可称、年在弱冠者，均可报名，然后择优录取。具体事项，当于近日露布。”

说到这里，长老转身将大理卿郑善果让到前面，郑重介绍说：“这次剃度的主管就是当朝大理卿郑大人。”

这个消息将刚才禁卫官兵前来搜索所造成的沉重、紧张气氛一扫而空，特别是那些投师味法多年而岁数较大的行者，更是显得高兴，人人摩拳擦掌，跃跃欲试，都想把握住这次难得的机会，为了却人生一大事因缘走出这重要的一步。

可是，这个消息对陈祎来说，却是另一番滋味了。

开头说过了，陈祎自从进了净土寺，就像换了个人似的。原来总觉得自己命苦，几年之间，先失去了娘，既而又失去了爹，哥哥姐姐虽有数人，但又天各一方，家不成家，甚至生死未卜，自己现在就像一只嗷嗷待哺的羔羊，突然断了奶水，失去了依靠，没了遮风挡雨、避寒保暖的屏障，要不是跟着哥哥来到净土寺，命运，肯定不会比冰天雪地下的一棵小草更好一些。每每想到这些，心中就难免抑郁，脸上就难掩愁容。可现在不一样了，他虽然依然喜欢独处，但并不感到孤单；虽然父母没有复生，一家也难以团圆，但再也没有生离死别之痛；虽然每日所食不过是清汤寡水，但心里却觉得生活比往时充实、踏实了许多。所有这一切变化的原由，都要归结于新近所读过的那几本经书，即使掩卷也抹不掉印在脑海中的法藏比丘和上了天又重新回到人间的阿逸多的形象。从这两个形象中，他获得了善的引导，感受到了爱的滋润，体验到了救人助人的快乐。虽然，他现在还不能肯定极乐世界、兜率天宫是否存在，也不知道自己能否最后荣登如此福地，但这些都不是最重要的；令他忘情和陶醉的是，他的胸中已经吹进了春风，他的心里已经流淌着清泉。因为他已感觉得出温馨和明净的存在，并且正在从心灵深处向整个世界流淌和传播。正是这些蒙眬的、但却在不断生长的思想、念头，使他产生了一种强烈的欲望，一种执着的追求，一种带有神圣色彩的责任感。而现在，又要开始度僧了，进入极乐世界、兜率天宫的大门已经在眼前敞开，他能不动心，能不努力争取吗？

但是，非常遗憾，陈祎这次偏偏就进不来。因为，海玉长老说了，后来贴出的告示也写明了：在冠以后，即到了二十岁的人才有资格报名申请。显然，他今年才十三岁，离二十岁还差老大的距离呢。

这条规定未免有点残酷，并且，既经公布，这就意味着不能再更改了。

不过，陈祎心里不服。他先是不相信自己只有十三岁，所以，从开皇二十年到大业八年，掰着指头算了好几回，只是回回的得数都是相同的，岁数一点儿也没有增长。后来，连自己的记忆都不相信了，于是特意跑去问二哥长捷。二哥想都没想，就脱口回答了他。当然，结果也很使他失望。

在年龄上无法找到突破口，陈祎转而又审视起文告的规定来。在他看来，皈依三宝不分先后，成佛唯看功夫深浅，授戒却要设年龄门槛，这样的规定压根就不合众生平等的意旨，不公平！

世间的事情就是这样：当一个人的某种强烈欲望被挑起来的时候，却发现有人在其前进的道路上设置障碍，那么，前者对后者的反抗，或者说抗拒，就难免不是强烈的了。陈祎当下的情绪和行为就是如此。

可以庆幸的是，初步的结果是陈祎如愿以偿通过了报名这一关。这一方面是由于他能据理力争,另一方面也多少得力于死缠硬磨的韧劲,当然还由于寺内三纲对他的了解和赏识。只是,这个结果是阶段性的,暂时性的,非决定性的。在整个洛京的最终选拔中,没有了这样的地利、人和,还能不能顺利过关,能不能最后胜出,非但是疑问多多,而且很可能是失望大于希望!

对有理想的人来说,既定目标既是一种巨大的引力,也是一种巨大的推力,当脚步朝着目标迈开了之后,就已经走上了一条不归路,再也没有回头的份儿,只能借力、顺势地往前走。陈祎人小志大,还有一股倔劲,既决定了想做、要做的事,就不愿再放弃它,就会竭尽全力去达到目的。小脑瓜在想,在这次众僧的角力中,自己年纪最小,先天不足,处于劣势,要想最后实现愿望,必须在功课方面比别人高出一筹。所以,自打报名以后,他几乎就像闭关一样,整天呆在藏经楼上,经律论三藏啦,各种章疏啦,贤圣集传啦,等等,凡是他能够看懂的,都极力去浏览。也正是从这个时候开始,他才感觉到,佛法简直就像是头顶上那个天宇穹庐,深邃无底,莫测高深。也正是由于有了这样的感知,他反而觉得现在的生活比以前更加有滋有味,更热衷于去了解那个未知的世界。当然,陈祎此时还没有意识到,这是一种知难而进的精神,更不知道,这种精神将会成就怎样辉煌的事业。

在学海的嬉戏中,陈祎竟至于忘掉了外面的世界。这天早斋过后,他连僧舍都未回便直接上了藏经阁,但门尚未开,等了一阵子,知藏,就是藏经阁的管理员本通法师才来了。他不仅没有因未按时开门道歉,反而惊诧地问道:“怎么你还来,没和其他弥子出去呀?”

陈祎一时摸不着头脑,反问:“出去,做什么?”

知藏略显诧异“做什么？你不知道?”

陈祎还是一头雾水:“知道什么呀?”

知藏把门推开,走进阁内,一面收拾桌椅,一面慢吞吞地说:“你真是个小书呆子！外面热闹得翻天覆地似的,你还蒙在鼓里。”

陈祎下意识地问:“禁卫兵又在抓人?”

知藏瞥了陈祎一眼,看着他那糊里糊涂的样子,不禁乐了:“呵呵,你还忘不了那档事,还心有余悸！外面人山人海的,谁抓谁,高兴还高兴不过来呢!”

陈祎张大疑问的眼睛,望着知藏。

知藏见陈祎对外面的大事真的一无所知,于是颇有几分得意地宣传道:“端门街那里,正在演出角抵大戏呢。你知道不,那有多热闹呀!”

陈祎既没有听说过,更没有亲眼看过,哪里会知道角抵戏是怎么个样子,又会有多么的热闹,所以只好摇头作答。

这本通和尚出生于一个体面的家庭,受过一定的教育,程度虽然不算很高,但读读写写还能应付得了,也因了这个特长,出家之后便很快得到寺主的赏识,被任命为现职,专门负责管理文书典籍事务,至今已经有三十个年头了。看年庚,大约五十出头,中等个子,本来是个性格外向的人,但由于长期从事这份工作,单干独处惯了,言语也随之越来越少,不了解底细的人还以为他是个慢性子,不喜欢交际。现在看见陈祎对百戏一无所知,于是,被尘封、埋没了很久的性格突然露出本来面目,心里想,现在正是表现表现自己的好机会,于是开始搜索枯肠,将以前从别人嘴里听说的、在书本里看到的、昨晚和今晨刚刚从外面传进来的,统统搅和在一起,然后全部倒给眼前这不谙俗事的小沙弥。

陈祎站在楼阁中央转轮藏前，制动机轮，使之旋转，寻找自己所需的经典，最后抽取一本，在阅览室找了个位子坐下，准备开卷阅读。这时，知藏本通却滔滔不绝地说开了：

“你知道吗，这百戏啊，在汉代就有了，一直传到如今。今上趁边境诸蕃酋长都在京贺节，有意以奇异法术炫耀四方。经过多时准备，到正月十五完全就绪，已经表演多日了。你到皇城端门，就是建国门前街去看看，好家伙，满街都是火树银花，五光十色，就像天上撒落的云霞。整条街上，到处都在演出。那戏单名目多极了，什么象舞、朱雀舞、假面舞、鱼龙曼衍、女娥坐歌啦，什么角抵、扛鼎、转石、缘竿、铜丸掷鼓、宝珠追人啦，什么驯虎、驯象、斗兽、水人耍蛇、抛珠接剑啦，什么冲狭、铦锋、刀山火海、画地为川、屠人截马、易貌分形啦，等等，简直数不胜数，让人眼花缭乱。”

知藏发表完长篇开场白之后，觉得有点儿口干，于是停下来饮了一口茶。

陈祎本来无心听他讲什么百戏，后来看他眉飞色舞的样子，出于礼貌，也怕怠慢了他，只好硬着头皮听下去。

知藏看见陈祎直愣愣地瞧着自己，以为他真的听入神了，所以放下茶碗又继续讲道：“你看见过大象吗？没看见过。那你当然不知道它有多大了，从侧面看它的身子就好像一面墙，那四条腿就像大雄宝殿的圆柱，这么个庞然大物，居然能跳舞，能学人拱手作揖！”

陈祎心里想：“大象也有灵性，只要多练习，什么都可学会！”

知藏看见陈祎不但在听，而且还在用心地想，于是更起劲了：“再说马，跑得快，谁都知道，可是谁晓得，它还能跳舞？一骑手穿彩衣、执鞭骑马登到榻上，榻大不过方丈，旗手挥鞭三下，马即于榻上或奋首鼓尾，纵横蹀躞，很有节奏地跳起舞来，或抃转如飞，令人目眩。”

陈祎本来是不得已而听之，可他终归还是一个孩子，当知藏把象舞、马舞讲得如此具体生动、有声有色的时候，那童真稚趣的天性终于又被召唤出来，好奇，好玩，听着听着就入了神。在知藏讲毕马舞时，他既惊又喜，情不自禁地击掌自语道："善哉善哉！"

知藏听到喝彩，劲头更足了，又说起另一出戏来："更让人叫绝的还有：在那七八丈高的杆子上，人竟能徒手腾挪翻滚，摇曳飘忽，上下翻飞，有时更是倒投如星陨，辄止如带联，这叫缘杆伎。还有那上刀梯的，裸身跣足，在锋利的刀刃上蹬蹬往上走，蹬蹬往下落，结果是皮肉无毫厘之伤；那蹈烈火的，不仅赤脚跣足，还手捧油汤，在通红通红的炭火中疾步如飞……"

"油汤要是溢洒出来怎么办？"陈祎听到这里，不由得紧张起来，呼吸有点儿急促，嗓子眼像是被什么东西堵住了似的，

知藏没回答陈祎的问题，不知是故意还是无意，带点故弄玄虚、卖关子、吊胃口的语气继续说道："听说呀，好戏还在后头呢，最精彩，最热闹啦！"

"最精彩？最热闹？"陈祎这时已经不再掩饰自己的兴趣，这样问道。

知藏看见陈祎态度迫切起来，第一次从内心里为自己的口才感到骄傲，得到鼓舞，决定要好好地再显示一把，于是振了振精神说："最精彩的，最热闹的，据说有鱼龙曼衍啦，女娥坐歌啦，铜丸掷鼓啦，画地为山川啦……总之，还多呢，说是以后这几天都要陆续演出的。"

陈祎虽然出生在官宦之家，也很早就接受了文化教育，对诸子说教的了解，在同龄人中他是佼佼者，大概没有几人能与之匹比。但由于家在乡下，社会见闻相对的要少些，像百戏这样的大场面，

自然没有见识过。不仅是他，就连一般城镇里的人，亲眼目睹过的恐怕也是寥寥无几。只有长安、洛阳这东西两京的人，才有更多的机会欣赏到，但也不是年年都有，有幸碰上，也还是很稀罕的事。年轻人，特别丱角童子们，一旦遇到，就甭说有多高兴了。陈祎比起别的孩子是要略微显得老成持重、文质彬彬、遵规蹈矩些，但孩子就是孩子，每个孩子都有孩子气，孩子气可以暂时收敛，但不会泯灭，也不能窒息。所以，当陈祎听说百戏的演出还有更精彩的在后面，心里就不禁痒痒起来。不过，他没有立即采取行动，甚至连心中的刹那躁动都未流露到脸上，而是坚持静下心来继续阅读，直至午斋的木鱼声响起。

演出百戏的戏场位于洛阳新城皇城端门大街，绵延十余里。戏场内外，灯火光烛天地，不折不扣的人间不夜城。场内按戏种的不同划分成数十、上百个区域，有的设台，有的就地，有的周边还设有围栏障碍，俳优、力士、伥童、训师等居中演出。工商仕宦，黔首市民，摩肩接踵，围而观之，人山人海，水泄不通。场内锣鼓喧天，丝竹悠扬，声闻于数十里以外。

陈祎不知甚么时候来到了这里，像一条小鱼，淹没在这人的海洋中。在这种场合，人很容易迷失方向，以至于找不到归途。但陈祎是个机灵鬼，他来到戏场的第一件事就是找好一个标志物，也果然让他找到了。他觉得，这戏场的地理位置十分清楚，只要认住端门，以及端门正对的黄道桥、天津桥和星津桥，沿洛河往东走出新城，就可以回到寺院。这样，这条从池塘回到大海的小鱼，就由不得自己四处游窜跳跃了：凡是已经听知藏本通法师详细描述过的戏目，一看出眉目便离开。他专心一意要寻找的，是那“最精彩”的表演。

在黄道桥北的靠东处，他看见一个武士站在高高的轩槛上，居高临下面对一面大鼓，一阵开场锣鼓之后，只见那武士时而弯腰，时而转身，时而左掷，时而右抛，不停地将大小不等的铜丸投向鼓面，快慢合拍，鼓声高低成调，有时像出征助阵的鼙鼓声，有时像阳春的流水欢歌。

在靠近右掖门处，观众正在为一场精彩的表演喝彩。陈祎挤进人圈中一看，原来是有七八个伎人正在赤胸露臂，犹如飞燕掠空从周围插满尖刀的圆圈中接连跃过，那刀尖与肌肤之间不过毫厘之隔，看之不禁毛骨悚然，令人叫险。

在戏场正对端门的位置，一头长约数十丈的奇兽，其背突兀屹立着一座大山，山上有峭壁巉岩、深渊洞穴，熊虎扑跃攫拿于其间，猿狖攀高颠蹶以逗乐，怪兽陆梁倘佯，大雀且前却后，海鱼变龙蜿蜒优游，舍利化鹿驾车仙走。龟螭弄琴，蟾蜍鼓缶，憨态可掬；白象垂鼻哺乳，温情脉脉；水人与蛇共舞，亲密默契……忽然，山背后长笛悠扬，云霞飞雪随声徐起，女娥坐于山池旁引吭而歌，声清畅复婉转，情意浓还缠绵。洪涯立而对舞，羽衣襳褷，步履轻盈。云飘飘，雪纷纷，和歌舞而合韵……

陈祎面对此情此景，心里想，这里表演的应当就是“鱼龙曼衍”了。于是便加倍细心地看将起来。他绕着戏台，即那头巨大奇兽，挨个看演出，在熙来攘去中向前移动脚步。节目的变换翻新，让他目不暇接。

就在他挤到女娥、洪涯歌舞处的时候，突然被从前面挤压过来的人群推着倒退了几步，差些儿没跌倒在地。

当陈祎重新站稳，朝前看时，原来是四五个衙役在连推带搡地在驱赶看客，为身后的几位大员开路。

陈祎猛然认出，大员中的一个就是那天在寺里见过面的当朝大理卿郑善果大人，也就是即将到来的授戒法会的主管兼“检察官”。

“这可糟了，在要求受戒这个节骨眼上，竟然在这种场合遇上了掌握判决大权的“顶头上司”！万一让他看见，他一定认为自己是一个贪玩的顽童，那受戒的事儿还能让你过关？”陈祎这样想着，准备转身避之。

可就在这当儿，那位郑大人却恰好往自己这方向看，而且似乎还对视了一下。这让陈祎感到很狼狈，他连忙做了个一百八十度转身，拼命从人缝里往外窜。既挤出人群，撒腿就跑，简直就是落荒而逃。一口气跑了老远，并且确切地知道刚才的那道目光已看不到自己，这才停住脚步，长长地喘了一口气，心里还在老大不安地犯嘀咕：“真是狭路相逢，没想到会在这节骨眼上撞上他。既抓住了辫子，还能不给小鞋穿？剃度的事还能不泡汤？”

陈祎本来还想趁此难得的机会见识见识那“画地为山川”的节目，可现在，兴趣索然，一切都没有味道了。

第八回

上座僧爱才泄天机　大理卿识人赛许郭

“七月流火”者，秋之开始也。但中州之七月，如火的热浪仍然逼人，即使是大清早，也有让人透不过气来的感觉，如果没有风，树叶静得好似睡着了一般，纹丝不动，那闷劲就更让人遭罪了。

吃罢早斋，陈祎一边擦着汗，一边往寮房走去。在他的前面，走着三个大僧，他们边走边谈论，内容是关于剃度的事，陈祎于是不由自主地倾耳谛听起来：

一僧说：“据说净土寺的获度者只有两个名额。”

另一僧说：“这就不少了。整个洛京，光是大的道场就有半百，这次各道场业优申请剃度的人有六、七百之众，总共才度十四人呢！”

又一僧问：“寺里获度的是谁？”

头一位说话的僧人环顾四周，发现陈祎正紧跟在后面，没有再开口。其余二僧见状也回头看了一眼陈祎，也都一下子变成了哑巴。

对陈祎来说，剃度问题当然是一个敏感、诱人的话题。继报名申请之后，上个月又由鸿胪寺崇玄署派员到寺院来试经。陈祎的自我感觉不错，但监试方没有透露出任何一点或好或坏的消息。最近一个多月以来，他焦急得就像热锅上的蚂蚁。刚才听到的这个消息，当然对他具有极大的吸引力。不过，他又是一个克制力特强的人，从来不看别人的脸色，也不强求任何人情，所以，当他发现大僧们流露出顾忌的神色后，便预感到自己的前景不妙，也就是说，落选了。所以，他装作什么都没听见的样子，加快脚步，若无其事地越过他们，往前走了。

大约才走出十来步，背后却传来了一阵窃笑声，有人还不屑地说："才出土的豆芽儿就想上架，心急了些吧!"

陈祎年纪虽小，入寺时间也不长，但他已经知道什么是五戒中所说的"妄语"。所以，他听得清楚，脚步却没有停，甚至连头都不回一下，一面默念"阿弥陀佛"，一面继续大步地往前走。

大业八年东都洛阳的这次度僧，由于是奉敕而行，自然是由鸿胪寺属下的崇玄署来负责拣选合格的僧尼。由于业优求度者人数多，规定又严格，录取人数又有限，所以，从年初的报名申请到最后的检定，整整用了半载的时间，至今早才张榜公布。自然，没有不透风的墙，有关录取的消息，大概早已由监寺的令、丞们密告相关寺院，所以就有了类似净土寺内的非官方传闻和说法。

鸿胪寺的位置在新城皇城内，从端门进城后顺第一横街东拐，头一座衙署就是。属下的典客署、司仪署、崇玄署都在同一个大院里办公。为了方便士庶僧俗，按照惯例，度僧黄榜就张贴在鸿胪寺大门外西侧的墙上。在风起云涌、山雨欲来的社会背景下，这次度僧多少给洛阳城平添了几分和平、安定的色彩，一似那酷热中的微风送爽，虽然只有可怜的一丝儿，但还是让被煎烤得不胜其苦的人们感受到了些许舒坦。所以，当黄榜张贴出来后，很快就招来了不少观者，而最先围上来的是事不关己的市民，稍后才是各寺院的僧人。他们之中，大部分是赶热闹、看新闻的，只有少数僧尼是怀着怦怦跳动的心来看究竟的。

陈祎也夹在这熙熙攘攘的人群中，不过，他既不是看热闹的，也不是看究竟的。因为他此刻没有看热闹的心境，而结果他早就猜到了。今天到这里来，最大的目的是要实施一个计划：挽狂澜于既倒。

昨天早上，陈祎在路上不意听到大僧们的议论后，心里就已经忐忑起来，估摸着获度僧尼的名单已经下到寺里，而且几乎可以肯定没有自己的份儿，所以当下就想：怎么办，下一步怎么走？总不能从此无所事事，听天由命，一天天的捱下去苦等下一次吧？这荒年乱世根本就看不到太平的头，还有“下一次”吗？即使有，就一定有盼头？他心里真的没一点儿底。

就在这当儿，海玉长老遣近侍僧宽余来传唤陈祎。陈祎一时摸不着头脑，猜不出是祸是福，又不敢问，只好顺从地跟了他走，当然啦，心里一路在敲着小鼓。

走进方丈室，坐定，长老慢条斯理地递给他一页纸，并没有说话。

陈祎接过长老递过来的那页纸，展开来一看，原来是一封“举荐书”，具为：

“本寺沙弥陈祎，少而聪敏，心地清淳，意气平和，行为笃谨，专心经典，观必雅正之籍，习必圣哲之风。自入空门，诵经习法，业精于勤，刨根问底，锲而不舍，才情异伦，堪为法子，特举荐之。如蒙破例剃度,或为法门之幸也。"

书末具名"东都净土寺上座僧释海玉"及年月日。

陈祎看完,一脸狐疑。

上座解释说:"此书连同寺里通过的受戒名单一起上报了鸿胪寺崇玄署,未被采纳,退回来了。"

陈祎终于明白:在自己受戒问题上,寺里不仅通过了,还特地写了封举荐信,尽了最大的努力。最后未能获准,显然是崇玄署给卡住了。长老出示此书,目的是要说明寺院的态度及整个评选过程。一座大寺,一位耄耋长老,如此这般的对待一个乳臭未干的沙弥,这份爱,这份呵护,再加上字里行间明确无误地表示出来的信赖、夸奖、期望,陈祎都深深地感受到了,于是由衷地说了声:

"谢谢长老。"

"谢什么呀,大愿未遂呢。老衲当初就怕你过不了年龄这一关,所以才附加了一封书,可最后还是不能回天。"上座说完,深为惋惜地叹了一声。

陈祎不谙世事,所以也没有什么包袱。他明知事情已成定局,但却还不甘心,不愿轻言放弃,于是试探着问道:"长老,一点儿希望都没有了吗?"

上座打量着眼前这个不甘落败的沙弥,摇摇头说:"难呀,年龄是死规定呢。"

陈祎据理说:"翻经大家敦煌菩萨、漆道人、鸠摩罗什等大德,皆幼年出家,而立之前已负盛名。如今大法广被,妇孺争习,不广开门户以纳之,反以年龄大小而设限,是何道理?"

上座耳顺,不以童稚气盛为怪,既听毕,说道:"沙弥所说之理,老衲岂不知之?只是还有一句话呢:没有规矩不成方圆啊!"

陈祎仍然不服,说:"能供规矩者固属良材,可不中绳墨者也并非无用之木啊！庄子不谓乎：有木曰樗，大本臃肿而不中绳墨，但设若种于荒僻之乡或广漠之野，不也可以赐荫纳凉，供人彷徨乎无为其侧，逍遥乎寝卧其下吗？以是知，规矩固然重要，但如果一切都唯规矩是论，那也不一定就是至善之法呀！”

陈祎语气仍然很冲，但上座却听得很惬意，深为其出言吐气震惊和感动，喜不自胜地频频点头，连声道：“好，好，沙弥得天然之趣，还知道应设方便之门。好啊，好啊！”

陈祎心急时能出语连珠，但在赞扬面前却往往口讷，长老的连声叫好，让他感到耳根发热，灵泉枯竭，一个活脱脱的人儿忽然变成了一根哑然木立的桩子，一时没了意气。

上座怀着怜香惜玉般的心情凝望着陈祎，苦苦思索，很想出手再帮他一把，可经过一番搜索枯肠，最终还是不得要领。就在山穷水尽、似无通途的时候，脑子里却突然闪出了一句老话：“解铃还须系铃人！”这很使他兴奋，心想，可不是吗，要想回天，要想改变既定的事实，让面前这个聪慧、有志的沙弥能破例剃度，快快成长，还得找那个监管授戒事宜、起决定作用的“主考”和“判官”啊！

想到这里，上座嘴上不经意地念叨道：“是的，他或者可以扭转乾坤。”

陈祎听上座说“可以扭转乾坤”，不禁高兴起来，急忙问道：“长老，还有希望？”

经陈祎这一问，上座这才从沉思中回过神来，反问道：“你说甚么？”

陈祎以为长老耳背，便大声答道：“长老刚才说，‘他或者可以扭转乾坤’。他是谁啊？”

上座终于完全清醒过来，知道自己在不知不觉中泄露了天机，有点后悔，但已无法挽回，于是说：“他就是主管授戒事宜的大理卿郑大人。”

听了上座的肯定回答，陈祎的脑瓜儿嗡地一下子膨胀了起来：本来呀，他以为长老有了什么起死回生的神机妙算、奇谋良策，没想到，到头来还是离不开这个避之犹恐不及的人。哎，天地这般的大，可就是躲都无处躲，不想见的偏偏又遇着了，这不就是常听人说的“冤家路窄”吗？

在陈祎看来，这位郑大人做事不够公道，皂白不分，好坏莫辨，专抓小节，不论大体。自己这次未能获准受戒，一定是他从中作的梗。而现在再求助于他，非但于事无补，说不定还要反受其辱呢，这样的路能走吗？即便往好点儿说他有自省心吧，哪个官儿会公开承认自己做错了事，会自己更正过来，自己否定自己？

想到这里，陈祎心中那乍然间燃起的希望之火一下子又熄灭了。

而在上座方面，也最后否定了刚才那一念间的想法，心里盘算道：就算郑大人真有回天之力，但由谁去交涉？由寺方出面？寺院三纲已经在报审时出具了举荐函，该说的话都已经说过，总不能公然说年龄限制的规定不合理吧？也总不能公然要求这位中央大员去违规操作吧？由沙弥自己出面？一个沙弥去找一位达官办事，天下哪有这等事？况且，京城那么大，公廨大院那么深，又如何找得着？

上座在脑子里打了这样几个大问号后，那亮光光的脑袋就不停地摇了起来。

陈祎看在眼里，更觉得没了路子，心情低落到了极点。

就在这个时候，寺主真性法师前来找上座议事，长老转而对陈祎说：“你的事，容老僧再考虑考虑。”

陈祎起身告辞。临出门，上座又补充说：“事情恐怕很难办，很难办。”

上座最后的这句话，明显地含有爱莫能助的意思，是在打退堂鼓。俗话不是说，“听话听声，锣鼓听音”吗？按常理，陈祎听后就应当明白其意思，就此止步，知难而退。可实际情况却相反，刚跨出门槛，他就作如是想：你郑大人既然是授戒的主管，我陈祎被挡在门外，当然全是你的主意了。你不能这样不分青红皂白，更不能只记小节，不顾大体，以点盖面否定一个人。你可以不批准我受戒，但我也不能忍受这无端的委屈，非当面说清楚不可。

陈祎只有十三岁，思想自然还远未成熟，但他的性格却显出了鲜明的特点，既有较真的拗劲，又有追求理想的韧性。所以，当他决心找郑大人申诉委屈的同时，也不放弃挽狂澜于既倒、起死回生的机会。长老不是说了，郑大人或者可以扭转乾坤吗？或许，他虽是主管授戒事宜的头儿，而实际上只是挂个名，并不做实事，不了解实际情况，所以，他未必就像自己想象的那么小心眼。果真如此，在我摆足理由之后，他说不定真的可以改变主意呢。既然还有人能左右既定事实，说明希望还存在；希望还在，努力就不应该停止。当他想起百戏表演中那上刀山下火海的情景时，思绪立即又亢奋了起来。

初生牛犊不怕虎。年纪小的人受习俗影响小，思想上也就没那么多老观念，没有那么多束缚，没有那么多包袱，没有那么多顾忌，决断、做事比较率性，乃至于近似天真。但正是因为有了这种率性、这种天真。心灵世界才显得更加真实、自然，人生才因此充满生机和活力。因为上座泄露了天机，陈祎了解了事情的过程和关节，经过一番思考，终于制定出来一个大胆的行动计划，那就是亲自会会掌握着自己命运的郑大人。这个计划，大胆得与其身份大不相称，但行动起来却很有条理。首先，他在很短的时间里打听到两条重要的信息：一是大理卿郑善果的宅址在皇城东漕河桥北景行坊拜洛坛北，二是在度僧期间，郑善果经常从大理寺到鸿胪寺办公。陈祎想，到景行坊私宅去找人，有走后门之嫌；大理寺公廨衙门在东城宣仁门内街北，太远，又是审核刑狱的地方，与自己这档事压根就沾不着边儿。所以，他否定了这两种方案，而决定到皇城鸿胪寺去守候。这无论从哪方面讲都是合适的、妥当的。虽然多少带些不确定性因素，但既然谋事在人，成事在天，那就听天由命吧。

太阳越升越高，热气也越来越逼人。陈祎穿的是长僧衣，本来就够热的，经过太阳不断加温，眼下已是汗流浃背的了，僧衣就像糊在背上一般，贴得紧紧的，只是心中有事，似乎并没有感觉到这些，即便是感觉到了，眼下也顾不得这许多。

一日十二个时辰，隅中之后就是日中。在日中将到的时候，鸿胪寺外黄榜前的人群在逐渐减少，这意味着衙门里的官儿们和听差的快要进中食了。为了不错失机会，陈祎从来回游走改为站立于公廨之侧，又从远处“暗窥”改为“明守”，目的很明确，就是等候大理卿的出现。

正午时分，鸿胪寺公廨院内人声开始嘈杂起来，来来往往的人也多了起来，还不时有人从大门洞里往外走，但为数不多。陈祎见过郑善果两次面，寺院内的那次见面尤为深刻，认出他来是没有问题的，但眼下事关重大，不怕一万就怕万一，绝对不能看漏、看走眼了，所以，精神特别的集中，眼睛睁得也比平时大，连眼皮儿眨都不敢多眨一下，几乎是数个个地盯着出出进进的每一个人，但始终未见到记忆中的大理卿的影子。

又过了半个时辰，公廨大院重归于平静，来回走动的人少了，嘈杂声没有了，人们又各就各位忙起事务来，仍然没有大理卿的身影。陈祎心里开始有点儿烦躁，肚子也闹腾了起来。也难怪，早斋吃的那碗粥，对一个正在成长中的少年来说，本来就远不够分量，又经过整整一个上午的折腾，肚子里恐怕是连一点残渣儿都没有了，再加上炎热，出汗太多，这时真称得上是饥渴交迫了。由于饥渴，情绪也有所低落，心里开始有点儿不自信地想：今天怕是白辛苦了。于是，意识中时不时地闪现出“离开”这两个字，可是，双脚却无论如何也迈不动，总觉得被一种无形的力量在死死地拽着。

既然走不掉，陈祎干脆走到大门正中往里瞧，但立即遭到门卫的呵斥：“快走开，别挡路！”

陈祎听到喝声，吓了一跳，急忙退到门侧。但是，事情不允许他老是呆呆地站着不动，他端详了一下那门卫，发现此人虽然声音大，但面容还是蛮和善的，便径直地走到他身边，礼貌十足地问道：“大哥，我能进去找个人吗？”

门卫看陈祎不过是个小沙弥，并不怕他有什么不轨行为，同时也知道崇玄署就是专门管和尚的，所以态度比先前好了许多，反问道：“找哪个？”

“郑大人。”

“哪个郑大人？”

“大理卿郑善果大人。”

“找大理卿郑大人？”门卫面色略显惊讶，接着问，“找郑大人有何事？”

“度僧事。”

“度僧事？你没看见外面的黄榜？”门卫反问。

“看见了。可我还有事。”

“黄榜上都写清楚了，再去仔细瞧瞧。”

陈祎还想继续说下去,可门卫不愿再搭理他,像根木桩,直立着,手执器械,一本正经地履行他的门卫职责。另一个门卫走过来问发生了什么事,当班的门卫回道:"这沙弥要找郑善果大人。"

"找郑大人!"这个门卫同样表示惊讶,惊讶过后还是和气地回道,"今天郑大人没有来。"

门卫的话音刚落,不期却传来了答声:"郑某来也。"

三人寻声望去,只见一辆四马安车已停在大门前,一位朝官正从车上下来。门卫认出这位达官正是大理卿郑大人,赶快退步作揖让道。

陈祎也认出来了,但原来那种盼星星盼月亮的心情却没有了,剩下来的只有一阵心跳和紧张。

大理卿朝门卫走过来,问道:"谁在找郑某?"

当班门卫回答:"这小沙弥。"

大理卿转身正视陈祎,脸上立即堆起笑容,几分意外几分高兴地说道:"呵哟,是老朋友啊,久违了。别来无恙?"

大理卿诙谐风趣的话语,让本来已够紧张的陈祎更乱了方寸,茫然不知所措,尴尬至极,原来被太阳晒红了的脸蛋,顿时涂上了一层茄色,紫红紫红的。

两个门卫看着一位长者,一位高官,竟然对一个小孩,一个小沙弥表现出如此亲和的情意,着实感到不可思议,十分讶异。

大理卿看出了陈祎的窘相,更乐了,招呼道:"不是有事找我吗?走,屋里谈去。"

陈祎跟在大理卿后面走进鸿胪寺大院,首先经过典客署,继而再历司仪署,最后到达崇玄署,总共三进院,崇玄署居最后。郑善果本来与鸿胪寺无甚干系,更无常职,只因其奉法持正,判事平允,又慈爱识人,连昏君杨广也赏识他几分。鸿胪卿因病不能理事,遂委其代为主持度僧事宜。以是故,他并不是每日均按时点卯当班,不过是忙里抽闲,不时前来巡察巡察而已。所以,他向崇玄署随便要了东厢的一间房供落脚,聊作办公地点。

进得东厢房,大理卿示意陈祎坐下,同时吩咐侍者上茶。

侍者端茶进来,却犹豫着不知往哪放。郑善果朝陈祎那里示了示意,侍者遂将茶盏放到陈祎面前,说了声"请用",便转身出去了。

老大半天了,陈祎粒食未进,滴水未沾,所以一见到茶,就有一种迫不及待的冲动,顾不得许多礼节和仪态,端起来就喝,虽然热出满头大汗,但肚子里却觉得充实了些许。

当他放下茶碗时,大理卿又示意他使用几案上早已准备好的手巾,说:"先擦把汗吧。"

陈祎有生以来从未享受过这样高等级的款待,受宠若惊之余,也从感情上与这位达官亲近了许多。他们之间事实上存在的差别——无论从哪方面来说都是如此——似乎一下子消失了,神经因此也就完全放松下来,精神也重新振作了起来。然而就在这时,大理卿却带着一种戏谑的神情冷不丁地问道:

"怎么样,'贼'抓到了吗?"

陈祎一听,刚刚松弛下来的神经又立刻紧绷起来,心中暗暗叫苦道:"坏了,他还记着那件事儿呢,这回是给皇上呈奏疏——送批来了。"

大理卿似乎并不刻意等待对方的回答,于是紧接着又问道:"百戏好看吗?为什么没看完就急着走?"

真是哪壶不开提哪壶,一波未平一波又起。陈祎心里乱成了一团麻。他原来还心存侥幸地想:当日在看百戏的时候,自己虽然与这位郑大人远远地对视过一眼,但戏场里人山人海的,他或许不一定就能认出来、对上号，不过是自己心虚，疑神疑鬼，自己吓唬自己罢了。现在看来，原来对他的看法没有错，这位郑大人确实眼尖心眼小，是个专门看人小处、找碴儿的人。以前的担心并不是多余的，那两件事果然被他记住并当成了把柄，现在见面未谈别的，就先把事儿端到了桌面上，分明是在羞辱我，还笑嘻嘻的，真是一只笑面虎，太会装蒜了。

基于这样的判断，这位大官在陈祎心中刚刚树立起来的美好形象一下子又轰然坍塌了。而他呢，所有来时的打算，申辩也好，请求也好，都觉得没了必要，没了意义。此刻，他的心情十分复杂，既为自己以往的行为而懊恼，又为这位达官的出手太狠而愤愤，当然也为希望的乌有而悲观，心想：这回肯定是白来了，没戏了。

大理卿的确眼尖，把陈祎写在脸上的心理变化一丝不漏地都看了个准，而且很欣赏自己降伏这个大胆沙弥的小技。不过，就实而言，他的真正心境并不是这样的。从在大门口见面的那一刻开始，他就知道这沙弥所揣的心事。为什么要提“捉贼”和观百戏这两档事？一是要敲山镇虎，让他的热脑瓜子清醒清醒，二是要再试试其胆量究竟大到什么程度。所以，这“降伏”不是要他“屈服”，而只不过是要压压其盛气、试试其锋芒罢了。现在看他显出不振的样子，心里反倒觉得过分了点。为了缓和其紧张情绪，便又说道：“哎，本官待你如上宾，可你还没有自报家门呢！”

陈祎听了大理卿如此说，也颇觉自己志气不足、礼貌不周，于是整整僧衣，准备作答。但未及开口，大理卿却又抢先说道：“且慢且慢，还是让我先来猜猜看吧。”

大理卿略作思考后，注视着陈祎说：“你是净土寺沙弥，姓陈，名祎。都对吧？”

陈祎见他这么摸底，心里甚是吃惊，点头认可。

大理卿很有把握地继续说："十三岁。"

陈祎眼睛睁得更大了，又点了点头。

"家住……"

"无家。"陈祎像是被什么猛地刺了一下，很强烈地打断了大理卿的话。

这回轮到大理卿惊诧了。

陈祎解释："释子无家。"

大理卿："呵呵，好一个'释子无家'！那么，原籍呢？"

陈祎有点儿犹豫，但最后还是回答了："京城东南缑氏县游仙乡控鹤里凤凰谷陈村。"

大理卿脱口再问："可曾知道村中出了个江陵令？"

陈祎没有立即回答，情到伤心处，两眼瞬间便噙满了泪水。

陈祎的表情是最好的答案，大理卿不觉从座上惊起，说道："那么，你就是江陵令之小儿郎了？"

陈祎终于没有让眼泪流淌下来，从容道："正是。"

大理卿对陈祎的身世，其实早就从净土寺上座海玉长老那里了解了一些，今日发问，不过是为了证实证实。尽管如此，现在亲耳听后，还是免不了搓手唏嘘，沉重地在屋里来回踱步。看情状，颇有物伤其类、芝焚蕙叹的同情心和慈悲心。为什么会是这样？当然与他自己的身世和秉性不无关系。

郑善果，也是河南人士，贯籍郑州。祖父在拓拔魏时已为显家。父亲是宇文周朝的大将军、开封县公，后死于王事，善果时年九岁。可幸的是，他自幼袭爵食封，更有慈母严加管诫，从旁督导，故能断事认真，秉公执法，言色无愠，体恤僚佐，并由此凭风扶摇，直步青云，所至有绩，时号清吏，考功为天下第一，甚至得到隋炀帝的重赏，赐帛千匹、黄金百两。不要以为被昏君重视的人便都是坏人,为了遮掩昏愦,任用并奖赏个别施治有方的大臣往往有事半功倍的妙用,与香料可以用于清除腥臭是同一个道理。请看,这位郑大人的家世、家教、家风以及个人的遭际,难道不觉得与凤凰谷陈家有点儿相类吗?这就不难理解,他为什么对陈惠有如此真切的了解,为什么又对陈袆表现出如此这般的怜悯情怀了。

大理卿整顿了一下情绪,重新就座后说:“你如今有何打算?”

已经说过了,这沙弥克制力忒强,刚才被挑起来的悲伤很快又被他藏进心底深处。现在听大理卿发问,正好又问在节骨眼上,于是便不暇思索地答道:“求度为僧。”

这个回答,原本是大理卿意料中事,但此刻听后,却不免有些伤感:一个宦门望族公子,如今却不得不遁入空门,这其中的寂寞荒凉、沧桑冷暖,旁观者与当事人,谁个体会得更加真切?扪心自问,他觉得自己非但不反对佛教,甚至还欣赏释尊的说法,但钟鸣鼎食与青灯冷灶之间毕竟落差太大,自己当初没有允准他剃度,有一份心思就是不想让其走出这一步,另一份心思则是,在他非要走出这一步不可的情况下再考验考验他的意志和决心。现在看来,头一份心思是实现不了了,那就只好在第二份心思上下功夫了。

大理卿既拿定主意,便继续试探道:“自有隋御宇,先帝设科纳贤,今上更分两科为十科,敕令各级文武官员举荐孝悌有闻、德行敦厚、节义可称、操履清洁、强毅正直、执宪不挠、学业优敏、文才秀美、才堪将略、膂力骁壮之类的人才。听崇玄署令报告说,你不仅多通释典,诸子之书亦有造诣。既如此,何不潜心学业,伺机振翅?郑某当举荐你参加朝廷策试,日后也好谋个高职,立功扬名,重振祖业。不知意下如何?”

陈袆摇摇头,坚定地说:“多谢大人关照。我回向从佛之心已定。既进了寺门,就不会再出去了。”

大理卿:“为什么?”

陈祎回答:“我年幼无知,说不出大道理,但知道悉达多太子是不忍看见世间生老病死之苦,才下决心弃王位出家。为什么?因为他知道,一个人即使作了国王,权力比天还大,但仍然不能拯救世人出离水火。至于大人你所乐道的区区臣子,那就更是无能为力了。譬如我祖父,我父亲,何尝不愿、何时不想尽心报国,可最后非但不能匡世,到头来连自家的平安都保不住。释迦文佛立教,主张去恶从善,恢复人的清净本性,从救人心开始去救天下,这才是抓住了根本呢!”

大理卿既听此言,心中不禁为这沙弥的见识和口才暗地叫好,仅仅三言两语,便把经学与玄关说了个入木三分,这或许就是苦难栽培出来的才气吧。正是这样一种才气,使大理卿不得不对他更加刮目相看。他几乎是在用刑狱审讯的锐利目光盯着面前这个沙弥,从上到下,从内到外,审视了个仔仔细细:但见他身材修长,挺立独秀;冰肌玉骨,蕴藉风流;神清气爽,一尘不染;胸襟有廓宇宙之志,怀抱存继圣达之心;智慧满殿堂,刚毅刻天门;心定足以息洪波,眉动足以遏风云;发言吐气,显然见匡时济世、移风易俗之志。

大理卿一面审视,一面想:这小子里外都是一个人才,无论在俗、出世,皆可期待。眼下难于确定的是,何处是他最后的归宿?是为槐庭培养台衡呢,还是给祇园荐举法将,实在让人举棋难定。

既然一时拿不定主意,那就再考一轮呗,大理卿于是又故作认真地说道:“听你一席言,是知回向之志不可移了。不过,要想剃度,还得再过六七年,能等吗?”

这是陈祎最最反感、最不愿意听的话,于是,他又把关于竺法护、漆道人、鸠摩罗耆婆等等幼年入道的话题搬出来说了一遍,末了还说道:“孟子说:君子莫大乎与人为善。回向释门,习善、从善、弘善,越早越好。陈祎现在正值在学之年,早一天剃度,早一天正名,早一天安下心来专志于正法,这是好事,为什么不奉圣训,与人为善,反而要人一等再等?”

在大理卿眼里,陈祎简直就是一头初生的牛犊,他打心底里欣赏这样的率性和闯劲。现在,这沙弥显然是在明知故问,他便也逗趣地笑问道:“沙弥果真不知道为什么?”

在这一老一少对话间,崇玄署令等多人从门外经过,听到厢房内有争论声,便止步往里看了一眼。大理卿灵机一动,遂招手让他们进来,一一介绍过后,说道:“正好,你们一起来给这沙弥解释解释,他为何要再等六七年才能剃度?”

崇玄署令惊讶道:“就这?太简单了,律条明文规定的呀。”

“那又怎么样?”陈祎对署令的话很不以为然,说道,“经不也云乎:法无高下,众生平等。既然平等,为什么又要无端设置门槛?”

署令愕然:“无端?什么叫无端?求度者六七百众,只有十几个剃度的名额,你倒说说,不设门槛,那该怎么办?”

陈祎应声道:“度僧文告中不是说‘业优者先取’吗?”

署令回道:“没错,我们就是在择优录取啊。别人都过了在冠之年,都比你大,出家时间也比你早许多,德业当然也就更有保证了,这不正是业优者先取吗?”

一位署员从旁助威说:“凡事都得讲个先来后到嘛,排在你前头的应法沙弥、名字沙弥还多着呢,他们都已住寺多年,十几年,二十年的都有,又经过专门的调教训练,你这个连师父还都没有的驱鸟沙弥,怎么能比得过他们?”

“是呀,按先后,论辈分也还轮不到你呀,不度大的,难道先度小的不成?”另一个署员说得更尖酸。

陈祎瞥了署员一眼,有点不屑,反驳道:“夫子云:‘后生可畏。

焉知来者之不如今也？四十、五十而无闻焉，不足畏也已。'请问此话又作何解释？"

署令等听后，不禁瞠目，心想这沙弥哪来的这许多大道理？还引经据典，倒背如流的！惊讶之余，竟然都忘了对答，或者说，都懵了似的说不出话来。

大理卿深深地掩藏着内心的高兴和赞叹，一脸严肃地说道："如此说来，你这位'后生'是非要剃度不可了？义无反顾，计不旋踵了？"

"为远绍如来，近光遗法，但当以身相许，不惜性命。"陈祎回答时，一板一眼，从容坚定，字字铿锵，掷地有声。

大理卿听得清楚，心中的高兴又增加了许多，只是仍然没有流露出来，还是板着面孔说道："好吧，'后生'先回寺。剃度的事，容本署再议。"

陈祎走后，崇玄署令大夸其才辩，并表示可度之意，其余署员亦表示赞同。

大理卿听着众人的表态，很是高兴、惬意，一因他们的评价与自己相同，二是他们的表态，为最后作决定提供了充分的依据，不至招来非议。特别是最后一点，正是自己把他们叫进来一起听、一起答辩的本意。他们的鲜明态度使自己的想法大大地增加了改变主意的可能性和可行性。为什么，因为他不仅在理政方面有"清吏"之誉，在识人鉴物方面亦号称"知士"，有"许郭之鉴"。何谓许郭？许者，许劭也；郭者，郭林宗也。前者曾指曹操为"治世之能臣，乱世之奸雄"，后者以不危言核论而幸免于党锢之祸。二人皆后汉品题人物之名士。大理卿有许郭之鉴，体现在陈祎身上，其实更像是伯乐识马。早在他们第一次见面时，心中便有了"奇沙弥"

的印象，今日一路谈来，这种印象更是越来越深刻，怜香惜玉之情也就越来越深沉，推一把、送一程的愿望就越来越强烈。现在，崇玄署的人都表了态，而且顺了自己的意，合了自己的愿，能不开心吗！终于，他推开了久闭的心扉，满怀深情地对署令及其属员说道："诸君唯见其诵业，还未看出其风骨呢。设若此子得度，日后必为释门之伟器。只是，郑某与诸君恐怕是等不到其翔翥云霄、洒演甘露的时候了。再者，此子亦名门之后，清流之脉不可断啊！"

崇玄署令听大理卿如此说，当下就要签发补度文牒，大理卿却叫停说："且慢，这只是本人的一面之词，你们再斟酌斟酌。"

第九回

战乱频仍民生无着　悲悯系衷香积有情

陈祎剃度的事，因为主管部门上下有了相同的评价，意见一致，所以，所谓的"斟酌斟酌"便不过是一个形式，一个过程。从鸿胪寺回来的第二天，寺院便接到崇玄署送来的公函，由大理卿郑善果特批，作破例处理，将陈祎从驱乌沙弥转而成为一名正僧。在此同时，海玉长老还特地请大理卿给他取了一个法讳，号"玄奘"。大理卿解释说："玄者，幽远也；又玄为黑色，黑与缁同，缁流即僧也。奘者，人之大者也。玄奘者，天机幽远、众妙毕集之大人物也，法门中威仪庄严、智慧无比之龙象也。"这个法讳，既代表了大理卿的一份厚寄，也是他发自心底的真诚祝愿。

自从得度以后，玄奘一下子改变了许多，更加卓然梗正，更加稳重自厉，更加勤奋用功，无论口诵目缘，一皆略无闲缺，俨然以大任自寄，寸阴是竞。当时，洛阳城中正有几位大师在开坛说法，法席之盛，前所未有。

慧景法师在净土寺开讲《涅槃经》，缁素如堵而观，折床而听。

人谓近水楼台先得月，这人群中自然便少不了玄奘。他自始至终执卷服膺，忘乎寝食，比同侪又勤奋了许多。

又有一位智严法师，在慧日寺开讲《摄大乘论》。此僧是智旷的弟子，得真谛法师的真传。所以，玄奘更是兴趣盎然，每日都抢在离狮子座最近的前排席地而坐，专心聆听，像着了魔似的；一听再览，竟然就能背诵全文，座中无论是僧是俗，没有一个不表示惊异的。那主讲的严法师见其年纪虽幼，却气度不凡，欲试其锋芒，于是起座让位，令其复述。玄奘竟不辞让，对三根而贾勇，径直登座；既开口，便无阻无碍地从头至尾背诵了一遍，一面背诵，还一面解释剖析，居然了尽经意，连严法师也高兴得击掌赞叹。

从此以后，关于这个未冠小僧的美誉芳声便在全城僧俗之中不胫而走，很快传扬开去。

但是，好景不长，玄奘如饥似渴地学习生活，很快就被急剧变化的政治形势彻底打乱了。

自大业六年以后，皇帝非但不以骄怠淫奢为戒，反而是打着收复箕子封地和捍边、助弱为旗号，更加横征暴敛，百役频兴，还御驾亲征，三出辽左以伐高句丽。结果是，外则丧师辱国，内则黎庶愤怨，豪杰揭竿，爪牙向背，如彭城张大彪聚众造反，黎阳杨玄感举兵叛乱，等等。但是，皇帝杨广见天下将崩而仍不知悔，反而说什么杨玄感一呼而从者如市，益知天下人不须多，多则为盗贼，不尽诛杀，不足以警后，于是乎下敕穷追党羽，急令暴条，严刑峻法，无所不用其极。由此，所在惊骇，海内骚然。当此危急关头，皇皇一帝，竟然又甩手丢下半壁江山，带着皇后、公主以及宫妃一干人等奔江都游玩去了。

天下乱，百姓困。吞食战争、丧乱苦果的，永远都是那广大的黔首黎民、平头百姓。隋末的丧乱也是如此。诸业既废，茅舍草屋又不足以全身，草民们只好屯聚城堡，流落街市。因为身无分文，官仓又不肯赈给，于是剥树皮而食之，拾落叶以充饥，乃至于煮土、捣藁、人相食，啼饥号寒者填街塞巷，冻馁而死者随处可见。就连东都洛阳亦不例外。炀帝走后，由其孙越王侗与光禄大夫段达留守。当时，李密聚众百万占据洛阳附近的洛口仓、回洛仓，将都城围得铁桶般严实。东都守将王世充、段达先后率官兵与李密农民军分别战于石子河、回洛仓、洛河北和北邙山，均败北。这李密原是朝廷命官，杨玄感反叛时，被推为谋主；玄感既败，转投翟让农民军，后杀翟让而自立为盟主；再往后，兵败而投唐主李渊，落了个好名声；再往后，复因怀才不遇而叛唐被斩。不过这是后话了。

却说洛阳的粮源被李密军断绝后，尽管城内含嘉仓仍囤积充盈，但却不肯开仓赈济，所以，沿门乞讨者比比皆是。后来，李密为了吸引、招募流民，壮大反隋队伍，决定开仓赈济，旬月之间，至者竟有数十万人，而从洛阳来投者就日有数百。这样，城内流民所剩者便大部分为老弱病残和妇孺了。越王侗伺机使人运回洛仓米入城，算是暂时缓解了粮荒。但到了大业十四年春正月，东都再度严重缺粮，城中老百姓的日子更困顿了。

本来已是三九寒冬，但天气却有点怪，居然是雪中夹着雨，雨雪交加，比单纯的鹅毛飞雪又令人讨厌、难受多了。这样的天气，不仅精冷精冷的，而且还常常打湿衣服，连走路都觉得困难许多。对无家可归、不得不露宿街头、一日三餐都无着落的流民来说，其饥寒交迫的景况自是不言而喻了。

玄奘不知什么时候养成了这样一种习惯：每日早课之前，他都要到寺外沿洛河跑步半个时辰，而且是风雨无阻。这天一大早，他起床后推开门往外一看，只有零星的雪花，于是搓了搓手，又抹了两把脸，便出了门。到得庭院，深深地吸了一口清冷的空气，随后又张大嘴巴，长长地把气呼出来，当风把呼出的热气吹回到脸上时，颇有一种冷雨扑面的感觉，湿湿的，冷冷的，在这样的湿冷刺激下，精神顿觉振奋了许多。

当他推开沉重的山门跨过门槛时，恍然觉着墙角处有一堆黑乎乎的东西，因为天还黑，又急着去跑步，只是不太留神地瞥了一眼便匆匆走了。

等他晨跑结束回来的时候，天已蒙蒙亮，墙角处那堆东西还在。他好奇地走近细看，却差点儿没失声叫起来：这黑乎乎的东西不是别的什么，原来是蜷缩依偎成一团“睡”在那里的大人小孩，地上只垫了些不知从哪里拾来的干草，挺脏的。一个四十岁左右的女人怀里抱着不足周岁的孩子面墙坐着，低着头，用脸紧紧地贴着小孩的脸，显然是要借自己脸上的温度和呼出来的热气来温暖那小生命。妇人的左边是一个小女孩，也不过两三岁，她紧紧地依偎着母亲，靠墙而坐，怀里就抱着那不满周岁孩子的双脚，头却贴在其肚子上，或许是因为困倦难支的缘故，或许也是刻意要为其防风御寒。

玄奘见状，立即脱下身上的棉僧服，轻轻地盖到这一家三口的身上。

妇人见有动静，身子不觉一颤，睁眼看见一个僧人站在旁边，顿时惶惑起来。可是，当她发现盖在娘儿仨身上的棉衣时，干涩的眼窝湿润了。她，一个穷愁潦倒的女人，带着两个幼小的生命来到这里，仅仅是想借山门屋檐的荫庇，聊度寒冷的一夜，根本就没想过要谁、又会有谁来察看、亲近、关照自己。她深知自己的身份和处境，不被别人嫌弃、驱赶，就已经是大吉大幸了，哪里还敢有得到怜悯的奢望？但是，现在，她在处身绝境的时刻不期然地得到了。

她从他的举止和神情中感受得出来，这件棉衣所表达的不是怜悯，而是比怜悯更真实、更诚挚、更亲近、更温暖的爱。她很激动，心里充满了感谢，正想开口说些什么，可就在此时，玄奘不告而别，匆匆地走进了寺院。

诘旦早课时，玄奘穿着一件棉袄，说长不长，说短不短，遮了大腿，露了膝盖，由于窄了些，扣起扣子就绷得紧紧的，活像竖着放的长粽子。这特别的穿着，引来满堂法侣的一道道奇异目光，还有窃窃私语。他们自然不知道他换上这衣着的原委，更不知道这件棉袄就是他进寺时所穿的长棉袍。光阴荏苒，岁与时同增，人长了，衣服没有长，如此而已，何足为怪？

众僧中，只有玄奘的二哥长捷法师知道这件奇装的底里。下堂后，他把玄奘叫到自己的房里，不问缘由，也知道问不出结果，只是从包袱里取出一件穿旧了的棉衣递了过去，同时说了这样两句话："要注意僧仪，也别把身体冻坏了。"

玄奘与哥哥虽同在一寺，但年小有志气，事事讲独立，非到关键时刻决不去找哥哥。他接过衣服穿上，也不作任何解释或辩护，转身便走了。同胞骨肉，情深至髓，话语在相互之间有时是多余的。

早斋时，玄奘分了一碗粥，但他没有吃，而是端起来出了斋堂。

玄奘的举动，不意被大僧法山瞧见了，他放下碗便拉了身旁的要好法江、法海二人，不动声色地出了斋堂，尾随其后，要把事情看个明白。

这三个人，其实前面已经提到过，他们就是在度僧时冲着玄奘说风凉话者，胖墩墩的那个叫法山，瘦高个子叫法江，剩下中等身材的那个就是法海。法山好奇心最大，所以跑在最前面，其他二人则尾随其后。

玄奘出了山门,法山他们也随之到了那里。他们躲在那扇厚重的大板门后,探着头窥看玄奘的行动:只见他将那碗粥递给了墙角处的一位妇人。那妇人看看那碗粥,又打量打量玄奘,将信将疑,惶惶然不知所措。玄奘见妇人不肯接,干脆直接将粥碗往两个小孩嘴边送。那两个孩子不像她妈那么复杂,闻到粥香就挣扎着凑了过来,因为碗小,两个小脑袋同时凑到碗边,结果是谁都喝不着,于是急得都哭了起来。

法山三人看到这里,眼眶都湿了,感动之中夹杂着几分愧意,未等玄奘发现,便转身走了。

整个上午,山门外墙角处姐弟二人抢粥的景象一直萦绕在玄奘的脑海里,赶之不走,挥之不去。他一是想,那碗薄粥分给两个孩子,固然能解他们的一时之饥,但往后又怎么办?二是想,孩子都饿成了那样了,妇人更是可想而知,可就是她,连一口粥都未喝,要是饿坏了她,那两个孩子还依靠谁?

玄奘反反复复地这样想着,越想越焦急,越想越不安。好不容易听见午斋的梆声响起,便赶忙向斋堂走去。因为早上粒食未进,所以先要了一碗甘豆羹,就是用淘米水熬成的小豆羹,匆匆地喝了,再要了三个麦饼,揣进衣兜,便匆匆地出了斋堂。

等玄奘心急火燎地到了山门外,眼前却出现这样的一幕:墙角处那妇人和两个孩子每人手里都拿着一个麦饼,正在吃。不满周岁的男孩因为啃不动,急得直哭,那妇人只好嚼碎了再喂给他。妇人的身后,站着法山、法江和法海。他们正看着那娘儿仨进食,表情很复杂,同情、怜悯、满足、高兴,混杂着,实在难以分清。

玄奘乍见,很觉意外和惊诧,但很快就转而为高兴,称赞说:

“师兄们真是好样的！”

法山等猛听见背后有人说话，回头一看，见是玄奘，不觉尴尬起来。他们不约而同地想起此前所说的话、所做的事，心中充满了愧疚，颇有无颜面对的意思。

玄奘看透了他们的心思，但却表现出若无其事的样子，再赞叹道：“师兄就是师兄，想的、做的就是周到，玄奘该向你们学习。”

法山三人本来就已低眉无语，听了玄奘的再次夸奖，就更加难为情了。

玄奘不愿意让这样的场面继续下去，于是赶忙从兜里掏出三个麦饼分别递给他们，连连催道：“你们的份儿都给出去了，就吃这个吧。天气这么冷，个子又这么魁，空着肚子哪能行？”

法山三人说什么也不接受，好不容易推开了玄奘，逃也似地跑了。

佛教戒律有一条明确规定：过午不食，目的是为了集中精力用于修道。佛祖认为，多食会引起睡意，同时又要多费精力和时间去进行消化，不免影响修道习法。所以，寺院里一天一般只开一顿饭，即午斋，多者可以再设一顿早粥。净土寺就是行的两顿制，所以，“晚斋”一说是不存在的。法山、法江和法海他们早已习惯，向来不曾为此生出什么烦恼。可今天不一样，午斋已经给了寺门外的娘儿仨，日昃时分肚子里便已是空空如也，身子也觉得比往日冷了许多。推己及彼，他们从自身的感受很自然地又想到了山门外墙角处的那孤儿寡母，终于坐不住了，于是便一齐出门探看。但是，那娘儿仨不见了踪影。

“大冷的天，道路又湿又滑，这大的小的都到哪里去了呢？”法山脸上写着问号。

“能到哪里去?”法海同样百思不得其解。

“莫非出了什么事?”法江在三人中个子最高,而胆子却是最小的,所以很自然地就往严重处去想。

法山却不然,胖乎乎的形象虽然憨态可掬,但心眼不仅最多,而且最细。他眼珠儿转了一下,说声“跟我走”,便拽了法江、法海直奔寮房而去。

到得寮房,每个角落、旮旯看了看,又继续往藏经楼方向走。

法江、法海跟在法山后面,莫明所以,不禁问;“你这是要干什么?”

“别吭声,只管跟我走!”法山头也不回,继续往前走。

三人在藏经楼里也是角落、旮旯看了个遍,似乎还是未达目的。这时,连法山自己也沉不住气了,自问自道:“他能到哪里去了?”

“你是在寻玄奘吧?”法江思前想后,好像是猜到了几分。

“不寻他寻谁!”法山回答过,又自言自语说:“除了吃饭,平常他就呆这两个地方。可这两处都没有,究竟到哪去了?”

法江接着猜道:“你认为,玄奘知道那娘儿仨的下落?”

“何止是知道,根本就是他干的事。”法山坚信不疑地回答。

“你是说,是玄奘将那娘儿仨带走了?”法海也跟着猜了起来。

法山回道:“肯定的,那娘儿仨就和他在一起。”

法海担心道:“要真是他带走了,能到哪儿去找?”

法山瞪了法海一眼,说道:“能哪里去找? 大冷的天,他能带到洛阳城,能带到他老家陈村! 除了寺里,他什么地方都去不了。”

法海听法山如此一分析,也有了信心:“那就不难了,寺院再大,也能找个遍!”

法山回道:“你又犯傻了,人来人往的地方能藏得住什么?”

法海歪着脑袋想了想，说道："你的意思是，重点查查众人少去的地方就可。对，这倒是省时省力。"

"这回才说到是处了。"

法山称赞了法海一句，拽着他就朝前走。法江急忙叫住道："你们要去库房？我看不必了。那儿不是有人进进出出，就是铁将军把门，谁进得去、藏得住？"

法山听法江说得有理，停住了脚步，思索了片刻，忽然转身跑了，一面跑，一面回头招呼说："快，跟我来，到柴火房去，他们肯定就在那儿！"

果然，当他们快要走到柴火房的时候，突然发现前方不远处有个身影从墙角间闪过。法山认定，那人就是玄奘，于是赶紧伸开两臂挡住法江、法海，示意他们屏声轻步，悄悄地追了上去。

法山他们追到柴火房，果见房门半开着，并且听见里面有轻微的响动，终于，他们得意而诡秘地笑了。

不过，他们并不急于进去，而是不动声色地在门外守候着，静静等待事情往下发展。

只过了一会儿，柴火房里便传来往外走的脚步声，虽然很轻，但仍然听得清清楚楚。随即，一个人侧身从门里出来，然后又轻轻地把门合上。

不出法山所料，出来的人正是玄奘。

玄奘合上门，转过身来正待起步，却见法山三人就站在眼前，六只眼睛齐刷刷地正盯着自己，虽然觉得有些突然，但并不感到意外。未等三人开口，他便先做着手势，示意他们往远处走，不要吱声，唯恐惊动什么似的。

事已至此，玄奘不想再对谁隐瞒什么，也知道隐瞒不下去，于是说道："都还在睡呢，等醒了再来看吧。"

“你干什么去了?”法山没有理会玄奘的话,而是由着自己的心思问道。

玄奘本来不愿回答对方的提问,但犹豫片刻后还是开口了:“我到街上化缘去了,好艰难得了一些剩菜剩饭。不能总是从斋堂里要啊!”

“既然如此,为什么不把我等也叫上?”法山多少带有一点祈求的语气说。

“是呀,不是说人多力量大吗?”法江、法海同声支持。

玄奘赶忙解释道:“这可使不得,老夫子说了:教以悌,所以敬天下之为人兄者也。长幼有序,玄奘作为师弟,怎么敢劳动师兄们?”

“你只说对了一半。”法山抢过话头说,“年龄上,我们是你师兄,这不假;但在德学上,你却是我们的师兄。所以,今后你只管专心干大事,一切累活、重活都归我们仨了。”

“对,就这样定了。”法江、法海齐声应和道。

玄奘从心里不能接受他们的所谓“决定”,但又为他们能理解和支持自己所做的事而高兴,而感动,所以,在直面他们的一腔热情和盛情时,竟至于一时没了言语。

让玄奘所意料不及的是,他的这些所作所为,给寺院平添了不少麻烦:不知怎么的走漏了风声。就在玄奘将那娘儿仨收留进寺院柴房的第二天中午,山门外突然来了几十个流民,不用说,都是些老弱残疾妇孺者。他们面呈土色,满脸污垢,有的拄着一根树杈当拐杖,有的双手套着不知从哪捡来的破鞋子在地上爬行,有的光着头,有的衣不蔽体,其形象虽然各异,但有一点是相同的,那就是他们的眼睛都紧盯着大门,而且充满了获得救助的渴望。

维那师将山门外发生的事反映到了海玉上座那里。海玉上座将寺主真性法师召来吩咐道:“山门外聚集了不少难民,全是些老弱残疾妇幼者,都指望着寺院能给一碗粥,寒冬腊月的,吃饱了饭都还觉得冷,饿着肚子站在北风里,会是一种什么滋味?赶快让斋堂为他们做些粥饭。”

“是,长老。”寺主真性应道,想了想,又迟疑地试探着问道,“就这一顿?”

“怎么,有难处?”上座凝视着寺主,认真地问。

寺主回答说:“眼下尚无困难。近两年时局纷扰,为预防万一,我将用度紧缩,大户的布施和田租都入了库,仅供僧用,维持两三个月应无多大问题。”

“顾不了那么多了,先施了再说,走到哪步说哪步话吧。”上座仍然不改初衷。

寺主终归是具体总持全寺事务的角色,更直觉地感到肩上担子的分量,想得自然要更细一些,所以,听了上座的话,不免有些犹豫,于是回道:“流民有好几十号呢,连续供施下去,将来可能难以为继。万一时局继续乱下去,僧众恐怕也要沦为流民呢!”

“弘法利生,慈悲喜舍,这是佛祖的本怀。僧有得吃,民就应有得吃;即使僧不食,民也应有得食。走好当下一步,其余不必烦恼。”上座仍然态度坚决,“更何况,分卫乞食,本来就是僧家的传统,只是后来信众虔诚向法、护法,爱屋及乌,厚施僧伽,寺院这才有了田地,我辈这才设厨停乞。即便如此,游方僧也还免不了要沿街托钵,依靠民众呢。如今民众有难,我辈岂能无动于衷?”

寺主也是一方大德,当然理解上座的深衷,所以也就撇开了一切顾虑,欣然领命道:“就按上座的吩咐办。”

法山、法江、法海仨听说寺里要为流民施粥,没有多想,便很高兴地相约到斋堂帮忙去了。而厨房突然接到这样大的任务，自然也要增加人手帮忙，所以对他们的到来当然表示欢迎。

玄奘却不同，当他得知施粥消息后，心事便来了：一方面，他对寺院给流民施粥感到高兴，这是自己想做而又无能力做的事情；另一方面，他又想，这么多流民一下子聚集到寺门外，肯定与自己关照那孤儿寡母有关，想必是有流民从寺院门前走过，看见了娘儿仨有粥饼可吃，便断定是寺院供给的，于是传播开了。饥而求食，这是生存的本能，并没有什么不当之处，只是一下子增加这么多人吃饭，既给寺院增添了麻烦，也使寺院增加了开销，日后出现困难，岂不是自己的罪过？再说，安排那娘儿仨到柴火房暂住，完全是出于不忍，并没有征得寺院的同意……想到这里，他在心里对自己说："夫子说：'君子坦荡荡。'设若自己的行为已经造成了什么不好的后果，就应该由自己负责，一人做事一人当，不能连累了整个寺院、全体僧众。"

玄奘径直走进方丈室，向海玉上座说明了前后原委，并请求处分。

上座听完，正色温言道："你所做的正是菩萨的大悲、大智、大愿、大行善业呢。佛经说，救人一命，胜造七级浮屠。这有什么须处分的？若要说处分，那也成。处分处分，不就是分辨处置吗？你既然悲智双运，作了大善事，老衲立刻就叫人张榜褒奖你……"

"长老，我不是这个意思。"玄奘一听到"褒奖"这两个字，心里就觉得慌，于是赶快打断上座的话，"我是来向长老道歉，请求处罚的，我给寺里添麻烦了。"

"六度万行，布施第一。这是佛祖设立的教法，每座寺院，每个僧尼都必须如法修行。你既是依法而行，却又起分别心，这不是自寻烦恼吗？烦恼既生，苦海无边，可知道这个道理？"

上座的一席话，特别是其中的宽容、通达、慈悯情怀，终于使玄奘卸下了心头的无形重担:“谢谢长老,玄奘知道了。”

“知道了就好。既开了头,就要收好尾;既迈开了步,就得继续往前走。”上座语重心长地说。

玄奘应声“是”,便转身出了方丈门,直接来到柴火房。还未进门,就听见从屋里传出小男孩的咯咯笑声。进门一看,原来是小女孩正在逗弟弟玩。他坐在被窝里左右扭动着身体,用笑声拒绝姐姐挠他的胳肢窝。

此前,经询问得知:女孩三岁,叫妞妞;男孩才八个月,叫拴拴,习俗重男轻女,取此名的目的,就是想图个吉利,把小生命拴牢,不让其丢失,免遭三灾六难。孩子的妈没有名,因为嫁给了姓赵的人家,所以玄奘干脆就叫她赵嫂;丈夫应征服役,死活不知。

看见玄奘进来,妞妞从地上站起来便向他扑过去,嘴里高兴地喊着“哥哥”。

玄奘一把将她抱起来,然后走到拴拴跟前,把妞妞放下,再蹲下来,用指头拨了拨拴拴的下巴,拴拴咧嘴咿呀喊着,双手乱舞着,要玄奘抱。玄奘将拴拴那双小手按下来,又摸了摸他的头,说:“乖乖,好好坐着,跟姐姐玩。”之后,转身问女孩,“你妈呢?”

“抱柴厨房去了。”女孩回答。

“把弟弟带好。门外冷,别出去。”

玄奘吩咐罢,使往厨房去了。

因为添了几个人手,厨房里的气氛热闹了许多。法山、法江、法海三人正在案板上揉着一大团面,赵嫂则再将揉好的面揪成小团团擀饼,慈心师父自然是大厨,负责烙饼,几个人都忙得不可开交。

玄奘一问,才知道是在给明天准备饭食。他本来是个见活就手痒的人,一听说原委,卷起衣袖便要插手干。

法山见状,不乐意了,立刻上前阻止道:“哎哎哎,不是已经约法三章了吗?”

玄奘莫名所以:“什么约法三章?”

法江一旁道:“这些粗活,我们几个就能对付,你只管干你的大事去好了。”

慈心师父听着他们说话,就像听暗语一样,听不懂,于是问道:“又发生了什么大事了?”

“师父你别打岔了,不是又发生了什么大事。”法海解释说,“我们是说,玄奘记性好,人聪明,将来一定是人中狮子,干粗活委屈了他,大材小用了,诵经习法才是他的正经事呢。”

“这倒是。”慈心师父点头道,“玄奘,他们说得对,还是去诵你的经吧,这里我们忙得过来。”

“小兄弟,不不不,小师父,听他们的,去干你的大事去,这里的活儿,我们对付得了。”赵嫂也帮腔说。

赵嫂的插话,让玄奘找到了说话的由头,他走到她跟前,说:“赵嫂,你还是照料妞妞、拴拴他们去吧,小心摔了、碰了。”

“穷人家的孩子经得起摔打,他们吃饱了都是自己玩自己的,不会有事。”赵嫂很有把握地说。

“可你身体也不好呢。”玄奘继续寻找理由。

“住进寺里这两天已经好多了,不碍事的。干活的命,闲不住。再说了,寺里救了我们娘儿仨的命,哪能知恩不报啊。”赵嫂一口气说了几条理由。

玄奘既不能取代赵嫂,众人又不让插手,不得已只好走了。

净土寺施粥周济饥馁持续了一个多月。终于有一天,奇怪的事情发生了:午斋时分,寺院铺排好了粥摊,准备分发,要在平时,斋堂前早已熙熙攘攘挤了不少人,但今天却是左等右等,竟不见一个人前来受施。按寺院的规矩，过午就要收摊的，只因是外施，对象是俗众，所以决定延长一个时辰。

一个时辰过去后，仍然没有一个人前来要粥。对此，无论是慈心师父还是玄奘、法山等，谁都弄不清楚其中的原因。

不过，很快，当日午后晡时就传来了惊人的消息：有流言说，就在前数日，后来证实是大业十四年三月丙辰，右屯卫将军宇文化及等人叛隋，弑皇帝杨广于江都行宫，并且准备遣师北上，直捣东都，洛阳形势岌岌可危。

还有流言说：上年之五月，太原留守唐公李渊举义，十一月攻克长安，与民约法十二条，解除暴隋的所有苛禁，随后又立代王侑为帝，遥尊杨广为太上皇以稳民心，自己则以大丞相的身份总揽军政大权，继而又被诏封为唐王，享有剑履上殿、入朝不趋、赞拜不名、羽葆鼓吹等特权。不旬月，东起商洛、南尽巴蜀之地尽归唐王。杨广被杀后，皇帝侑更以十郡之地拱手让给唐国。这样，唐王李渊离禅位登基就只差半步了。

一边是残月落山，长夜难明；一边是朝阳喷薄，曙光临照。弃暗投明，是人的本能、人的本性。哪里能给人以希望，哪里可以给人带来生机，哪里就具有魅力、引力。洛阳城的流民、难民到哪去了，还用问，还用说吗？

第十回

学遍九州疑义难析　求究真文探源是愿

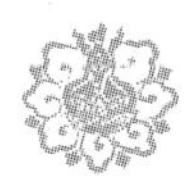

沧海桑田，无常是常，小到个人的悲欢离合，大到国家的兴亡盛衰，都是一个道理。现如今，有隋天下为大唐所有，转眼就过了九个年头。在这九年中，玄奘也走过了很长很长的路程，自然也留下了很深很深的脚印。

义宁二年四月底，皇帝杨广被杀的确凿消息传至长安。五月，时年十三岁的隋帝眼见得九服崩离，三灵改卜，大运已去，不得不口称避贤路、谋布德而禅位于唐王。李渊既登大位，随即改年号为武德，于是乎，唐王朝立国，历史翻开了新的一页。就在此后不久，玄奘与其兄长捷法师商量说："洛阳虽父母之邑，而丧乱若此，岂能守而等死？如今国家已为唐皇所有，天下归心，如星拱北，似葵向日，愿与兄长一起投而奔之。"

长捷听玄奘说得对，同意了他的建议。这时，玄奘已经成长为一个标准的男子汉，年十九，马上就到加冠岁数。

然而，当玄奘兄弟二人到达长安时，却不免大失所望。究其根底，是因为国基草创，兵甲未休，外有突厥之扰，内有亡隋残余及割据势力的负隅顽抗，新主儿万机之中，分量最重的是荡清四海、巩固根本这事儿，百废之兴还得等待一些时日。至于儒生、释子、道人的讲诵斋醮这等事，自然更是无暇顾及了。以是故，原来不少乘兴而来的高僧只好又扫兴而去，南下天府之国，去寻求平静的港湾和论道的福地。

玄奘兄弟二人当然也追龙象到了益部成都。次年，玄奘又在那里受了具足戒，利用坐夏时间，学毕律条五篇七聚。此后，先从当时之法匠道基、慧景、宝暹受学《摄大乘论》、《阿毗昙杂心论》，继又从道振法师学《增一阿含经》。这些经典，特别是《摄大乘论》的诸家论释，尽管是既繁复又抽象，但玄奘并未把它当成什么攻不克的难事。不是说万事只怕有心人吗，在对待困难方面，他是有足够的心理准备和毅力的。让他感到头疼的倒是各家的歧义太多，往往让人难辨是非，无可适从。在成都总共住了五年，也未能解决这个问题，心里不免自忖："入蜀五年，固然获益匪浅，但若始终固守一隅，即使学到穷处，也不过一孔之见，与井底之蛙何异？"

玄奘把自己的这个想法告诉长兄长捷。长捷一听，便知道他已经做出了重要的决定，而且是谁都无法阻挡，所以只是问道："打算到哪里请益呢？"

玄奘不假思索回道："京师。"

长捷摇了摇头，说道："才离开五年，能好到哪里？恐怕不是一个好的选择。"

玄奘想了想，回道："那就到处看看吧，读万卷书行万里路嘛，一边游一边学，更自由，或许会有新的发现，会有意外的收获。"

长捷没有再说什么，只是语重心长地叮嘱道："你问难求真的心思，我自然清楚，唯愿你能善自珍重，一路走好。"

数日后，玄奘带上三衣和一只化缘钵，竹杖芒鞋，一身头陀的打扮，便从益州南部的空慧寺出发，与客商结侣，放舟三峡，悠然顺流东去。

玄奘之离蜀，本意在游学请益，但因为在成都时已经遍学当地的经、律典籍，名扬远近，所以，刚出三峡到达荆州，即被道俗挽留开坛说法。一因盛情难却，二因弘法乃释子的天职，所以便从了所请，在那里滞留数月，为讲《摄大乘论》和《阿毗昙杂心论》。

既毕，即继续顺江而下。

姑苏，这是春秋时代吴国的首都，钟灵毓秀，藏龙卧虎，正教很早就在这里生了根，开了花，结了果。玄奘东下参学的第一站就是这座千年古城。在这里，他首先礼谒的是虎丘山寺智琰法师。这位琰法师曾从金陵报恩寺持法师学新译出而未加治正的《成实论》，继而又就大庄严寺嚼法师重研改定了的《成实论》，也就是后人口口相传的《新成实论》。玄奘此行就是奔初译、改定两本《成实论》的新旧义而来的。功夫不负有心人，玄奘很为这次“虚往实归”感到高兴。

此后，玄奘北上相州，从慈润寺慧休法师再学《杂心论》和《摄大乘论》。休法师道声高邈，修行与义解相富，跨罩古今，人在邺郡，声名却传遍了海内。他不仅学贯空宗，而且在唯识学方面也得到真传，隋未亡时曾在京师长安道尼和昙迁的座下亲耳聆听《摄论》，那道尼正是翻译《摄论》的大师真谛的入室弟子，昙迁也得法于真谛的真传。玄奘既与慧休相见，情谊宛若故旧知交，丝毫没有师徒之隔。于是，一个是口若悬河，津津乐道，指摘纤细，曲示纲领；一个是虚怀以待，孜孜而听，领酬无厌，追根究底，点到即通。八个月过去了，慧休用欣赏的眼光凝视着玄奘，喜不自胜地说：“老僧多幸，得睹如此稀世奇才！”

不过，玄奘自己对待一切赞誉之辞，向来颇不以为然，所念念不忘的，是心中未解开的那团乱麻。所以，在相州问道告一段落后，又直奔赵郡，因为那里有一位《成实》学大师，法讳道深，有学称包富、名震赵邦之誉。既到，玄奘膝行顶礼，委身参学，振奋勤勉，不减以前。那深法师见其态度诚恳，又有法器之相，因此也乐于传授，凡有所问，必为综洽无遗。玄奘在这里又用了整整十个月的时间，终于将道深法师的微旨完全领略。

却说这时的京师长安，在玄奘违别八年之后，虽仍然没有翻天覆地的变化，但却在一步步地走上正轨。为了规范僧尼的弘法活动，朝廷特意设立十大德如三论、地论大师保恭，成实、三论大师慧因，地论、摄论大师法侃，三论大师吉藏，律学大师海藏等，负责统摄僧尼，纲维法务。这一加强管理的举措，说明京城长安的僧尼人数正在急剧增加，弘法活动开始活跃起来。这一新气象的出现，当然与当权者的崇佛护教措施分不开。李渊皇帝知道，释迦立教，本意在于敷慈化以赞理天下，明善恶报应以警昏俗，穷性命大旨以悟真修，不仅可以与儒学并行不悖，在修心、养性上，其功用则又有过之而无不及。所以，早在太原创兴义师之时，即宣誓志凭三宝，贵登九五之后即大启玄门。至禅位前夕，便以大丞相的身份将瘗藏供奉释迦牟尼佛舍利的扶风阿育王寺改名为法门寺，并下令重修一新。及登基，又下诏在京师建慈悲寺以示爱民如子之情，立太原寺以旌起义之功；下诏依佛制度于正月、五月、九月及每月初十断屠、行斋，永为国式；在国学里祭祀孔圣的释奠大典上诏令高僧慧乘讲诵《心经》等等。诸如此类，不一而足。总而言之，在朝廷政策的推动下，长安佛教前进的脚步正踏着残冬的薄寒走向明媚的春天，四海之内有识有志的僧尼纷纷云集到这里，佛典研习，学说争长，宗派酝酿，俨然一派风起云涌、波兴潮涌景象。只是，因为是早春，天气还不免乍暖还寒，但可以断言的是，春风拂荡、百花盛开的时节是无法阻挡的了。

京城法脉的搏动向玄奘发出了召唤。

武德九年初，玄奘带着一路风尘，满怀希望和憧憬，第二次来到长安。这时的他，已是一位饱览众经、游心八音、穷究玄理、学识大长的青年法师，属词谈吐，蕴藉风流，接物诱凡，既恭且谨。身材虽不如其兄长捷法师魁伟，却也风神俊朗，不杂尘埃，亭亭独秀之躯昭显着郭宇宙之志、继圣达之心，一身匡振颓纲、苞挫殊俗、涉风波而意靡倦、对万乘而节愈高的气势和神韵。尽管还未到而立之年，但在僧界中已颇有名气。虽然，比起当世诸多的高僧大德、名宿泰斗，他还欠老成持重，也谈不上根深叶茂，但却是一株茁壮成长中的乔木，参天之日已可预期。

说来也巧，当年那位特批破格度他为僧的大理卿郑善果，如今又做了新王朝的检校大理卿兼民部尚书。玄奘在这次赴京前曾和他取得过联系，并在到京之后又前往拜谒过。当时，郑尚书正在和一位达官谈经论道。从介绍中得知，这位达官竟是当朝宰相萧瑀。这又是一巧遇，而正是这一巧遇，使玄奘在京城的活动顺利了许多。所以，还得回头再说说宰相这个人。

萧瑀者，南朝梁明帝之子。入隋，其姐先被策为晋王妃，炀帝登基，复正位为皇后，萧瑀本人自然也就成了"国戚"。因此故，不仅进了京，而且累官至内史侍郎。后来常因言事忤旨而见忌，乃至于出为河池太守。"皇亲国戚"这面招牌并未为他带来大富大贵。唐高祖李渊率义师入长安，萧瑀即以所领之郡归附之，被授与光禄大夫一职，封宋国公。武德朝，官至尚书左仆射，也算的是一朝股肱了。尽管他在同僚中有褊狭、难以容人的传闻，但却不妨碍他酷爱经术、不尚浮华的美声。年庚五十开外，比郑尚书稍小几岁，举止言谈倒也干净、利索。

却说那天在尚书府邸见面时，萧大人从介绍中得知玄奘的身世及出家、习法、游学诸端后，不仅对其先祖钦佩有加，而且爱屋及乌，更何况面前站着的是如此一个文而不弱、气宇轩昂的年轻法师！所以，当下便心有所属，既没有与尚书商量，也不征求玄奘的意见，便说道："我做主了，就住庄严寺吧。"

"住庄严寺！那当然好呀。"

郑尚书欣然同意，接着便绘声绘色地给玄奘讲述庄严寺的历史：隋仁寿二年，皇后独孤氏崩，文帝下诏为其建寺荐福，并赐名禅定寺。因了这层关系，这寺院的辉煌壮丽便了不得了，寺中架木为塔，塔基周长一百二十步，举高七层，高三百三十三尺，骇临云际，登之可以近望京华，远低秦岭；鸟瞰全寺，只见房宇重深，殿堂高耸，比栋连甍，钩心斗角，长廊回复，窈窕疏通，翠竹苍松，垂荫秀出，游行其中，往往迷路不知所出。寺初成，昙迁法师奉敕在全国范围内拣选德学兼优的禅僧一百二十人，各带两个徒弟入住弘法。不仅寺院可与天苑、象阙比拟，就连驻锡高僧也都是些非等闲之辈。今上即位之年才改名为大庄严寺。

郑尚书介绍完寺院，又推赞萧瑀说："萧大人是位护法大菩萨，不仅与寺院的当家长老过从甚密，和京城的大师硕德们也称得上是法侣鸳鸿了。打今儿以后，有什么事尽管找萧大人就是。"

初来乍到便受到如此这般大人物接待，又被安置到如此这般的寺院挂锡，在别人看来，也许是风光到了极点，在玄奘那里，当然也有受宠若惊的感受，但他却不只是满足于认识他们和有了一个好住所，更希望通过这两位大官人的帮助，在这陌生的都会里尽快地找到参访人选。所以，听了郑尚书如此吩咐，也就没了顾虑地说道:“承蒙两位大人的厚爱,学僧玄奘定当涌泉相报。近年荆吴相赵之游,几经名师点拨,虽略有长进,但至今仍为许多疑问所困扰。京城乃龙盘虎踞之地,这次到来,就是想寻求高人再指迷津,敢劳两位大人于万机之暇特为引见名家,以偿夙愿。”

“法师不必如此谦虚,学而知不足,此乃真学者也。”萧瑀性鲠急,快言快语,“要说这京城龙象,那可真是不少呢。不过,你连年奔波,旅途劳顿,还是先安置停当,歇息几日,再谈参访事宜吧。”

玄奘原本是个踏实稳健的人,但每当碰到求法问道的事儿却往往发急,只要能遂其所愿,废寝忘食是常有的事。听萧大人如此说,心便紧缩了一下,一是担心错失了此次见面的良机,二是怕因此要虚度几日光阴,于是赶忙说:“无妨,无妨。学僧行脚惯了,歇下来倒觉得不自在。何况,人生犹如朝露,大限百年,小期一念,玄奘不过是大千世界里的匆匆过客,但火宅方炽,众生待度,学僧既已奉佛,凡事自当以法为先,如若不然,耽误自身不足惜,耽误众生就是罪过了。所以故,今日既得与大人幸遇,敢再拜托指示,明日便可就泉解渴。”

萧瑀和郑善果也是奉佛向法之人,听玄奘一席话,心里欢喜,不禁同声称赞道:“真释子也,真释子也。”

说完,萧瑀仍然用欣赏的眼光盯着玄奘,同时不停地点头。郑善果看在眼里,便半打趣半认真说道:“萧大人今儿真是得着慧苑琳琅了,还是赶快给玄奘指引指引吧。”

“那当然,那当然。只是,老夫虽然向法,但半路出家,非但是一桶不满,连半桶也还差几瓢呢。再说这佛学就像汪洋大海,虽认识高僧不少,其怀抱深浅,却也不甚了了。”萧大人说到这里,沉吟片刻,才又继续道,“这样吧,老夫送你到大庄严寺安歇,顺便去见一个人,可谓京城耆宿上贤、法海大鳄了。”

“大人说的是慧因法师?”郑尚书插问。

“正是。”

玄奘对此师亦有所闻:“就是今上钦定主管京城教务的十位大德之一?”

“正是。十大德中,今日就只剩此翁了,其他人都走了,往生了。”

萧大人与玄奘离开郑府,乘车直奔外廓城西南角之永阳坊,进寺后很快便找到了方丈院。

因为寺院地位特殊,寺域广,住僧也多,所以,一寺之主的权威自然也就非一般寺院的方丈可比。其住止起居的处所自然也就非同寻常,不称室,而称院,是一组单门独户的院落,位于大雄宝殿和弥勒阁之间的西侧,正是全寺法事活动的中心地带。

慧因长老虽然已得到侍者通报,知道萧丞相将要光临,但他仍然盘腿坐在卧榻上,一动不动,犹在定中,对大人物的到来并无多大的热情。其实不然,他与丞相的关系,从年龄上说属于忘年交,从亲密的程度上说则属于莫逆之交。他的这种冷漠,只是表面的,习惯使然。在他看来,佛、法、僧者,教之三宝也。佛立教法,法待僧弘,故而三宝并重。众生尊佛奉法,自然也就必须敬僧。所以,自古有僧不拜俗之规,连皇帝、老子娘亲都在不拜之列。加之佛教取静,不假人事,忌讳攀附,因此,僧杰多不尚迎来送往,此翁就是其中之一。萧大人对此早有领教,所以也并不摆什么台阁的架子,既到,即亲自掀帘子而进,口里唱道:“长老法体万安。弟子久未参拜,失礼了。”

“坐吧。”慧因长老朱唇微启,声音轻而清晰,仍然闭目作入定状。

萧大人走到卧榻边，颇有几分神秘地说："长老，猜猜弟子我今天为什么而来？"

长老仍然闭目："不猜，直说。"

"我给你带来了一颗摩尼珠！"

长老一听"摩尼珠"三字，立即张大双眼，而且炯炯有神。为何？原来，在佛经里，"摩尼"相当于"宝"，摩尼珠就是宝珠。为什么叫宝珠？因为此珠光净不染垢秽，不仅自净，投于浊水还可使之澄清，因此又名如意之珠，意为有求必能满足。摩尼珠就是佛教的宝物，是清净佛性的象征。作为一个向法之人，什么都可以不在乎，唯独对佛，对法，以及对象征佛教的圣物，不能有丝毫的怠慢和轻忽。以是故，长老不仅睁开了眼，而且老大老大的，闪着光芒，满怀期待地凝视着萧瑀。

萧瑀并不言语，而是用眼光提示长老往旁看，长老随而看之，这才发现，榻前正有一个衲子在给自己行膝跪叩头大礼呢，但因为接受得多了，所以也就见怪不怪，只是说道："何方法子？为何至此？起来说吧。"

玄奘起身，与长老接目，这才看清了对方的面庞：长脸宽额，清瘦矍铄，稍深的眼窝里嵌着一对明眸，其神动而还定，深邃难测，不竞物情，不喜不惕，严而不踞，威中见慈。既见问，遂恭敬答道："晚辈玄奘愚钝，虽习法多时，四方请益，但佛祖四谛十二因缘大旨始终未得究竟。今日幸得萧大人引见长老，还望垂训调御。"

长老又问了年庚、夏腊，以及都学过什么经，就教过何师，等等。玄奘一一作了回答。

长老从玄奘的回答中似乎听出了真味，直到此时，他才认真地审视面前这个年轻释子，称赞道："仁俊未到而立，已经研兼大小，综习时学，很有成绩呀。老僧呢，所学不过《中》、《百》、《十二》三论，至于《成实》，则只是略知一二而已，如今又只剩下一个空壳，饭囊而已，虽有弘法之志，但已力不从心了。”

“长老何出此言！你老乃僧界泰斗，定慧两明，玄风凝远，信达通神，举国崇仰，无论站在哪里，都是众人的表率、榜样呢。”萧瑀这样称赞过，接着又将话锋一转，“帅者，运筹帷幄者也。长老奉恩敕统领全国正教事务，手下法将成列，随意指点几个，都能各自坐镇一方，何必亲自披挂！”

长老用右手食、中、无名三指轻轻地拍了拍前额，说：“老僧糊涂，倒是萧大人提醒了我。若从这仁俊所学而言，有几位论匠倒是值得前往参访、可与切磋的。《俱舍论》方面得着天竺真谛法师真传的有道岳法师，此师原住大总持寺，就是本寺西侧之大禅定寺，后来便居无定所，现在连老衲也不知其挂锡何处，但却是必须见的人物。《涅槃》学则应推玄会法师为元席，此师正值盛年，现为慈悲寺上座，其勤奋好学，提携后昆，像季罕见，昙延、慧远两大德离席辍斤之后，能够祖述前言者就剩此人了，真可谓独称孤拔、《涅槃》后胤也。至于《摄论》，则非僧辩、法常二师莫属了，这两人也都住在大总持寺。常法师曾经周游齐秦赵魏，博听众锋，考其异同，校其铦锐，于《成实》、《毗昙》、《华严》、《地论》无所不通，并且皆得其轨辙，他早年志尚《涅槃》，如今则专讲《摄论》。僧辩法师之讲《摄论》，更是李释同听，名满天下，公卿咸相委随，纵不识其人者亦登门请教。若于此数师处仍不得要领，恐怕也就无人胜任了。”

会见毕，慧因长老吩咐维那僧道最法师带玄奘至寺内定心院安置。

因为事情有了头绪、眉目，玄奘一直悬着的那颗心终于落到实处，加之旅途的劳累，所以，定心院的第一觉睡得特别的香甜。

也许是睡得好，也许是习惯使然，也许是心中有事，第二天天才蒙蒙亮，玄奘就已起床，并且很快洗漱完毕，又吃罢早粥，便匆匆地离开了寺院。出了山门，往西一拐，没走多远便到了大总持寺门口。这大总持寺也就是隋代的大禅定寺，是杨广为其父文帝所建的香火寺，有灵意之台、神通之室、切汉仁祠、干霄灵刹、千叶之莲、飞来之座等等，其规式及壮丽一同大庄严寺，此处不赘。玄奘径直进了门，碰见一僧正在清扫道路，于是上前作礼道："请问法兄，法常、僧辩、道岳三位大德住在何处？"

值勤僧打量了一眼玄奘，反问道："你是同时找仨呢，还是先找某一位？"

玄奘答道："三位都找，先后不论。"

"对不起，要让你失望了。"

玄奘不解："怎么说？"

值勤僧说："岳法师前不久刚从太白山寺回来，身体不适，又到蓝田化感寺疗疾去了。辩大德现如今正在河东芮城开讲，不知道什么时候回来。常大德多日未见出入，是否在寺，不得而知，他住在慧觉院，从此往里走，至法堂后往西北拐，走到路尽处便是。你可以去看看。"

玄奘找到慧觉院，结果是吃了闭门羹。

离开大总持寺后，玄奘站在当街，秋风瑟瑟，只见夹路槐枝摇曳，落叶飘零，满地铺金。直到这时他才意识到，如今已是秋末冬初的季节。不过，寒冷没有使他瑟缩，而是让他更加清醒：光阴似箭，寸阴寸金啊！他振振僧衣，迈开步子走向第二个目的地。

隋文帝兴建的长安城到了唐初并无什么变化，与汉代长安城相比，最大的不同是位置有了变异，范围更大，街市更规整。全城纵横分九街十四巷，除皇宫、皇城以及东、西市、曲江芙蓉苑以外共有一百零八坊，活像一个大棋盘，坐北向南，四向端正，即使是初来乍到的人，走路也不会迷失方向。

玄奘从庄严寺大门往东走到第一个十字路口，然后顺朱雀大街以西第四竖街朝北经过六坊，到达西市的西南角，再顺西市南街往东，即达光德坊的西南角，慈悲寺就位于此坊的东北部。玄奘进了慈悲寺，又好不容易找到玄会法师的住处，但紧闭的门上却贴着巴掌大的一片纸，上面赫然写着“闭关谢客”四个字。

玄奘连门都没敢敲一下，转身就走了。因为他深知教内规矩，一个僧人闭关，也就是闭门谢绝一切人事，或者是要习定坐禅、守静养性，或者是阅读经藏、专心研习。许多高僧的传世之作、精义神思，就是在这样的环境、这样的状态下深思熟虑、搜索枯肠完成的。

一天的奔波，没有任何收获，但玄奘没有气馁，这等事，他已经不是第一次碰到，而且可以说是家常便饭了。在长期游学求法的生活中，他已经养成了一种习惯：遇到顺心事时也要做好面对困难的准备，遇到困难时则多往好事上用心。眼下他就是这样解释日间的遭际的，俗话不是说“好事多磨”吗，明天也许就顺畅了。

但是，第二天，玄奘并没有像希望的那般顺畅：要找的人不仅没见着影儿，甚至连信息都没有了。

整整一个冬天又快要过去了，玄奘的愿望仍然没有实现。他还是没有气馁，因为他深深地懂得佛祖所说的“随缘”两个字的含义：宇宙万物都是因缘和合所生成的，有缘则聚，无缘则散，有缘无缘，或聚或散，自有其定数，非人力所可以强求，所谓随缘就是听其自然。因为玄奘记住了随缘的道理，所以尽管一直不顺心，但却能始终保持心的平和。

其实，几个月来的不顺心也并非事事不如意，更不意味着一无所得。事实上，正是这个所谓的不顺心给了他几个月的闲暇时间，让他有空隙，有机会，有工夫去追寻佛陀创立的圣教在赡部洲东方这个帝王之都生根、发芽、成长、开花、结果的历史足迹。有隋一代三十八年，在这个一百零八坊的大都会里留下的一百一十一座萧寺以及皇唐开基以来创建的十余座宝坊，无一不留下了他参礼的脚印，以及发自于心而又形诸脸上的那份法喜。收获还不止这些，就在参访京寺的时候，他还知道了这个都城还有一个后花园：终南山。

这座大山坐落在都城的南面，只有几十里的距离。它高出云端，横绝天表，莽莽苍苍，势如群龙舞蹈。它是莽昆仑余脉秦岭的中段。因位于京城之南，所以称南山；因居天之中，所以称中南山；又因汉武帝曾在山脚下建太乙宫设祀，故又称太乙山；不知从什么时候起相沿成习写成了终南山。由于山中风光旖旎，历代皇帝在此修建离宫别馆，达官贵族和文人墨客也前往胜游。此外，这终南山也是道教的洞天福地，老子结草为楼宣讲五千真文的说经台，就隐藏在山中的密林深处。而更重要的是，它还是长安佛教的摇篮兼庇护所，那里有正教初传长安时最早建立的佛寺；拓拔魏、宇文周大兴法难的时候，山中的岩穴和丛林则成了亡命僧徒遮风避雨的天然仙居和续佛慧命的露天道场。

玄奘趁着闲暇，又在一个北风呼啸、飞雪漫天的早上，只拄了根竹杖，便走进了茫茫雪原，直奔那银山玉岭去了。

玄奘从朱雀大街南端明德门出城，经韦曲，折东走樊川，转南入交谷，谷之东岭就是这次终南山之旅的第一个目的地。

大庄严寺慧因长老曾向他介绍过这座山上的佛教圣迹：此山巀嶭巍峨，峰顶平而圆，中有水池一方，宽两三亩，波平如镜，直对蓝天，俗名仰天池。周围松柏环列，青翠秀出，早在西晋年间，池边便建起了禅房僧舍。隋文受禅，为报答神尼养育呵护之恩，决心大兴佛教，于是御笔草拟一百二十个寺额，敕令全国广建寺院，得知仰天池形胜独特，以为池在高山之巅，不知经历了几代何年，池水不泄不漏，不干不涸，于是想，若非藏龙之地，岂能如此？以是故，赐名曰龙池，同时下敕对寺院进行翻修扩建，既成，遂名龙池寺，是为钦赐一百二十个寺额之一。于此同时，为了使寺院具有天竺建筑风韵，藉以表示他信奉、尊崇释迦文佛的真心和诚意，故又特敕度支侍郎李世师搜遍长安城，觅得一名天竺工匠，这龙池寺就是由这工匠亲自筹划、指挥建造的。

玄奘既登峰顶，居高临下，俯瞰原陆，浮云缭绕于脚下，烟村廛落隐约于远处，果然有一种离尘出世、悠然飘举的感觉。

龙池寺不仅在建筑风格上表现出中夏与天竺合璧的特点，而且在管理方面也有天竺国寺院的痕迹。当玄奘提出要在寺内暂住两日的请求时，不是由长老一个人定夺，而是几个主事僧人碰面商议过后才获准的。玄奘从中多少体会到了一些佛陀“诸法平等”的本怀，也就是说，法平等要求僧平等，而僧平等则体现在寺务管理上都有发言权。

第三天一大早，玄奘告别寺僧下山，在太乙宫村一座小庙里借宿了一晚。翌日平旦，又开始入峪，逆溪攀登，直问五台的最高峰——大台。

因为雪深路滑，爬山的速度比晴明日子要慢许多。玄奘先后经过极乐庵、华藏寺、独木堂、显圣台、华严寺、拴龙桩，至日入前，这才到达大台，整整用了四个时辰。

玄奘与圣寿寺当家和尚惟证法师合十见面后，立即呈上大总持寺慧因长老的信函。

惟证拆信一看，态度随即热情起来，说了不少嘘寒问暖、赞叹敬慕的话。晚上，在青灯下、红炉前，他又为玄奘絮絮地讲起有关南五台的故事：南五台是与更北的代州五台山相对的称呼。北五台山号称“清凉圣境”，是文殊菩萨居住弘法教化的圣地，而终南山中之南五台，原本叫太乙山，由五座小峰组成，像一束含苞待放的莲花，因各个山顶都宽平如台，所以又叫五台山，为了区别于文殊道场清凉圣境，便在前面加了一个“南”字。终南山本来就山水明媚，其中又以南五台最为神秀，所以在佛教传到长安不久，便有僧尼在此结茅修道，山房兰若渐兴。相传在隋仁寿年中，有火龙呈威，舞动龙身，口喷大火，致使终南山地动山摇，草木枯萎，山中僧俗流离失所，不得安宁。观音大士于是化成比丘身，口念降魔咒，轻抛璎珞，将火龙缚住，锁在半山腰的一个岩洞前，告诫说，要么安分守己，要么在生死轮回中降级，化身为虫为蛇。至今山上还有火龙洞、撵龙场、拴龙桩多处遗迹。为了彰显、纪念观音大士的神功，僧俗便在山之最高处建寺供奉观音大士，取名圣寿寺。此后，山中法事活动更加兴隆，僧影憧憧，楼台掩映，一派三千大千世界景象。

玄奘本来就是在长安城里听说了南五台的故事后才慕名前来参礼的，但在这样一个特殊的环境里，在这样一种神圣的氛围中，再次听到这个故事，感受自然又深刻了许多。

第二天凌晨，玄奘被一阵钟声唤醒。

钟声有远有近，此起彼伏，连成一气，像十六只编钟，高低协和，各应律吕，清越圆润，幽深绵远，犹如天籁，回荡在山谷、云端之间，唤醒沉梦，催人更生。

玄奘立刻起来，穿戴好，便随寺僧上殿做早课。既毕，没吃粥，便来到殿外。他发现，不知不觉中，昨晚又下了整整一夜大雪，眼前身后，浑然一个银色世界，南面是玉龙飞舞，北边乃云海茫茫。红日出，半天赤，云山如染，七彩在空中游动，一抹一抹的，如虹似练，闪烁倏忽，变化万千。

玄奘面对眼前的一切，那神态不像是在欣赏、陶醉，只是觉得自己就像是通身用雪擦洗了一次，也变得冰清玉洁起来。那颗原本怦怦搏动的心也因了雪山的肃穆、云海的沉默而平静下来，乃至于融摄一体，物我两忘，天地两仪只剩下一个偌大的“缘”字，而这个缘字也同样是变化无端，分合随时，聚散无常，但无论怎样变化，却又总是离不开一个“净”字。

午斋后，玄奘提起竹杖，谢过当家和尚惟政禅师，便要下山。

当家和尚挽留道：“好不容易上得山来，为什么不多住几日？”

玄奘回道：“玄奘此来，只为参礼大士现身圣地。大事既了，不去便滞。”

“说的也是。”禅师见留不住，只好送客，既出寺门，又问道，“只是不知法师要去何方？”

玄奘回道：“天子峪至相寺。”

“老僧明白了。从这里下山有三条路。既是到至相寺，太乙峪和石鳖峪是同一方向的两条路，不能走。你可走山脊往东北方向去，依次过清凉台、灵应台、摄身台，然后沿塔寺沟下去，经过四天门七十二兰若出山，再循山脚西行，过了子午峪口走不远，即是天子峪。在峪口百塔寺住下，次日再上山，这样会消停一些。”禅师一面送行一面这样交代。

几乎没有走什么弯路，也不曾询问过什么人，玄奘便顺利地到达了百塔寺。

天子峪，原来叫梗梓峪，皇唐创基，高祖李渊与秦王李世民都在这里安过营扎过寨，峪中至今就有李渊坪、唐王寨、走马岭、饮马池、棋盘石、养子沟等遗迹，每一处都有一段大唐开国人物的动听故事，所以，既立国，遂改名为天子峪。不知是巧合还是宿命如此，至相寺也曾经是乱世中的一处佛法庇护所。北周武帝灭法，逃难的僧人在山中就地取材，依岩就穴，建起许多简易茅蓬，藉以居住弘法。至相寺就是众多茅蓬之一，原址本在深沟边，地势低下，易被水淹，又不便出入。前面讲过，隋初，邺城高僧灵裕法师奉诏进京。闲着没事时，便到天子峪茅蓬找他的弟子静渊法师去，既至，不由得为这里的风水形胜叫好，击掌叹道："终南正脉，结在其中矣。"上下考察一遍后更认定，茅蓬西南坡阜尤可称为福地，这里地势爽垲，南靠橡林、高峰，左臂右膀如盘龙踞虎，正北面川，从豁大的峪口放眼，大千京城，纵览无遗，可谓得王气之先，因此故，建议将沟底茅蓬搬迁至此。寺成，即改名至相寺，寓佛性乃一切法"极致之相"、"究竟之相"之意。随后，法师又倾所得恩赐，为之修桥铺路。如今，这里已经发展成为京城附近一大丛林，而华严法界缘起之学在此尤显风起云涌之势，英髦时彦或住寺说法，或寂后入葬结缘者，数点起来，还真不少呢！

次日，玄奘从百塔寺进峪上山，不须半个时辰便到了至相寺。因为时候还早，玄奘并没有立即进寺，而是先到前峰去参礼静藏、慧海、通幽、慧欢几位高僧的舍利塔；继而到寺之北岩给三论大师吉藏的舍利石室上了一炷香；随后又折道南岩，在成实学大师道宗的新龛前静默顿首了一刻。既毕，这才回到至相寺旁，辗转流连，拂雪认读普安、静渊、昙崇等大德的塔铭。

临日中，玄奘擦净芒鞋的残雪和湿泥，正正僧袍和随身包袱，然后进寺来到大雄宝殿，礼过华严三圣毗卢遮那佛和文殊、普贤二菩萨像，继又找到西厢方丈室，掀帘进了外间。一个正在打盹的沙弥大概是被脚步声惊醒了，倏地从椅子上站起来迎上前，一面示意对方不要开口，一面压低声音问："什么事?"

玄奘回道："拜谒智正长老。"

沙弥："长老正忙着接待客人，没空。"

玄奘解释并请求道："学僧玄奘远道而来，专为求教于长老，有烦师弟为我通报一声。"

沙弥显出爱莫能助的样子，说："昨晚和客人整整嗑了一夜，打天明到现在，还没人出入过房门呢!"

玄奘带着几分惊奇几分钦佩，像自语又像询问："是久违的贵客? 还是知心深交?"

"我才进寺不久，并不认识这几个长老。"沙弥这样答着，稍停，又补充道，"好像大多是城里大禅定道场来的，听他们互相称呼，有一位长老叫什么…叫什么来着…对，叫'俱舍通'!"

"是否还有'无厌翁'?"

"有!"

"还有'摄论匠'?"

"有!"

"还有'涅槃将'?"

"有!"

"当然还有'四分虎'?"

"你找的不正是他吗!"

话到这里，玄奘已经难以抑制心中的高兴。原来呀，如此这般的称谓，正是如今京城几位法界巨擘的雅号！"俱舍通"即道岳法师，闭门五载，不问而洞然《俱舍》深义者；"无厌翁"即僧辩法师，老而好学，以耳顺之身而受教于未知天命者之翁辈也；"涅槃将"即玄会法师，慧苑少帅，如日中天者；“四分虎”即智首律师，弘持《四分律》而独步京辇三十年者。几经寻觅难见影，不期际会在今朝。这真真是不可思议的奇迹了！

因为高兴太过的缘故，玄奘竟然没有再去征求沙弥的应允，便上前连敲了几下方丈室的门，也等不得里面的人应允，推门进去便连连叩首道：“末僧不胜唐突，诸位长老请受此一拜。”

智正长老既是在座众人之长者，又是本寺寺主，见状，急忙说道：“阿弥陀佛，三宝平等，众生平等，快快起来吧。老朽岂敢受此大礼？”

玄奘起身，恭敬道：“末僧已在京城寻访各位大德多时，唯因业障太重，无缘得见，一直未能伏膺请益……”

“学僧莫非就是河南缑氏镇陈家小子？”僧辩从座位上站起，打量着玄奘这样问道。

“正是。很惭愧，不知长老何以知道末僧郡望？”玄奘对僧辩法师的问话很是惊奇。

僧辩法师道：“已听宋国公萧大人多次赞誉过，一直未见面，阴差阳错吧。”

玄会法师接口：“是的，郑尚书也介绍过。”

“前几日我去见慧因老和尚时，他也交代过。”道岳法师进一步证实。

“看来我比各位都了解得早，了解得多。”僧辩法师接过话头，口气颇有些自得，“辩某前不久周游秦齐赵魏，所过邺城赵郡，都在称颂贤俊说法作狮子吼、抗辩为麒麟舞，真可谓一路芳声美誉呢。相形之下，始知老僧既朽且愚矣。”

玄奘听僧辩如是说，惊惶不已，再次叩拜道：“长老如此说，末僧真的无地自容了。”

僧辩法师扶起玄奘，认真说："老僧所说，事事属实，并无半句戏言。我之所以周游四方，乃是不满法席中多有固守旧章、囫囵吞枣者，以为若不博听众锋，辨别优劣，则不可能做到方便设施、独辟蹊径而求知微知著、觉期迅捷、大彻大悟也。不过，现在看来，是贤俊又先老僧一步了。"

"羞愧，羞愧。"玄奘又连忙合十作礼道，"末学法海迷航，沉夜失路，所以不辞劳苦，四远求师指点，如今二度进京，就是要请诸位长老屈尊指教，为传法旨呢。"

玄奘话音刚落，玄会、道岳两法师还想争着说些什么，智正长老赶忙摆手道："老僧且卖一次老吧，各位听我一言，都不要客气了。贤俊年轻气盛，志在宏博，所以虚怀请益，其心可见，其行可证。诸位各擅一科，名重今世，愚以为不妨为之开讲，法海中果真又添一条义龙，大家立功不说，这难道不也是法门之幸么？"

玄奘听后不胜欢喜，又是叩首致谢。

诸大德见智正长老已经发了话，谁还敢再开口拒绝！

冬去春来，转眼又到了五月。在新的季节里，玄奘也有了新的收获：自从至相寺回京城以后的三个多月里，他日以继夜地辗转于僧辩、法常、玄会和道岳几位法师的讲席之间，直到今儿黄昏才总算告一段落。在往回走的路上，遇见一个梳着两只总角的小姑娘，正提着筐子沿街叫卖："时鲜果子上市啰！"

小姑娘声音稚嫩，"啰"字的尾声拖得特别长。玄奘来了兴趣，走过去一看，只见筐里果真装了些新摘的果子，一边是黄杏，一边是红桃，果子黄、红之中夹着青绿，其实都没有熟透，很明显是为了抢个先机，卖个好价钱。他看完果子，又抬眼看了看小姑娘，便从衣兜里摸出一文钱，递到她手心里，唯恐她拿不稳，还用劲按了按，然后从筐里捡了一枚杏和一枚桃，转身便走了。

“师父，还没找你钱呢！”

听到背后的喊声，玄奘回过头冲小姑娘笑笑，又摆了摆手，说：“头市嘛，不用找了。”

回到住处，玄奘和衣躺在榻上，双眼盯着案头上的那两枚还没完全成熟的时果，不知不觉地陷入深深的沉思之中：

佛在世时，一音说法，未分大小、空有，随机设教，方便多门，不分利钝，有教无类。佛灭度后，去圣渐远，真义遂隐，学者随其所得，各擅宗途，于是始有上座下座之分。佛灭度后六百年，世友等造《大毗婆沙论》，虽广解广说诸大小乘经论，但执有者众，小乘独盛，多以四谛相转法轮。又三百年后，龙树、提婆造《中》、《百》、《十二门》及《大智度论》，破小立大，说假有真空、体虚如幻之中观，以隐密相转法轮。再二百年后，无着、天亲著论，说外无内有、事皆唯识，自性涅槃之理。佛法东传中土，托命翻译，随得随翻，并无一定之规，大小、显密、禅教、顿渐，先来先翻，后来后出；至鸠摩耆婆，志在大乘，利他之教于是风靡赤县。拓拔、宇文与宋齐梁陈以后，有部阿毗昙的代表作《阿毗昙杂心论》以及以经部义增订此论的《俱舍论》、以大乘义批判《阿毗昙》而又没有完全从小乘脱胎出来的《成实论》、专说佛性的《涅槃经》、赞扬大乘的瑜伽系经典《十地经论》、《摄大乘论》先后成为一时显学。玄奘我生当此时，与圣教有缘，学必求精，与时俱进，博采兼研，自十三岁剃落，冬去春来十六载，独守青灯，一肩云水，务在博览多闻，其中《摄论》一门，用力尤多。然而，正如俗话所说，不振翅不知天高，不潜游不知渊深。如来法义，本是一音所出、双林一味，可如今一经一论，因人义异，比如《成实》有新旧之释，《涅槃》以佛性有无而分为十一家，《地论》

以当常现常、始有本有、阿赖耶识是净是妄、是存是舍之不同而析为南北二道,《地论》与《摄论》两家有八识、九识与真、妄之分别,或以法性或以赖耶为依持,如此等等,谁了?谁究竟?真是解签无地、依违两难啊……

迷茫中,桌上那两枚鲜果再次突入眼帘,玄奘猛地跃起身来,捡起那枚桃子看了又看,瞧瞧红的一面,又端详端详青的一面,嘴里一时甜一时酸的,脸上则一时高兴一时苦涩。

当玄奘将鲜桃放回原处时,注意力一下子又被桌子上的那本小册子吸引住了。他对封面上"佛国记"三个字凝视、沉思了好久好久,然后顿了顿首,似乎得到了什么启示,做出了什么决定,神情也随之由沉重转而为沉毅,犹如一个行者刚爬上一座山梁,而又准备攀登另一座更高的山峰。

第十一回
尝试百苦练形练心　结识梵僧立志立愿

五月的长安，彻底地脱去了冬装，百物蔚阜，无树不绿，无草不青。虽然雨水较平常年份少了些，但草木争长，处处显示出无限生机。大庄严寺内的大小园囿，更是郁郁葱葱，花团锦簇，有如天苑。然而，武德九年五月辛巳这一天，整个京城的气氛却与自然界的天然图画很不协调，不仅在各个寺院内，而且旁及邻近街道，五众哀号，四民顾叹，道俗懵然，投骸无措，乱糟糟的，估计正面临着不测的天灾人祸，而且和寺院僧尼有着密切的关联。

却说玄奘在前些日子里，遍历道岳、玄会、僧辩、法常四位法师的讲席，洗耳恭听，仔细捃拾，收获固然很大，但仍然觉得心中的疑问并没完全解开。他发现，即使是京城这样一些硕德大师，他们的论说，其实也还是各擅宗途，自高门户，侃侃而谈，累牍而书，不谓不多，可相互较之，仍然是歧义连篇，莫知所出，无可适从。嚼之尝之，就犹如从小姑娘那里买来的两枚鲜果，半生不熟的，不谓无一点甜味，但还是让人觉得生涩难吞，于是便起了寻根溯源、刊定真谛胜义的念头。先贤前辈法显大德所写的那本《佛国记》,虽然只有一卷,但却昭示了一颗拳拳释子之心,呼唤着后来者在摘珠采玉的道路上前赴后继。玄奘正是从这本小册子上看到了方向,辨清了道路,得到了鼓舞,获得了力量和信心,于是断然、决然立下壮志,发愿追法显之高迹,求法天竺,取定祇园。

主意既定,他立即付诸行动,开始自讨苦吃,借之以练肌练肤,练筋练骨,练心练志。

这不,今儿天未明,他就单身一人拿了砍刀、缆绳径投终南山去了。刚到中午,就背了一大捆柴火回来。

路上,玄奘看见男男女女三五成群地往终南山方向走,胳膊上挎着简单的包袱,一面走,一面议论着,还不时回头看看,一脸警惕、紧张、担心的神色。不过,他出门在外已有年头,见过的事多了,所以对眼前的景象并没有太在意。待到了城南西边的安化门,往外走的人更多了,站在路边观看、议论的人也多了起来。直到此时,玄奘这才在心里打问号:莫非真的发生了什么事?

回到寺里,只见道友们三五成群地散聚在院内各处,或交头接耳,或激昂慷慨,或愁眉苦脸,玄奘的疑虑更重了。由于背着柴,没法儿凑到跟前探问究竟,所以只好耐着性儿加快脚步朝柴火房走去。沿路上,还是听到有人在议论:

"此人无明昏暗,竟敢反对释迦圣人,不下地狱才怪哩。"

"其实呢,我佛以慈化赞理天下,用善恶报应的道理警示昏俗,主张修六度万行以求明心见性,这与夫子所说的仁义礼智信并无二致,为什么要厚此薄彼?"

"这傅奕就是爱狗抓耗子,放着太史令观天察地的分内事不做,却插手起鸿胪寺的事儿来了。这几年接二连三地上疏反佛,歪曲事实,挑拨是非,蒙蔽圣上,所以才有了如今这通沙汰令……"

“偏听偏信，出尔反尔，前后矛盾，自己打自己的嘴巴！”

“哎，如今诏令已经下来，无论说什么都没用了。偌大的京城，只留三座寺院、一千名僧尼，砍了枝叶，伤了主干，这树还怎么活……”

玄奘觉着事情有些不妙，卸下柴火后，顾不得更换汗水湿透的衣衫，便径直到方丈院了解情况去了。

玄奘在大庄严寺住下一段时间后，便以自己的学识、人品博得长老、名宿和一般法众的认同和赞誉，与所历法席的讲师尤其有了深交，出入、交接，比起初来乍到时已经大有差别。

到得方丈院，一看，事情很出乎意料：大总持寺的僧辩、法常、道岳三位法师和慈悲寺的玄会法师一个不漏，都在场，另外还有一位年近花甲的长者，经介绍，才知道是法苑中大名鼎鼎的护法菩萨、京城皇城西布政坊济法寺住持释法琳大德。

玄奘久闻法琳的大名，既听介绍，惊喜不已，连忙上前作揖施礼。

法琳呢，对玄奘的身世、学业也早有耳闻，知道与自己同籍同姓，都是颍川人，一家子。正是由于未曾谋面便已相知，所以，如今邂逅相逢，那心里的是如何的高兴就不用说了。他见玄奘作揖施礼，赶忙摆手道：“免了免了，一个屋子里的人，还客气？”

法琳的诙谐，引得满堂大笑，暂时驱散了众人脸上的愁云惨雾，在座者都为玄奘与法琳的幸会感叹、庆贺。

笑毕，叹了，室内的气氛复又凝重起来。半晌，坐在禅榻上的慧因长老开口道：“琳法师也不必气馁，多年来，你廷诤字谏，护法之功已经人神共知，新作《破邪论》言简意赅，我佛之兴与盛，像教与孔老之别，大旨已明。朝宰萧公瑀、裴公寂、虞公世南、李公师政，个个都已经为大法施行披肝沥胆，竭尽余力。大家且莫忧心，要相信明君英主最终会成为护法转轮王。”

法常法师是众中除慧因长老以外的最长者，既听慧因长老如此说，首先合掌道：“还是因翁久经风雨，所以能够波澜不惊！”

僧辩法师也附和道：“因翁不愧是国之大德，识量过人！”

道岳、玄会二师同时合掌道：“高瞻远瞩，名不虚传。”

玄奘年庚最小，自觉没有发言权，只是在一旁仔细地听着，觉得大家说得在理，称颂也是热乎乎的，所以不住地点头表示赞同。

法琳法师一面听大家说话，一面在心里琢磨着什么，看见大家都把目光集中到了自己身上，有所期待，于是沉吟着开口道：“因翁对佛法的虔笃和信心，对皇上的忠诚，天地可鉴，吾辈自然无人可匹。只是，史有明训：不依国主，则法事难举。而我佛也对国王有所咐嘱，寄予厚望。只是，有傅奕辈在宫廷里终日喋喋不休，飞短流长，诽谤大法，恐怕再明白的君主也难免不心志动摇。这次皇上下诏减寺汰僧，就是他连年累月饶舌的结果，我们不能不引以为戒，不能不深思。我等总得有个长久之计，使自今以后代代国君，知佛法之汪洋浩瀚、化育人心之大用，劝善进德之广乃六经所未隶，戒恶防患之功为九流所不能比，穷神知化，其言宏大而可惊，去惑绝尘，其轨轻渺而难蹈，死生无穷之缘、报应不朽之说，黄老望尘而难及。唯此，方可免遭如魏周二武灭法那样的惨祸。”

慧因长老听毕，不禁为之振奋，老而且病的他，一下子从卧榻上挣扎站起，连声道：“说得好，说得好。可谓深思熟虑也。”

说到这里，他突然转身问玄奘：“听说贤俊想追前贤法显、智严二法师之高迹，继其清风，有心前往天竺求法，质疑问难，可有其事？”

“这事不假。”未等玄奘答话，玄会法师便抢先道，“玄奘虽然是我们之中的最年轻者，但学识的确不凡。我虽也就法总老和尚专学《涅槃》，就岳法师、振法师涉猎《俱舍》、《迦延》等经论，但在玄奘面前，却自知寸难比尺。他曾比较国内所传大教经论说，这些都不过是法门枝叶，未及根源，天竺必有囊括佛法要义之大本、完本，所以想前往求索，传归大唐。眼下正在自讨苦吃，为日后的远征作准备呢。”

玄会法师称许之余，抬手拍了拍玄奘的肩头，不意竟发现其衣服是湿的，于是不免惊讶道：“又干什么活儿去了？怎么不换换衣服？”

“刚从南山回来，见人心惶惶的，不知道发生了什么事，特意来向因翁讨个明白，不期各位前辈都在。”玄奘一面回答玄会，一面说明来意。

“玄奘既有如此大志，又有如此周到的准备，无疑值得夸奖。”法琳法师对玄奘的行动表示肯定，同时又进一步讲述自己的想法，“不过，自佛法东传至今，西行求法者，正所谓去者盈百，归者无半，功成名立者不到百之一二呢。为什么？道路绵邈，跋涉艰辛，气候恶劣，倏忽万变，如愿以偿者少；去来短暂，既至而辄归，游不周广，所获无多；言语不通，声气殊隔，所获既少，翻传更难；目的不明确，又缺乏名师训导，虽有所获而无济于事。如此诸端，不可不知，知而后定进退，方可谓之有备也。”

听了法琳法师的一席话，众人于是议论开了：

“琳法师说得对，吃苦耐劳无疑是先决条件。”

“既已发奋忘躯，到得佛国，那干脆就住他个十年八载的，不通十二部经誓不回还！”

“胡音梵语的确是个大问题，不仅旅途上要用，参礼请益时更是断断少不了。”

"后生可畏，后来者居上，大法之安，大法之盛，就靠尔辈了。"慧因长老努力收起松弛的眼帘，尽量地张大眼睛，注视着玄奘，也扫了玄会一眼。

玄会接触到慧因长老期待的目光，机智而迅速地退了一步，把玄奘推到前面，说："玄奘决不会辜负长老和诸位前辈的厚望的，对吗？"

玄奘原本是来了解眼下汰僧减寺事态的，不曾料到话锋会转到自己身上，未免感到有些突然。当然啦，他也从大家的谈话中得到许多的启发，于是说："赴天竺巡礼求法的确是末学的大愿，眼下也的确在做一些准备，长老和各位前辈的关怀、教导，玄奘没齿难忘，会永远铭记的。不过，万里长途还没有跨出跬步，末学实不敢妄谈什么大任之类的话。况且，当前的形势尚不知如何发展，能否最后成行也还是疑问多多呢。"

玄奘最后的一句话，重新勾起众人的焦虑，于是顿时又陷入沉默之中。

世间的事就是这样：求而反失，不期而至。人事与天气的变化一样：前一刻还是乌云压顶，风雨如磐，眨眼间却已是云开日出，彩霞满天。

如前所讲，李渊皇帝的一纸诏令，曾经弄得整个长安城中的佛教四众惶惶不可终日。正当大家觉得走投无路、不知如何是好的时候，却突然发生了一件天大的事，不仅挽救了尚处在摇篮中的大唐帝国，佛教也因此获得了新生，并且从此踏上了一条康庄大道。

这件天大的事就是"玄武门之变"。这次政变，从家庭角度去说，是兄弟阋墙，争权夺利，愤极而至于火并；从国家角度去说，是皇位继承问题，你死我活自不必说。斗争双方是皇帝长子，也就是皇太子建成与第四子齐王元吉合伙，对付第二子秦王李世民，相互仇雠，势不两立，你死我活的程度甚至为眼中钉、肉中刺所不能比。太子与元吉，在太原举义之时未始预谋，既立为储、为王，非但未建功德，反而是疑忌相济，狼狈为奸，萧墙之内由是埋下一大隐患。而秦王李世民则迥然不同，在创义和巩固政权的殊死斗争中，一向横戈立马，身先士卒，浴血沙场，百战不殆，功盖天下，内外归心，堪付军国大任。然而，一边是相煎太急，一边是不甘釜中泣，于是乎，一场恶斗便在所难免。不过，无论是从个人的勇略还是身边谋士、骁将的辅佐班子来说，这其实是一次并非对称的斗争，最终谁胜谁败便是不言中的事了。至于变乱中如何调兵遣将、格斗搏杀等腥风血雨的过程，因为与故事的主题无直接的关系，所以在此略去。

却说秦王李世民在杀掉太子建成及齐王元吉之后，即开始大赦天下，同时叫停父皇所颁汰僧去寺诏令。至此，佛教终于转危为安，玄奘也省了许多忧虑，可以一心一意地做他的西行求法准备工作了。

长安的七八月是名副其实的酷暑，天上没有一丝儿云彩，原野上没有一丝儿风，阳光像烧白、烧蓝了的一团火，那灼热实在让人不堪忍受。人在露天下行走，就像是盖着盖烙锅盔，头上地下两面受热，上下串气，连呼吸也感到困难。就算是坐在屋子里、树荫下，也得不停地喝水，只是，喝进多少就会流出多少，汗水在脊背上流淌，简直就像小溪。树上的蝉儿“知了知了”地叫个不停，此起彼伏，一只比一只声高，似乎也喊：热死了，渴死了！本来，庄稼是需要充足阳光的，但久旱不雨，叶子已经有些发蔫，到寺庙、道观烧香的人也越来越多。

京师长安西南数十里处是著名的沣峪口，河水从峪口夺路而出，直到进入平畴地带，流速才缓了下来，像一匹刚被调伏的野马，喘着气，踏着碎步，朝北而去。

沣河靠近峪口的那一段，两岸及河床里布满了大大小小的石头。离峪口较远的河边，则是一溜黄的沙子，偶尔夹着几块细小的卵石。经烈日长久暴晒，石头是滚烫的，沙子也是滚烫的。

记不清是从哪一天开始了，玄奘每天隅中时分便准时出现在这里，赤着脚沿河滩来回往返不停地走，由沙滩走到乱石滩，再由乱石滩走回沙滩。这段路长则十里，短则七、八里，每天来回走好几趟，饥不食，渴不饮，天天如此，一无例外。

前面说过，玄奘有过荆吴相赵的数年求学之旅，长途跋涉对于他已经算不得难事，风霜雨雪也不再是什么考验，不过，像现在这样，沙里迈一脚退半步、石上一脚高一脚低地走这么长时间，却还是第一次。在长年累月的旅行中，饮食无时也是常有的事，但有意以饥渴来为难乃至折磨自己，却是从来没有过。所以，一个多月下来，整个的人，从头到脚，从里到外，通通的变了。现在，脚板下原来磨出血泡的地方已经长出了厚厚的一层老茧，身上脸上则像镀了一层铜，油光可鉴，原来那个肌肤白皙、满腹经纶、很有儒雅气质的学僧，如今竟变成了一个十足的头陀。连他自己也感到诧异的是，当他踩着沙子、石头疾走的时候，眼里、心里都没了沙子、石头，汗也少了，气也不喘了，脚步的轻快，夸张点说，那真有点像风吹、云走呢！

常常有这样的状况：困难和灾难，往往都来自不意之中。当玄奘在为自己的收获高兴的时候，差点儿要了命的事故发生了：

这天早上，玄奘像往常一样，收拾好被褥之后便开始出外跑步。说来也巧，当他顺朱雀大街第四街向北跑过四坊，准备在待贤坊东北角西拐，然后沿皇城南第五横街向西城墙南门延平门跑去的时候,正转弯时,差点儿没和一个拉车人撞个满怀,好在双方都及时地煞住了脚步。在相互对视时,玄奘先是一怔,随后很快便认出来,面前这个拉车的人正是五月间在大庄严寺门外大街叫卖鲜桃的小姑娘。玄奘正待开口打招呼,小姑娘却已经抢先对推车的长者高兴地说道:“爹,就是这个大哥,不不,就是这个师父,给了一文钱,只拿了两个果子!”

小姑娘说完,高兴地闪动着两只大眼睛,直对着玄奘笑,一脸的天真、烂漫,汗珠就像鲜花上挂着的露珠儿。

小姑娘的父亲停稳车子,站直后,虔诚地合掌道:“谢谢菩萨施舍。”

玄奘赶忙也合掌回礼道:“阿弥陀佛,衲僧四大皆空,既无施,也无舍,惭愧,惭愧。”

“请师父尝尝。”小姑娘手脚麻利地从车上一只筐里取出一串熟透了的紫葡萄递给玄奘。

“尝尝,师父。”小姑娘的父亲也随声应和,并解释道,“除了靠去冬的那场雪,一直没下雨,苗长得不旺,果也不稠,不过,阳光足,倒还甜。”

“可见收成不易呀。”玄奘接过葡萄,一面端详着,一面这样说,随后将葡萄放还筐里,“谢过施主,我正在跑步呢,没法受用了。”

父女俩听玄奘说得实在,所以也就没有再勉强。

玄奘再次道谢后,转身便往延平门方向跑了。可没跑几步,却又停住了,回头盯着那父女看:小姑娘斜着身,弓着步,拽紧绳子吃力地往前拉,她父亲既要推车,又要保持车子平衡,分外费力,每迈一步,身子就颤一下。

面对此情此景,玄奘不忍离去,于是折转身跑过来说:“大叔,到西市还有好长一段路呢,让我推一把吧。”

“不用了，师父，我们爷俩能对付得了。你不是正跑步吗?”

“嗨，我那是闲事儿，练练身子骨罢了。我想，换个花样，推推车子，也许更能锻炼人吧。”玄奘有意说得轻松些。

姑娘她爹感激玄奘的热情，但不相信他能把车推好，万一车翻了，葡萄撒了，这可都是血汗啊，所以只是一味地推托着，就是不肯停车。而玄奘也是个知道深浅的人，见对方不肯撒手，便不再勉强，于是跑到前面，也不问小姑娘愿意不愿意，一把抢过绳子说：“小妹子，我来试试，看能不能拉好。”

一路上，玄奘从交谈中得知，这家人姓刘，因为家穷，爷爷辈希望下一代能改变命运，所以给姑娘的父亲取了个吉利的名字，叫“进财”，希望财源滚滚，像水那样地“流”进来。可是，刘进财奋斗了大半辈子，至今仍然是吆喝着黄牛在沣河岸边那块地里年复一年地转悠，除了勉强度日，从来没有享受过那种丰衣足食的喜悦和快乐。不仅如此，又由于天性厚道老实，直到年过不惑才结束了光棍的生活。如今是快成花甲老人了，而独生女儿芳芳却刚及豆蔻年华。老刘深知发家的路不好走，所以对女儿已经没有更多的苛求与奢望，只盼她像田野、山涧中的花花草草那样，逢春抽芽、绽放，不要被太多风雨摧残，不希图获得很多，更不期望惊世骇俗，只求平平安安地走完一生，证明她曾经有过娇艳，有过柔美，活得自在，过得顺心，这就够了，所以给她起了这样一个普通而又富于色彩的名字。俗话说得好，穷人的孩子早当家。芳芳虽然只有十三四岁，但像做饭、洗衣、割草、放羊之类的活儿都已样样在行，是名副其实的里里外外一把手了。只是由于家境的限制，先天的不足，身板儿有些单薄，如果将她的年龄、个头和所做的活儿联系在一起去观察，不管是谁，都会油然生起怜悯之心。

玄奘帮刘氏父女将车子拉到西市内安置好后，便告辞走了。

他知道已过了早斋时间，所以未回寺便径直出城往沣河方向去了。

到了河滩，也未抽个空儿歇一下，便循旧路在沙滩、乱石滩上走了起来。

两个来回下来，玄奘开始感觉有些不对劲，手脚发软，抬腿迈步时没劲儿。对此，他没有多想，以为只要坚持下去，继续走，也许扛一阵就过去了，不仅没在意，反而觉得这正是锻炼、检验意志的好机会。他在心里安慰自己说：在凤凰谷时，幺弟哥哥不是说过挑担子的事吗，开始几天肩头痛得不敢摸，过了第三天，便没事了。可见，关键在坚持，在磨炼，习惯成自然。

可是，不知怎么搞的，今天的沙滩地好像特别松，特别软，一脚踩下去，犹如陷进一个深坑，好不容易才拔出来。其实呢，这只是他自己的一种错觉，旁人看得很清楚，他正在放慢脚步，而且沉重得像是在腿上绑着一块铅，与其说是在走路，毋宁说是在踯躅、蹒跚。

到了石头滩，玄奘茫然觉得自己正站在群山之间，一峰连着一峰，崎岖陡峭，高不可攀，心发抖，腿发软，汗水就像泉涌般往外冒。他猛地甩了甩头，像是要抖落满头汗水，又像是要驱走心中的恐惧，然后趔趄着，东一步西一脚地绕开石头，不，是在绕开他心中的座座大山往前走。

然而，没几步，他却不由自主地停了下来，因为，尽管汗水还在不停地往外冒，可口却干得很，嗓子眼就像在冒烟。由于肚子里早已空无一物，腰已挺不直，气也上不来……身体的这一连串反应，使玄奘意识到，自己已经处于非常危险的境地，如不及时进水、进食，生命将有顷刻之危。

求生的欲望终于使玄奘艰难地挺直了腰。他撑起眼皮四望，看见河心处一股细细的流水正在烈日下闪闪发光，心里一阵狂喜，拔腿就要往那儿冲，可就在抬脚的时候，猛地一阵眩晕，连踉跄都来不及，便瘫倒了，晕乎乎中，觉着自己正在快速地掉进了一个无底深渊。深渊黑暗无光，让人惊恐，想挣扎，但一点劲儿都没有，只好任其往下坠，往下坠……

在生死之间的浑噩中，不知过了多长时间，玄奘瘫软的身子终于微微地颤了一下，虽仍昏昏沉沉，却已能觉着有凉风吹过，还有一股清泉正在慢慢地渗进干涸的心田，已经干得发蔫的心花重又一瓣一瓣地舒展开来。他脸上露出了一丝喜悦，接着，紧闭的双眼也慢慢地露出一条细缝，那过程就像开启千钧石门那般沉重而缓慢。然后，他模模糊糊地看见几个人影在晃动，似乎是在将河心那股清流引进自己的嘴里。然而，好景不长，隐约中，他发现刚刚舒展的心花又蔫了下来，于是失望了，丧气了，刚刚微启的石门又在慢慢地关闭……然而，就在石门将闭未闭的时候，他忽然闻到了久违了的五谷香气。这一下，他的身体不仅仅是微微颤了颤，而且反应得相当强烈，鼻翼在不停地翕动，嘴也本能地张开了，俨然一副饿婴待哺的模样。终于，他接触到了那熟悉的碗，并迫不及待地吸吮着其中的琼浆玉液。

很快，一碗下肚，就像注入了还魂水一般，玄奘开始张开双眼，并且挣扎着要坐起来，也不管身边都有些什么人，自然也没有打任何招呼，只顾问道："还…有…吗?"

当玄奘又一口气喝下一碗糊糊后，终于完全清醒了。直到这时，他才发现，自己正身靠路旁一棵大柳树坐着，离河滩不过百来步远。树荫下，几个人正围着自己站着，其中就有刘进财父女。

众人见玄奘睁开眼，又有了神，一个个才如释重负般放了心。

玄奘不知发生了什么事,用疑问的目光凝视着众人,等待着答案。

刘进财见状,走到玄奘身边蹲下,对他说:“多亏你帮了一把忙,赶早到了西市。你走后不久,就有人来收购,说是豪家办喜事要上席招待客人,价钱也给得比往日宽,我就一下子出手了,所以回来得早。在经过河滩时,发现师父你倒在乱石滩里,再没起来,赶去一看,已经不省人事,再看那额上、身上豆大的汗,知道是中了暑,多得两位师父帮忙,才把你背到这荫凉处。”

玄奘听老刘说毕,紧紧地抓住他的手,好久好久不放,没有任何言语,但脸上、眼中都充满了感激之情。

玄奘松开手后问老刘:“刘叔你说还有两个人在帮你扶我?”

没等老刘回答,两个僧人挤上前来问道:“玄奘,你不认得我们了?”

玄奘定睛一看,喜出望外地喊道:“是法海、法江!没和法山在一起?”

“他在大庄严寺呢。”法江回答,“我们偶尔听人说,你住在长安,都成了名人了,于是就结伙奔你来了。”

“今早就赶到寺里,左等右等不见人,知客说你最近一直在沣河河滩上练脚,我们俩就一路打听着寻来了。”法海插嘴说,“路上遇见这位刘大叔,想不到他竟与你有缘!”

“是呀,不仅有缘,而且是合缘呢!”玄奘答话时,无意中看见芳芳手里还拿着一只碗和一只陶罐,于是问道,“芳芳,刚才你们都给我吃了什么啊?那么香,那么馋人!”

“师父,是小米粥,我娘做的。”芳芳听见玄奘称赞,很是高兴,回头将一直站在后边的母亲拉到前面,得意地介绍道,“喏,就是她!”

“你这小妮子，哪有自己夸自己的！”芳芳母亲罗氏批评过女儿后，解释道，“这是用陈粮做的，要是用新粮做，那还会更香呢！只是现在还不到打新场的时候哩。兴许是师父太饿了，所以吃什么都香。”

刘进财听内人说到这里，突然想起了什么，急问玄奘道：“师父你早饭没吃吧？”

玄奘被问到了根底处，心里明白，但口里却这样回道：“今儿的事，与吃不吃早饭没关系吧？”

“师父大意了。”罗氏听出了玄奘的话外音，很内行、很有把握地说，“大半天了，粒食未进，滴水未喝，油尽了，灯哪能不灭？又在大太阳底下，长在水边的大树都要被晒蔫，师父你竟然还空着肚子顶着火炉使劲儿，那是要性命的呀！”

“你怎么净捡不吉利的说！”老刘呛了罗氏一句，转而问玄奘，“你倒地前是不是觉得头晕、恶心、发慌、出汗、没劲儿？”

玄奘点头作答，刘进财拍了一下脑门表示自责，说：“都是因为拉车误了斋！差点儿没闹出大事来。”

经过休息，更重要的是进了食，加之原来身板儿还好，玄奘感到精神已完全恢复，站起来乐呵呵地安慰刘进财说；“这不是没事儿了吗！”

“都缘师父平日里行善积德，所以能消灾避祸呢！”罗氏看见玄奘又有了生气，打从心眼里高兴。

玄奘一听，赶忙双手合十回道：“大婶说哪里话，衲僧今日这灾能消，还真靠了你们一家子呢！你们才是积善之家啊！”

玄奘说着，就要展衣叩谢，刘进财夫妇急忙上前阻止。

玄奘无奈，只好作罢，不无内疚地说：“衲僧除三衣一钵外，身边并无余物可以报答叔婶救命之恩，唯有日后好好习法，以作报答了。”

告别时，刘进财一家一定要留他们吃了饭再走，玄奘自然婉辞。法海则说道：“刚才见你那个样子，我们不好开口，有个法师，叫什么来着……”

“岳法师。”法江说。

“道岳法师？他找我？”玄奘急切地问。

“可不，一大早便过来了，说是有事，对，还说是好事。”

听法江如此一说，玄奘更急了，于是向刘进财全家一再合掌致谢后，便告辞了。

玄奘回城，吩咐法江、法海他们先回定心院住下，自己则直奔隔壁大总持寺去了。

既见面，道岳法师却不急了，他只是说，明儿早上带他去大兴善寺见一位阿阇梨，他是中天竺国的大法师，不久前才到达长安。阿阇梨法号叫什么，他没有说。

道岳法师留下的这个悬念，让玄奘一夜都没有睡好觉。第二天做完早课，吃过早粥，玄奘便到山门前等候道岳法师。

玄奘与道岳会合后，便朝东顺外廓城南第一横街转到朱雀大街，往北经街东的保宁坊、开明坊、兰陵坊，再东折走第四横街，便到了原靖善坊的南门，也就是大兴善寺的山门。

路上，道岳法师告诉玄奘说，前日，他到大兴善寺参访了那位中天竺国来的法师，名叫波罗颇迦罗密多罗，简称波颇。此僧博通内外学，精通大小乘经典，对律藏也相当熟悉，还有十几年的习禅经验；习法弘法，不滞一方，任缘随化，连狼族西突厥统叶护可汗也被他训化调伏。年初，西突厥统叶护可汗曾向朝廷请婚，皇上拟远交近攻，欲借其力遏制北突厥的扰边，特遣高平王道立至叶护牙所商量完婚之事。此间，高平王在牙所里与这位大阿阇梨不期而遇。此师本来出身于刹帝利王族，加之体态魁伟，浓眉大眼，络腮胡子，气宇冲邃，既交谈，更见出其识量明敏。

说到这里，道岳显出几分得意的神色："阿阇梨曾问我习何经论，我回说曾涉《摄论》，尤其用功于《俱舍》。他一听《俱舍论》，毫不掩饰地耸耸肩，表示难以为信，说道：'此论乃我国硕学大德所制奥典，工夫浮浅者绝不敢涉足，远国边人竟言娴之，岂不谬也。'"

"口气好大！"玄奘插话。

道岳接着说："可不是。他为了证明自己的话正确，便问我《俱舍论》大义。我如实将天竺拘那罗陀真谛三藏如何在广州翻译此论、如何讲解疏释，以及不才于京师明觉寺闭门五载，寻检论文，开发深义弘旨，又如何托人在广州显明寺寻得真谛三藏《俱舍》原疏以及《十八部论记》，重归太白山寺，废寝忘食，讽读沉思，洞彻其外义伏文，以三藏本疏判通论颂等经过，详细告之，然后提纲挈领，将全论八品的内容通说一遍，最后给他讲了一个掌故。"

"你还给他讲了一个掌故？好家伙！"玄奘深为道岳法师善巧应对感到骄傲。

道岳谦虚地摆了摆手，说："嘿，也是从天竺僧那里听来的，说是世亲菩萨当年还信奉小字半教的时候，对小乘人独尊的论典《大毗婆沙论》的保守、偏执颇为不满，为了对它进行透彻的批判，便化了装到盛弘此论的迦湿弥罗去向一位叫悟入的大师学习，后来露了馅，本来面目被识破，只好走人了事。不久，当他开讲《大毗婆沙论》的时候，前后写了六百段颂文，既简单又扼要地概括了论文的内容，再通过长行的解释文字隐晦地破斥了婆沙师的错误，又用非常善巧委婉的手法，暗度陈仓，将小乘论中的'有'与大乘所说的'有'沟通起来，从而在小乘与大乘两大派系之间搭起一道桥梁。

当包括六百论颂与长行在内的《阿毗达磨俱舍论》传到迦湿弥罗时,当地的僧徒并不知道世亲菩萨葫芦里卖的什么药,读完本颂后,竟不禁鼓掌欢呼,以为世亲菩萨在帮助小乘宗宣传自己的主张,但当他们读完长行后,这才甩掉一头雾水,知道上当了,人家是在批判自己呢!哈哈哈……"

玄奘听到这里,也不由得大笑起来,既是赞赏世亲菩萨的机智,也是对道岳法师的博闻表示钦佩。笑毕,又问道:"老颇听后表情如何?"

"一时无语。但很快又问我《俱舍论》与《摄论》的异同义。"道岳法师回答,"我将二论同重心法以及它们之间心外有法无法的差异说了一遍。"

"这回老颇再无话可说了吧?"玄奘很想了解下文。

"有有。"道岳掩抑不住内心的高兴说,"你猜他又说了什么?"

玄奘试着说道:"当然是对前辈表示钦佩啦?"

道岳不无自豪地说:"他听我说完后,扬起浓眉,手捻络腮胡子,不住地点头说:'智慧人!智慧人!未承想你的见解竟与我相合。'"

却说自这次晤会之后,西僧波颇在心理上发生了相当大的变化,原来那种自以为是、居高临下的傲态没有了,言语和行动中多了几分热情和真诚,与道岳法师的关系当然也就较前亲密多了,连他要介绍玄奘前来问道的事儿都同意了。这不,今天早早的,老颇就在翻经院门前候客了。

但是,当波颇看见道岳法师引见的竟是一个年轻和尚时,脸上立刻又被一片薄云遮住了。他将客人引进客堂,让座之后,便指指玄奘问道岳:"这比丘今日登门,有何请求?"

玄奘从称呼中听出了波颇的态度,但并不介意。起座合掌作礼，回道："末学今日造访，是想请上德指点迷津。"

波颇道："佛法高深，浩如烟海，不知你水性如何？从浅处还是深处着手？"

对于波颇言语上的轻慢，玄奘还是不介意。他先将自己研习的典籍简略地汇报了一遍，末了说道："本来是释尊一音说法，双林一味之旨，为什么《成实》有新旧之义，《涅槃》有顿、渐之说，佛性分有、无之别，地论家有阿赖耶真妄、染净、存舍之争，摄论家关于佛性本有始有的说法与地论家主张又有何不同，如此等等，纷纭争论，由来已久，率土之大，竟无匠决，玄奘不辞唐突，敢请阿阇梨细细指教。"

波颇听玄奘说出一大串习诵过的经典，开始觉得眼前这个比丘非同寻常，海水难量，心里先就平和了许多。复听他连珠式的质难，竟然一个个都能切中要害，即使是自己，也未必张口就能答得完满，如果没有长期的、系统的、缜密的比较研究，那是无论如何不会有这份心得，也根本提不出这样的问题来。想到这些，不仅傲气没有了，连别的话题也不敢随意信口了。没办法，老颇露出老底了，他忐忑建言说："要解决这些问题，只有到大那烂陀去了。"

玄奘、道岳二人不约而同问："大那烂陀？"

波颇："是的，大那烂陀，就在摩揭陀国，由戒日王建造，是天竺国最大的伽蓝。如今最有学问的大德戒贤长老就居住在那里，正在讲《瑜伽师地论》。"

"《瑜伽师地论》？"玄奘闻所未闻，脱口自语道。

"是的，《瑜伽师地论》，也叫《十七地论》，是弥勒菩萨所说教法。佛去世后一千年，无着菩萨自阿踰陀国讲堂升至夜摩天从弥勒所受，然后为大众宣讲。"老颇见自己所说引起了玄奘的兴趣，劲头又来了，"佛说十二部经，有小乘，有大乘，大乘之中有中观学说和瑜伽学说。瑜伽教是佛陀专为上根上智者所说,因而是最究竟之法;瑜伽教之理又遍于一切教法,与诸教法同为一味,因而也是最显明之法;瑜伽教还究尽人的生前死后事,因而还是最切要之法。《瑜伽师地论》通论三乘学说,最系统,最全面。所以,学通此论,有关疑问也就不存在了。”

玄奘听毕,迫不及待地请求道:“末学情愿服膺阿阇梨,请为仔细讲授。”

道岳也赞同道:“对对对,敢请阿阇梨将此最究竟、最显明、最切要、最全面系统之法传于东夏,岳某也一定列席领教。”

这一下,波颇为难了。为什么?因为呀,波颇自己也知道,即使在五天竺国,瑜伽学也还是一门新学,他虽也曾列席听过戒贤论师说法,但并未从头至尾听完,许多相关内容和评价大多是东一句西一句听来的,其实并没有扎实的底子,更谈不上有更多的“存货”,如何就敢叫卖?加之身边又没有此论的本子,想要现造现卖、照本宣科,也没法子呀!

好在,这波颇还有一颗诚实心,在盛情面前虽然不免尴尬,但还是实话实说了:“《瑜伽论》义理深奥,又是时学、新学,轻率论道,必定是谬种流传,害己害人。如果真有心学彻学了,那非得到大那烂陀一趟不可。”

波颇绝对没有想到,他的几句即兴话,却最后促成了一段千古流芳、万世传唱的佳话。

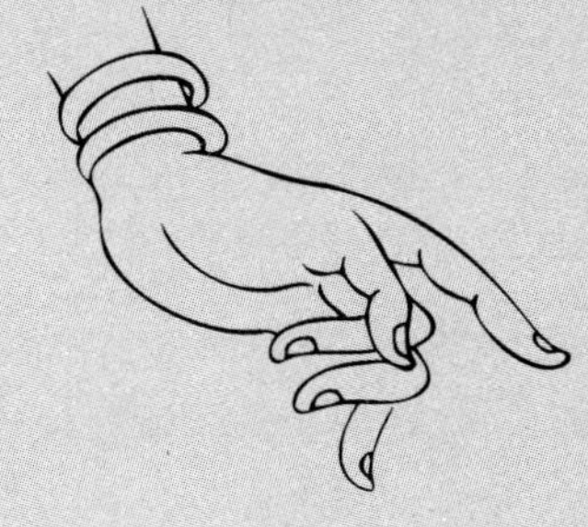

第二部　西游记

第十二回

边境未静禁止出关　壮志当酬擅自启程

“玄武门之变”后，由于新帝李世民有身经百战、披荆斩棘、开国定鼎之功，本来就是众望所归，加之又有一帮文武精英如房玄龄、长孙无忌、杜如晦、尉迟敬德、程知节、秦叔宝等出谋划策，擐甲护卫，于是乎，政局很快归于平静。

俗话说，创业难，守成更难。对于一个改朝换代的国君来说，创业的艰辛，这意味着要冒生命危险，在刀光剑影、腥风血雨中杀出一条生路。守成之难，则在于立国定鼎之后，必须立即着手整顿残破已极的家园，使之很快开出鲜花，结出硕果，借以收拾民心，让失望者能够看见未来的光明与希望。然而，人主在登基之后，则往往易于骄逸，骄逸既兴，则危亡踵至，成败之数正不可知呢。

对新登基的皇帝来说，草创之难已经是翻过去的一页，成了历史。而守成之难则正摆在眼前，是一个绕不开的现实。

东宫显德殿早朝，皇帝高踞龙座，文武两班大臣分列御前左右。内侍唱过“有事奏报，无事退朝”，民部尚书裴矩出列奏曰：

“渭、河以北之民，历年多遭突厥铁骑蹂躏，衣食无着，请每户给绢一匹以示抚恤。”

皇帝道：“朕以诚信统御天下，不愿虚有存恤之名而无其实。户有大小，同给一匹，有违公允，何不计口而给？”

“皇上圣明。遵旨。”裴尚书领命，但并没有立即回列。

皇帝问：“卿还有事？”

裴矩犹豫。

皇帝道：“但奏无妨。”

裴矩于是又奏道：“去年山东大旱，南方郡县多遭霖雨，有敕所在赈恤，并减今年租赋。今关内关外，去冬无雪，入夏又比平常早许多，举目饥馁，民众多有卖子以接衣食者……”

“为君之道，必须先存百姓。百姓存，则天下安。此正是朕举义之旨归。御宇之内，岂忍见为衣食而卖儿鬻女者？准有司速出御府金帛赎所卖儿女。又，民既饥，朕岂可饱？自今日始减膳，依浮屠法断屠，禁杀生，择日请京城高僧大德入大内行道，并于天门大街设道场为民祈雨。”皇帝打断裴矩的话，一连下了几道圣谕，之后，略一沉吟，似有所悟，又继续道，“朕于前日与兴善寺僧明瞻法师就御床谈论，此僧虽方外之人，但颇有见识和方略，曾广引古来国主明君制御之术对诏，兼陈释门以慈救为宗之大旨，朕颇以为然。有隋失道，四海沸腾，朕亲统元戎，惩恶伐奸，本心虽然出于拯沉救溺，但在征战平乱时，黄钺之下，金镞之端，所伤所死者，不计其数，仅朕亲手诛剪者即将近千数。一方面呢，死者各殉其主，诚节可嘉，人死而不复再生，深可怜悯。另方面呢，朕又自忖：如来圣教崇尚仁慈，禁戒之科，又以杀害为重罪。故朕之所为，虽不得已，但终与如来设教项背，每每思及，不免良增懊悔，唯恐九泉之下仍沦鼎镬，八难之间永缠冰炭，心里难受，彻夜难眠。以是故，朕拟施舍所服衣物，树福田，建功德，于举义以来交兵之处，为义士、凶徒一切殒身戎阵者，各建寺刹，招引胜侣，冀法鼓震处，炎火变青莲，清梵起处，苦海变甘露，三途之难因兹解脱，万劫之苦藉此弘济，无论生民、雄鬼，皆灭怨障之心，同趋菩提之道，阴阳合序，天地和衷，举国安定，率土康乐。”

文武两班听后，一时踊跃欢呼，连声高唱：“陛下爱育黎庶，恩被四海，功德无量！”

皇帝见众人情绪高涨，自己也受了影响，心情稍好了些，于是又继续说道：“已如众卿所知，前者，突厥颉利可汗以朕新即位，谓我无力抗御，于是兵临渭水相逼。朕与高士廉、房玄龄等轻骑独出，隔渭水与之语。虏虽众，但有孤军深入之惧，又见我态度轻蔑，恐有疑兵，更加惊慌失措，不得已，与我结盟便桥，引兵退却。然突厥重利忘义，屡动兵革，搜刮无度，诸部尽叛，去冬更会大雪，羊马死者遍野，民则饥而离散。鸿胪卿郑元琦出使突厥还，对朕言：‘戎狄兴衰，唯靠羊马，今突厥民饥畜瘦，此将灭亡之兆，不过三年而已。’颉利君臣昏虐，危亡之极，今击之，则有盟誓约束，不击，又恐失良机。当今之计，如何是好？”

群臣议论纷纷，多有见言乘虚而击者，左仆射萧瑀尤其力主：“天意昭昭，今日不击，更待何时？”

吏部尚书长孙无忌出列奏曰：“虏未犯塞而弃信劳民，此非王者之师也。”

皇帝听后击掌道：“说得好，说得好。弃信劳民，非王者之师。新与人盟而背之，是为不信；因人之灾而取利，是为不仁；乘人之危以取胜，是为不武。纵使其种落尽叛，六畜无余，朕终不击。必待有罪，然后讨之。”

群臣齐声：“陛下英明、仁慈！”

皇帝高兴之余，补充道："尚非高枕酣睡之时，毋忘武备！"

退朝后，皇帝走到殿外想舒一口气，不料却被一束强烈的阳光刺得头晕目眩，一腔心事又被勾了起来。他疾步回到寝殿，换上便服，然后出殿跨上坐骑，径直朝玄武门方向驰去，身后当然少不了扈从侍卫。

出了玄武门便是禁苑，皇帝跳下马，漫无目的地在苑内走着，似不经心，实则处处留意。人马过处，搅起一片黄尘。路旁树上、草地上，蝗虫肆虐，所有的绿色生命都被其摧残得一片狼藉，即使人到跟前，蝗虫甚至都不愿挪动一下。

皇帝身在禁苑内，心却飞到了方圆八百里的关中平原上，一幅幅田园荒芜、饥民流落的画面浮现眼帘……

突然，皇帝全身颤动了一下，犹如从噩梦中醒来，放眼一看，只见一群蝗虫正向自己的身上扑来，驱之不去，拍之不及。无奈之余，他顺手捉住几只，颠来倒去观察多时，然后潸然祝曰："民以谷为命，而汝夺之，朕今宁可以吾之肺肠予之。"

皇帝说罢，便举蝗欲吞。身边侍者急忙谏阻道："恶物将致疾，万不可食。"

皇帝回道："朕忧民之灾，何须避疾！"

皇帝既吞蝗，左右惶恐不已。

皇帝重新上马，掉头还宫。路上，吩咐内侍："传旨中书令房玄龄拟诏：有鉴今年旱、蝗肆虐，收成无望。天不怜人，朕自怜民，准关内百姓四出逐食，以待丰稔。"

玄奘自打从高僧波颇那里听说中天竺摩揭陀国有一部总括佛法大义的圣典《瑜伽师地论》以后，西行的意愿又迫切了许多，准备工作自然也抓得更紧了。许多道友被他的雄心所打动，也纷纷表示要与他结伴同行。玄奘并不深问他们的动机，也不愿打击他们的积极性，他觉得，好事要大家做，人多力量大，遇到困难时也好相互帮扶；在异国他乡多一个人说话，倾诉离愁别绪，最好不过了。因此，但凡有人提出，他都是来者不拒，痛快答应，一一记录在册。

众人一时热情高涨起来，便也一齐开始准备，做背篼的，编芒鞋的，准备防寒穿戴的，等等，一言难尽。

玄奘比其他人更忙，除了生活方面的事情以外，方外语言文字的学习一刻也不敢放松。于是，西僧波颇那里自然便从此多了一个常来常往的座上客。

在各方面的准备都有了头绪之后，玄奘郑重地起草了一封奏表，具述舍身求法、祈福邦家的情怀，仰冀圣主垂恩，赞成其美。

奏表既成，便急忙忙地前往叩见左仆射宋国公萧瑀，请他代为转奏圣上。

萧瑀见玄奘西游之意已定，心里十分高兴，立即表示乐意代劳。

但是，出人意料的是，萧瑀非但没有把事情办好，自己还因此碰了一鼻子灰。

原来，萧公为郑重起见，决定在上朝时正式将玄奘的奏表呈上。可当天启奏的人比平日要多，临末了又出了一件令皇上烦心的事：有奏报说，突厥又南下寇边。朝臣中有人建言请修古长城、治堡障以御敌。皇帝一听，心里顿时就来了火。一是怪臣下不能领会自己的安边大略，二是嫌发言者识见浅陋，于是半训半诘道："突厥天灾相仍，不惧而修德，反而暴虐滋甚，骨肉相残，其亡必在旦夕。我不乘机出兵灭之，那是为了信守盟约，以免陷己于不义。俗不谓，欲取之故与之，欲擒之故纵之。多行不义必自毙，朕想的是乘其南侵之机而大行反击，一举扫清沙漠，永安社稷，卿反而要朕劳民伤财，远修障塞，这岂不是要我自弱于人，关门防虎，自我束缚，遗患世代吗？”

群臣屏气敛色，无人再敢对旨。

内侍唱道：“有事奏上……”

萧瑀见机会来了，急忙出列，正要启奏，皇帝却首先问道：“什么事？”

萧瑀准备把奏表呈上，皇帝挥挥手，说道：“先说事，后呈表！”

萧瑀不敢怠慢，应声说道：“有大庄严寺僧玄奘，年少志高，为法忘躯，发愿远赴天竺巡礼，兼求佛法真经，传归东夏，化育有情……”

“住，住，住！”皇帝听得不耐烦，连连摆手道，“卿是何身份，自知否？”

“左仆射。”萧瑀回答，但不解所问何意。

皇帝正色道：“卿所奏者，细务也，非当前之急。左右仆射者，宰相也，朕之股肱，唯大事、要事，才是卿之分内事。况今东西突厥正角力火拼，虽衰而未亡，其于大唐，犹如往昔匈奴之于大汉，一夕不灭，必一夕为患。昔博望凿空，虽足智多谋，又连骑结队，仍不免为匈奴扣留十余岁。如今一介缁衣，芒鞋竹杖，便轻言走沙碛、入胡乡，十之八九必为强虏所挟，西天佛国到不得也罢，万一闹出误国祸民之事，谁来负这份责任？你仆射大人来负？”

萧瑀自然能掂出这些话的分量轻重，心有所惧，再也不敢吭声，奏事也就只好不了了之。

无疑，玄奘很快便获知了结果，而且很快又将此结果转告了相关道友。众人或埋怨、或叹息几声之后，随即归于平静，既无人特别的沮丧、失落，更没有慷慨激昂的坚持者。所有这一切，在玄奘看来，都是再平常不过的事情。因为在他们之中，有人只是出于对巡礼胜迹的新鲜感和一时的热情，而另一些人则是并未深入佛法的堂奥，既谈不上对经典的比较，也未曾深究学说的歧义，更没有追根溯源以求大彻大悟的迫切愿望。人的任何一种“坚持”，全都是由“信念”来支撑的，没有了信念，就像房子没有了基础、梁架，结果自然就是不言而喻的了。

玄奘自己则完全是另一副样子：他在本质上就是一个遵规蹈矩的人，所以首先寻求通过合理、合法手续去达到既定目的。但他同时又是一个意志坚定的人，一旦信念确立，就会锲而不舍，百折不回，甚至不惜赴汤蹈火地去实现自己的理想。所以，他不会因为一时的得失而悲喜，也不会因为一时的困难、顺利而沮丧或高兴。在他看来，通往目的地的道路不只一条，此路不通彼路通，笔直的过不去，可以改走弯的。古贤曰：为者常成，行者常至。又说：有志者事竟成。说法不同，道理都一样。所以，在得知奏请没有如愿后，他便开始琢磨起第二条路子来。当道友们放弃、离开的时候，他觉得事情不过是又回到了原点，因为整个这件事从开始就只是自己个人的计划嘛。因此，当事情发生了意外的变化后，他仍然能保持心的平静。从神色上看，也好像什么事情都没有发生过。不过，由于有了这次挫折，他做起事情来就更加审慎、更加细心了。

就在得知奏请结果的当天夜里，玄奘悄悄地把法山从定心斋叫出来，坐在七级木浮屠台基的石阶上，对他说：“师兄，今儿叫你出来，我有件重要事儿要对你说。”

法山见玄奘一副严肃的模样，自己也不免认真起来，问道：“什么重要的事？”

玄奘仍然是那副严肃劲儿，说：“大戒要求不说诳语。在俗，你是我的长兄，在法，你是我的师兄……”

法山听玄奘如此说，有点不好意思，赶忙更正说：“论岁数，我是师兄，论道德学问，你是师兄……”

“你先别插话。”玄奘打断法山的话，继续说，“有一件事，我得如实告诉你。你我明白，有缘则聚，无缘则散。皇上没有准奏，大家都不敢再谈求法之事，但是我不能放弃。”

“你不怕王法？”法山有点吃惊。

玄奘从容说：“你说哪里话？去求法又不是去犯法，哪有怕这怕那的道理！”

“万一真被北虏抓到，逼问，怎么办？”法山反问。

玄奘见法山好像有说不完的担心，想笑但没有笑，而是这样宽慰他说：“那我就设法不让他们抓住。万一被抓住逼问，我就给他们说法。”

“说法？说什么法？”法山觉得玄奘的想法有点不可思议。

“说什么法？说佛法！”玄奘说着，挺腰结跏趺坐，双手在胸前合十，两目微闭，念道，“诸恶莫作，众善奉行，放下屠刀，立地成佛。”

法山瞧玄奘一本正经的样子，不觉哈哈大笑起来，可刚笑出声来，嘴便被玄奘捂住了：“别作声，别人听到了！”

法山拨开玄奘的手，压低声音道：“戎狄不问你佛法，而是问你知道多少大唐的道路交通、边防要塞！”

玄奘又作念佛姿势，道：“贫僧心中只有佛法，没有俗法，什么道路交通、要塞边防，一皆不懂、不通、不知。”

看着玄奘的神态，法山又笑将起来，一面笑，一面说：“别逗了，你快说，要我做什么事？”

玄奘见法山不耐烦了，这才正色道：“你保证，此事你知我知，不对别人说？”

法山痛快答应：“我保证，我发誓：此事你知我知，不对别人说。”

说完，两人还掰手拉钩发誓道：“拉钩上吊，一百年不许变。”

玄奘得到了保证，收敛已久的顽皮天性又开始流露出来：“我要你做的事，既不小，也不大，不是偷，不是抢，不犯法，不破戒……”

“好啦，好啦，别卖关子了，再不说我就走了！”法山真的不耐烦了。

玄奘一把按住法山的肩膀，换了一副庄重的模样，说：“好师兄，你明儿设法把我的三衣瓶钵等什物带出城去。”

法山问：“带到哪儿？”

玄奘神秘地说道：“别急，且听我说来：从开远门出城，偏西北走，经龙首乡到居德乡，在崇徽里旁边有个黄堆潭，潭旁有座小庙，叫观音禅院，俗称黄堆寺，也叫西山寺，住寺老和尚叫了悟。你就在那里候着我，不见不散。”

“你要干什么？”

“我得走，而且得赶快走，免得夜长梦多。”

“求法去？”

玄奘示意法山小声点，回答说：“皇上既然没有恩准，我觉得走的时候还是不要声张为好，所以决定拜托你帮这个忙。答应吗？”

“这算什么难事大事？没问题。”法山没半点儿顾虑就应承了下来，可没一会儿又颓丧着脸嘟囔道，“好不容易才打听到你的下落，寻了来，没想到你又要走。这一别，不知还有没有再见面的时候？”

玄奘听出法山声音有点抖，于是安慰说：“你说的哪里话，我又不是一辈子住那儿不回来了。我还等着求到经典赶快回我们大唐国弘扬呢！”

法山听玄奘如此说，心情稍微好了些儿，说："可到那时候，你都成了高僧大德了，还能记得我这个撞钟打板的和尚？"

法山的年龄虽然比玄奘大几岁，但思想的成熟程度却又较玄奘小几岁，心地善良、单纯、率真而又热情，所以，都三十几岁的人了，做事、说话还带着几分稚气。正因为这个缘故，玄奘在同侣中又特别属心这位师兄。佛经说，真心是佛。像面前这位师兄一样的人，其实才是学习佛法的上根大器呢。玄奘这样想着，便给他打气说："你又说傻话了不是？佛法深奥，法海无边，又要普度众生，是一个人单枪匹马所干得了的？你好生等着，师弟我如若求得真经回来，你我还住在同一个寺，同桌吃饭，同心弘法，就像在洛阳净土寺时那样。"

一提到洛阳净土寺里的那段生活，法山先是有点不好意思，因为他们曾误解过玄奘。但一想起救济赵嫂孤儿寡母和饥民那些事儿，立即又像吃了蜜，心里甜甜的，精神来了，信心也来了，于是站起身，拍掉屁股上的灰尘，说："就这样，说定了，我一定等你回来。"

商量既定，二人便分头行动起来。

且说法山这边，他随便找了一个借口，不动声色，轻而易举地就把事情办妥了。第二天一大早，瞅了个大伙儿不注意的空儿便离开了寺院，隅中时分即赶到了目的地。他给当家和尚了悟师父送上一个来时在路边买的长得不怎么景气的小白瓜，当见面礼，然后说明来意，要在宝坊小憩一会儿，等一个熟人。老师父见来了个伴儿，又有了拉话的机会，心里高兴，便欣然同意了。

再说玄奘瞧见法山肩上挎着香袋、手里拎了包袱离开大庄严寺后，便故意在寺里转悠了好儿圈，而且专往人多的地方去，见人便打招呼，目的是让更多的人能记住、见证：他玄奘此日、此时、此刻还在此大庄严寺内。如此这般地转悠到中午，趁午休人少时，这才晃悠着出了寺门，渐行渐远，从安化门出城，经定昆池、昆明池，顺金堤北上，至漕渠，再偏东北走二里，大约比法山晚一个多时辰，于日昃时也到了观音禅院。

按计划，法山必须在暮鼓敲响前进城并回到大庄严寺。所以，玄奘到达观音院，和了悟师父接过话，便从法山那里要过香袋和包袱，然后告别。

玄奘把法山送出寺门，四只手握成一团，久久不能松开。

观音禅院山门外的水潭边，长着一棵幼松，一人多高，树冠由几条枝杈组成，其中向西的那一枝长得特别壮、特别长。玄奘为了驱散沉重的离情别意，手扶松枝对法山说："你看，这西向的枝条，为什么长得这么长，知道吗？"

法山："为什么？"

玄奘："因为我现在要求法去了，它在挥手送别呢！"。

法山不以为然地笑道："瞎说。"

玄奘不管法山的态度，继续说道："你信不信，它总有一天要转过头来往东长？"

法山这回真的是不信了："还瞎说！"

玄奘仍然不理会法山的态度，继续道："一旦往东长，且长得和现在这般长，那时候就是我的归期。"

法山认定玄奘是在开玩笑，便责道："骗人可是犯戒的！"

玄奘："谁骗你？肯定的。它是在将我往回拉呢！"

法山见玄奘态度认真，心里也希望他能回来，便回道："那好，就当你说的是真的，信你这一回。我明儿就迁到这庙里来住，天天守着这棵松树！"

告别法山后，玄奘转身回到寺院。这是他第二次光临此寺了，所以对它的环境、历史，都算是略知一二了。

观音禅院，其实和一个普通农家四合院并无区别。山门西向，进了门，是一个小小的庭院，左、右各有一面坡的山房两小间，北山房住人，南山房作厨房和柴火房；正对山门的是一幢面宽三间不到、两间有余的推山式主房，算是本寺的正殿，但不称大雄宝殿，而是叫观音殿，因为殿内供奉的不是释迦牟尼佛，而是大慈大悲、救苦救难的观世音菩萨立像。庙虽小，不起眼，但菩萨像雕刻工艺精湛，质地为昆仑山墨玉，传说是拓拔魏一代所造，墨色体现出庄重，温润则代表慈悯，充分展示了菩萨的本色。在俗人眼里，这肯定是尊像中的上品、珍品，无价之宝，但在僧家看来，尊像只有庄严之说，与钱、与价格没有丝毫的关系。

黄堆寺为什么不奉释迦文佛而奉观音菩萨？要明白这段因缘，就不能不说起民间流传的一段佳话。

前文交代过，玄奘冒雪参礼终南山南五台观音菩萨道场圣寿寺时，曾听当家和尚惟证禅师介绍过：观音菩萨制服了山上的火龙，将它拴在一个石洞口外。而另一条小火龙却乘机逃脱，南方护法天王毗琉璃奉观音菩萨之命，抛出手中宝剑，将小火龙刺中，坠落在终南山北的平原上，受了重伤的小火龙变成一股阴气窜入地下，回到了龙宫；宝剑则深深地扎进泥土中，任凭谁也无法将其拔出。这时，只见一个仙女乘着莲台，从终南山飘然而下，轻舒玉臂，没见使劲就将宝剑拔了出来。剑出处，泉水喷涌不停，形成一方清潭。仙女将剑上的黄土弹落，积而成堆。正当人们在为这些奇异现象惊诧不已的时候，仙女却已化作一缕青烟，悄然消失了。也就在这个时候，人群中传出一声“南无观音菩萨”的念诵。众人寻声看去，竟是一位老僧，正合掌胸前仰望天空。人们终于明白：那仙女正是观音菩萨！此后不久，有人在黄土堆和清潭的旁边修建庙宇，借以纪念这段殊胜因缘。谁也没想到，建庙时竟又挖出一尊墨玉观音菩萨像，殊胜之上复添殊胜。这样一来，观音显化的的故事便更加神乎其神，并且不胫而走，越传越广了。现今寺内供奉的观音菩萨像正是建寺时掘出的那尊墨玉像。因此种种，寺院正式命名为观音禅院。至于那堆黄土，传说是火龙的五脏六腑，而那眼清泉则是火龙受到天罚后为赎罪而从龙宫里奉献出来的琼浆玉液，起初叫圣女泉或琼池，渐渐地，人们因俗而称，叫黄堆潭。尽管寺院因缘殊胜，但由于京城纵横二十五街一百一十坊中就有寺院百几十处，而且很多还是皇家寺院或皇亲国戚、达官贵人的愿寺或家佛堂，不仅寺宇庄严、瑰丽，而且还有高僧大德住持，香火很旺，整日里云蒸雾罩，钟磬和响，此起彼伏，念唱成颂，匝地动天。这样，远在京郊几十里处的观音禅院与这些显赫辉煌的大寺相比，自然要寂寞了许多。好在当地人都以它的存在为骄傲，并津津乐道其神奇的故事。正是因为这个缘故，玄奘才得以在那段寻师无着而悠哉游哉的日子里，循声望气，第一次来到这里。

俗话说，一回生，两回熟。当玄奘再次踏进观音禅院的门槛时，自我感觉良好，很有点自己就是这座小庙的半个主人的自得心态。送走法山后，他回到西厢寮房里重新拾掇拾掇了行囊，将可带可不带的几件僧衣和杂物挑出来要送了悟师父。师父不在，他便将东西放到其床上。转身出来后，又找到厨房，见师父正在那里忙乎，于是说："师父，我把几件衣服和一些什物都放到你床上了，你留着用。"

"好，就放那儿吧。"

了悟师父并不拒绝，他一面答应着，一面颤巍巍地将一碗汤面端过来。玄奘见状，赶忙上前接过，说："你坐下来吃吧。"

了悟回道："是给你的。"

"不，你吃吧。我自己盛。"玄奘扶了悟和尚坐下，接着给自己也盛了一碗，正要就座，却又想起了什么，便快步回北厢拿来一包东西放到桌上，说：“师父，你吃这个。”

玄奘打开包，几个还温热的锅盔散发着扑鼻的麦香。老和尚平日里图方便，专拣简单的做，每顿多是汤汤水水，今儿闻到这久违了的香味，不觉生起少有的饿感，于是拿过一个掰了一块，放到嘴里便嚼了起来，眼睛还不停地眨巴着，那神情就像在品尝什么美味佳肴。他指指那碗汤面，对玄奘说：“这里比不得京城大寺，将就着吃吧。”

玄奘认真道：“师父说哪里话，京城大寺不过是人多些，锅大些罢了，其他并无什么不同。何况，五谷杂粮之用不过在维持人的生命，唯有依六度万行修成的福慧功德，才是续佛慧命的真正资粮呢。”

“话虽如此说，但谁不希望子孙满堂，家业兴旺？寺院也一样啊！可惜老僧已年迈体衰，不能四处托钵化缘……”了悟和尚没有把话说完，抬起沉重的眼帘，深情之中兼些疚怀，望着观音殿的残檐杂草，半晌，才又试探着问玄奘，“这次来，可多住些日子了？”

“不了，我明儿就得走。”玄奘答毕，猛又觉得这话可能会让老和尚失望、伤心，所以赶忙补充说，“你放心，等我回来，一定和你老好好拾掇寺院，它会兴旺起来的。”

了悟和尚嘴里说着“好，好”，但脸上并无高兴的神色。

饭后，玄奘再次整理了行囊，然后就到大殿里点燃三炷香，端端正正地插进香炉，毕恭毕敬地行了个三叩大礼，然后结跏趺坐在像前蒲团上，默念起观音名号来，一面念，一面开启智慧之门。

玄奘想，自打离开大庄严寺的那一刻开始，自己就已经迈开了西行求法的第一步。这一步，既不是一时冲动的冒失行为，也不是招摇过市的故意作秀。为了这一步，他思索、谋划、准备了多年，所以，这一步代表着一个释子的一份虔诚、一个决心。这一步既然已经迈出，就注定了自己只能往前走，不能往后退，不达目的誓不罢休，这既是信愿的表达，也是人格的宣誓。不过，迢迢万里，途中将会有什么样的不测风云、拦路猛兽、当道悍贼……一切的一切，只可想象，不可预知，这无疑又是对一个行者意志、毅力的一次重大考验。如果说，仅仅是意志、毅力就能决定成功，这倒也再简单不过。可以坚信，自己在这方面是有过长久的训练和考验的，但要是发生了并非意志、毅力所能左右的什么事，其结局就只能是一个：客死他乡，变成游魂孤鬼。那可真是一条可怖的不归路啊！看来，要将信、愿变成行动，而且行之有果，除了虔诚、决心、意志、毅力之外，还必须具备一种视死如归的大无畏精神。当然，在这方面，自己其实也有了思想准备，那就是：为了大法，万死不辞。当然，在万死不辞的同时，又必须拒绝死，避免死，做到大难不死，死里逃生，这才是这次西行求法最理想的大圆满果。只是，自己是否已经具备了如此大的智慧？能否顺利到达目的地？能否如愿以偿取得真经？能否平安归来？所有这一切，显然都还是一个未知数，自然也就是一个严峻的考验了。

玄奘一面不断地给自己提出问题，一面不停地默念观音名号。日落了，寺门关闭了，夜幕降临了，他通通都没有觉察，时间停止了流动，声音也消失得无影无踪。在孤独地穿越了一段长长的、黑暗的、沉寂的长廊以后，眼前突然出现了这样的画面：

浩瀚无垠的大海，大海中高山突兀，不知几万几千丈。大山由金、银、琉璃和玻璃四种宝物构成，光彩夺目，奇妙无比。玄奘欢喜之极，很想攀而登之。虽然洪涛汹涌，巨浪翻腾，而且又无船筏，但他竟然不顾一切地扑将前去。纵身间，忽有石莲花从波浪中涌出，正好将他接住。既站稳，玄奘俯首欲看石莲花的模样，不料目光所到之处，不过是轻云薄雾而已。正奇怪时，却已到达山脚，眼前石壁如削，峻峭雄立。虽然如此，玄奘仍然抑制不住攀登的冲动，尝试着纵身腾跃，而就在此一念之间，忽然抟飙骤至，将其托举而上。既登山顶，环顾四周，只见海天寥廓，晴空万里，光明灿烂，风光无限。玄奘情不自禁地引吭高呼："登顶了！"

喊声震醒了了悟老和尚，他不知道发生了什么事，于是提了油灯出来看究竟。

玄奘呢，在大喊的同时，还做了个纵身跃起的动作，而正是这个动作，使他出了三昧定。见老和尚来到，不好意思道："肯定是我把你老吵醒了，很抱歉。"

老和尚问："怎么了，还没睡？什么地方不舒服？"

玄奘笑着回道："不是哪里不舒服，是定中做了个梦，一个好梦。"

老和尚听玄奘讲完梦境，高兴道："这不就是佛经所说的须弥神山吗！登上光明顶，这是个吉兆呀，你此行一定会达到目的的。"

玄奘见老和尚所解梦境竟与自己不谋而合，高兴道："托你老的吉言了，玄奘一定努力。"

次日，东方刚刚发白，玄奘一身难民打扮，背起简单的行囊，告别黄堆潭观音禅院和了悟老和尚后，又无限眷恋地摸了摸山门外那棵小松树，便抄小路上了大道，混迹在三五成群的外出就丰乞食的饥民队伍中，向西出发了，朝着那心中向往已久的圣地。

第十三回
顺心时遭遇铁面官　忧心时幸逢同志僧

自西汉城固张郎应募出使大月氏，由国都长安起步直达西域的陆路通道从此被凿空。如今，包括京兆在内的关中一带的饥民，正在沿着这条要道向洮、湟及河西等地进发，希望那里盛产的苦荞和山药蛋能帮助他们逃过一劫，保存一条薄命，有机会再收拾田园，重整家业。

玄奘自从加入这个行列之后，从外表上看，已经分别不出他究竟是僧是俗，但从内心的追求，或者说目标、方向上说，却是迥然有别的。也正因为这个缘故，他一路上只顾低头走路，从不抬头左顾右盼，虽然不能说是“心虚”，但却确实是想尽量地不要引起别人的更多注意。可这人世间的事有时就是那样的阴差阳错、鬼使神差，念叨什么什么不来，忌讳什么偏又遇上了什么。这让人不由得怀疑，是不是真有一种什么冥间神力在专司恶作剧。

玄奘从秦都咸阳进至武功，然后拐进岐阳法门寺瞻礼瘗藏着佛舍利的阿育王塔，复循渭河川谷西进。就在快到陈仓的时候，有人从背后抢步上前作礼道："这不是玄奘法师吗！边僧多幸，竟在这里遇上了。"

玄奘抬头一看，是个陌生面孔：四十开外的年纪，眼角上的隐约皱纹记录着他的清苦生活和丰富阅历，音容笑貌中透露出心地的率真和热忱，未曾深交，竟已亲近。

玄奘还来不及开口问询，那自称边僧的人又自我介绍起来了："我是秦州比丘释孝达，前年到京师慈悲寺列席，听玄会法师讲《大涅槃经》。玄会法师在讲经说法时，不止一次称颂过你。法席间也曾有幸一睹尊容，只因边僧愚拙，未敢冒昧亲近。不期今日却在这里相见，真真是自己的大造化了。只是不知法师今日因何西行？要往何方，干什大事？边僧如若能为法师效劳，将不胜荣幸。"

玄奘听过孝达如此这般的介绍后，心中自然高兴，一是在寂寞的旅途中遇上了空门道友，二是意外地有了个不请自来的向导，至少在到达秦州之前省了不少问路打听的麻烦。不过，玄奘是个做事谨慎的人，他虽然不怀疑孝达的友好和诚意，但为稳妥起见，却并没有将西行求法之事和盘托出，而只是说："释子不滞一方，天下本是一个大道场嘛。闻说甘、凉、瓜、沙诸州地当中西交通之要冲，数代以来一直是河西军政人文的大都会，今欲慕名前往，走走看看，希增一见，冀长一识，以免沦为井蛙、池鱼之属。"

孝达听玄奘如此说，由衷地感叹道："法师已是登堂入室的高僧大德，却仍旧如此好学，真是竹愈大而心愈空，虚怀若谷啊。要不是鄙寺长老催我快回，真想随师远游，受师言传身教，一定会长进得快。"

"法兄客气了，玄奘哪有这样的影响力？愚以为，游方也好，从师也好，其实至关重要的还是自心。"玄奘对恭维话有着一种天然的屏蔽能力，听孝达如此说，赶忙纠正道，"处处是道场者就是处处留心皆学问，有心则触目是道，无心则雷震犹聩。天底下其实并无什么事可以令人后悔、遗憾的，把握好当下是第一等重要的事情。贵寺长老催你快回，或许正是大任将降的征兆呢。”

就在你一言我一语的对话中，两人的心相通了，生客变成了志同道合的旅伴。不知不觉间，昼夜相替，越吴山，经陇坻，出大震关，第三天黄昏时分便到达了秦州。自然，当晚就在孝达本寺歇宿过夜。

第二天天未明，玄奘已经起身洗漱完毕，准备赶一个早程。正整装待发之际，孝达已经带了一个人来，介绍说：“这是从凉州送马来秦州的商客，以前曾来寺院烧过香，做过功德，算是旧交了。昨儿交了差，今儿就要返回。孝达已经与他说好，一路好生照料法师。”

由于孝达办事周到，马商又尽了地主之宜，这样，玄奘经伏羌、陇西、渭源、狄道，直上兰州，然后出金城关，沿丽水至广武，再历乌城守捉、硖口和戎城，顺利到达了凉州城。

却说这凉州城，其南是终年白雪皑皑的祁连山，其北紧挨无边无际的腾格里沙漠，是自中原通西域必经之地——河西走廊上的重镇，史谓“通一线于广漠，控五郡之咽喉”，地理形势的重要自在不言中。设治以前，这一带先是乌孙、月氏两个民族游牧生息之地，匈奴强大之后，将他们驱而逐之，据而有之。后来，汉武帝遣大将卫青、霍去病率军分两路对匈奴进行反击，在匈奴休屠王旧地建县施治，北为居延，南为休屠，寻改休屠为姑臧，凉州城的历史即由此开始。南北朝时的前凉、后凉、南凉、北凉和唐初的李轨政权均建都于此，所以也称得上是故国鸿都了。由于其地理位置的重要，在玄奘到达之前，这里已是凉州都督府的所在地，都督大人名叫李大亮。李大亮虽非什么开国元勋，但在有唐立国以来，却也是以惠政闻世、以忠勇蜚声政坛的人物。李渊入关，李大亮即从东都洛阳来投，受封为土门令，镇守北疆。时值饥荒，民不聊生，冻馁无着，他于是卖掉爱骑，资助贫弱，劝其垦田自救，是岁果获丰稔。戎狄侵疆，所部不能敌，李大亮于是单骑赴敌，说其豪帅，示以大义，晓以利害，谕以祸福，诸胡信服归心，相率而降，李大亮又杀坐骑与众豪帅共宴乐，以结永好。荡平辅公祐，因功获赐奴婢百人，李大亮悯其皆为破亡之家子女，遂悉数放还。就任凉州都督之初，这位新官又"放了一把火"：就在前不久，朝廷台吏到州，见有名鹰，遂暗示李大亮贡献皇上，李大亮不动声色地上了一封密奏，说："台吏如此奉迎皇上，要么是皇上所使非人，要么是皇上已经乖背了原来防骄杜怠的操守，无论如何，大亮都不能以一鹰隼而置皇上于不义。"皇上李世民为他的忠言切谏所动，赏赐有加。对这样一位有文武大略的将军，除了奸贼佞臣、昏君暗主之外，无论是谁都不能不拍手叫好。不过，也正因为他太忠于职守了，差点儿没毁了玄奘西行求法的大事。

凉州城里有一所寺院，叫报国寺，因为二百多年前曾有一位高僧在此居住弘法而远近闻名。这位法师是谁？他有着什么样的不凡经历？又有什么样的法力，能够使一座寺院扬名后世？因为事情与玄奘眼下的际遇有关，所以在这里先将其略作介绍：

这位法师名叫鸠摩罗耆婆，简称罗什，他的父亲是印度的王族子弟，为了逃避王位继承而逃到龟兹，并与龟兹国王的妹妹结为夫妻，不久便生下罗什。罗什的母亲后来出家为尼，这对罗什的一生产生了决定性的影响。罗什九岁那年，母亲带着他翻越葱岭，到山南边的罽宾国学习小乘佛教，日诵万言，学通群典，势压耆宿。十二岁复随母亲自罽宾回国，路过疏勒，从莎车王子须利耶苏摩学习大乘佛法，二十岁回至故国，将大乘佛教遍传于整个龟兹国。后来，其母决定重返罽宾，终身事佛。临别时对罗什说："你立誓要将大乘佛法传播于东夏，这想法当然很好。但要知道，这件事对你自己并无什么大利益。"罗什表示说："已经下定了决心，那就不管遇到什么困难，即使是赴汤蹈火，也绝不会后悔、退缩。"却说罗什在佛法研习、弘扬上所取得的骄人成绩，使他早已闻名葱岭内外。前秦国内有一位高僧叫道安，也是一位虔诚的佛子，极热衷于弘扬佛陀的教法，梦中曾见园池中正有一朵硕大如盘的莲花迎着朝阳绽放，因此判断法苑中已有大圣人出，不久之后便从东来传法的胡僧口中知道了罗什的事迹，于是建议秦主苻坚派人前往龟兹迎取。正好西域车师前国请求援助，苻坚于是派遣吕光率军前往，在完成军事任务之后，转到龟兹去找罗什。既见面，发现罗什还是个年轻人，便以为他不过虚名在外罢了，于是顿起怠慢之心，其部下甚至强迫罗什娶妻、骑恶马、恶驴摔地以取乐。后来，吕光被罗什的忍辱精神所感动，同时也是君命难违，最后还是不得不将罗什随军带回。还至凉州，突然传来苻秦国破君亡的消息，吕光于是据地称雄，初称凉州牧，后称三河王，在位十三年。因此缘故，鸠摩罗什也不得不滞留凉州，前后共十八年，期间就挂锡于城中的报国寺，寺内以法师名字命名的那座六角十三层宝塔就是一个抹不掉的历史记录。后秦弘始元年，国主姚兴将罗什迎至长安，译出梵典数十部四百余卷，在五郡六国之地，大弘自利利他之大乘教法，死后荼毗，唯舌不烂，译经弘法之功昭如日月。他的舍利塔就建在其译经旧所——终南山北麓草堂寺之内，用于阗玉石建成，八角三层，端庄挺秀，一如其多彩人生。

玄奘不仅了解罗什的事迹，而且非常崇拜他，在长安时，曾经不止一次地流连在其舍利塔旁，凭吊其英灵，引其为榜样。现在，才到凉州城，又听说他曾经居住弘法的旧址还在，景仰之情于是又油然而生。而就在此时，报国寺上座慧威法师也从孝达托人捎来的书信中，了解了玄奘的人品学识，又得知他已到达这里，于是便一再邀请他来寺开坛说法。

玄奘自忖一来离京师已远，不会再有人注意自己，思想上放松了警惕；二来是盛情难却，不好拒绝人家的邀请；三来呢，在寺里讲经说法，既是一个瞻仰灵塔、圣迹的好机会，也可算作是对先贤前辈的一次汇报。所以便答应了下来。

玄奘在报国寺设坛开讲的消息不胫而走，列席聆听者不计其数，有西蕃人，有葱岭外诸国人，有国使，有商客，有僧有俗，有男有女，有老有少，殿庭之中容纳不下，于是又把讲台扩展到寺外广衢大道上。即使如此，也仍然是人山人海、摩肩接踵的，真可称得上是盛会空前了。而他，也因此成了凉州城远近闻名的公众人物。

本来，玄奘原计划只讲《大涅槃经》，结果却是一发而不可收。接着又应众人之请，再开讲《摄大乘论》、《般若经》。如此下来，前后竟延续了一个多月。盛赞不断，檀施丰厚，所获金钱、银两、口马，玄奘以一半充燃灯费，其余则散施于诸寺，自己则一分不落。

讲经既毕，玄奘重整行囊瓶钵准备上路。临行前一天的晚上，连衣服都没脱就睡了，为的是明天趁早登程。

子夜时分，房外一阵急促的脚步声将玄奘从梦中惊醒，还未来得及定下心来思索，房门便被猛地推开，几条大汉随即拥了进来。

玄奘从禅榻上跃起，借着随后跟进的昏暗油灯微弱光亮，睁大眼睛细看，隐约中辨出是三个军人：一文二武。文的手中拿着告示，大概是军门里的寄室、录事之类的参军了；武的腰间挂着佩刀，应是牙帐里的卫士了。

在军士发话之前，慧威上座赶到，并挤上前来，向玄奘摊手表示无奈和歉意，那意思是说："实在对不起，事情来得太突然，连老僧都浑然不知事情的底里呢。军士强闯，阻拦不得，让法师受惊了。"

玄奘这时已经平静下来，他朝上座笑了笑，表示理解。

"你就是玄奘？"参军审视着玄奘，冷冷地问道。

玄奘见问，下床合十作揖，态度不卑不亢，神情不惊不扰，坦然回道："正是。"

"带走！"参军向两个卫士发令。

两个卫士不由分说，上前将玄奘带上就要出门。

上座见状，急忙伸开两臂，一面拦阻卫士，一面问参军："敢问是何缘故？要将法师带往哪里？"

参军不耐烦道："哪来这许多疑问？要想知道缘由，找都督问去。"

上座追问："你指的是李大亮大人？"

"都督的大名也是你叫的！"参军对着上座呛了一句，然后冲军士说了声"带走"，便扬长走了。

上座追上前去对玄奘说："法师且放心前去，老僧随后就到。"

都督府兼有军事、行政的双重职能，都督的官阶为正三品，集军政于一身，可谓权重一方，势倾牧右郡守。不过，这凉州都督李大亮并不滥用权力，是一个守法奉公、恪尽职守的官儿，不仅与收受贿赂、徇私舞弊之类的事无关，连一言半语的好听话也会让他反感。就在今儿白天，他就听到报告说，有僧从长安来，要向西国去，不知目的何在。一因当时事务正忙，对此无暇多想，二因此类事情绝无仅有，思想上有所疏忽，后来竟至于一时忘了。至夜里翻阅案头文件时，再次看到新近送到的皇上手敕，谓"大唐初立，国政尚新，疆场不远，务必禁约百姓出蕃，以免万一为胡虏所用"云云，这才又想起白天那个“密报”来,心中不免忧惧,万一因了自己的大意,酿成大患,葬丧了一世英名事小,使国家蒙受无端战祸事大,这样的事如何迁延得了? 他放下案卷,直愣愣地盯着空荡荡的墙壁想:这凉州城中,谁是那个从长安来、又要到西国去的人呢? 齐民百姓不必多问,他们整日里所忙的是自己的生活,最怕离乡背井,视乡情最重,是赶都赶不走的一群;而胡商蕃客呢,来往都须过关验牒,登记在册,相貌也容易辨认,何况还与敕令禁约者无关。除了这两个大头,剩下来的流动人口,几乎就屈指可数了。凉州城虽然地位重要,可说到底还是个小地方,连苍蝇蚊子都数得过,一个几尺高的汉子,还能避得开人们的耳目! 何况还是个初来乍到的新面孔! 经过这样一梳理,一排查,一个显山露水的人物最后跃然跳到眼前:十不离九就是近月在护国寺开坛讲经说法的那个年轻僧人了。这样想着,心里不免感叹道:“真如俗话所说,最危险的地方最安全,最醒目之处最容易被忽略呀!”

目标既定,于是乎就有了参军、卫士夜闯护国寺这一幕。

参军走后,都督就开始到大堂上候着,目的是要在第一时间亲自审问此人,弄清底里,免得再有任何闪失。

都督府与护国寺就隔一条街,不到一里路程,要是走小巷的捷径,那费时就更短了。正在估摸参军来回路线的当儿,门外传来了报告声:“大人,和尚已经查到带来。”

都督身不离座,发话道:“押进来!”

玄奘进来,很有礼貌地合十作揖道:“贫僧见过大人。”

都督定睛一看,方寸不禁猛地颤了一下。你道这是为什么? 因为在他面前站着的,不是强悍的贼,不是猥琐的盗,而竟然是一个身高八尺的男子汉,外则修长挺拔,有苍松翠柏的气度,内则含英藏秀,有幽兰净莲之雅质,从武可以为良将,习文可以成泰斗。

面对如此一个英俊的人物，无论是谁，都不能心无所动，都督大人又岂能例外！不过，感觉归感觉，公事归公事，身份明摆着，态度不能不严肃，他绷着脸问道："你就是玄奘？"

玄奘答："正是。"

都督："从长安来？"

玄奘："正是。"

都督："到西国去？"

玄奘："正是。"

都督："干什么？"

玄奘："求经问法。"

都督："还用得着再求？佛法东传不是已经几百年了？"

玄奘："虽如此，却至今未成系统，真义难明。"

都督："佛法就那么重要？"

玄奘："贫僧冒昧请问大人，都督都有什么样的职责？"

都督见玄奘不答反问，不禁愣了一下，既拒绝不得，也发作不得，于是只好回道："都督之责，在于清肃治内，考核官吏，宣布德化，抚和齐人，劝课农桑，敦敷五教，臻治化而促太平。"说到这里，灵机一动，于是有意戏弄道，"怎么，和尚也问政，是不是想改弦更张，弃教还俗？"

"大人误解了，贫僧听你一席话，倒是更觉得有求法之必要了。"玄奘回答时，掩饰不住心中的得意。

都督盯着玄奘问道："怎么讲？"

玄奘从容道："以贫僧之鄙见，公之为政，其实不外乎文武兼施而又以治心为本。所谓肃清治内，武也；考核官吏之属，文也。而所谓宣布德化、抚和齐人、敦敷五教之类，重点则在心的转化也。其中，五教乃德化、抚和之核心和根本。五教之谓，在儒，即所谓仁、义、礼、智、信；在佛，即所谓不杀生、不偷盗、不邪淫、不妄语、不饮酒五戒。两者一一相对，其体其用，并无差别，正所谓殊途同归、异曲同工。只是，佛家的六道轮回、因果报应之说，乃儒、道两家所无，故不及也。贫僧不敢与大人争功，也无意与天下争长，述此原委，不过聊表为法忘躯之志，纵然万死亦不辞也。”

都督心属玄奘之说，却不愿形诸于色，长期戎马倥偬、刀光剑影的生活历练，使他的人生信条愈来愈变得单一而明了：感情是感情，律令是律令，律令面前无感情。所以，在听完玄奘的陈述之后，便不假思索地正言道：“本官今奉严敕，禁约一切百姓不得西行出关。你务必在近日离开凉州，返回长安。”

玄奘完全没有料到事情会是这样的结果，一听此话，一时惊愕不已。原因很简单，一是说此话的人并非等闲之辈，而是镇守一方的大员，说话是算数的；二是自己远在边关，孤身只影，没有人可以商量，没有谁可以帮得上忙；三是事关重大，果真不得不返回长安，过去的一切努力就会白费，心中的理想就会永远变成梦想。能不急，能不躁，能不恐吗？

好在，玄奘是个经过修炼的人，他知道，急躁即烦恼，烦恼则暗昧，智慧难生，而解难答疑却必须依靠智慧。这样一想，他很快地将浮动的心情按捺下去，平静却又不屈不挠地问道：“大人可否告诉，为何不许贫僧出关？”

都督对玄奘的提问，从心里说很是不屑回答，但又觉得拒绝回答有失都督的身份，于是带点教训的口气道：“你一个和尚知道什么，如今国境北边、西边都有突厥兴风作浪，对我大唐虎视眈眈，扰边不断。而铁勒诸部虽与突厥大虏有隙，但临危则表示归附，逸乐则离心离德，同样无信、不可靠。在边境局面没有稳定的时候，如何能不严把关防？”

“大人说得在理，不过也有例外的做法。”玄奘回道。

都督不屑道：“你和尚家能有什么做法！”

玄奘回道：“贫僧曾听说，当年，胡骑压境，大人兵少不能敌，但仍然不避锋芒，单骑赴敌，终于不战而屈人之兵。不知有无此事？”

都督一听是在说自己的往事，心里得意，口上却说道：“这与今日之事何关？”

“只身对群胡，不败反胜，凭什么？”玄奘进而问道。

都督更加踌躇满志：“凭什么，凭一张嘴，喻之以祸福利害，许之以仁义恩信。”

玄奘正襟道：“贫僧也有三寸之舌，也略知六经，更有五戒十善诸法，还怕伏不了突厥诸胡？”

都督听到这里，终于品出了味儿，知道这和尚是在绕着弯子来说服自己，放他西行。为了摆脱被动，他赶紧说道：“嘿，我当年也是不得已而为之。俗话说，将在外，不由帅，军令有所不受。当时形势紧急，来不及奏报请示，只好自作主张。谋事在人，成事由天呗。可现在不一样，严敕已下，谁个敢违犯？”

玄奘听完，还要申辩，都督摆摆手说：“和尚不要再费口舌，说什么本官也不会放你西行出关。半夜里把你找来，就是要验明正身，当面告诉你，三五日之内，你必须收拾行囊瓶钵，离开凉州，返回长安，否则，严办不贷。果真走到这一步，那就不要怪本都督不留情面了。”

说话间，门外卫士报告：“护国寺长老到！”

唱声才落，慧威长老已经跨过门槛进到屋里。都督李大亮起身迅速迎上前去，搀扶着他就座，嘴里说道：“区区小事，惊动了长老，抱歉，抱歉。”

堂堂都督大人为何对护国寺长老如此的客气？这样说吧，这是凉州地区的双雄会呢！慧威和尚已是年近九旬的耄耋老人，仅僧腊就已经有八十个春秋，虽然身体精瘦，但神采奕奕，说话铿锵，走路带风；腿脚好，心眼儿更好，一生行善积德，修桥补路，慈悲喜舍，救济贫穷，从不杀生害命，甚至见了地上的虫蚁都要绕道走；自打入道之后，就不曾与人争、与人抢，倒是经常将自己化缘得到的食物、衣着等归公或分给道友、弟子，并且把这种力所能及的给予当作一种快乐、一份满足。因为一生心正、行正，所以，他心中从来不曾担心过什么，害怕过什么，因而也从来不曾有过忧愁、怨愤、不平等种种烦恼。正是基于这种心境，这种生活态度，不管祁连山下的风有多大，沙尘暴有多凶，气候有多干燥，生活有多辛苦，他从来不曾想过要离开这儿。在他的心里、眼里，凉州这片土地就是普天之下最美丽、最适合人生活的乐园。大伙儿都说，他的这副好身板儿就是长期修形修心的结果。他的一生并没有通常意义上的“伟大”，当然也就没有什么惊心动魄、可歌可泣的事迹，但却同样是一方人物，一个庞大群体的领袖，享誉远近，深受爱戴。都督李大亮是当今皇上的重臣、爱将，论权力，长老无法匹比，论人望，李大亮则要让长老几分。所以，都督要收拾一方的人心，长老既是对象，又是依靠，轻视不得。

长老既就座，都督又殷勤道：“长老来得正是时候，你也来说说戈壁沙漠是如何的险恶，劝这和尚断了西行的念头。”

长老此前的确没有直接听玄奘说过要西行求法的事情，既闻都督此言，转身望着玄奘，满眼疑云。

玄奘见状，只好将自己到天竺求取佛法真经的原因、愿望和决心，向长老陈说了一遍。

长老听后，不禁连声叫好，并且对都督说：“到西天求法之事自古有之，代不乏人。天竺乃佛法的策源地，探源问真，巡礼圣迹，这是每个释子的虔诚心愿，玄奘仰先贤而追踪，为大法而不惜身命，这是大好事啊，都督为何要阻止呢？”听长老如此这般说着，都督李大亮不禁在心里连连叫苦。他以为得着了救兵，想不到竟是一个煽风点火、推波助澜者。话虽不中意，但又阻止不得，好不容易硬着头皮听完，才苦着脸将奉敕禁约西行之事也向长老述说了一遍。

长老听说严敕已下，一时哑然。但很快又表态说：“是呀，皇上至尊，圣旨难违。不过，云聚总有云散时，关塞的紧张形势总有过去的时候。依老僧意见，大家不妨都等一等，缓一缓，待时机……”

“不可不可，长老的想法要不得，也行不通。”都督打断慧威长老的话说，“本官身在行伍，深知军令如山，军中无戏言，何况是圣旨！当断不断，必生后患。还望长老帮助安排、打点，令其速速回去才是。”

慧威长老深知都督说一不二的脾气，看着已经没有挽回的余地，于是起身拉了玄奘的手说道：“走吧，都督也是出于不得已，心有余而力不足啊。”

玄奘十二分的不情愿离开，既不理解长老的用意，也不满都督的强硬态度，还想留下来继续理论一番。慧威长老使了点内功，在拉的同时捏了玄奘一把，满脸堆笑地与都督作了告别。

玄奘从长老的那一捏中，领悟了其中必有玄机，所以也就情愿地跟着走了。

第二天食时过后，公府衙门已经上班听事。忽然，都督府的当差卫士看见街西那边的一群人正朝东走来。既近，只见人群中有僧有俗，而走在中间的那和尚正是玄奘。

一路上，周围的人正在争着和他道别，反复地说着感激的话。更有僧人声音特大地与他相约说：“希望来年有机会能在京师再聆听法师的宏论。”

这些话，一句不漏地传到了都督府守门卫士的耳里。

人群出了东门，上了通往兰州的官道，送行的人渐渐散去，最后只剩下玄奘一个人。

按照长老的吩咐，玄奘朝东又走了一程，直至到达双塔沟的回向寺才停下了脚步。

至此为止，今天所有的行程都是慧威长老安排的，他叮嘱玄奘什么都不要问，只要按他的布置去做就会有圆满的答案。

因为长老只说了到回向寺停下的话，所以，下一步该怎么走，玄奘也没了主意。他不敢进寺，唯恐自己错过了什么没看到，或者别人看不见自己，只好站在山门外的大白杨树下东张西望，满腹心事地等待着。

正在焦急时，玄奘看见两个年轻和尚从寺内出来，他们警惕地向周围打量了一下，见四下里无人后，便直冲自己问道：“你就是从凉州过来的玄奘法师吧？”

玄奘并不认识这两个和尚，犹豫道：“二位……”

“我叫惠琳，他叫道整，都是慧威老和尚的弟子。”二人中年纪稍长者见玄奘心存疑虑，赶快自我介绍说，“受戒以后一同回到家乡双塔沟这回向寺。昨晚师父连夜传话，叫我俩好生招待……”

玄奘一听说“招待”这两个字，立即打断对方的话说：“谢谢你们的好意了，我还有急事，不能在此多逗留……”

惠琳和尚见玄奘误解了自己的意思，笑着继续说：“我还没有说完呢。师父吩咐说，让我们好生招待法师休息好，然后再上路……”

“上路？上什么路？长老交代说，就在回向寺等着，不要再继续走！”玄奘犹如一只惊弓之鸟。

惠琳见玄奘又误解了，于是便戏言道："那么，法师是决定留在回向寺和我等一起弘法，不到佛国去了？"

"不不不，岂有不去之理，我恨不得插上翅膀飞出重关呢。"玄奘情急之中，已经顾不得斟酌言语了。

惠琳生恐玄奘再生误解，干脆一语挑明说："长老正是叫我俩在此等候，带你到瓜州呢。"

玄奘听他如此说，喜出望外，近乎雀跃道："真的？长老果真是如此安排的？那我们就赶快上路吧！"

"赶快上路？那可不能。"惠琳回答。

玄奘满脸狐疑。

"那也是师父交代的。"一直没有说话的道整和尚害怕玄奘又要发急，赶忙插话。

"那什么时候才走？"玄奘急不可待地问。

惠琳确定无误地说："天黑以后才能上路，而且不能走官道。"

"这也是师父交代的。"道整紧跟着补充。

玄奘沉吟着，不再发问。至此，他终于明白，在凉州城演出的"还京"一幕，原来是慧威长老精心策划的金蝉脱壳计。

此时此刻，玄奘心里呀，对慧威长老的智慧和良苦用心，顿时充满了钦佩和感激。

第十四回

急事巧事大忧大喜　老胡老马可信可疑

塔寺沟回向寺的两位年轻和尚惠琳和道整受凉州城护国寺上座慧威长老的秘密派遣，如期于当天入黑之后便带着玄奘折身走上西游之路。从此开始，三人将阴阳倒了个过，昼伏夜行，专拣那偏僻的乡间小道走，用意在避开官家的鹰眼犬鼻，以免再招来不必要的麻烦。当然，这样做也省了许多住店之类的花销。

惠琳、道整二人都是土生土长的河西娃儿，对当地的风俗、人情、道路、气候都了解得清清楚楚，又正是生龙活虎的年龄，吃得苦，耐得劳，除了用两条腿丈量半条河西走廊需要足够的时日外，其他方面倒也不缺什么，一路上并无什么意外的事情发生。从已经走完的路程估计，不旬月便可到达下一个目的地——瓜州。

由于玄奘来自京师，又在凉州传法布道了一个多月，好评如潮，盛赞不断，即使是远在瓜州，其声名也早就传扬开去。州刺史独孤达前几天就已接到密报，说玄奘近日就要到达瓜州，然后出玉门关，到天竺去取经求法。为了见识见识这位博学多才、志向高远的年轻法师，他特意在衙门里腾空一个幽静的小院，取名为“从心园”，洒扫干净，又亲临现场动手准备了床褥等必需的生活用品，指派了专门的执勤侍候人员，以近乎隆重的礼节来接待自己早已心属神往的贵客，不求客人长留，但求能同席促膝叙谈一回，心里也就满足了。在得到密报以后的一连几天里，他每天都要到小院里来巡视几次，深恐有什么地方准备不周，委屈、亏待了尊贵的客人。这不，眼下又正在指挥着侍者搬来一盆净莲安放在院庭的中央，坐在卧室内从窗口就可看得见它的婀娜倩影：两片一高一低、一大一小、如伞如盖的叶子，掩映着一朵玉立待放的红蕾；叶子不时在轻盈地摇曳着，情深切切地抚摸、呵护那一点红晖，充满了爱，充满了期待。

刺史大人从不同角度对盆景进行了一番审视，满意地点了点头，这才放心走了。

一位堂堂的地方首长，为什么会对区区一个僧人表现出如此这般的热忱？长话短说吧，就是他对社会、对人生的认识，都存在着许多解不开的心结，希望遇着一位见多识广的导师来给出答案，指点迷津。现在，一位来自京师、见过大世面、登过狮子座的高僧就要光临这穷荒大漠、边关要塞，旱苗突逢甘露，能不高兴吗？能不珍惜吗？能不洒扫以待吗？

刺史大人天天派员出城几十里去打探、迎候，直到第五天的傍晚才终于把贵客迎到了。

但是，当侍者将客人领到衙门时，主人却不见了踪影。

说来也巧，近段时间里，由于东突厥颉利可汗败象日显，北荒诸族部众反的反，叛的叛，逃的逃，内属的内属，情势一片混乱。朝廷有旨：以戎狄性多变故，为防患于未然，凡有来归者，皆暂时集中安置于碛口以外。为免除其冻馁，所属边州宜多贮粮于碛口，以便就近随时赈给。就在玄奘到达瓜州当日午时时分，刺史接到烽上报告，又有北狄诸部数百人众来至亭障，请求内附，但贮粮不足，特请处分。公干在身，刺史大人于是只好将接客之事交由属下来办了。

待独孤大人到仓所调拨处置完毕，快马赶回衙门，二鼓已经敲过，顾不得休息，就奔从心园来了。

将到院门口，独孤大人随即放慢放轻脚步，为的是避免惊动客人。可是，把门衙役不了解刺史的深衷，一见影子便大声传呼道："大人到！"

此前，负责迎候、接待的功曹李文锦唯恐因主人不在而冷落了贵客，在安排就绪之后仍然留了下来，一直在不停地换着话题与玄奘交谈着。听到衙役传报后，二人便不约而同地起身出门相迎。

不过，还是刺史抢先一步跨进了门槛，既见玄奘，便合十作礼，连声致歉道："未曾远迎，还让法师空等多时，弟子失礼了，诚望多多包涵。"

玄奘合十回礼道："贫僧与大人素昧平生，今日竟然受如此隆重周到的接待，心里只有深深的感激，不曾有过丝毫的非分之想。论年庚，贫僧乃晚辈，论身份，贫僧为下民，万万不敢为大人师。"

刺史摆手说道："非也非也。自古道，能者为师，排什么辈分，论什么长幼，分什么官民！尤其是，在佛法方面，你就是昆仑山、祁连山，我不过是个土疙瘩，做弟子恐怕都不够格呢。法师不必客气，智慧是最大的财富，僧为三宝之一，孰谓僧贫？贫僧何有？"

玄奘是个实在人，他见刺史大人如此谦恭，只剩恭敬之情，不再有什么言语。

二人坐定下来，首先的动作是相互凝视、打量，那眼光，那神情,像品味,像观赏,都想从对方的脸上、身上找出最精致的部分。对视虽然是短暂的,结果却都满意了。就玄奘的感觉而言,独孤刺史虽是个三品命官,但容貌与作风却是十足的忠厚长者,就像家中的叔伯那样平易,让人有一种天然的亲和感。独孤刺史方面则认为,玄奘虽然年纪轻轻,但却兼有刚劲、柔美的气韵,让见者难免不肃然起敬、顿生欢喜。于是,这一官一民,一僧一俗, 一长一幼便无拘无束地打开了话匣子。

独孤刺史首先自我介绍说:“先祖本姓刘,名进伯,汉朝皇室的后裔,官至度辽将军,与匈奴战,兵败被执,于孤山牢狱中生下一子,取名尸利。尸利长大后,匈奴单于封其为谷蠡王,所统聚落称独孤部。至北魏孝文世,始以部名为姓氏。此前,匈奴既衰,或归附,或灭亡,或远走殊方,几于亡国灭种。”

说到这里,刺史不觉感慨万端,带点怆然,但却不遮不掩、光明磊落地感叹道:“我独孤氏就是这样,由汉人而变为匈奴人,继而由匈奴无敌之师变为无籍之民,最后重又回到大汉民族的怀抱。”

刺史沉吟片刻,眼光中闪动着一种迷茫,像是自语般絮絮道:“这人世间的事,真是三十年河东,三十年河西,变化无常,兴衰难定啊。你看如今这北狄突厥,原来不过是平凉的几百家杂胡,逃难到金山后,却乘时崛起,继而掩有漠北草原,呼风唤雨,不可一世,连本朝高祖皇帝和今上初即位时,也不得不让他三分,而现在,也身不由己地走上了匈奴曾经的老路,这轮在浓重云翳中下沉的落日,大概要不了多时,就会消失在苍茫的荒漠沙海之中。要不是亲眼所见所历,谁能真切知道‘盛衰’这两个字让多少人付出了生命的代价,包含了多少的血与火!人世间这种历史轮回,会停止吗?能摆脱吗?”

独孤刺史说完,以有所期待的目光注视着玄奘,似乎在无声地发问:“法师有何高见?”

也许是经历了家庭的中落,亲身品味了乱世的艰辛,玄奘对独孤刺史所提出的问题,似乎也曾思量过,所以从容道:“以贫僧之愚见,不管是大人的身世,还是匈奴、突厥两个族类的车辙蹄痕,喜剧或悲剧,究其宿因,皆可归结为两个字:战争。佛陀说,人生皆苦。苦来自于无明暗昧,既无明暗昧,则必生贪、瞋、痴三毒。战争是一切苦中之大苦,这种大苦是由大贪大瞋大痴所造成的。大贪必大掠,大瞋必大怒,大痴必忘乎所以,战争由是不可避免,世界于是上演杀人如麻、血流成河的惨剧。贪者既挑起了事端,抵抗、反抗就在所难免。先贤说过:穷鸟困兽,皆知救死,何况种类繁炽,不可单尽! 于是乎有狗急跳墙,有垂死挣扎,有困兽犹斗,有冤冤相报;于是乎厮杀不停,战火难熄;于是乎苦难无始无终,绵延不绝。世道也好,人生也好,若要从生死轮回的苦难中解脱出来,关键是要根除三毒,培植善根,以无缘大慈、同体大悲之心对待一切有情众生。只有世界充满了真爱,战争才会停止。目的很难达到,但可以期待,可以争取,因为,佛陀已经为我等众生指明了道路。”

刺史高兴道:“照法师所说,佛陀的出世法也能应用于尘世间了? 也可以治乱致太平了?”

玄奘肯定地点点头,回道:“佛陀当年在家为王太子时,因见生老病死等种种苦,于是弃王位而出家,寻求解脱之道,经过苦修,终于在伽耶山的菩提树下觉悟成道,并从此开始接徒宣化。这不分明是为众生立教,为救世立教吗? 所谓出世之说,其实是指出离染着,出离垢浊,出离烦恼,出离火宅,总的来说就是远离世间一切贪瞋痴,如此而已。释迦文佛说过:佛法不离世间法,世间法不离佛法,涅槃不异世间,世间不异涅槃,佛法在世间,不离世间觉等等,正是这个道理。这不都是讲的佛法与尘世的关系吗? 不都是讲的修行在现世、成佛在现世、法益在现世的事吗！”

独孤刺史听到这里，还是觉得问题没有彻底解决，便又说道：“弟子听来，法师说了这许多，只是讲了个人的修道问题，还没有涉及国家社稷问题呢。”

玄奘回道：“个人的病，众生的病，世间的病，其实是同根同源的，治病的药方当然也就相同了，治心之法自然也适用于治国了。”

“只是，这国家社稷怎么个涅槃呀？”刺史还是不明白。

玄奘回道：“涅槃是什么？涅槃就是成佛，就是觉悟，而觉悟其实就是一种境界，一种状态。这种境界，这种状态，其总的特点是清净、宁静。这个道理，既适用于个人，也可以用在国家社稷的变化、更生上。一个国家，一个社会，它的解脱，就是要跳出血与火的战争轮回，最终达到致治、和平、和谐。既致治，既和平，既和谐，则安宁、清净遂至。战争造成的苦难没有了，政通人和了，社会幡然变样了，是不是一种超乎个体、更大范围的涅槃、重生？所以，从本质上讲，从实质上讲，社稷的由乱而治，由战争而和平，由争讼而和谐，这和一个人的去贪从俭、去恶从善、转染成净并无二致。只是，国家社稷涅槃与个人涅槃是紧密相连的，分不开的，也就是说，国家社稷涅槃的基础是个人的觉悟，然后又由个人的觉悟及于全社会的觉悟。这个过程，其实就是儒家所说的修身、齐家、治国，平天下。”

独孤刺史听毕，身心的愉悦，就像数九寒冬遇着一堂火、三伏热天口含一块冰，连声称赞道：“好，好，法师说得好，法师一席言，胜过龙华三法会。弟子听人说法也算不少了，却从未有人如法师这般讲得透彻易懂。真正的人天狮子，人天狮子！”

玄奘难为情地摆摆手，说：“大人过誉了。佛法深奥，包罗万象，浩如烟海，博大精深，即使倾毕生之力亦不能尽得其壶奥。贫僧学识粗浅,万不敢与弥勒尊者相比。自知墙不高,堑不深,还难为坚城,难以防贼呢。”

“法师是说,不充分了解、通彻佛法真谛,并用之指导修行,要求得涅槃是不可能的;而法师今日之出玉门,闯胡乡,不远万里到佛国取经求法,就是为了继续往高筑墙,往深挖堑,以期杜绝三贼啦?”独孤刺史语气中既有褒扬的成分,也多少带些试探。

玄奘坦然回道:“正是。不知大人有何指教?”

刺史见问,脸色骤然凝重起来,不无疑虑地询问道:“还有谁与法师结伴而行?”

玄奘回答:“从凉州出发时,惠威长老曾遣两弟子为向导,如今一个要到敦煌去,一个不堪远涉,所以,从今而后,就只剩玄奘一人了。”

刺史再问:“有否马匹?”

玄奘答:“从京师起程,不敢大事张扬,沿途多为徒步,偶尔也赁车马。”

刺史疑问:“总不能如此这般地走下去吧?”

“这倒不会。”玄奘解释道,“贫僧早已备下马资,准备在出玉门关之前买一匹马,同时备办一些必须什物。”

刺史听完玄奘陈述,良久沉默无语,脸上微微露出严峻、忧愁的神色。玄奘见状,踌躇问道:“大人是否觉得玄奘准备得还欠充分?”

刺史边思索边说道:“弟子奉恩敕主政边州多年,常在治内走动,与关外亭障烽墩亦多有干系,所以对这里的地理形势、气序物候了解得多些,说出来权当参考,绝非有意要灭法师之志气。”

玄奘平静地回道:“大人但说无妨。”

刺史不假思考便历数道:“出城后西北行五六十里有葫芦河,

下宽上窄，水大而湍急，回波激浪，有如万马奔腾、三军陷阵，其深不可渡。河边设关，是通西域的必经之孔道，有如人之襟喉，没有国书文牒，即飞鸟走兽亦难逾越。玉门关外，还设置烽墩五座，各烽间距百里，其间既无水草，更无人烟。第五烽之外便是莫贺延大戈壁，从此进入伊吾国国境。那莫贺延大戈壁的难行，又远过于五烽之间了。”

快到四更时分，主客始告辞归寝。玄奘躺在床上，一一回味着刺史关于西行旅途的每句话，辗转反侧，彻夜未眠。尽管在起程前就发下宏誓，做了种种准备，但当艰难困苦真的就要在面前出现的时候，深心还是受到了震撼。虽然不会言退，不会回头，但却不得不再三慎而思之，谨而行之。

在此后的几天里，玄奘仍一直在为如何出关、如何过障、如何穿越戈壁而冥思苦想，绞尽脑汁，乃至于茶饭不思。与刺史初见时，以为碰上了好檀越、大施主，前程一定会顺利得多，心中好不高兴。如今连权重边陲的大檀越都喊难，这事还不叫人发愁吗?!

其实，令玄奘发愁的又何止于此，比这更让他不安的事还在后头呢。

就在到达瓜州的第六天，吃过早粥，玄奘便出了从心园，朝骡马市场走去，想问问行情，看看有无称心的马匹。当他走到城南外将要拐进市场的时候，背后一个人抢步上前，挡住他的去路，说：“对不起，打搅师父了。卑人向你打听一个人，可以吗?”

玄奘问：“打听什么人?”

挡道者回答：“一位从京师长安来的僧人。”

玄奘警惕起来：“从京师长安来? 法讳名号?”

挡道者：“大家都叫他玄奘。”

玄奘按捺住心中的不安，强作镇定，复问道："请问高姓大名，是商是客？何方人士？"

挡道者并无掩饰之意，明白回道："卑人乃凉州州吏，籍名李昌。也请问师父法号？"

"有多大的事，需要官人不远千里从凉州到此地来找一个和尚？"玄奘以问代答，有意回避问题。

李昌意味深长地回道："事情嘛，说大也大，说小也小。"

玄奘一副不以为然的模样："怎么讲？"

李昌轻轻地舒了一口气，说道："这玄奘和尚要到佛国求法，为了把事情快办、办好，不知走的什么门道，找到宰相萧瑀，请其代呈一封奏折，当时皇上未作处置。如今这位萧宰相恃才傲物，做事反复无常，惹恼了皇上，被免了职，解了官。皇帝翻旧账，追问起玄奘的事，并且给西部州县下敕，务必严把关守，将玄奘截住，勒令返回长安。我们的都督李大人接到敕旨后，当即寻到了他，并作了处理，以为办妥了，很为自己处事的果断明快高兴呢！但后来知道自己被这和尚耍了，当然是大光其火啦。我此行就是奉都督之命，带了捉拿文牒来寻人的。一个和尚，在上惊动了至尊，在下得罪了一方首领，这事够大了吧？"

李昌说到这里，有意停下来，不动声色地瞥了一眼玄奘，显然是在察言观色。而玄奘呢，心里不免在打鼓，但嘴上却这样问道："既然事大，为何还不赶紧找去？"

"我话还没说完呢。"李昌未为玄奘的催促所动，继续说道，"当然啦，一个虔诚的僧人要到佛国去巡礼求法，就像孝子回家看望高堂父母一样，是再平常不过的事情了。既然平常，当然也就不值得大惊小怪了。何况，他主要还是为了求取真经，教化国人呢。本来是值得嘉奖的事情，怎么反倒成了要查要办的案子？再说了，这求法取经啊，纯粹是一件自讨苦吃的差事，要在常人，心不专，意不定，还不一定愿意干，也不一定能干好呢！所以，以小吏鄙见，这事儿比芝麻绿豆还小，根本就没必要劳动皇上，都督也大可不必挥舞他的牛刀。皇上之所以这样做，分明是项庄舞剑，借此杀杀萧瑀这位臣子的威风，担心和尚泄露大唐关防的机密却又在其次了。至于都督那边，你想想，一个以英勇善战著称的军政头儿，竟然败在一个和尚手里，能不生气？不发威那才怪哩！可怜的是那玄奘和尚，诚心诚意想干件事，却平白无故要受这么多窝囊气。”

“官人既然明白事情底里，又如此通情达理，为什么还要来寻捉那和尚？”玄奘乘机将对方一军。

李昌毫不掩饰地说：“我干的就是这样的一份差事，干什么不干什么，这事能由得了自己？”

“假如官人见到了那和尚，又会对他怎么样？”玄奘试探着问。

“见着了再说呗。”李昌说完这话，忽然醒悟道，“嘿，我们越扯越远了，我打听的事你还没给答案呢！”

玄奘见对方把问题扯了回来，于是也来了一个急转弯，不答反问道：“哎，官人刚才说了，事情说小也小，那怎么个小法？”

“那就看那和尚老实不老实了。”李昌从玄奘一再回避问题的态度中，心中其实已有了答案，于是不想再绕弯子，突然问道，“请问法师法讳，今住何寺？”

玄奘终于被逼到绝处，但仍然企图扭转乾坤，笑着反问道：“官人急务在身，何不多找几个人问问？”

“不必了。”李昌故作严厉道，“法师不必再顾左右而言他，你还是乖乖地跟小吏我回趟凉州，见都督大人去吧！”

玄奘还想做最后的申辩：“官人凭什么就认定贫僧是你要找的人？”

李昌道:“不瞒法师说,小吏暗中跟踪您已有几日,一来见法师竟然贵为瓜州刺史的座上客,可知决非等闲之辈;二见法师既为客人,又知必非本地僧;再说呢,走遍天涯,乡音难改,法师再有能耐,也没法儿全改掉河洛腔。以此种种缘故,便知法师是小吏所要寻找者。只是为法师计,小吏既没有造次声张,更没有求助于官府。”

玄奘听毕,知道这回真的碰上了对手,不得不担心如何才能逃过这一劫。

一时沉默后,李昌剖白道:“法师不要再费心思周旋了,小吏今日跟随法师到此偏僻处,就是想要法师一句实话,亲口说明是不是玄奘本人。若是,则大事化小,小事化了。”

“官家的意思是?”玄奘唯恐自己听错了话,这样问道。

“今日就要法师一句实话,你是不是玄奘本人?若是,小吏将设法让法师平安出关。”李昌将底子彻底露了出来。

玄奘在再次确认李昌的话后,立即转忧为喜,既感动,又高兴,终于不再回避,直面李昌,一一将自己的郡望、僧籍以及西行求法的心愿简扼地说了一遍,最后不无诧异地问道:“官家既奉命捉拿,又如何帮得了玄奘?”

李昌终于得到了确切的答案,知道面前站着的这个人,果然不出所料,千真万确就是玄奘其人,一时抑制不住内心的激动,即刻扑地跪拜道:“谢谢法师如实相告。小吏李昌久仰法师高风,不期今日多幸,歧路相逢,谨此一拜,以尽弟子之礼。”

玄奘急忙上前扶起,连声道:“惶恐,惶恐……”

“法师不必多言,这全是弟子的一片真心诚意。”李昌打断玄奘的话说,“为了让法师放心,弟子现在就将追捕之事做个了结。”

说着,李昌掏出一份文牒递给玄奘道:“法师且看。”

玄奘接过文书展开一看,果然是凉州都督李大亮签发的捕捉文牒,上面赫然写着:“凉州都督令:今有长安僧人玄奘者,违抗圣旨,擅自西行出关,特遣捕吏沿路捉拿之。”

李昌看着玄奘额上渗出冷汗,问道:“法师清楚了吧?”

玄奘手有点儿抖,拿着文牒不知如何是好,李昌伸手取回,举到玄奘眼前,说道:“法师看好了。”

玄奘不知李昌要干什么,正忐忑呢,却见他猛地将文牒撕作两半,继又反复撕之,直至成为许多碎片,全部抛进路旁小溪中,然后向玄奘合十作礼,告辞道:“长风万里,天涯咫尺,愿法师顺利到达佛国,采得摩尼宝珠,还照东夏神州。”

玄奘目送李昌走远后,便快步到了骡马市场。他现在真的是焦急了。他知道,尘世上有多少不期的风雨,就会有多少意外的变故,无论风雨还是变故,往往都是不期而至的,而在朝为吏当差的,能像李昌这样存善心、解人意的,却并非随处可遇。李昌走了,有惊无险的一幕算是落下了,但“夜长梦多”的教训却不能不记取,万一迟走一日,又来了个鬼使、神差,逼你回头,这可真真的要误大事了!

瓜州的骡马市场很大,其中又分马市、牛市、羊市、骆驼市,交易者有西域胡人,有河西远近的牧民,也有内地的商客。玄奘没有时间闲逛,他一心一意地在马市那里来回转悠,几个来回后,终于选定一匹三岁的幼马,毛色纯白,膘肥体壮,神采奕奕,生气勃勃,十分惹人喜爱。经过反复砍价,终于最后成交。

当玄奘交完款并接过缰绳的时候,不禁想:旅行中有这样一匹骏马为伴,既增精神,又壮胆、省力,这是一件多么令人惬意的事儿呀!于是,刚才还是愁云惨淡的脸上露出了笑容。

在往回走的路上,玄奘开始盘算出关的时间。他不禁想起:到达瓜州的当晚，刺史独孤达大人曾经说过西行途中飞鸟难越的雄关险障、白骨指路的沙碛大漠，虽然始终没有提过一个“难”字，但反复玩味之，其难却已尽在不言中。要挑战如此的困难，仅靠匹夫之勇能成吗？他反复这样问自己，都没有得出一个明快而肯定的答案。于是，他把马牵回安顿好后，便径直来到州城中央大街的弥勒寺，想在主尊慈氏菩萨像前抽签取兆，卜个前途凶吉。

玄奘刚走到弥勒寺山门前，一位从门内出来的胡僧迎上前来，用变了调的华语问道：“这位法师莫不是从长安来者？”

玄奘对胡僧之问不仅觉得有些突然，“长安”这两个字甚至还勾起了心中的余悸。他镇定了一下，反问道：“长老何出此言？”

胡僧不管玄奘愿意不愿意，一把将他拉到旁边附耳悄声说道：“法师的福相就与老僧昨晚梦中所见者一般。”

玄奘听后，既惊又疑：“长老曾梦见晚辈的相貌？”

胡僧没有直接回答玄奘，只管自说自的：“老僧法号达摩，原本是康国的商人，后因腿疾不能再干贩货贸易的营生，便在瓜州住了下来，但腿疾总不见好转，为了有一个安稳的住所，便在弥勒寺出了家，入了道，未满一年，腿脚居然好了。既得了福，理应报答，所以便铁了心，自告奋勇在寺里守一辈子香火，朝夕侍奉弥勒慈尊。昨晚值殿，三更时分，不免几分困意，蒙眬间，只听得一阵鼓乐音声传来，接着是旗幡幢盖簇拥，一位年轻法师结跏趺坐在莲花上，飒然东来，飘然西去。那法相至今宛然在目，满月的脸，宽额大耳，红光四溢，神采飞扬，体态大小高矮，一与法师无异呢！”

玄奘听毕，觉得此事的确有点儿奇巧，未抽签而兆已出，特别是那“飒然东来，飘然西去”八个字，更是让他听着悦耳，暗自认定是个吉兆，不仅可以顺利出关，而且会一路顺利。不过，他还是将喜悦藏进了心底，说道：“梦本虚幻，何足为信！”

玄奘虽然已经获得出行吉兆，但为保险起见，他还是希望有个旅伴，不怕一万，就怕万一，途中出个事儿，有个照应总比没有好，纵使没事儿，嗑个闲话也能忘掉饥渴劳累。可是，到哪找伴儿呢？独孤大人可以帮忙，但玄奘不想找他，怕万一被朝廷知道，连累其仕途。胡僧达摩呢，既年老，又是初识，不忍让他受苦，即使相求，也未必有个好答复。剩下来还能找谁……

正无计时，玄奘忽地想到，寺院当家是本地人，又住寺日久，结识的人肯定多，问问他或许是个道儿。于是，在谢过胡僧达摩之后，又到弥勒殿向主尊烧了香、致过礼，便要去找寺主。出殿时只顾低头想心事，没承想与人撞了个满怀，抬头定睛一看，原来是一个年轻胡人，深目高鼻，光头，八字胡须，年在而立，虽然清瘦，但还康健。

在玄奘盯着胡儿看时，胡儿也在盯着看玄奘，不仅看，而且是一接眼便惊叫了起来："这不就是在凉州街上讲经说法的那个和尚吗？不错，就是那个和尚，叫玄奘法师，对吧？"

玄奘被这件突如其来的事弄得不知所措，就他的初衷而言，无论是当初在京城登坛说法还是后来在凉州讲经，都不过是出于一个释子的责任，压根就没有扬名邀宠的意思；而让他始料未及的是，如今不仅虚名在外，而且连容貌都隐藏不住了，心里不免嘀咕道："尚未出关呢，连胡人都认得出来了，是福还是祸呀？"

正这样想着时，只听胡儿又说了一句："都说法师已返回京师，不是那么回事呀！"

这句话着实使玄奘吃惊不小，为了尽快摆脱胡儿，便稳住神说道："施主认错人了，我还有事呢！"

说毕，玄奘拔腿就往外走。可胡儿并不罢休，他追上来对玄奘说："法师等等，我有事要求你呢！"

玄奘看看周围无人，便停下来问道："施主究竟有何事，又为何一定要求助于贫僧？"

胡儿回道："法师且耐心，听我先作个交代。我姓石，名槃陀。如今流落在此，生活不顺利，心很烦，不知今后的路该如何走，所以想找个高人给指点指点。真没想到，遇上了法师，如果不是有缘，哪有这么巧的事儿，哪能心一想事就成！"

玄奘问道："施主为何就肯定贫僧能帮你的忙？"

石槃陀正经道："槃陀我虽然是个粗人，但也能分出善恶好坏。在凉州街上听法师讲《涅槃经》，说众生皆有佛性，只要修习无漏圣道之戒定慧，便可摆脱烦恼，证得菩提果，有情众生无一例外，因之颇受鼓舞。"

玄奘复又问道："施主心中有何烦恼？"

石槃陀见问，叹声道："槃陀祖居本在祁连山北之昭武城，系昭武九姓之一，后为突厥逼迫，西度葱岭，定居于药杀水、乌浒河之间。国中虽土地肥沃，稻麦适宜，但人多逐利，家家为商贾。儿子出生，必让其口含石蜜，掌中置胶，意在令其长大后能说会道，口甜如蜜，钱物在手，持之不失。男人年至二十岁即四出经商，近至邻国，远则中夏，只要有利可图，虽高山大河不能阻、酷暑严寒亦兼程。不幸习俗贪吝，毫毛一根不愿让，见利忘义，背诺失信，到头来是挖了别人的堤淹了自己的地。"

玄奘听着，不解其意，遂问道："民俗虽粗陋些，但又与你何干？"

石槃陀一脸懊恼无奈，继续道："不怕法师笑话，实话对你讲，先父当年曾以真鍮冒金，从吐火罗国土人那里骗得汗血马百匹，一夜暴富；而槃陀三年前被同乡哀求所动，倾财助其贩丝买茶，说是一年返还本息，可他回去之后，却断了联络。由于身无余财，又追索无门，槃陀不得不落户瓜州……”

“阿弥陀佛！”玄奘听完石槃陀诉说，怜悯道，“唯利是图，不惜说谎、诓骗，三途六道正是为此等人所设呢。”

石槃陀道：“槃陀正是怕落此三途六道而烦恼呢！”

玄奘怪而问之：“施主又不曾诳语、讹人，与三途六道何干？”

石槃陀回道：“法师讲《涅槃经》时不是说过‘善恶之报，如影随形’吗？三世因果循环不断，槃陀如今这遭遇，或许就是先父恶业所酿的恶果呢。”

玄奘关切地问：“施主既深明此理，那当下如何打算？”

石槃陀不假思索道：“不是说修戒定慧可以解除烦恼吗？槃陀想请法师授戒，从此随法师修习佛法。”

玄奘听石槃陀说要受戒，还要随自己修习佛法，心中不仅没了戒备，而且还生起了一份亲近，非但没有拒绝他的要求，反而为之操起了心：“可你还未出家入道呢，如何受戒呀？”

石槃陀道：“槃陀知道这个，不过，不是说优婆塞也可以受戒吗？”

玄奘经石槃陀一点，发觉自己竟然忘事若此，难为情地拍了拍脑门，说道：“糊涂了，糊涂了，居士也要受戒的。那就授你五戒好了，虽然简单些，却是大教戒律之基础和根本，已足够信士们防非止恶，捉贼、缚贼和杀贼了。”

石槃陀见玄奘已答应为自己授戒，心里自是高兴，说道：“对，就先受五戒，日后若有进步，再请师父授具足戒。”

就这样，玄奘在弥勒堂为石槃陀授了不杀生、不偷盗、不邪淫、不妄语、不饮酒五戒。

事毕，石槃陀又表示：“从今以后，法师就是槃陀的师父，弟子槃陀一定每日随师习法，精进不怠……”

“授戒可以，但弟子不能收。”未等槃陀说完，玄奘便打断道，“再说了，你也不可能随我习法。”

槃陀辩白道：“师父相信我，槃陀既下了决心，就一定能坚持下去，只要师父不嫌弃，槃陀就跟定了。”

玄奘见石槃陀有回向心，态度坚决，人又年轻，身板儿好，手脚麻利，从西国来，也应当熟悉道路，很自然地就将他与自己找旅伴这档事连了起来：今日与他不期而遇，而且很快又结了佛缘，莫非又是弥勒尊者暗中相助，有意撮合不成？既有了这样的印象、这样的想法，玄奘便将西行求法之事，以及找旅伴过五烽、渡沙碛的想法一一向他说了。没想到，还未问他愿不愿意相伴呢，他就主动表态道：“是这么回事呀，不就是十天半月吗！弟子就伴师父走一趟，送你到伊吾。”

玄奘见事情过于顺利，害怕石槃陀没有足够的思想准备，便说道：“你比我清楚，沙碛很大，无水、无草、无路、无人烟，困难多得很呢！”

槃陀不在乎道：“嘿，几百年了，还不是有人来有人往吗！别人能走，我们怎么就不能走！”

玄奘不仅觉得槃陀所说在理，而且还从中得到了启示、鼓舞，心里自是高兴。不过，他很快又提出了一个新问题：“只是，到达伊吾之后，我们就得分手，我也就没机会给你讲经说法了，如何是好？”

槃陀回道：“这事我想过了，没什么。还是师父求法事大，众生受益，远胜只给我一个人讲解。所以呀，能为师父求法出一把力，不是比什么功德都要大吗！只是，师父回来后，别忘了槃陀。”

玄奘又是一个没想到，石槃陀居然还能讲出这样一番大道理，所以，对他自然也就更加信任了。不用说，结伴度沙碛之事也就定下来了。

按照约定，启程当日向晚，玄奘装束好后，便悄悄地潜行至城郊荒草间等候。不久，石槃陀也如约到达。只是，在槃陀身后还跟了个老翁和一匹既瘦又老的牝马。

面对这突然的变故，玄奘显得十分的纳闷。他打量了一眼老翁，又盯着那匹老马看了看，最后将疑问的目光都集中到了石槃陀身上，似乎在问："出关这事儿本来讲定是保密的，如今怎么不明不白地多了个人？是不是要跟着一块走？如果不一块走，让他知晓了此事，岂不是要横生枝节？牵了这匹老马来，又是为的什么？你石槃陀是真心来帮我呢，还是想着法儿来坏我的事？"

槃陀看见玄奘生疑，赶忙说道："这位阿公也是石国人，见过杏花开了八十次，曾多次往返莫贺延戈壁，今日特地带了来，再与师父商量商量西行之事。"

胡翁也不客气，操一口熟练的华语，有时为了增加情感色彩，便夹杂着一两句胡语，绘声绘色、乍惊乍恐地给玄奘讲起戈壁大漠的种种险恶、恐怖、离奇事来。末了说道："成群结队的商客、使节尚且常常迷失道路，不知去向，难免饿死、渴死、冻死、累死，法师今日形单影只，如何抵挡得了那狂风、沙暴、酷热、干渴、孤独、寂寞？一旦进入沙碛，那可就不由人了，长天辽阔，大地无边，上无飞鸟，下无虫蚁，保不定什么时候来了事，那真是叫天天不应，叫地地不灵呢。结果会怎样，法师想过了没有？老朽只是如实讲来，不曾有任何夸张，只是希望法师想得周到些，勿将身命当儿戏。当机立断，一切都还来得……"

"阿公不必多说，玄奘对此已有准备，何况，发弓没有回头箭，我既已从长安走到这里，就没有回头之理，佛国不能不去，真经不能不取，不要说沙碛大漠，就是赴汤蹈火，也无怨无悔，万死不辞。”

胡翁见玄奘志气高昂，势不可挡，知道再劝也是徒劳，于是说：“法师既已发大宏誓，不愿退转，也罢。只是老翁已体弱力衰，难比当年，不能陪法师西行，愿以此马换下白驹，别嫌它既老又瘦，说不定能派上大用场的。”

胡翁说得诚恳，但玄奘听着却很不入耳，像明白了什么似的想：“好你个一老一少，合伙设计坏我的事呢。吓唬不成便又虚情假意要换马，这不相当于釜底抽薪吗？”

胡翁见玄奘又起了疑心，便笑了，又解释道：“法师一定是以为老翁不怀好意，想占便宜，或是想害你，对吧？不是的，你大可放心。此马虽老，但脚力甚好，又数度往返于玉门、伊吾之间，熟悉道路。而法师的白驹呢，虽然牙口小，壮健，但脚力未经磨炼，难胜长途跋涉，何况走戈壁沙滩！老翁要你留下白驹，不是贪心，而是想，法师一行只有二人，一马足以运载所需什物，两马则显多余，又耗料耗水，反而成负担了。法师若是明白了这些道理，就知道老翁是好是坏，是帮你还是害你了。”

石槃陀一旁保证道：“阿公是个诚实人，槃陀向他说了相伴法师过沙碛这事后，他担心法师出事，不仅帮着想办法，还执意要跟来见法师。他说的都是真心话，不用怀疑。”

玄奘听完胡翁和石槃陀的话，并未立即表态回应，因为，他心中的疑云尚未消散。

第十五回

葫芦河边险象环生　戈壁滩中鬼蜮作祟

七月的烈日像一团火，硬是将大雪山的万古冰川炙烤得大汗淋漓，各处的雪水首先集合成涓涓细流，然后又汇聚成滔滔激流，奔腾、咆哮着从天而落，在干燥而毫无凝聚力的黄沙中刨出一条路，再深入到瀚海戈壁，去滋润当中那有情和无情的生命，其中的大部分还没来得及发挥作用便已蒸发，只好等到下次轮回时再造福于世界。这就是所有内陆河的诞生和归宿行迹。

先是自南往北、然后又自东往西流淌的葫芦河就是这样的一条内陆河。它冬春时是干涸的、没有生命的；迨至夏季，则水势汹涌，奔腾咆哮，鲁莽而狂野。特别是到达瓜州地界的那一段，由于地层是不知多少世纪前沉积形成的坚硬黏土，原来宽阔的河面，到了这里便只剩下一条窄窄的过道，一下子涌来的河水，只有抢着、挤着才能通过。蓄势争抢的结果，是河底被越冲越深、越宽，如果将它拦腰切断看截面，那形状活生生的就是一个开口的葫芦，河名于是乎由此产生。河水从这里经过，波回浪卷，激荡摇晃，闷雷般地吼叫着，真让人胆战心惊。

李昌虽然当面将凉州都督府的捉拿令牒撕了扔到溪中，但因终究存在过这么一回事，所以，玄奘并没有将出关的事声张出去，只是临走前向独孤达刺史作了个简单告别。在城郊蒿丛中，经过对胡翁的一番评判，又想到了“路遥知马力”、“老马识途”这两个词语，最终还是认从了胡翁的意见，换了马，天一黑就动身向玉门关进发。大约是三更时分吧，便顺利到达了葫芦河边。

在长约五十里的这一河段上，只在玉门关关址处设了一道桥，因为玄奘这次出关属于“偷渡”，是秘密行动，自然不敢从这桥过去。他们在距离关址大约十余里的上游一处河面狭窄的地段停了下来，立即用事先准备好的砍刀伐倒三四棵碗口粗细、两丈来长的白杨树，连枝带叶将其搭到对岸，然后割了许多蒿草横铺到上面，又垫了厚厚的一层土，最后总算是把桥造好了。虽然累得够呛，汗水湿透了衣裳，心里却高兴极了。

桥架好后，又休息了一会儿，便起身准备过河。可就在此时，从玉门关方向传来了几下清脆的梆声，显然是报更的。

又过了一阵，突然听见马蹄声由远而近，透过朦胧的月色，还隐约可以看到一骑正碎步朝这边走来。

玄奘见状，不禁在心中暗暗叫苦：从京师开始，这一路走来，坎坎坷坷的，着实不容易，再给半个时辰，就是一只出离樊笼的鸟，可以展翅远飞了，可现在，该死的危险又来了。逃，固然不可能，连动一动都有被发现的可能，不管来的是不是关防巡骑，无论谁的马，万一被惊了，大声嘶鸣起来，事情不就彻底地暴露了！果真如此，则不仅求法计划要落空，还要被抓住遣返长安，那罪名绝对不会轻。

想到这里，玄奘身上的汗干了又湿，大热天里凉得像浇了一瓢冰水。黑夜中，他把眼睛睁得大大的，警觉兼带惊恐，茫然地等待着上天对命运的安排。

槃陀呢，终归是与马有缘，熟知马性，听到梆声后，便立即上前，一只手轻轻地搂着马脖，一只手轻轻地揉着马鼻、马嘴，不时还以脸贴脸，借以表示亲热和安抚。老马或许是出于经验，或许是通达人性，乖乖的，一动不动，只顾静静地享受着主人给予的爱。

在防止、躲避危险与恐怖时，即使是几秒钟也显得特别漫长，让人焦急而无奈。好在，幸运之神降临了：又是两下梆声，片刻之后，马蹄声再次响起，不过，不是越来越近，而是渐行渐远，由强而弱……

当极度紧张的神经一旦放松下来，人的整个身子就好像是散了架的帐篷，一下子坍塌了。玄奘顿时觉得疲乏极了。不过，他也清醒地知道，前面的危险过去了，但只要还没有过河，后面的危险就随时都有可能发生，在此多待一刻，危险就多增一分，所以当前最要紧的就是抓紧时间过河，然后远走高飞。

危险是最震撼的警钟。玄奘无心再想下去，也顾不得饥和渴，他过来叫槃陀牵了马开始过河。还好，既快又顺利地到达了对岸。

为了避免被人发现、追赶，过桥后又趁势往大漠深处赶了数十里，直至精疲力尽、再也迈不动双腿时才停了下来。

玄奘与石槃陀席地坐下，各自喝了几口水，吃了一个干饼，也给老马喝了水，喂过料，便靠着铺盖卷儿开始歇息。两人相隔大约十步左右，是为了避免相互影响呢还是其他什么原因，不得而知。

玄奘虽然曾作过长途旅行，经历过无数风霜雨雪，挨过饿，受过苦，但终归不是一个地道的劳作人，加上架桥铺路，接着又赶了几十里的远路，在整个过程中心情又是如此的紧张，担惊受怕，所以实在是不堪其累了，才躺下不久便发出了细细的鼾声。但玄奘又是一位学僧,已有十几年的修行实践,平日里读经习法往往至于三更四更,熬惯了夜,并不需要很长的睡眠时间,假寐一下即相当于常人睡上一两个时辰;由于经常参禅观想,练出了一种本事,寐而心醒,随时入定,看似熟睡,心里却又清醒异常,随时了知身外一切。

这一夜也不例外。刚才还在发出均匀的细鼾,现在却倏地坐起来了,是一种缓慢的、很轻的“沙沙”声把他唤醒的。他透过夜色循声望去,隐约中看见石槃陀手里似乎操着刀,对,就是刚才用来砍树的那把刀,正蹑手蹑脚地朝自己走来。

这事来的有点儿突然,但玄奘很快就镇定下来,佯作不知,想再等等,静观其变。他正正身,作禅定姿势,喃喃念起《观音普门经》:“善男子,若有无量百千亿众生,受诸苦恼,闻是观世音菩萨,一心称名,观世音菩萨即时观其音声,皆得解脱……”

过了一刻,玄奘再没有听到什么声响,抬眼看时,石槃陀已经回到原处,又歪着身睡了。这时,玄奘才腾出心来想:这石槃陀怎么了,黑咕隆咚的,不睡觉,拿着刀来回走,要干什么呀?防贼没贼,防兽没兽,那么,是防我了?可不对呀,刚刚拜我为师父,还受了五戒,做伴又是你自告奋勇,并无任何人勉强、强迫你,如果现在后悔了,不愿走了,说个明白就是,也用不着以刀相逼呀!谋财害命?也不像,你知道,我,不是我们,就一袋干饼、一皮袋水、一匹马,都拿了去,也不能使你一夜致富,值得为此落个强盗恶名?何况,你还懂得善恶报应的道理,发誓回向,纵便不那么坚定,也不至于反复得这么快吧?莫非胡人真的是像你自曝的那样,言而无信,本性难改?难道善与恶的距离就那么短,一挪脚就易了位……

就这样,玄奘不停地思来想去,直到天亮,也没有得出个答案。

朝霞在东方天宇穹苍与大漠戈壁交接处张开一幅殷红殷红的

大幕,万类噤声,正在静候着那颗如盆如斗的金色火珠登台。

玄奘就像昨夜什么事情也没有发生过一样,态度如常地与石槃陀一起装载好行囊后,便上路了。

可是,玄奘很快就发现,石槃陀今儿情绪有点儿不对劲,消沉,完全没有了昨晚出发时的那股劲头,总是走在后面,几次催着快走,可他还是慢悠悠地,迈不开步子,心里不由得想:这肯定跟昨晚的事有关,但由于昨晚的事没有搞清楚,眼前的事也就一时难以处理,还是继续观察观察后再说。

又继续往前走了一段,还是未见他赶上来,于是,玄奘停了步,等他跟上来后,便关心地问道:"怎么了,累了? 没劲? 饿了?"

石槃陀只是摇了摇头,没有回答。

玄奘又问:"想家了?"

石槃陀没摇头,也没有回答。

玄奘没法让石槃陀开口,只好安慰道:"上路头一天,不习惯,脚力还未练出来,过几天就好了。"

石槃陀还是没回应。

玄奘没有再勉强石槃陀,后来的一段路,谁都没有再开口。

吃过午斋后,玄奘又催着进发。这次,石槃陀不仅没搭腔,而且就像石头墩子一样,动都未动一下。

在玄奘再三催促询问后,石槃陀终于开口道:"不瞒师父说,弟子昨晚眼皮子一夜未合,心里净发毛……"

"身体不舒服?"玄奘打断石槃陀的话问道。

石槃陀先摇摇头,然后回道:"害怕。"

玄奘问:"怕什么?"

石槃陀回道:"不知道,只是觉得大漠黑暗无边,没村没舍,就我们两人,无依无靠的,一想就头发懵,心直跳,越想越害怕,只好拿起刀来壮胆。”

玄奘听到这里，无意中对昨晚石槃陀操刀的事得到了半个答案，但还有一半未明白，于是脱口问道：“还来回走动，找什么？”

“没找什么，示威，显威风！”石槃陀回答，答完，却讶而反问道，“师父看见了？”

石槃陀的反问，让玄奘多少有点儿尴尬，但想了想，觉得也没有再隐瞒的必要，便这样回道：“噢，我当时正在念经呢，打量了一眼。”

石槃陀没有再往下问，而是继续掏心里话：“天一亮，四下一看，更傻了：这戈壁大漠比记忆中的还要大，无边无际；没有路也罢了，遇上阴天，连方向都没法分辨；就我们两人，就凭四条腿，就算不迷路，也难走得出去。再说呢，我们带的就这么点水，这么点饼，这么点料，吃完了再去哪里找？所以呀，结果只能是一个，不是累死就是饿死。给师父掏心里话，没出门时还有点信心，现在站在这里，腿就发软，还怎么走呀。”

玄奘又明白了：石槃陀今天为何是这么一个状态。他陷入了沉思，想着怎么去解决问题。可还没头绪呢，石槃陀又已经说开了：“对师父实说了，槃陀现在真是愁死了。原以为用个十天半月陪师父走一趟不碍事，可现在站在这儿一看、一想，槃陀万一有个三长两短，屋里的老婆、孩子就苦了。可是，不陪师父吧，又已经发过誓愿，反悔不仅没面子，留下师父一人，无依无靠的，也实在于心不忍。真是走也不是，不走也不是呢。”

玄奘听石槃陀如是说，便挑明道：“不要犹豫，既然放不下家，那就不要走了。我这边你不必担心挂念。”

石槃陀回道：“弟子劝师父也不要再走了。光是眼前这戈壁沙漠就很难过去；即使过得去，还要走很长很长的路才能到达佛国，后面还不知有多少高山大川、艰难险阻在等着呢！就算到达了佛国，取得了真经，那还得回来呢，能保证没有意外，没有危险？所以，弟子认为还是回头为好。如果非要去不可，日后遇上商队或其他行旅时，再一起走也无妨。”

玄奘没有回答，因为，像这样劝退的话，他听过不知多少次了，也都一一回答过了。在瓜州城郊的蒿草丛中，胡翁还在劝，也回答了。现在真的没有更多的话要说了。在一个虔诚的释子心里、脑子里，是找不到“退转”这两个字的。他也没有责备或埋怨石槃陀，他知道，强扭的瓜不甜，一个人如果对要做的事情没了兴趣，失去了信心，即使继续做下去、走下去，也只有痛苦。让人怀着痛苦心情去干不愿意干的事，是有悖于佛教救苦救难精神的。也正因为如此，在知道石槃陀在为妻儿担心之后，自己也为他担心了，果真万一的事发生，果真其妻儿成了孤寡，遭了罪，那就不仅是作为丈夫的石槃陀没有尽到责任，连自己也成了罪人。因此，他听完石槃陀的话，一点儿都未犹豫，便从食袋中掏出两块麦饼，递给石槃陀说：“拿着吧，这里离瓜州城已经很远了，路上需要的。”

石槃陀没有立即接过麦饼，迟疑问道：“师父让弟子回去？那你呢？”

玄奘还是没有回答，他一面将麦饼塞给石槃陀，一面拍着其肩膀说：“槃陀，谢谢你了，你帮着架好了桥，还送了我一程，谢谢你，再见了。”

说毕，玄奘便牵了马，迈开步，朝大漠深处进发了。

玄奘面前的路程是：绕过横亘在葫芦河北边数十里开外的库鲁克塔格山之余脉白山，然后再折北直奔伊吾城。

离开石槃陀之后，玄奘虽然未免感到有些孤独与寂寞，但也有卸下包袱一身轻的快感。现在，除了管好自身，再也不用去为另外的人操心，无忧无虑，生死两由之，岂不也是另一种味道的自由自在！

玄奘出发前就打听过，从玉门关至伊吾城，是渡莫贺延沙碛最短最直的路，而伊吾城就在库鲁克塔格山之余脉白山的西北端，过了葫芦河，朝北稍稍偏西方向走，就可以到达。

心里有了数，脚步自然就迈得大，因为没人拉话了，心便都用到了走路上，不知不觉中就出去了几十程。当他抬头放目时，发现自己已经走在一处高地上，往南望去，眼光忽地被一片奇特的地貌吸引住了：那无数个高高低低、大小不一、造型奇特的巨大土丘，俨然座座房宇楼台，鳞次栉比，高低错落，集结罗列，组成一座巨大的城池。这些楼台堂殿，一色的泥金涂壁，其间是流沙路面，一似黄金铺就，通衢交错，巷陌逶迤，真让人错以为是大国宏都、强国边城。近而观之，则有雄狮盘踞于前，凤凰展翅于后，神鹿回头，寿龟昂首，村姑腼腆，公主多愁，高僧入定，巨擘高瞻，艨艟列队出海，舳舻扬帆远征，残垣昭边事，烽燧壮江山……说不尽的鬼斧神工，描不完的奇异风采。

玄奘面对眼前景象，经不住诱惑，便情不自禁、不由自主地牵着老马走进了“城”中，一是想看个真实，将“孤城”的诡异、神秘弄个明白，二是逛逛这奇特的“街市”，感受感受其中的“风土人情”。

他左拐右转，很快便深入了“城府”，四周观察，忽然发现一处似殿堂非殿堂、似佛塔非佛塔的建筑群，心里不免诧异：难道这里还真是一座法苑珠林不成？走近看时，却不过土丘一群而已。令人感慨的是，那土丘的布局，那高“堂”低“殿”，那折损的“檐角”，那锥形的“方塔”……的确很有几分形似神似，难怪让人产生错觉，信以为真了。

既略作“游览”后，玄奘惦着行程，于是转身便往回走。可是，当他再寻那来时的脚印时，却没有了。正奇怪时，只觉得脚下凉飕飕的，低头一看，原来是风儿正遛弯儿般吹着，满路干透了的细沙正顺势打着滚向前移动，一眨眼工夫便将刚踩出的脚印填平了。终于，玄奘明白了找不着脚印的原委。

只是，解了这个谜，却又犯了另外一个愁：没有了路标，这往回的路该怎么走呀？

玄奘终归是有多年的修炼经验，深知心定才能神清的道理。当他发现自己情绪开始焦躁后，便立即深深地吸了一口气，极力地将它压下去。

可是就在这时候，又一件怪事发生了：满城都是如咽如诉的怪声，像阎王在招魂，如冤鬼在挣扎，原来的“宏都”、“大府”顷刻间变成了一座阴森的地府、魍魉横行的鬼城，真让人有毛骨悚然的感觉。

还好，由于有了前面的经验，深呼吸也产生了效果，心定了，神清了，经过仔细地观察、倾听，他很快就发现：是风的作用，各种怪异的声音就是风在“街巷”中穿梭奔走时碰到不同的障碍所发出来的。

“闹鬼”的原因弄清了，同时也由此得到了警示：此地不宜久留。

可是，往哪里走？哪一条才是出“城”的路？玄奘因为摸不清这座“城池”究竟有多大，所以，在没有找准方向之前，一步都不敢再挪。他一动不动地站在一个大的交叉路口，尽量地挖掘记忆，仔细地寻找来时的印记。老马呢，似乎对他的耐心、冷静很不买账，一直要挣脱缰绳往前走，自然啦，不仅没挣脱，反而是被拉得更紧了，没办法，只好不停地摇头甩脖子，蹬蹄摆尾，以示不满。

玄奘想了好一阵子，还是一无所得，一筹莫展，既失望又无奈地自我调侃道：“想不到今日竟陷入了诸葛先生的八卦阵！”

就在他仰天感叹的一刹那，被堵塞的思路忽然通了，为什么？因为他的双眼受到了阳光的强烈刺激，而这一刺激又使他联想起一句俗语：白天看日头，黑夜看北斗。这一发现，真是令玄奘高兴不已，他几乎是在跳着说道：“日头不就是天然的路标吗！”

说毕，玄奘连忙低下头找自己的影子，找到影子后，又抬头看了看日头，口中喃喃道：“盛夏，正午时分，日头当空偏南，影子所指的方向当然是北了。来时朝南走，回时自然要往北了！”

玄奘自怨自艾地喊了一声“嘿”，拔腿要走时，却发现老马不见了。原来呀，正在玄奘找影子、看日头的当儿，老马已经趁其不注意，挣脱缰绳走了。好在还走得不远，还在玄奘的视野之内，方向又正好与玄奘刚刚测出的吻合。但是，玄奘还是怕它再走错路，所以急忙小跑着追了过去。可这一回却由不得他了，老马甩开步子，七弯八拐走了一阵子，便出了“城”。玄奘追上来站定一看，不左不右，端端正正的就是进城前所在的那道沙梁。开始，玄奘还因此颇为得意，以为走得这么准完全是自己正确判断的结果。后来，当他看到老马从容自在的神态时，想法便立即变了：对，是马走在前面的，在自己测定方向前牠就走了，而且还拐了不少弯呢！由此及彼，玄奘又想起了在岔路口一筹莫展时老马闹着要走的样子，并且断定：闹着要走表示的意思是，牠识途，牠认得路！

想到这，玄奘拍了拍马额，捋了捋马鬃，表示赞赏，同时歉然一笑，似乎在作检讨：人一迷糊，连挂在嘴边的词儿都会忘记，真会碍事呢！

玄奘从马背上的羊皮水袋里倒了半钵水，自己先喝了一口，其余的都让老马饮了。之后，他转身再看了一眼这座奇特的“城池”，便离开了。

人们往往将戈壁、沙漠视作同义词，都用来指称浩瀚无边、干涸已极、寸草不生、渺无人烟的沙海。殊不知，沙漠与戈壁除相同之处外，还有着颇大的差别：沙漠以沙为主，或者平沙漠漠，波平万里，或者沙丘连绵，波浪连天；戈壁则以砾石、卵石为主，大者如斗，小者如卵，放目展望，黑压压的一眼望不到头。现在，玄奘脚下踩着的，正是碎石满地的戈壁滩。独孤刺史在谈话时曾经提到，这一望无际的大戈壁叫莫贺延碛。

沙漠也好，戈壁也罢，地上都没有路，原因是行人本来就少，加之风吹石走，人过无痕，即使是千军万马到处，所谓的路也只是暂时的。“埋没”是戈壁沙漠最拿手的活计，“原始”是戈壁沙漠的本性、真粹。走戈壁而又要避免被埋没，这是一种挑战；走出万古荒漠，这是对“原始”的改造。亘古以来，不知有多少人，或者被迫，或者自愿，到这里来挑战过，企盼着或者梦想着，建树名垂千古的改造奇功。结果如何？结果是，有人成功了，但更多更多的人则死了，化成了土，化成了尘，然后又随风飘散了，远去了，消失了，只剩下一根根白骨，它们未能筑成一条通衢大道，只是做了一支支聊以指示方向的路标。对后来者来说，这些白骨做成的路标是不可或缺的，因为它指示了一条生命之路，光明之路，胜利之路。而这，正是那些殉道者的无量功德，是以生命换来的价值。总而言之，正是因为有了这些殉道者、牺牲者，才有了戈壁沙漠中似有还无、难行能行之路。

玄奘正是沿着这样的“路”往前走的。他除了要以日影来判定时辰、方向外，还必须张大眼睛，神情专注地左顾右盼，仔细搜索地上有无人畜的遗骨、干得不能再干的粪便、破碎的陶片瓷片、被石头压住而没有被风吹跑的织物等等诸如此类能够反映人类活动痕迹的物证，以便借此确定自己应向何方转，该朝哪里走。可幸的是，虽然头顶烈日，脚踩热得发烫的石子，受着天上地下的烘烤，但不知为什么，身上、脸上却没有大汗淋漓。也许，到了这样的地方，身体也本能地知道水的珍贵和价值，并因此锁紧了每一个毛孔。

在寂寞而艰难的行进中，老马忽然显得有些焦躁，甩着头，竖起耳朵，还喷着鼻子。玄奘以为牠累了、热了，于是轻轻地拍了拍它的背，又捏了捏他的耳朵，想用自己的抚爱让牠安静下来，却没起作用。于是又换了个法儿，顿顿缰绳，还是没有用。心想，也许是渴了，于是取出钵盂，从水袋里倒了一些水给牠。老马当然高兴，一饮而尽。

然而，饮过之后，老马还是没有安静下来，依然故我，甚至还嘶叫了起来。玄奘不解其意，便转而向周围找答案，四下张望时，竟然有了天大的发现。

原来，就在前方远处，正有一队军马在朝这里推进，军众或乘马，或骑骆驼，铠甲闪光，斗篷飞扬，旌旗猎猎，旄头漫卷，人马涌动踊跃，奋勇争先。

因为事情来得突然，玄奘一时紧张了起来，脑子里的第一个念头就是：追兵捕吏又来了。因此，心里也就禁不住暗暗地叫起苦来：我玄奘怎么就这样的不走运，都出了关，走到了这里，最终还是逃不出朝廷张开的天罗地网，这回肯定是凶多吉少，完了。不过，他接着又想：我玄奘不过是急于求法，擅自出关，并未犯下什么不可饶恕的滔天大罪，朝廷用得着这样三番五次追截吗？再说了，我只身一人，无刀无枪，一根树枝当锡杖，一兵一卒即可对付，也用不着如此的兴师动众呀！经过这样一分析，他摇了摇头，觉得“追截”的判断好像有点不靠谱。可是，苦恼还是没有除去：兵马在前，这是眼见的事实，如果不是为了捉拿自己，那又是干什么的呢？是边戍练兵，还是邻国入侵？无论是前者还是后者，自己也都免不了要遭殃呀，试想想，边戍操练，为的就是防备外侵内叛，自己既是擅自闯关，万一被发现，还不是要当"通敌"论处？如果是外敌入侵，自己又不幸落到他们手里，那肯定要被迫说这说那，变节卖国当然不可能，死活也且不论，但纵便只是像张郎凿空时那样羁留虏营十余载，那也是要大大误事的呀……

困难险阻是一道关紧的门，怯懦者望而却步，有志者则敢于破而夺路。已经有许多事实证明，玄奘是属于后一种人，无论什么时候，只要他认定了方向，那么，勇往直前便总是他的最后选项。现在也是这样，情况虽然不明，但既不愿走回头路，害怕又无济于事，那么，剩下的当然也就只有迎难而上了。于是，他在心里鼓励自己说："大不了是个下油锅，尝试过了，虽死无憾。何况，形势不见得就这么严重，何不且走且看，随机应变，说不定生路就在绝路之中呢！"

玄奘说罢，便毫不犹豫地牵了马，神气昂然地直冲那远处的军阵而去。

玄奘旋走旋往前张望，那军阵仍然在踊跃奔腾，但却没有越来越近的迹象，于是心里又开始生疑了：这是什么样的军队呀，只见冲，不见向前移，莫非在作原地跑步操不成？

为了弄个究竟，玄奘干脆一刻不离地盯着那军阵往前走。

不知又走了多少路，玄奘忽然觉得阳光的威力弱了些，抬头一看，原来是一大片云彩将日头遮住了。他自觉不自觉地振振衣、拨拉拨拉马鬃，像是要趁此机会驱除热气似的。之后，重又抬头将目光投向前方，再寻找那军阵时，却连个影子都没有了。

此时此刻，玄奘不仅没有丝毫的高兴，反而是疑问越来越多了：那么大的军阵，怎么顷刻间就消失得无影无踪了？所见者究竟是实景还是梦境？他们究竟是人还是鬼……

还是为了弄个究竟，玄奘加快了脚步，希望快些到达那雄兵出现过的地方，看看都留下了些什么活动痕迹。

但是，他失望了，直到天黑歇脚的时候，一路上，除了满地的沙石，什么也没发现。

答案没有找到，疑问仍未解除，玄奘还在苦苦地思索着："莫不是哪路神仙为了昭示前途的凶险，考验考验我玄奘的意志，专门在此设了这个迷魂阵？抑或是，往昔血洒沙场的将士在显灵，呼唤我玄奘为他们诵经超度？不对，这一切恐怕都是假想、妄想。记得史书有'海旁蜃气象楼台'的记载，说是蛟属之中有蜃，闹海吐气，遂成廛落楼阁，莫不是沙海戈壁中也有蛟类不成？"

玄奘不尽相信最后的推想，因为，蜃生于海，而这儿却是连水气都少得可怜的地方，何况眼见的是军阵，而不是楼阁！

第十六回

狼烟台幸遇道心人　莫贺延痛失活命水

“迷魂阵”消失之后，玄奘怀着满腹疑窦又迈开双腿，继续丈量他的路去了。

按照瓜州刺史独孤达所说，进了沙漠后，首先是要闯过五烽，之后，再长驱跋涉八百里过莫贺延戈壁，最后才能到达伊吾城。五烽犹如五道铁门关，至于八百里戈壁，有人说它是一条死亡之路，有人说它是一条不归路，所以，能否闯过这两关，将是决定他整个求法计划成败的关键。

五烽即五个烽火台。烽火台又叫烽墩、烽堠、烽燧、狼烟台。台上积薪或狼粪，以备报警之用。中华民族数千年的文明发展史，既是一个大家庭各成员的交融史，也是境内外各民族的血泪史，在不断的争争吵吵，甚至舞刀弄棒、干戈相见的对抗中，不断地破坏，又不停地建设，有时甚至还难免开倒车，但总的趋势却是趋利避害，推陈出新，由对抗而友好，由野蛮而文明。但在“花好月圆”时刻到来前，争斗双方则不得不将庞大的人力、物力耗费在攻防守备的设施上面。长城和烽墩就是这一特殊历史的标志和记忆。

在春秋战国时代，长城开始作为大家庭中兄弟阋墙互相防范的工事。秦有天下，始连缀燕赵秦三国长城首尾，起于辽东而迄于临洮。迨博望凿通，汉武用兵西域，更于敦煌至盐泽之间起亭障，修烽燧。此后历后汉、魏、晋、南北朝至于隋，各代均有兴筑。于是，长城遂兼有华夏农耕民族抵御北方、西北方马上民族侵掠和卫护中西商道通畅的作用。烽燧乃筑于长城上、边境线上及通往各地的一座座高台，台上设桔槔，桔槔置范，凡有警报急，夜则举薪草之火，谓之烽；日则烧狼粪以升烟，谓之燧，狼粪之烟，上升时既直又高，所以烽燧多用之，狼烟台之名也便由此而得。一烽烟火起，邻烽递相传讯，戍兵于是有备。长城加狼烟台，组成了严固、有效的预警、防卫系统，万里边防于是固若金汤，有如铜墙铁壁。

玄奘赶在日落之前又抢了一程，向西北方约莫走了五六十里。落日的斜晖照在戈壁浑圆的鹅卵石上，闪闪发光，像撒了一地的碎金银屑。

看着一地的金光银光，玄奘顿时来了精神，因为这景象使他想起了天竺舍卫国善施长者和誓多太子共同献给释迦牟尼佛居住说法的祇树给孤独园精舍，园中就是用黄金铺的地面，当然也应是这样的熠熠生辉了。祇园精舍是释迦文佛立教后继王舍城、竹园精舍之后又一个固定弘法根据地，当然也是玄奘此次西行巡礼的重要圣迹之一。

就这样，玄奘由此及彼不停地联想着，本来疲乏已极的他，一下子有了生气，有了活力。他兴趣盎然，忘情地、贪婪地欣赏着落霞映照下的戈壁大漠风光。

当玄奘将目光投向西北方时，只见地平线处有一束颇为显眼的银光，仔细辨之，竟是从一亭台楼阁式建筑物上发出来的。顿时，心中又下意识地犯起了嘀咕，将眼前所见的与白天消失了的兵阵联系起来，想道：怎么大半天走下来，总是避不开这兵马啦营房的？难道玄奘真的是命运多舛，注定了要被官府截住押返长安不成？

正烦恼时，忽然记起胡翁告别时的吩咐："过了葫芦河之后，五烽之路本来也不难走，那狼烟台外壁都以白垩粉涂刷，特别醒目，远远就能看得见的，本来的用意是为了更好警报，后来，行商过客则把它当路标了。只是，你要躲避戍卒，那就必须等到更深夜静时才可以行动，务必牢记。"

对照胡翁的话，玄奘立即作出判断：前方银光闪闪的建筑应当就是五烽中的第一烽了。

有了结论，玄奘心里立即安定了许多：一是确认这烽火台当然不是冲自己而设，二是自己行走的方向也对了，过烽墩固然有危险，但却证明自己并未走错路。事实再次证明最初的猜想错了之后，玄奘开始觉得，自己太过敏感，太过紧张，分明是在庸人自扰了。

既然烽燧就在眼前，玄奘按照胡翁的嘱咐，决定就此暂停，等待夜幕的降临。他小心翼翼地卸下行囊，又给马饮过水，喂过料，然后自己也找了个平整的地方坐下，就水嚼起麦饼来。他要趁此机会，让老马和自己在此，也就是在烽燧守卒的视线外，休息个够，养精蓄锐，以便在夜幕降临之后，开始一次秘密的急行军。

显然是累了乏了，玄奘在填过肚子后，坐定不久眼帘儿就再也撑不住了。不过，大概是因为心中有事，睡得并不踏实，才神游了一会儿，便醒了。他往西边看了看，那日头像老爷子似的还在地平线上慢吞吞地踯躅着。又等了一会儿，它才跌跌撞撞地落到远山背后。

终于，天完全黑了下来，玄奘牵着马也上路了。

戈壁之夜，星斗满天，但没有月亮。对于无比深邃辽阔的苍穹和无边无际的穷荒大漠来说，星光只是骚人墨客、沙场战将寄情抒怀的素材，压根儿就没有照明的实用价值，它撒在夜空里，光彩顿失，剩下来的就只有朦朦胧胧的一层纱，一层雾。好在戈壁是平坦的，方向也早已定下，所以，借着它，还可以摸索着前进。因为夜黑，让人觉得这世界上好像什么东西都没有，连风也没有，声音也没有，死静死静的，静得可以听到心的跳动。本来应该是飒飒作响的脚步声，在这里却完全被旷渺的虚空消弭殆尽，就像踩着棉花行走，一点儿回音都没有。黑暗与死寂加深了人们对宇宙虚无的认识和感受。对于玄奘来说，最切身的体会就是：如今在这广漠上，其实什么都已不复存在，而正在这无限虚落空濛的戈壁沙滩上移动的，似乎并不是人和马的实体，而只不过是可感而不可见的幽灵和游魂。这样的体味、感受，反过来更进一步加深了他内心深处潜伏已久的那份孤独感。说实话，他之所以至今还能够，并且有勇气在无边黑暗的大荒中摸索前进，凭借的仅仅是释尊用智慧之火点燃的那盏心灯而已。

大约走了半个多时辰吧，傍晚时分远远看见的那堵闪着银光的墙，那座烽墩，又出现在眼前，虽然模糊，只有一个轮廓，但还是很令人高兴的，因为，这意味着，过了这一烽，第二烽就成了新的目标，那么，距离伊吾城就又近了一程。

但是，高兴劲儿还没有来得及尽情舒扬呢，几支带着火把的箭头已经嗖嗖地飞了过来。自然，玄奘和老马都被吓了一大跳。

惊魂未定，接着又有两支飞箭几乎是擦身而过，紧接着是一声吆喝：“原地别动，否则射死你！”

玄奘惊恐已极，急忙大声回道：“莫射，莫射，我只是个诵经念佛的和尚!”

话音未落,只见几匹马已蹿了上来,而且不由分说,便将人马捉了押进亭燧碉楼内。

既到碉楼复城,玄奘才站定,一个官儿模样的人便从营房那边快步向他走过来,两个挂弓佩剑的戍卒举着火把走在两边。

借着火把光亮,玄奘看得清楚,这位官儿五短身材,粗壮敦实,看得出是刚从被窝里爬出来,衣衫不整;虽然戴着帽,但还是掩盖不住乱糟糟的头发;眼角上已经布了些浅浅的鱼尾纹,似乎还残存着少许未揩掉的大漠风尘;胡子拉碴的,足有十天半月没刮过脸。从外表上看,给人的印象是一个十足的莽汉。

官儿打量了玄奘一眼,开口问道:“果然是个和尚,可这里并没有庙,你到这里干什么?”

“想借尺宽之路,到佛国去巡礼求法,还望老将军……”

玄奘话未说完,周围的戍卒便轰的一声大笑起来,前俯后仰的。

玄奘莫明所以,坚信自己礼貌周全,并没有说错什么,所以又重复道:“希望老将军网开一面。”

又是一阵哄堂大笑。

笑声中,一个戍卒问玄奘:“和尚今年多大岁数?”

“不足二十九。”玄奘虽然不明白对方问话的用意,但还是回答了。

又是一阵大笑。

大笑中,两个戍卒将官儿往前一推,说:“这位‘老将军’高寿也不足二十九呢!”

玄奘不胜尴尬,一时不知再说什么好。

官儿主动上前一步,自我介绍说:“我叫王祥,敦煌人,就在瓜州城边上。二十岁从军，熬了九年，当了个戍边校尉，并不是什么将军，也还不老，只是大漠风沙如刀，把脸蛋磨得粗糙了些，还留下了些沟沟道道，是作纪念呢还是做个记号，闹不清楚，让和尚见笑了。”

玄奘见校尉虽苦犹乐，甚至还有些诙谐，紧张的心情缓解了许多，便接口诚恳地解释、检讨、道歉道：“不不，校尉说哪里话，戍边将士功高无比，贫僧岂敢见笑？夜里看不清楚，多有失礼，还望多多包涵。”

校尉似乎并不在意，也不理会玄奘的解释、道歉，直截了当地说道：“和尚还没说从哪来的呢！”

玄奘见校尉追起根底来，而自己对他的用意又不了解，所以真不知如何回答才好。

校尉本来只是在履行一个戍边将士的职责，对过路人做个例行的盘问，现在看对方一脸踌躇的样子，反倒警觉了起来，便由温和转而严肃，板起脸来追问道：“和尚究竟来自何方？快说。”

玄奘既不愿撒谎糊弄人，又知道事情已经难以隐瞒，于是回道：“贫僧从京师长安来。”

校尉一听，更加认真了，歪着头一面想一面像自语又像询问般说道：“从京师长安来……经过凉州，还在那儿说过法……”

玄奘既见校尉变了脸色，又将事儿说得如此清楚、具体，知道自己已经成了落网之鱼，瞒不了，跑不掉，于是也就不再有任何顾忌、遮掩，俨然一副豁出去的样子，回道：“正是。”

“那你就是玄奘法师无疑啦！”校尉这回不再是猜测，而是很肯定地说道。

因为已经心无所惧，玄奘更加堂堂正正地回道：“正是。”

“不是说被勒令回京了？”校尉质疑道。

“是回去了，但后来又掉转头了。”玄奘既说了实话，又没有泄露慧威长老在此中的作用。

校尉听后，不觉沉吟起来，良久，说道：“果真如此，那就真的让王祥我为难了。放你行吧，朝廷有专令禁止出关，违犯不得；不放你吧，我王祥家里也供着佛菩萨，懂得扬善止恶的道理，实在不忍看着你遭难受挫，半途而废。此外呢，王祥还想不通，佛法不是早就传到了关内吗，怎么还要再劳法师远行？”

玄奘见校尉态度有所缓和，似乎又看到了一点希望之光。虽然，他所提的问题大了些，并非三言两语可以说得清楚，但承其所问而答之，则不失为一个申述愿景、决心的好机会，所以，略整思路，便拣主要的说了几条理由。

校尉听罢，不免为玄奘的虔诚信念、认真态度和精进精神所感动，又想着要坦白承认这攸关进退的大事，也得有些胆量才成，所以原本的疑虑自然也就消释了，随口夸奖了几句，但接着却劝道：“西去之路既遥远又艰险，仅凭单身匹马，王祥敢料法师纵然不客死他乡，也必不能终达。与其将来进退不得时再追悔，不如现在醒悟、止步为好。再者，还得回到老问题上：王祥手上早就收到凉州李都督的捉拿文书，如果放了你，王祥就要犯失职罪，丢官无妨，弄不好，小命都难保呢！”

玄奘看着校尉犯愁，自己也随之焦虑起来。

校尉不停地用手挠脑门，良久不得要领。又过了片刻，这才做了个破釜沉舟般的手势，说道：“这样吧，就念法师对佛法的一片虔诚，王祥今儿也自个儿做一次主，也来一次‘为法忘躯’，既不问法师有何过错，也不让法师失节失法。”

玄奘听校尉如此说，高兴不已，赶忙合掌道：“谢谢，谢谢！施主之恩，玄奘将没齿难忘……”

“法师先别忙着谢，王祥还没有说完呢。”校尉打断玄奘的话，“想必法师也知道，敝邑敦煌有个莫高窟，不知从什么时候开始，连年累月不停地雕造了许多洞窟、石像，也算得上一处佛教圣地了。王祥认得那里的一位法师，无讳，俗名张皎，肚里可撑船，尊道重德，赏识人才，见法师道貌岸然，必然喜欢不已。王祥有心请法师回到那里，也足够你一辈子大显身手的了。”

“校尉是说要送贫僧回敦煌?”玄奘见校尉转了方向，顿时又惊慌起来，急问道。

校尉对自己的建议颇为得意，肯定地点点头。

但是，玄奘更急了：“不不不，施主的这番美意，贫僧说什么也不能接受。东都洛阳乃玄奘桑梓之地，从小敬佛慕道，既长，又四出游学，两京知法之匠，吴蜀一艺之僧，无不负笈从之，穷其所解；释义诠理，质疑答难，也曾谬充法席，忝为时宗。如果仅仅是为了成就一己之名声，那两地都不比敦煌差。玄奘所以遗憾者，乃是东传经典未备，真义不明，这才无贪性命，不惮艰危，前往佛国寻而求之。施主既然与佛法结缘，敬信三宝，不仅不勉励勇往直前，反而劝退言还，这怎么算得是同厌尘牢、共树涅槃之因呢? 施主如果是想以劝退代替拘留，可以明说，是刑是罚，贫僧一任处置，但要我放弃先志，退缩回头，却万万不能。”

玄奘说完，便要脱衣就缚。

校尉王祥本来就是一个有善根性的人，眼见玄奘的信愿行如此坚执，又有这般的胆量和勇气，心里很是佩服，自然是惺惺惜惺惺了，急忙上前阻止并抚慰说：“弟子三生有幸，得与法师际会，敢不随喜，为增上缘? 眼下夜已深沉，又奔波了一日，且请法师简单吃些粗饭，趁早歇息了，明日让法师西去就是。”

玄奘听罢，初不相信，以为不过是变着法儿拘囚罢了。后经校尉一再表白，心情才算安稳下来。用过饭，又亲自给老马添了水，加了料，摸了摸牠的额头，算是道晚安，然后才去睡了。

第二天，校尉王祥特地起了个大早，给玄奘端来洗脸水，又陪着一起吃早饭。在此同时，还吩咐厨卒和马夫准备了足够的面饼，给皮袋灌满水。饭毕，又亲自检查了一遍布置下的事，那份细心、周详，全是为让玄奘放心上路，旅途顺利。

准备停当之后，王祥便亲自执鞭牵马，相送达十余里，这才执手告别说："法师不须绕路经过第二、第三烽，只是自此朝北偏西走，即可到达第四烽，那里当家的正好是弟子的宗亲堂兄，叫王伯陇，也是校尉，一样的善心人，只要递上一个面饼，他就会知道你从哪里来，余下的事，法师就不用操心了。"

玄奘告别王祥后，按其所指示的方向往前走，一路下来，的确顺当。看到第四烽的时候，和头天看到第一烽的时间差不多，只是没有停下来休息候天黑罢了。因为有了王祥的话垫底，所以走起路来也就无忧无虑。快要到达烽燧的时候，老马突然加快了脚步，玄奘尽管用力收紧缰绳，还是未能减缓牠的速度。玄奘以为又要发生什么意外，急忙放眼四望，结果却不期然地发现数十步开外处竟然有一汪泉水，在阳光照耀下，水面正闪闪发光呢！老马眼尖鼻尖，早就闻气见影了。

玄奘明白了老马的意思，便索性放开缰绳，自己也快步走到池边，挽起袖子准备洗把脸。可就在弯腰的当儿，一支冷箭飒然有声飞来，戳地半尺，与脚板儿只有一掌宽的距离。玄奘本能地往后倒跳了两步，紧接着，又听到了从烽上传来的喊声："谁胆敢擅取戍防之水？"

这回，玄奘因为有王祥的话垫底，心里已经不慌。他从容镇定地大声回道:“壮士且手下留情,我是从京城长安来的和尚,要找王伯陇校尉呢。”

戍卒听说是找头儿的,便将玄奘放进烽来。

进烽后,没等主方启问,玄奘便先开口道:“贫僧欲借烽下之路前往天竺求法,是前面烽主王祥校尉相荐前来拜见的。”

就在这时,王伯陇快步来到跟前,听玄奘如此说,心里虽然有了数,但没有立即表现出欢迎的态度,只是盯着玄奘看,似在期待着什么。

玄奘不见对方开口,正纳闷间,身边的老马喷了一个响鼻,还回头用嘴碰了碰行囊。玄奘看在眼里,先是不以为然,寻而恍然笑了,立即伸手从食袋中取出一块面饼递给王伯陇,歉然道:“贫僧粗心,忘了王祥校尉的交代。”

王伯陇将饼掰作两半,咬了一小口,反复地咀嚼、细细地品味过后,这才把笑容堆到脸上,点头表示欢迎。

你道这饼中有什么玄关、奥秘?其实说来也很简单,就是除了一般饼中所常有的碱香、葱香、茴香味以外,还多了一种孜然香。这种孜然香的浓淡程度又只有敦煌王氏家族中王祥祖父辈以下的人才能配得恰到好处,让你吃嚼时觉得似有还无,余香满口,一辈子都记忆犹新。当然,王伯陇并未泄漏这个天机,玄奘自然也始终不明其中的奥妙。其他人呢,更是唯知其香、好吃,其余也都说不出个所以然来。

既然已经验明“正身”,玄奘受到怎样的礼遇也便都在不言中了。

玄奘好吃好睡了一个晚上之后,王伯陇在第二天送玄奘上路前特意叮咛说:“第五烽虽然离这里近,却是一段弯路,而且守烽戍官生性疏率,品行贪吝,为防不测,避之为宜。从此继续走沙碛,在距此百里左右的野马泉再添一次水，如果遇上好天气，一鼓作气连走三四天，即可到达伊吾城。”

正式分手时，王伯陇又警告说，“只是不可走岔了路，否则就生死难卜了。”

王伯陇最后的这句话，像刀刻一样，在玄奘心里留下了深深的印记。

莫贺延碛又叫流沙河，东列北山，西峙天山，地当两山之间数百里阔的大豁口。原来黄沙漫漫，铺天盖地，一年四季里，从漠北刮来的高原烈风，拥挤着通过豁口，由快马一变而为烈马，咆哮着，呼啸着朝西南方向狂奔而去。此时，黄沙卷地，随风飞扬，原来的浮沙流走了，后面的黄沙又拥了过来，后浪推前浪，滚滚滔滔，奔腾不息，叫它流沙河是再贴切不过的了。不少没有被浮沙覆盖的地面则赤裸着胸怀，一眼望去，全是暗色的砾石或卵石。这里，草不能偷生，树不能苟活，天上无飞鸟，地下无走兽，甚至连虫蚁之类也难得看到，几乎称得上是没有生命迹象的世界。

然而现在，玄奘却不得不孑然一身在这一望无边的死亡之地里穿行，其前途和命运，就不能不令人担心了。

开始的时候，玄奘本来是在前面牵着马走，但不知为什么，老马总是倔强地自行其是，不愿顺从他的牵制。他虽然几次想用手中的缰绳纠正牠的行为，但都毫无效果。到后来，老马干脆走到了前头，转被动为主动，让玄奘跟着自己走。

对于老马特立独行的举动，玄奘很自然地又想起了胡翁的话：马虽老些，但识得路。还说，随着他往返伊吾已有十来次了。兴许，牠现在就是凭着记忆走老路呢。果真如此，不就省了许多心事了！如此一想，玄奘索性将缰绳搭到老马背上，随了牠的便，自己只是紧跟其后，也自由自在了许多。

太阳越升越高，原来的那个红色的火球现在已烧成了炽白，外面还罩上一圈白中夹蓝的色晕。玄奘和马，头顶着烈日，一脚高一脚低，不胜其艰地向前移动着，因为是石头路，所以非常的耗费脚力。不过，光是热，光是难走，还不足使人却步，因为，所有这些，玄奘其实都预料到了，也历练过了，尽管与现实相差大了些，但至少是有过亲身的体验和感受。最让人恐怖的是戈壁滩中的孤独和寂寥。大白天里，地这么阔，天这么高，可是全然没有一点儿生气。人们往往将死亡与黑夜连在一起，其实呢，此时此地，但凡身临其境的人都会认为，即使是光天化日之下，又何尝不也是茫然无顾，睁眼不知所之呢？你看眼前的世界，哪有一点“活”的迹象？就连自己和马，其实与行尸走肉并无多大的差异。在广漠空旷而又无声无息的世界里，似乎什么都看得见又什么都看不见，什么都听得到又什么都听不到。由于这独特环境的作用，玄奘的脑海里不由自主地产生一种幻觉：自己变得越来越渺小，起先是戈壁中的一块碎石，而后是一粒沙子，空间越来越大，身子却越来越小，以至于最后失去自我……突然，玄奘念了一声“南无观世音菩萨”，然后像是要从什么重物挤压下挣脱出来一般，喘着粗气，冒着大汗，在此同时，还觉得天和地都变成了一个大转轮，飞快地旋转着，迸发出无数的金花银花。

恍惚中，玄奘趔趄了几步，好容易才稳住了脚跟。也正因为这一趔趄，他才清醒了，神清了，知道自己刚才差点儿要晕倒。他揉了揉眼睛，再抬头望着天空，天空空荡荡的，什么都没有了，浩瀚的天宇蓝得发黑，深邃得犹如一个倒了个的无底洞。

眼前的“一无所有”，不免使玄奘大失所望，但值得庆幸的是，他还清楚地记得刚才由于惊恐而发出的那声称名念诵。这很使他惊喜，因为在以往的生活经历中，他曾经用连续不断称名念诵观世音菩萨尊号的办法，一脚一脚地丈量完从巴蜀到荆吴、到赵魏的游学之路。依靠念诵，熬过了饥寒，熬过了劳乏，熬过了孤独，熬过了枯燥。这两天来，由于一直在提防着官府和戍卒的追截，一味地埋头走路，缄口贯了，竟至于完全忘了一个释子的日常功夫。想到这里，玄奘的嘴角上又挂上了微笑，笑自己的健忘，笑自己差点儿连降龙伏虎的武器都丢了。当然，这一笑，也疏通了被堵塞的心路，振奋了精神。他从颈上取下佛珠，拿在手上，一面走，一面掐珠念诵观世音菩萨名号。由于整个的心都用到了念诵上，身口意契合，也就是脚步、诵念、意念协调了，所以，再也没有觉出步履的沉重，不仅如此，连沙漠、戈壁都没有了，天也不高了，地也不阔了，路途也不那么遥远了。

太阳爬高上低地劳累了一天，现在又要回去休息了。玄奘与老马跋涉了一整天，也累了，但他们无村可进，无店可住，不用说，只好以戈壁为床、天宇作帐了。

很不凑巧，玄奘这时正走在一处乱石滩中，好不容易才找到一小块可以勉强容身的所谓平地，停下来，权当宿营地。

玄奘在附近的一块大石头上坐下来，打算歇息一下，喘过气来之后再卸下行囊，安排吃睡事宜。人坐定了，心却没有静，他回顾一天下来的行程，屈指一算，大约已经超过百里。这个成绩，着实让他好好高兴了一阵子。然而，高兴过后，另一个问题又浮上了脑海：王伯陇校尉不是说过，从第四烽出去百里左右有野马泉吗？如今走了百里，一路上并无清泉的踪影呀，是泉水干涸了，还是迷失方向走错了路？

自然，玄奘无法作出准确的判断。退一步而言，即使作出了判断，那又怎么样，它能改变眼前并无野马泉的现实吗？既然不能改变,那问题就严重了,不仅是严重,简直糟糕透顶了:从第四烽启程后,为了让人、马都有足够的体力、精神,保证行进的速度,已经多次饮、喝,所以,水也就剩半袋子了,如今没有找到野马泉,添不上水,以后喝的就没法保证了。前面的路还很远,即使快马加鞭,也还得三四天的时间才能走完,一旦断了水,能走出这沙碛吗?

玄奘原来的盘算是:等到达野马泉,人、马喝足饮够,添满水袋,后面的路程就不用再发愁了。可现在,算盘掉珠子,没法计算了,拟好的计划落空了,不能不让人发愁、焦急呀!

问题真的把玄奘难住了。他站起来引颈往北望了望,又回头打量了一眼马背上的水袋,虽然没有完全失望,却也无法再舒展眉头,想了片刻,这才很不情愿地做出了一个决定:为了走出这死亡之路,无计之计,只有在嗓子眼儿上找出路,忍渴节水了。

主意既定,玄奘立即付诸行动,将一天中最后应喝的一次水取消了。

然而,当他的目光落在老马身上时,决心却动摇了。他首先想到的是:老马这么大的一把年纪了,还得背负着沉重的包袱,在这么酷热的天气里,在这么难走的路上,跋涉,出力,流汗,还得在极端疲敝的状态下,去忍受谁都不愿意忍受、也难以忍受的饥渴,无论是谁面对牠,能不心生怜悯,能不有刀割之痛?痛楚之甚,他开始后悔、自责了:如果所驱使、所面对的是自己在市场上选定的那匹三岁牡马,也许会心安一些,因为牠还年轻,还身强体壮,风华正茂;可不幸的是,那胡翁却执意要将牠换走,当初要是再坚持坚持己见,拒绝他的建言,岂不就没了今天这档让人难过的事儿了?所以呀,追根究底,还是自己连累了牠。最后,他甚至将老马与人这个万物之灵联系起来,将牠看成了一位儿孙满堂的老祖宗、老奶奶。对于这样一位长者、尊者,不要说驱使了,即便是她自愿,她要强,主动从事繁重的作务,看在眼里却又不加劝止,甚至饥不供食、渴不给饮,那不同样脱不了虐老罪吗?

检讨和自我批判的结果,是感情战胜了理性,玄奘终于修改了决定:在夜幕落下之前,再给老马饮一次水。至于自己,那就对不起了,因为,从决定西行的那天开始,"自讨苦吃"的命运就注定了,再苦再累,既不怨天,也不尤人,一切都是自己选择的,自己决定的,自己乐意的,既然如此,按照后果自负的原则,再苦再累也只好忍受了。何况,条件所限,无奈、不得已呀!

水袋绑在马背上,经过一天的颠簸摇晃,绳索结子越拉越紧,因为太高,不便卸解。玄奘于是把马牵到一块大石头旁,先把肩上的香袋取下放到地上,然后站到石头上去解结子,虽然顺手了一些,可用了不少工夫,还是解不开,用牙咬了一阵,也只是松了点儿。这时,劳累加上心急、使劲,玄奘已累得气喘吁吁,连腿都软了,很想坐下来休息休息再解。可一看天已抹黑,便不敢再怠慢,心态如何,自然也就可想而知了。

又紧张了一阵,绳结终于解开了,玄奘如释重负地舒了一口长气,同时抽出手来,抹了一把满头的汗。没承想,就在松手的当下,意外发生了:水袋子猝不及防地滑了下来,先碰上石头,然后才滚到地上。

玄奘见状,立即从石头上跳下来,打算把水袋安放到稳妥之处。不想伸手提时,只见水正在很快地往外冒,于是赶紧伸手将那漏水的口子死死捏住,但是晚了,水差不多流光了。再看地面,地面是湿的,香袋也是湿的。检查时才发现,所谓漏水的口子,原来就是袋口,大概是在解绳结时,不小心连带松动了系袋口的绳子,水袋触地时,压力增大,袋口便一下子被冲开了……

这真是,屋漏又逢连阴雨,糟糕透了。不过,玄奘这时还顾不上懊恼，他深知事情的严重性，此时此地，水比金子还宝贵，水就是生命，水就是前途，水就是他玄奘今生今世的一切，无论如何，他要想尽一切办法多保留一些水，哪怕是一滴。他小心翼翼地将水袋检查了一遍又一遍，然后将香袋及里面的三衣什物一一过了目，凡是湿的，他都就着钵盂使劲地拧了又拧，还不错，先接了一钵盂倒进了水袋，继又拧出半钵盂，这次，他没有往水袋里倒，而是送到了老马嘴边。但是，老马没有饮，只甩了甩脖子，便把头扭到了一边。

玄奘看在眼里，心里再也无法平静下去：真没想到，老马竟然如此通达人性，也知道患难与共、同度时艰的道理！

激动中，玄奘怀着既爱且敬的深情亲了亲马额，两行热泪禁不住夺眶而出，扑簌扑簌地掉到钵盂之中。

第十七回

黑沙肆虐难卜死生　老马识途漫说忧喜

玄奘捧着最后拧出来的半钵盂水，呆滞地站在黑夜里。不知经过了多少时间，也许是由于滴水未沾、粒食未进，也许是夜风吹透了单衣，也许是二者兼而有之，饥寒的身子骤然瑟缩了一下，随之脑子也终于完全清醒过来。他将半钵盂水倒进水袋后，便开始收拾香袋及散乱什物。开始，他打算将三衣抖开铺在石头上晾干，可才要动手却又改变了主意，既没抖开，更未铺到石头上，而是将水袋拦腰绑紧，下部盛那点抢救出来的水，空出的大半则用来装湿衣，然后，再把袋口系紧，还打了个死结。一切收拾停当后，才解开行囊，和衣躺了下来。

可是，玄奘头枕石头，翻来覆去的就是合不上眼。为什么？因为脑子里总在打架。他先是这样想：返回第四烽补水，然后再继续向前进发。原因是明摆着：所带的水本来就不足全程之用，野马泉没找到，添水计划落了空，现在水又撒了，等于雪上加霜，再往前走，前景之不堪，可想而知。但是，这个想法很快就被否定了：如果回去补水再走，如此一来，一方面要耽误时间，另一方面则难保其间不横生枝节。万一生出茬儿，不能继续西行，那就真是咎由自取，怨不得天怨不得地了。回头既然不妥，于是便自我鼓励道：俗不谓，天无绝人之路吗，绝者自绝也。不是有许多事实证明过，成功、胜利往往都是坚持、忍耐的结果吗，今天没找到野马泉，说不定明天就能找到呢！即使还是没找到野马泉，说不定又会遇上行商或别的救星呢！既然灾难、不幸随时都可能发生，那么，好事、奇迹，为什么就不能不期而遇？

最终，玄奘打消了退转的念头，并就后面的行程作了个大致设计：趁还没有到达人疲马乏的时候，多走几程，即使不能走出沙碛，也要走出沙碛的中心地带，越接近沙碛边沿，发现泉眼、碰上行人的机会就会多些，得救的机会也就会大些。

计划定了，心也静了，玄奘这才闭起眼睛养了一会儿神。

当东方天际处泛起鱼肚白的时候，玄奘给老马喂了两个麦饼，自己也吃了半块，之后便大贾三军之勇，出发了。

老马虽然未喝水，但进了食，加之休息了一晚，体力有所恢复，所以，走起路来也神气、轻松了。

为了尽最大的可能省下气力，玄奘把佛珠重新戴在颈上，让双手多一点儿自由。在念诵观音名号时，又将口念改为意念，不左顾，不右盼，不瞻前，不顾后，一心用在两脚上，两耳不闻步履风。一天下来，仅仅是趁进食、饮水时歇了那么一会儿，其余的时间，绝对是一分一秒都用到了走路上。

这一天，过得还算顺利。

次日一大早，为了趁天气凉爽多赶些路，没吃没喝便上路了，一直行到日中时，才停了步。

几日来，每当进食时，玄奘都是先取出面饼，然后再用钵盂接水，人、马同钵，马先人后，从来如此。可今天，取出麦饼后，手里提着水袋犹豫了一阵子，最后才倒了小半钵，当然也是先给了老马，不同的是，这次是只有先没了后，老马饮毕，他便把钵盂收了起来，自己不仅滴水未沾，就连那半块干透了的麦饼，也是在重新上路时，才一面走一面嚼的。

由于长时间没饮水，又只强咽了半块饼，显然地，在接下来的行程里，玄奘的体力就差了许多。

按常理，人在静态的状况下，一两天不喝水并无大碍；可在动态的状况下，尤其是在这戈壁大漠中冒着酷热行走，那情形就完全不一样了。看似身上没有汗，其实是汗一出来就很快蒸发了。当地人在这样的地方行走时，都要穿着长衫，甚至是长袍，为的就是防止汗的蒸发。由此看来，玄奘现在虚耗成这个样子，也就不足为怪了。好在，他精神还好，只是脚步迈得小了些，速度慢了些。但结果仍是可喜的，这一天也终于挨了过去。

晚上，玄奘躺着仰望天上的星星想：莫非老天爷真的在专门为难我玄奘，又两天过去了，还是见不着野马泉；行旅之人呢，也连个影儿都没有。就这么巧，偏偏在我玄奘过这莫贺延的时候，大家都不出门了，都歇脚了，或者，都避开我从别的路过去了？

其实，玄奘也知道，事情并非真的像自己所猜的那样。这两天的经历，不过是证明了这样一个道理：世间的事，并非一切都是心想事成。喜从天降、喜出望外的事，有，但不是人人都能碰到，也不是随时随地都可碰到。明白了这个道理，玄奘心里便少了些烦躁，平静了许多，安稳了许多，眼皮也就慢慢地合上了。

第三天，天未亮，玄奘早早就醒了。开始只是觉得肚皮贴着肚皮，饿极了；嘴唇很干，用舌头舔舔，生痛生痛的，显然是干裂了。由己及彼，自然也想到了老马。于是，他立即取来饼，将两块掰碎了放到老马嘴前，自己也拿了一块准备啃，还未放进口，却见老马嘴里不停地掉饼渣子，几乎一半儿没进肚。看着不忍，玄奘又取来水袋，在倒水之前，先晃了晃，已经听不到响声，显然，水真的是要告罄了！但是，他最后还是狠了狠心，把所剩的水全部倒了出来，很可怜，连半钵盂都不到。老马这回没客气，一卷舌头就光了。

不用说，玄奘这次又没喝上水，其实也已经没有水供他喝，只能将从水袋里掏出来的那疙瘩湿衣捧到鼻子、嘴边，又是吸又是舔的，清了清鼻子，润了润嘴唇，之后，才勉强地咽了几口饼。

这一天，走得比前一天又艰难了许多；但很幸运，人、马仍安然无恙。只是，在对往后形势进行评估时，玄奘已经多了几分担心。

第四天，天亮后，玄奘和往日一样，想起来收拾行囊准备开拔。可是，才要坐起来，却觉得虚弱无力，身子不听使唤。挣扎着站起来时，头晕之外，眼前还直冒金花，差点儿没摔倒。好不容易收拾停当了，要起行了，抬头放眼前方，一看到那漫无边际的戈壁，心里顿时就慌了起来，两条腿也禁不住发软、打战，肌肉收得紧紧的，还酸痛。玄奘知道，这是饿的缘故。无奈，只好又从水袋里取出那疙瘩湿衣，分开来，人、马各一份，当然也是为了利用那点点水气，清鼻子，润嘴唇。不管怎么说，总算是起了些作用，人、马都强咽了几口饼。最后，终于起步上路了。

行进中，玄奘真真切切地体会到，老马的吃苦耐劳，比起自己来，确是又远胜一筹：论个子，是牠大，论耗力，是牠多，但几天赛下来，牠都一直处于领先地位，能不佩服！不仅是佩服，还不得不当成靠山呢，比如今天，他就不得不把牠当成另一根拐杖，右手拄棍子，左手抓着牠背上的行囊，亦步亦趋，一刻都未松手。

中午，正是太阳最威风的时段，它像火一样烘烤着空气，煎煮着戈壁卵石和黄沙。这样的酷热，常人都难以忍受，就更不用说几天里没喝水、进不了食的人了。玄奘觉得肚子就像一只炉子，喉咙犹如一根烟囱，火直往上冒，干得想咳，可又咳不出来，搅动舌头，半天也出不来一点口水。他越来越觉得，渴比起饿，威胁性要大多了。可是，水袋彻底的空了，那疙瘩湿衣也干得差不多了，眼前除了茫茫戈壁黄沙，什么都没有，水又从哪来？

玄奘面对现实，既无奈，又无办法，深知面前的困难已经不是仅靠意志所能解决的了。也正因为如此，饥渴交加之外，又多了一份心事，多了一份焦急，心力交瘁的后果是，玄奘终于支撑不住，瘫倒在地上，睁着无神的眼睛，喘着粗气，借以证明他还一息尚存。

老马见状，也站住不走了，还甩了两下尾巴，表示同情和无奈。

恍惚间，玄奘耳里突然听到一阵低低的、滚地而来的呼呼声。起先，他以为是自己昏眩所造成的耳鸣，于是定了定神，又用手搓了搓耳朵，再听之，呼呼声不仅没有消失，反而渐渐变大，犹如闷雷，隆隆作响。继而，他又以为是地动，试着感觉了一下，也不像。正在莫明所以的时候，却见一排滔天浊浪正从西边天脚处翻滚着，腾跃着，铺天盖地地压过来，排山倒海，势不可当。

开始，玄奘被这有生以来见所未见的恐怖景象惊呆了，但危难面前求生的本能和欲望很快唤醒了他所有的神经，脑筋也立即开动起来，心想：这戈壁大漠滴水全无，肯定不是什么滔天巨浪；既然没有滔天巨浪，那末，那灰蒙蒙、黑沉沉的东西又是什么？莫非…莫非…正迟疑时，一阵狂飙骤然袭来，浓重的土腥味呛得人一时喘不过气。还没来得及，或者说还不晓得用什么词儿来给眼前的怪现象正名、定义呢，那不似巨浪而胜过巨浪的怪物已经扑到眼前，一看，更加吓人了：它的确不是什么滔天巨浪，而是一堵墙，一堵无比高大、无比厚重的墙，背后好像有一股巨大力量在推动似的，正向自己和老马这边轰然倒下，压过来，既来不及逃走，也无处可以躲避。这时，玄奘不知是从哪里来的力量，他猛地从地上一跃而起，解开行囊，掏出那件为冬天准备的长棉袍，很快地套到身上。就在此时，老马不知是出于经验还是求生的本能使然，已经卧倒在地上，并且将鼻子、嘴埋在前腿的胯间。玄奘见状，受到启发，随即靠过去贴着牠坐下，用棉袍的一半将马头盖住、掖紧。就这样，“人马同袭”，默默无言，相互依偎，生死与共，抵御这不期而至的灾难横祸。

狂飙裹胁着尘沙压过来后，整个光明世界瞬间变成了幽冥洞府，天昏地暗，一如黑夜，什么都看不见，一切都消失了，就连眼前的老马也只能用触摸感觉到牠的存在。

狂飙从耳边飞快地蹿过，持续不断地发出稀奇古怪的响声，像鬼哭，又像狼嗥，远远近近，高高低低，一片哭天抢地的哀鸣。

被狂飙卷起的沙粒，犹如瓢泼的大雨夹着冰雹，从横里直扫过来，打在身上、头上，虽然有棉袍隔着、挡着，还是觉得疼痛难忍。

风的速度很快、很急，尽管蒙着棉袍，对气流起到了一种缓冲的作用，但仍然能强烈地感到空气像是被抽空了似的，令人难以呼吸。沙尘无孔不入，简单的一件棉袍，怎么可能盖得严实，所以嘴里、鼻里呛沙就是必然的了，而且，由于风猛、风燥，又夹着尘土，这呛呀，几乎可以使人窒息，回不过气。

如此昏天黑地、狂飙肆虐、鬼哭狼嚎的情景，不知持续了几个时辰。此间，玄奘与老马，一直紧紧地依偎着，一动不动，默默地忍受着，抗争着，等待着……

终于，就像变魔术似的，前一刻还是狂飙怒号、骇浪滔天的世界，刹那间却寂静了下来。

虽然如此，玄奘还是不敢贸然动弹，他耐着性子又等了一阵，还是死寂死寂的，听不见一点儿动静，这才小心翼翼地掀起棉袍的一角，往外瞧了一眼。

确实，狂飙没有了，坍塌的大墙也未留下一点儿残砖碎块，整个戈壁，甚至整个阎浮世界，平静得就像睡熟了一样，静谧，安详。眼光到处，平沙漠漠，犹如天神铺就的一幅与天同大、与地同宽的黄金缎子，虽然高低起伏，但却没有一丝一毫褶皱的痕迹，那未被流沙完全掩埋、仍然裸露的砾石、卵石，就像锦缎上的印花。唯有一时还难以消散的浓重土腥味，可以证明这里刚刚发生过一场空前劫难。

也许是侥幸，也许是智慧和耐力在起作用，玄奘再次度过了生死难关。而老马呢，仍然卧在身边，同样平安无事，眼睛睁得大大的，闪着光芒。

大难不死，这让玄奘欣喜之极，激动不已，正要拥抱老马庆贺时，不料又发生了意外：手还未搭到马脖呢，人先没了知觉。

这个意外其实并非真正的意外，须知，玄奘刚刚经历过长时间的紧张、恐惧，现在又突然地亢奋、狂喜，情绪一百八十度的转变，不仅反差太大，而且很快很突然，再加上饥渴交迫，虚弱之极，发生此类不虞之事就实属自然、必然了。

当玄奘再次睁开眼睛时，所看见的，竟然又是一片黑暗，于是误以为狂虐的黑风又来了，心里呢，也随之惊恐起来。但倾耳谛听之，却没有一点儿声音，周围万籁俱寂，静得能听见自己的心跳声。这才意识到，是黑夜降临了。也是到了这时，他才明白，自己已经昏睡了几个时辰。

他为自己还能再次复苏、清醒，感到十分的庆幸，动了动嘴唇，轻轻地念了一声“阿弥陀佛”。

不过，玄奘很快又回到了现实。他深知，现在面临的形势非常严酷，但却很单纯，而严酷与单纯全系于一个字：水。几天滴水不沾了，再继续下去，命将不保，求法取经的愿景也就免谈了。说得更白些，就是有水就有生路，无水就是死路一条。他深知，老马长卧不起，这可不一定是什么好事，或许就是因为饥渴，连站起来的气力都没有了。而自己呢，与老马相比，或许更糟，不仅头发昏，身发冷，齿打战，连坐着都感到不稳当，更不要说站起、走路了。“可是难道就这样等死吗?”玄奘在心里这样问自己。从主观愿望上说，答案自然是否定的，但从实际情况考虑，则不能不打几个问号：不等死又能怎么样？虽然，天很大，就在头顶上，地很宽，就在脚底下，可你能叫得天答应吗？能叫得地显灵吗？谁来帮助解决这救命水问题？面对这几个问号，玄奘的情绪很低，一脸的无奈和无助。

就在玄奘极度丧气的时候，脑子里却连续闪现出如此这般的画面：

京师大庄严寺定心院卧室里，玄奘正在全神贯注地盯着桌上的两枚半红半青鲜果和一本《佛国记》；

慧因长老的丈室内，各寺名宿、法匠正在聚会，纷纷对玄奘表示厚望重托；

京师西郊圣女泉观音禅院门前，道友法山正在抚松道别；

河西凉州护国寺里，慧威老和尚正在为玄奘用心安排行程；

乡间偏僻小径上，道整、慧琳两个年轻和尚正伴送自己前往瓜州；

瓜州城郊小渠旁，捕吏李昌正将一纸文书撕碎扔进溪流；

……

玄奘终归是一个有修养的惭愧僧，自律性强，知道反省、悔过。他很快就悟出来，这些画面，实际上是内心潜意识的幻化，本意首先在于鼓励和鞭策自己，无论处境多么困难，都不能忘记自己的誓言和理想，也不能忘记导师、道友的支持与期望；其次在于对自己发出提示和警告：消极、悲观、丧气的心态与情绪是危险的、要不得的，刹那之阴妄可以毁掉一念成就之本觉灵智自性，也就是说，如果让刹那妄念存在和发展，就会瓦解人的意志，消弭人的斗志，意志斗志没有了，本觉灵智也就丧失了，再也不能圆修了。所以，刹那妄念与走回头路，与退转并没有什么不同，本质上都是放弃、舍弃，所以，刹那妄念同样可以毁掉理想、毁掉前途。

这样一想，玄奘清醒了，知错了，惭愧了，同时也振奋、焕发了精神。由于连昏带睡了很长时间，现在再也没有睡意，便打算强迫自己站起来，借此活动活动筋骨，以便天一明就上路。可是，几次试下来，都没能成功，一是实在没有力气，二是双腿一动就又酸又痛。当然，他没有就此停住，他想借助棍子，也就是那根拐杖，再做一次尝试，结果，成功了，虽然是颤颤巍巍的。然而，才站了不一会儿，还没有来得及移动一步，便又不得不颓然坐到地上。

不过，这回他没有再叹气，而是自己安慰自己说："腿痛，站不稳，也许正是休息时间过长的缘故，这正说明活动的必要，心急吃不了热豆腐，得慢慢来才是。"

于是，玄奘正了正身，开始念观音名号，祈求菩萨的加持，为自己加油、鼓劲。

大约过了一顿饭工夫，玄奘又开始尝试。这一次，不仅站起来了，还移动了几步。遗憾的是，之后又动弹不得了。没办法，只好又坐了下来。他一面喘气，一面想："就这样子，后面的路还怎么走？再有意志，没有力气还是不行呀！"

显然，心一急，情绪又波动了，不仅是因为缺力气而生气、泄气，甚至还对观音菩萨隐约表示出一丝怨气："玄奘此行既不求财，也不求利，更不求扬名当世、后代，一心唯在求取无上正法而已。菩萨向来慈悲为怀，怜悯众生，以救苦救难为务，玄奘现如今孤身只影，深陷戈壁大漠，断水多日，离阎王殿大门就只差一步了，菩萨难道还未看见，还不知道吗?”

由于屡试不顺，心里不爽，加上体力虚耗，玄奘于是又躺下了。

迷迷糊糊中，玄奘忽然听见神人自空中发话道:“为何不强行?如此躺着就能求得真经、证得菩提了? 释尊说，修行要精进，贵国先贤也说，一息尚存，此志不容少懈。还说，鞠躬尽瘁，死而后已。为法忘躯，岂能只是一句空话!”

神人的话，声音不高，态度也不失温厚，但玄奘听后所受到的震撼，却不啻五雷轰顶。他不敢再躺着，立即挣扎着坐起来，也许是意志又产生了作用，果然如愿了。接着，他又开始收拾行囊。

老马像是知道玄奘将要启程似的，也跃然站了起来。玄奘看在眼里，不仅高兴，还十分吃惊，怀疑老马是不是也听到了神人的警诫。

也许是刚才忙乎了一阵，当要迈步出发的时候，玄奘又感到了极度的虚弱无力。不过，他这次没有丧气，而是在想办法调动积极因素。最后，不期然地又想起了那些湿衣裳。可伸手往水袋里掏时，却发觉里面空空如也，一想，才恍然记起，因为衣裳已经干透，重新装到香袋里去了。

失望之余，像是心有不甘似的，玄奘又重新将手伸进水袋搅了搅，摸了摸。不想这一搅一摸却有了新的发现:水袋内壁还是潮潮的，其底部更是如此。

不难想象，玄奘此刻是如何的高兴了，因为这一发现实在太重要了。

立即，玄奘将整个脸庞埋进水袋口，贪婪地做了几次深呼吸，果然有效，口鼻爽了一些，精神也好了一些。随即，他又将水袋套到老马的嘴上，老马顿时兴奋起来，两只前蹄还在地上蹭了几下。

现在，在玄奘眼里，水袋已经成了一根救命稻草。他将它从马嘴上取下来之后，立即扎紧袋口，又揉作一团，塞进香袋。

就在这时，一阵夜风从身边掠过，有点凉，玄奘禁不住打了个寒噤。老马呢，迎着风，扬起头，抖了抖鬃毛，跃跃然显出急着要走的样子。玄奘遂了牠的愿，一手拄拐，一手搭在马背上，摸黑上路了。

天黑，看不见路，但感觉得出，好像走的是下坡路，尽管倾斜度不很明显，但走起来还是稍稍省了一些气力，玄奘觉得很庆幸，因为，这样的路，无论对自己，对老马，都是有利的。不过，他随即又警告自己不要为此而高兴过头了，要知道，终归是几天滴水未进了，现在之所以还能拖动双腿蹒跚前行，那是多亏了天神的督促，还有水袋的那点儿潮气，或者，还有那一阵清凉夜风的刺激。至于意志、信仰，当然很重要，在大多数场合，它是决定成败的关键，但在特殊的情况下，光有意志、信仰也不足以挽狂澜于既倒，譬如一个战士，既没了刀枪子弹，又陷入了重围，要期望凯旋是不可能的。他此时唯一能争取的只有精神的永生而已。

事实证明，由于身体条件的限制，在接下来的路上，玄奘走得很慢，一步一咬牙，一步一喘气，跌跌撞撞，走走停停，熬了几个时辰，约略估计，总共也不过前进了十余里。这期间，那水袋的作用，实在不可小觑，虽然只是一丝儿潮气，却比平时的一袋水还管用。自然，老马的功劳也不小，牠的精神、体力要稍胜于玄奘。一路上，牠不时地甩脑袋，走几步就回头看一眼玄奘。看得出，牠有些不耐烦，像是嫌玄奘走得慢。每当牠伸长脖子、向前方扬头喷鼻时，接下来总要快走几步，只是因为受着玄奘的牵制，才又慢下来。

尽管老马很体谅、照顾玄奘，但是，他最终还是顶不住了，不得不坐下来休息了好长一段时间。开始，老马很不情愿，老是想挣脱缰绳往前走，但都被玄奘拉住了。后来，牠真的急了，望望前方，又拨拨蹄子，终于挣脱绳子，自个儿走了。

这时，天已大亮，玄奘放眼望去，忽然觉得老马方向错了，本来是要朝北偏西走的，可牠却是偏东去了。不仅如此，还放着偏西平坦的路子不走，而偏偏要过那偏东的那道碛梁。碛梁虽然不高，却非得爬坡不可，岂不是自找罪受！但是，没办法，他既无力追上，更不可能纠正了。

玄奘生怕老马走失了，所以，顾不得许多，只好豁出命跟了过去。他拖着双腿，一脚一脚地往前挪，同时嘴里还在念叨着什么，声音虽低，又断断续续的，但还听得清楚，意思是："为者常成，行者常至。"很清楚，这是在用圣哲的话为自己鼓劲。

玄奘费了九牛二虎之力才爬上那碛梁，因为太累，站稳后只顾叉腰捂肚一味喘气。待到气平神回再向前方放目时，这才发现：从碛梁往下里许处，竟然有一片青绿色。

玄奘简直不敢相信眼前的一切，以为自己又在昏睡做梦，于是不由自主地揉了揉双眼，再定睛审视了一番，这才判定：那不是什么梦境，而是真真实实的存在，那一小片绿茵千真万确地就是久违了的青草，紧挨那片草地，还有一方小小的、湛蓝湛蓝的池子。

可以想象，玄奘此时此刻的心情，何止是兴高采烈、欣喜若狂！要知道，如今展现在眼前的可是一片起死回生的仙草，一汪救命还魂的清泉啊！

不知是从哪里来的力量，玄奘站在碛梁上，笔挺笔挺的，很有顶天立地的味儿；一双眼睛重又闪着光芒，神往地盯着那片绿茵，那方清池。在他看来，青草摇曳，那是在向自己招手！清波潋滟，那是在向自己闲抛媚眼！

老马喝足了水，回首碛梁，看见玄奘已经站在那里，于是仰天长啸了几声，像是在为死里逃生而欢呼，又像是在热烈招呼曾经生死与共的朋友。

第十八回

高昌王执拗留法种　倔强僧绝食明心志

莫贺延大沙碛北沿、白山东段贪汗山南麓有一座边城，叫交河城。它的平面图犹如当地常见的一片石榴叶，不同之处仅在于，这片石榴叶被大大地放大了。它平放着，南北向，三维形象犹如一艘劈风砍浪、由高而低俯冲下来的艨艟巨舰。而实际上呢，它不过是一块经过自然力长期作用，切割、雕琢而成的高浮雕状硬黏土台地。台地的东西两边各有一条小河徜徉流过，至台地南端合而为一，最后南流入大漠深处。边城也就因了这个特点而得名“交河”，这两条小河也就成了它天然的护城河。从河面至台地的顶部，足足有十余丈之高，这堵高不可攀的悬崖峭壁从而又构成了边城的天然城墙壁垒。

这座城池共开三门，即南大门与东、西侧门。从南大门进去便是贯通南北、长约三里左右的中央大道，它是这片“石榴叶”的主脉；两旁的巷陌，不管拐多少个弯，最后都通于中央大道，就像石榴叶的主脉与分脉的关系一样。贯通东门、西门的横街与中央大道构成一个“T”字形，从而将整个城池划分为三个主要部分：中央大道以东是宫室、官署区，以西是作坊和民宅区，东西横街以北是佛教寺庙区。这座边城并不具备普遍意义上的建筑风格特点，也就是说，它的所有建筑物如王宫民居、层阁重楼、殿堂佛塔等，以及大街小巷，乃至防御工事，都不是用砖块或石头垒砌而成，而是挖地而造院落，掏洞而成室宅，明街暗道，大小相连，巷陌有序，长短互通。这种因地制宜的建筑法，如果不是举世无双，那也是世所罕见的。人类文明之光在西域这一隅焕出另类的光彩。

这座边城早在西汉武帝时就已经屹立于世，是西域三十六国车师前部的国都。西汉中央政府曾设立戊己校尉，专掌西域屯田事务，这一常设机构就落地在这里。大约在五胡崛起于中华之时，高昌国开始作为一个独立国家政权加入了西域争雄的角逐，而这里也就成了高昌国的都城。物换星移，春秋几度，在经历了阚伯周氏、张孟明氏、马儒氏的兴衰后，高昌国都城城头上飘扬的大王旗又换成了麹嘉氏，如今的座主就是其第四代子孙文泰其人。

显然，高昌城的历史是绵长而复杂的，在轮回般的兴衰荣辱、桑田沧海变化过程中，有过战争和动荡，有过痛苦与呻吟，当然也有过和平与安宁，有过高兴和欢乐，就像今夜一样，整个都城，所有的人，上自国王，下至臣民，无一不心情激动，兴奋不已，充满了期待和希望。他们在都城周边点燃了无数个又高又大的火把，给那片巨大的石榴叶镶上了一道闪烁发亮的金边。城内，自南城门开始，终于整条中央大道，两旁布列士卒，五步一岗，十步一哨，人人手擎灯炬，烛焰冲天，烟光交织，氤氲满空。烛光下，在临街的公屋私宅门口、窗间，以及通向中央大道的各个巷口，人群挤拥，摩肩接踵，交头接耳议论着，显示出几分神秘而又庆幸的神色，眼睛都不约而同地朝南门方向望去，一眨不眨，唯恐疏漏了些什么没能第一眼看到。

显然，他们正在以满腔热情等待、迎接一位即将光临的尊贵客人。

果然，大约四更时分，一王宫近侍扬鞭催马，风驰电掣般奔进城门，沿中央大街北上二百步左右，然后向东拐进王城广场，在宫门前停下，一扬手把缰绳抛给宫门侍卫，跳下马来，便飞跑着进了王宫。

却说麹文泰这位高昌王，近月来就不时听东来西去的商客人等说，有一位大唐京师僧人，在西来途中一路开坛说法，座无虚席，听众如堵。半月前，驻伊吾使者更是快马奏报，这位高僧已历经千难万险，九死一生，越过大漠沙碛，到达伊吾，如今就歇脚挂单于当地汉僧主持的一所寺庙里，暂作恢复将息，说是还要继续西行，到五天取经问道。高昌王本来就是一个虔诚的佛教徒，所以在得到奏报后，心中不免大喜，思贤若渴之愿顿生。为了能早日见识见识这位侃侃而谈的说法高手、视死如归的远征勇士，当天就筹组了以祠部侍郎为首的一班人马，要求他们赶快到伊吾城设专馆，迎邀其进住，又千叮咛万嘱咐，在服食起居等各个方面，一以丰盈充裕为准，无令稍缺，迨高僧恢复元气之后，立即延送至都。

此后，在十余日的等待中，高昌王无时不在引颈东望，连觉都睡不安稳。为了赶走睡意，当然也是为了保佑高僧一路平安，连日里手不释卷，竟然将有关地藏菩萨功德的《大方广十轮经》八卷念诵了数遍。不过，有道是，睡个安稳觉，胜过十餐饱。连续的焦灼熬夜和读经，即使是铁铸的人也要累垮。高昌王今儿个实在困乏难当，迷迷糊糊地竟然进入了梦乡。梦中，国王无论怎样地登高远眺，眼前尽是茫茫沙海，不要说人马踪迹，就连飞鸟的影儿都没有；不但如此，耳边还好像有人在说：不要劳神了，高僧已经绕路西去了……观此景，听此言，高昌王失望、沮丧极了。

一块石子震碎了一池清波，急促的脚步声结束了高昌王的梦境，才睁开眼就没好气地呵斥道："是谁在乱跑？"

话音才落，近侍已在御榻前伏地奏道："谨奏我王，特使快马回报，祠部侍郎偕同高僧将于鸡鸣时分到达。"

"什么到达不到达！人都过去了，走远了，还到达什么！"高昌王还没有完全从梦境中回到现实，没好气地呵斥道。

近侍一脸茫然，但还是坚持奏报："特使快马回报，祠部侍郎偕同大唐高僧将于鸡鸣时分到达。"

"你说什么？大唐高僧就要来到？"高昌王听完第二遍奏报，揉了揉睡眼，终于完全清醒过来，意识到自己刚才言语上的错讹，随即从御榻上一跃而起，问道，"现在什么时辰？"

"我王不用急，离鸡鸣还有半个时辰呢！"近侍猜准高昌王是在担心错过时间，赶忙回答道。

高昌王似乎没有听见，命曰："休要耽误了大事，赶快备驾出迎！"

城门外，迎候队伍中，以高昌王为首，其下如宰相、二公、左右卫、八部长史、五将军、八司马，各衙门的侍郎、校郎、主簿、从事、省事，以及众多侍从、宫人，等等，一无缺漏，真可谓是举国上下，倾巢出动了。

还未等这庞大的队伍整顿完毕，前面道路上又传来了嘚嘚的马蹄声。高昌王急了，顾不得许多，竟然撂下队伍自个儿先走了，大小官属及近侍见状，也慌忙拔腿簇拥跟上。

终于，主客相会了。高昌王在距离玄奘还有十来步的地方就下了马，快步迎上前去，并连连说道："有失远迎，有失远迎，我想这位一定是大唐国高僧玄奘法师了。"

玄奘见是国王本人亲自出城迎接，很是惊喜，噌地一下跳下马来，恭敬地合十作礼道："贫僧玄奘正是来自大唐。有劳大驾，不胜惶恐。"

高昌王与玄奘一见如故，上前牵了他的手就往回走，同时说："我与高僧有缘，略尽地主之宜，应该的，应该的。"

灯光、火把光把个边城的通衢大道照了个通明，国王与玄奘，一个着锦袍，一个披袈裟，并肩携手走在其中，亲爱弥笃，相互映衬，各人心里都觉得很是爽快。夹道人众为能有幸一睹大唐高僧的风采，亦无不欢欣鼓舞，赞叹不止。

最后，国王将玄奘引至宫廷后一座独院厅堂，复请其就座于一重阁宝帐中，然后叩首礼拜。

玄奘见状，不胜惶恐，急忙下座扶起，重新就座后，百般不解地问道："贫僧与大王素昧平生，不知今日为何要如此殊礼相待？"

高昌王整襟认真回道："高僧问得固有道理，但却不必因此而生疑。弟子之所以如此，自有其原因。一来呢，高昌小邦，地处沙海边荒，自古为马背戎狄所扰，先有匈奴之盘踞，与大汉争车师、伊吾，以制西域；后有蠕蠕、高车、敕勒、突厥相继侵凌，战事频仍，国无宁日，生灵涂炭，苦不堪言！我佛如来以众生深陷火宅，欲解其于倒悬，因此设教化导。弟子虽愚而犹知释教辅政之功，起早贪黑、宵衣旰食之外，并未忘记拜佛念经。数代以来，国人对佛法僧三宝一向敬信，极力护持，蔚成风气。高僧现时所在的这座不算大的都城里，晨钟暮鼓定时，唱诵讲说连日，在我佛除恶扬善、去欲出世的训诫下，官不争权，民不贪利，其乐融融，也算得上是方外的一片净土，边荒的极乐世界了。"

说完此话，高昌王脸上却露出了难色。

玄奘见状，说道："既然风气这般的好，大王便大可宽心啊。"

高昌王回道:“小邦地旷人稀,难比中夏人杰地灵。如今虽有一时的气象,但真正博通诸经的法师却实在寥寥,而且又都年在花甲、耄耋,老态龙钟。以是故,弟子怎能不忧虑,暗室之中谁为掌烛? 近来屡闻高僧乃三藏通人,誉满长安,如今又凤鸣大荒,弟子岂能错过了这个大好机会? 以是故,派遣专使迎接法师,本意就在请法师为弟子及国人开坛说法,普洒甘露也。”

玄奘听高昌王如此说,赶忙道:“大王过誉了,贫僧实不敢当。俗不谓,盛名之下,其实难副。大王其实不必过于相信传闻。”

高昌王以笑作答,话呢,则还是按着自己的思路去说:“二来呢,高僧可能知道,弟子本来也是大河种落的血脉,先祖原居金城榆中,后出塞入仕,至马儒为高昌王,见幸而出任右长史。迨国人杀马儒,虽无渔人之念,却被推而就国,从此君临鄙邦,至弟子已经是第三传了。数代以来,向内之心不仅未泯,反而是与日俱增。记得是大业五年随父王入朝时,亲眼看到大隋区宇平一,九围化偃,四表披德,既观礼容于旧章,羡威仪之盛典,复又受官奉职,号光禄大夫,称弁国公。隋皇还以宗亲华容公主下嫁父王,实在令吾父子感激涕零。所以,父王西还后即宣誓国人:从今以后,举国上下,一律遵从大隋之和风、大化,尽改旧日强虏所加之陋习,削衽曳裙,解辫袭缨,弃毡毳而居室屋,变夷从夏,光大皇风,以表小邦向内拳拳之心。俗话说,亲不亲,故乡人。今日高僧来自大河之滨,是真正的故乡人啊,又如何能不洒扫以待,倾城欢迎?”

高昌王说到这里,其情拳拳、其神专专地将目光投到墙上的一幅画像上。玄奘随而望之,不禁脱口道:“莫不是《鲁哀公问政于孔子图》?”

“正是呢,正是呢。”高昌王圆睁双眼盯着玄奘,既惊讶又钦佩地说道,“哎呀呀,法师不仅精通三藏,还是一位造诣高深的儒生呢！真是广闻博识，名不虚传。”

“大王又过誉了，玄奘少时是习过儒学，现在也还关心儒学，但不过略知一二而已，实不敢冒儒生之高名。”玄奘辞誉后，转而评述说，“其实呢，哀公虽问政于夫子，但并未采纳他的建议，更没有重用过，只是在夫子逝世后才致辞悼念他，说自己失去了一个律己的榜样。所以，《问政图》不过是后人的矫饰之作罢了。”

高昌王听玄奘如此说，脸上顿时掠过一层薄薄的阴影，神情呢，也略略显出一些尴尬。

玄奘是个仔细人，发现自己的话说得太率直了，生怕国王错以为是在影射他，于是便赶紧补充道：“不过，从大王如此欣赏此幅图画看，尊孔崇儒之心已经昭然可见。”

果然，高昌王听后又恢复了常态，高兴地表白道：“是的，弟子不仅对孔老夫子推崇备至，对释教也同样一往情深，对法师也是一片真心实意，钦服有加。弟子虽身在边鄙，寡闻鲜见，可也曾听说过法师追曾子而避席的佳话。所以，自听说法师要来的那天起，弟子就高兴得连茶饭都不思了。法师可知道，弟子为什么不让你自伊吾折北经可汗浮屠城西去？又为何不让你在白力城歇宿，而要连夜传驿抢路赶到这里吗？望眼欲穿啊！不仅弟子如此，就连爱妃也一直不敢稍眠，同样在读经恭候呢。”

玄奘听国王说得如此恳切，深受感动，正要说些感谢的话，可国王却阻止道：“现在四更已尽，天将破晓，法师长途跋涉，已经劳累，今儿就谈到这里，日后聚谈的时间还多着呢。”

说罢，国王便命近侍领了玄奘去安歇。

二人谈话期间，王妃曾在十几个侍女簇拥下前来向玄奘顶礼，行止恭谨，礼貌周全，这里省去不说。

自伊吾至交河城，虽屡换快马，仍然是整整地走了几天。在这长途跋涉中，玄奘固然劳累，但还寝食正常，大约卧歇了一个多时辰也就缓过了气力，加之行道人不习惯睡懒觉，因此天亮不久便起了床。刚穿戴完毕，便闻门外有细细的说话声，开门一看，竟是高昌王、王妃并以下众官人等。

玄奘有生以来压根就没见过如此盛大的场面，更没有享受过这样的隆重礼遇，现在乍一面对，竟然慌张得不知所措。而就在这时，国王等人众已齐刷刷地伏地叩拜道："法师早安。夜里可曾睡得踏实？"

玄奘见状，更是慌了手脚，一面合十回礼，一面说道："玄奘谢过大王、王妃，玄奘不敢受此大礼。"

请安既了，王妃等人众随即告退，国王一人留下，与玄奘一起进了房，然后就亲自双手捧盂侍候玄奘洗漱，继又设食进斋。既解斋，国王也不说往后的日程、行事安排，只是叫来几个内侍，搬了玄奘的行囊、钵盂，便牵了玄奘的手，并肩出了门，循专道朝宫北方向而去。

几乎没有拐弯儿，也没一会儿工夫，玄奘便被带到了一个处所：一眼方形厅堂，内则为掘地而成的洞窟，虽是洞窟却也有虹梁藻井，而且尊像庄严，圆幢整齐，蒲团满地，香烟缭绕，外则有圆柱斗拱、瓦当檐口、回廊窗棂之饰，显然琳宫净刹无疑。

未等高昌王介绍，玄奘便先开了口："这应该就是大王天天前来礼佛念经的大佛殿了。"

国王听后既惊又喜道："法师真是神了，你初来乍到的，又无哪个向你提及，如何就知道这是弟子天天来礼佛诵经的大佛殿？"

玄奘笑着回道："这等规模，这等堂皇，这等玲珑，再加上这等浓烈的旃檀之香，想必是举国无二，非祇园莫属，非国寺内道场莫属。”

国王听着玄奘的赞叹好评，既高兴，又多少有点儿难为情，回道：“这佛殿其实只有三间面宽，但在这杯盘小城中，却也可以聊称巨刹了。它自然比不得大唐国都长安佛寺崇广宏敞，都是垒石砌砖、架木覆瓦建就的。这里所有的屋室，包括眼前的大佛殿在内，都是用锄头、砍砍子和坎土曼掏挖出来，然后加梁添椽，装门配窗，施丹彩绘，做工虽略显粗糙，却还朴实；至于那些墙雕，因为未经烧制，所以还保存了其原生态；还有这圆柱、歇山、翼角、鸱吻，等等，虽似是而非，却寄托了大荒边民向慕中华的一汪深情。至于这旃檀之香，法师自然知晓，它本出自佛国摩罗耶山上。高昌国路当中西交通孔道，梵僧、胡商常常携之过往，小国于是有先人而得之便，所以四时倒也不缺。自然，这香终归是稀罕之物，长年累月用得起的也只有这大佛寺了，它是边国官民共同的神宫灵府啊！”

看完大佛殿，高昌王并没有立即将玄奘带往住所，而是从脚下的前庭开始，绕殿视察了东西两厢的僧寮、殿后东北小佛寺、西北小佛寺，还有正北塔院。院内舍利塔是清一色按天竺制度建造的葫芦顶覆钵式率堵波，也就是所谓的支提塔，林林总总，百有余座，共同构成了一个无声胜有声的清净世界。

玄奘一面观赏，一面询问，方又得知，仅仅这座寺院，居然占去整座城池的一半，常住僧二百余人。临时挂单的，去来无定，则难以统计。

行至寺院山门，往南望去，中央大道自南而北、由低而高，缓坡慢慢向上延伸，直达大山门，一似走向天国的通衢大道，好不气势！

站在山门口，二人都没有开口说什么，但心头又都有着各自的感觉：一个是法喜，一个是自豪。

最后，国王将玄奘引进大佛殿旁的一个安静的独室，室内有一张胡床，有佛像、香火供桌，供桌前地上有蒲团，是随时念佛诵经的地方；供桌上还整齐地摆着梵、汉文佛经各一摞；至于茶具以及盥洗所需瓶钵，也一应俱全；甚至还预备了一只隆冬腊月才用得着的火盆。玄奘自带的行囊也早已送到这里，行囊上面还覆盖了一幅小小的白叠布，显然是作防尘之用。静室门外，有侍者值班看守。从各方面看，这种安排，绝不是为一个匆匆过客所准备的，它的意味恐怕要再观察观察才能弄清楚。

才刚刚安置停当，寺内一老一少两位法师已经奉命来到门前。老者八十开外，头发和胡须都已染霜沾雪，身体虽然瘦削，精神却还矍铄。所谓年少者，其实也已年过花甲，魁梧而略显肥胖，进门的时候，他双手搀扶着老者跨过门槛，分明是个仁慈知礼之人。

玄奘既见，急忙快步上前施礼迎接。之后，国王指着长者介绍道："这位是大国统王法师，同时兼任本寺上座，小邦的全部正教事务皆由他代弟子管理。"

玄奘合掌礼敬道："晚辈有幸，仰见大国统，请多多赐教。"

国王又指着少者介绍道："这位是彖法师，本寺都维那，寺中大小事务一皆由其定夺。法师深通法相唯识之学，所以寺中讲席也由其统领。"

玄奘同样合掌礼敬道："愿得法师指教。"

国王突然想起了什么，补充说："彖法师还与高僧有缘，曾远游鸿都长安请益求过学呢！"

玄奘惊喜道："有缘，有缘。不知法师何年游学长安，曾列何师法席？"

彖法师为人厚道，虽为长者，却很谦恭地回道："嘿，那都是过代的事儿了。大概是开皇十年前后吧，那时还年轻，听说长安高僧大德云集，讲说新译经论，一时心动，遂披星戴月赶了去。既到长安，正有道尼法师开讲《摄大乘论》，于是不辞庸陋，忝预法席。”

国王见双方才见面不久就有了谈兴，正合了自己的心意，很是高兴。为了让他们谈得更自由、更融洽、更深入，便有意避席道：“不期法师们竟有如此深大佛缘，不只千里遭逢，而且还同习一宗，实属难得。大唐法师你与他们好好地谈、慢慢地谈。弟子俗务缠身，不得不暂且抽身，好在来日方长，请教法师的机会还多呢。”

说毕，国王便告辞要走，正要跨过门槛，忽又停住命令侍者道：“好好侍候大唐法师，不得有任何差误！”

送走国王，玄奘转向彖法师道：“恭喜法师得着西天上德真谛阿阇梨的真传了，道尼法师正是他的入室弟子呢！”

彖法师歉然回道：“惭愧，惭愧，彖某虽逢盛筵，但因那时年轻，根器又浅，悟性亦差，所得不过点滴而已，实在有亏讲席。”

国统接话道：“彖法师也不要过谦了，你自长安游学归来后，即在寺中设席开讲，弘扬《摄论》法相之学，至今也快三十年了。三十年，半生事业，一以贯之，难能可贵，也称得上是一方人师了。”

玄奘听国统如此盛赞彖法师，便高兴地向他拱手道：“晚辈大造化，有幸际会，不胜荣耀。”

彖法师摆摆手，正要说些什么时，国统却已经先开了口：“只是身在边鄙小邦，滞于一方，不知方宇之无垠，井底之蛙，难测天地之广大。老衲闻，法师少年壮志，曾问道于荆吴赵魏之地，参法匠，访巨擘，博采群经，备餐众说，尤得《俱舍》、《摄论》大旨、要领，大小兼之，堪称饱学之士。芳龄有成，羽翼丰满，正是长空展翅之时呢。本邦虽小，却也有出家僧徒五千，清信士无数，依老僧愚见，大唐法师就在此住下，屈就虚席，不是同样可以成就一番事业吗？”

“正是，正是，真盼望法师能够继此将绝之绪，在此大展宏图呢。”彖法师紧接着帮腔道。

玄奘以为这不过是主人的客气话，故并未多想，随即回道："多谢两位大德见爱。只是，晚辈心系西天，急务在身，不敢须臾耽延，原本拟从北道出行，不料为大王盛情暂留，不得不从命以谢恩典。停数日，待谒过大王慈尊张太妃，即便告辞，务须在冰封之前赶到跋禄迦国过冬，待来年未解冻时好翻越凌山。再说呢，这里有大统师、维那师主持法务，晚辈岂可妄占讲席，喧宾夺主！"

大统师认真道："法师不必客气推辞，我等可是一片真心诚意的。老衲年迈体衰，就木有期，很快就是过去的人了。而象法师也已年过花甲，不仅是白首之翁，还因长期为法忘躯，役心役形，也落下了一身的病痛……"

"整个儿就是个外强中干的人。"象法师用手比画着自己肥硕而略显病态的身体，这样自嘲道。

"法师之来，正所谓霖霈及时、甘露如期呢。倘非因缘使然，如何会有如此之巧合！"国统高兴而激动地说道，那神气就好像是事情已经定局了一般。

玄奘看着两位法师较起真来，不禁急了，连连说道："不可不可，绝对不可。数日之后，玄奘必然告辞上路无疑。"

国统王法师见仅靠一己之力无法留住玄奘，焦急之中，不意泄露了天机："法师果真执意要走，老衲自然不能阻挡，可就怕我王不允呢。"

玄奘不知大统与象法师就是高昌王的特派说使，一时没有品出此话的味道，所以还是信心满满地回道："大王乃护法大菩萨，肯定不会强人所难的。"

两位法师听后既没有特别的表情，也没有再说什么。

几天的时间，转眼就过去了。虽然，在这几天里，玄奘享受的是国宾级的供养，时令瓜果，乳酪醍醐，乃至于琼浆玉液，每斋无缺，但日子过得并不舒坦，甚至可以说有点儿别扭、不自在。更让人费解的是，几天来，每天的起居饮食都有人周到侍候，国统、维那也照样礼问殷勤，可就是难见国王的面，更不用说搭话聊天了，他压根儿就像忘了自己似的。直到这时，他才开始觉得，事情并非那么简单，伊吾设馆，专使远迎，殊礼款待，国统游说，避而不见等等诸端，似乎就是一个连环套，盛情之中暗藏玄机，拖延时日似乎另有目的，说不定这截留强挽就是早已拟定的计谋，现在只是叫你吃好、安住而不面不谈，很可能就是借此拖延时间，夏秋既过，寒冬降临，到那时，正所谓生米煮成熟饭，不用请，不用劝，不怕你不吃，冰天雪地的，你想走，赶你走，恐怕你都走不成了。

不想不要紧，这一想却想出了一身冷汗来：耽误了一夏一秋，说不定就耽误一年，耽误终身啊！

玄奘再也没法闲吃闲住了。第五天，他果断地采取了一着奇招：一大清早起来，盥洗完毕之后，便将行囊挪到屋子的正中央，又换上了一身行脚的装束，宽裤裹腿加短上衣，芒鞋竹杖，一副出门远行的模样。斋罢，端坐榻沿，专等国统、维那到来。

与往常一样，都维那象法师先到，但所看见的景象却和往常不一样：人还未跨过门槛，房子中央的那件行囊便已凸入眼帘；既进门，又见玄奘整装待发的模样。于是顾不得施礼问安，便故作惊讶道："法师如此这般的是何缘故？莫不是要到城外走走看看？可也用不着携钵挎袋的呀？"

玄奘起座施过礼，正色道："大王日理万机，贫僧连日多有打搅，省责之余，拟于今日告辞，请法师代奏为荷。"

说话间，国统王法师也已来到，听毕，急忙安慰玄奘道："高僧莫急，且待老衲奏明我王之后再作定夺。"

说完,老的拉着少的一并走了。

玄奘这一招果然奏效,没过一会儿,高昌王便急匆匆地赶了来,一进门即连连道歉道:“弟子失礼了,失礼了。连日来,俗务繁杂,多有慢待,还望多多包涵。”

玄奘明知国王是在演戏,所以态度上也比往日少了许多热情,有意拖一拖再回答。

国王见玄奘没有吭声,于是再故作惊讶地问道:“怎么,是饮食不适应?还是起居不舒服?法师别客气,照实说来,弟子改了就是。”

玄奘做事知分寸,不愿让高昌王太难堪,听毕,遂起座回道:“出家人所求者,出世而已。三学六度,戒律为先。食不过六种,乞食、揣食之类而已;衣不过四种,粪扫衣、纳衣等是;所谓居处,冢间、树下、露地、空寂地皆可常坐随处。一切受用,若有乖律仪,失于持犯,则必招步步之罪。修行者贵在澄心,欲多则不能守定,失定则难以澄心?动心越轨,则必致念念之迷。以是故,贫僧今日之辞行,既不为食,亦不在住,唯在早日到达佛国。”

高昌王听毕,沉吟半刻,然后似问非问道:“莫非统法师、维那师没有转述弟子敬仰之意?”

玄奘一听,终于明白,整个事儿全是国王的主意,心里不免有上当的感觉,于是便不无好气地回道:“国统与彖法师是曾经一再推位让席,执意挽留,至于是不是大王的美意,却没有明说。”

高昌王:“那现在弟子就当面跪请法师留下来主席如何?”

玄奘委婉回道:“大王诚心挽留,贫僧自是感激。但长留此方,虽亦为法,却有违初衷,非西游之本意,是故难以奉命遵从。”

高昌王动情道:“高僧可知道弟子与你有缘?回想昔日陪先王游历大国,见宠于隋帝,不仅从驾观光东西两京,而且游览燕、代、汾、晋，期间所见名僧不计其数，弟子虽有敬仰之意，却无倾心向慕之情。与师则不同，但闻大名，即已钟情，身心愉悦，手舞足蹈，欢喜之甚，难以名状；既见威仪，便更心属，顿感灵通，窃谓日后能为弟子照昏衢、引长路者，舍师其谁？所以，弟子从与师初面的那一刻始，即已许下宏愿：无论当国之时还是退位之后，都将倾诚供养，以终余年，并令举国僧俗皆为弟子，随法师同游法海，共尝法味。弟子伏愿法师能察纳微心，不再以西游为念。”

“大王之厚意，岂贫僧之寡德所能当！”玄奘为了消除高昌王的幻想，遂再细陈怀抱道：“贫僧此次去国离乡，既不为供养隆渥，也不为住萧寺深院。所虑者，佛法虽东传中夏六百余载，然教籍尚缺，法义亦未周全，怀疑蕴惑，虽多方求解而未能决，无可适从，以是故不惜身命，远赴西天，躬请未闻之旨，使方等甘露不但独洒于迦维，大乘真谛亦能普润于东国。贫僧虽不才，但愿学波伦啼哭求经、善财广参问法之志，只能贾勇、加油，岂能中途辍止。愿大王允准放行，不再以羁留供养为念。”

玄奘西行之志越大，高昌王挽留之心就越坚决，听完玄奘的话，他干脆回道：“弟子对法师之仰慕，决非言语所能消解，留师之意已定，葱岭可转，此意不能移。天鉴愚诚，乞师勿疑。”

玄奘深恐被强留，所以又继续软硬兼施道：“大王之深情厚谊岂用多说？而玄奘既为求法而西行，法既未得，决不会就此止步，也切望大王体察愚衷。又者，大王向修胜福，贵为人主，不仅为苍生所恃仰，也是释教之悠凭，理在护持，不可能，也没有任何理由设置障碍吧？”

果然灵验，高昌王听了玄奘的话，不免委屈道：“弟子岂敢横设障碍？不过是国无导师，这才想要法师屈尊驻锡罢了。”

高昌王的态度虽然转软，但玄奘依然不买账：“看看，大王又回到了老问题、旧话题上面去了。但不管大王怎么说，玄奘也只是一个走字便了。”

高昌王身为一国之尊，从来习惯了呵责、指挥别人，哪里容忍得了别人违命抗拒，听玄奘如此强硬，也便情不由衷地动了气，变色攘袂道：“法师肯定不能离去，弟子自有安排的办法。”

玄奘没有言语，只是注视着对方，静待下文。

高昌王情绪激动，终于使出了撒手锏：“面前只有两条路：是留住呢还是要弟子送还大国，法师可以自由定夺。但在弟子看来，还是留为上策。”

玄奘一听“送还”两字，犹如晴天霹雳，顿时惊住了。他万万没想到，才九死一生逃出沙碛，不料又被请进了这个土瓮，不禁悲从中来，流泪誓曰：“玄奘本为大法而西，不料竟遇阻拦。纵便如此，玄奘仍然矢志不渝，骨或可留，而神识则未必可留也。”

至此，双方各不相让，结果是不欢而散。

鉴于高昌王的这种态度，玄奘自然是暂时走不成了。

固然，高昌王是说了重话，不留就遣返。其实呢，留是真意，遣返不过是挽留的一种手段。所以，此后的每日里，供养非但未减，反而是加倍丰盛，礼节也更加周详备至。早起晚睡，国王必定准时问好道安；朝餐午食，国王也都躬亲递盏。国王想：哪怕你铁石心肠，我自有满腔热忱。我就不信，有哪块铁、哪块石是不可融化的。

在玄奘方面呢，也认定了一个理：任凭你软硬兼施，强留软挽，我就只是一个“不从”。君子一言，驷马难追。我是说到做到的，不到佛国不死心，不取真经不罢休！你有你的铁榔头，我有我的钢砧子，看看谁是最后的胜利者。

玄奘的钢砧子是什么？两个字：罢食。就在谈话不欢而散的次日，玄奘即开始付诸行动。

起初，任凭国王如何殷勤侍候、委屈奉承，也不管面前罗列了多少美馔佳肴，玄奘就是不理不睬，只是一味地闭目端坐，眼皮儿连动都未动一下。国王认为，这是在和自己斗法、赌气，明显地是想用这个方法进行要挟，逼我放行。我看穿了，不理你的茬，你也就没辙了；至于气，只要你还能分得出善恶好坏，那最后总会有想通理顺的时候，既通既顺，气也就不堵了，饭也就吃得下了。

可是，到了第三日，玄奘仍然没进食。这回，国王不得不正视了：这法师不只是赌气，还在赌命呢。三天不进滴水粒食，除非有修禅习定、制心灭念的功夫，或者精于吐纳服气之道，否则谁能挨得住，即使人不死也得弄出大病来，才休养了几天，又如此这般的折腾起来，那不就更容易出问题了。想到这里，国王开始担心了：万一饿出个三长两短，我岂不是好心做了坏事？本来是敬僧、为法，做好事，到头来却适得其反，成了罪人，这可如何是好？这一夜，国王为玄奘的去留问题，辗转反侧，没好好睡过一会儿。

第四天，国王一大早就过来看玄奘，只见他还端坐如旧，脸色虽已有些憔悴，但精神却仍然一点儿未减，还是那个不达目的誓不休的犟劲。不过，由于昨晚翻来覆去地想了许多，调整了心态，转变了视角，所以，今儿看到的虽然还是那个人，但印象却变了，评价也变了：倔强成了霜不能凌、雪不能压的气节，而正是这种气节，曾经使他走出死亡之地莫贺延沙碛，现在又在撞击我精心夯筑起来的“路障”，如此一个不为利好所迷的人，还有什么事办不好，还有什么目的达不到？老实讲，在这去留的对峙战中，他的坚持是对的，因为，他想的是解疑、求真，是为了整个弘法大局，自然也就是为了增进众生的法益。而自己，所关心的不过是一个横不过八百里、纵不过五百里区区小邦的法席。比而较之，谁眼光远大，谁心胸宽广,谁志气高扬,那是再清楚不过了。

经过如此一检讨、一对照,国王顿时觉得玄奘的形象又高大了许多,已经不只是一个受人敬仰的僧才,而是一个胸怀大略、站得高看得远的领军人物。而玄奘的形象越高大,自己则越显得低矮甚至渺小,心中的感觉,不说是自惭形秽吧,至少也是羞愧难当:为了一己之私,难道要毁了一个前途无量的法匠不成?

终于,国王解除了悭执心。他且怜且敬,怀着几分心痛徐步上前跪地稽首道:“弟子一任法师西去,法师你快快起来进食吧。”

玄奘听得真切,但仍将信将疑,便郑重问道:“大王可知道释尊所训五戒?”

高昌王答道:“五戒乃出家人、在家人的共戒,弟子岂能不知!法师是担心弟子在妄语,信不过,是吧?弟子再愚钝,也明白妄语乃十恶之一,其罪有十,犯者不得圣道。何况,弟子崇佛敬僧并非只是为自己,还要靠他护国化民,怎么能够说话不算数?法师尽管放心,弟子既已承诺,就再不会食言。若还不信,今儿就当着法师面指天为誓:所言若有半点是假,愿受天谴!”

玄奘听国王说得诚恳,又发了死誓,这才放了心,起身说道:“那好,贫僧明日一早即上路。”

国王急忙道:“明日就走?哪能行!”

“这不关大王的事,我走慢些就是。”玄奘唯恐日久生变,坚决回道。

国王解释道:“法师且听弟子说,不是弟子要反悔。法师想想,几天未进食了,总需调养将息一下吧?再说呢,弟子既好待了法师多日,法师对弟子也应有个回报吧!俗不谓,来而不往非礼也?”

玄奘一心只是想着走,没想到国王却突然提出要回报,一时怔住了。

国王见状，猜着他想歪了，急忙解释道："不是要法师回报钱财，也不是要法师的夸奖感谢。有道是：龙不隐鳞，凤不藏羽。法师如能高登狮子座，略开金口，敷陈不二之法，实则弟子所幸，小邦众生所幸也。"

玄奘一听是这么回事，却真不能随便回绝了，因为人家这次所求的不过是要你说说法，而讲经说法又是每个释子责无旁贷、义不容辞的事情，自然不能不答应。至于说报答，其实也不过分，和尚嘛，怎么能只吃斋不念经呢？不过，如果应承下来，那也有个实际问题不好解决，片刻踌躇之后，便直说道："只是节候不等人呀，若不赶到跋禄迦国过冬，就要耽误翌年开春时节过凌山了。"

国王回道："法师且安心开坛，弟子向你保证，不要说十天半月，就是加倍儿也耽误不了行程。"

至此，玄奘终于放下心来，答应了开坛说法的事。然后，又与国王一起，进入内道场礼佛。既毕，又前往内宫谒见国母张太妃，并应国王要求当太妃面结拜为兄弟。太妃很是欢喜，乐得合不拢嘴说道："好，好，既为兄弟，那就是一家人了，愿你们永远相亲相爱。"

最后，国王郑重地对玄奘说："法席结束，弟子一定如约按时将法师送至跋禄迦国，只是还有一个要求……"

"还有要求?!"玄奘一听国王又提条件，以为又在设机关刁难，不免又急了起来。

国王赶忙慰抚道："法师且莫急，弟子还没把话说完呢。弟子必定不会再阻拦法师西行求法，但有个希望：法师求法凯旋日，务须在小邦留住三年，弟子一定像波斯匿王、频婆娑罗王那样为法师作外护檀越。"

玄奘一听是这么一回事，也痛快地答应了，同时决定为国王及其臣属、四众开讲《仁王般若波罗蜜经》。他之所以选择这部经，那是因为他对这部经的几种译本，西晋竺法护的，姚秦鸠摩罗什的，南朝陈真谛的，都一一研习过，不需准备就可以登座敷演。

国王见玄奘一一答应了自己的要求，高兴极了。

很快，法会便张罗好了：在临时张起的大帐内，设狻台狮子座，是讲师捉玉柄麈尾的地方。太妃以下，国王及国统王法师、象法师及诸大臣显要皆就席聆听。每次开讲时，国王均自净身心，手执栴檀香，亲到玄奘住处迎接引领。至狮子座前，国王即手、膝着地，让玄奘蹑足登座，极尽谦卑、恭敬、虔诚。玄奘感慨系之，讲得也特别认真，他先讲佛说般若、五蕴、十二处、三界、六大、四谛、十二因缘等一切皆空之理，以及十八空深义，劝励众生无作而无不作，无为而无不为，以此达到护佛的目的；次讲众菩萨为护佛果而必须依照布施、持戒、忍辱、精进、禅定、智慧、方便善巧、愿、力、智十波罗蜜大行，特别是伏、信、顺、无生、寂灭五忍，虔修十地行法门，并誓愿度尽一切众生，断除一切烦恼，学习一切法门，证取一切佛果，使能究竟了达一切自行化他之事，出离生死而到达涅槃之彼岸；次又讲憍萨罗、舍卫、摩揭陀等十六国仁慈国王奉持、讲诵、供养此《仁王般若波罗蜜经》之功德，佛为他们显示不可思议五大神变，于是国难消除，人民康乐；最后讲据国者若犯戒、废教、毁法、贱僧，则必致国破家亡，诸国王及四众弟子不可不以此为警诫等等。

这部经虽只有两卷，但由于玄奘讲得特别认真，特别的细心，根据众生实际，联系发挥，比喻引申，所以整整花了一个月的时间。讲经既毕，玄奘又主持了一场燃千灯祈福消灾法会，而国王则设仁王大斋供养全城僧俗。

说法期间，玄奘暂时将西行的事儿放到了一边。法会一结束，西行的念头便又立即涌上心头。翌日早上，他便迫不及待地觐见国王，并问道："大王还记得前约否？"

国王问："法师说的可是西行事？"

玄奘："正是。"

国王回道："讲经多时，费了不少心神，何不再静养几日再说？"

"大王莫不是有意拖延吧？"玄奘不想再做任何掩饰，这样反诘道。

国王认真道："世不谓，君无戏言吗？边邦虽小，可弟子也是一国之尊，岂可食言违诺！不过，弟子倒要问师，你就这样一双芒鞋，一根竹杖，三衣瓶钵，便要出门，便要过凌山，出铁门？"

玄奘转身指指放在一旁的行囊，说："还有这呢。"

国王不禁呵呵大笑起来，有点上气不接下气地问道："就这些？"

玄奘不假思索地"唔"了一声。稍一想，又觉得似乎尚未表示出足够的信心，于是又补充说："勇者无畏，只要坚持，哪有走不尽的路？！"

国王似乎没有听见玄奘的宣言，继续问道："师可知道，前面还有多少戈壁大漠，冰山几座，雪岭几寻，胡乡几国，雄关几重？还有那严冬酷夏，如何度过？饥食渴饮如何求索？那拦路抢劫的强梁，出没无常的野兽，又怎样的防范了？师就这样孑然一身去冒这天大的风险？"

经这么一问，玄奘不再竭力辩驳，但还是无所犹豫地说："求经事大，关系众生，纵有千难万险，玄奘也无所畏惧！"

国王听毕，知道再说什么也没有用，只是无声地叹了口气，向玄奘招招手说："法师且随弟子来。"

玄奘虽然莫明所以，但还是跟了国王去。

国王将玄奘带到一处库房，指着整齐有序地罗列开来的什物，对他说:“师若想顺利到达佛国,求得真经,这些物件一样都不可或缺。请师一一过目带了去。”

说完,随即叫过库吏,令其逐一给玄奘展示并说明用途。

库吏依次指着物件介绍说:“这是法服袈裟,三衣,披风,胡袍,长袍,面衣,手衣,风镜,鞋袜,都是旅途上防沙御寒挡风避雨的必须物品。此外还有黄金百两,银钱三万,绫绢等五百匹,是为法师往返路上所需而备下的资费,想必已经够用了。”

玄奘看着这成堆成摞、见所未见的什物和钱币,将信将疑地问国王:“这都是大王为贫僧准备的?”

国王肯定地点点头:“当然。”

玄奘又问:“就在讲经期间?”

国王又肯定地点点头:“当然。”

听到这里,玄奘觉得此事实在不可思议:一个国王,居然肯为一个匆匆过客、前途未卜的衲子如此慷慨解囊,实属罕见,于是问道:“玄奘此来多有打扰,又未有过尺寸之功,大王如此破费,究竟为的哪般?”

这回轮到国王诧异了:“法师所言差矣。你心怀众生,忘躯问道,还匀出时间,化导小邦群迷,功德无量,怎么能说并无尺寸之功?再说呢,师与小王既已约为兄弟,你的事就是我的事,都是为的苍生福祉,舍些钱物又算得了什么?聊表微诚罢了。”

玄奘见国王情意恳切,便不再说推辞一类的话,但却苦笑着摇头道:“纵使贫僧领了大王的这份深情厚谊,这许多的钱物又如何带得走?所以呀,还是留下赡给孤老吧。”

国王回道:“师不用为赡给之事挂怀,弟子早已另有安排。至于运载之事,弟子已经挑选了三十匹健马,还有二十五个脚夫,还怕带不走?”

玄奘听国王如此说，不免又急了起来："大王，使不得，千万使不得，岂可为了贫僧一人而如此兴师动众！"

国王没理会玄奘的抗拒，拉着他的手便回到了正殿，然后从御案上拿起一叠文书，说："师这一去，沿途数十余国，没有通关文牒是过不去的。所以，弟子为师修了二十四封国书，每封书附有冰凌纹彩帛大绫一匹以表诚信。诸国之中，那西突厥国至关重要，弟子与其主叶护可汗有姻亲关系，过从甚密，故特遣侍御史欢信代弟子送师至其牙帐，并带去绫绡五百匹、诸种果品两车，以充薄礼，还有书信一函交与师，待面见时递上。过得了此国，以后的事情就好办多了。"

至此，玄奘真的被国王无微不至的关怀感动了，一时竟不知说什么是好。

接下来，高昌王又向外招手召进四个沙弥，对玄奘说道："为保证师能够专心求法，马到成功，弟子又挑了几个康健沙弥做师的帮手、侍从，当然，若属好苗，也请师能栽而培之，亲为浇灌，耳濡目染，言传身教，他日若能成材，或留身边，或遣还本邦皆可，无论怎样，也都是法师为边国、为法苑做的一份功德。愿师屈顺弟子微意，收而度之。"

玄奘此时已经没有任何理由去拒绝高昌王的一片真诚，接过递上来的剃刀，逐一给他们剃除烦恼丝。

落发既毕，国王又请求道："法师既已收为弟子，何不同时给个法号?"

玄奘想了想，便逐一拍着四人的肩膀说道："那就叫嘉尚、普光、法钦、玄觉吧。玄奘此去，为的是求取《瑜伽师地论》，究竟大乘佛法真谛，所以，也可称之为大乘尚、大乘光、大乘钦、大乘觉。"

国王一旁合掌称贺道："好，好，好。钦仰世尊，尚崇正教，觉悟群迷，光耀释门，又乘大车，撑大筏，何山能阻？何水不渡？彼岸可达矣。"

第十九回
胡商贪利魂断川崖　龙王结怨心怀叵测

与高昌国王及臣属、大德、僧俗人众告别之后，玄奘一行即沿白山南麓、大漠北鄙往下一站阿耆尼国进发。在那里，他们要补充足够的良马，以便安全渡过天险凌山。高昌王在此之前已经遣使前往交涉安排，但阿耆尼国国王是否讲诚信，事情能否办得妥，现在真不敢说。

离开高昌时，秋分已经过去了几天，寒露眼看就要到来。这个时节，在中夏大地，不过是微寒而露重，可在西陲的大碛荒漠北部边沿，却是冷得快要穿皮袄、棉袍了，加上从北山峡谷里窜出来的风，呼呼地直扑过来，夹着尘土，刮在脸上，那感觉不仅是干涩的，而且是生辣生辣的，如果钻进衣服里，则会使人觉得浑身痒痒，难受极了。好在人们摸透了这种天气，身上都穿着长袍，长袍开襟，翻领，窄袖，下摆在脚踝以上，遇到刮风天，就将领子翻起，护住脖子，再系紧腰带，既可防风防尘，自然也能起到保暖的作用。

玄奘从长安出发时，思想上虽然作了吃苦的充分准备，但应用什物方面却并未考虑周全，其实，即使想到了，也没有条件准备齐全。好在高昌王用心仔细，为他做了许多补充，所以现在不仅能穿上长袍，戴上面衣、手衣，靴、袜齐全，风沙天甚至还有风镜可用，一身戎装胡服，俨然一位地道的西陲边民，再没有什么可以使人担心的了。而且，经过两个整天的旅行，一切也都慢慢习惯了。

离开高昌的第三天，当太阳快要落山的时候，玄奘一行，人马间行，绵延半里，浩浩荡荡来到一座大山脚下。因为此地距阿尼耆国都南河员渠城还有大半日的路程，再抢步也得在四更时分才能赶到，所以，领队的高昌国侍御史欢信与玄奘商量过后，决定在山前的一片开阔地扎营过夜，明日赶个早上路，晌午后不久就可到达目的地，这对自己和接待方都方便多了。

天黑后，人马都已安置就绪，欢信过来向玄奘道晚安，催他早早歇了，养精蓄锐，好次日赶路。

玄奘回说道："倒是御史大人该早点歇息才是。你连日里跑前跑后的，管人管物，里里外外，都得在心里装着，往后的日子还长呢，别人累点不妨碍，大人可千万不能累倒了。你和众人且都安睡去，今晚我来值班守夜，设个警戒，万一有事儿也好处理。"

侍御史说："不用法师操心，守夜人员已经安排停当了。"

玄奘坚持说："多一个人多一双眼睛，多一对耳朵，至少也可以给他们做个伴呢。"

侍御史知道法师睡前都有诵经、念佛、打坐的习惯，而且既说了要值夜，也难以劝他再改口，只好相约道："既如此，也罢。我先小寝，然后接你的班。"

玄奘为什么提出要值班守夜？要明白其中的底细，还得从这两天所发生的两件事说起。

前天，告别高昌王麹文泰之后，玄奘激动的心情一时难以平静:高昌王领头,举朝出动、倾城相送的情景还不时地出现在脑海里。恍恍惚惚间,人马便过了无半城、笃进城,继而又不知不觉地进入了阿耆尼国的地界。直到队伍在一堵大沙崖前停下脚步,他这才从遐想中回过神来。抬头仰看,只见山崖高数丈,广百丈左右,半崖间,泉水破崖而出,涓涓流淌,叮当作响。就在泉眼旁,有一砖石垒砌的小塔,高不盈丈,亭亭而立。玄奘把坐骑的缰绳交给沙弥玄觉,便自个儿朝小塔登攀去了。普光、嘉尚、法钦三沙弥见状,立即紧随其后,以防不测。到得小塔跟前,即见其阳面镶嵌着一方塔铭,竟是用婆罗门文书刻的。玄奘在决意西行求法之后,曾从长安城中的梵僧学习过天竺文,所以,既见塔铭,便能粗通其意。铭文讲述的是一则动人故事:相传在许久以前,有一队数百人的商旅经过此地,一时断水,饥渴难熬。中有一僧,除竹杖钵盂而外,一无所有,此时正在山崖下一旮旯处习定养神。众人指着他说:“这僧每日里靠我等施食生活,如今遇到如此困难,他却只管打坐念经,压根就没为眼前的事焦急?谁去叫他过来,也为大家出出计策嘛。”说者声小,那禅僧却听见了。他站起来回道:“大家不是要水吗,这好办。只要大家虔诚礼佛,并且接受三皈五戒,我即为众人登崖乞水。”众人先是将信将疑,但口渴难耐,只好顺从。禅僧先合掌默念了咒语,然后逐一为商侣摸顶授戒。既毕,说道:“大众记住,我登崖后,汝等即大声呼唤‘阿父师为我下水’,喊毕,需多少便求多少,必如所愿。”禅僧既登崖,大众如约而行。果然,崖泉喷涌,须臾满足。大众高兴极了。人马一时喝足饮够,不仅如此,还将所有的皮囊灌了个满满当当。众人兴尽之后,便要找那禅僧致谢,却见其已傍崖寂灭多时。大众失声,恸哭流涕不止,离开前,乃于其作法乞水处,取石起塔,并制铭颂其功德。

另一件事则发生在今儿晌午前。就在离开阿父师泉宿地路经银山的时候，突然遭遇一伙贼人拦截，只是因为玄奘这边人多势众，贼众才没敢立即下手。玄奘与侍御史欢信出于怜悯，散了些钱物，把贼人打发走了，这才一路平安到达现在这川崖处。

阿父师的故事让玄奘深深地感到：一个僧人，只有道、德双高，才能泣鬼神，动天地，必要时，还会不惜身命，为法，为众生挺身而出。这样的道性、德行必定是长期修行、磨炼的结果，而这种修行与磨炼则须体现在日常的一言一行中。银山遇贼虽然有惊无险，但却是一次严重的警示。高昌王重资相助，或许是求法路上不可或缺的资粮，但无疑也因此增加了许多难以预料的风险。因此，如何规避风险，保护人畜、资用的安全，就成了当下最紧要的事情。而自己作为受人恩惠、背负众望的行者，如何能不为此而多操一份心呢！

玄奘把这两日发生的事过滤了一遍，正准备到人马歇息处巡视巡视时，忽然听到一阵低沉而嘈杂的声音自东边山口传来，由远而近，由隐约而渐渐清晰，心情不由得顿时紧张起来，回身便要去找侍御史。可才出了帐门，侍御史已经带着几个脚夫蹑手蹑脚地来到跟前，显然，他比玄奘更早地觉知了情况。

玄奘正要开口询问，侍御史急忙摆了摆手，上前附耳道："法师不用担心，我把所有的脚夫都叫醒了，人人准备了刀棍……"

"可什么动静也没有啊！"玄奘指指附近几个帐篷说。

侍御史悄声道："都潜伏着呢，一旦有事，他们会给敢于作祟者来个猝不及防的打击的。"

话声方落，一彪人马已经出现在眼前：大约一二十号人，骆驼、马、驴、骡混杂，都驮着货物，无疑是一队商旅。不过，从行进中的组合情况看，应该是由二三个小商团组成的一个大商队。他们到达川崖后，有人主张就地驻扎，有人则坚持连夜赶路，欲行又止，顿顿扯扯了好一阵子。后来，几个头儿又商量了一会儿，终于还是走了。

当玄奘确认这不过是一支商队之后，恻隐之心顿生，于是向侍御史建言说："黑夜里走路多有不便，何不劝他们同宿一晚？"

侍御史回道："法师的菩萨心肠，欢某知道。可他们想的和法师不一样，他们在议论时曾说，我们的'商队'比他们大，会抢他们的生意，得赶在我们之前到达阿耆尼都城，否则，货物便难以出手，即便出了手，也不会有好价钱，所以才决定连夜赶路呢。"

玄奘听后不再言语，只是在心中念了一声"南无阿弥陀佛"。

天气就像孩子的脸，既无恒性，也无恒规，说变就变。昨天还是山风呼呼地吹个不停，寒气袭人，可今儿大早起来，只见红日喷薄处，光芒四射，五色锦彩曳满了半边天，显然预示着今天是个好天气。

也许是因为天气好，玄奘的精神也颇为振奋，只觉得往日的旅途劳顿、夜里的紧张惊恐，此刻全都烟消云散，代而替之的是浑身上下的轻松和愉快。

队伍又上路了。玄奘因为心情好，同时也想活动活动筋骨，兼带让坐骑也省点力，所以决定先徒步走上一段。玄觉牵着马走在前面，其他三个沙弥嘉尚、普光、法钦则紧跟在玄奘后面。

队伍离开宿营地后，顺川道向西走了大约十余里，然后登上一座低岗，再随山路之弯曲，直奔阿耆尼国都所在的那个盆地。

老天爷好像是见不得人顺利似的，玄奘他们才愉愉快快走了不到半天，却突然又碰上了一件非常之事。就在他们拐过一个山嘴向下一个岭坳走去时，眼前的一片惨象使所有的人都惊呆了：大约十七八具尸体横七竖八地躺在山路上，显然是遭遇了突然的袭击，根本来不及反抗、挣扎，就在一瞬间被杀了。从装束、相貌上判断，都是胡商无疑，而且应当就是昨晚曾经在大山前欲止又行的那个商队，因为整整一夜，除他们之外，再也没人从此路过了。尸体以外，所有牲口及所载的货物，全已无影无踪。无疑，这伙强盗事前已经侦察好，并做了充分的准备，而且人数众多，下手快，得手后撤离也快。

玄奘面对如此惨状，连声道："罪过，罪过。"

侍御史则深知此地之不祥，不假思索就下令队伍迅速通过，而且越快越好。

玄奘看着血淋淋的尸体，心中不忍，想向侍御史说些什么，未及开口，对方已经摆手相劝道："法师赶紧乘马离开，在此久留不得。"

玄奘听后仍在犹豫，一动不动。侍御史看在眼里，也知道他在想什么，但还是劝道："虽可怜悯，只是要处理如此之事，却不是本官和法师所能胜任的。人手不够、时间紧迫倒在其次，最主要的是，这里实属是非之地，你发善心做了好事，别人还以为是在毁尸灭迹呢。还不如赶紧上路，及早报官为好。"

玄奘以为言之在理，不再说什么，骑上马就与众人继续往前走。

就在将要离开惨案现场时，路旁的乱尸中突然传出微弱的呼叫声："师父…师父…"

玄奘和侍御史寻声望去，只见一个满脸鲜血的人正挣扎着从两具尸体间抬头伸手在呼唤。

玄奘急忙下马疾步走到伤者跟前。伤者一把揪住玄奘的长袍，唯恐得而复失，继续连声哭喊："师父，师父……"

玄奘觉得这声音很熟，但一时却记不起说话者是谁了。正思索时,却闻伤者自报道:“我是石…槃…陀…”

玄奘一听“石槃陀”这三个字,先是一惊,继又一乍,觉得事情比做梦还离奇和不可思议:石槃陀,这不就是在瓜州结识的胡儿吗?他不是自告奋勇要充当向导,陪同自己过莫贺延沙碛,出了玉门关不远又畏难返回了瓜州吗?现在怎么又突然出现在这里,而且还是这样一种场合?

惊乍之余,玄奘弯腰细看,这呼救者果然就是胡儿石槃陀,时间虽然过去了两个来月,往事也慢慢地从记忆中淡去,但其容颜相貌还是记得真切的。既经确认,玄奘立即转惊为喜,既为这做梦般的不期之遇,更为他大劫之中竟然刀下存命。

普光等几个沙弥见伤者与师父相识,不等指挥就上前将伤者抬到路边平坦处,开始蘸水擦洗其面部血污。石槃陀的面容更加真切了,玄奘一时激动得不能自已,俯身抓住他的手说道:“一点儿未变,真是石槃陀啊!”

石槃陀比玄奘更激动,既因为死里逃生,也因为再次见到玄奘。他双眼盯着玄奘,哽咽得不能言语,眼泪就像涌泉般流个不停……

玄奘心情平静下来之后,原来的疑问不禁又浮上心头,于是忍不住发出一连串的疑问:“槃陀呀,怎么会是你呢?你不是返回瓜州了吗?你怎么又跟他们走在了一起?怎么这样巧你我又相遇了?”

也许是问到了伤心处,石槃陀竟然放声大哭起来,好一会,才抽噎着回道:“半路告别师父回去后,心里一直很乱,老是做噩梦,总是有个怒目金刚指着鼻子骂我言而无信,日后必无好报,要落到地狱的最底层。大约有一个月吧,一直不思吃喝,不能好好入睡,再祈祷、忏悔也没有用。最后决定,无论如何也要对师父的生死弄个明白，设若是生，槃陀则从此执鞭随镫，一路侍候师父西行求法，设若师父途中不幸，槃陀则立马削发出家，天天为师父转经念佛，借此赎槃陀不恕之罪。于是便随了这个商队过了大碛。到伊吾后，得知师父不仅平安无事，还被高昌国王专使请了去讲经说法，槃陀便更加相信师父一定是个了不得的神人，从此倍增敬仰，并下定决心，一定要追赶上师父，鞍前马后服侍你一辈子。没想到……”

玄奘被石槃陀的诚心忏悔和回归感动了，好言安慰道：“莫再悲伤，莫再悲伤。俗不谓，大难不死，必有后福吗？以后好好习法、好好做人就是。且看看都伤了哪里。”

普光等几个沙弥小心翼翼地分别检查着石槃陀的头、身、手、腿等各个部位，只发现长袍腰部左侧被划了个大口子，上面的血渍还是湿漉漉的，再解开查看，是一处皮肉绽破所致，好在未伤到筋骨内脏，并无大碍的。至于头上、脸上、手脚上的血迹，其实都是从旁边尸体上溅过来的。

石槃陀知道伤势后，开始有些不相信，但试着伸伸胳膊蹬蹬腿，竟然没有痛感，而且动作自如，腰部虽然有些疼痛，但好像也还能忍受，活动活动头颈，感觉亦正常，这才安下心来。

侍御史见石槃陀精神已经好转，居然还能站立挪步，于是便问起他们被抢的经过。

石槃陀努力地想着，却又不停地摇头，回道：“天黑，动作又很快，连影子都没看清楚，只感觉到嗖的一阵风过，走在前面的两个商人就轰地往后向我压了过来。”

“以后呢？”

石槃陀回道：“你们来后，我才被说话声惊醒了。开始还担心是贼人又回来了，直至听到师父说话，又偷偷地睁眼看了个真切，这才……”

侍御史还想知道得更多，又问道：“其他呢？”

石槃陀只是摇头，没再说什么。

侍御史见再问不出名堂，便又催着赶紧上路。玄奘在征得侍御史同意后，便带了石槃陀一起走。

玄奘把马让给了石槃陀，由玄觉牵着，嘉尚、普光、法钦三个护着走在前面。

出发前，玄奘又回头看了一眼，见那许多的尸体横七竖八地晾在地上，心有不忍，和侍御史商量过后，将所载白绫撕下十几段，分别盖在每一具尸体上，这才迈着沉重的步伐走了。

沉默中，玄觉自语道：“要是不图个抢先就市，在川崖处与我等同宿一晚，这横祸肯定就不会发生了。”

法钦换了个角度说道：“抢了财物也就罢了，还要置人于死地，太过分了！”

“嘿，不怨天，不怨地，就怪一个‘贪’字。”嘉尚不无遗憾地这样说。

普光最后接话道：“可不，都是一个‘贪’字惹的祸，造的孽。一方是心贪失措，失措而致祸；一方是贪极而生恶念，恶念既生，则无恶不作。谁可怜悯？”

玄奘细心地听着弟子们对这件祸事的分析和评论，觉得不管是从直觉出发，就事论事，抑或综合概括，抽象提要，角度虽然不同，但论点却很集中，或深或浅，都说到了要害，心想：这几个弥子年纪虽小，但都心正、性净，根机好，如能在这次远游求法中好好学习，将来成为一方法匠也不是不可能的。

弟子们的第一次表现出来的正言正行，给了玄奘很大的鼓舞，由惨祸引起的心痛也因之得到了些许的稀释。

阿耆尼国是西域城郭诸国之一，位于白山之南七十里，举国九城，虽号之为国，其实周遭也就三十里而已，以是故，俗谑其“国小民贫”。国之四面有大山，险厄易守。国南十里有大泽，浩瀚无涯际，多有鱼盐蒲苇之利。国都叫员渠城，又称南河城，是九城中之最险固者，河岔曲入四山之内，傍城绕屋，非垫草为桥不可以通行，拆之则可以拒人于城外，所以军事上常以“草桥之险”恃之。

不知因甚缘故，从昨儿开始即兴师动众地大拆其桥，但凡险要处所垫之草与土都已除尽，只剩下光秃秃的桥架子，不要说车马，就是单个的人，也难以通过。全城周围七八道草桥，唯一可以勉强通行的就只剩下南面通往大泽的那一座了。所谓勉强通行，就是人众、车马都还可以通过，但不保险，因为原来铺垫得好好的桥面，约略有三分之一已被破坏。这是国王下令这样做的，不仅有明令，还要亲自来检查过。阿耆尼国王姓龙，名突骑，亦称突骑支。

这不，说起风，云就过来了：国王正在扈从的簇拥下向这里走来呢。既到达，不仅看，还亲自从桥的一端走到另一端，自我的感觉是人走没问题，车马要通过就不容易了。看后，走过后，他点了点头，表示验收通过，然后传令所有工役撤离现场。

就在这时，侍者策马来报说：“高昌国侍御史欢信护送大唐和尚将于日落前到达。”

突骑支抬头看看已经偏西的日头，不紧不慢地说了声：“回城。”

的确，就在日头离西面山头还剩一竿高的时候，玄奘一行从东面山口进达员渠城东郊。侍御史欢信原以为阿耆尼国王早就在此迎候了，可如今这里却是静悄悄的犹如无人之境，不要说迎接队伍，就连出入行人、往来车马都少之又少。

侍御史策马至桥前一看，桥面已经损坏不堪，心想：也许是因了这个缘故，所以改变了迎候地点。

既有了答案，侍御史便带着一班人马绕城直奔南城门而去。

果然，就在侍御史一行到达的时候，阿耆尼国王突骑支率领列侯、诸将等文武臣属急匆匆地从城内赶了出来，还远远地就抚胸躬身作礼，大声说道："失迎了，失迎了。小王我实在是不得已，北山牧场出了点事儿，处理完毕后就快马加鞭地赶了回来，哎，还是迟了，迟了。"

侍御史欢信虽然心里不满突骑支的怠慢，但出于礼貌，还是恭敬地表示了谢意，然后把玄奘让到前面，介绍道："这位就是赴五天礼佛取经的大唐国高僧玄奘法师。"

直到此时，突骑支才正眼面对玄奘，只见挺立在面前的，居然是个相貌堂堂的汉子，一表人才，温文尔雅之中透出一股刚毅神俊之气，顿时不由得噤声挫气，既敬既畏了许多，完全没了原来的自矜和作态，连忙表示欢迎之意："法师远道而来，辛苦了。大国至天竺路途遥远，何止千里万里，又是山高水长的，高僧竟然无惧无畏，一往无前，若非释家真子、空门大士，哪能有这般的勇气和意志？即雪岭雄鹰、草原骏马也不能比呀。今日光临小邦，员渠城真要蓬荜生辉了。"

说话间已经走到桥头，突骑支向玄奘示意道："请法师紧跟小王，小心脚踏空了。"

玄奘虽然心里犹豫，但碍于情面，还是打算听而从之。正要举步时，侍御史欢信却不愿意了，他抢步上前对突骑支说："桥面如此毁损，这大队人马、货物能通得过？"

突骑支打量打量桥面，又看了看背后的大队人马，好像才发现问题的严重性似的，显出一脸的内疚，自责道："真是糊涂了，怎么如此疏忽，竟然没有考虑到侍御史、高僧之外还有侍从人马？要不然，政事再忙，也会及时修补修补的。”

侍御史欢信不作声色地诘道：“半月前，我王即已遣使前来通报、协商将有大唐高僧路过并在此补充马匹之事，莫非是使者失期未到，还是龙王有意违诺？”

“哪里，哪里，贵国与敝邦近在咫尺，平掉界山，两国就连成了一片，日出跨鞍，日落除辔，岂有误期误事之理？”突骑支一脸尴尬，有点急不择言，“只是近来敝邦事故不断，来不及抽空打理。”

侍御史看着日头已经落在山背后，心里发急，心里有气，想发作，却又考虑到现如今正有求于人，还身在人家的地盘上，奈何不得，可不有所表示吧，又觉得有点儿窝囊，所以，最后便既和气又带气说道：“龙王万机待理，事儿也许比戈壁滩上的石头还多，以后可慢慢地数，眼下最要紧的是，大王打算如何安置这些人马。”

“对对对，眼下最要紧的事是将这大队人马安顿好。”突骑支连连表示同意，继而又像是想出了什么高招般说道，“不如这样，一面呢，侍御史与高僧先到城里歇息，另一面呢，小王立即下令调拨工役前来抢修桥面。”

侍御史一听“抢修”这两个字，简直就要气炸了，他在心里冷笑了一声，想道：好你个突骑支，在和本官玩花的呢。早就协商好的事你不办，如今天都黑了却说什么‘抢修’，这哪里有半丁点儿真心诚意？虽然，我一时还弄不清楚你葫芦里装的什么药，但不安好心，不让大队人马进城，那是肯定的了。既然如此，求人不如求己，我先将人马安置好，再慢慢地看你如何将这戏演下去。

主意既拿定，侍御史便说道：“就按龙王所说，先领高僧入城安顿歇息。至于修桥的事嘛，本使者以为龙王是一定要办的，不过不是现在，而是在大唐高僧走后，因为现天已黑，干不成，活儿多，干不完,即使能干、干完,那也得一整夜。高僧过境,不过一宿,明早就得上路,路修好了,对我等已无实际意义。所以呀,就不再劳龙王大驾了,人马就地露宿一晚即可。”

突骑支听侍御史如此说,正中下怀,心中暗自高兴,但口上却说道:“只是委屈了大家。”

侍御史又在心里冷笑了一声,没有言语。

突骑支似乎看出了对方的心思,为了将假戏做真,便转身命令侍从道:“赶快在这里为客人搭建几个帐篷。”

侍御史心中不屑,拒绝道:“这也免了吧,自带着呢,多少也可以为贵国省几个工役呀。”

突骑支听着虽不是味儿,但终归也符合自己的本意,所以也不再坚持,转而吩咐道:“快为客人备饭,烤馕,羊肉包,手抓饭,还有酸奶子,一样不可少!”

玄奘以及四个新度弟子进城后,被安置在王宫西侧的一座僧伽蓝歇息。因为人在旅途上,所以还是破戒吃了晚斋。不过,所谓的晚斋,其实只是一小块干馕、一小碗酸奶子而已。

斋后,玄奘向寺中长老请教了该国的教化情况,得知其全境共有伽蓝十余所,出家僧徒大约两千人左右,尊奉的是小乘法旨,认为无论是有为法还是无为法,皆有实体,皆是实有,实际存在,只有法体,即所谓的“我”是空的。这种法旨义狭,并非究竟之法,戒律允许吃三净肉,这就难怪晚斋时会有荤菜了。

长老继续介绍说:“国中每年最大的佛事活动,一是四月八日的佛诞节,二是二月八日的释迦文出家节,在这两天,举国僧俗都要依照教规斋戒行道,念经,颂佛功德,浴佛,等等。”

长老一面介绍,一面带着玄奘在殿廊间游观。玄奘看到,主殿内除主尊庄严外，壁间还嵌满了彩色小塑像，相貌特征与中夏人迥异：男性卷发，络腮胡，长发至肩；女性面目清秀，一般是挽发高髻，也有向后平梳加巾或冠盖者，这种形象，与在长安时看到的胡人基本一致。大殿走廊壁间，则装饰着许多壁画，佛本生故事，佛传故事，因缘故事，经变等等，不一而足，画中人物已经夹杂着圆润丰腴的面相，是当地艺人模仿中原风格，还是中夏画家的手笔真迹，则无从考知。联想起白天走过城北白山时，看到绵延数里的山坡上散落着为数不少寺舍及其门前屋后的旗幡、塔刹，还有寂静山谷中不时飘来的梵音、诵唱余韵，玄奘心中不由得生起种种法喜，很为自己已处身于一处风情迥异的佛国仙乡而高兴。

正当玄奘准备向长老请教更多的关于此国佛事、民俗方面的情况时，突骑支偕同侍御史欢信已经来到跟前。对此，玄奘很觉突然和诧异，因为，按常礼，应当是客人主动拜会国主才是。

侍御史欢信当然也懂得这个理，而今儿这样做，却也实在是出于无奈，不得不来个破例。在经历了进城、留宿的艰难一幕后，侍御史对龙王的信誉已经打了问号，当时就想：过境、留宿等等诸事，本来都已经由专使提前通报并协商好了的，现在却处处遇到障碍，谁还能保证在补充马匹这件事上不再出问题？所以，进城安置就绪之后，他立即就去找突骑支要答案。果然不出所料，见面后，突骑支不是千方百计地设法转移话题，就是顾左右而言他，根本不让你有机会谈及相关问题，侍御史因此又增加了一份担心。他在心里发狠道：“好吧，你在本官面前可以随便耍花招，那么，现在我倒要看看，当着大唐高僧的面你还敢不敢推托、胡诌，给不给大唐这个泱泱大国面子。”于是也就有了这次不寻常的到访。

主客坐定之后，侍御史不容国王多说，开门见山就直问道：“法师明日一早便要起程赶路，龙王原来答应补充的马匹想必都已在圈了?”

突骑支听侍御史一开口就谈马的问题,心里的感觉是既突然又不突然。之所以说突然,是没想到问题提出得如此之快、如此直截了当;说不突然,是知道这事儿是早晚必须面对的。不过,突然也好,不突然也罢,他心里其实早已有了应对之法,那就是尽量地拖,尽量地磨,在拖与磨中了解更多的信息,消耗更多的时间,最后让事情在不露声色的状态下无果而终,让对方不耐烦而走。

突骑支为什么会这样想?为什么要这样做?这里得好好地交代交代、说一说阿耆尼这个弹丸边国的前世今生。

前面说过了,阿耆尼不过是大唐西陲白山南麓的一个小国,法度纲纪,粗糙至极,生杀予夺,多循陋俗;人少民贫,但却贪于娱游,二月的野祀,四月的游林,七月的祭生祖,国王的秋畋,四时之间,无不穷于享乐;虽产稻麦菽粟、牛羊驼马,但耕牧粗放,用心稀少,丰歉全靠天意。在刀枪弓箭说了算的尘世间,国小且穷,本来就没有多少发言权,于大国角逐中更是难为其小,凡事不得不察言观色,随机应变,趋炎附势,在夹缝中求生存。如果国君怯懦昏庸,或者虽勇而无谋,那国难家忧就更是有得受了。不幸的是,所有这些灾难的根源,小小的阿耆尼国都兼而有之。由不能自知而又造成判断失误,作风、行为鲁莽,使得它不可避免地一次接一次地触网、碰壁,天灾人祸一次又一次地袭来。早在西汉末年政乱之际,高昌壁屯垦驻军发生兵变,阿耆尼王错以为只有身边的匈奴单于才是能够依傍的大树,不仅死心投靠,而且还为虎作伥,在短短几年之内连杀了大汉的都护和一个五威将军。也许是因为这第一次的罪恶没有受到应有的惩罚,所以仅仅才过了几十年,子孙不肖,又谬将中国之大丧当成大乱,竟然与龟兹沆瀣一气,策应匈奴,再次攻杀都护,杀戮吏士多至二千余人。然而,善恶之报,不看人面,只循因果。此后不久,匈奴兄弟都想称王,纷争不已,致使诸族离叛,强弩折羽,又被汉军乘机横扫,于稽落山、金薇山两次败北之后,横行纷扰草原大漠三百余年的铁蹄不得不落荒远遁,魂栖都赖水之断流处。此间,有燕颔虎颈之士奉使绝域,奋三十六斗士之智勇,文武兼施,先后化服诸国,复又率八国兵数万及商贩贾客、椽吏谋士千几百人共击阿耆尼,破草桥之险,计擒其王,斩首于都护故城,昭雪前耻。然而,也许是响雷惊醒不了昏睡之人,也许是愚鲁健忘性难改,三百年后,阿耆尼国的当权者还是依然故我,山不移,水不转,不图耕牧之精勤,唯恃国土斗绝一隅,阻隔东西,加之好货利,任奸诡,公然依赖剽劫以资国用,致使中夏使者、东西贾客不堪其苦,终于再次招致血灾。万度归奉魏主诏命,率五千壮勇,千里驿上,破数万之敌,直捣员渠,其王鸠尸卑那仅以单骑脱逃,孤零零、凄惨惨地踯躅荒山,落魄他乡。远既不能交,近又无力攻,窝囊气就更是受不完了。譬如:麹氏夺取高昌国的大王旗之后,便乘机以自己的胤嗣掌控了阿耆尼,完全将其国王撇到了一边;当万度归兵临城下之时,车师前部王车夷落也落井下石,率众配合,攻打员渠城东关……

翻开这一幕幕的历史画卷,回忆这一桩桩不堪的往事,突骑支总觉得不是味儿,就像喝了一口盐碱滩上的水,满嘴苦涩,吞不下,也吐不干净,难受极了。作为一国之君,对自己治下这片土地的历史,无论过去了多长时间,他都是会刻骨铭心的。往事,使他深深觉得,不走出泥淖就踏不上坚实的道路;教训,又使他神经过敏,把枯萎的瓜蔓当成蛇。正是这样两种不同心情的交织,促使他对今天的来客选择了排斥的态度。俗话不是说,九折臂可以成良医吗?现在,突骑支也开始学着在行动前动动脑瓜子了:

首先,他不能临战示弱,而要给对手一点颜色看看,原因是阿耆尼国与高昌国正在争抢一条大漠通道。自隋末大乱以来,从阿耆尼开始进入大漠、经白龙堆、然后直接到达敦煌的这条大碛道即闭绝不通,东西行旅都得绕道经高昌、伊吾,然后南下,过莫贺延碛,进玉门关。大唐建国,特别是当今皇上当国以来,大地回春,九州宴静,东来西往的使者、商旅又见络绎于途。这阵阵春风再次吹醒了突骑支好货利之心,他想:如果能重开碛道,行人就会图便、图快从本境进入沙碛道,这样就可以使阿耆尼国重新成为出入大碛的关口,财利就会源源不断,滚滚而来。坐地生财,不仅省了许多的心思、人力和风险,国家有了新的活路,以往骗、抢的活儿也就可以少干、不干,从此让世人不得不正眼相看,岂不是一件一举两得的大好事!可是,使突骑支始料未及的是,此事还在策划之中,派赴大唐联络的使节还没有起程,交河城方面的质询却已经传来,说什么“阿耆尼如果抢了高昌国的一只羊,自己就将失掉十四匹马”。弦外之音很明白,对方是把重开碛道看成是断了他的财路,夺了他的饭碗,不会坐视不管,必定要进行加倍的报复。这分明是在进行公开的威胁和恫吓嘛,未免欺人太甚了。正好,你现在也有求于我了,要是不趁此还点颜色,你往后必定更要得寸进尺,以为我这里出产的甜瓜皮软好捏。

其次是如何对待眼前这位大唐法师的问题。突骑支近来不断地从过往商客口中得知,这位法师西行求法的事儿,皇帝大人并未敕准,还曾派官堵截。固然,从外表和举止上看,这和尚还面善心慈,礼貌谦恭,威仪十足,精神也很是可嘉,只是,如果我帮了他一把,却因此得罪了他的国主儿,其中的得失,何轻何重,不可不思量再三,过去所吃的亏,不就是因为失于掂量吗!

最后是因为心中还有一个结子未解开:这麹文泰今儿个玩的什么花招啊,难道他不知道这僧的来历?如果知晓,那为什么却又如此殊礼有加，热情待之，还兴师动众、费钱费力地一路护送？莫不是想借护送之名，行联络勾搭突厥狼主兼国舅叶护可汗之实，前狼后虎，对我图谋不轨不成？面纱没有撩起之前，绝不可说新娘就是俊的，麻团没有理出头绪，我岂能傻乎乎地就有求必应，摆谱显慷慨？

就是因为心中这些疙疙瘩瘩，突骑支下令拆桥阻客；同样是因为这些个疙疙瘩瘩，突骑支不顾礼节而要慢待客人；仍然是这个原因，突骑支还要按照自己既定的方针，继续走下去。所以，在听了侍御史的话后，便佯作惊讶道："明天就要起程？为什么不多歇一歇？马的事嘛，不用担心，半个月前就吩咐下去了。"

说罢，突骑支又把侍御史冷在一边，直接对玄奘说："高僧可曾知道，小邦国中之马，还的确有些名气呢！古时候，小邦北邻乌孙国，那里出产天马，能日行千里，听说还曾贡献过大汉国呢。先祖说，小邦的马曾越境到乌孙国，与天马交媾回来后，便怀胎生育，一代一代繁衍至今，所以，虽不是天马的纯种，却有着天马的血统。还有传说，牠们还与大宛国的汗血马是同父异母的亲兄弟，汗血马就是天马之子呀！"

侍御史见突骑支又在转移话题，不耐烦了，遂接过话头将军道："这下可好了，有了大王补给的天马，法师翻越凌山当然也就不是什么难事了。"

没承想，突骑支还是未作正面回答，而是暗藏玄机，继续对玄奘说道："法师的神气和毅力感天动地，又远胜天马了；何况还有侍御史护送，冰山再高也在雄鹰的翅膀底下，达坂再险也阻挡不了雪豹的脚步，翻越凌山当然不会是什么难事了。"

侍御史很容易就听出突骑支的弦外之音、话外之话，气越来越大，忍无可忍便要发作，可不料又被突骑支抢了个先，并且出人意料地直问玄奘道:“高僧既从大唐来,必定随身携带皇帝的关牒文书了?”

玄奘是个虔诚有修养的僧人,深知戒律中有禁止诳语这一条,既见问,便坦然地回道:“玄奘求法心切,而生年有限,一寸光阴一寸金,不得不抢步奋蹄,以申宿志,所以竟未曾想到带什么关牒文书的。”

侍御史见突骑支不但不谈正事,反而又在横生枝节,而且还十分的不礼貌,急忙打断道:“大路供人走,雄关不拒善,法师求法不求财,诚心诚意救众生,难道还有谁要阻挡不成?龙王经邦,道扼四方,所见东来西往的僧人应当不在少数,你问过谁有关牒谁无文书了?贵国僧人也有行脚游方者,龙王都给他们签发过文牒了?”

突骑支被质,未免有点尴尬,但还想讨个究竟,于是又道:“只是不断有传言……”

“不止有传言,更有贤圣集传记载:佛涅槃后,八国国王争分舍利建塔供养;阿育王放下屠刀,立地成佛,不仅建八万四千塔供养释迦真身,而且还遣使四出立柱弘法。”侍御史见突骑支仍然口无遮拦,急忙抢过话头,强忍怒气再次质问道,“莫非龙王对于这般的大功德全然不知,也不相信大唐皇帝会崇敬、护持佛法?”

“侍御史言重了,小王对大唐皇帝护佛弘法的诚心并无丝毫的怀疑,就连贵国要留高僧长住弘法,又如何倾财资助的事也都知道个清楚呢。”突骑支不甘心话头一再被堵,一语双关地回道,“如果小王估计不错,贵国这一大队马帮所带钱物,肯定不是麹王走亲戚的礼物,而是施与高僧之行资了。不知小王猜得可对?”

玄奘不明突骑支的底里,颇怀感激地证明说:“龙王说对了,全是高昌国王所施行资,足够贫僧往还用度了。麹王的大恩大德,玄奘终此一生也难报答得了呢。”

“法师不必如此多谢，我王既与法师结为兄弟，执弟子礼，纵使倾帑藏相助也是应该的。”侍御史回完玄奘，转而对突骑支说，“龙王的估计，其实并不全对。此中的确有王妃娘娘敬奉给兄长叶护大汗的厚礼。亲不亲一家人嘛，礼尚往来，天经地义，理所当然。何况，叶护大汗如今统驭西域，土地广袤，疆场辽阔，控弦数十万，毡帐连接，牛羊遍野，驼马成群，西域之盛，前所未有，而如今又通好大唐，遣使请婚，献万钉宝钿金带，还有良马五千匹，如此东西和睦的景象，龙王难道不喜欢？”

“侍御史说哪里话！没有暴风的日子，燕雀才有展翅的机会。大邦相和，小国得福，盼都盼不来呢，如何不欢迎？”突骑支话虽这样说，心里却有一百个不情愿。

侍御史看突骑支翻来覆去地想从各个方面来摸底，便干脆挑明道：“那么，本官既伴送法师又兼代我王省亲，趁便再谈些国事，龙王也就不会介意了？”

“当然，当然，哪会介意呀！”突骑支嘴里如此说，心里却在想：你既然愿意明做明说，那我就再起个话题，看你又如何作答。于是接着道：“侍御史大人送客兼省亲，好事好事，既将高僧送到牙帐，又有机会当面为高僧美言美言，可汗还能不全力相助？所以呀，高僧定能一路顺风，早去早回，到那时，本王必倾城出动迎接，然后遣专使导引，就从我员渠城直接过大碛，进玉门关……”

“法师才出发呢，龙王怎么就规划起回来的事了？再说呢，从员渠城过戈壁大漠进玉门关这条道，数十年来已闭塞不通，龙王即使有心护送法师归国，也不应不走大道、便道而走死路呀！”侍御史一下子便识破了突骑支转弯抹角提出的敏感问题，为了让他消除妄想，死了心，便这样打断道，“还有呢，龙王不知，我王已与法师结为兄弟，并已约定：求法归来日，将在我高昌国停住三年，接受供养。我王还说:若法师将来成佛,他这个弟子还要学舍卫国波斯匿王、摩揭陀国频婆娑罗王,作法师的外护檀越呢。”

突骑支真的惊讶了:“真有此事!?”

侍御史颇为得意:“不信,可问法师。”

玄奘向突骑支点头证明确有其事,并说道:“龙王和侍御史的盛情,玄奘全领了。只是,天路万里,不过才跨出跬步,死生未卜,成败难料,归期无期,几时还乡,今日谈之,未免过早。”

突骑支先闻玄奘确认与高昌王有约,不免心生醋意,后又听玄奘吐露实情心曲,反而又怜悯油然,遂随情鼓励说:“高僧不必顾虑重重,只要人不下鞍,马不停蹄,就没有到不了的目的地!”

侍御史乘机接话道:“龙王说得对,法师不必担心的,你不仅能到达佛国,而且一定会凯旋有期。凭什么?就凭法师的决心和意志,当然,还有龙王补给的神马。”

经过如此这般的谈话,突骑支已经摸清了高昌国的底牌,也证实了近来的一些传闻,所以更坚定了原来的决断。既见欢信又旧话重提,于是便装出一副坦诚模样,说道:“对,神马的确能派大用,北山马场已挑选出二十余匹,限令至迟今晚务必送到。”

侍御史为了弄清突骑支此话的虚实,不动声色地建言道:“夜已渐深,想必马已在圈,还望龙王能领引前往看过,也好今晚睡个安稳觉。”

“侍御史且莫焦急,待我先去察看察看,再来报告喜讯。”突骑支明白欢信的意思,所以回答的语气和态度都特别认真、诚恳,但心里却这样想:你急我不急,你要看结果吗,结果会有的,但不会如你所愿的。

突骑支说完,转身便往外走了,脚步还挺快。

突骑支走后，玄奘与长老自有话题可叙，所以不觉时间的流逝。而欢信则不同，他整颗心都放到了一个“马”字上，所以唯一所想、所盼的，就是突骑支能不能快点儿回来，那焦急劲儿，简直是在掰着手指头算时间呢。

还好，虽然整整等了一个时辰，突骑支总算回来了。他一进门，便喘着气说：“马已经到了遮留谷……”

“到了遮留谷！”玄奘不摸底里，以为事情终于有了好结果，很是高兴。

侍御史则不同，他一听“遮留谷”这个名称就觉得有点别扭，加上对突骑支的越来越不信任，总觉得这龙王的话里还有埋伏，于是便冷冷地回了一句：“那就好，法师今晚可以睡个安稳觉了。”

果然，侍御史的话刚说完，突骑支便连连摇头摆手作无奈状说道：“马是到了遮留谷，只是又出了事儿。遮留谷那路，一边是高山绝壁，一边是百丈深渊，本来就狭窄崎岖，如今又突然塌方，路全给堵了，哎，偏偏就在这节骨眼上。”

玄奘听后大失所望，一时不知说什么是好。

侍御史在自己的怀疑得到证实之后，进一步断定，突骑支肯定是在耍花招，既不想给马，又要找个正当的理由。为了拆穿他的花招，便显出十分焦急的样子说道：“哎呀，大唐法师西行的事可耽误不得呀，龙王可否派员带欢某前往察看察看，看看今夜是否能够疏通道路？”

突骑支听侍御史说要亲自去遮留谷，一时慌了手脚，连忙说道：“不可不可，一来天黑，二来山路难行，如何能让侍御史去冒这般的险？再说了，大白天都不好干活，深更半夜的，谁敢在那山崖间动锄动铲的？即使看了，又有何用？”

都说阿耆尼国的头儿昏庸愚鲁，可在这件事上，却布置得如此周详缜密，未曾露出一点儿破绽，乃至于连精明过人的侍御史听后都不能不哑然无语。

因为事关明日的行程，玄奘听后也不免焦急起来，提议道："可不可以绕道过来？"

"绕道过来？"突骑支假作思量，说道，"倒也可以，只是得再折回草场，然后走另一个山口。"

"明早可到得了？"玄奘于失望中又看到了希望。

突骑支没有直接回答，而是问道："再等几天行不行？"

侍御史一听，知道这也不过是个托词。突骑支明知明天决定要走的人马是不会再等下去的。而托词的实质就是不给马。既然如此，即就是我等横下心来真的"再等几天"，那也不会有好的结果，到头来不过是误了自己的行程罢了。

侍御史如此这般地想着、分析着，气越来越大，但却感到百般的无奈，再也顾不得许多礼貌，很是不满地嘟囔道："早就说好的事情，怎么会是这个样子？"

突骑支看着侍御史发急、生气，无奈，心里高兴得想笑，而脸上露出的却是一副愧疚的神色。

玄奘是个尘外人，思想上没有弯弯，更不懂得俗人中的种种钩心斗角术数，眼见侍御史与龙王发生矛盾，便说道："事既如此，那就随缘好了，还是按时走，不能耽误了行程。马的问题，边走边想办法吧。"

侍御史与突骑支听罢，一时间都没有任何回应。

第二十回
过云霞沟赞天地壮美　游胡杨林悟生命真谛

天刚亮，玄奘一行便从阿耆尼员渠城开拔上路，当太阳露脸时，人马已经走出鹰娑川的河汊湖湾地域，抬眼就可以看到将要经过的铁门关。

队伍里没有人说话，单调的马蹄声和脚步声更凸显出沉闷的气氛。

昨夜，阿耆尼国王突骑支的表现，让侍御史欢信看穿了其真实用意：不给马，还要逼你走人。当时心里就想：戈壁滩上不怕没石头，白山绵延千百里，连着几个国度，有无数个草场，哪会缺骏马，你突骑支不给，别国不可能都拒绝，还怕解决不了补给问题？所以，最后的决定是：与其坐着等不如走着找，还是及早上路为好。

与侍御史不同，在玄奘看来，龙王已经尽了心，天不作美，轮了谁，也是心有余而力不足。世间事就是讲个因缘，事情办成了，是因缘和合，谓之有缘；事情没有办成，是因缘相隔，是谓无缘。再说，蒂落瓜熟，强而摘之，岂有甜味？日子呢，只是往前走，不等人，更不会倒退，误时一天，悔恨连天，时不我待啊！龟兔赛跑，胜负本来分明，但最后却是毅力决定了结果，岂可不思之？因此，最后的结论也是走为上策。

在龙王突骑支方面，主意既定，所有的托词都不过是借口。即使是一个最不讲信用的人，撒谎多了心中也会忐忑，所以也巴不得快点结束这出戏。不说客走主人安吧，起码可以不用再绞尽脑汁斗心眼、担心哪句话说得不妥、哪儿会出娄子会授人以话柄。因此上，起了个绝早赶来送行。不过，也就送至城郊而已，更不要说有什么依依不舍之情了。

铁门关离员渠城不过数十里，阿耆尼国王如果对邻国使节和大唐法师稍有诚心善意的话，送行至此是不算过分的。但刚刚说过，突骑支只送至城郊。所以，当侍御史欢信在迈步走过关口前回首张望时，便只有遥远的白山雪峰在默默叩首告别，因此，脸上和心中就难免怨愤和落寞。

玄奘不了解高昌国与阿耆尼国之间的交往历史，所以也就不了解，甚至未发觉侍御史心境的变化，想法自然也就不一样。在他看来，走出一步，就与目的地拉近一步，步步都蕴含着收获，步步都意味着成功。因此，从起行时开始，他在几个徒弟的簇拥下，便无牵无挂、无忧无虑地走在最前面，竟然把侍御史他们甩在老远老远的后头。

玄奘一行现在走的是一条古道，仍然不出刘汉时代西域三十六国的范围。过了铁门关后，他们一直沿着白山南麓、大碛沙漠北沿之间的古道向西挺进。

关于这条古道，自司马迁撰《史记》说“张骞凿空”以后，便相沿成习，都说自汉境通西域的道路是博望侯开通的。较之于事实，这种说法其实并非十分恰当贴切。且不说穆天子西征昆仑丘与西王母相会的神话是真是假，其实早在张骞出使西域之前，即已有马背民族如大月氏、匈奴、乌孙等先后从河西走廊或河套之北西迁至塞种族地和妫水流域建国立业，如大月氏国、大宛国，以及单于王庭等。道路已通，何用再开？当然，如果从沟通中夏与西域诸国联系、了解记述西域的风土物情这个角度而言，张侯确有首建之功，勿用待言。终汉武之世，自玉门关、阳关出西域已有南北两道：南道经鄯善，傍南山北麓，逆河西行至莎车，再逾葱岭，而达大月氏、安息；北道经车师前王庭，然后随北山循河西行至疏勒，再逾葱岭，而达大宛、康居、奄蔡。至玄奘西行当下，原来的南北道之外，又多了一道，即从玉门关出发，经伊吾，过蒲类海、铁勒部、突厥可汗王庭，渡北流河水，至佛菻国，达于西海，称为北道。而原来的北道则改称中道，南道依旧不变。按玄奘原来的计划，是循新北道过可汗浮屠城西去，由于高昌国王的邀请挽留，暂住说法，才改走原来的北道，即时下的中道。

南道与中道，其实就是各据一边的一对内弧线，它们所包围的就是浩瀚无际的沙碛大漠，或称为“死亡之海”，或称为“古老的家园”，或称为“失去的家园”。其背后则分别为南山、白山。白山的南麓，与沙碛大漠一样，全身赤裸，寸草不生，可谓不毛之地。太阳升起，沙漠和山坡就像一个饥肠辘辘的饿殍，大口大口地将热量吞食，把自己变成一口大煎锅，恨不得将空气连同一切生命统统炸干煎透。太阳西沉，它们又像甩包袱那样，把热量快速地往外挤，很有一下子将整个世界冷却的意思。酷热、干燥，既是摧残、扼杀生命的屠夫，同时又是尘封、保护古代文明并使之不朽的能工巧匠。温差巨大，既给人类生活造成诸多不便和烦恼，但同时也能锻炼、铸造出无与伦比的壮丽与辉煌，给人以快乐的享受和无尽的启发。

偌大的沙碛大漠，靠了周围高山积雪的融化，并汇成季节性河流，节制而有序，从不懈怠和吝惜，倾霖泻露，年复一年地催发出绿色的生命。只要这些琼浆玉液能到达的地方，那里就会变成绿洲，草木繁茂，鸟语花香，人畜兴旺。这些绿洲大小不等，其大其小，完全仰仗老天馈赠涓滴的多少。这些绿洲，像是天上的某位神仙信手撒落在一幅巨大无比的黄缎子上的稀疏而零乱的无数绿宝石，让人见爱而又担心。见爱是因为它们为死一般寂静的沙碛大漠赋予了生机活力，担心的是它们随时都有可能因为缺少乃至断绝维持生命的醍醐乳汁而毁灭殆尽。这不是耸人听闻的危言或梦呓，而是已经被一千次、一万次证明过，并且还在继续证明的残酷事实。也正因为此，那些流入沙漠的河流流域，就被当地人称之为“塔里木”，意思是“天赐的耕地”。“天赐”这两个字，包含了无奈、怨尤、幸运、感恩、得来之高兴和失去的恐惧等多重含义，是这里的芸芸众生几千年来矛盾错杂心声的活生生写照。

玄奘为了礼佛求经，一个多月前曾从“死亡之地”走出，现在又正与他的弟子们从“天赐耕地”穿行而过。

由于开拔得早，天气又相对凉爽，所以走起路来也比较快捷，日仄时便快要到达一处名叫云霞沟的地方。因为此沟有名，又处在交通要道上，不仅本地人晓得，就连邻近的外国人也常常听过往的使者、行商说起。侍御史欢信曾几次出使附近诸国，自然也有所见闻。还没到沟呢，他已经看见了熟悉的地形，于是加鞭策马来到玄奘身旁，说：“前面就是有名的云霞沟。”

玄奘处身大漠秃崖间，突然听到如此富于色彩的名字，一时间竟然接受不了：“大人，你说什么？”

“云霞沟！”侍御史再赶一步，毫不犹豫地回答。

玄奘仍然有所怀疑，抬眼四顾，似问非问道：“云霞沟？这里哪有什么云霞呀？”

侍御史见玄奘对这个地名既感新鲜又抱怀疑态度，便说道："法师有没有兴趣听听有关云霞沟的故事？"

玄奘高兴道："当然，如此荒僻的地方却有个美丽的云霞沟，这不就和空漠的长天里来了个飞天一样神奇吗，当然要听了。"

于是，侍御史便将有关云霞沟得名的缘由倾箱倒匣似地讲了起来："据说呀，因为附近一带有几条季节性河流，整个夏天，河水暴涨，汹涌咆哮着冲进大漠，沿边低洼地带一时变成大片水乡泽国。晨曦、夕照与沼泽升腾的水气交织，色彩缤纷，状如七彩锦缎，妖娆娇媚，难以形容。山沟临水，近在咫尺，经常被满天的云霞笼罩。沟中本来就岩体裸露，形状多样，此时更由于光线明暗的不同，色彩的增加，山岩的姿态、形状更加多样、丰富和奇异，并因此使这些穷崖绝壁平添了许多风韵神气，既有南国水乡的柔美和细腻，又兼带北国原野的粗犷与伟岸。总而言之，是一幅很有灵性和魅力的画图。"

"因此缘故，山沟也就得了这个美名。"玄奘以为故事讲完了，所以这样总结道。

侍御史回道："不只是这个原因。"

玄奘正要问侍御史还有何原因时，行伍中却忽然传来一阵哄乱声。二人回头一看，原来是脚夫们都齐刷刷地直往豁开的山口外放目，同时发出既惊又喜的赞叹声。

玄奘随众望去，顿时也怔住了：天上的彩云竟然掉到了地面，飘飘荡荡、严严实实的好大一片呢！赤橙黄绿青紫蓝，五光十色，交相辉映，美丽极了。

侍御史看着玄奘既惊喜又纳闷的样子，便笑吟吟地说了一句："托格拉克！"

玄奘听不懂，问道："大人在说什么？"

侍御史仍然是笑吟吟的，像自语，又像回答："最美丽的树，英雄树。"

玄奘越听越糊涂，没法儿弄清侍御史前后话语的关系。侍御史看着直想笑，赶忙往透里说道："'托格拉克'是本地土语，意思是'最美丽的树'，'英雄树'。"

"最美丽的树，英雄树，在哪？是什么样子？"玄奘一面问一面四处打量。

侍御史举起鞭子指着沟口外的那片匝地云霞，说道："就在那，野白杨，也就是胡杨树。"

"怎么，大人说那片云霞是野白杨？树是树，霞是霞，怎么混在一起了？"玄奘一脑子的疙瘩解不开，"就算是树吧，为什么又叫英雄，还是最美丽的？"

侍御史稍一沉思，带点哀愁，夹些悲壮，同时又满怀敬意地说道："在这世上最干旱的大漠里，凡是能爬、能动的就是可爱可贵的，而要是谁能给这灼热如火的沙海染上一些翠绿，换换色彩，让人感受感受新鲜，抒抒胸臆，振振精神，那它就更是值得感谢、崇拜了。这野白杨呀，处身大漠荒原，既无沃土以供营养，又缺雨露以资润泽，大风时起而沙飞石走，严寒既至而地冻三尺，冬去何缓，春来何迟，夏漫漫而暑酷，秋融融而时短。然而，它却能不挑不拣，不乞不求，不嫌不弃，不屈不挠，无惧无畏。在艰难的日子里，它甘于清贫，自守寂寞，能忍不忍之饥渴，能耐难耐之煎熬；一旦节令到来，气序合适，它就会不懈不怠，焕然勃发，竭心尽力，吐绿堆翠，竭力展示自己的存在与荒原大漠的生机。而每年秋高气爽之时，更是它们高唱生命赞歌、舞出生命旋律的盛大狂欢节。这时呀，它们一个个都穿起最美丽的衣裳，使出浑身的劲儿，迸发野火般的热情，展示天仙般的妩媚，奉献出生命的全部灿烂与辉煌，好像是下定决心要把整个世界都给醉翻似的。”

听着侍御史绘声绘色的讲述，玄奘对胡杨树算是有了个概念上的认识，知道它生之艰难，活得快乐，但还是远不能将其与“美丽”、“英雄”两个词义有机地联系到一起。

侍御史似乎看出了玄奘的心思，于是建议道：“今儿已经走了大半天了，我们就到胡杨林那儿歇歇脚，饮饮牲口吧。顺便呢，也就近领略领略胡杨的风采，看看它与云霞有何不同，胡杨是不是最美丽的树，英雄般的树。”

从教戒的角度来说，僧人对声色之娱是十分警惕的，原因就在于它可以动心乱情，有碍入定思考、生发智慧，所以往往会远而避之，禁而止之。但这只是事情的一个方面，也就是说，拒绝声色之娱，并不是要拒绝美，例如自然之美，心灵之美，天地和谐之美，等等。总而言之，宇宙万物、有情无情所具有的以真善为内涵的美，不仅不拒绝，甚而还认为，热爱这样的美，追求这样的美，正是释尊弘法利生愿景的一个不可或缺、不可忽视的重要组成部分，是一生精进修行的最终目的。正是因为这个缘故，玄奘才到得胡杨林的边缘，便被震撼了，惊喜得差点儿跳起来。

玄奘撇下侍御史径直进了林子，走着，抬着头，转着身，一时东一时西，贪婪地看着眼前万花筒般变化无穷的色彩：那大红大红的像一团一团燃烧正旺的火，那黄灿灿的像片片悬挂的金箔，那忽闪忽闪眨眼的像摇曳的银屑，那蜡黄赤褐的是胭脂、琥珀，那诸色叠聚的是玉髓、玛瑙，那绿中嵌蓝的是琉璃、翡翠，那青黄杂糅的是彩缎、华锦，诸如此类，简直令人眼花缭乱、目不暇接。低头看时，地上的景致并不比头上的逊色，落叶将整个林地铺了个严严实实，厚厚的，软软的，在阳光的照射下，熠熠生辉，一片金黄……看着看着，玄奘居然情不自禁地喃喃念了起来：

“一一树叶作异宝色，如琉璃色中出金色光，玻璃色中出红色光，玛瑙色中出砗磲光，砗磲色中出绿珍珠光，珊瑚琥珀等一切众宝相互映饰，美妙珍珠网覆盖树上。”

“阿弥陀佛刹中皆自然七宝，所谓黄金、白银、水晶、琉璃、珊瑚、琥珀、砗磲，其体性温柔，以是七宝相间为地，或以纯一宝为地，光色照耀，奇妙清净，一切十方世界。”

“讲堂精舍，皆自然七宝相间而成，复有七宝以为楼阁栏楯，复以七宝璎珞悬饰其侧，复以白珠、明月珠、摩尼珠为之交络遍覆其上，殊特妙好，清净光辉，不可胜言，其余菩萨、声闻所居宫宇亦复如是……其形式高下大小，或以一宝、二宝乃至无量众宝化现而成，有随意高大浮之空中若云气者，有不能随意高大如人间者……”

“师父，你在念什么呀？”

玄奘猛听得背后有人询问，回头一看，原来是沙弥嘉尚和普光，于是不答反问道：“你们怎么也来了？”

“侍御史大人怕师父走迷了，特地叫弟子来陪伴的。”嘉尚说明原委后，又问道，“师父刚才念念有词的，是什么内容呀？”

玄奘回道：“念的是什么？是有关西方极乐世界的经典呢，《观无量寿经》啦，《阿弥陀经》啦，都是做沙弥时在洛阳净土寺背诵过的。”

“做沙弥时背诵过的？都快一二十年了吧，还记得，真了不起！”普光十分佩服玄奘的好记性。

“小弥子，就会说好听话！”玄奘白了普光一眼，转而问道，“你们看看，眼前这胡杨林是不是很像阿弥陀佛所住的西方极乐世界？”

嘉尚答道：“弟子没见过西方极乐世界，假若就像方才师父念的那样，那倒真有点像。整个这座林子，简直就是各色各样的珠宝堆成的呢！”

普光接着道：“也像一座什么精舍，是祇树给孤独园，据说那里的地面都是用金砖铺成的，就跟这林子的地面一样，也是金光闪闪的。”

玄奘点头道：“唔，也像。不同的只是祇园精舍用的是金砖，这林子用的是金箔。”

嘉尚连连赞叹道：“没见过，没见过，这胡杨树实在是太美、太美了！”

玄奘情之所至，也脱口道：“是呀，真是托格拉克！”

这回轮到弟子们糊涂了，二人同时睁大眼睛望着玄奘。

玄奘见状，笑道：“侍御史大人说，‘托格拉克’意思是‘最美丽的树’、‘英雄树’，是本地人对胡杨树的美称。”

玄奘与弟子们一面说，一面走，不觉间已经快到了林子的另一边，树木越来越稀少，再往前就是大漠荒原了，于是转身就要往回走，可就在这当儿，头顶上突然有人喊道：“法师稍等。”

玄奘还未及抬头看呢，一个人已经纵身从树上跳了下来，桩子似地戳立在面前。只见他身穿长袍，未扎腰带，左手拧一小羊皮水袋，右肩挂一香袋，面相似胡又像汉，话音也是变了味的华语，光头无须髯，年龄五十开外，还属壮年，虽然有点风尘仆仆，但精神旺盛。

玄奘打量着陌生人问道：“施主高姓大名？”

陌生人回答：“无所可施，故非主。空门释种，法讳无讳。”

玄奘惊讶：“竟是出家人呀！”

无讳回答：“无家可出，阎浮界只是个火宅。”

几经对话，玄奘颇觉投机，来了谈兴，于是便你一言我一语地对了起来：

“何方大士？”

“根在祁连，生于轮台，当下为龟兹头陀。”

“既是龟兹头陀，如何到了这里？”

“参禅兼候客。”

“参禅、候客，如何却上了树？”

“为心定。”

“这倒新鲜，如何说？”

“处高必危，知危必神专、身正。正襟危坐，方可入定。”

“既入定，错过客人，如何是好？”

“无缘相隔，有缘必会。”

“如此确信？”

“眼前是实。”

“未通姓名法讳，如何就知道眼前站的就是要候的客？”

无讳不答反问道：“法师可是前几日从高昌境来，昨夜宿于员渠城？”

玄奘虽然惊异、纳闷，但还是点头作答道：“正是。”

无讳再问：“到西天礼佛？”

玄奘既惊且喜：“法兄莫非得了他心通？”

“非佛非菩萨，哪里有什么天心慧性神通力？只不过是长了两只顺风耳，法师一路上的美誉芳声挡都挡不住呀。”

“虚名而已，其实难副。”玄奘摆手回罢，转而问道，“法兄方才说，候客之外还兼带参禅，可为何不在密林浓荫里，而偏偏选了这秃树疏枝处？”

无讳回道：“密林浓荫固然是好所在，但这里也有它的奇观妙趣，更能启发禅思，生发智慧。”

玄奘指指面前的秃树枯枝，还有远处的荒漠，问道：“法兄说这里也有它的奇观妙趣，更能启发禅思、生发智慧？”

无讳没有回答，而是说道：“法师且随我来。”

玄奘师徒正要跟无讳走时，石槃陀气喘吁吁地从林子里追过来说道："师父，侍御史大人催着上路呢。"

没等玄奘开口，无讳先说道："不着急，横竖得在轮台住一宿，赶到那儿，时间绰绰有余。"

玄奘心里没底，不免担心道："还是赶早不赶晚为好。"

无讳说道："法师不想看这里的奇观妙趣了？"

玄奘略一踌躇，最终还是被好奇心征服了，吩咐槃陀道："回去禀告侍御史大人，不碍事的，过一阵就回去。"

无讳领着玄奘师徒仨朝东走，胡杨树越来越稀疏，且树身粗而矮，枝杈少而短，叶子也稀疏了许多。

在林子的边沿处，无讳站住对玄奘说："法师看看，这处的树是不是与林子里的有所不同：单株少了，几棵几棵结伙生长的多了。再看看它的叶子，是不是差异更大：一棵树上，叶子分了好几种，有的如柳树叶，细长细长的；有的如枫叶，叶角叶椏比较分明；有的则基本保持原来的样子未变。"

玄奘走到树前仔细看之，果然与无讳所说无异，怪而问道："同株异叶，是何缘故？"

无讳回道："法师注意到了吧，每棵树上相同的叶子方位也是相同的，为什么？因为林子边上，风大，热量大，沙尘也大，扎堆生长，相互依靠，有利于抗风；叶子变形，则是为适应大漠风沙、干旱、灼热的环境，也就是一种在极端恶劣环境里求得生存的生理现象。法师看，那细长的叶子，是不是都长在迎风面、迎沙面？为的是尽可能地减少风沙的冲击力，减少水分的蒸发。"

说毕，无讳又领着玄奘走到一棵粗大的胡杨旁，指着树身说："法师看看，这树的树皮是不是既厚又松，还有几道皲裂沟缝，缝隙中有白色物，结晶的，粉状的？法师蘸点儿尝尝看是什么味道？"

玄奘用指尖蘸了点儿，小心翼翼用舌尖舔了舔，顿觉苦涩难忍，皱着眉头不停地吐唾沫，连声道："碱，碱，又苦又咸的。"

无讳接话道："是碱，不错。但本地人称它为胡杨泪。"

玄奘不胜诧异道："胡杨也会流泪？"

无讳："人在悲伤难受时不是会啼哭，会呻吟，会号啕吗？胡杨也一样。这戈壁大漠太干旱，雪山上年年流下的水年年被晒干，剩下的只有盐，盐多了又变成碱，整个戈壁大漠其实就是一个大盐碱滩。树跟人一样，要活命就离不开水。可沙漠里缺的正是水，水再苦也得喝，喝得越多，身上的盐分就越多，太咸了当然也会难受流泪。泪既流，多余的盐也就随之流走了，自然也就没有被腌死，保住了性命，生存了下来。"

听了无讳的讲解，玄奘似乎在思考着什么，一时没有说话。但弟子普光却问开了："无讳师父，那树皮又松又厚，又怎么说？"

无讳脱口回道："既松又厚，可以防寒、保暖，又可以防止树身水分过分蒸发呀！"

普光听罢，点头道："有道理。"

无讳领着玄奘师徒继续往前走，胡杨林已经不能再称之为林，老大老大的树干稀稀落落的，风沙吹断了它们的枝杈，严寒冻裂了它们的肌肤，暴热几乎蒸干了它们身上有限的水分。有的还一息尚存，巍然屹立着，豪气凛然，威武不屈，宛如刚刚结束战斗的沙场战士，衣衫褴褛，蓬头垢面，遍体鳞伤，断胳膊少臂的，但既没有垂头丧气，也并不居功自傲；头顶上留下的些许枝条，犹如被火而未焦的头发，侥幸残存下来的金色叶子，尽管零星稀疏，但仍在不停地忽闪、舞蹈着，顽强地宣示生命的存在；有的已经死了，但还是生前那副刚强壮勇的气概，虽死而不倒，仍然顶天立地，不屈不挠，一副大丈夫的气派。

再往前走，挺立的胡杨，无论是活着的还是死了的，都没有了，映入眼帘的全是些倒在地上的树干和粗枝，有平躺横卧如沉梦未醒的，也有侧身倚坐若小憩养神的，有生时喜静而死后索处的，更有山盟海誓而生死相拥的……从干枯已极的状况判断，它们都曾经是些为生存而鞠躬尽瘁、死而后已的奋斗者。不知是多少年前，它们死了，后来又倒了，自那以后，便如此这般静静地躺着，安之若素，自得自在，不怨天，不尤人，任凭黄沙慢慢地、一点儿一点儿将自己覆盖、埋没……

玄奘走到这里，停住脚步，环顾良久之后，又一次感叹道："名不虚传，托格拉克！"

无讳见玄奘居然能叫出胡杨的芳名，惊讶不已，说道："法师也知道胡杨是最美丽的树，是英雄树？"

玄奘笑着回道："玄奘第一次见到这种树，哪里晓得它的许多故事？是高昌国侍御史大人告诉的。"

一直跟在身旁的嘉尚、普光两个沙弥这时突然冷不丁地问道："师父，就林子说，叫最美丽的树倒合适，可凭什么又叫英雄树呢？"

"是呀，凭什么叫英雄树，无讳师父为我等说说。"

无讳也不推辞，不假思索就讲了起来："这胡杨树可真了不起，寿命可长了，生而千年、死而不倒也千年、倒而不朽又千年呢。"

嘉尚、普光一听，咋舌道："从生到朽三千年？！"

不听则已，既听毕，玄奘反而起了疑问："寿命也真是够长的了，可这又是凭的什么呢？"

无讳不答先问道："法师可知道胡杨的根有多长？"

玄奘摇摇头："猜不着。"

无讳带点神乎其神的语气说道："往深说，有四五丈长，往宽说，更长至十余丈。因此上，它能生而繁茂，还养成了一副铜筋铁骨的身板子，所以呢，不仅活得长，而且死而难倒，倒而难朽。”

玄奘与弟子听毕，心有感悟，几乎是不约而同地念道：“善哉，阿弥陀佛！”。

往回走的路上，玄奘似猜似问道：“无讳法兄到林子里来习定禅思，应该与这英雄树、最美丽的树有关吧？”

无讳听玄奘如此发问，既惊又喜道：“法师如何晓得无讳的心思？”

玄奘回道：“法兄对其了解得很多、很细呀！”

无讳不无遗憾地回道：“知其一，未知其二。如实对法师说，还真是未参透呢。无讳之所以要在这里习定，在这里等候法师，就是想看看是否有缘相会，是否有机会请法师为我开悟开悟。”

玄奘回道：“法兄过谦了，玄奘一路看下来，又听了你的许多讲解，启发不小，受益匪浅呢！”

无讳讶道：“怎么可能呢？无讳不过是讲了些胡杨生长特点罢了。”

玄奘回道：“正是这些生长特点，使玄奘对这英雄树、最美丽的树有了更深刻的认知，对生命的真谛有了更深刻的认知。”

无讳听后高兴道：“更深刻的认知，这应该就是无讳没有参透的吧，敢请法师不吝赐教。”

“赐教不敢讲，与法兄交流交流心得倒无妨。”玄奘没有谦让，欣然回道，“在玄奘看来，胡杨树的道性首先是随缘，亦即随顺外部环境、条件而相适应之。胡杨树生长在这里，正如所见所闻一样，环境、气候条件都很恶劣，但它却能直面时艰，随遇而安，顺势而长，变中求不变，终于保住了命，保存了本性。法兄你认为玄奘说得对不对？”

无讳点头道：“真是这样的，很聪明呀！”

“胡杨树的道性还表现在深得方便法门之要。”玄奘继续道，“所谓方便法门，就是针对众生根机深浅不同而采取相应的引导化度方法。佛设教开方便之门，随机、利物；众生修行也得有种种方法，讲求方便、善巧。法兄所讲胡杨树的根、叶、泪等种种特点，其实就是其随缘修行、证性的善巧、方便方法与蹊径。因为随缘，因为有了相应的方法，不仅赢得了生存的权利，还活得很精彩！”

无讳又点了点头，说道：“真是这样的，整个的胡杨林子不就是一个西方琉璃世界吗！”

玄奘环顾前后左右一遍之后继续说道：“胡杨树道性的又一个方面是注重当下。无论它处于哪个阶段、体相如何的不同，其最关切的，甚而可以说唯一关切的，只是当下。为了当下而尽心竭力，恪守本分，专于本业；在当下里，尽情释放，任运天然，不恋此生，不期来报，唯求自在无碍。而自在无碍即究竟一切事物，证真觉智，无不了知，以是故，自在无碍即清净法界，即真如佛性。以是又知，当体即道，不仅是就万千事相而言，即胡杨树的生、老、死各个阶段亦复如是。”

嘉尚、普光听不懂玄奘的话，问道：“师父，何谓‘当体即道’？”

玄奘回道：“体即万法、万物的体相；道即道性。当体即道是说：世间一切事相，即使是最浅近者也都有着深妙的道理，也就是清净之性、自在之性。胡杨树当然也不例外了。”

无讳听毕，高兴合掌道：“阿弥陀佛，无讳今日总算是开了窍、长了见识。真真是，法师一席谈，远胜百日禅呀！”

玄奘认真而诚恳道：“差矣，差矣，玄奘所说，不过一孔之见而已。法兄于中有悟，靠的正是平日禅定功夫呢！”

无讳听后还有话要说，可就在此时，前面又出现了石槃陀的身影，玄奘急忙拉了无讳的手，说道：“快走，又来催上路了。”

第二十一回

无底枉坑唤醒敬畏心　本生故事激砺西游志

玄奘一行离开云霞沟口胡杨林后，又赶了数十里，在轮台歇了一宿。第二天一早即上路，大约在隅中将午时分，便消消停停地到了龟兹国都的远郊，放目即可看见伊逻卢城的清晰轮廓，横在眼前的城墙足有四五里长。墙内墙外的林木虽然换上了秋装，但仍能显示出夏日曾经有过的雍容；城内城外，多有突兀的建筑。无讳不停地指点着那些建筑给玄奘讲解：那座高达数丈、方形锥体、上建堂宇的台殿是御苑的观象台，那个有着穹庐圆顶的巨大塔刹就建在宫旁大寺内，等等，总而言之，是在竭尽所能地表达自己对这座都城的了解。

玄奘好奇地指着城内另一处在太阳下泛着金辉的高殿问道："那就是王宫吧？"

"国王？是的，是国王！"无讳几乎是兴高采烈般地喊道。

玄奘见无讳答非所问，有点莫名其妙，回头瞧了一眼，这才发现他根本就没有注意自己所指的那幢建筑，而是直盯着前方什么东西，于是也便好奇地随了他朝那望去。

原来，远处正有一班人马飞也似的朝这边奔来，玄奘一心只在那熠熠生辉的金顶建筑上，竟然对那一路飞扬尘土未加注意。

才眨眼工夫，那班人马就已经到了距玄奘他们半里不到的地方。为首的一个，长发披肩，身穿锦袍，腰系金宝带，颈上围着华锦。紧随其后的是十来号人，袍带之华丽仅次于前者，迥然区别的是人人一式齐颈短发，大都蓄须，或八字胡，或络腮胡。人众中，一位身着褐色长袍、光头净脸的长者让人一眼就能判断出，这是该国德高望重的僧中鸿爪。

对此一班人马的出现，玄奘和高昌侍御史欢信事前都未得到任何信息，所以思想上也就没有丝毫的准备。他们是谁？为什么到来？简直是一头雾水。特别是在有过被阿耆尼国王冷落、慢待的经历之后，他们已经不对外来的友好、帮助抱过多的、太大的期望，所以，二人不约而同地把疑问目光投向无讳。而无讳呢，原来的任务也只是奉本寺长老之命远迎贵客，至于眼前的事，自己也一无所知，但从来人的身份、高兴的神情来判断，他得出的答案是："肯定是迎接侍御史大人和法师你们来的！"

来人渐行渐近，无讳在完全看清来者的面目后，喜形于色地介绍说："走在最前面的就是苏伐叠国王，才继承王位不久呢。身后的是各部大臣，阿奢理贰大寺住持、国师木叉麹多老法师也来了。"

还在数十步之外，龟兹国王一行便齐刷刷地跳下马，几乎是小跑着朝这边走过来。

玄奘和侍御史欢信见状，也赶忙下了马，本能地、不由自主地迎了上去。

龟兹国王与玄奘素昧平生，但此时却一见如故，即便是用欢欣鼓舞、兴高采烈的字眼来形容，也一点不过分。在叙过礼、问过好之后，国王竟然撇下侍御史欢信，与玄奘并辔先行了。

“大唐开国时，小邦龟兹曾遣使贡献，皇帝还亲自接见了呢。近闻新帝乃沙场统帅、明堂英主，小邦正在筹划马匹，准备再次前往朝贺呢。”

路上，国王对玄奘这样大声说。从声音、表情看，他并无意期待什么感谢性的回答，而只是一种出自深心的得意、自豪情绪的率真流露，所以，话一说完，便一面抖动缰绳，一面亲切地示意玄奘：“法师快加鞭。”

事情来得突然，主人的热情似火，所有这一切，都使玄奘一时显得手足无措，既没有机会说话，也不知从何处说起，所有的动作几乎都是被动的，但却又是随顺的，叫走就走，叫加鞭便加鞭，已经将侍御史忘了个干净。

走至都城东，玄奘怔住了：就在城门外的道路两旁，搭着许多浮幔帐篷，其中最大的一顶，整个地用白氎搭成，四边檐口垂幔饰以彩缎，帐篷地面足有数亩之大。佛曲梵呗温柔婉转，如涌泉，如流云，从帐篷内飘溢而出。国王苏伐叠见玄奘一脸惊讶，也不作解释，好像是要给他暂时留些悬念似的。

在大帐前，他们下了马，国王过来牵着玄奘的手，径直进了大帐。

门幔乍撩，玄奘眼快，往里一瞥，又是一怔：帐内正西幔前，整齐地摆放着十辆四轮乘舆，舆上搭建佛龛，或彩绘以饰之，或绮锦以装缀；龛内像设庄严，或释迦佛，或菩萨，或诸天，一皆以金银、琉璃等珠宝莹嵌，庄严华丽，光芒四射，阖帐生辉；帐内僧徒济济，足有二三千众，有的作倡伎乐，有的在受经听法，各司其业，各逞其能，个个都沉浸在法喜之中。

国王偕同玄奘法师进得帐门，音声辄止，众僧全部起立颔首合十作礼。其中之高僧大德数十人,依次趋前欢迎慰问。

既就座,有僧献上鲜花一篮,玄奘作礼受花后,随即至行像前为释迦佛、各菩萨、诸天散花,行供养。

再就座后,国王招呼国师木叉麹多老法师坐于玄奘旁边,并吩咐说:“国师且为我将此法事缘由讲与大唐法师。”

木叉麹多国师应命,遂开口娓娓说道:“按龟兹惯例,每岁从秋分起数十日内,龟兹都要举行隆重法会,全国各个寺院总动员,举国僧徒数千人众并君王、士庶统统参加,装饰彩舆,安置佛、菩萨像,就像眼前帐内摆设的一样。此外还备办音声、幡盖仪仗、散花天女等等。法会会场就设在都城西门外,在那儿,道路两旁分别伫立着一尊巨大佛像,其高九丈有余。会期,道俗千万人众并彩舆等先齐集到这里,就是现在的大帐,举行过诵经说法仪式后,便随即列队次第进城,沿街巡游,琵琶、筚篥、咸阮、箜篌、羌笛、芦笙、洞箫、羯鼓,百音齐发,声彻通衢,萦绕回荡;幡盖飞舞,鲜花满路;道俗旋行旋念,颂佛功德,呢喃之声,虔诚亲敬,充满向往、热望。晚间,高僧你会看到,城内衢街广场各处都有燃灯供养活动,热闹极了。按天竺法,这一法事活动叫行像,我龟兹国也沿袭这个叫法。法会会期长达数十日,期间,人人停止作务,持戒奉斋,听经受法,夜以继日,忘饥止喝,心思全在发愿、回向上面。”

玄奘听国师如此说,既为有幸遇上这样的盛会而高兴,同时又为龟兹举国上下对佛的那份深深的虔诚而感动,称赞道:“如此人天同庆,真是功德无量啊!”

国王听玄奘如此说,心中很是高兴,便接着国师的话头,满怀自豪地继续介绍道:“龟兹乃边荒小邦,风化难比大唐,但敬佛崇教却由来已久,早在先祖纯王时,三重都城内即有正教塔庙千余所,座座修饰瑰丽,全国僧徒过于万人,即在今日,仅都城一处,僧徒亦不下四五千呢!”

玄奘接着国王的话也赞叹道:“大王说得极是。龟兹佛教,不仅传来早,而且声满葱左,誉宣河外,对大唐国有过不小影响呢!”

“法师你也了解龟兹大教弘扬的情况?”国王既兴奋又诧异。

玄奘点点头,说:“不仅了解,还亲受法益呢。魏晋之世,即有贵国高僧如白延、法祖、法巨、元信等人在中原、河右等地传译经典,大小显密,无所不包;佛图澄善通神咒,听铃断事,又妙解深经,旁通世论,说法讲经,深入浅出,非但为士庶敬仰,即石赵君臣亦不能不诚心信奉,显扬三宝,除淫刑而革苛政,尊称其为大和尚,视如国之大宝。其门徒登堂入室者成千上万,佼佼者则如庐山唱盛净土之慧远、名惊四邻之漆道人释道安……”

龟兹王听玄奘如数家珍般列举出自己国家的高僧大德和他们的事迹,而自己于此前却闻所未闻,于是顾不得许多礼节,一下子高兴得从座上跃然起立,既信又疑地问道:“龟兹小邦果真出了如此之多的神僧,还得到大国君民的拥戴?”

玄奘毫不含糊地回道:“贫僧岂敢诳语! 这都是载诸竹帛、史册的实事呢。就在如今的京城长安郊外,还有另一位贵国高僧译经弘法的大道场……”

“法师你说大国长安有大道场呀,小国龟兹也有呢。”龟兹王也许因为高兴过度,也许是急着表白,没听完玄奘所云者何,便抢过了话头,“城内宫旁有新寺,城外北边不远处有昭怙厘大寺,西门外过河不远有阿奢理贰寺,木叉国师如今就住在那里弘扬大法。将息一两日后,木叉国师可带法师到处看看。对,也别忘了看石窟寺,像克孜尔、森木塞姆、库木吐拉、伯哈等这些石窟都不能不看啊。”

国王说到这里,颇为志得意满,一脸的骄傲自豪,又大声下令道："为大唐法师行花，上葡萄浆！"

从大帐出来后，龟兹国王又亲自领玄奘到邻近寺院观瞻礼佛，逐一受花，受葡萄浆。国师木叉麹多自然也一路陪侍。

直至日中，观礼活动才告一段落。国王邀玄奘挂锡宫寺，木叉麹多则请住阿奢理贰寺。玄奘因为离乡日久，思亲情切，从云霞沟开始，无讳法师又受本寺长老派遣、委托，远道迎接，一路陪侍，并盛情邀请到其寺歇宿。因此缘故，他最后谢绝了国王和国师的好意，住进了汉僧所建的高昌寺。国王、国师理解玄奘的心情，又知道他在龟兹驻锡并非一日两日，后会有期，所以也就随其所便，不再勉强。

玄奘到高昌寺后与汉僧如何见面，如何忆故，如何思亲，如何悲啼，如何喜笑……所有这一切，都是人之常情，情理中事，在此按下不讲。

次日早，玄奘洗漱完毕，正准备进早斋，不意国师木叉麹多偕同监院、维那、知客一干人等便已到来，要迎请玄奘到阿奢理贰寺用斋。一方面是盛情难却，二方面是和龟兹国师一同进斋，正是一个请教、切磋的好机会，能够了解更多该国教授、弘化的细节，所以也就没有再多客气。

可是，就在动身之时，却见大都尉丞来传令说："国王已在宫中设供，请大唐法师立即前往。"

无奈，玄奘只好向国师致歉、道别。大都尉丞也上前说："大王说了，请国师抓紧时间，在入冬前带大唐法师到各庙宇、洞窟走走看看。"

玄奘与国师分手后，便随大都尉丞进宫去了。

从外表看，龟兹王宫并无什么抢眼之处，与高昌交河城宫殿相比，那边是挖土成墙，然后架梁、设椽、盖顶，这边是筑土为墙，然后架梁、设椽、盖顶，区别仅在于，一个向地下扩范围，一个朝天上要空间。至于出檐立柱、画梁雕栋之类的装饰铺排，也只是地域、风俗、喜好上的差异，都不足为奇。但是，当玄奘跟着大都尉丞进入殿内时，却顿时被其奇特殊丽的装饰震惊了。他曾听人说过，葱岭左右的边民擅长歌舞，管弦伎乐，无不精娴。大概是由于民风如此，所以王宫内图绘、雕刻的立意、设色，都很大胆开放，富于生活情趣，艳丽热烈，其堂皇富丽，有若神居；崇佛倾向十分明显，殿壁、柱上、梁架、藻顶，或雕或塑或绘，都是佛、菩萨、诸天形象及相关故事，与萧寺大刹的装饰并无大异，气氛的庄严，让人不由生起归敬回向之心。

玄奘看傻了，竟然一时忘了主客见面的礼节。

早已在座前等候的国王见客人如此陶醉地四处张望、忘情观赏，心里自是高兴不已，不仅没有介意客人的“失礼”，反而是热情加倍地迎上前，一面说着“欢迎欢迎”，一面牵着玄奘的手引到殿内最醒目的那张金光四射的大床前。这床全用本国所产黄金打造，设在大殿正中靠北位置，原本是御座，只有国王才有权利坐在上面，今天为了表示对大唐高僧的尊敬，特地在床上中央位置安放了宽大的茶几，左右各设一个锦绣蒲团。国王首先脱了软靴在左边就了座，玄奘则站在床前手足无措，虽然国王一再请他入座，但他还是不知如何应对才是。最后还是由大都尉丞上前申明了国王的诚意，玄奘才坐到右边的蒲团上。

就座既毕，侍者即行斋供。先上来的是每人一小盆清水，是供净手用的。继后陆续上来的是供食，有香酥的烤肉、油亮的抓饭、鲜美的瓜果、味美的饮料。所有这些物品，都装在纯金制造的杯、盘、碗、盏之中，金灿灿的器皿与香喷喷的佳肴相互烘托，淋漓尽致地展示出西域边国宫廷生活的豪奢。

玄奘面对盛筵，脑子里除了惊讶，其余什么印象都没有。在整个上供的过程中，玄奘一直在胸前合十默念佛号。

国王示意用斋后，玄奘犯了大难：一是席中并未准备筷子，不知如何下手；二是席上除瓜果饮料外，并无严戒允许之食。

国王大概看出了玄奘的尴尬，于是作起示范来：他拿起一把小刀，从烤全羊上娴熟地割下一片肉，放到嘴里，一面咀嚼，一面说："这是一只半岁的小羊，宰杀后涂抹鸡蛋、面粉、多种香料的调味汁，然后放到馕坑内烤制而成。法师来自大唐，是小国的贵宾，所以特地制作了这道菜。"

玄奘听完介绍，没有道谢，只是念了一声"阿弥陀佛"。

国王又从一只盘子中拈起一串烤肉，并用欣赏的眼光看着它，向玄奘炫耀说："法师可知道这烤的是什么吗？孔雀肉。此鸟雌雄色异，那雄鸟最可爱，头戴青红色羽冠，长颈和前胸则为黄金色，尾长羽细，金绿相间，羽端有宝珠形金绿文饰，常翘尾作圆扇状，向雌鸟夸耀、取悦。小国都城北山中，此鸟群飞山谷间，民户往往圈养食用，宫苑内也有数千只呢。这里所烤的就是一只雌雏，体肥肉嫩，虽油而不腻，法师快快品尝。"

玄奘仍然口不称谢，回答的还是一声"阿弥陀佛"。

国王见玄奘并无动手取食之意，甚至不拿正眼对视供食，深感奇怪，难以理解，于是反躬自省道："所供或者粗恶，不合法师胃口？"

玄奘赶忙解释道："不不不，大王所言非也。大王的一片盛情，玄奘岂不知晓。只是，僧家用斋，不过聊以为法存身，是以从未分别粗恶优劣，既无心于丰盛，又岂有情于滋味？贫僧未取食者，乃大戒所限也。"

“大戒所限?”国王大惑不解,“小国众僧并无此说啊!”

“那贵国所弘便是小乘半教了。”玄奘肯定地断言。

“小乘半教? 难道还有大乘满教不成?”国王对玄奘的话颇不理解。

玄奘回道:“正是。”

国王:“半教、满教,如何判定?”

玄奘:“未穷法性为之半,是释尊为调熟下劣根性所说之法;究竟理性为之满,是释尊为机圆根熟之上智者所说,能除众生大苦,给予其大利益。”

国王:“为何一允食肉,一则禁之?”

玄奘:“所谓允者,依《涅槃经》说,不过是随事渐制,方便权宜之法罢了。然则,食肉有十过,必断大悲心,终堕恶道。半教既是为调熟下劣根性众生所说,食肉也是随事所设之方便,两相对应,故小乘行者自然可以食肉,即便如此,也只限于三净肉、九净肉,不净之肉仍须戒之。大乘行者所求乃终极之理,究竟涅槃寂静,又以普度有情无情众生为本怀,故不可相残相食而断其成佛之根本。”

国王听罢,心里豁然,说道:“那法师肯定是信奉大乘教的啦?”

玄奘回道:“正是。”

于是,国王立即下令撤去一切肉食、刀具,重新用紫檀香熏席,然后一一介绍余下的食物说:“这是西瓜、甜瓜、马奶子无核葡萄、大红袍石榴仁、蜜汁无花果脯、椒盐焙炒的核桃,还有这杏仁、桃干。这是新鲜羊奶,早上刚刚挤出,还是第一次产的奶子呢。还有葡萄浆,与昨日所饮者却大不相同,宫内地窖所储数百石,不知岁月,香醇无比呢。这是手抓饭、千层香酥馕,小国特产红花,花瓣可以养血,花籽可以榨油,这抓饭和酥馕都是用稀罕的红花油加工制作的,一点也不沾荤,法师可以放心食用了。”

尽管国王如此这般地说了，但玄奘仍然打量着斋供踌躇，寻又指着那盘抓饭问道："此饭所加何种果蔬？"

国王："葡萄干等果类、红萝卜、皮牙子，还有少许石蜜。"

玄奘："可有葱蒜之味？"

国王："皮牙子味道正与葱同。"

玄奘既闻国王所答，又赶忙称念弥陀佛号，并且说："葱乃五辛之一，为佛子所禁食者，食之，则犯轻垢罪，玷污净行，纵能宣说十二部经，十方天仙亦因其臭秽而远离之。"

国王听毕，复令撤下抓饭，此外虽然没再说什么，脸上也无异样的表情，但心里却在想：这法师也太苛待自己了，单行独处的，谁看见你吃甚喝甚了？又出门在外，长途奔波，不吃饱吃好，哪来的气力走路？何况，还有入乡随俗之一条呢！只是转而又想：马不驯野性难改，羊无圈必乱跑，生儿不压木板则头不扁，这也都是理儿呀，人家法师不仅持戒，而且还如此严格，这不证明大乘比之小乘要高明许多吗！这不证明人家法师的确是僧中的杰出者吗！想到这里，心中原有的那点莫名怨恼、不快便完全没了，转而生起、增长的是加倍的敬佩之情。

最后，在国王的盛情催请下，玄奘吃了一块酥馕，喝了一杯羊奶，也浅尝了各种果品，至于那葡萄浆，昨日初饮时即发觉酒味颇浓，所以今天便有了警觉，不再碰杯。

用完斋，玄奘心怀歉意合十道："有劳大王费心，玄奘实在是惭愧之极。"

说完，玄奘便欲告辞，然未等起身，国王却举手拍了两下，两朵巨大的净莲红蕾已经翩翩舞向金床前，并且一时绽放开来，各自现出一女童，身着窄袖罗衫、宽大的五色绣花罗袍，头上的绣花缀珠帽，银带飘曳，脚蹬柔软的高腰锦靴，衣帽皆系金铃，旋转击打，叮当有声，娇嫩的童颜在鲜艳斑斓的衣着和满身珠光宝气的烘托下，更加显得冰清玉洁。二人相对而舞，时而蹲身，时而起立，手舞足蹈，相互呼应，胡旋转动，踢踏合节，稚气之中透出故意的老成，童真与舞步一起山回水转，妙趣横生，玄奘不觉也被吸引住了。不过，不同的是，玄奘欣赏的不是眼耳之中的声色，而是那两个童女未被云翳遮盖的清净心田和那烂漫无邪的笑靥。

童女之舞虽好，但对玄奘来说，终归事涉声色之染，不能不有所警戒，所以，当一曲既完，他又要起身告辞。可还未动作呢，一舞女早已踏着急促的鼓点出现在眼前，风一般地旋转起来，既轻又薄、色彩妖艳的罗衫，还有那雪巾虹带，一齐随之飞扬飘忽，令人眼花缭乱，骊龙颔珠飞逐流星，玉笋蜂腰公然抢眼，凤眼秋波大胆勾魂，乍看，已撼定力，再观，足可乱神……

玄奘再也无法继续看下去，于是顾不得许多礼节，起身作礼告辞道："多谢大王盛供，玄奘已斋毕多时，谨此告辞了。"

国王颇感突然，但又没有理由再加挽留，于是只好起身送客。

王宫门外，早有阿奢理贰寺的监院、维那、知客一干人等在等候多时了，看见玄奘出来，便立即迎上前去，说明来意后，即搀扶着他上了一辆高车。高车从城西门出来，向西北走半个多时辰，渡过一条大河，上岸不远就到了目的地阿奢理贰大寺。

国师木叉麹多早早地就在山门外等候了。他亲自领着玄奘进了寺，但没有立即到客堂或方丈室，而是循殿堂、僧寮里里外外大致观瞻了一遍。意图很明显：让这位大唐国僧看看龟兹寺院的盛况，知道小国佛教其实也别有洞天，千万别以大视小，小觑或忽视了它的特色和不同凡响。

国师之所以如此自信，当然自有其道理和根据：从时间上看，这座僧伽蓝出现在什么时候已经无人能够说出准确的时日，即使是最年长的、阅世最广的、记忆力最好的老人，也只能以“相传”、“大约”、“听老人说”等不确定的词语来作答，所以，其兴建年代的久远、存世时间之长，可想而知。若要论其规模，则可以用“一寺之下，众寺之上”来进行概括，也就是说，仅次于都城之北雀离塔格山大龙池南之昭怙厘寺即雀梨新寺。院宇大小相当于一里见方，寺门东开，全寺以山门内直街为横轴，分成南、北两个院落；两个院落内的建筑几乎是对称的，主要建筑物有大殿，有藏殿，有佛塔，有僧房等；明显的差别之处在塔的造型，北院塔为方形立锥体，南院塔为复钵葫芦宝珠塔，其高都在四丈出头。殿堂建筑，从外表看与一般的民房无异，只是较之更高大，平顶而不出檐，外墙也无更多的装饰，其万千气象全在廊间和殿内。其中，殿堂内均供奉着法身佛毗卢遮那像和应身佛释迦牟尼像，有塑像、雕像和浮雕像，四壁绘满斑斓的彩画，菩萨、罗汉、天王、飞天、供养士女、佛传故事、行化事迹、天国的园林、地狱的苦海，等等，真所谓应有尽有，琳琅满目，其他如幡盖幢帐也都一应俱全。无论是造像还是壁画，其雕工画技都颇富胡乡的风采，就颜色而言，除主尊佛像为金身外，其余则以蓝绿为主，间以红黄两色，用意似乎在于借冷调冲淡无垠大漠的空漠酷热，但在渴望变化的同时，却又鲜明地保留了本乡本土的特点。

玄奘在洛阳、长安时就曾听人说过，龟兹古国是娴于歌舞之乡，早上领受国王斋供时，算是第一次亲眼领略，而面前壁画中的舞蹈招式及靓丽的衣裙，更是一下子唤醒了少年时代在东都洛阳皇城端门外大街、天津桥旁观看百戏的记忆，两两比对，甚至于还能隐隐约约地相互衔接印证。其与朔方武周山之云冈、伊阙山前之龙门、三危鸣沙山间之千佛洞等塑绘相比，又多了不少异域的情调和风采。他一面欣赏着,一面称赞道:“贵国佛教真的是源远流长,成就非凡,众芳荟萃而又不失传统。”

国师听着玄奘的赞叹,心里美滋滋的,不过也有不解之处:“法师所说的众芳荟萃,是不是说龟兹佛教是从不同的路径传进来的?”

玄奘点头:“正是。”

国师:“如何见得?”

玄奘手指殿壁一幅供养图说:“这男子,鼻高,髯黑,短发,跣足,衣不开襟,巾披或青或白,又以绫锦镶边,莫非波斯种族也?”

国师点头。

玄奘复又指着另一幅壁画中的一位侍女说:“此女头发盘髻,蒙黑巾,缀金花,昭武九姓之属也。原居河西祁连山北,后越葱岭迁徙至那密水之南。”

国师为面前这位年轻僧人的博闻强记暗自佩服,同时也从他的点拨中似乎得到了启发:“以法师之见,大教传来龟兹,路有两条,一是天竺人、安息人、大月支人经由迦湿弥逻之乌弋山道,翻越葱岭进来;另一条则是康居人经由大清池,越过白山隘口,进至温宿、跋禄迦、龟兹。”

玄奘点头肯定说:“玄奘所讲,都是从前往东夏传法的天竺、西域阿阇梨辈大师们那里听来的,并非实地考察所得。国师身在其中,应当比玄奘知道得更真切了。”

国师说道:“尽管是听来的,高僧所说还是很有道理。老僧以前总是弄不清楚,为什么在温肃、跋禄迦、赤沙山一线山麓会出现那么多的古老禅窟,原来是忽略了康居人传教的这一通道。那些禅窟正应该是康居僧人一路走来所留下的弘法修行遗迹了。”

说话间,二人来到了一座偏殿前,木叉麹多指着殿额介绍说:

“这叫奇特殿。”

奇特殿，这样的殿名，玄奘有生以来闻所未闻，甚是诧异，于是问道：“殿内供奉者为何方神圣？”

国师回道：“并非何方神圣，是王弟遗像。”

玄奘：“王弟？今王之弟？”

“不，是古王之弟，岁月纪年已不可确知。”国师回答。

玄奘：“为何供奉于此？”

国师：“整个这座寺庙就是为他而建的呀！”

玄奘：“为什么？”

国师笑道：“‘奇特’啊！”

玄奘：“如何奇特法？”

国师见玄奘追问不舍，于是提了一下神，为他说起了一段古老的故事：大教既传龟兹，国人争先崇奉。不知何代国王，信愿虔笃，誓往佛国瞻礼圣迹。走前遂将国政委付胞弟。王弟是个诚信谨慎君子，为防不测之祸，在受命的同时，也做了一个日后自明的安排。临别时，王弟给国王呈上一金函说：“请大王善自保存之。”国王问是怎么回事？回曰：“驾回之日，开发即知。”国王于是将金函交与执事，派兵士严加守护。国王巡礼回国，才进宫，即有佞臣奏言：王弟借摄政之机，淫乱中宫。国王听信奸言，怨恨弟弟辜负了自己的信任，震怒之余，决定严刑惩处。王弟从容说：“不管大王如何处罚，弟弟我绝不逃避。只是，在行刑之前，伏愿先开启金函。”国王记起先前所约，遂命取金函开之。既开，不辨所见者为何物，乃问名目缘由。王弟回道：“既蒙恩托，岂敢怠慢！但为防不测横祸，遂先断势明心，望大王详察。”国王听毕、看毕，既惊且惭，对弟弟的恩爱又过于往昔，还专门为其下了一道明敕：“自今以降，深宫后庭，任其进出，不得有所阻碍。”

玄奘听到这里,欣然合掌道:"善哉,善哉! 忠诚之心,昭如日月。真乃奇特也。"

国师继续说:"还不止于此呢。风波过后,王弟外出,见一牧人为多赚些银两,正准备对数百头公牛实施阉割催肥,不由推己及物,类比伤怀,慈悲之心顿生,立即空其财宝,将牛群赎出。此后不久,王弟先前割去之势于不知不觉中复又长全。法师你看,这不更是天大的奇事了!"

玄奘这回听后虽也高兴,但同时也提出了不同的意见:"其实呢,说奇不奇,原因全在悲怀所感。所谓福缘善庆、善以缘升嘛,如此而已。恶因业坠,善有来福,报应之说不可不信啊。"

"法师说得极是。"国师继续说,"可事情并未到此结束。随着身体的康复,王弟与国王的关系却日渐疏远,并从此不进禁宫半步。国王不免疑虑,反省自己是不是什么地方处置不当,得罪了弟弟,遂问其缘由。王弟于是将如何救赎牛群、刑腐之躯如何康复等和盘托出,最后说:'深宫后庭乃王后嫔妃群聚之禁闱,除了大王,外人不可擅闯。我王虽然视弟为至亲,但弟终为臣子,岂有带头逾规违法之理?'国王听后恍然大悟,深为弟弟不邀功求赏、不乘机作乱、始终谨言慎行、遵规蹈矩的品德所感动,遂下诏大兴土木,营建了这座庙宇,借以旌其美德,传芳后代。"

玄奘慨然赞曰:"王弟真是一位德行双馨的大菩萨,应该代代供养。"

"可不嘛,自从寺庙落成之后,历任住持都是大王亲自任命的高僧大德呢。"木叉如此附和,寻觉不妥,于是补充道,"唯老僧无才,打罄度日罢了。"

"过谦了,过谦了。国师如今不也是席中杞梓,慧苑琳琅吗?"玄奘连连夸奖过后,又着意问道,"国师主持本寺有年了吧?"

木叉略为屈指，作答道：“老僧十五岁游学天竺，曾见菴罗花花开花落二十回。既归国，即奉命住寺主持法席，至今雪飘雪化又过了五十番。老了，朽了。”

“如此看来，国师不仅学遍五天，而且还化徒如殑伽河沙呢！”玄奘赞叹之余，始终未忘自己的西行目的，转而问道，“国师所学是何经典？”

“虽涉众经，但用功多在《声明》，故释诂训字、诠目流别、诵文念偈尚可自恃一时。”国师话中有话，谦卑之中略透几分矜持。

玄奘学问心切，没有过多思忖，便请道：“玄奘愚暗，兼之远离佛国仙乡，师从无门，敢占国师漏刻，请为赐教，可否？”

国师见大唐法师向自己求教，不胜欢喜，但见天色不早，故而这样回道：“法师既有心于《声明》，便定个时间，老僧给你细讲就是了。”

数日后，木叉麹多约玄奘前往昭怙厘大寺观礼。前面说过，此寺是龟兹国内创建最早的伽蓝，也是王室的内道场，国家的大型法事活动都在这里举行，寺南的行宫就是国王前来听经、礼佛时的歇脚处。所以，此寺是全国规模最大、住僧最多、地位最高的寺院，是名副其实的国寺。它位于都城之北数十里处的雀离塔格山南麓，一条南北流向的大河将寺院中分为东、西两部分，其范围方圆达于数里，各自域内的三大方形钻尖塔是整个寺院的标志性建筑。

迎接并且陪同玄奘和木叉麹多国师的是本寺住持智月长老。他向玄奘解释寺内塔多的原因说：“龟兹佛教，崇尚绕塔诵经礼佛，因为僧众多，绕行的队伍自然也长，必须分散进行，为了满足此项佛事活动的需要，塔也就相应地比其他寺院要多。绕塔的目的是礼佛，所以每座塔都设置许多洞龛，龛中供奉大小不同的佛像。因为是国寺，殿堂的雕饰、庄严，更是巧夺天工，自然要胜阿奢理贰寺一筹，其他寺院就更是无法比拟了。由于历史悠久，不仅高僧辈出，东来西往在此挂锡过的历代名师也不在少数。此外，寺中保存的圣物也不少，最惹人注目的是供奉在佛堂内的那方释尊履迹。履迹长可一尺八寸，最宽处六寸有余，印附在一块颜色白中泛黄、状似海蛤的玉石上。”

说完，智月长老领着玄奘来到佛堂瞻仰履迹，木叉鞠多国师代智月长老继续介绍说：“这方佛履迹可神奇了，每当斋日，即大放光芒，灿若星辰。当此之时，四众悉皆合掌称念佛号，伏地礼拜。”

玄奘听说后，立即合十致礼，神情肃穆、虔敬至极。

佛堂的另一殿壁上画的是一组佛传故事，次第是释尊为太子时自宫中外出，路见老、病者及死尸，心生怜悯，于是放弃王位，半夜逾墙出逃，寻求解救众生出离火宅苦海的良方妙药。后来经过十几年勤修难行之行，终于在泥连河畔伽耶山菩提树下成等正觉，悟得化世度人的四谛、十二因缘、十力、四无畏、十八不共之法……这些故事，玄奘早已记得烂熟，不过，在其中的两幅画前，玄奘还是驻足良久：一幅绘的是一结跏趺坐的入定行者，形消骨瘦，有若枯木，烈日烤其背，鸟粪污其身，衣衫褴褛，垢秽不堪，但其神不散，心不乱，巍然如山；另一幅绘的是一魔王率象、马、步、车四种兵众及诸杂军，手执槊矛剑戟、革弓利箭、刀棍金刚，斗轮铁钺，喊声雷动，外加群龙腾空，兴云闪电，一齐袭向释迦菩萨，菩萨非但毫毛无损，反而浑身迸发光芒，魔军不堪强光照射，只好四散溃逃……

看着图画，玄奘像是亲眼看见了释迦菩萨当年苦修的身影，敬仰倍增，大受鼓舞，原本平静的心，不觉悄然生起临战前贾勇的亢奋，嘴里喃喃道：“何时才能过得凌山呀？”

一直随伴身边的智月长老一时无法断定是否是在问自己，便与木叉毱多交换了一下眼色，然后回道："还早呢，起码还得等几个月吧。"

玄奘听后，更焦急了，问道："果真还得等几个月吗？"

智月长老不假思索回道："至少也得两个月后才能通行。"

"可不。"木叉毱多国师一旁补充道，"有时还要等三四个月呢。"

玄奘不由得担心道；"会不会耽误行程呢？"

"这就难说了。"木叉国师说，"法师或许有所不知，凌山逢春稍暖而雪又未化的时间难定不说，即使过得凌山，路上险阻还多着呢！"

玄奘对艰难、险阻一类的字眼特别敏感，但凡闻之，即会生起一种无名的冲动，具体地说就是逆反。现在又听木叉国师如此说，非但没有胆怯，反而变得更加镇定和坚强了，他从容回道："凌山再险也有道，别人能过得去，玄奘也能过得去。"

木叉国师用不解的眼光看着玄奘，说："恕老衲多言。老衲一直在想，法师为何要冒天大之险西游？"

玄奘想不到木叉国师会提出这样的问题，因为在此前的交谈中已经粗略告知此行的意图，现在却又明知故问，究竟是何道理？诧异之余，于是反问道："国师此话是何意思？"

木叉国师回道："法师如果仅仅是为了取经，老衲以为就不必劳此远行了。"

玄奘疑问："莫非国师寺中九经十二部齐全？"

木叉国师毫不掩饰得意之情，回道："虽不敢说九经十二部齐全，但《杂心》、《俱舍》、《毗婆沙》之类，却都是有的，这都是老衲当年游学天竺时搜求所得者，足供法师穷究三年五载的了，何须再长途奔波，在遥远的旅途上耗费光阴和精力。"

玄奘没有正面作答，而是反问道："国师这里可有《瑜伽师地论》？"

木叉国师不胜惊讶地瞪着玄奘，不屑道："《瑜伽论》？据说这是一本邪书啊，老衲这里可真没有。你千里迢迢的奔天竺，就为这？"

玄奘是个有涵养的人，无论从长幼关系还是从游学请益角度来说，自见面的那一刻开始，都是十分敬重木叉国师的。但是现在，听见他如此评价《瑜伽论》，心情便一下子变了，猛然觉得眼前所面对的竟是一个素不相识的陌生人，甚至还有点令人不快。不要说一个耄耋耆宿，就是一个普通道人，也不应该对法宝，而且还是一部无上究竟的法宝，说出如此诋毁的话。难道他就不怕下地狱吗？不过，玄奘又深知，佛家戒瞋，去瞋则须忍，忍则观恶言如功德，不因讪谤起怨亲。这样一想，心中的怨怼和不满也就烟消了，于是心平气和地解释道："《婆沙》、《俱舍》等论，我国早已译出，究其文义，似非究竟终极之说，不能解心中所疑，以是故要远求《瑜伽大论》。"

木叉国师听玄奘如此说，不愿意了："《婆沙论》乃解脱门的根本大法，怎么倒比不上《瑜伽论》了？"

玄奘既见这位老法师如此推崇《婆沙论》，一来是想从他那里听听见解，二来是想趁此机会探一探他这方法池的深浅和清浊，便不答而反问道："如此说来，国师必定是深得《婆沙》的旨趣了？"

"当然！无所不解！"木叉国师信心满满、不容置疑地回答。

玄奘从容请教道："《婆沙论》乃说一切有部东方派的著作，但作者是谁却众说纷纭，国师可否为玄奘指示？"

"自然是迦旃延子写的啦。"木叉国师不假思索回道。

玄奘追问："再请问国师，《鞞婆沙论》与《大毗婆沙论》有何不同?”

“《鞞婆沙论》?”木叉国师似乎闻所未闻,嗫嚅道,“有何不同……”

玄奘再以商榷的口气问道:“《大智度论》说,《婆沙论》是迦旃延子的弟子们所编,大唐所译的《鞞婆沙论》与《婆沙论》只有详略的差异,但其署名作者却是尸陀盘尼其人,究竟孰对孰错?”

木叉国师听后,一时语塞。玄奘见状,赶忙请教另一问题道:“国师可否赐教,《俱舍论》与《婆沙论》又有何关系?有何差别?”

木叉国师信口答道:“《俱舍论》后出,不过是《婆沙论》的提要罢了。”

玄奘听毕,心想:这国师可能没看过《婆薮槃豆传》,并不知道两论之间的关系,所以才如是说。但是,考虑到长幼之序、主客关系,他没有戳破这层窗户纸,免得对方难堪。

说话间,三人出了佛堂,来到走廊上,走廊壁间画着阴森恐怖的图画。智月长老对着壁画介绍说:“这是画的地狱变相,犯五逆重罪者正在无底枉坑中饱受长劫无间之苦呢。”

“这是小乘之五逆罪,当然也是三乘通相之五逆罪。”玄奘一面看,一面指着画逐一说道,“你们看,这是害母者,这是害父者,这是害阿罗汉者,这是破和合僧者,这是怀恶心出佛身血者。如果后学记得不差,《俱舍论》中就是如此区分的,国师以为对否?”

木叉国师踌躇道:“是这样的吧……”

智月长老有意为国师解困,插进来问道:“法师如此区分,是不是说,大乘还有另外五逆罪?”

玄奘回道:“是另有五逆罪,而且要严厉得多,小乘五逆只相当于大乘的第四逆,而毁塔、烧经、诽谤三宝等都是更重的罪呢。”

木叉国师终归是个世故的老者,自然明白玄奘话中有话,但辩又不是，不辩亦不是，进退两难，正所谓情何以堪。

智月长老插话本来是为国师解围，不料却是让他陷入了更深的困境，情急之中，只好再次出马，用夸奖来转移话题：“大唐法师兼研大小，经律论俱通，真可谓三藏全才啊！”

玄奘听见夸奖话脸就会红，慌忙回道：“不敢当，不敢当。玄奘还有一肚子疑问等着解答，离通晓三藏还远着呢。而在昭怙厘大寺这个圣地就更不敢以此自诩了。”

木叉国师和智月长老听玄奘如此说，讶而问道：“法师何以如此说？”

玄奘回道：“其实呀，真正的三藏全才就出在此寺呢。”

“就出在昭怙厘大寺？”国师和长老再次不胜惊讶。

“没错，千真万确地就出在昭怙厘大寺。他就是鸠摩罗什尊者啊。”玄奘回答时，看见国师、长老二人惊讶不已的样子，自己也吃惊了，“前辈不晓得？”

国师满脸难堪，没有启齿。长老则坦诚道：“小国文字疏漏，未有记载，口口相传，多所遗忘。”

玄奘听长老如此说，于是详为介绍道：“贵国过去不是有个白纯王吗？鸠摩罗什法师就生在其时。七岁随母亲出家，就住在足下这个昭怙厘大寺，往昔叫雀梨大寺，是吧？他在这里从师受经，日诵千偈，每偈三十二字，总三百二十言，诵《毗昙》，一点即通，无幽不畅。九岁又随母至罽宾，也就是迦湿弥罗国，从著名大德盘头达多受《杂藏》、中长二《阿含》，总四百万言，师称其为神俊。在力挫外道后，罽宾国王于是下令每日供给鹅腊一双、粳米面各三斗、酥六升，又令当寺差遣大僧五人、沙弥十人为其营视洒扫，照顾起居，有如弟子一般。”

说到这里，玄奘停顿了一下，然后看着木叉国师继续说：“国师也到罽宾游学过二十年,自然知道这种供养的等次了。”

木叉国师不无羡慕地回道:“这是罽宾国大德僧的上等供养和最高礼遇呢。”

玄奘继续说:“国师和长老知道,鸠摩罗什在罽宾所学乃小乘教,可是,当他十二岁回国路经疏勒时,其人生道路却发生了根本性的改变。”

“根本改变了?”国师、长老几乎又是异口同声地问。

“是的,彻底地改变,从信仰小乘转而崇信大乘。”玄奘说,“在疏勒,他遇到了沙车王子须利耶苏摩,并从其学《阿褥达经》,究竟‘诸法皆空无我’的深义,从此笃信大乘,葱左、河外,谁个不知?二老知道他是怎样评价大、小二教的吗?”

国师、长老二人满怀期待地望着玄奘。

玄奘继续道:“罗什法师曾这样感叹道:未习大乘法前,总以为小乘法是最好的,就好像是人未见过金子,就说鍮,也就是黄铜最为贵重那样。”

国师、长老听罢,都沉思了起来。

玄奘继续说:“既回国,国王为其造金狮子座,铺以大秦国锦褥,令其升座说法。后来,连他的小乘师父盘头达多阿阇梨也到龟兹来拜他为师,转学大乘法。从此以后,大乘即流行此方,他的名声也传遍周围各国。每当开坛说法,诸国国王皆长跪座侧,令法师践而登座。”

长老不胜感叹道。“罗什大德竟然就出在龟兹,竟然就出在昭怙厘大寺!”

玄奘不以为然道:“其实呢,法师的威望不仅在龟兹本国,在中夏也是如此呢!”

“法师是说,在大唐国也是如此?”长老流露出一种不敢相信的神色。

玄奘点头肯定说:“那时中夏还不叫大唐国,而是叫姚秦国。他被迎请到长安之后,就住在都城北面的逍遥园内,后来又迁住于终南山北麓的草堂寺,在那里主持翻译出经律论三藏典籍数百卷,大小显密禅律无不包括,其中又以大乘经典为主,中夏大地从此成为大乘佛教的根据地和大本营,而他本人也成了迄今为止最著名的佛典翻译家。”

“了不起,真是了不起!”国师与长老听后不仅齐声称叹,叹毕复又问道,“可曾留下舍利塔?”

“有呀,就在译经之所草堂寺呢。”玄奘答道,“玄奘启程西游前,还特地前往瞻礼了。”

从欣慰和欢悦的表情上可以看出,木叉国师和智月长老都充满了一种满足感。不同的是,智月长老的满足感包含着一种钦佩和向往,而木叉国师在满足感的背后则似乎隐藏着一份取舍不定的迟疑。

玄奘的表情也有特别之处:他从自己讲述的这个人物故事中获得了一份信心和勇气,又从国师和长老那里感受到了一份责任,获得了一份鼓励。

第二十二回

追根溯源再续华夏情　出生入死终克凌山险

按原定计划，玄奘本来是要赶到跋禄迦国过冬的，但龟兹王说，在本国过冬比跋禄迦好。玄奘有感于国王的热情，只好改变了行程，住了下来。

冬天本来就是漫长的，而对心里装着急事的人来说，日子就更像蜗牛爬，慢悠悠的，总有度日如年的感觉。玄奘如今的心境就是这个样子：急着早日上路，可天气却不给面子。虽然，龟兹君臣上下对玄奘极尽热情，几乎天天都有官员前来嘘寒问暖，衣食住行四事供养周详；虽然，国师木叉麹多自那天在昭怙厘寺对阵以后，不仅全然没了倨傲气势，而且还三天两头派人陪同玄奘外出瞻礼，周览城内大小寺刹，甚至不时亲自充当导游，游览郊外诸多石窟，如渭干河岸边山麓断崖上的库木吐拉石窟、库鲁克达格山口处的森木塞姆石窟、明屋达格山的克孜尔石窟等等，殷勤谦让，难以备说。但是，玄奘并没有因此而觉得生活过得舒适、充实。有道是：忧劳可兴国，逸豫可亡身，沉溺困智勇，忽微积灾祸。这些话，无论对治国还是修身,都算得上是至理名言。因此,生活越是闲适,心中反而更加担着一份忧:唯恐自己在不知不觉中,乐不思蜀,消弭了志气。所以,日子越往后,人便越坐卧不安,恨不得身上长翅,脚下生风,不受什么高山大岭、坚冰飞雪的窝囊气。然而,现实终归是现实,现实比之传闻更加准确,从交河城出发时,说是凌山随时都可以过,到了阿耆尼,则说是两个月后山路才开;而如今龟兹人又说,山路何时开,谁也无法准确预言,一切要由老天爷说了算,当然啦,要说随时都能过,这也不假,就看对象是懦夫还是硬汉。玄奘一听这话,就更加坐不住了,一者,天命虽说不可违,但做事首先必须要尽人事,世上哪有坐等事成的道理?二者,既然这凌山骨子里是欺软怕硬,如果真的就这样望而却步,一筹莫展,这不正好证明自己甘心情愿做懦夫和弱者了吗?这未免太伤自尊,太灭志气了。想到这里,他没一点儿犹豫地做出了决定:越快动身越好。

走的时间决定了,怎么个走法的问题还没有解决。玄奘原来的想法很简单:从简,自力,随缘。轻装虽然形单影只,但灵活方便;自力自强是立身、成功的根本,所谓"求人不如求己"就是这个道理;随缘即随顺自然,当机立断。所以,在长安启程之时,当同侣违约时,他毅然只身出发了;过莫贺延碛时,石槃陀临阵反悔,他依然无畏无惧,勇往直前,死里逃生了。只是由于高昌王的盛情,不仅改变了路线,同时也有了旅伴,有了充足的资费,这固然对西行起了保障的作用,但又何尝不是一种负担?对于凌山之险而言,太多的旅伴和负载,累赘的问题就尤其显得突出了。所以,玄奘在做出不再坐等的决定后,便立即找侍御史欢信商量人员和货物的削减问题,说:"求法之事,本是玄奘一人的志愿,一人的计划,即使以身殉法亦在所不惜,但如今却牵累了侍御史等一大班人众,前途未卜,生死难定,实在于心不忍。古人谓:送君千里,终有一别。玄奘突兀，敢请大人一行就此止步，回禀麹王……”

“这却使不得，使不得。本官奉大王之命送法师至突厥汗庭，如今路未之半，岂可言归？莫非本官什么地方慢待了法师？”侍御史闻言，不禁惊愕，连忙打断说。

玄奘解释说：“误解了，误解了。大人一路上鞍前马后的照料，周详仔细，无微不至，哪有什么慢待呀，感激都还来不及呢。玄奘只是想：身边有几个徒侣相伴，略带些许资费即可，无须大班人马随行，一来可以方便行止，二来可以免使更多人冒无谓生死之险。如此而已，岂有它哉。”

侍御史道：“正因为凌山道险难行，我王才为法师准备了如许的资用，才命本官亲自相送。未将法师安全送达目的地就半途而返，既违背了君命，也有畏缩逃命之嫌，为臣不忠，为友不义，日后将如何立身天地？”

“可是，如许多的人马，如此数量的重负，在陡峻奇险的冰山雪岭中攀登，不是更徒增了许多困难吗？”玄奘还是在为行旅的安全捏着一把汗。

“人多货重倒无妨，历来不是有大队商旅过往吗？”侍御史说，“难题倒可能是：原拟在阿耆尼补充牲口脚力，结果未能如愿，虽然休养了将近两月，但隆冬腊月，条件不好，恢复并不理想，路途顺利倒也罢了，倘若发生意外，现有的脚力恐怕就不是多，而是少了。所以……”

玄奘见欢信也有忧虑，便更坚持道：“所以呀，大人等就此止步便是最好的解决办法了。”

侍御史见玄奘误解了自己的意思，赶忙道：“本官不是这个意思，况且问题也没有严重到如此地步。以本官之见，如能在这里取得些补充，行旅或许就更有保证。本官从旁观察良久，以为龟兹君臣上下对法师恭敬有加，奉侍优渥，只要法师开口求助，他们是会给个面子的。”

玄奘明白，侍御史是想让自己出面，请求龟兹国王资赠些马匹，增加些脚力，以备途中不虞之用。这却有些让他为难了。在他看来，欢信的建言，自是与自己的处事原则，也就是前面所说到的从简、自力、随缘相违的，所以，从心里来说，着实不愿意这样做。可要是拒绝吧，一来会辜负侍御史的一片好心好言，二来呢，似乎也显得自己欠能耐。如此这般的想来想去，一时竟然没了主意。

正在二人冥思苦想，不知计从何出的时候，门外传来一阵急促的脚步声，接着便有一人未经通报就进了门。侍御史和玄奘一看，却是龟兹国的大都尉丞，于是赶忙迎上前去施礼迎接。

大都尉丞看见玄奘也在座，更是喜出望外地说：“法师果然在这里呢，让本官找了你好一阵呢。”

侍御史急问来意：“大人有要紧事？”

大都尉丞说：“可不，车马就在门外等着呢！”

侍御史：“到哪去？”

大都尉丞：“大龙池。”

侍御史：“干什么？参观游览？”

大都尉丞：“不知道。大王在那里等着呢。”

侍御史和玄奘听说大都尉丞是奉王命而来，不再问什么，便立即跟着出门，或乘舆，或策马，跟着走了。

大龙池是龟兹河的源头，它汇聚白山消融的雪水，形成一个高原水泊，然后慢慢地向原下流淌，在经过国都延城之后又流淌了一段，便最终消失于茫茫大漠之中。

大都尉丞偕同玄奘和侍御史欢信，乘舆、马出城后朝东北方向溯河而上，经过昭怙厘大寺后不久，拐进一个不大的山口，盘旋而上，穿过一段飞瀑水帘，再上爬不远，便是一处不大的水面，俗称小龙池，继续往上行数里，就到了大龙池。

大龙池，二三里见方水面，虽然远称不上浩浩荡荡，但在大漠高原这一片特殊区域，也就足可称之为“水乡泽国”了。所以，当玄奘勒马放目时，襟怀突然豁朗开来，真有改天换地的感觉。再看湖水，湛蓝湛蓝的，据说，无风时，平静得犹如一面巨大的镜子，白云倒影，水天一色，而微风吹过时，则细浪吻岸，轻轻喘气，宛然一对情侣在热情拥抱。四面环顾，只见皑皑雪山当其北，云峰高耸，白云峦岫，山坡从雪线开始往下铺陈，一直延伸到湖畔。由于雪山挡住了北来的寒风，又得阳光垂顾，尽管时值冬末春初季节，山坡上的松柏依然葱翠蓊郁，牧草茂盛之态未变，只不过是由绿茵换成了锦褥罢了，直至现在，其间还放牧着牛马骆驼羊等牲畜，一群群，一伙伙，棕色的像一团火，白色的似一片云，流动着，飘忽着……

湖畔的一处坡地上，沙土裸露，像墙垣，像屋基，在植被很好的背景下显得特别突出、抢眼。

忽然，随着一声长啸，数十匹马朝玄奘他们所在的地方云涌般奔跑而来，马蹄震得地面隆隆作响。几个骁勇的骑手紧跟在后面，一面吆喝着，一面挥动手中的鞭子。

在临近玄奘他们数百步处，领头的骑手纵身从马背上跳下来，径直冲玄奘他们而来。

大都尉丞对玄奘和侍御史说：“大王过来了。”

玄奘仔细辨之，骑手果然长发披肩，无疑是苏伐叠国王了，于是立即小跑着迎了过去。

行过礼，未等玄奘开口，国王便举着鞭子转动身子比画了一圈，问道：“法师可知道这叫什么地方？”

玄奘先看了一眼大都尉丞，然后回国王说："大王不是召玄奘到大龙池来吗？想必这就是了。"

国王接着问："为什么叫龙池呢？"

玄奘回道："这个嘛，只得请大王赐教了。"

国王并不推辞，带着几分骄傲，眉飞色舞地说道："传说在很久以前，眼前这个湖里有一条龙，夜间从湖中潜出，与山坡上的母马交欢，遂生龙驹，龙驹长大后，暴戾不可驭。龙驹复与母马配，所产之驹这才被驯服就鞍。从此后，一代一代地传了下来，越来越多。所以呀，本国良马多得就像天上的星星呢！"

玄奘听毕，不禁啧啧称奇。

国王复又指指那处沙土裸露处，颇为神秘地说："那是骏马常聚集的地方，凡在那里交配所生的马驹子都是良马。"

玄奘好奇地问道："为何？"

国王与大都尉丞对视了一下，似乎不愿作答。

玄奘仍然充满期待地看着国王和大都尉丞，等着回答。

大都尉丞经不住玄奘的沉默式追问，开口道："相传前代有个名叫金花的国王，政教清明，治国有方，天龙为之感动，于是自告奋勇来为其驾驭乘舆。金花王将过世，不知是有意还是无意，手中鞭子触及龙耳，龙即潜隐于此湖中。"

大都尉丞指指前方沙土裸露处，继续说："那里原来是一座城池，城中无井，女人们只好到池边汲水、洗濯。潜龙变为人身，与妇女幽会，因此繁衍生育，子胤皆壮实骁勇，健步如飞，有似奔马，人称其为龙种。不想这些龙人种属恃强逞威，竟然与国王作对，抗拒政令。国王于是密约外族，袭杀一城人众，少长无一幸免，城亦因此荒废。"

玄奘听罢，仍然心结未解，于是又问道："这与骏马常聚集于此有何关系？”

“或许是因为往昔潜龙多在那里活动，龙漦积聚，精气未散吧。牲口虫豸之属不是往往以气味来圈定势力范围吗？”大都尉丞这样推论，语气显得并无十分的把握，答完后便两手一摊，表示自己也知之有限，不甚了了。

对于大都尉丞的回答和玄奘的态度，苏伐叠国王都不太在意，大都尉丞的话音刚落，他便招呼玄奘道：“走，看马去。”

“看马去？”玄奘一时摸不着头脑，不免发愣。

“是呵！”国王同时对着玄奘和侍御史说，“要多少，你们自己挑吧。”

侍御史不敢相信地问：“大王召我与法师到此，就为这？”

国王：“不为这，为什么？大冷天的，专门叫你们出来吹北风？”

玄奘犹豫道：“可贫僧眼下并不……”

“不缺马？不需要马？”国王说着，哈哈大笑起来，“缺不缺，需不需要，我比法师清楚。这许多的行囊，不补充牲口脚力，就休想过凌山！”

玄奘不解：“可贫僧并未向大王禀报要启程之事啊！”

国王笑道：“向往草原的骏马，再结实的绳子也拴不住牠。看法师每日里心神不定的样子，谁还不知道你在想什么呀。”

玄奘有感于心，谢道：“大王如此了解贫僧，还想得如此周到，贫僧如何才能报答得了这大恩大德啊。”

国王听了好话，高兴极了，乐呵呵地笑道：“一家人就不要说两家话了。”

“一家人？”玄奘以为国王高兴过头，说错了话。

“不错，是一家人。龟兹王族身上也流着汉家的热血呢。”国王注意到了玄奘的语气，转而认真严肃地注视着他，这样说道。

玄奘听后更糊涂了，说道："贫僧疏于历史，真未曾知道这事呢，还望大王细说。"

苏伐叠国王见玄奘神情恳至，于是满怀愉悦和自豪为其讲述了这样一段史事：

早在西域三十六国并存的时代，龟兹国在匈奴贵族的挑拨下，一度与大汉王朝作对，杀害了汉朝派驻轮台的屯田校尉。后来绛宾做了龟兹国王，决心摆脱匈奴的奴役，与汉朝重修和睦友好的关系。当时，能够与匈奴抗衡的只有乌孙国，而乌孙国又与汉朝过从甚密，汉朝皇帝先后将细君公主、解忧公主嫁给乌孙国王为妻，以和亲作为纽带，结成抗击匈奴的巩固联盟。因为匈奴占据了车师前部，也就是如今的高昌国交河城一带，切断了从这里通往玉门关的道路，乌孙与汉交往就只好改道，经龟兹，过楼兰，然后进玉门关。龟兹王绛宾很想通过乌孙与汉朝建立新的友好关系，于是派遣使者前往乌孙，请求解忧公主将长女弟史嫁给自己。也许是缘分吧，恰巧就在这个时候，前往汉朝国都长安学习鼓琴的弟史学成归国，途经龟兹，与龟兹王相会，两人竟然一见钟情。解忧公主在绛宾的一再要求下，终于同意了这门亲事。此后不久，解忧公主上表汉廷，请求允许弟史比同宗室入侍汉廷，绛宾也要求一同前往。汉朝皇帝以厚礼待之，赐给二人印绶，称弟史为公主，又赐车马旗鼓及歌吹数十人，还有绮绣杂缯、琦珍数千万。一年后，汉帝复厚赠而遣归。绛宾夫妇对汉朝的先进礼乐制度非常崇仰，此后又多次入朝学习，并在国内仿照汉朝礼仪、程式，穿汉服，建宫室，设徼道，撞钟鼓，出入传呼，等等，诸如此类，都像模像样的。

苏伐叠国王讲到这里，似问非问道："法师，你看，弟史系解忧公主之女，自然有着汉家的血统，后来又成了汉朝的公主，亲上加亲，我等龟兹王族的子孙不就都是汉朝的外孙了！我等与法师不也就是一家人了！”

玄奘知道，苏伐叠国王所说的这个故事，只是中华民族在其成长、发展、壮大过程中诸多和亲佳话中的一则。此前此后，中原朝廷与匈奴、鲜卑、突厥都有过此类的事情，只是各自的细节有所不同而已。不过，今日能够亲耳听到这位国王对那段往事如此刻骨铭心，却着实感动不已。自离开长安，特别是出了玉门关之后，就总觉得自己已经成了浪迹天涯的孤客、离乡背井的游子，孑然一身，无依无靠，理想、追求，乃至于整个生命，至少已有一半掌握在上苍的手里，正所谓成败难定呢。可现在，一切好像在瞬间都发生了巨大的变化：龟兹原本是与长安相隔六七千里的遥远异邦，现在似乎成了同一街市的芳邻；边声变成了耳旁的乡音絮语，鼓角好像就吹响在天津桥畔的百戏台上……不知不觉地，一股暖流随着血液流遍全身，一种攻无不克、战无不胜的信心和勇气油然生发，于是，关于大漠沙碛的记忆不再是那么令人心有余悸，传闻中将要经历的冰天雪地也并非酷寒到不可抵御，向前放目就可以看得见的雪山绝顶似乎早就架起了攀登的天梯。现在，也只有现在，在亲身感受了龟兹国王火一样的热情、贴心的话语、周详的安排和慷慨大方的馈赠的时候，才会真真切切地体会到，人在漫漫的旅途中，在异国他乡的陌生环境里，最需要的，除了决心和信心、脚力和耐力之外，亲情和友情也是弥足珍贵的。它是一种神力，是一种增上缘。它的加持，能使面临挑战的决心和信心始终不变、久而弥坚，使正经受着严峻考验的脚力和耐力能行无路之路、克不克之难。

当如许之多的思绪、念头，像风、像闪电般在脑际中回荡忽闪的时候，玄奘竟然一下子忘了自己的僧人特殊身份，以及合十作礼的习惯，身不由己地急步上前，与苏伐叠国王紧紧地相拥而抱，百感交集，似有千言万语，却又一句也说不出来，向来宁静的心海中，正在卷起一阵久违了的情感波澜。

苏伐叠国王亲自为玄奘选定了十五匹矫健的龟兹纯种龙马，然后又命牧马人赶来四头双峰骆驼、两头牦牛，一并交给玄奘。玄奘却纳闷地说："走沙漠才需要骆驼啊?!"

苏伐叠国王听后，知道玄奘并不完全了解骆驼的大用，于是仅微微一笑，没有多做解释，只是说："或许过雪山时也用得着。"

大龙池赠马后的第三天，玄奘重又踏上西行的征程。先后渡白马河，过俱毗罗沙碛，经阿悉言城，至跋禄迦国；再西北行经大小石城，然后到达凌山峪口。这几天都是沿大漠边沿或山根走，虽然也过沙碛，但比之莫贺延大沙碛，不过是小巫见大巫，根本就谈不上什么困难。

至于凌山，其艰险的状况，一路所闻不少，都说是群山连属，峰峦峻拔，雪海皑然，冰崖壁立，寒风惨烈，暴龙凌犯，灾祸无期，死生随时……传说自然耸人听闻，但玄奘并不完全相信。俗话不是说，百闻不如一见吗？如果不亲眼见之睹之，亲脚履之践之，亲身历之验之，就畏首畏尾，犹豫踯躅，岂不是先灭了自己的威风！所以，在他心里，凌山并不是什么不可逾越的生死关口。

好像是对玄奘这种过分自信来一次小小警示似的，进入峪口的第一天，不料就发生了这样一件事：

凌山峪口，实际上就是一条河的河口。凌山的凝冰积雪消融后即流至沟中，小流汇入大流，然后气势汹涌地夺路奔泻而下，一路上摧枯拉朽，卷沙带石，势不可当。接近峪口处，地面逐渐开阔，水势减缓，沉重的石头终于停止了狂奔的脚步，形成一二里长的卵石滩。对玄奘来说，卵石滩并非稀罕之物，在跋涉莫贺延大碛时就见过不少，卵石大小不等，或疏落，或密集，不成路径，有时甚至难于容足，要通过这样的戈壁，实在是困难重重，好在戈壁滩大，可以绕开它走。但在凌山峪口，情况则不同，地面就这么宽，卵石却在不断地日积月累，互相拥挤，一块挨着一块，把整个峪口填得严严实实的，因为峪口是跨越凌山的必经之路，路虽难走，却又不得不走。玄奘一行，自然也就没有了任何选择的余地。

走这样的路，人也就罢了，万物之灵嘛，有足够的智慧，有足够的敏捷来应付任何复杂的情况。可对于牲口来说，撇开智慧不说，体重之外，又多了两条腿，协调起来更加困难，而且还得负重而行，其艰难自然又要加倍于人了。没办法，只好把货物卸下来，由脚夫一件一件地搬过卵石滩，然后再回来将牲口逐一牵过去。这样，尽管只有短短的两里路程，却花了大半天的工夫。即使一再小心谨慎，临末时，事故还是发生了：一匹马在从一块大石头迈向另一块大石头时，脚一滑，前蹄插进了石缝里，在巨大而沉重的身体前冲惯性作用下，突然嘴啃地地趴下了，而且没有再挣扎的动作，眼神中流露出一缕惊恐和痛苦。牵马的脚夫弯腰伸手摸了摸那条插进石缝中的前腿，丧气地对围过来的人说："断了，小腿断了。"

侍御史欢信和玄奘闻讯也回头赶来看望伤马。当确定马腿真的折了之后，欢信摇了摇头，表示已经无可挽救，于是对众人下令说："走吧，赶路要紧。"

"那…马，怎么办?"玄奘对侍御史的话很不理解，又忧又急地问。

侍御史毫不犹豫地回道："就留在这里，由牠去吧。"

玄奘惊讶道："我们都走，就把牠留下?!"，

"只能这样。"侍御史仍然毫不犹豫地回道，"人在旅途上，能有什么办法!"

玄奘说道："可牠受伤了，留下不管，不是让牠等死吗?"

侍御史心里想:你这法师真是迂腐呀,马腿既然折了,驮不了物,走不了路,你背牠不成?你在戈壁沙滩上走了这许多日子,路上所见的驴马牲口乃至于人的白骨还少吗?他们不都是因为饥渴、受伤、生病而被遗弃丧命的吗?你有疑问,可以理解,但总不能让大伙停下来,等治好了马脚再走吧?我能等得了,你能等得了吗?想到这里,不觉气堵胸襟,但随又转念道,护虫惜蚁,悲天悯人,这本来就是僧人的天性,救度众生正是佛的本怀,这法师对伤马的关切,不就是这种天性和情怀的体现吗?我王崇佛敬僧,不也正是看重这普世的道理吗?既然如此,他过错何有,我又气从何来?

在现实问题与正教精神的取舍之间,侍御史不免陷入了两难的境地,于是以商量的口气问道:“那,法师你看怎么办好?”

玄奘见侍御史问自己的主意,便不再存疑,也不再犹豫,立即招呼几个弟子过来,自己也加入进去,先动手清理出一片相对平整的碎石地面,然后动手去抬伤马。

侍御史一看便明白了他的用心,不再说什么,看着几个沙弥不足以将马抬出,于是又招呼几个脚夫过来帮忙。

受伤的马最终被安置到了那块清理好的平地上,玄奘在马旁蹲下身,伸手轻轻地摸了一下马腿骨折处,感同身受,痛心不已。他站起来,用期盼和乞求的眼光看着侍御史。

侍御史其实从玄奘招呼沙弥抬马的那一刻开始,就已知道其用意所在,现在四目相对,更明白了他要干什么,于是招呼身边侍者一齐过来。

侍者在马前蹲下,从挂兜里掏出一包药散,蘸水和了和,铺在骨折处,再用白氎布包扎好,又找来两块短木板,夹在两边绑紧。

处理完,侍御史向众人挥挥手,发话说:“走吧。”

玄奘仍然忧心忡忡地站着不动,对侍御史说:“没吃的,怎么可以?”

侍御史没有说什么,又命脚夫取来一袋饲料,倒在马头前。

玄奘走前,弯腰抚摸了一下马头,是惜别还是诀别,自己也说不清楚。

那马也极通人性,似乎也知道这或许就是生离死别的时刻,噙满泪水的双眼,木然地看着地面,不忍相送。

过了卵石滩之后,玄奘一行又向沟峪纵深处前进了数十里,天黑前在一处开阔地面停了下来,准备安营扎寨。

在这里,地面上没了乱石,但却铺满了冰粒,鸡卵子大小,浑圆浑圆的,不知造化何来的这般鬼斧神工。

脚夫们有的在从马背上卸下货架,有的在忙着搭建帐篷,有的在悬釜备柴(其实就是自带的牛马干粪)准备晚炊。

侍御史来回巡视着,随处安排指点,忙个不迭。玄奘则和几个弟子,自然也包括石槃陀,一起打桩、牵绳,帮着搭帐篷。

帐篷搭好后,石槃陀背来一袋干马粪,正要倒到地上,玄奘问他作何用,他颇为得意地说:“把它点燃,烤热地面,再铺上毛毡,师父就可以睡个暖和觉了。”

玄奘从他手里抢过那袋干粪,重新把袋口系上,说:“每个人都这样做,需要多少啊!”

“就师父一个用。侍御史大人吩咐的。”石槃陀说。

“那更不能用。”

玄奘说话的同时,背起那袋马粪,出了帐篷,直朝货堆走去。

石槃陀赶紧追上去,抢过那袋马粪,说:“师父既不用,还是弟子背了回去。”

就在石槃陀抬腿起步的当儿，沟峪深处传来了一声巨大闷响，延续了好一会儿，脚都感到了地面的颤动。

所有的人都停了手中的活计，惊惶地朝响声起处望去。

死一般的沉寂中，不知是谁喊了一声："雪崩！"

侍御史闻声，猛地回转头来寻找那叫喊的人，眼光严峻中带着几分恼怒。

众人见状，再也不敢言语。

过了好一阵，侍御史悄声安排了好几拨人，分别去收叠起一切棕色的覆盖物，拆下悬釜，熄灭一切烟火，给牲口套上嚼子。

玄奘不知道发生了什么事，也不知道侍御史为什么要这样做，于是走过来想了解个究竟。

侍御史明白玄奘的来意，也主动迎上前去，不待发问便轻声解释说："不像是雪崩，倒好像是冰盖断裂崩塌。冰山雪海中，最忌讳穿赭色衣裳、尖声喊叫、马嘶鼓鸣。"

玄奘听着，下意识地看了自己一眼，庆幸所穿者已是高昌王预制的浅色棉法袍，这才心安下来。

这一夜，所有的人吃的都是干馕或炒面，靠咀嚼冰粒下咽，肚子里一点热气都没有，睡觉处又只铺了一张毡子，席冰卧雪，这回真的亲身体验了。

在彻骨的寒冷中，玄奘无法入睡，又害怕冻出病来，所以干脆起身在帐篷内来回踱步，借以暖身和驱赶睡意。后来困得实在难以忍受了，这才坐下来打了个盹儿。

第二天，队伍又沿沟行进了数十里，两旁岩壁足有四五百丈高，彼此相距则不过一二百尺，抬头仰望，所见乃蓝天一线。岩壁几乎被坚冰覆盖，或平如镜面，或溜圆如柱，或连缀如帘，真像是传说中天上的琼瑶世界、地下的水晶宫阙，只是阴森得令人不断地打战。没有人催促，但大家都好像奉了严令，不约而同地加快了脚步。

顺沟又拐了一个弯，山间开阔了许多，但沟底却完全变了个样：大大小小的冰块，棱角分明、锐利，如刃，如锥，如斧，如叉，不管是人还是牲口，只要触碰，就会皮开肉绽。如许多的大小冰块，就散布在方圆百来丈的沟底上，显然是从高处崩塌下来，触地砸碎的。抬头往上一看，果见崖顶上有一处鲜明的断口，足有数丈见方大小。经历过凌山天险的人都知道，一路上，不少地段的崖顶上都有一个巨大的冰帽子，这些冰帽子的形成是长期日积月累的结果：当崖顶的积雪消融后，便从上往下淌，遇寒之后又重新凝固，如此往复循环，凝冰越增越厚，越扩越大，乃至于超出崖面形成帽状的边沿；帽子越来越大，越来越重，最后不堪其重，只要有些许震动，便会断裂崩落。显然，昨晚听到的闷雷般的巨响，就是此处的冰帽崩塌时发出的。

到这时，众人这才暗暗庆幸过卵石滩时耽误了些行程，否则正好路过或者就在这里宿营，那真是一场大灾难了。

有了峪口卵石滩的教训，玄奘一行这次就小心谨慎得多了。队伍在遇到冰块障碍的当儿被叫停了下来。众人聚精会神地注视着满地的冰块，都在想着如何过去的办法。有人主张敲掉尖锐的棱角，但因害怕发出响声，被否决了；有人主张搬冰清路，又因限于人手和时间，也没有被采用。不过，最后在没有更好的办法的时候，折中地兼用了这两种做法，并一再强调要尽量地小声和小心。

就在将要行动的时候，沙弥普光大胆建言说：“为什么不用毡子裹住马脚呢？若此，即使碰上了冰凌，也不至于伤皮折骨啊。”

众人一听有理，采纳了这个意见。

玄奘对普光的表现，心里称赞，嘴上却没有说，这是他第一次关注这个高昌籍沙弥。

平安地越过冰帽崩塌地段后，又沿谷道盘旋行进了两日，道路虽然崎岖艰险，跋涉非常困难，但由于一步一小心，可幸没有再发生大的事故。不过，途中所看见的两桩事，却仍然不免令人心惊胆战。

第一桩是，当他们跨越一处河床冰缝时，发现脚下所踩踏的竟然是马的尸体，足有十余匹之多，层层垒叠，显然是用来连通道路的。这使人不能不联想到此处在不久前肯定曾经发生过一次巨大惨祸。

第二桩是，在从谷道转上山道后不久，令人胆寒的一幕又出现了。先说这山道，其实就是飘在空中、绕在山腰的一条带子，它凹进山体，上下悬崖，仰看不见顶，下视不见底，道宽则不过三四尺，人行没问题，但牲口通过就得加倍小心了。而牲口往往是驮带着货物的，经常是一侧的货物悬空，另一侧的货物擦着山体，因此不得不由一人在前牵着领路，一人在后帮着把扶货物，人或牲口稍有闪失，或相互之间协调不好，就会酿成事故。果然，就在一个弯道处，他们见证了一幕惨不忍睹的灾祸：一匹马拦腰趴挂在脚下数丈处突出的岩角上，背上所驮的货物已经松散，但还没有完全甩掉，到死都身背重负；马颈已经折断，马头靠了颈部的那层皮吊在空中，总算没有尸首分离，由于血肉模糊，已经难辨其原来的面容。旁边的一个稍小但却更尖细的岩角上，挂着一件胡袍残片；岩角好像是涂抹了一层黑色，显然是鲜血经过风吹日晒后变成的污垢；胡袍残片在山风中飘来摆去，像是亡魂在向过路行人不停地挥手诀别似的。综合整个状况判断，人马跌落悬崖后，先撞上一个岩角，继而又从这里跌落，马和货物被搁置在下面的一个岩角上，而那件胡袍碎片就是第二次跌落时被撕裂留下来的，人呢，则已经掉进了深渊。这一惨象，无论谁看了都会不寒而栗，感慨这人、马死得何其惨烈。

在提心吊胆中又攀越了五天，万幸没有发生人马重创的大事故。据在龟兹时了解到的情况推算，再有一天的时间，爬过一面虽大而并不十分陡峻的山坡，登上最后一座高冈——拔达河与楚河的分水岭顶峰，剩下的就只是下山的路程了，而且也不算太难走，所以，人人都在心中暗暗期待那胜利时刻的来临。尘世上还有什么比眼看着就要走出死亡之路更值得高兴、更令人激动、更使人欢欣不已的事呢！

虽然不是定律，但却是常常听说的是：人在胜利即将到来前的紧张时刻，连呼吸都几乎要停止了。玄奘他们现在就是这样。在这第五天的路上，大家都走得很沉默，马也受到了影响，连响鼻都没打一个，整个冰山雪野里只剩下了脚步声，节奏颇快，是一首名副其实的进行曲。因为行进顺利，速度比预期的要快些，原来估计要天黑才能赶到宿营地，而晌午过后不久便到达了。

这个宿营地是一处颇为开阔的山腹地带，巨大无比的冰舌自上伸延下来，自西而东躺卧在山腹正中，西、南、北三面的峦峰叠嶂形似一个向东摆放的簸箕，山坡和山顶上，积雪、凝冰与裸露的山体错杂相间，构成白色与黑褐色的斑驳画墙。一条蛇行状的山道蜿蜒曲折地通向山顶，清晰可见。当用脚丈量完这条山道的那一刻，凌山天险的神话也就终结了。不过，在那一刻到来之前，还须再歇一宿，还有许多未知数。

队伍在冰舌上端选择了一块较为平坦的裸露地面作为露营处。因为天气晴好，地面开阔，估计在艰险路段中通常突发的事故应当不会在这里上演，所以，全队人马全都解鞍卸绑，然后悬釜设槽，美美地饱餐了一顿，而且在天抹黑时便开始进入了梦乡，明显的是要养精蓄锐，为明天的最后一战——攻顶，做好体力和精神上的准备。

玄奘是队伍里身份特殊的核心人物，他的活动自然也与其他人不一样。大家之所以那么容易入睡，睡相又是那样的甜蜜，这都应当归功于他平静、安详、柔美的诵经声——世界上效果最佳的催眠曲。

夜过二更，帐篷顶上传来了轻微的啪嗒啪嗒响声，玄奘专心于诵经，自然没有听见。

三更过后，帐篷开始像鼓风的皮袋那样一起一伏地摇晃起来，啪嗒啪嗒的响声也随之大了起来，玄奘虽然听到了，但仍然没有十分在意。

大约四更左右，帐篷开始剧烈摇晃，还哗哗作响。玄奘呢，也忽然觉得身子在打战，牙齿还咔嚓地咬了一下，两只手则不由自主地揽了揽棉袍，又将带子紧了紧。不过，直到这时，他也只认为是起风了，夜更冷了。

玄奘收起经卷，站起身向帐篷门口走去，想到外面看个究竟。但是，在他解开闩门绳索的刹那间，门即啪的一下掀开，一股猛风随之冲了进来，袭在脸上，冰冷冰冷的，借着帐篷内外明暗的反差，这才发现原来是风里还夹着飞雪。

“好大的风雪！”玄奘为这见所未见的景象感叹了一句，仍然没把这个“不速之客”当一回事。

玄奘费了好大的劲，才又把帐篷门闩好，正要钻进睡袋歇息的当儿，帐篷忽然激烈地摇晃起来，很有拔地而起之势。外面的风狂暴地肆虐着，呼啸声一阵接一阵，帐篷随着风的呼啸而舞动，持续不断。

好在，天很快就亮了，玄奘迫不及待地再次打开帐篷门到外面看情况。不过他并非起得最早的人，全队的人，上至侍御史欢信，下至脚力马夫，早就站在风雪中了。

侍御史看见玄奘出来，便迎面过来要问夜里的情况，还没开口呢，玄奘先问道："能上路吗？"

侍御史没有立即回答，他看看天，漫天风雪非但没有停止的意思，反而是更加暴虐，更加肆无忌惮了；看看地，满地白雪皑皑，一脚踩下，最浅的地方也没过膝盖，只有帐篷顶上没有积雪，那是因为狂风摇撼的缘故。牲口最惨了，牠们站在齐胸的雪中，一动不动，鼻子里喷出来的热气，很快液化、固化，形成冰吊子，像长了满嘴的银色胡须。他生在大漠之边，长于白山之侧，又多次出使西国，所历、所见、所闻，都使他对这样的天气有着深刻的认识和印象，用最简洁的话语来表达就是：恶劣，十分恶劣。特别是在大山中遇到这样的天气，那真算得上是倒大霉了：雪深没了路，走不得；天寒地冻，即使不缺吃少穿，也绝非久留之地。最糟糕的是倘若得了病，无论是人还是牲口，那几乎就等于宣判了死刑。所以，他深知眼前面临问题的严重性，当然也深知一个护送使节责任的重大。因此，他虽对形势作了评估，但既没有形于脸上，更没有流露在话中，只是淡淡地回道："再等等，再看看。"

就在说话间，一阵狂风猛袭过来，盘旋着，将地上大团大团的积雪卷起，向上直蹿，就像苍龙腾跃，天空顿时被搅动得混乱不堪。

昨晚搭建那几顶帐篷时，因冻土难以打桩，所以只是将帐篷的绳索系在几块大石头上。经过大半夜的大风摇撼，绳结松弛，帐篷终于经不住这阵狂风的吹袭，像断了线的风筝似的，随风飘举，在空中打了几个转就栽落到远处的地面上。

这样一来，事情就更糟了：重新搭建帐篷是不可能的事，而剩下的那两顶帐篷又难以庇护全队人众,大家只好惶恐不安地站在风雪之中,搓手,顿足,捂脸,勒紧袍带。

也许是感同身受吧,侍御史想起了露宿的牲畜,他走过去查看了一番,立即叫来脚力和马夫动手扒开驼、马脚下的积雪,喂食给料,同时也是想借此让大家活动活动筋骨,忘掉一点儿寒冷。

然而,令侍御史始料未及的是,脚力、马夫冒寒劳作,身上汗湿汗干的,加之没有、也不可能及时进食,伤风感冒的人开始出现,一连病倒了好几个,而暴风雪却一直在继续着,没有丝毫停止的意思。人在高山绝岭上,呼吸本来就有些困难,大风大雪扇击在人的脸上,就像用棉花蒙着一样,让人更是透不过气来。

大祸临头,难以避免!

灾难的警示,迫使侍御史做出了一个残酷的决定。他将随行的几个当差召到身旁,交代、布置了一番,然后便让他们分头行动去了。

一个当差给玄奘送去了一件老羊皮袄和奶酪、面馕等食品;另外两个当差则去检查脚力、马夫以及牲口的身体状况,骆驼喂足菜籽糗,给牦牛和马给足精料。

一切准备工作完毕,侍御史没有跟任何人商量,便自个儿将人马编为前队和后队,并下令将贵重行资、货物全部转由龟兹龙马驮运。随后,他将全队人员集中过来,发话道:“法师西游,路途遥远,时间不等人,雪再大,也必须起程,前队伴送他们师徒先走,其他人马,视天气情况择时跟进。”

为什么这样做,侍御史只说了一半原因,不,只是找了一个借口,真正的机密则一点儿都没有泄漏。玄奘在思想上是一个智者,但在生活上,特别是在冰天雪地里旅行方面,却很像一个门外汉,压根就觉察不出侍御史话里的意思。队伍中应当有人知道原委,但却不忍说,不敢说,不能说。

队伍出发了。牦牛领行,骆驼随后,马匹继之,人员尾随紧跟。

牦牛和骆驼都不驮载任何货物,正可谓轻装前进,备受优宠、隆遇。原因何在?原来,牦牛本是高原雪域的一流登山能手兼运输大力士,一身厚而绵密的皮毛使牠能够抗拒呵气成冰的严寒;祖祖辈辈高山荒原艰苦生活的实践又历练出了一种异乎寻常的攀爬本领,山再高,路再险,天再寒,雪再深,牠也能探测出被雪掩埋的道路;更退而言之,即使没有路,也能另辟蹊径,用角和头推开前面的积雪,用硕大的身躯拓宽道路,将体重集中在四只蹄子上,压得路基嘎嘎作响,俨然几块巨大沉重的夯石。牠有时是跳着走,有时又滑着走,虽然步履维艰,左摇右摆,蹒跚迟缓,但总是坚韧不拔,前进不止。如果有谁企图去驾驭牠,指挥牠,让牠改弦易辙,牠的表现则往往让人觉得有点刚愎自用,总是执拗地坚持己见,一意孤行,而最终呢,却总能以事实来证明自己的正确,至于是凭了眼的视力?耳的听力?蹄的触摸感?心的感应?这却是一个千古未解的神秘之谜。骆驼呢,人们往往以“沙漠之舟”称誉之,以为这是对牠的最高褒奖了。其实呀,还是只知其一,不知其二:牠在高山雪野行走也有其擅长之处,一步一个脚印地试探着向前迈进,就像一台精于勘探的仪器,虽然是低一脚高一脚的,但却几乎是万无一失。而且,牠那适应沙漠行走的蹄趾,足有碗口儿大小,这不仅有助于增加步履之稳健,而且也同样有牦牛蹄的夯压作用。牦牛、骆驼压不垮的道路,骡马之类的牲口还能通不过吗?再说,还有菜籽糗也在起作用呢,这种有着令人作呕气味的东西却是极富营养的饲料,给足喂饱了,骆驼便会“力拔山兮气盖世”,十天半个月不再进食也无妨。

牦牛和骆驼真的发挥了神奇的作用:通顶的道路已经被一夜

的风雪覆盖得严严实实，但牦牛一迈开腿就能准确地找出来，准确到毫厘不差。有两件事可以验证牠们的特异功能：行到半山腰，一匹载货的马越出牦牛、骆驼开辟的路仅一身的宽度，结果是前蹄踩空，滚下陡坡。快到顶峰、胜利在望时，雪稍微少了些，路的痕迹也隐约可辨，可是，一直按“之”字线路盘旋向上行走的牦牛、骆驼，却突然避开下一个弯点而抄近垂直爬坡，但后面的龙马没有跟进而是继续按习惯走“之”字，结果呢，就在牦牛、骆驼避开的那段横道上，惨祸发生了：前头十来匹龙马走过之后，路面突然坍塌，正走在其间的两匹马连同一个马夫一起掉进了巨壑，瞬间就被冰雪和泥土埋了个无影无踪。

到这时，人们才明白，所谓的路面其实早已成了“桥面”，不知从何时开始，路面下的泥土已经被流水掏空，只是由于积雪覆盖，将真相掩盖了起来。但是，假象没有能瞒过牦牛、骆驼，牠们及时改变了路径，而原来的路呢，最终不堪重压……可幸的是，龙马没有全军覆没。

事故发生后，玄奘和许多脚力、马夫等都要下去抢救，但都被侍御史阻止了。理由很简单：既没有时间，也没有力量，更不能无端去冒险。他劝告众人说：“失去固可痛惜，保全余下人马才是头等重要的大事，根本之根本。在如此这般的旅途上，因故伤亡就不必说了，羸弱、伤病，无论是人是畜，随时都会发生意外，随时被遗弃，这是不幸，是无奈，但却是唯一、正确的选择。当此之时，幸存者只能是含泪看之，横下心走之，要不然，剩者亦将不剩，生者亦将不生呢！”

值得庆幸的是，他们终于在第二天天黑前爬到了凌山的最高点。虽然，人马已经筋疲力尽，但他们只是休息了一夜，次日一早便决定开始下山。

好在下山的道路比较平缓，虽然不能直线地一缓到底，却也基本上能一段一段地连接起来。所谓的下山，其实并非是一步一步地走下去，而是一段一段地滑下去。当然，牦牛、骆驼又一次发挥了其特长：牠们先滑出一条相对平坦的通道，其他人、马随即顺此滑落，既保证了安全，又省时省力。

这样，只用了大半天的时间，便下到了一个夏季牧场。由于牲畜在冬天来临前已经转场，眼下这里只是一片空蒙的雪野，可以验明这块雪野正身的就是那些没有拆除的围栏和一两顶用来储存杂物的穹庐式毡帐。围栏和毡帐在白雪的覆盖下，静悄悄的，并无人踪行迹，自然也就没有什么袅袅炊烟了。

玄奘他们没有征求，也无从征求主人的准允，便住进了这两顶现成的毡房。当他们安顿就绪，走出穹庐，站在雪野里，仰首回望重云压顶的凌山峰顶时，人人激动不已，感慨系之，说不上是悲是喜。若说喜，那是因为大家都知道，此时此刻，自己已经身无危险；若说悲，这也是实在的，后怕，心有余悸呀！一连在毡帐里将息、整顿了几天，死神的黑影还总是在每个人的脑子里游荡徘徊，驱之不走，挥之不去。好几个脚夫在睡梦中甚至还在大声呼号着，不知是在发出警告，还是在呼救，声音里充满了惊恐。

队伍在牧场毡房这个“免费的旅馆”里总共住了十天左右，一是为恢复元气，二是等候十之八九等不来的“喜讯”——那些由病弱者组成的第二拨人马的出现。

果然，盼望成了失望。第二拨人马最终并没有出现，连传递他们生死信息的过客都没有。

无奈，队伍又出发了，只是不再是那么的浩浩荡荡。

玄奘一面走，一面不停地回头张望，是怀着希望，还是送去祈祷，连他自己也说不清楚。

第二十三回

龙与狼相争恩怨纷然　僧与汗相会和乐陶然

玄奘一行离开将息、休整的毡帐后，继续沿山路盘纡而下，经一整日，于傍晚时分便到达了一海子边。海子之大，令人咋舌，特别是那几个没出过远门、未见过世面的沙弥嘉尚、普光、法钦、玄觉等，一见海子就连气都不敢喘地低声说道："好家伙，这么大呀，不小心掉进去，准没命！"

不错，这海子，当地人叫它大清池，确实很大，传说其形状就像一只船，头西尾东，停靠在连绵起伏的群山之中，绕行一周，不下千几百里。它虽紧邻凌山，却常年不冻，故俗称热海；又因其水咸苦而谓为咸海。放目远望，横无际涯，渺不见边，无风起浪，波涛汹涌，激荡澎湃，水深而色青黑，鳞潜其中，是名副其实的龙渊鱼宅。俗传如此水族，皆为灵怪所生，人慑而不敢捕食。

玄奘伫立在岸边望着海子想：自己在国内行脚参学时，虽也曾见过许多江河湖泊，但却没有见过如此浩瀚无际、风急浪高者，而且还是在高原之上、群山之中，实在是太神奇、太神圣了！这样想着时，敬畏之情油然生起，因此不由自主地合十胸前，称念起阿弥陀佛名号来。

行旅只在海子边停了一宿，第二天便沿海子南岸向西进发了。因为山路崎岖，经二日离开海子，之后再西北行一日，即进入一条长川，川中有河，名碎叶，源自葱岭，西北流，绵延千里，然后注入沙漠，川因河而得名，叫碎叶川。河之两岸，可种糜、麦、葡萄，只是时节未到，眼前的原野仍然空茫萧索，只有稀疏、光秃的林木在寒风中摇曳。

玄奘虽然已经安全跨越凌山险隘，有过死里逃生的喜悦，但担心、忧心仍然满腹，因为下一个关口，虽然没有风雪酷寒之灾、断冰崩崖之险，却也是西行路上的一个关键点。

早在姬周、嬴秦、刘汉时代，在今日大唐国的最北方就繁衍生息着一个马背民族，名叫狄历，也称丁零。鲜卑拓拔魏、宇文周时期改称敕勒，因其所驾之车，轮子既高且大，故又称高车。入隋，再改称铁勒。其上演民族成长、发展悲喜剧的舞台，最初在北海一带，后来向西扩展至金山、药杀水流域。铁勒种属四十余，概称为九姓铁勒，其中的一支称为突厥，祖源就在金山及以北地域。此族对狼由畏而敬，自称狼种，乃至于奉为至圣而举族膜拜。又有一种说法，突厥先人乃狼与人交欢所生，所以自称狼种。后来，子孙繁衍，势力逐渐壮大后，南迁至高昌一带，一度成为柔然族的锻奴，也就是烧炭炼铁的奴隶。西魏废帝建元之次年，柔然王自杀，突厥首领土门正式建国，至第三世燕都立，始称木杆可汗。自此之后，突厥狼性大发，先是攻灭柔然，反奴为主，继之击破西边之嚈哒，赶走东部之契丹、奚，并吞北方的契骨，塞外诸族无不伏属，于是乎，东自辽海以西，西至西海万里，南自沙漠以北，北至北海五六千里，皆为其统辖，汗国的统帅部——汗庭牙帐就设在余都斤山中。然而好景不长，由于地域辽阔，种落繁多，难以统驭，于是在汗国建立后不久，便形成了东、西两部势力，最终于隋初分裂为东突厥与西突厥。东突厥又称北突厥，先是由五巨帅分而治之，与隋王朝战战和和，反复无常，互有胜败。入唐之后，仍然本性难移，故态未改，颉利继承汗位之后，更有承父兄盛绪、兵马之强，怀凭陵中国之心，自以为助李渊太原起义和平定京师长安有功，言辞悖傲，求索无厌，扰掠无时，可谓甚嚣尘上，不知玩火之险，连年南下侵凌，铁蹄过处，生灵涂炭，流离失所，连高祖皇帝都被逼得动了迁都山南的念头。西突厥驻牧于乌孙故地，东境与北突厥相邻，西至前面所说的咸海大清池，南至疏勒，北至瀚海，牙帐设于龟兹北山之鹰沙川，是为冬都南牙，后来再建牙于碎叶水城，是为夏都北牙，附近的千泉则是其避暑胜地。隋炀帝大业十一年，射匮可汗死，其弟统叶护继位为可汗。此汗智勇双全，善于攻略，先后北并铁勒，西拒波斯，霸有西域，辖境辽阔，南边竟与罽宾相接，域内无论城郭、穹庐，尽皆慑服，进贡纳税。西突厥至此盛极一时，连大唐王朝也不能不为之侧目。高祖世，统叶护曾遣使入唐贡献条支巨鸟、狮子皮。当此之时，唐王朝正被北突厥的侵扰搅得国无宁日，李渊欲借西突厥制掣之，于是隆重、热情地接待其来使，厚加抚慰，希望两国合力，共图北突厥。统叶护遣使，不便言说之心语也是想结好于大唐，假其手拽住颉利的后腿，使之既无暇亦无力西顾，于是对唐朝的建议，很痛快地就应诺下来，并约定了出击日期，正所谓一拍即合也。不久之后，统叶护又向大唐请求联姻，李渊不仅应允下来，而且立即派遣其宗室至亲高平王道立，也就是太祖第四子璋之长子韶之子、永安壮王孝基之嗣子，出使汗庭，与之商结百年之好。次年，太宗李世民当国，统叶护专使珍珠统俟斤随从高平王入朝，献万钉宝带及马五千匹。此间，颉利并没有蒙头大睡，耳目也不是白长的，他对统叶护与大唐的交好情况，不仅了如指掌，而且还针锋相对地采取了对策，软硬兼施，东西并举。对唐朝，则连年入扰，胜则掳掠一空，败则求和喘息。前面曾讲过，武德之末，乘中国有事，于是兴兵十万，直逼渭水桥北，致使京师告急，不得不戒严以备。对西突厥，先则以通和息兵为骗局，意在瓦解其与大唐的联盟；后来，西突厥虽然没有如约出兵漠北，但仍坚持继续与唐通好，颉利于是转而以威胁恫吓为能事，扬言无论如何不让迎亲队伍过境，企图阻挠、破坏西突厥与大唐的友好关系。

现在回到眼下，统叶护可汗迫不及待地入朝送了大礼，却至今未能完婚，虽然知道北突厥从中作梗是主因，但会不会同时也误认是大唐对自己的怠慢呢？而这种误会又会不会影响到玄奘的验牒过关呢？何况，这位可汗也并非事事处处恪守信诺，军期失约就是一个明显的例子。当然，玄奘西行求法的意志是任何力量也摧不垮的，即使这位可汗横加阻挡，也同样不能使其退却。但话又说回来，大海行船，顺风总比逆风好；人在旅途上，路上的石头少些，走起来自然就会顺当许多，谁不期盼呢？

玄奘一面走着，一面忐忑不安地想着，虽然对上面所说的整个历史不甚了了，但却也知道个大概，也正因为此，所以便猜不透将要见面的这位大汗的心思，因此也就觉得前景有点模糊，心境也像眼前的原野一样，一片空蒙索寞。

突然，跟在身后的玄觉惊讶地喊道："看，又起风了！"

玄奘先是回头看了一眼玄觉，只见他张大眼睛看着正前方，便也回转头望去，只见远处果然是烟尘滚滚。

"这沙尘不是风刮起的，是马群搅起的。"石槃陀很有把握地纠正说。

果不其然，话音刚落，一彪人马已经迎面飞奔过来。

临近，马群猛然止住，飞扬的尘土像是遇到了障碍，翻卷着腾空而起，瞬时弥漫开来，被勒住的奔马腾起前蹄，在烟尘中冲天长啸。

尘烟渐散，露出人马的真容：为首一人，披发，着绿绫锦袍，裹额白练垂于背后可数尺，挎弓，引辔，意气轩昂，虽在知天命之年，但血气还盛，仍称得上英姿飒爽。胯下的那匹高头枣红马，犹如烈火一团，神气一如主人。达官贵人如特勤、颉利发、阿波、俟斤等等，凡二百余员，一皆辫发、着锦袍，勒马伫立，或携鹰，或带犬，排列左右。其后，军众无数，装束不一，裘毼毳毛相杂，坐骑或驼或马，兵器有角弓鸣镝，矛纛忽忽，羽旗飒飒，正所谓雄赳赳、气昂昂，好不威风。

侍御史欢信曾数次出使突厥，见过可汗出行的做派，又认得当今可汗的尊容，既见之，赶忙下马拽了玄奘一同上前作揖道："高昌国侍御史欢信谨此拜见大汗，今奉我王之命，祝愿大汗长命寿永。"

"我家小妹在汝国过得可快乐？"统叶护可汗不答反问道。

"大汗大可宽心，王妃娘娘好着哩。"欢信见问得突然，惶恐道，"虽然，高昌国小，却也百物蔚阜，府库充实，百姓衣丝服氎，吮羊刺之汁、葡萄之浆，国泰民安，其乐融融，这都是我王与王妃积下的功德。只是，无论如何也比不得大汗牙庭，草原辽阔，畜群弥望，富甲一方，更有那歌舞、赛马、丢羊之娱，哪个不思，谁个不爱？我王、王妃自然也不例外，以是故，备办了些薄礼，命卑职敬奉大汗，谨表思亲之情、寸心之诚。不料途遇雪灾，颇有损失，这全是本官措置无方的过错。"

可汗似乎未把侍御史所说的损失当回事，说道："凌山天险，谁个不知，死伤、损失自是难以避免，能活着过来就不错了。"

侍御史谢过可汗的宽恕之后，立即将玄奘让上前来介绍道：

“这位是大唐国的玄奘法师，本官此来除看望可汗外，便是奉我王之命送法师到牙庭来。”

“大唐法师？到牙庭来弘法？”可汗讶道。

玄奘上前一步致礼道：“可汗万安。贫僧只是路过，深冀护持并准允通关。”

“要到哪？”可汗一副疑惑不解的样子。

玄奘回道：“赴五天礼佛取经。”

统叶护盯着玄奘再问：“就你一人？”

“还有几个弟子。”玄奘合十回道。

可汗听后很不以为然，只笑了笑，不再问什么，然后将目光转向侍御史欢信，说：“你且和这和尚到衙所等候，我到山中游猎几日就回，有事那时再谈。”

可汗说完，转身命从官莫贺设负责带领欢信、玄奘一行向碎叶水城进发，临别又叮嘱说：“这几天你可带着他们在牙所和周围牧场走走看看。”

统叶护和他的麾下人马走了，但他的冷淡态度却深深地印在玄奘心中。

碎叶城，其实并没有城的特征，没有围墙，没有土木结构的屋室、店铺之类的建筑，数百上千顶穹庐式毡帐无序却又比较集中地散落在川谷的原野上，方圆六七里，城内不成通衢，亦无巷陌，帐幔之间，有人、有畜行走处便是路，路大路小，由帐幔的间隔距离宽窄而定。诸国商胡杂住其中，不时亦有城外耕者趁市，皆环甲为备。货物集散、市肆交易的场所有多个，四方奇货杂陈，应有尽有。主要货物为当地的畜牧业产品及有关手工制品，如乳酪、毛皮、刀具、鞍辔、脚铁；防身、作战用的兵器有角弓、鸣镝、刀、剑、铠甲和长矛等。来自凌山以东诸国的农产品有稻、麦、菽、粟、麻、五果干货等，纺织品有绫、罗、绸、缎、缯、锦、绢以及白氎等，因为稀有，所以相对昂贵。盐、茶是这个以畜牧业为主的国度里的生活必需品。前者有高昌的白盐、赤盐，或晶莹如玉，或色如朱砂，此外还有安国的五色盐；后者多为砖茶，主要来源于遥远的东方国度。其他日用百货有化妆用的胡粉，入药或熏沐用的安息香、麝香、朱砂，雌黄、瑟瑟、鍮石、黄金等稀罕、贵重之物亦见于市。此城傍河，可汗牙帐设在城西，牙门东向，高高飘扬的大纛上，绘有金色狼头图腾，示其不忘本也。牙帐前有广场，专供娱乐，节日有丢羊等各式各样的比赛，平日里则为男子搏戏、女子蹋球的场所。

玄奘到达碎叶城后，停一日，稍作休息。第二日即在城中游览观瞻，第三日随意郊游。

玄奘和侍御史欢信、莫贺设并辔走在草场上，随意欣赏着草原的风光。碎叶城一带离山较远，目光所及，尽是一马平川。因为这里靠河，地势低而平坦，气候比山里要和暖许多，所以，原来黄褐色的原野已经开始泛绿，羊、马、牛、骆驼等牲畜正在四散觅食。

侍御史欢信过去出使汗庭时，曾与莫贺设有过交往，知道他在前几年曾奉统叶护可汗之命至大唐请婚，在长安受到隆重的接待，大唐当今的皇上那时虽然还是一个藩王，却已在运筹全局，所以对莫贺设特加绥怀，与之结盟立誓，约为兄弟。由于他不辱使命，回来之后更受宠遇。基于突厥与高昌两国都通好于大唐，莫贺设本人又深得王妃亲兄统叶护可汗的信任，所以从感情上就拉近了许多，这次有机会再见面，自然有许多话要说。

正当他们准备叙旧谈新的当儿，一阵丁零零的响声随风飘了过来。众人循声望去，只见上千头梅花鹿正连跑带叫地走过来，铃声也随之越来越响。既近，这才看清，每只鹿的脖子上都套了一只铜环,环上挂着一只铃铛。原来,响声的源头就在这里。

群鹿似乎训练有素,不仅不怕人,而且好像还很好客,见了玄奘一行,非但不惊不扰,不躲不逃,反而是径直走到人前,昂首问好,摇尾邀宠,十分的亲昵可爱。

玄奘看着群鹿,既高兴,又惊奇,不禁问道:"这是谁家的鹿群啊? 这么多,这么可爱!"

莫贺设笑回道:"这鹿群不是谁家的,而是大伙的,整个突厥部落的。大汗特别喜欢,特地颁布了一道禁令,'谁敢射杀残害鹿只,一概处死不赦'。这样,鹿群不仅平安无虞,而且与人越来越亲善,繁衍生育也越来越多。"

玄奘高兴击掌道:"善哉,阿弥陀佛。大汗如此行善积德,草原哪能不人畜两旺啊!"

"法师所言有理。"侍御史欢信这样附和,既是实话,也是想借此向莫贺设示好。

莫贺设听了赞美,脸上却并没有喜悦的表情,沉默良久,似有难言之隐。

侍御史欢信看出了端倪,但不敢明问,于是拐了个弯说:"大汗当政十几年来,东征西讨不停,四方诸族无不归服,如今真是名副其实的草原大国了。"

莫贺设听后仍然没露喜色,但在客人齐声称颂之后,知道已经到了非开口不可的地步,于是说道:"二位说的都是。我们大汗的确是心有独到,教化有方,比如那群鹿,早已有之,但颈上的铃环却是不久前才奉命配置的,同时又下了一道禁杀令,从此后,人但闻铃,便如遇到神圣,知所进退,恭敬有加。至于国力疆场,确有控弦之士数十万,辖土也足够广大辽阔,今日之盛,前所未有。赫赫绩业,既要归功于祖先前辈的奠基,更是今汗英勇善战的果实。"

说到这里，莫贺设停顿了一下，原来尚还平静的表情这时却变得凝重起来，在整顿了一下思绪后，继续道："如今境内，光突厥种属，大大小小就不下十余落，其他非我族类者，岭东城郭诸国且不说，仅铁勒、回纥就各有九姓，骨利干又有三姓，拔塞密更有四十姓，西部诸族还没有计算在内。人多固然势众，但人多也往往心不齐。连年征战，族内族外，大家都出了力，有的连性命身家都搭上了，太平之后呢，大家得到的回报却很少，所以不免怨言四出。何况，树再繁茂也会有枯枝，千里草原也不可能只有百灵鸟。打赢了仗，请功的人自然也就多，但即使是最公平、最没私心的人，也不可能把一块羊肉切成一般大小、轻重一样的块块儿，加之这里的人，无论哪个种落，往往见钱眼开，见利忘义，喜多厌少，眼珠子不正，却总怀疑别人心歪，于是宿怨私仇一齐迸发，你争我夺的事，今天不发生，明天也会出现，只是时间早晚罢了。"

听了莫贺设的话，侍御史欢信和玄奘各自的心里都有了个谱儿。

侍御史的看法是：首先，莫贺设既赞扬了统叶护可汗的武功，这表明他对统叶护在总体上是持肯定态度的；他们之间的上下主仆关系是正常的。其次，莫贺设已经清醒地知道，盛名之下其实难副，表面强大之中存在着隐患。往上看，问题出在踌躇满志，不思进取，但在批评这种倾向时，他谨慎地用了"我们"这两个字，而不是仅仅归咎于掌控最高权力的那个人，这说明他的反省是真诚而负责任的；往下看，一方面是来自事出有因的民怨，一方面是来自贪求无度的你争我夺，民怨堆积，内斗加剧，整个政权就无异于一堆干柴，随时都有可能燃烧起来，酿成灾难。

玄奘没有侍御史那么多的弯弯肠儿，他只是直觉地感受到：自己已经走进一个是非窝子，虽然与自己没有直接关系，但是非存在，矛盾白热化，事端万一发生，则难免不影响行程，甚至发生更坏的事情也不是没有可能，所以，越早地离开此地就越好。问题是，既进了主人的屋，哪能不向主人告别就走？可是，主人能如诺按期回来吗？即使回来了，是痛快放行还是设置障碍？所有这些问号，玄奘一个都解答不了，而当脑海里再度闪过途中见到的大汗面孔时，这一个个的问号就越来越大了。

侍御史是个在宫廷里打滚、历练了半辈子的人，也有一定的外交经验，做事、谈话知道深浅、尺寸和进退。他听了莫贺设的话，看出了问题，但不能说，更不能追根究底，否则就会有窥秘的嫌疑，所以，他很识相、很及时地撇开原来的话题，重新拟好了一个自认为对方高兴听、愿意谈的新话题，不露声色地说道："大人也许是多虑了，一切不都是好好的吗？比如说，大人出使大唐，不就是马到成功了？"

莫贺设半答半问："你指的是为大汗请婚一事?!"

"嗯。"侍御史点点头。

莫贺设回道："大使你过誉了。这不能算是我的什么功劳，时世使然罢了。"

侍御史："此话怎么说?"

莫贺设："面对共同的对手，突厥与大唐不能不亲善、团结呀。"

侍御史："对手？你指的是东面突厥的侵扰?"

莫贺设："是的，颉利不仅伤害骨肉兄弟，也破坏了大唐边境的安宁，据说就在前年，我离唐回国不久，颉利就曾亲统十万骑兵南下，直逼京师长安。"

侍御史转问玄奘："法师那时还在长安，可闻此事?"

玄奘见问，脑子里立马闪过当时长安全城的紧张情形，证实说："可不，当时全城九个城门对进出者都要严查，四周城墙上也都有重兵把守。颉利率兵压向渭河,立即派了个心腹入朝,一方面是为了探听军情虚实,另一方面又妄称百万铁骑兵临城下,企图对登基不久的皇帝威胁恫吓。皇帝断然将使者囚系起来,然后仅携一二朝宰直奔渭水,与颉利隔岸相对,严词斥责其毁盟负约之罪。颉利既见使者被拘,皇帝又居然轻装上阵,心里早已有所疑惧,随后又见军众继至,并且开始排兵布阵,一副决战到底的架势,由是更加六神无主,惶恐不知自安。其部下酋帅自以为已经中了埋伏,陷入重围,不待令下,便纷纷跳下马来跪地罗拜。至此,颉利也没了自信,战又不敢战,撤又失体面,无奈之下,只好于当日再次请和。实际上呢,当时王师方面并无足够的力量可以抵御颉利大军,不过是凭借一股正气,斗胆贾勇,唱了个空城计罢了。"

侍御史听着,觉得有点不可思议:"果真如此?"

玄奘回道:"整个京城里的人都这样说。"

"不战而屈人之兵,真是一代枭雄啊。"侍御史一面击掌,一面这样称道,既而又转问莫贺设:"在长安时,秦王不是曾与大人约为兄弟吗?"

"是的,秦王,对,就是当今皇帝,的确与本官发过盟誓。"莫贺设毫不掩饰自得的神色。

"大人你真是交了大运啊!"侍御史声音里不无羡慕之意。

莫贺设正色道:"此话倒不假,本官真是交了好运、大运了。这秦王的确有雄狮之威,神鹰之猛,天马之俊,聪明神武,器宇轩昂,年纪轻轻,便已跨六骏,平天下,定乾坤,如今复承大位,真为大唐国生民有托而高兴呢。本官作为一个突厥狼族的子民,能与大唐国一代英主结拜,能与地大物博之邦为友,非止个人大幸,也是汗国的大幸啊!"

听到这里,侍御史又有了新的联想、新的话题:"去年真珠俟斤不是随大唐使节高平王入朝贡献，兼议大汗完婚大事了吗，也快有结果了吧？”

莫贺设没有立即回答，他抬头望着天空，这时，一朵浓云正遮挡着太阳。

“估计不会有什么变故吧？”侍御史见状，转而不无担心地问。

“难说。”莫贺设似乎早已有所判断，“如果无人从中作梗，理应早有结果了。”

侍御史：“你是说颉利在使坏了？”

莫贺设稍作思考，说：“反正围栏是挡不住风的，你知道了也无妨。信使回报说，颉利已经放话了：如果我们大汗坚持要和唐家联姻，他是绝不会让迎亲队伍通过其辖地的。”

侍御史：“这太蛮不讲理了吧？”

“讲理？”莫贺设既惊讶又不屑地说，“不动武就算客气了。”

话到这里，玄奘的神经再次绷紧，急问道：“不会打过来吧？”

莫贺设见玄奘面露忧恐，不答反问道：“法师怎么啦？”

“法师是怕万一打起仗来要影响西游行程。”侍御史从旁替玄奘解释。

“暂时不会有事吧。”莫贺设心里也有些拿不准。

众人谈话间，鹿群一直跟随不舍。尽管大家无暇顾及牠们，牠们还是一往情深、依恋不舍地紧跟在后面。大概是由于灵通感应的缘故吧，人们话到揪心处，鹿群竟然也郁闷起来，并且停止了追随的脚步。

玄奘他们一时无话，沉默着，信马由缰地走着。

突然，背后的鹿群惊惶万分地跑了过来，众人回头一看，原来是十几个全副武装的骑士正策马挥鞭围追一个衣衫褴褛的人。

僧家讲平等，主和合，常怀慈悲心，见人有难，必欲救之。玄奘是僧中俊彦，悲悯之情可谓深入骨髓，他对自己吃苦受累可以漠然置之，不当一回事，可见了别人受苦受难，特别是弱势者在遭罪，他就会立即本能地迸发出一种伸手援助的冲动。现在，当他面对如此情景时，心中的那杆秤一下子就倒到了穷蹙者这边。

“快，救救那个可怜的人。”玄奘一面向莫贺设求援，一面策马冲出去，企图拦住那几个骑士。

莫贺设见状，眼明手快，一把夺过玄奘手中的缰绳，坐骑戛然止步，前蹄腾空，差点儿没把玄奘颠下来。

“法师受惊了。”莫贺设稳住马，对玄奘说，“那是一个逃亡的俘虏。前不久，歌逻禄部落叛乱，好不容易才将其平息了。这个俘虏就是在平乱中抓到的。”

出家人不谙尘世间纷扰打斗之事。玄奘虽然了解了眼前这一逃一追者的身份，但心中的疑问并没有完全解决：“既然叛乱平息了，他们也放下了武器，为何还不放过他们？”

莫贺设觉得面前这位法师性情有点怪，问题也有点怪，深知要回答他、说服他，着实不容易，于是耸了耸肩，回道：“为何？本官也回答不上。突厥人，包括草原上其他族属、部落都一样，兴亡唯以牛羊多寡为准，无论过去还是现在，为了扩大自己的牧场，增加照料牲口的人手，总是争来斗去，无休无止，输了的，败了的，就会成为奴婢，赢了的，胜了的，就是当然的主子。祖先成法，从来如此，理所当然，天经地义。”

玄奘听后，喟然叹了一声，既为战乱频仍的尘世、多灾多难的苍生，也为人心的贪着，追逐的无厌。叹息之余，他更加感受到了肩上的那份救世度人的责任，不由得驻马伫立，放目南天，遥望那早已心属的地方。

统叶护可汗如诺按时狩猎回来。事实证明，关于他的人品、诚信问题，其实并没有像玄奘想象的那么复杂，自然，担心也就没有什么必要了。

前面说过，碎叶城突厥牙所设在碎叶水的东北岸爽垲之处，门朝东开，门前竖一旗杆，杆头飘扬着一面施金狼头纛。牙所实际上相当于一座小宫城，所谓的围墙是用黄色帐幔做成，城内有大小不等的数顶毡帐，分别用作办公、起居及其他活动场所。主要毡帐都以绸缎缯锦及金花装饰，五颜六色，绚丽夺目。帐内陈设大同小异，皆为金银之质。寝帐内有金床，由四只金孔雀承负。据说突厥民族崇尚火神，而木能生火，故敬而不用，而以金代之。帐内陈设品有金瓶、金瓮、金针，又有金车一辆。车上装满银制的碗、盘、碟之类器皿和草原常见的鸟兽如鹰、隼、鹞和羊、马、牛、驴、骡、骆驼等动物肖像。所有这一切，除了显耀华贵之外，还象征草原的丰衣足食，奶满瓶，浆满瓮，裘袍无缺。至于大汗坐朝听政办公的大帐，则在门的两侧各竖圆柱，再以金箔周贴；帐内地上铺以重茵，茵用虎皮做成，是神武勇猛的一种象征；正对门的一侧设一金椅子，是大汗的宝座，上装两轮，外出时可用一马挽驾而行；金椅子前设一长筵，黄金色，议事时，达官贵人分两边席地侍坐；四周幕壁前陈列鸟兽肖像，种属如前室，只是形体更大、更气派。

这就是西面突厥北牙牙所，既是大汗的勤政殿，也是他的寝宫。

狩猎回来的第二天早晨，统叶护上朝，在金椅子上坐定才一会儿，近侍进报说：“唐朝和尚奉召来到。”

统叶护起身，快步出帐，见莫贺设正领着玄奘和高昌国使者侍御史欢信在数十步外等候，于是再快步上前迎接，引而入帐。

莫贺设与欢信分坐长筵两边,玄奘则被安置在金椅子旁的铁交椅上落座。

相互礼问毕,玄奘呈上高昌国王麹文泰的信函及通关文牒。

统叶护仔细看罢信,又将文牒过了目,然后都交与了有关臣属。

看得出,统叶护不仅精神饱满,而且愉快。个中原因,一来是经过几天狩猎,身心放松了许多;二来是得了高昌国王馈赠的厚礼,算是一笔数量不小的意外收入;三是把玄奘的到来当成一个吉兆,自己正在向大唐请婚,好好地礼待他,说不定对最后的完婚会有促进作用。

从大汗的脸色上,玄奘似乎看到了可期的好兆头,原来担着的心又轻松了些许。

统叶护和颜悦色地打量了玄奘一眼后,感叹道:“大唐国真是一处福地啊!”

对玄奘的迫切心愿而言,大汗的话多少有点南辕北辙,不着边儿,但因为是十分友好的赞叹,所以还是很有礼貌地回道:“谢谢大汗对乡国的盛赞。”

统叶护没有直接回应玄奘的谢意,而是自语般说:“嗨嗨,这真是新奇了,大唐国的和尚不顾一切地要到天竺国去,而天竺国的和尚却又偏偏要往大唐国去!”

“大汗说的是波罗颇迦罗密多罗大德吧?”在玄奘的记忆中,近几年自西天到中土传法的天竺高僧唯有此人而已,自己西行前夕就曾到其驻锡的大兴善寺去拜访请教过他,所以这样问道。

统叶护回道:“正是他。这僧说来也确实有些法术,在草原才住了不多的日子,居然把我都说动了。”

玄奘既讶既喜道:“大汗皈依佛门了?”

统叶护没有直截了当回答，而是说："我以前认为，人间最高大、最有力量的是火神，因为火清净、洁白、光芒四射、敏锐而充满活力，有一颗至善的心和一双正义的眼睛。而人与人之间只有善与恶的分别，而且，善与恶是天生的，永远不会转变的。听了波颇和尚说法，这才知道最清净的其实是自己的心，它像泉水一样澄澈，像白云一样洁白，像天空一样明净，只是这样的一颗心被乌云遮住了，被灰尘掩盖了。这片乌云，这一撮灰尘就是贪欲。去掉贪欲，拨开乌云，扫掉灰尘，显出那颗本来清净的心，所有的恶就会变成善，一切杀伐就会停止，安宁日子就会到来。有了这样一颗心，就会有无穷的智慧，用不完的力量，就能战胜风雪，防止野火，保证草原的繁茂、牧畜的兴旺。"

"善哉，善哉。"玄奘听毕，高兴合掌称颂道，"大汗果然深得正教精髓了。"

"已经修得菩萨果了。"侍御史欢信也从旁唱和。

"对对对，成了大慈大悲的菩萨了，连鹿群都受到荫庇、善待了。"玄奘补充道。

"法师是说草原上那佩戴铃环的群鹿呀。哎，惭愧呀，惭愧。"统叶护话中颇有引咎的意思。

玄奘不解："大汗何出此言？"

统叶护满脸无奈，说："按佛所说，不应杀生，但马上民族唯以食肉饮酪维持生计，此戒难行啊！没办法，仅能效法波罗尼斯国国王施林为鹿苑，略表归信之心。当然，草原不一定有鹿野苑那么美，但却比它大得多了。"

"大汗已经信愿行具备，一定会修成佛果的。"玄奘如此说，夸奖之中带点激励。

统叶护听后摇摇头，不无遗憾地说："可惜灯刚点燃却又灭了。”

玄奘一时弄不明白统叶护的意思。

莫贺设从旁解释道:“大汗是说,波颇和尚离开了,没有传法的人了。”

统叶护自我检讨说:“我对和尚不错啊,他和同行伴侣总共才十人,而我每日给他二十人的食物,旦夕敬奉,未曾疏忽,可还是留不住他。”

玄奘这样安慰道:“东西往来行者相继于途,大汗既有这份诚心,迟早会有高僧大德再来的。”

统叶护听玄奘如此说,正合自己的心意,但没有直说,而是先拐个弯道:“法师说得极是,今日幸会,有句话不知当说不当说?”

玄奘回道:“大汗有何教示,但说无妨。”

统叶护正色道:“法师对要去的印特伽国是否了解?”

玄奘知道,统叶护可汗所说的印特伽国就是五天竺国,也叫印度、身毒,于是回道:“略知一二,不甚周详。”

统叶护复问:“法师可知道那里的气候冷暖?”

玄奘回道:“但闻无四时之分。”

统叶护挺身正襟,重又打量了玄奘一眼,说道:“法师恕我直言,那印特伽国常年酷热难当,十月的天气和这里的盛夏一样灼热,像法师这样细皮嫩肉的人,一旦到了那里,恐怕连骨头都会消融了。其人长年暴露在烈日之下,浑身黝黑,或赤身裸体,或衣衫褴褛,全无威仪可讲,加之路途遥远,不胜其艰,你又何必非到那里去不可呢?”

玄奘解释道:“大汗有所不知,贫僧之所以要到天竺国去,一来是想瞻礼佛祖圣迹,二来是要求取真经……”

“嘿,求那么多的经干什么?听欢信大使说,连高昌国师、龟兹国师都不得不在法师面前甘拜下风。所以，就凭法师现今所有，已够我草原上的人受用的了。”统叶护终于倒出了葫芦里的药，“法师就留下来，本汗当倾草原所有供养，一来是希望法师在此再续法灯，二来呢，也借此聊表本汗对大唐的一腔深情，如何？”

玄奘听毕，方才明白统叶护拐弯抹角的用心，赶忙说道：“不可不可。大汗的诚心，贫僧感激之至，但我去意已定，即使赴汤蹈火也在所不辞。贫僧乃尘外之人，不干世俗之事，至于大汗对大唐的挚谊，贫僧还国之后一定会向皇上明奏。”

统叶护有点迷惑不解，似问非问道：“你们和尚怎么就跟天上的猎鹰一样，不抓到兔子不罢休？”

“阿弥陀佛，和尚与伤生的猎鹰可不能比呀。”玄奘急忙纠正说，“大汗要表达的意思，在教内叫虔诚精进，舍此不能成就一大事因缘。”

统叶护一时犹豫无语，玄奘乘机催道：“贫僧求法心切，期望早去早回，唯望大汗能当下签发通关文牒是冀。”

统叶护回头从近侍手中取过通关文牒，正待审批，一侍卫快步进帐，与大汗耳语。

统叶护听毕，脸色顿时阴沉下来，就像乌云突然遮住了阳光。寻许，心绪稍定，这才转向玄奘说：“本汗现有急务等待处理，法师且回客帐歇息，通关文牒签发后当遣人送往，望安心勿躁。”

客帐设在牙所总帐之外，但距离不远，玄奘自隅中时分回来后，心情就一直处在焦虑不安中。原因之一是统叶护的劝留不知是真是假，如果强留，则难免僵持连日，行期必被延误；原因之二是从统叶护的脸色突变判断，汗庭眼前似乎遇到了不顺心的事，此事会不会影响到通关文牒的签发？他不是不知道遇事随缘的道理，只是身在其中,又事关西行大局,所以不得不多想一想。

日中时,侍御史欢信一是不忍再看着玄奘干焦急,二是自己也估摸着统叶护眼前已碰到难解的结,也想知道知道与高昌国有无关系,影响不影响到自己的安全和归程,于是向玄奘交代了几句后便出门打探消息去了。

一个时辰过去了,侍御史还没回来。

普光、嘉尚几个沙弥早已按照师父吩咐整好了行囊,时刻准备开拔,现在正站在帐门外分头四处张望,这样,无论侍御史从哪个方向出现,他们都能及时发现。

大约又过了半个时辰,侍御史欢信终于回来,并且带回了信息,不过,不是喜讯,而是坏消息:他从莫贺设那里知道,早上进帐与统叶护大汗耳语的那个人就是莫贺设的儿子泥孰。泥孰是具体负责处理汗国与大唐关系的官员。他将所获最新信息报告统叶护大汗说:北面突厥颉利迫于叔侄不和,部族离析,前不久已向大唐纳贡称臣,还娶了唐公主为妻,成了唐朝皇帝的快婿。统叶护可汗听了自然不是滋味,心想:我西面可汗请婚在前,至今没有克婚;他东面可汗求娶在后,如今却得了头彩,不说你厚此薄彼也罢,可我的面子还往哪儿搁?我的威风岂不是扫地殆尽了?

玄奘听后,不免捏了一把汗:如此结果,统叶护可汗肯定接受不了,肯定要与大唐结怨。既然如此,还能给其治下的臣民加蜜的酸奶子吃?保不定还要拿自己做出气筒、替罪羊呢!

这样一想,玄奘真可说得上是急火攻心了,坐卧不安,心神难定,像丢了魂似的,开始在帐内转圈子踱步……

突然,帐门帘幕被掀开了,进来的是莫贺设,他未和任何人打招呼,就且惊且喜地连声道:“好消息,好消息。”

帐内的人正揪着心呢，根本就不相信他说的话：冬天才到，绝不会转眼就是春天；雪灾才过，怎么就能立即长出青草？

莫贺设见自己的话并未能改变众人低沉的情绪，没法儿，他只好从头来解疙瘩。

“法师可能以为，大汗对大唐皇帝有了成见，自己难免不被连累。是不是这么想的呀？”莫贺设瞄准玄奘的心结说，“法师的担心不无道理。可现在一切都明白了。刚才又有快使来报，大唐皇帝历数颉利四大罪状，一是把国政大权交给诸胡，排斥宗族，远而不用；二是屡动兵马，入侵唐边，民众不堪其苦；三是反复无常，背盟负约，不足取信；四是岁越饥而赋敛越重，众叛亲离，部内的突利汗及九俟斤，还有拔野古、仆骨、同罗、奚、霫等族部已经先后归唐。有密报称，大唐皇帝正准备以六总管领兵十万分道进讨颉利。这难道不是天大的喜讯、好消息吗？”

侍御史仍然将信将疑：“这消息可是可靠？”

莫贺设正色道：“军机大事，谁敢乱传？”

侍御史继问：“那嫁公主之事又怎么讲？”

莫贺设：“这件事，大汗也想通了：认为许颉利行婿礼，不过是缓兵之计、权宜之计，欲擒故纵罢了。而自己未能克婚，并非大唐拒婚，阻力全来自于颉利。”

玄奘听后转忧为喜，急问道：“如此说来，通关不成问题了？”

“哎哟哟，光顾了高兴，竟忘了如此大事。”听玄奘说起通关事，莫贺设这才如梦初醒，一面自责，一面说，“验过了，盖过狼头金玺了。”

莫贺设从衣襟中掏出通关文牒，交与玄奘，说：“大汗说，他还有急务要处理，特命臣下专程送来关牒，以免法师往来劳动、费心。”

玄奘接过关碟，喜出望外，差点儿没叫起来。

因为高兴，也因为分别在即，主客双方又谈了很长时间，太阳落山以后，莫贺设才告辞离开客帐。为做好随时起程准备，玄奘指点弟子们又整理、数点了一遍行装。

收拾完毕，已经是入定时分了。焦急、劳神了一天，玄奘师徒一躺到毡褥上不久就进入了梦乡，鼾声高低参差，如丝如竹，还真有点儿悦耳呢！

一阵急促的嘚嘚声打破了草原夜晚的宁静，震碎了碎叶河的一川清波。

三匹高头大马在客帐门前勒住，三个骑士同时从马背上跳下，未打任何招呼，便径直掀帘进了客帐。

玄奘师徒等人众被这些不速之客惊醒，个个神色惊惶，不知道发生了什么事，更难料还要发生什么事，心里颇感不安。

侍御史终归是个经历过世事的人，他镇定地走上前去，透过微弱的酥油灯光仔细辨认来人，隐约中认出打头的竟是莫贺设，其次一个是他的儿子泥孰，另一个面熟，但不知姓甚名谁，正要开口问来由呢，莫贺设却抢先说了："赶快收拾行囊，立即离开这里，不然会耽误大事的。"

侍御史试图探问个究竟："这么紧急，发生了什么……"

"且莫问，不干大家的事。"莫贺设打断侍御史的话，继而又针对他本人说，"你也一块走，过了千泉后再与法师分手，然后北拐，顺伊犁河从北路回国。"

面对这个突如其来的"逐客令"，玄奘确信草原真的发生了非常事件。既然主人说与自己无关，那就不必再过问事情的原委，也不必为行程再操什么心，能在风暴来临之前离开漩涡中心，应该是一件幸事,喜事。

临别时,莫贺设对玄奘说:“法师既然不情愿留在草原弘法教化,也不怕前途的艰危,那就祝愿你们早到佛国,摘得宝珠。等你们凯旋重过草原时,再设盛筵迎接、庆贺。”说到这里,他指指儿子泥孰和另一个人,继续道:“大可汗军机重务在身,不能亲自送行,为了确保法师平安顺利离开草原,特遣此二将相送一程。”

玄奘合十作礼谢过,随即趁夜起程,没有明月,没有星斗,全靠一盏心灯指引。

就在玄奘一行离开不久,草原发生内讧,统叶护可汗在血战中被其叔父莫贺咄杀害。汗位异主,这是玄奘从来不曾想到的。

第二十四回

化国王细说人天因果　救胡僧大谈善恶报应

玄奘一行离开碎叶城，连夜赶路，至第四天食时，便进入了千泉地域。

千泉境内南边，皑皑雪山巍然矗立，其余三面都是一望无垠的广阔平原，泉池湖泊星罗棋布，一方膏腴沃土。因为这里水源充足，地气又较暖，所以虽与牙庭距离只有几日路程，但春色又比那里浓了许多，林木成荫，绿草如茵，花团锦簇，好一幅天大地大的彩毯。如此境界，难怪神鹿流连，借作养命之所，可汗垂涎，辟为避暑之居。可惜玄奘行色匆匆，虽临其地却无暇、也无心欣赏如此美不胜收的景色。

自此之后，他们又不舍昼夜地走了两千多里，先后经过商胡杂居的大都会呾逻斯和白水城，还有恭御城、笯赤建国、赭时国和窣堵利瑟那国。一路上，暖风扑面，流水清心，曲径幽林，藩篱农舍，鱼牧轻歌，月下倩影，竟有说不尽的农家欢乐、村野情趣。如此久违了的美景，对一个历险履艰、大难不死的人来说，无疑是一份最大的补偿和酬劳，但其中也有恼人的地方，那就是陌生的边声，夜以继日地总在耳旁回荡，虽然悦耳怡情，却时时挑起心底的那缕乡愁。离家愈久，乡关愈远，边声愈响亮，乡愁就愈深沉。

不过，接下来的行程使得他们再没了那份思啊念啊的闲隙，在大约五百里大漠沙碛的无路之路上，除了抬腿迈步单调而机械的动作，以及求生的亢奋以外，其余一切思绪、杂念，便都被抛到了九霄云外。只是因为有了莫贺延碛的经验，因为有了十来个月临深履薄、出生入死的磨砺，又有了足够的物质准备，最后终于顺利走出又一个死亡之区，到达另一处鱼米之乡——飒秣建国。

飒秣建国又称康国，月氏族种，原居祁连山北之昭武城；被匈奴打败后，举族越过葱岭，在那密水南重建国家，枝胤分权据国，号称昭武九姓，如安、曹、石、米、何、史、火寻等。国有大城三十座，小堡三百余。国都建于阿禄迪城，城周二十多里，墙坚门固，居人众多，往来交易者络绎于途，四方奇货应有尽有。前文讲过，其国人好利善贾，出生落地，即以石蜜喂之，掌心以胶涂之，冀其长大后能甜言蜜语，巧舌如簧，持宝勿失，唯盈不亏。既成年，即去国经商，唯利是图，无远不至。在管理国家方面，又善于向别人学习，取长补短，借它山之石以攻玉，因此上，国富民强，为四邻之冠。

到达阿禄迪城时，已是黄昏时分，玄奘眼见得大家在经历了长时间的辛苦跋涉，特别是刚刚经历了沙漠中难忍的饥渴之后，个个都已筋疲力尽，决定借此一方宝地，好好将息几天，恢复恢复气力，振作振作精神。初想先随便找个住处歇下，知会、通关之事待明日再去办理；但转而又思虑，初来乍到的，人生地不熟，万一有人来问起通行证，一时拿不出，交代不清，或者是闲人故意取闹，或者是被官府误解而收押，岂不是反落了个大不安宁？所以，最后还是决定先通报、知会衙门，然后再歇息。

在去王宫的路上，两旁聚集了不少人，这些个男男女女，个个深目高鼻，男的满脸须髯，剪发着锦袍，女的盘髻，黑巾蒙面，发缀金花，与玄奘师徒们慈眉善目的东方面孔迥异，宛若两个世界中人。他们三五成群的，眼睛直盯着走在街心的生客——玄奘师徒们，并且在交头接耳地议论着什么。一些人像是在欣赏杂耍，嬉笑比画，言谈举止都流露出新鲜和好奇；一些人则好像面临不测之虞，目光中充满了警惕和不安。

身在如此氛围之中，玄奘不由得心中思忖：及时向人家国王知会通报，不仅是应该的，而且是必须的。否则一旦发生意外，就求助无门了。

这样想着，玄奘心里不禁为自己的正确决策暗地高兴。

宫城位于阿禄迪城的北边，离那密水不远，没有围墙，周围开河引水，相当于中夏的护城河，将宫殿与民居分开。宫殿一式的平顶房子，没有多少外饰，与民居的区别仅仅在于略显高大。宫城门，实际上就是跨河进宫的桥头。没有森严的警卫，只是在桥的外边面对面站了两个值勤的士兵，当地话将士兵叫作赭羯。赭羯身披锁子铠，手执长矛，威仪豪勇，神情严肃。

到了桥边，玄奘招呼普光一起上前，向卫兵出示通关文牒，说明要求觐见国王的意愿。

一个赭羯跑着进宫通报，不一会便又跑了出来，说：“国王休息了。今日不再办理政事。”

玄奘示意普光再次上前陈述情况。

普光的康国话是一路上向石槃陀学的，半生不熟的，说起来有点磕巴，但重任在肩，不得不竭力为之。他一面想着词儿，一面比划着，总的意思是：我和师父是从东边很远很远的大唐国来的，高昌国和突厥统叶护可汗都有介绍信。如今要去天竺国求法，路过贵国，想在这里休息几日，然后继续南行，盼望康国大王恩准，签发通关文书。他看看将黑的天色，又补充了一句："我师父还没有住处，也没有吃饭呢。"

警卫赭羯虽然是个铮铮铁汉，但似乎也被说动了心，于是又跑进宫中通报了一次。出来时，多了一个人，像是侍候国王起居的贴身侍从，他对玄奘师徒逐一审视了一遍，然后眼光停在玄奘身上，认定这个长相、穿着稍为讲究的就是头儿，便说道："国王说了，大唐国的和尚是什么人？能有什么大事？自己且找地方住了，再大的事，明日再说。"

内侍说完，扭头便走了。玄奘师徒望着他远去的背影，一筹莫展，无可奈何。

玄奘初到阿禄迪城，对这里的人情世故一无所知，所以不敢贸然住进客舍；再说，佛教讲随遇而安，在外行脚，夜晚投宿，路旁，树下，僻野，乃至于坟山墓地皆宜。所以，他们便在城边随便找了一间闲屋歇了下来。

大概是过于劳累的缘故，才躺下不久，便睡过去了。

翌日，天刚破晓，玄奘师徒就被门外的一阵嘈杂声惊醒了，未等他们起来，外面的人已经进到屋里，总共三人，除两个赭羯外，另一人就是昨晚从宫中出来传话的那个内侍。

内侍认出玄奘，便直朝他说道："你就是大唐国来的法师？我国大王召你立即入宫。"

玄奘听说是国王在召自己，将信将疑，起身整整衣衫，正要开口问什么，只听内侍又催道："请和尚快上车。"

玄奘看内侍不似昨天那样冷漠，说话、态度都判若两人，非但没有任何恶意，反而是恭敬有加，所以没有再多想，也不再担心什么，叫普光拿了装有通关文牒的包袱，又对其余弟子吩咐交代了一番，便带上普光一起出门乘车走了。

到得王宫，只见国王代失毕偕同王后早已在殿门外等候。

玄奘快步上前合十施礼后，便随国王、王后进了殿。国王在金驼座就座，王后则在国王的对面就座，玄奘被安排在金驼座的右侧，左侧是三个不明身份的官员。

既坐定，国王向玄奘介绍了王后和三位官员身份，脸上掩抑不住得意的神色。

从介绍中，玄奘这才知道，王后原来是西突厥公主，即统叶护可汗之女；而三位官员则是国中的议事重臣，一切朝政决策都由国王、王后和这三位重臣共同讨论决定。这说明，康国今天是用了最高级别的规格、礼节接待自己的，感激之情不禁油然而生。这一思想上的真切感受和体验，使他不由得不特别关注面前这位宫殿的主人。他注意到，国王索发，头戴毡帽，帽上饰七宝金花，身着锦绣薄袍，又年在青壮，因此显得格外英俊，言谈举止豪爽而不失宽厚，使人不觉生起一种亲近感。只是，有一个疑问，玄奘始终不得其解，那就是国王为什么昨晚是那样的冷漠，一宿之后却又如此殊礼相待？三思之后，他决定变个花样试着把疑问弄清楚，于是说道：“承蒙大王隆礼接见，贫僧不胜感激。只是，贫僧又有所不知，大王万机待理，为什么却一大早就忙里抽闲召见……”

“昨日操持政事，至晚劳累，早早地就歇息了，有所慢待，请法师多多包涵。”国王打断玄奘的话，说道，“不料刚歇息不久，国舅突然到来，谈及法师赴天竺求法之事，还捎来丈人大汗口信，千叮万嘱要好生接待法师。”

“大王说国舅捎来了统叶护大汗的口信?”玄奘疑惑不解,“是哪个国舅？还先于贫僧到达了?”

康王笑了笑,遂命侍者下去传谕,请国舅进殿,不一会便领了进来。

玄奘不见则罢,既见则既喜又惊。喜的是,面前的人就是与莫贺设的儿子泥孰一起将自己从碎叶城护送至呾逻斯的那位将领,到了呾逻斯才分手的,也算是熟人了。惊的是,从碎叶城出发时,因当时事态紧急,莫贺设似有隐情,未曾介绍,既然如此,自己也就只好保持沉默,所以一直不明了其身份来历,此其一。既然已在呾逻斯分手,为什么如今又突然出现在这里？此其二。既然要到康国来,却双为什么不一路同行,此其三……

“这就是国舅咥力特勤。”康王介绍说。

“咥力特勤？国舅?”玄奘一面这样念叨,一面又颇感意外地看了看国王和王后。

康王和王后都微笑着点了点头。

玄奘起身向咥力特勤合掌作礼并且让座。

康王示意玄奘坐下,然后对咥力特勤说:“与法师照过面即可,一路劳累困乏了,还是休息去吧。”

咥力特勤遵命告退出殿。

在此,需要对两个方面作点解释。第一点是,康王以“劳累”为由解释昨晚慢待玄奘的行为,这显然是个借口,实际情况是,他曾于前两年遣使到大唐国贡献良马,希望两国交好往来。但当时大唐国刚刚经历了兄弟阋墙,太子异位,政权交接的巨变,加之天灾肆虐,外敌觊觎,还无暇,也无力顾及、处理周边事务。所以,其使节带回来的信息是“受了冷落”。国君听了自然便没了好感,交好的热情也就淡了许多。可昨夜却闻咥力特勤说，大唐国的新主人是一位英主明君，与老丈人有翁婿之约，又正秣马厉兵准备讨伐东突厥颉利可汗，这对西突厥来说无疑是个福音、吉兆。因此故，玄奘自然也就一跃而成为贵客、贵宾了，于是也就有了专车迎接、放下架子道歉的这一幕。第二点是，玄奘终其一生都不知道，康王的国舅咥力特勤的出现，既非私人间的探亲访友，亦非公务性的持节奉使，而是大难临头前的一次避祸性逃亡，当日护送玄奘西行只是一个借口，一种掩饰；在呾逻斯分手后，本想图个轻装快马，早日到达康国，早获一份安全，也让这次行踪保持它的神秘性，永远地成为一个谜。可没想到，人算不如天算，途中病倒了，耽误了几日，竟与玄奘师徒后脚接前脚地到达阿禄迪城。而一时还来不及了解其逃亡真相的康王，居然还召之与玄奘见面，其心中不免有几分难言的无奈和尴尬。

咥力特勤走后，康王代失毕把兴奋点转到了玄奘的西行求法事上，直问玄奘道："法师这样跋山涉水，从遥远的东方跑到遥远的西天去求法取经，这佛法到底好在哪里？"

玄奘自出玉门关后，一路走来，颇知西域诸国大多既崇佛又拜火，有的国度甚至是拜火盛于崇佛。传闻康国也崇奉火神，昨晚在街上行走时曾看见一些装束、打扮奇异的人，很可能就是拜火教的教徒。从康王的疑问看，其不崇佛是明显的，但是不是就一定拜火，却不能据此就断然论定；再者，他的发问，是出于对佛教的不了解，还是成心挑衅，自然也不得而知，所以决定认真对待之。

在拿定主意后，玄奘谨慎地回道："释家圣人见生老病死诸苦，不胜悲悯，因此弃王位而出家，悟得解脱诸苦之法，证得佛果。佛陀说，众生之心本来清净，只是由于欲念遮障，因此蒙尘沾垢，烦恼丛生，众苦集结，非但不究苦本，反而任由贪瞋痴三毒攻心，于是乎坠入三恶道，轮回六趣中，生死流转，备受苦毒，永无止息，犹如旋轮。”

“众生无一能免吗？”王后听后焦急、担心，脱口问。

玄奘略显无奈地回道：“无明暗昧众生，无一能免。”

康王也急了：“都无药可救了？”

玄奘回道：“那倒不然。佛陀教示说：除尽贪欲，除尽瞋恚，除尽愚痴，使心性复归清净，则烦恼即可尽除，众苦即可解除，于是涅槃可得，菩提可证。”

“这贪瞋痴怎么才叫除尽了呢？”王后问。

玄奘思索着说道：“细说则颇为复杂，简说则只有八个字，那就是：诸恶莫作，众善奉行。如此，则可自净其心。”

“人生落地，少不了衣食住行，谁能无欲，谁愿离世？”康王还有所不解。

玄奘笑道：“去欲者，去掉贪欲，去掉贪心，并非叫人不吃不喝；出世者，远离贪瞋痴污浊，并非离开人间世界。如此而已。”

康王似有所悟，问道：“是不是说，改恶从善，除垢使净，人活着时就可以做得到？”

玄奘回道：“正是。”

“不要经过裁判之桥了？”王后似乎还有点不放心。

玄奘不懂什么叫裁判之桥，怔住了。

康王见玄奘也有不知道的事情，不免有些高兴，他微笑着用内行的口气解释说：“火神教说，人无论善恶，死后灵魂都要经过裁判之桥。善人按照生时所行善事的不同，被分别判入星界、月亮、太阳、天堂；恶者则跌落地狱，按照恶行轻重之别而判受不同程度的惩罚。在末日来临的时候，无论善灵、恶灵，还要经受一次审判，恶灵如果已经荡涤了罪恶，便被裁定可以与善灵一起复活，并且进入光明天国。这就叫裁判之桥。”

玄奘听后回道:“清净之法,一皆由己而不由人,也就是所谓的自净其心,不需过什么裁判之桥。自然,如果不能自净其心,则只能在生死之间流转,在三界六道中轮回,或地狱,或饿鬼,或畜生,或修罗,或人趣,或天趣,都由众生各自的根机深浅以及信愿行、精进程度来决定。善恶之业,通人至果,从现在之果可以窥见前世之因,从现在之因可以预测来世之果。众生不可不时时战战兢兢,以此为警示,自勉自励之。”

康王以为玄奘说得切实、有道理,所以不停地点头认可。当他想再次发问时,只听见一阵激烈的嘈杂声传了进来,顿时眉头紧蹙,遂命近侍道:“出去看看,发生了什么事!”

却说玄奘被宫车接走后,其余几个徒弟把行囊重新收拾好,找出路上吃剩的干粮,各自吃了些许,算是一顿早斋。因为师父不在,不知道现在该干什么,闲来没事,便在屋里四处打量起来。这时才注意到,屋子的墙壁上隐约露出几处画迹:

有一处画的是一人骑马,四个武将各捧一马蹄,腾云驾雾越过殿墙,其后有旗幡幢盖扈从簇拥、引路——嘉尚认定,这是一幅“悉达多太子半夜逾墙出城图”。

又有一处,画的是佛在山林中为天人讲解正法,众人头顶上空,数百只飞鸟盘旋流连,不愿离去——法钦说,这是“五百群雁听法生天图”。

还有一处,画的是佛祖高坐殿堂结说法印,阿难、迦叶等弟子合掌站在身旁、身后,阶下众多魁酋渠帅跪听法音,个个恭顺,如奉圣明——玄觉面对此画,冥思良久,无论如何记不起画中讲的是何故事,于是叫来其他人一起推敲分析,但始终未能得出一个人人信服的答案。

不过，今日里的这些发现，却让大家都兴奋不已，认定这座建筑原来就是一所佛寺。歇宿处就是佛寺的大殿，除了墙上还残留的壁画外，正面墙下类似须弥座的佛坛也还在，只是没了释尊的圣像。从屋内烟熏火燎的痕迹判断，佛寺似乎曾经有过被火之祸。所以，一方面大家都觉得有缘，无意之中竟然有幸住进了清净地，另一方面却又有点惆怅，不知道什么原因，好好的祇园精舍却败落若此。

正当大家在细心分辨、品味那份意外的惊喜和莫名的苦涩时，由远而近传来阵阵震耳的叫喊声。

嘉尚师兄弟几个急忙出屋看个究竟。结果，不看也罢，一看便吓了一跳：足足有上百人的队伍已经气势汹汹地冲到了屋前。这伙人中，有剃光头发的，有头顶盘髻的，有赤身裸体的，有以灰涂身抹脸的，有兼而有之的。每个人手中都举着一支火把，满脸愠色，声嘶力竭地喊着"恶魔"、"滚开"，矛头所指，显然是嘉尚他们：不仅是不受欢迎的不速之客，而且已被当成了势不两立的魔鬼。这是一群火教徒无疑。

嘉尚师兄弟面对这突发的事件，正不知如何是好，又见这伙人中的几个竟然不由分说便闯进屋内，企图将他们的行囊抢走。不料，这一粗暴的举动大大地刺激了嘉尚他们，使他们一下子从懵然中清醒过来：绝对不能让这些人胡来，要知道，这些行囊可是命根子啊，在此后漫漫的旅途上，要是没了这些资粮，没了这些用品，那还怎么走啊？这分明是光天化日下的抢劫嘛，是可忍孰不可忍！尤其是，师父如今不在，行囊没了，岂不是说明，我们这些弟子太无能了，太没智慧了？

不知道师兄弟几个是不是都同时这么想，但行动却出奇的统一，就好像接到了同一道命令，说时迟那时快，几乎是在同一刹那间抢步上前，从火教徒手中夺过行囊，堆到一个屋角，然后摆开阵势，屹若木桩地站成一个弧，双手合十，神情严肃，态度坚决，死死地护卫着行囊，不许任何人靠近。

细心的人会发现，卫护队伍中少了一人，就是石槃陀。在火教徒开始抢夺行囊时，嘉尚就已叫其趁乱离开，给师父报信去了。

火教徒见对方不肯示弱，更没有逃避的意思，情绪也因此激昂起来。有几个教徒从外面抱来几捆柴草，堆在屋子中间，一面对嘉尚他们高喊“恶魔”、“滚开”，一面做着手势。

嘉尚他们虽然听不懂对方的话，但可以猜想得到：如果不离开，他们就要点燃柴草。

危急关头，嘉尚三人毫无惧色，一齐合十闭目念起了阿弥陀佛的名号来。

不知是佛显了神通，还是嘉尚他们的正气在起作用，火教徒被镇住了，气势汹汹的喊叫声戛然而止。他们张大眼睛，惊异地看着面前这几个势单力薄的异教徒、魔鬼，好像在想：是什么力量使这几个恶灵如此无惧无畏，不屈不挠？

不过，俗话说：沉默是怒吼的前奏。果然，喊声的停息只持续了不大一会儿，火教徒终于被嘉尚三人的顽强激怒了，喊声再起，而且比前又狂暴了许多。他们肯定在想：你区区三人，竟敢抵抗我一大群，岂有此理！于是，他们将柴草推向前，离嘉尚三人只有几尺之距。

嘉尚三人仍然视而不见，仍然毫无退缩的意思，念佛之声依旧。

火教徒一计不成又生一计。他们开始将自己的队伍撤到屋外，然后由其中的一人举着火把进屋，嘴里喊着，双手比画着，催嘉尚他们快离开，再不离开，就要点燃柴草。

嘉尚三人念佛声不断，仍然坚持着。

火教徒怒眼圆睁，恶狠狠地将火把伸向柴草堆……

却说石槃陀趁乱离开住地以后，一路跑着到了王宫大门前，气喘吁吁地向警卫士兵赭羯说："我有急事要找我师父。"

卫士不知道石槃陀的身份、来历，也不知道他的师父是谁，更不知道玄奘已经应邀进了宫，所以回答道："你找师父怎么找到这里来了？这是王宫！"

石槃陀见卫士摆架子，也不好气起来："我知道这是王宫，要不是王宫我就不来了。"

卫士看着面前这个穿着异国服装、却操着本地话的陌生人，不解地问道："你是哪里的人？你师父怎么会在王宫里？"

石槃陀理直气壮地回道："我师父是从东土大唐国来的法师，是你们国王一大清早就派专车将他迎到这里的。"

卫士看着石槃陀穿着褴褛，根本就不相信他所说的话，以为是他脑子出了问题，故意来这里捣乱，所以笑了笑后就不再理他。

石槃陀更焦急了，也不想再说什么，他灵机一动，要了个小心眼，趁卫士分心不备时，一阵急跑冲进了王宫大门。

卫士发现后，一面喝止，一面火速追截。

就在石槃陀快要到达殿门的当儿，近侍也从殿里疾步赶了出来。

近侍向卫士问明情况后，摆手让他离去，而将石槃陀带进了殿。

玄奘见石槃陀一脸紧张的神色，急忙问出了什么事。

石槃陀讲完事情经过，玄奘起身就要告辞。

在此同时，近侍也已向国王奏明情况，国王听后不胜震怒，看见玄奘焦急不安的样子，赶忙示意他安坐勿躁，说道："法师不用担心，本王自会严惩肇事之徒。"

随即，两个议事大臣接受康王的旨令，迅速出殿去了。另一位议事大臣则奉命带上一小队卫士护送玄奘师徒赶回住地。

火教徒见嘉尚三人仍然没有逃避的迹象，于是恼羞成怒，果然点燃了柴草。

火苗很快蹿了起来，灼热的气流几乎使人窒息，但嘉尚三人还是岿然不动，念佛之声愈来愈高。

火苗眼看就要蹿到房顶，嘉尚三人的念佛声也越来越弱。

放火的火教徒都已撤退到屋外……

就在这千钧一发的当儿，几盆冷水接二连三地泼向火堆，大火很快就被扑灭了。

湿热代替灼热袭向嘉尚他们，仍然令人难受，只是没有了火燎的感觉，在猛吸了几口冷热相混的空气后，他们这才睁开眼睛，看见火光没有了，只剩水汽和着浓烟直往上冒，再往门外看去，那个纵火的教徒已经被五花大绑捆了起来，由一个卫士押着离去，其他火教徒则列成一队，由手持长矛、大刀的卫士解押着往外走。

就在肇事的火教徒被押解离去的时候，玄奘和普光、石槃陀回来了，尽管事先有所思想准备，但猛地看见屋内一片狼藉的样子，仍然不由得吓了一大跳。

嘉尚、法钦、玄觉见玄奘回来，立即扑上前去，师徒抱成一团，一时悲喜交集，不知如何言表。

事发的第二天，康王在王宫前广场上召开了一个审判大会。

王后和三个议事大臣都参加了，整个阿禄迪城的人都参加了。

排斥异教徒，这是拜火教的习俗，康王心知肚明，不以为怪。不过，一因他们这次做得太过分，二因针对的又是来自大唐国的贵客，三是因为自己已应诺客人要严惩纵火者，所以才有了今天这个大动作。为了证明自己已经开始接受这位外来和尚的说教以及惩恶扬善、说到做到的决心，所以也把玄奘师徒请到了会场。

大会开始后，武士们先把所有肇事的火教徒都押到台前，那个放火的教徒仍旧被五花大绑捆着，单独站在众犯队前，由两个武士一左一右看押着。

随后，一个火教教主登台，将手捧之文书交与国王，国王双手接过，捧在胸前，对众人说道："这是神庙秘阁中存放的国家法典，一切善行、恶行，都将按照法典条文处理。"

说完，国王转身将法典交与执法议事大臣。

执法议事大臣手捧法典走到台前，翻开法典开始宣读："国之严法，重罪者连诛九族，次重者本犯处死，偷盗及横行乡里者截其足。无论贵贱，犯者必治，决不姑息。"

宣读完律文，议事大臣合起文本，开始宣判："依照法典条例，对昨日纵火烧逐大唐和尚的首犯，判处断足刑，其余从犯全部逐出国门。"

宣判完毕，人群中一片沉寂。

两个武士将首犯押解到刑具前，交给行刑的刽子手。

当此之时，玄奘快步走至康王前，合掌稽首请求道："请大王且慢下令。"

康王怪而问道："为什么？法师是不是认为判得过轻了？"

玄奘连忙摆手道："不不不，是判得过重了。"

康王惊讶："什么，判得过重！法典条例说得清楚：偷盗及横行乡里者截其足。放火逐客,要不是救得及时就要死人了,比偷盗、横行乡里又严重多了,才判截足呢!"

玄奘说道:"大王且听贫僧分解:第一,纵火驱逐固然不对,但责任在贫僧不在犯者,玄奘既到贵国都城,理应通报知会后留宿公廨,但因夜临,图一时之便,借住闲屋,这才引发事端;第二,火神教崇尚光明、善行、美德,疾恶如仇,犯者不知佛陀诸恶莫作、众善奉行的教义其实是与火教教义殊途而同归,过当之行,乃一时糊涂所致,并非明知故犯;第三,我佛慈悯众生,教人无缘大慈,同体大悲,严戒杀伐,保护一切有情众生,惠及草木虫蚁、羽族鳞类。截足之判,既不合于佛教严戒,亦无利于贵国与生民。"

康王不解:"为民除害,罚一儆百,如何不利于国,不利于民?"

玄奘解释道:"彼足既截,自理不能,国家为此增加负担,何利之有?"

康王无语。

玄奘继续道:"玄奘借路贵国,本为寻求解救众生之法,不期今日竟陷人于断足之苦,事与愿违,于心何忍?此心何安?"

康王为玄奘的一片诚意所动,反询曰:"依法师之意,如何处置?"

玄奘合十作礼恳求道:"但请大王给他一个改过自赎的机会。果然如愿,则大王功德无量,康国光明无量,玄奘也就心里安宁了。"

康王转对三位议事大臣说:"大唐法师既原谅了他,又说得在理,就赦了其罪,你们意下如何?"

议事大臣不约而同地回道:"一切由大王定夺。"

康王稍一沉吟,作了一个下定决心的手势,说:"就遂了大唐国法师所愿。"

说完，国王走至台前，简略地将玄奘的请求和愿望向众人转述了一遍，最后宣布了赦免的决定。

全会场的人听后顿时狂欢起来，欢呼、赞颂之声，一时冲天而起。

康王好不容易才让整个会场重新平静下来，然后又宣布了一个出人意料的决定。他说："释迦圣人所说的教好在哪里？今天大家从大唐国法师的言行中都看到了。大家也都知道，我们这里以前也信仰释迦圣人的教法，大唐国法师曾对本王说过，我们国家还出现过许多大僧人，他们中的不少人都到唐国那边去了，还干出了一番大事业，其中最有名的叫康僧会，不仅翻译了许多释教经典，还感应舍利，说服了国王归信，建寺立塔，大行法化。可现如今，释迦之教在我国早已不复存在，而大唐国则是后来居上，满园春色。纵便如此，唐国法师仍未满足，还要披星戴月、翻山越岭去采珠摘宝，康国民众岂能不为所动，不有所为？所以，本王现在决定：重开释迦教门，度人住寺弘法，与火教信仰同等、并行，任何人不得违逆。"

与会群众听毕，先是沉寂了片刻，接着爆发出热烈的掌声和欢呼声。

玄奘师徒在阿禄迪驿馆又住了几日，临走，康王派了一名议事大臣专程来接他们参加一个法会。

既到，原来就是他们初到时借宿的那座旧佛寺，只是面貌已经焕然一新，特别是那座被火的殿堂，不仅重新粉刷了一遍，而且还庄严了佛像、幢幡。玄奘看着眼前的一切，不胜惊喜，惊喜之余又多少带些疑问。就在这个时候，有人在背后发话说："法师是不是要问这些圣像、法物是从哪里来的？"

玄奘回头一看，说话者竟是代失毕国王，急忙作礼道："不知大王驾到，玄奘失礼了。"

康王一面连连摆手，示意玄奘免礼，一面说道："这些圣像和法物，都是当年清理佛寺时藏进神庙仓库里的，昨日才作了重新布置。今天请法师来，一是为佛寺重新开光，二是为出家人剃度。"

说话间，有人已经在殿堂中央摆好椅子，准备了净水和剃刀。等待剃度的人足有十来个，都在旁边站好了队，首先坐下受度的就是那个获赦的火教徒。

玄奘拿起剃刀，念道："剃除须与发，剪断烦恼丝。常怀慈悲心，免沦三恶道。去掉骄与慢，得成自在人。"

念毕，刀落发断，一个灵魂从此摆脱缠缚。

第二十五回

雄关险阻再验佛子心　天涯巧遇重温故乡情

玄奘离开阿禄迪城时，心情是愉快的，因为他的悲悯行动在实际上感化了飒秣建国的国王及其臣民，使这个盛行拜火教的国度再次重视了佛法，虽然不敢心存什么成就感，但由于为传播释尊的法旨多少尽了些责任，深心还是得到了一种暖暖的、温馨的慰藉。这种心情伴随着他及其弟子们，只用了不到两整天的时间，便轻快地走完了自飒秣建国至羯霜那国间那三百里的路程。

只是，此后不久，这种心情很快就消失了，因为，他们在羯霜那国听到了一个消息：再有一天多的路程，大约百里吧，他们将进入山区，那山路的荒凉奇险，不可言状，最后还得通过一个飞鸟难逾的另一座铁门关，才能到达人烟较多的吐火罗地，如果途中发生什么不测之虞，就会性命难保，葬身深山，什么愿望啊，理想啊，追求啊，都会统统化为泡影。尽管，他和他的弟子们对途中的困难早已习以为常，但是，只要是一个正常人，谁会欢迎困难？谁会面对困难而高兴、叫好？

既然知道了前途的艰险，自然要做充分的准备。不过，这也有困难：虽然人员少了，只剩下师徒六个，牲口也少了，只剩了三匹马，但是，仅行囊一项，就已足够三匹马负载的了，如果再加上饲料、食品，即使再增加两匹马也不够用。货物既多，而山路却崎岖陡峻，弯曲狭窄，一旦过不去，就免不了要卸要装，东西越多，麻烦越大，何日才能走得完这几百里的山路？几时才能出得了这重关险隘？可准备少了也不成，一路穷山恶水，寸草不生，篷壁难寻，炊烟不起，连可托钵乞食的人家都没有。在这种情况下，如果贸然上路，与其说是闯关，毋宁说是送死呢。

三思之后，玄奘提出了一个大胆的设想：轻装上阵，一鼓作气，昼夜兼程，突击闯关，把四天的山路用两天走完。

玄奘的意志与弟子们的年轻力壮一结合，很快使这项计划变成一次实际行动。

当天，他们在羯霜那的住地简单地置办了些必要的饲料和食物。

第二天，他们赶早就上路了。由于大家有了出征上阵的心理准备，脚下生风，日未落便到达了奇险的山沟口，趁着天还亮，选了一块平坦的高地，大家一齐动手架起一顶简易帐篷，同时给马卸了货，拴好。人、马吃好饮足后，便开始走进梦乡。

次日，他们开始闯进了眼前这条神秘得使人有点胆战的山沟。

果然，山沟荒凉到了极点，简直就是远古的洪荒，两旁的山体，一色的土黄，一道道的裂痕，将山体颜面纵横分割，活像一张无限放大的老人脸，堆满了数不清的皱纹，死板，呆滞，无神，元气消尽。山上山下，无草，无木，无虫，无蚁，没有任何生命迹象。沟道虽然有路可通，却很少发现有人畜活动的痕迹、印记，连风都是蹑手蹑脚的，胆怯而且没有力量。直到日中时分，在日头的暴晒下，山风才开始发起威来，不仅猛烈，而且挟带着热浪，从脚下冒起来，从周围山体上冒出来，漫无目的地四面出击，到处奔袭，整个山沟中好像有无数条无形的巨龙在狂舞，而且是非要把空气中哪怕一丁点儿的水汽都要吸干似的。

酷热难耐，但玄奘师徒的脚步却没有停。浑身都在流汗，皮肤就像布满小孔的筛子，汗水从那无数的小孔里不停地冒出来，开头还试图着去擦一擦，抹一抹，但因为阻止不了，又费事儿，所以到后来就干脆不当一回事儿，任由它使性儿了。

最可怜悯的是那三匹马，牠们既得走路，又得负重，虽然三衣瓶钵资粮之类已由各人分担，但每匹马背上还是像压着一座小山，这座小山从分量上说不算太重，但却是很要命的东西：行囊里全是些保暖御寒的物品，压在马背上，就等于捂着盖子加温，所以，马如何的热、如何的淌汗就可想而知了。而这三匹马是飒秣建国国王为感谢玄奘的一番说教而特意赠与的，是当地的名马——龙种汗血神马，劳累时，汗从前肩膊渗出，色红如血，让人看着尤其不忍。

还好，热也罢，累也罢，总归有了个好结果：日才昃，便走了快百里，按二百里的行程算，已经完成了一小半，前景不错，大家的心情也因此舒坦了许多。

爬上一段陡坡后，玄奘指示弟子们停下脚步稍事休息。

就在这当儿，一大片乌云铺天盖地压了过来，日头被遮住了，气温也有了些微的变化，身体已可感觉到些许凉意。

玄觉抬头望望天空，感叹道："老天有眼呀！"

然而，话音刚落，豆子般的东西突然从天而降，噼噼啪啪地打在身上，生疼生疼的，还有冰凉的感觉，大家不约而同地摸摸身、看看地，几乎又是异口同声地喊道："雹子，下雹子了！"

喊声中，有喜，有惊，喜的是酷暑一下子解除了，有利于之后的行程;惊的是这雹子来得太突然,是否意味着将有暴雨、山洪之虞。弟子们为之欢呼的是前者,而玄奘考虑得更多的则是后者。

雹子在继续抛掷,愈来愈大,而且还夹杂着雨点。

弟子们一致鼓动师父冒雨趁凉赶路,玄奘再三考虑后却做出了相反的决定:就地静待,以观其变。

弟子们还想坚持走,但不敢说。

雨越下越大,如泼如注,冲击力并不亚于雹子。乌云越压越低,而且就像扎了根似的,一动不动。玄奘估摸着,这雨不会很快停止,而且,下雨的也不是只此一处。

倾盆大雨,就如此这般无休无止地下了一个多时辰。谷底沟中,浊流越来越大,越来越猛,横冲直撞,争相夺路。

又过了一阵,山谷深处传来隐约的隆隆声,贴地,沉闷,不但耳闻,连脚底板都感觉到了。

不久,沉闷的隆隆声更大了,到后来,干脆变成了咆哮声。

玄奘警觉地往前方谷底望去,不禁失声道:“山洪,山洪下来了。”

弟子们听到师父的惊叫,也顿时紧张起来,本能地相互靠拢了许多,一同朝谷底望去。

山洪像一条黄色暴龙,翻腾着,狂舞着,左冲右突,以雷霆万钧之势由上而下猛扑过来,由于山无寸草,所以洪流中并不夹杂枯朽之物,随流而下的只有大大小小的雹子,簇拥着,蹦跳着,相互撞击,发出刺耳的响声,活像狂风吹起一川碎石。从山洪暴涨的情况判断,峡谷深处的冰雹和降雨量要比这里大得多,猛得多。

望着越涨越大的山洪,不免使人目眩眼花,那感觉就像大地在颤抖,山体在摇晃。好在,他们正停歇在一处高阜上,山洪一时还不能危及。

后来，雨小了些，但还是无休无止地下着。因为对雨情不明，对前面的路况也不明，所以，这师徒六人既不敢前进，也不敢后撤，只能乖乖地守在原地，艰难地熬过了漫长的一夜。

连夜的雨在平旦时分戛然而止，不久之后，山谷里的洪流也消失了，如果不是为数不多的几个坑洼中还存留些许积水，几乎可以认为这里什么事情也没发生过。

日出之后，整个山谷很快又变成了一个大蒸笼，虽然闷热难忍，玄奘师徒还是急不可耐地又上路了。大雨，耽误了他们半天一夜时间，怎么能不焦急呢？

二百里的川道，崎岖不平不说，其复杂多变更是难以言状。昨日走过的那段，宽窄还算相当，只是爬坡费些力气而已。而眼前的一段，却又是另一个样子了：路宽只够一人通过，迎面要是来了人，就得侧身相让，要是遇上马，就得有一方退到宽处让对方先过。路的左面是一条沟，不深也不浅，人掉下去，摔不死，甚至伤不着，费点周折爬上来就是了；可要是马跌了下去，要上来就大大费时、费事了，而且保不定还要折腿伤脚的。

为了能够安全通过这段路，玄奘叫停人马，一面观察，一面琢磨着如何走才好。

石槃陀上前建议说：“只好把行囊从马背上卸下来，由人背着走了。”

玄奘思量着，之后又用目光逐个询问其他弟子，而他们也都一致同意石槃陀的意见。玄奘于是也点头首肯了。

石槃陀将玄奘的行囊拿过来，要和自己的绷在一起，玄奘赶紧上前抢过说：“我可以背呢。你背得太多太重，会有危险的。”

“可师父你要是累坏了，那我们可如何是好？”石槃陀也自有道理。

普光、嘉尚、法钦、玄觉四人都赞同石槃陀的意见，也都过来抢玄奘的行囊。

玄奘自知抢不过众弟子，于是干脆撒了手，换个法儿说道："你们都先别抢，我来考考大家，答对了，说得在理，我就让了你们。"

众弟子齐声道："那好，考什么？"

玄奘于是问道："什么叫平等法？"

嘉尚抢先回答道："众生皆有佛性，都能修行成佛呗。"

"也就是法平等，众生平等，中道之理，人人可以证得。"普光接着补充说。

玄奘接过弟子的话说："既然法平等，众生平等，那是不是也持戒平等，修行平等？"

众弟子："自然。"

玄奘继续道："我再问你们，还记得僧伽的六和敬吗？"

弟子们齐声回答："当然记得。"

玄奘问："谁来具体说说？"

这回是法钦抢了个先，回道："六和敬就是身和、口和、意和、戒和、学和、利和，也就是大家同礼佛，同赞佛，同信佛，同持戒，同修同证中道空理，同衣食、作务。"

玄奘再问道："是不是每个出家人都应该遵守六和敬法呢？"

嘉尚等齐声道："那当然！"

玄奘复问道："那六和敬中的利和敬怎么讲？"

"法钦刚才不是说了，就是同衣食，同作务，也就是同甘共苦、有事一起做嘛！"玄觉总算抢到了一个表现的机会。

玄奘听后，得胜似的露出了微笑，说道："既然如此，那你们为何不让我和大家一样背行囊呢？莫非有意让我犯戒不成？"

嘉尚几个明知师父是在绕圈子来说服大家，可又实在找不到正当的理由来反驳，一个个泄了气，松了手，不再去抢行囊。

一场小小的风波终于宣告结束。

一路上，石槃陀、普光二人跟着师父走在最前面，三匹马随后跟上，嘉尚、法钦和玄觉三人殿后。

路很窄，但路基还好，都是经受了长期考验后所留下的、仍然坚固无比的顽石，马蹄触地，嘚嘚作响。

玄奘一面走着，一面细心地观测路面情况，望着这条只能只身通过的山路，心里不由得想：要是前面哪一处路面坍塌了，哪怕只有三四尺长短，也是一件非常糟糕的事情，不要说身背行囊，就是空着身腾跃，也难以逾越，至于马，固然能跳，但不是地方呀，三尺的路面，稍一闪失，摔不死也要伤筋动骨，到时候怎么救呀？

果然，行不及百步，原来较直的山路突然拐了个半弧，显然，这段路面是崩塌后重凿的新道。

还好，狭窄的山路不算太长，不到十里吧，虽然花了一个下午的时间，但人、马总算安然无恙。

当他们站在宽阔的路面上回首审视刚刚走过的这条危径时，才开始感觉到支撑整个身躯以及沉重行囊的两条腿，还在颤抖着，心呢，也在怦怦地跳个不停。大概是由于过分的专注，过分的紧张，他们也直到此时才发现，个个都成了落汤鸡，浑身上下没有一丁点儿是干的。

不过，大家心中也有高兴和庆幸，特别是嘉尚、普光几个沙弥，个个都对师父充满了钦佩和感激之情，幸亏昨日里师父拒绝了他们冒雨赶路的要求，而做出个静观待变的英明决定，从而避过了山洪，又赶在大白天过如此的山道，要不然，试想一想，离开了原来的高阜,走在狭窄的山道中,天黑不见五指,雨淋路滑,既进不得,也退不得,甚至连动弹都不容易,那真叫人如何是好,说不定还会发生什么意外事故呢。

喘过了气,定下了神,人、马都进了食,接着便小心谨慎地赶了一夜路。

等到天明的时候,他们发现人马已深深地陷在悬崖的夹缝中。悬崖之高,不知几许,抬头仰望,蓝天一线;不见鸟影,唯闻风声;整个崖壁,犹如铁铸,锈迹斑驳,如疤似痂,岩屑不时掉下,不免让人有天欲坠、山欲崩的感觉,行走其间,不仅心里压抑,而且有些胆寒。

按传说,他们现在所处地段应该就是过关前最险隘的三四里山道,也就是说,胜利就在眼前,所以,师徒几个顿时又振奋了起来。

开头,关道的路面虽然时宽时窄,但还算比较平坦,走得也比较顺利。可是,在只剩下不到半里路程的时候,又遇到了难题:前头的峪道,它的横断面就像一枚楔子,上宽下窄,窄到不能通行,为此,人们从宽处开始凿崖设栈,逐渐抬高路面,至最窄处,则在两崖间架梁垫板,将栈道变成阁道。这阁道,本来也并不难走,只是,有一段却缺了板,人还可以踩着栈架勉强过去,可马就没辙了。别小看只是几块板,可这儿是前不靠村后不着店的,到哪儿去找啊?

面对如此情况,众人一筹莫展,不知计从何出。正在这时,却听见玄觉叫了起来:“槃陀呢,怎么不见人影了?”

大家前看后看找了一遍,果然没有发现石槃陀。

“长翅膀飞了!”法钦平时爱开玩笑,这时又满不在乎地调侃起来。

玄奘实在想不出石槃陀突然失踪的原因，唯恐闹出事来，便冲法钦说道："莫要说怪话，都赶快找找去。"

法钦和嘉尚、普光结伙，往回走了里把路，没见人影，又折了回来。

玄觉则上了栈道，小心翼翼地过了缺板路段，一直往前走去。还没到达阁道呢，却听到前面有人高声喊道："快过来，师父，到铁门了，到铁门关了！"

玄觉听声就知道是石槃陀，于是，也回头喊了起来："师父，找到了，槃陀在前边呢！他说，看见铁门了，铁门就在前面！"

听说已经看见铁门，普光、嘉尚、法钦一下子都高兴了起来，都想赶快去看看闻名久已的铁门关到底是个什么样子。但是，他们才往前走了几步，却又停住了，回头望着玄奘，像在等候命令似的。

玄奘听说到了铁门关，一直提着的心也顿时松弛下来，整个人就像从空中落到了地面，踏实了：终于又要结束一段标志性的路程，心里能无安慰吗？所以，他非常理解弟子们此时此刻的心情，便做了个准允的手势，叮嘱道："快去快回，设法把马牵过去。"

都快到阁道了，普光三人又折了回来，对玄奘说："师父，还是你先去看看，说不定有什么事要你处置呢。再说，你一个人留下，我们也放心不下。"

铁门关，真正的雄关险隘，关口宽不过二丈，两边岩壁千寻，门高三丈，厚约一尺，巨木编成，再以铁板锔之，其上更悬挂铁铃，启之铃声作响，以示警告。

玄奘到达后，只见铁门紧闭，还上了一把大锁，两根粗大的圆木拦腰把门压紧，就像一条贴身的腰带。圆木的两端插入壁间的竖槽，同样上了锁，因此牢固无比。

玄奘和石槃陀、玄觉他们站在铁门前，用手去敲了敲它，它闷声不响，推了推它，它岿然不动，无可奈何之余都不由得感叹自己太渺小了。不过他们立刻又想，既然曾经有能力跨越千山万水，那就不可能被小小的铁门阻挡了脚步，眼前最要紧的是静下心来，好好地想一想，过关的办法是一定能想出来的。

玄奘边琢磨边自语："是谁把门关起来的？既有关，就有开，开关要及时，所以，这里必然有人看守，而且不会离此太远。只是，眼前既不见人，也不见影，那他会在什么地方呢？"

弟子们年轻，机灵，听师父如此分析，觉得在理，便四处地找开了。他们将关门前后左右看了个遍，没发现什么；遂又往两边崖壁上搜索，果然看见，就在离铁门不远的崖壁上有攀爬的痕迹，石级、岩窝相间，断断续续，两旁还有几个固定的铁环，显然都是供手抓脚踩的。

大家正惊喜时，忽又听见玄觉喊了起来："师父，快看，上面有绳子呢！"

玄奘和石槃陀朝其所指处一看，就在紧靠铁门的角落处，真的有一条绳子悬着，绳子很粗，像是用驼毛编成的，其下端距离地面尚有一丈左右高，大概是为了防止行人随意牵拽吧。

这条绳子又是供什么用的呢？

怀着好奇心，石槃陀蹲下身叫玄觉踩到自己的肩膀上去够那根绳子。

玄觉够到绳子后，又使劲拽了两下，不期头顶上传来了清脆的铃声。

师徒三人见有了反应，高兴极了。

玄觉接着又拽了两下绳子，这次不仅传来了铃声，而且还有说话声，三人更是欢喜若狂了。

玄觉不等石槃陀蹲下身便蹦跳了下来，仰颈大喊道：“请下来打开关门，让我们过去！”

“请下来开开门，我们要过关！”石槃陀也助起阵来。

不料，经这一喊，反而没了回声。

又等待了一阵，仍然没有动静，石槃陀和玄觉焦急了，又要张口大叫，就在这时，玄奘招呼他们道：“槃陀、玄觉你俩快看，上面是不是放下了一只筐子？”

石槃陀和玄觉随玄奘手指处望去，果然有一只筐子正在往下吊。

未等筐子到底，玄觉便急不可耐地上前跃起把它拽了下来，往里一看，只见筐子底部放了一张羊皮纸，取出来一看，高兴地喊道：“写着字呢！”

玄奘从玄觉手中接过羊皮纸看了一下，说：“要看通关文牒呢。玄觉，你快去取我的包袱。”

玄觉走到阁道尽头，向栈道底下喊道：“普光，快把师父的包袱送来，要通关文牒呢！”

很快，普光送来了通关文牒。

玄奘拿到关牒后，却突然犯了愁：如何传递到崖顶去呢，由谁去传递呢，关牒传上去后安全吗……疑问接一个接一个，简直没个完。

“叫上面的人下来看。”玄觉建议说。

玄奘摇了摇头，说：“不可能。要能下来，又何必书面通知呢？”

石槃陀自告奋勇说：“我送上去。”

玄觉不屑道：“你怎么上去？插上翅膀？”

石槃陀：“爬上去。”

玄奘摆手否定说："那不行，太危险了。"

就在大家商量办法的时候，普光却在一旁摆弄那只筐子，好一阵后，突然高兴地喊道："师父，我能上去！"

众人回头看去，只见普光已经把那只筐子取下放到地上，而将原来系筐子的绳子套到了自己身上。再上前细看，套在其身上的竟是一条攀崖爬壁的安全带：一条宽大的皮带扣在腰间，另一条稍小的带子从裆下穿过，一前一后与腰带连接，腰带左右则有铁环与毛绳连接。

当初，槃陀和玄觉只注意了筐子和里面的东西，并不知道筐子只是一个临时附加物，看了普光的演示，才恍然明白，真正的机关全在筐子底下的皮带上面。

玄奘看了普光的摆弄，自然也明白了守门人的用心，于是对普光说："快把那安全带给我。"

"给你？做什么用？"普光不解地问。

玄奘往上指指，说："送文牒啰！"

"师父亲自去？"普光话里担着几分心。

"当然。"玄奘说着就过去要绳子。

普光既不解绳子也不松手，说："那可不行，这么高，这么陡，哪能让师父去冒这个险！"

"是啊，太危险，师父不能去。"石槃陀、玄觉也同声附和说。

玄奘半认真半摆谱道："怕危险，我还算什么师父？"

"不为师父分忧，我们还算什么弟子？"普光也自有其道理。

玄奘自知争不过弟子们，于是折中道："这样吧，普光先上去，若办不成，我再上去，可以了吧？"

"不劳师父上阵，我们上去就是了。"槃陀和玄觉齐声说。

玄奘眼见弟子们如此勇于担当，心中自有许多慰藉，便都顺了他们，说道："好好好，都依了你们，快抓紧时间办，要不，到天黑也出不了关呢。"

说来也凑巧，正在这时，吊绳抖动了几下，显然是崖顶上把关人发出的催促信号。玄奘赶紧将通关文牒亲自放到普光的随身香袋里，又检查了一遍安全带，然后给崖顶上面回了信号。

把关人会意，开始往上拽绳子，嘎吱嘎吱的响声从上方传来，很像是辘轳发出的。

半空中，普光好几次被岩角绊住，好在年轻有力，手脚灵便，经过左侧右转去够铁环，踩岩窝，费了许多周折，终于顺利地上去了。

才到得崖顶，普光便忍不住转身俯瞰崖底，不料双眼眩晕，脚一软，身子不由自主地就要往一边歪，好在摇辘轳的关夫出手快，一把将他拽住了，要不然还不知会发生什么事故呢。

普光解下安全带后，跟着那个摇辘轳的关夫爬上一小段斜坡，这才到了真正的崖顶。他放目环顾，只见群山匍匐，四野开阔，脚下是一片平岗，平岗之一隅，坐落着十余间房舍，一色的石头房子：石头砌的墙，石板盖的顶，就连羊圈、牛舍之类的附属建筑也都是石头建造的，眼下圈舍皆空，大概是放牧觅食去了。当他转身往南坡望去时，果然发现草场疏林之中，牛羊三三两两。

村子小，人丁自然不会多，发现来了生人，男女老幼全都出来了，一面是看新鲜、赶热闹，此外也不排除有所希冀。这是可以理解的，试想，长久住在山头上，几乎与世隔绝，平日里出门进屋见的就那么百十号人，熟得听脚步声就能判别是张三还是李四，见了面连话都没可说的了，现在，好容易有了个来客，有可能从客人那里知道些外面的消息，谁愿意错过这个机会呢！

走在人群中的普光，此时此刻的心情是矛盾的：从被围观的角度看，自己简直就像怪物一样，从衣着打扮方面审视，则又似乎是个进入穷村僻壤的阔佬。

普光被带到村子中央的一间房子里，借着从门口照进来的光线，可以勉强看清屋子的地铺上躺着一位老者。领路的关夫走上前去扶老人坐起，转身对普光说道："这是我们村长。"

村长上下打量着普光，并等待着对方开口。

普光将通关文牒递给村长，说："我们是从大唐国来的和尚，要前往天竺佛国求法，望村长开启关门，让我们过去。"

村长好像自语，又好像在发问："大唐国和尚？大唐国在哪里？"

"大唐国在哪里？大唐国在东边，很远很远的地方，嘿！"普光对自己的这个回答其实也很不满意，所以又补充说，"你老知道长安吗？大唐国就在长安那个地方。"

"长安，呃，长安，我知道，我怎么会不知道呀。可长安那里是大汉国，不是大唐国啊！"村长非常相信自己的记忆。

普光为老人的超常记忆高兴，却也被他的固执逗乐了，于是笑着说道："你说得对，但你说的是老黄历了。"

"老黄历？"村长不解，也不服气。

普光再解释说："老黄历，就是过时了。长安是大汉皇帝住的地方，你说对了。现如今已经改朝换代，大汉国变成了大唐国。"

"那你就是从长安来的啦？"村长听了普光的解释，虽没有完全相信，却也隐约流露了些许期盼，所以又这样地问道。

普光涉世不深，无城府，也还缺乏洞察的能力，遇事都不多想，率真到有问必答，答必尽意："我不是从长安来的，我们几个徒弟都不是从长安来的，是半路上随师父求法来的。"

"你们师父是从长安来的？"村长继续核实道。

普光指认着通关牒说："僧人不说诳语，这上面都写清楚了呢，从哪里来,到哪里去,干什么,全写着呢。"

村长看不懂牒文,但至此已经完全相信了这个年轻人所说的话,原来深藏在眼中的那缕隐隐约约的期待之情,忽然强烈起来,似瞋又似盼地问道:"那你们师父为什么不上来?"

"悬崖峭壁,太危险,万一师父摔坏了,还怎么到佛国去呀!"普光这样解释说。

"小心点就是了,摔不坏的。"村长不肯让步。

"你老的意思是,我师父非得亲自上来不可?"普光明知故问,其实是希望村长能在最后一刻改变主意。

"这么远的路都走过来了,还怕眼前这点困难吗?"村长又有了新的理由。

"我师父可不是怕困难的人,只是这样上上下下,太耽误时间,怕今天过不了关啊。"普光也有自己的理由。

村长不再和普光分辩,而是对年轻的村民,也就是那个年轻关夫吩咐说:"你去把那个大唐国来的和尚接上来,然后下去把拆掉的栈道板钉上去,等我的话再打开关门。"

年轻村民听罢,转身就要出门,普光急忙叫住,说:"等等,我写张条子说清楚了,要不然,我的师兄师弟是不会同意让师父上来的。"

没多久,玄奘也上来了,当他被带到村政中心的那间石屋时,不期那老迈的村长已经颤悠悠地站在门口等待了。

玄奘快步朝村长走去,还未来得及问好、施礼呢,老村长已经扑上来,紧紧地将其搂住,老泪纵横,抖着声音说道:"总算…盼…来了,总算…盼来…了……"

玄奘听着,不觉愕然,心想:这老汉怎么会说秦言华语呢?虽然荒腔走板，但仍有乡音余韵。突然，他记起了飒秣建国国王曾说过，铁门关在遥远的过去曾经是大汉西陲的一处屏障，是不是这位老者与这处汉障还有着什么奇缘和故事呢？于是，玄奘贴耳轻声问道："老伯说的是秦言呀，难道老家也……"

话未说完，老人居然呜呜地哭出了声来。

事情发展到这里，玄奘已经洞彻了原委：老乡见老乡，两眼泪汪汪嘛，何况是身在异国他乡的残年风烛。

两人相拥了好长一段时间。老村长终于平静下来，松开双手，拭去脸上的泪痕，招呼玄奘进屋坐定，又长长地嘘了一口气，然后百感交集地说道："未想天葬之前还能见到大汉的亲人！"

天葬者，西域之葬仪也。自从进入火教信仰地区，玄奘已经不止一次地听说过这种丧葬习俗，各国虽有差异，但大体上不外乎将死者停尸野外固定场所，待飞禽将其肉食尽，然后殓骨而葬之。玄奘听着老者的感叹，顿觉生离死别之大苦，悲悯之情油然而生："敢问老伯桑梓之地，缘何至此，因甚客居不归？"

老村长摇了摇头，不堪回首地讲起了一段遥远的往事：当汉武大帝之时，有汉中郡张郎应诏出使西域，试图联络大宛、康居、大月氏及塞种大夏，钳制匈奴；经于十载，历尽艰辛，虽不得要领而归，然其所述西域诸国地形、物产，深为天子所重，为击破匈奴立了功，封侯博望。朝廷为断匈奴右臂，再拜张郎为中郎将出使乌孙，随行三百余人，人各二马，牛羊无算，金币帛值数千巨万，最终促成了大汉与乌孙两国间的一段和亲佳话。就在这次出使中，老村长的先祖作为随行人员与持节副使受博望之命，自乌孙经大宛、康居、月氏，南出铁门而远至大夏，岂料使回之日，重病缠身，不能同归……

说到这里，老村长又长嘘了一口气，落寞、无奈之中带着几分感激说道："还好，大夏塞人好客热情，幸亏有了他们的治疗照料，不仅救了先祖薄命，而且还嫁女认婿，等同本国臣民。后因通晓秦言，派了守关这份差事，主要是为了方便频繁东来西去的官家、商贩。到老朽这辈，已经是好几代的传人了。先祖遗言严令：子孙不可忘本。到如今，什么都变了，只有先祖所教秦言不敢遗忘。”

玄奘默默听着老村长的絮絮讲述，深为其不凡身世感动。万没想到，他的先祖竟然与大汉帝国凿空西域那番轰轰烈烈的伟大事业连在一起，几百年来，尽管只有单株独苗，却终于生息繁衍了下来；而更令人感动的，是他们始终不渝、矢志恪守着先祖遗愿，使代表着一种固有历史、深厚文化、共同心理，并借之以通神会意、交流联系、凝聚团结的话语，在边荒绝域顽强地保存延续了下来，这是多么的难能可贵啊！有感于此，他怀着无比深沉的敬意回应老村长说：

“老伯啊，也许你们失去太多太多，但却守住了最珍贵的东西，那就是心中的这份情：思乡情，念祖情，故国情，故乡情。你们就是靠了这样一颗心、这样一份情活到今天。老伯，是不是这样啊？”

“老乡说得对，我们就是这样一代一代传承下来的。要是没有这样的一颗心，这样的一份情，我们早就像天上的云彩，被风吹散了，消失得无影无踪了。”老村长说话时，布满皱纹的脸上洋溢着几分自豪。

玄奘称赞道：“老伯，你们很了不起呀，不仅始终保存了这样一颗心、这样一份情，还一直在这里守关尽力，真可歌可赞呢！”

这回，老村长听后不仅没有高兴，反而心情沉重地说道：“可是，话又说回来，叶落归根，此情难了啊！”

玄奘听话听音，猜测老村长似乎还有些心事要说，便试探着问道：“老伯有意东归？”

老村长连连摇头，说：“不不不，都几百年了，根在那边，枝叶却在这里呢，不能得了那边又丢了这里呀。再说，千山万水的，哪像串门那么容易，说来就来，说回就回。”

“那老伯又何出此言?”玄奘不解。

老村长先是低头沉思着，然后又抬头望着玄奘，似在审视，又像在判断，似有所托，却又有所担心。

玄奘惦着过关的事，却又碰上了这个未解的闷葫芦，不免心急，于是主动开路搭桥道：“老伯若有事儿，不妨说来，看看贫僧能代为分忧不？事了，尚劳老伯开门放行呢。”

老村长朝门外看了看，见太阳已经偏西，似乎也有了点紧迫感。他站起来走到角落里，从墙龛中取来一个尘封的小木盒子，打开盖子，取出一个小皮袋子，双手捧着，一时泪眼蒙眬，哽噎着开口道：“先祖临殁时一再叮嘱，盼着有朝一日能将这把骸骨撒在大汉的土地上，也算是落叶归根，魂归故国了。多少代了，我们一直寻思着这事，每闻东土人来，都想把这件事办了，只是一直没有如愿。碰见公家人，人家公事在身，又前呼后拥的，而自己不过是一个看门值守的贱身，接近都难，更不敢求托；遇上行商，人家驼马成列，货贩营销，一心在利，哪有闲情管他人之事？即使人家答应，自己这里也放心不下。难办啊!”

玄奘觉得其所说实在，也跟着为难起来：“那可怎么办呢?”

老村长又低头沉思了片刻，终于下定决心，说道：“对老乡实话实说了吧，这次要你亲自冒险攀崖上来，其实不为通关的事……”

“怎么，村长，不让过关?”普光一直都等着谈通关的事，等去等来，得到的竟然是这样一句话，于是发急了。

“莫要急，且听老伯说个囫囵。”玄奘示意普光安静下来，然后转问老村长，“不为通关事，为哪般?”

老村长瞄了普光一眼，继续说：“从这位小师父处得知，老乡从大汉来……”

“从大唐国来!”普光纠正说。

老村长怕普光又发急,赶忙纠正说:“对对对,从大汉来,不不不,从大唐来,嘿,都一样,都一样。过关是要到天竺国求法取经,自然是位行者了,所以呢,心地必善……”

“单凭这点就下结论?”玄奘笑着打断。

老村长十分自信地回道:“这一点我拿得准。出了铁门关,走完平畴沃野,再过一条河,就到了一个什么国的大城,那里像老乡这等打扮的人可多了,都信佛拜佛,都是不贪不吝、慈悲好舍之人,因为离此地不远,这里的人都知道的呢。老乡你不辞千山万水来求佛,自然是同一类人。今儿见了面,果真一个慈眉善目模样,老朽的心顿时就觉得暖和了起来,好像遇到了神……”

“老伯言过了,贫僧远不够格呢。不过,我等师徒如此舍生冒死,的确是在为自己,更为众生寻求一条解脱路。救难拔苦,利乐有情,自然是分内事了,老伯如有所托,尽管说就是。”玄奘急着过关,这样打断村长的话说。

老村长见玄奘果然乐于助人,一直担着的心终于彻底地放了下来,不再犹豫,将手中的那个小皮袋递给玄奘,乞求说:“老朽拜托老乡,莫辞烦扰,替我们这些无能子孙们圆了先祖的心愿、梦想,将这些骸骨带回大唐,随便撒在哪一个角落,都算是回到娘的怀里了。”

尽管玄奘已经猜到老村长必有所求,但话一出口,却还是感到有些突然,一时竟不能决定应承与否,所以并没有立即接过那个小皮袋,这样回道:“老伯啊,贫僧感谢你的信赖,所托之事本不应拒,只是如今人还在旅途上,前途未卜,成败难料,归期不可期,万一不能圆满所托,岂不是辜负了你的一片诚心和信赖?”

“这无妨，老话不是说‘谋事在人，成事由天’吗？不管圆满与否，我等子孙都无所怨。”老村长是个明白人，深知托人之不易，所以说起话来既诚恳，又充满了信赖，“不是老朽我故意说好听话，也不是想冒昧高攀讨甚好，正如老话说的那样，吉人有吉相，打从见到行者的第一眼，老朽心里就暗暗庆幸：今儿个真是碰上好人了，不仅慈眉善目，和颜悦色，又心定如山，沉稳，从容，一身压不垮、难不住的气概。从大汉到这里，这么远的路，这么难的路，都走过来了，剩下的路自然也一定能走好走完；既然能平安到来，也一定会平安回去。”

“好人有好报！”

“你们一定会平安回去！”

……

一阵喊声突然从门外传进来，玄奘转脸一看，这才注意到，石屋的门前已经聚集了许多人，个个都在朝着自己看，眼里充满了信赖和期望。

听了老村长的陈述和诉说，对着这么一大群人恳求的目光，玄奘感动得不能自已。他觉得已经没有别的路子可以选择，已经没有理由，也不忍提出什么理由去拒绝他们的请求。

当玄奘从老村长手中接过那个小皮袋子时，更让他震撼的一幕发生了：老村长首先扑通一声跪到地上叩头，连声致谢。紧接着，门外众人也齐刷刷地跟着扑地叩头致谢，显然是已经将玄奘当成了大恩人，感激之中带着无限的欣慰和欢喜，就好像所托之事已经办完、办好了似的。

玄奘对老村长和他的后辈们的心情是理解的：是啊，他们怎么能不高兴呢？这件事让他们牵肠挂肚了多少岁月、多少个春夏秋冬啊！这不只是一个普通逝者的几块遗骸碎骨，而是一项伟大事业参与者的魂与魄，是一个客死他乡的战士以及他的子孙们对于故土的一份深沉眷恋和思念。如今，自己接过了这袋遗骨，这就等于承诺要把这位战士的孤魂带回去，把这个战士及他的后人的这份信念、这份眷恋、这份心愿也带回去，把这股流失在天涯荒外的涓涓细流再导引回神州土地上那奔腾咆哮的大河长江中。于是，他感到自己的肩上又多了一份责任，而这份责任又成了他继续前进的动力。

第二十六回

不卑不亢修成君子德　不倨不傲感动无敌师

玄奘师徒出了铁门关，端南走过纵横几百里的一马平川，便来到了一条大河边。这条河从葱岭播密川直闯下来，到达这里后，便放慢了速度，闲庭信步般悠哉游哉地向西徜徉而去。

一路打听下来，他们已经知道，只要从此过河，再往南走不远，就可以到达铁门关羊舍老村长所说的那个有很多僧人的城市，即缚喝国的都城，也就是此方人俗称之小王舍城。但是，他们身上带着高昌王麹文泰给妹婿呾度设的一封专函，而呾度设的驻牧地在呾蜜国的都城，位于小王舍城之东，两城相距大约两日左右的路程，所以他们不得不向东溯河而上。好在地面平坦，又是芳草连天的季节，一路上，流水欢歌、花团锦簇，目不暇接，倒也不甚累人。

呾度设何许人也？呾度者，人名，是西面突厥叶护可汗的长子；设者，突厥汗国的官职，具体到呾度本人，就是统率一方兵马的将领，其所管辖范围就是铁门以外方圆几千里的区域，东拒葱岭，西连波斯，南望雪山，北据铁门，域内大小二十七国，统称为吐火罗地。各国虽有君长,但都听命于咀度设。

玄奘师徒不舍昼夜赶到咀蜜国都城时,正值高昌公主可贺敦新丧,咀度设又卧病不起。主客相见,又读了高昌王的来信,亲情热语就像一把火,把一帐主仆男女的心都烘得暖呼呼的,长久以来积集下来的寂寞、孤独和悲凉,一下子化为满眶泪水,泉涌般流了出来,唏嘘呜咽之声连成一片,延续了好一阵子。末了,咀度设紧紧地抓住玄奘的手,不肯须臾松开,抖着声音说:

“弟子百病缠身,日子已久。就这一双眼,向来朦朦胧胧的,只有影子,看不清是何物。今日相见,流了这许多泪,竟然清楚了许多,真是沾了法师的神通了?”

“大帅说哪里话,贫僧哪有什么神通呀。或许是泪水洗净了眸子,看东西便真切了,宽心将息调养一阵,总会痊愈的。”玄奘这样安慰说。

咀度设仍然没有松手,继续请求说:“法师在路已快一年了,辛苦已甚,又恰逢这里花红草绿的好时节,正好住上一些日子,好好将息将息,恢复恢复,也陪弟子说说话。我这病呀,多半是闷出来的,别看这里天高地阔的,其实不过是一个挣断翅膀也出不去的大笼子,单调、乏味啊。”

玄奘听着咀度设的倾诉,也觉得挺可怜的:这尘世上,并非什么都是越大越好,就好比这个官儿,这位将帅,他所统管的地域也的确够大的了,方圆几千里,即使骑上快马跑一天也不一定能见到一个人,连天上的苍鹰、云雀都是形单影只的,没有亲人的团圆,没有好友的聚首,一年到头,眼里看见的,除了这草原荣枯变化以外,其他事情就什么也不知道了,就什么都与己无关了。鸟儿被关在笼里还可以看见笼外的大世界,可头顶上的巨大穹窿,就像无色的玻璃罩,虽然有足够的活动空间,却让人觉得自由受到了限制,虽然可以看到周围的一切,心里却有无所依托的感觉。如今人病了,除了身边看腻了的几个奴仆,连多一个前来嘘寒问暖的人都没有,寂寞、孤独之外,又平添了一抹愁绪。玄奘心想:这呾度设所得到的,与其说是一片辽阔的国土,不如说是一座无形的大监狱;与其说是掌握了无上权柄,不如说是在备受一种莫名的罪与罚。哎,这尘世上的得与失,谁能说得个清清楚楚?只有身受者才能体味得真切呢。

出于理解、同情和怜悯,此后的几天里,玄奘顺了呾度设的意,一直留在牙帐里,与他闲聊些沿途经历、所见所闻、有趣事儿。

师父没了工夫管束,弟子们乐得自由自在。嘉尚做事稳重细心,自然随师父行处。石槃陀不想走动,正好摊个看管行李的份儿。其余几个就像出了棚的鸭仔,颠开双脚到城里走街串巷、观光游览去了,首选之地当然是与他们此次西行关系密切的那些处所了。

呾蜜国的都城位于一大一小两条河流的汇合点,通过河滩和河中小岛,就可到达北岸,所以它成了这条南北往来通道的冲要重镇。城不大亦不小,城周大约二十里左右。由于呾蜜国已距离佛国仙乡不远,在玄奘到来前的几百年,也就是大月氏人邱就却建立的贵霜王朝时期,释迦圣人的教法就已传到这里,玄奘师徒一行将进城时,在西北隅小山岩间曾见到过洞窟寺院,寺院内有壁画、泥塑、浮雕佛、菩萨等图像,据说就是贵霜王朝留存至今的遗物。现在,城中寺院更多了,佛塔也更多了,僧人也有了几千之众,在街上不时可以碰到,在寺院里,更是影影绰绰,往来不断,至于吃斋念佛的普通信徒,自然就更是难计其数了,不是连呾度设这个统领兵马的大人物在玄奘面前也弟子长弟子短的自诩了吗!

普光、法钦、玄觉几人沿街走着，数着佛寺，总共有十一二处之多，都逐一进去参礼过。

在最后参礼、也是最排场的一所寺院里，两个寺僧看着普光他们穿着有异，面相陌生，于是上前盘问道："你们几个沙弥，正当应法念经，却何故这样游来荡去？"

普光脑子灵光，对胡乡的异音俗语，在众人中是学得最好的，既见问，脱口回道："为参礼拜佛呢！"

"正是读经、习定时分呢！"寺僧提醒说。

"我等是行脚僧，不受时分限制。"法钦怪寺僧多管闲事，语气有点呛人。

"难怪我觉着你们不像本地人呢！"寺僧听说是行脚僧，正暗自为自己判断的正确而高兴呢，所以并不计较对方的态度，"那你们是从哪来，要到哪去？"

"我等都是大唐法师的弟子，要到天竺拜佛参礼呢。"玄觉是个老实巴交的人，不遮不掩地把来龙去脉和盘托了出来。

"是求法取经去。"普光嫌玄觉说得不全面，赶忙补充说。

"求法取经去？"寺僧先是诧异，继而却笑道，"嘿，求法取经，用得着走那么远吗？"

普光听着不对劲，反问道："你说的是何意思？"

"我说的是，要取经，要求法，这里就有。"寺僧颇为得意地回答，同时用手指了指脚下地面，然后又补充了一句，"用不着到天竺去。"

普光想了想沿街所看到的寺院、佛塔，虽然也不少，却并无特别突出的，不免怀疑寺僧在夸大其词，于是质而问道："这城里有几处释尊的胜迹？有无无忧王所建的佛塔？又有几位大菩萨在此造过论、说过法？"

寺僧一时语塞,竟然回答不上来,但随即却颇为自豪地说:“可我们这里有远近闻名的无敌师!”

“名字就叫无敌?天下无敌的无敌?”法钦语气中充满怀疑。

寺僧更正道:“法号叫达摩僧伽,到天竺游学过,不只在呾蜜国内,就是葱岭西面各国,谁人不知、哪个不晓尊师的德望?至于东边更远的于阗、疏勒,连所谓的高僧都没资格与他对谈呢!”

普光像是没听见对方的话似的,仍然不屑地问道:“请问这位法师能解几部经?是小乘还是大乘……”

“岂有此理,世上哪有谁像你这沙弥如此无礼的,竟敢查问我尊师能解几部经?”

普光正要回答时,却听后面有人说话道:“是在问谁能解几部经呀?”

普光等回头一看,只见一位老僧正步下殿阶朝他们徐徐走过来。老僧既到,先逐个地将他们审视了一番,随后则将眼光定格在普光身上,再问道,“是这沙弥在问吧?”

老僧已是耄耋之年,但身材仍显魁梧、硬朗,着九条布缝制的黄赤色僧伽胝袈裟,腮帮青黑青黑的,显然是才剃过须髯不久,浓眉下的两束目光锐利得有点儿刺人。普光打量过后,一时竟不能判断他的这副相貌是威严还是粗鲁,心里不太踏实,但面上却不得不故作镇定,回道:“对,是我问的,可我是问达摩僧伽法师呀。”

老僧见面对的不过是个沙弥,所以并不太在意,回道:“我就是达摩僧伽,诸部经论我尽解,有什么不懂之处就问吧。”

普光没想到这位老僧竟然就是无敌师,一下子懵了:自己不过是个沙弥,才多大?在空门里才撞了几天钟?能知道几部经典?刚才,敢问人家解得几部经典,不过是想杀杀对方的牛气,而现在真要应战,哪来的刀枪棍棒呀?没办法,只好搬出后台来了:“和我师父比试比试,怎么样?”

达摩僧伽长老以为普光不过是拿师父作挡箭牌而已,所以呵呵地笑着,故作惊奇地说:“哟呵,还有师父呢,在哪里呀?那就赶快叫来吧。”

“是呀,快回去搬你们师父吧!”两个寺僧也接着哄叫起来,还不停地挥着手,催促他们快去叫人,实际上是在轰赶。

普光三人既见长老一副傲慢的模样,又听出寺僧话中的奚落之意,心里更加不服气了。气哄哄回到住地时,正碰上玄奘从牙帐回来,便一五一十地将刚才遇到寺僧和长老的事儿禀报了一遍。玄奘听后,知道弟子们在外面惹了事,虽觉不好,却只是说道:“你们这些弥子呀,也实在欠礼貌,没大没小的,竟问人家长老能解几部经?”

石槃陀常常拿自己与普光他们几个相比:从年龄上说自己是老大,但从入道角度看,人家则是“科班”出身,自己不过是半路出家,而且时间晚,按教规,自己应为师弟,人家则是师兄,在学识和修持功夫方面差得就更远了。因此,这些小师兄们口上虽然不说,但在实际上却往往有自高于人的心理和行动。石槃陀心里明白彼此的长短,也能直面现实。不过,俗话又说,割草容易除根难。现在,他眼见小师兄们被批,倚老卖老的沉渣于是又不知不觉地浮了起来,一本正经地借锤敲钟道:“可不是,才吃了几顿斋饭呀,就敢问人家长老能解几部经!”

玄奘听石槃陀的话儿不顺,转脸纠正道:“这不关斋饭吃多吃少的问题,这是个学习态度问题,也是一个修养问题。”

石槃陀逞能不成,反而讨了个没趣,不再吭声。

普光则还自有其理由,仍然坚持原来的立场:“长老当时不在场呢。”

“不在场也不能这样说，待人接物，出言吐气，特别是学习请益，总得有个讲究。”玄奘见弟子仍不知错，继续开导，“何况，那被问的道友也比你们大吧？”

普光还是不服，继续嘟囔道：“可他们口气也太大了，居然敢说天下无敌。师父你并没有这样炫耀过吧？”

“你且不要把我拿来当矛用。你还没有了解人家，怎么就说人家口气大？”玄奘进一步正色道。

普光再也找不出别的什么理由来申辩。

玄奘看见弟子低头认错，转而语重心长地对众弟子道：“孔老夫子不是说过吗，‘三人行，必有我师焉，择其善者而从之，其不善者而改之。’这是什么意思呢？就是说：几个人做同一件事，其中必有值得自己学习、取法的地方。要善于吸收别人的长处，拒绝、抛弃别人的短处。你我师徒不远万里，轻生冒死，不就是为了解疑问难，究竟佛法真谛吗？要遇佛必拜，逢师必问，方能虚往实归，不枉此行，不负众生啊。善财历百城参五十三善知识，终于证入法界，我等能不努力吗？”

“可那长老不见得就是善知识啊！”法钦对达摩僧伽还是不太信服。

“那又怎么样？有心者处处皆学问，即使不是善知识，也不见得就一无是处。不耻下问，才称得上是谦虚；小肚鸡肠，纵使吃饱了也上不了千钧的秤。松树要是挑肥拣瘦的，能长出钢筋铁骨吗？”玄奘的脸上呈现出少有的严厉。

第二天下了早课，达摩僧伽长老回到方丈之室，准备脱去法服，换上便装。正在这时，耳边传来了两下轻轻的叩门声。丈室侍者，也就是昨天与普光他们发生口角的那两个寺僧之一，开门出去一看,竟是昨日的对头,于是没好气地说道:“你真的还好意思再来?”

普光不愿示弱,正要分辩,玄奘急忙把他往后拽了回来,上前合手作揖道:“小师父切莫动气……”

“莫动气?你是什么人?莫非就是他们的师父?”寺僧打断玄奘的话这样问。

玄奘再次合十作礼,回道:“学僧玄奘管教无方,弟子们昨日有失检点,言语不逊,今日特地前来……”

“前来找我师父对论?”寺僧言语始终不太友好。

“小师父莫取笑,学僧岂敢有此妄想?今日是专门赔礼道歉来的,不知达摩长老可在?”玄奘始终谦恭自守。

达摩长老这时已经换好衣服,听到门外的这般对话,便掀帘出来应道:“老衲在此,稀客来自何方?”

玄奘向长老施礼后回道:“学僧玄奘来自东土大唐国,要到天竺拜佛求经,途中受高昌王之托,捎书与其妹婿呾度设,故得幸临锦城。昨日弟子们瞻礼宝刹,言语不敬,多有冲撞。门徒失教,过在其师,谨此登门谢罪,还望长老海涵,多多宽恕。又者,后学自远方来,唯在拜师问道,求法请益,今日有幸仰见大德,正是天赐良机,如能不吝赐教,实三生大幸也。”

长老是个经世面、有阅历的人,听完玄奘的这番话,便很敏锐地抓住了这样的几个要点:一是此僧来自遥远的东方大国;二是与高昌王室、突厥汗庭有着密切的联系;三是此僧谦恭识礼,心诚志坚,拥大国风范而不倨,处他人檐下而不卑,关山难阻,万难不屈,实非等闲之辈。有了这第一印象,顿时觉得自己昨日的所想所说也有欠妥之处,所以,也便放下了身段,弯腰回礼说:“屋里请,屋里请。”

宾主坐定后，长老竟然对昨日之事只字不提便直接问起了求法之事。玄奘少不得又将国内圣教早布，疑义难决，于是志游佛国，采摩尼之宝珠，求究竟之真经等等之类的话细述了一遍。长老也连连点头，赞叹不已。末了，玄奘再次请教说：

“仰闻长老往昔曾游学天竺，今又推为一方法匠，享誉葱岭东西，学僧玄奘才疏学浅，敢乞示教一二，分餐法味，解我饥渴，不知可否？”

达摩僧伽并不推辞，立即命侍者搬出几摞典籍，摆在几案上，然后说道：“老僧在天竺时，曾流连于王舍城、毗舍离城、波吒利弗城和迦湿弥罗城，都是三藏结集的圣地，顺便收集了这众多的典籍，你先翻一翻，选一选，需要什么，我再给你讲。”

玄奘视经籍为至宝，再三拭手后才小心翼翼地逐一翻看经本，发现确实都是早期结集的四《阿含》类典籍，而并无后来所出之论藏，更无大乘教的片纸只字，心里不由得估摸：这位长老应该是重在小乘半教，但对大乘满教似乎也不反感；只诵经藏，未研论典。此外，玄奘还发现，案头所摆的四部《阿含》经籍中，《长阿含》、《中阿含》、《杂阿含》都基本整齐完好，似乎很少被触摸、翻动过，只有《增一阿含》一种，不仅封面已经磨损，书页也已参差不齐，显然是被反复阅读的结果。他将这本破损的经书拿在手里，一面翻看着，一面由衷地钦叹道：“如此不遗余力地劝化众生，真是大众部的法将啊！”

长老不知是没有听清呢，还是企图要证明些什么，微怔了一下，询问道：“客僧在说什么呢？”

玄奘笑回道：“学僧是说，长老为化导众生，功德无上呢，真是名不虚传的大众部法匠啊！”

长老在确认了对方说过的话后，心里不禁纳闷起来：我与这客僧萍水相逢，不过是初次见面，他怎么就这样肯定地说老僧专务化导，而且不遗余力，还是弘扬大众部派佛法的？为了弄清究竟，于是再问道："何以见得？"

玄奘笑了笑，扬了扬手中的经籍，说："长老的道貌和功德全印在这上面呢。"

长老看着玄奘的表情，品味着玄奘说话的语气，处处感受着一种不容怀疑的自信，心想今天一定是遇上知音和高手了。客僧手里拿的《增一阿含经》，正是自己平日里爱不释手的经典，也是登坛演法的依据。案头这么多的经籍，四《阿含》齐全，客僧偏偏就将《增一阿含》与我联系起来，莫非他真是天眼通不成？想到这里，他决定继续去解开这个疑团，再问道："又何以见得？"

玄奘见长老一再追问缘由，明白这是在向自己出考题，不好推托，便照直将看法说了："首先呢，这集子里所收的经，都是说的如何布施，如何持戒，以及缘聚而生，缘散而灭，随机而修，渐次而入，得道涅槃等法门和道理，还列举了许多生动有趣的因缘故事，显然都是释尊劝化众生的门径，自然也是长老劝化的凭据了。其次呢，这封面都磨损了，书页也松脱了，这说明，长老翻阅读诵的次数已经难以统计，这样的不舍昼夜，这样的废寝忘食，这样的苦心孤诣，难道还不能称之为不遗余力、功德无量吗？据学僧之浅见，四种《阿含经》中，唯有此《增一阿含经》既承认大乘教法，义理近乎大众部之主张，而长老又偏重之、钟情之、用心之，所信所仰，岂不昭昭然了？"

长老听到这里，更加惊愕了：这客僧才拿起经本，还未翻几页，竟然不仅究了全经旨趣，而且连自己几十年来的心机、行迹都破解了，实在是了不得呢。于是，钦佩之情油然而生，小觑之意也悄然收敛，不由自主地起座击掌称赞道："智慧人，客僧真是个智慧人。"

玄奘见长老如此盛赞自己，反而有点难为情了，便说道："长老过奖了，学僧初游法海，涉猎不广，无知少见，哪里能辨壶奥深浅？今日敢在法匠面前张口，只是因为，这许多的经籍，早在大法初传中夏之时，就已先后翻译出来，学僧曾经有机会粗诵过一二。但事隔多年，所记是否牢靠，所解是否确切，都无信心呢，哪里还谈得上什么智慧啊？更何况，佛所说法深广无量，没有大菩萨的诠释则难以究竟通达。学僧曾闻舍利子尊者、大目乾连尊者、世友尊者、迦旃衍菩萨等，均造有大论，阐释阿含宝典，西来前亦曾粗诵过法胜菩萨的《毗昙心论》、世亲菩萨的《俱舍论偈颂》和《论释》，只是并未十分明了前后论典之关联与源流，今日有幸光临宝刹，仰见大师，正是解粘去缚的好时机……"

"哪里哪里，后生可畏，后生可畏呢，岂敢岂敢。"长老知道玄奘接下来要说的是自己不敢听的话，所以赶忙打断说，因为一时心情慌乱，以致急不择语，不免有失伦次。

长老为什么如此失态？前面已经说过了，长老自打闻法以来，所学所弘都是那部《增一阿含》，其他三《阿含》则几乎没有碰过，更不要说诠释这些经籍的论藏了。所以，玄奘刚刚所说的关于各种论典之间的关联、脉络问题，正是长老的软肋，甚至可以说是盲点，连交谈的本钱都没有，更不用说做导师了。玄奘的话或许不是故意的，但在实际上却是哪壶不开提哪壶，能不使他怯火吗？此时此刻，长老不仅没了"无敌"的威风、"导师"的架子，甚至连对论的勇气都没有了。

俗话说，无巧不成书。这世界上的许多事，都是靠了一个"巧"字来成全或实现转环的。正当长老不知如何应对眼前这位客僧的时候。寺中的一位主事僧从外面急急忙忙地走了进来，附耳给长老报告了些什么。长老随即神情紧张地对玄奘说："请法师见谅，老僧当下有些事急待处理。事毕后,本寺当设坛请法师登狮子座说法。”

长老说罢,便合掌作礼相送,没有丝毫再谈下去之意。玄奘虽然觉得有些突然,但又认为,客随主便是人际交往的通理,不好勉强,何况人家眼前还有急务要处理,所以没有再说什么,便还过礼走了。

路上,玄奘不免思忖:长老反常举动的背后必然暗示着发生了什么非常事件。

与师父不同,弟子普光、法钦、玄觉可不这么看,才出得寺门,三人就你一言我一语地说开了:

“无礼之至,这不是分明在下逐客令吗?”

“什么有事要处理,纯粹是借口,我看是害怕师父再问下去,自己露了马脚。”

“什么尽解一切经啊,不过一部《增一阿含》罢了。”

“还随意问呢,还未问就不得不说‘后生可畏’了。”

“对啦,开始时称师父为‘客僧’,继而称‘后生’,末了不仅改称‘法师’,还要设坛请登狮子座说法呢。”

“分明是认输了嘛。”

“哈哈哈……”

正在沉思的玄奘听到弟子们的大笑声,含慈带嗔地说道:“通衢大道上,人来人往的,你们这些弥子岂可如此浪笑!”

弟子们争先恐后地将刚刚议论的话又重复了一遍,本期望获得师父的欢心,万没料到反而招来了一顿严斥。

玄奘质问道:“你们就为此发笑?”

法钦等见玄奘脸色不对,不敢再吭声。

玄奘锁紧眉头复又责道:“轻狂。都看看,你们哪里还有一点儿求法请益的样子?

这是玄奘第一次动这么大的气。弟子们听后意识到犯了大错,害怕了,一个个都低下了头。

玄奘一看,心又软了,转而语重心长地诫道:“弥子们啊,汝等的言辞已经犯戒了?鼓簧咬舌,恶语伤人,如此口业,为五戒十善所不许呢。你们可知道,天下可笑之人多矣,唯有几种人几种事不可笑。首先是贫贱不可笑,其次是落魄不可笑,第三是弱者不可笑,第四是败者不可笑,第五是知错的人不可笑,若笑如是五者,是为无涵养,无卓识,无肚量,无大志。人但矜躁未除,器宇局促,襟胸褊狭,争强好胜,不知诸法无常、穷通变化之理,则难有远见,难行远路,难堪大任,到头来,笑人者终被人笑。弥子们,可警,可诫呢。”

普光三人深知师父此番训导的分量,追悔之余正要检讨呢,可就在这个时候,守候在住所的弟子嘉尚气喘吁吁地跑到了跟前,上气不接下气地报告说:“牙宫出事了。”

玄奘看着嘉尚的神色,听完他的报告,脑子里立即闪现出刚才长老辞客的那一幕,心儿怦地跳了一下,似自语,又似问:“呾度设国王……”

“死了。”嘉尚回道。

玄奘一怔,不料事态比想象的还要严重,既信又不信:“死了?什么时候?”

嘉尚:“都说是昨晚的事。”

玄奘想起昨日下午告别时的情景,当时,呾度设挣扎着从卧榻上下来,说道:“自与法师见面以来,心里像打开了一扇窗子,气爽多了。愿法师多住些日子,不用担心行程,若需要,牙宫可派遣人马护送师等到婆罗门国。”

言犹在耳,怎么说死就死了呢?

“可知道是怎么死的?”玄奘追问。

嘉尚看了一下周围,附耳小声回道:“都说是被毒死的。”

玄奘惊愕不已:“毒死的,谁下的毒?”

“有人说是牙宫里的人,也有人胡说是……”嘉尚欲说又止。

“胡说了些什么?”玄奘追问。

嘉尚抬眼看了一下师父后又低下了头,没有言语。

“你倒是说呀,谁胡说了些什么?”玄奘有点急了。

无奈,嘉尚只好很不情愿地说道:“居然怀疑起师父来了。”

玄奘听后,既未惊慌,也没有动气,更没有说什么。他知道,此时此刻,说什么都没有用,而实际上,什么也不用说,因为,最了解自己的人莫过于本人了。为人不做亏心事,半夜敲门心不惊。居然有人“胡说”到这个份上,如果不是捕风捉影,纯粹的瞎猜,那便肯定是别有用心了。这不由得不使他想起呾度设宫衙内的复杂关系:这主儿前后有三任妻子,突厥人称之为可贺敦。发妻早死,留下一子,名叫耶咥,已官至特勤。高昌王之妹是为第二任,就在玄奘师徒到来前夕,也不幸故去,遗有一男,只是年纪尚小。高昌王妹之后,还有第三房,年庚又小了许多,正是一朵盛开的鲜花。呾度设因为疾病缠身,度日尚且艰难,哪里还有精力顾得上温柔乡里的事!但小可贺敦本来生性就妖冶,又正值春潮汹涌的时节,哪里能耐得住无怀可坐的寂寞?于是乎,牙宫内外早就有了她与耶咥特勤之间卿卿我我、夜游不归之类的艳传绯闻。而突厥民族又有这样的风俗:一是重兵死而轻病终,二是父、兄死,子、弟可以其母、嫂为妻。现实的情况是,呾度设既然久病难起,娇妻顽子也就难免寡情薄义,交欢野合之外,结盟合伙,觊觎权位之心也不能说没有。呾度设既是在牙宫中被人毒死,那么,可以随便进出牙帐的人能有几个……

“师父,我们还是走吧,赶快离开这个是非之地。”

嘉尚忧心忡忡的建议打断了玄奘的思绪。而玄奘经过如此这般一番梳理,心里对呾度设国王之死也有了初步的判断,所以,便断然地否定了弟子的意见:“现在就走?不可以。国王刚死,未曾凭吊拔腿就走,岂不是太无情无义了吗?何况,既已有人播下是非,如此匆促离去,不是更增加了别人的猜疑?”

“可不走会不会又要生出什么事来呢?”嘉尚仍然不放心。

“能发生什么事?”玄奘略一思考,从容回道,“再等等,看看到底是怎么回事。”

玄奘作出暂留的决定之后,即开始了解突厥的丧葬习俗,并很快知悉:人死之后,要将尸首停放在大帐中,大杀牛马以祭奠;亲属绕帐疾走号哭,同时以刀剺面,血泪交下,七度而止;最后将尸体置于马上火化,取骨灰而葬之,茔上表木,再建屋护之;屋中图画死者形象及其生时所经历的战斗场面,立石记杀敌之功,杀一人立一石,多者可至千百,以此体现葬礼的隆重,当然也是表示对死者的敬仰与悼念之情。玄奘想:按情理,呾度设作为一方的领袖人物,其葬礼应当比一般人更为隆重,看看眼下这葬礼如何进行,或许可以一窥主持者的内心和思想。

果然,玄奘看到的是,呾度设国王的葬礼被大大地简化了。一是所祭奠的牛马并不多,二是剺面至于血泪交下仅有一次。虽沿袭了传统形式,却又大大地压缩了传统的程序。虽然没有背离传统,却对传统有了明显的轻忽。葬礼的后半部分虽然还来不及看到,但仅此已透露出明显的信息可以说明年轻遗孀和耶咥特勤对国王的态度。而后来不经意发现的一处小形迹,便完全使玄奘确信自己的猜测是正确的：

追悼仪式结束后的第二天，玄奘即进牙拜谒新设耶咥，一是祝贺他登基执政，二是要劝他节哀保重。但是眼前的景象却让他惊呆了：呾度设的年轻遗孀已经堂而皇之成了新一任王后，与耶咥并肩而坐，这且不说。让人始料不及的是，面前这一王一后竟都是一副容光焕发、春意盎然的面孔，脸上压根就没有任何刀剺伤痕！

至此，玄奘终于恍然：原来呀，追悼会上剺血和泪一幕竟是一出假戏！在这样的时刻，在这样的场合，竟然如此放肆、放任，不敬、不尊，这是怎样的一个儿子，怎样的一个妻子？这样的儿子、妻子，还有什么伤天害理的事做不出来？

玄奘找到了问题的答案，但却不动声色，他还要看看新设下一步的行动。

又过了几天，新设还是没有什么动作。呾度设的死，连同他的葬礼，就像草原上的一阵风，很快就过去了，连一点儿痕迹都没有留下。关于呾度设被毒死的种种传说，当然也无人调查，无人追责，自然也是不了了之。在玄奘看来，这个现象也佐证了自己的判断，新设对父亲的死因是再清楚不过了，还调查什么呢？还追究谁呢？莫非要来个自我暴露不成？

不用说，玄奘已经不洗自清。不过，他还是想摸摸新王的底，了解了解其对自己的态度。于是，他找了个机会请求道："贫僧到此多日，给牙庭平添了许多烦扰。中夏有句古话：客走主人安。如今丧事既毕，贫僧也该择日赶赴婆罗门国，还望大王忙中添发通关文牒。"

耶咥回道："法师何必急着上路？弟子所部二十七国，其中有缚喝国者，也在缚刍河南岸，从本国西南行不远即可到达，其国中圣教遗迹甚多，人皆喻之为小王舍城。法师既为巡礼请益而来，何不多住些日子，前往观礼，然后回头取过行囊，再南去婆罗门不迟。”

新王的话，不遮不掩，还算得上坦率直爽，其中非但没有刁难阻拦之意，甚至还流露出了几分热情。玄奘由是判断：有关谣传不过是好事者所为，而并非新王的恶意嫁祸；他取得权力的方式或可诟病，但却没有滥伤无辜。自然啦，他留给玄奘的坏印象多少得到了一定的修正。

不过，当玄奘将自己的判断告诉弟子们时，却没有得到完全的赞同、拥护。嘉尚反应尤其强烈，他劝师父道：“不管怎么说，新王用这样的手段夺取权位，明摆着不是个好儿子，也不是一个好臣子。谣言曾经有过，现在未追查，不等于以后不追查。都说夜长梦多，对新王这样的人更要多防着点，所以，不如趁着到缚喝国观礼的机会，干脆一去不回，走个彻底，何必拖泥带水的？”

“你们所说不无道理，但人家的建议也是一片好意啊，怎么向人家解释呢？”玄奘对人的态度，一是容易原谅，二是不作无端的猜测，更不愿往坏里想，因为对新王的印象有了一定的修正，心也随之软了下来。

对玄奘的说法，弟子们一时也拿不出什么好理由反驳。正犯愁呢，忽见达摩僧伽长老前来造访，跟在后面的是长老的侍者，他手里提着一个包袱，不知里面包着什么东西，看上去挺沉的。

主客双方互相致礼后坐定，玄奘首先开口道：“学僧年轻道浅，怎敢劳动长老枉顾，一定是有重要教示了？”

“法师不必客气，既尊圣教，即为道友，法界平等，分什么年轻年长的！”长老自打前日长谈之后，即已改口称玄奘为“法师”，言行也恭谨亲密了许多，“听说法师不日即要赴小王舍城观礼，唯恐日后相见不易，故今儿特地赶来，哪里是有什么教示，不过是告知一个消息：前日故王举葬时，缚喝国数十僧前来凭吊，兼祝贺新王继位，明日就要还国，法师正好与之结伴同行，一路上有个照应，老衲这里也就不用为之挂怀了。”

“长老如此费心为学僧筹划，这里先谢过了。有缚喝国道友为伴同行，这倒是再好不过的事情。”玄奘连连作礼，对达摩长老的相助表示高兴和感激，转而又不免发愁道，“只是还得回来呢！”

“回来？法师是说再从缚喝国返回这里？”达摩长老颇显惊讶、不解。

“耶咥设是这样安排的呢！”玄奘语气中带着些许无奈。

听说是耶咥设的安排，达摩长老也开始犹豫起来，但想了想又说道：“这样，老僧带法师去会会缚喝国诸位道人，看看他们有什么主意。”

玄奘觉得这也是个办法，同意了。

临出门，达摩长老忽然想起什么，带点歉意说道：“嘿，差点儿把大事忘了。”说完，便从侍者那里取过包袱解开，取出一摞经籍递与玄奘。

玄奘接过来一看，是《六足论》，不禁惊讶地看着达摩长老。

长老解释说：“老衲已如西山落日，没有时间，也没有精力研习、讲诵这些论藏了，请法师不辞重负，带回东夏，日后或有用得着的时候。”

大家已知，玄奘这次西行的主要目的之一，是求取大乘真经《瑜伽师地论》，但也并不排斥小乘学说。在他看来，小乘法门固然不如大乘法门完备，却同是释尊一音所说，是大乘发展的基础。他还知道，这《六足论》加上《法智论》，都是最初诠释《阿含经》的论藏，是了解小乘学说发展的必读课本，重要性自不必说。这样的典籍，有意者多矣，但往往是磨破脚皮无处寻，而如今，自己却得来全不费工夫，要形容此时此刻的高兴心情，真不知用哪个词更恰当了。所以，玄奘自然是很乐意地接受了。

嘉尚、普光诸沙弥，看着达摩长老的慷慨馈赠，立刻一改往日的心态，换了一副恭敬的容颜。普光和法钦想起曾经有过的失礼行为，甚至还露出了几分羞色，而看着师父得到法宝时的那种喜悦，心里就更是充满了佩服和敬重之情。为什么？因为他居高而不傲，人不知而不愠，用切切实实的行动诠释了一个谦谦君子的形象，赢得了信任和友谊。

次日，应达摩长老之约，玄奘在其方丈室会见了缚喝国吊祭僧团的两名领队达摩毕利长老和达摩羯罗长老。他们都来自该国的著名寺院纳缚大伽蓝，一个是监院，一个是都维那。自我介绍时，玄奘自然又说到西行求法的大愿。达摩毕利是个性情直爽的人，听了玄奘的表白后，便直截了当地说："法师既然不辞劳苦，远道前来礼佛求经，那就不应错过缚喝国蓝氏城。"

玄奘回道："谢谢长老的盛情，学僧玄奘也有这个想法。耶咥国王和达摩长老都说过，那里圣迹很多，有小王舍城之喻呢。"

达摩毕利长老掩饰不住得意之情，应声道："不错，圣物、圣迹都很多，有佛齿、佛用过的澡罐和扫帚，如今都藏在城中我等所住的伽蓝里，但逢每月初八、十四、十五、二十三、二十九、三十这几个斋日，必出示道俗。城内城外还多有宝塔，高大者二百余尺，矮者数丈，最著名的是瘗藏有佛发爪塔，还有迦叶过去佛所建之塔，灵应无穷，观礼者络绎不绝……"

"听达摩僧伽长老说，法师有意探寻《阿含》论藏源流，纳缚大伽蓝的般若羯罗上座正是钻研九部、游泳四含的三藏大师，不可不见啊。"达摩羯罗都维那打断毕利长老的话这样说。

玄奘听说纳缚大伽蓝有精通论藏的三藏大师，立即就来了精神，但很快，高兴劲儿便没有了，取而代之的是一脸踌躇。

达摩僧伽长老看在眼里，心知肚明，便向两位客僧解释说："耶咥设有过交代，法师到贵国观礼毕，要返回这里取了行李再南去。法师正为去还是不去，去了还回不回来犯难呢。"

"当然要去啊！"毕利长老不容犹豫地鼓动说。

"是啊，必须得去。"羯罗长老也极力表示支持，同时还强调，"既去了，就不必再折回这里，要不然，岂不是要错过了一处圣迹！"

"是啊，瞻礼完毕，取直南走，翻过大雪山，就是梵衍那国，不礼那里的大佛还能算真佛子？如果再折回牙所，那可真的要错过这处圣迹了，会后悔一生呢！"毕利长老的话还是直愣愣的，不改本性。

两位高僧介绍的情况，对玄奘来说无疑有着巨大的诱惑。他不禁好奇地问道："那大佛究竟有多大？"

毕利长老好像有意卖关子似地回道："看了就知道。"

终于，玄奘下定了决心。

达摩长老见状，也自告奋勇说："法师就照二位长老所说做吧，国王那边由老僧去交通。"

第二十七回

游缚喝初礼小王舍　遇梵僧深结法侣情

缚喝国，位于缚刍河与大沙漠之南，东西八百余里，南北四百余里，其都城最早称为蓝氏城。它的历史，可以追溯到大夏国之建立。

很早以前，东夏祁连山北河西走廊一带居住着一个古老的部族，世称吐火罗。大约在秦始皇统一华夏前后，吐火罗人的一支西迁到了伊犁河与楚河流域，与当地的土著民族塞种人一起游牧共处。前汉之初，河西走廊的月氏人在匈奴冒顿单于的打击、逼迫下，也不得不西迁伊犁河和楚河流域。这样，塞种人与吐火罗人只好再次西迁。后来，吐火罗人南下越过缚刍河，赶走了入侵那里的希腊人，建立了一个吐火罗国，并定都蓝氏城。汉朝典籍称这个吐火罗国为大夏。自从张骞凿空，再经过甘英进一步开拓，蓝氏城成了中夏王朝与西域交通要道上的一个重镇，加之此地百物殷阜，商贾云集，这个政治中心兼而成为商业中心。又因为这里盛行拜火教，它还是西域的宗教弘传中心。大概也由于它在地理位置上的重要性，这里一直是各民族争夺的战场。大夏立国不过十多年，伊犁河、楚河流域的大月氏受到乌孙族的打击而不得不再次迁徙，仍然将吐火罗人当成欺负、出气的对象，再次征服之，在妫水，也就是后来的乌浒河、缚刍河以北建立大本营。不过，大月氏王庭只要求大夏称臣而不进行直接统治。这样，原来的吐火罗地，即大夏国境内就出现了“小长”林立的局面，这就是所谓的“吐火罗旧地二十七国”并立。缚喝国即为其中之一。百余年后，大月氏族中的贵霜翕侯邱就却正式建立贵霜王朝，治内设五翕侯划界管理，各自具有相对的独立性，一皆臣服中夏大汉朝廷。贵霜王朝灭亡后，此地先后由嚈哒、波斯、西突厥占领并加以统治。就在贵霜王朝时期，佛教在这里得到蓬勃发展，乃至于成为大雪山以北的弘法中心，圣物、圣迹之多，仅次于释迦牟尼成道、弘法的王舍城，以是故，僧俗即将其共奉为小王舍城。

由于和缚喝国吊祭僧结伴同行，得到他们的关照和引领，玄奘师徒顺利地到达了缚喝国都城。

如前所述，玄奘从咀蜜国折西到缚喝国有两个目的：一是瞻仰著名的小王舍城圣迹，二是参谒挂锡于纳缚伽蓝的磔迦国小乘三藏般若羯罗大师。两者都很重要，而从求法请益角度着眼，则后者似乎更具有吸引力和迫切性。可事有不巧，般若三藏本人这时正应邀到邻国讲经说法去了。没办法，日程只好作了调整。

监院达摩毕利长老将玄奘师徒安顿好后，便交由都维那达摩羯罗长老具体安排巡礼参观之事。

此时，当地已经进入初夏，晴天，阳光自然是灼热的，露天行走，烤得头皮火辣辣的，有点逼人，但一走进树荫或房子里，就会立即清凉起来，如果再喝上一碗冰镇酸奶子，不仅能解暑气，而且简直就是一种最美的享受。晚上更凉快,睡觉还非得盖被子不可呢。这样的天气,自然有利于出行巡礼。

按常理,第一天应该先就近观礼所住的纳缚伽蓝,然后再外出游览,但出于某种考虑,达摩羯罗都维那并没有这样做,而是来了个先外后内、先远后近的安排。

早斋过后,羯罗长老就领着玄奘师徒出了门。他之所以要亲自做向导,一来是为了对远道而来的大唐国客人表现出足够的尊敬、友好和热情,二是为了避免巡礼中出现任何疏失。

在大街上,羯罗长老与玄奘并肩而行,一面走一面介绍都城的情况:“国都蓝氏城,也就是脚下的地面,现在叫大城。大城西北大约五十里处是提渭城,正北大约四十里处是波利城。这三座城池合在一起便是本国的中心和核心。大城周长二十余里,城墙高大而坚固,商贾返货逐利,来去匆匆,常住人口并不是很多。在为数不多的居民中,僧徒又占了不少。细数起来,伽蓝,也就是你们中夏所说的佛寺,总数有一百余所,僧徒多至三千余人。最大最著名的佛寺就是羯罗所住的纳缚僧伽蓝了。”

说话间,他们来到了纳缚僧伽蓝北边一处高坡上,那里巍然矗立着一座窣堵波,也就是中夏所说的佛塔,高二十余丈,直插云霄,仰视不见其顶。此塔建在方形的台基上,是一个向上逐渐收缩的方形锥体,顶部呈葫芦形,最高部分是九个圆形相轮。玄奘在长安时曾见过许多高大的佛塔,如净影寺塔、禅定寺和大禅定寺七级木塔等等,都是层檐迭出,檐下设回廊,或素或彩,登临可以凭栏远眺,万般风景尽收眼底。而眼前的这座大塔,其周壁则是用金刚石贴面,四角以各种宝石装饰,雕镂比长安之塔更加穷奇,两者之间的差异是很明显的。

羯罗长老说:“塔内供奉着佛舍利,有缘者往往可睹灵光烛照呢!”

玄奘听毕,不觉肃然起敬,情不自禁地朝大塔合掌作礼,并且低声默念着释尊的圣号。

随后,他们又到城西七十里开外的地方瞻礼了另一座窣堵波。此塔只有二丈高,貌不惊人,但却身世不凡,且有着悠久的历史。羯罗长老介绍说:“这塔是迦叶佛住世时建造的,已经记不清经过多少个风霜岁月了。”

“差不多有两万年了。”紧跟在玄奘身后的普光小声地说道。

石槃陀不相信普光的话,反问道:“人家都说记不清了,你怎么就知道差不多有两万年?”

“佛经里说的!”普光斩钉截铁地回道,“现世两万年前迦叶佛就出世并成正觉了啊!”

羯罗长老回头朝普光赞许地笑了笑。

“你这弥子就是好胜。”玄奘心里赞赏普光的聪明,但不喜欢他当着陌生长者的面太露锋芒,所以这样批评道。

在回来的路上,羯罗长老又领着玄奘师徒拐到纳缚僧伽蓝西南面观礼了另一处圣迹。到达时,羯罗长老手指前方,说:“到了,这就是我们要瞻礼的地方。”

玄奘随着羯罗长老手指的方向望去,前方除了一间小房,其他什么东西都没有,于是便又将视线从小房子转到了其左右,继续搜索寻觅。

羯罗长老看出了玄奘的疑虑,说道:“要看的就是那座小精庐。”

所谓精庐,也就是中夏所说的小庙、兰若。玄奘放目细看,精庐里果然有僧人的身影,但除此之外,其他并无什么特别、起眼之处,所以多少还是有点不以为然的样子。

羯罗长老像是揣透了玄奘的心思，解释道："精庐虽小，在这里修成正果的高僧大德可多着呢。自建立以来，在这里修行，又最后断除见、思烦恼，证得四果，并在入涅槃前示现神通者，世世不绝呢。"说着，他拉了玄奘的手向前走去，并指着地上的方形基址继续介绍说，"这些都是那些高僧大德的舍利塔塔基，他们涅槃后都留下了塔记。你看见了吧，共有数百座舍利塔呢。可惜天长日久，风吹雨打，一个个都坍塌了，只剩下这些个残迹。除此之外，虽证得四果而并无神变者则更有千计，所以并未建塔留下什么封记。"

玄奘不明白，这座小庙为什么能造就这许许多多的神僧。为了弄个究竟，他径直进到了小庙内。站定后，环顾四周，所见却不过是四壁徒立，还有地上摆放的十来个草墩，除此之外，便再无其他可以指称的什物了。草墩排列整齐有序，有几个僧人正结跏趺坐习定，旁边放着钵盂和锡杖。另外几个草墩则空置着，其主人大概是外出托钵分卫或游方去了。

在这一眨眼就能看遍的小屋里，嘉尚等几个弟子，前脚才进去后脚就要出来，但玄奘却把他们拦住了，说："走这么多的路来了，为何就急着走？"

法钦不以为然道："都看完了呀，还不走？"

"是呀，就几个人在打坐，又没有什么尊像、壁画可看可欣赏的。"玄觉和石槃陀异口同声地附和。

玄奘也不反驳他们，只是问道："难道没有从这里看出什么来？"

法钦仍然不以为然："能看的不都在眼前了！"

玄奘看了看一直未开口的嘉尚和普光。

嘉尚见问，再打量了一眼小屋，说："简陋，修行条件实在简陋。"

“艰苦，因为条件简陋，所以一定很艰苦。”普光补充道。

“说得对，简陋，艰苦。”玄奘总结道，“这四个字看似简单，含义却很深刻，它是虔诚、精进、定力的代名词。正是这四个字，铸就了这座小庙的辉煌，也启迪和激励着后来者，其中也包括你我师徒。试想想，能够适应这般简陋条件，经受得起这般艰苦生活者，必然具有坚定不移的信仰，也就是虔诚态度，必然具有不可思议的定力和精进精神。有了这种精神和意志，还有什么事做不成？修行路上还有什么困难不能克服？涅槃彼岸还会远吗？”

一直跟在身边的羯罗长老听玄奘如此说，立刻称赞道：“法师说得极是，这些古德正是依了信愿行三个字修成正果的。立碑刻铭，既是为了纪念他们，更是为后来者树立榜样呢！”

玄奘听羯罗长老说毕，看着弟子们说道：“怎么样，这小庙是不是大有文章？是不是值得好好看看、好好想想？”

嘉尚和普光点了点头，而法钦等三个则红着脸，没有任何动作。

第二天，羯罗长老仍然是一大清早就带了玄奘师徒外出观礼去了。这天，他们要到大城西北五十余里的提渭城和城北四十余里的波利城。这两座小城里各有一座佛塔，羯罗长老强调说：“这两座塔太重要了，都应当参礼的。”

在前往波利城的路上，羯罗长老讲述了这样一则故事，借之说明“非看不可”的原因。他说：“释尊在摩羯陀国菩提树下觉悟证道后，便动身到鹿野苑去传道，路上，遇上两位老者。老者见释尊道貌岸然，容光焕发，一副圣人相，于是随而行之，并以麦麸和蜂蜜资助之。释尊深受感动，特为他们第一次说不杀、不偷、不淫、不妄语、不饮酒五戒和身口意十善之法，以求人天之福。两位老者既受教诲,更向释尊请取供养物。释尊身无所有,只好剪了一绺头发和一片指甲相送。两长者又请教供养敬礼的仪式和方法。释尊便将身上的杂碎衣脱下,叠成方形状平放在地上;然后又将上衣、覆膊衣也脱下,都分别叠成次第小些的方形状,依次平置于杂碎衣之上,比之为三层方形台基;最后将乞食所用的钵盂倒扣在方形基座上,再将锡杖竖于覆钵上面。然后教示说:"三层方台是塔基,覆钵是塔身,锡杖是塔刹,锡杖顶上的套环是相轮。塔建成后,分别将发、爪瘗藏于塔室,如此可矣。"两老者承释尊之命各还其城,按照其教示兴建了这两座佛塔。"

听完介绍,普光问道:"达摩师长,可不可以说,这两座佛塔在佛住世时就有了,所以,它们也就是阎婆世界中最早的两座佛塔了,而这两座塔也都是按照释尊的旨意和教示的法式建造的,并为后世所遵循。是这样吗,师长?"

羯罗长老看了普光一眼,笑吟吟地回道:"小师弟,你说得对,是这样的。你总结得好,又明了,又准确呢。"

玄奘为普光的随处留心学问而高兴,嘉尚几个伙伴则因普光为大家争了脸也都喜形于色。由于心情愉快,脚步也迈得快,不一会儿就到了第一个目的地。

波利城的这座佛塔,只有三丈左右高,形状果然与释尊所规划、教示的一模一样。因为里面瘗藏着释尊发爪,玄奘见了塔就像见到了释尊一般,立即扑地就拜,那一份敬爱、眷恋之情,一如游子回家,见到了阔别的高堂。

礼罢波利城真身舍利塔,中午已过,羯罗长老都维那考虑到时间比较紧,也怕玄奘过分劳累,所以建议道:"从此往西还得走十余里才能到达提渭城,一去一回得走几十里,这样,就要在天黑时分才能回到大城,不仅太晚了,还累得不得了。其实呢,提渭城舍利塔和波利城的佛塔的形状、大小、建造法式完全一样，看了此塔也就等于看了彼塔，所以，不去也罢了……”

“谢谢都维那的体贴。不过，不去提渭城可不行。”未等羯罗长老说完，玄奘便打断了他的话，“玄奘不辞万难，踏遍千山万水才到得这里，第一次遇到了释尊的真身塔，这是千载难逢的瞻礼机会，如何可以错过？何况，此塔彼塔，都是释尊的真身塔，岂可礼此不礼彼！玄奘瞻礼佛塔，不在看其外表异同，而在于向释尊表达一份虔诚，一份信心，一份决心呢。”

羯罗长老深为玄奘的话感动，不再说什么。

这样，当他们瞻礼完提渭城佛塔回来的时候，一轮圆月已经高挂空中，地上洒满了银辉。此时的玄奘确实饿了，累了，乏了，但由于办完了一桩大事，了却了一个大愿，心里安定了，平静了，清净了，就像一潭澄澈无漪的湖水，与皎洁的月光融汇成了一体。

第三天，玄奘师徒一早就起来了，吃过早斋后便做好了继续外出观礼的准备。可是，左等右等，总不见都维那到来，而院子里却已人来人往，熙熙攘攘的，只是并不喧闹，烧香的烧香，上供的上供，完了，便找个地方坐下，默不作声地在等待着什么。

就在玄奘师徒焦急的当儿，羯罗长老从容地进来了。大家赶忙起身准备出门，而羯罗长老这时却说：“今儿不出去了，就在寺里瞻礼圣物。”

玄奘听说瞻礼圣物，很是惊喜，问道：“就是寺里供养的佛齿、佛澡罐和佛扫帚吗？”

羯罗长老回道：“是的，就是寺里所藏的这三样宝贝。平时是看不到的，只在每月六斋日里才出示大众，供道俗瞻仰。今天正好是月初斋日……”

“所以，法师让我们在头两日里先到外面观礼，好赶斋日在寺里瞻礼圣物。”普光忽然悟出羯罗长老前两天为何要那样安排日程。

羯罗长老对这个爱动脑子的沙弥颇感兴趣，对他笑了笑，说：“还要等些时辰才出示圣物，现在且带法师和小师弟们到各殿堂观礼。”

玄奘师徒虽然在纳缚伽蓝住了两天，但总是早出晚归，所以直至此时，对这座庙宇并无更深的印象。在逐一游观了各处殿堂之后，几个弟子无一不为之惊讶。为什么？因为这是他们有生以来从未见过如此庄严殊丽的寺院。其实又何止他们，即使是他们的师父，尽管曾在华夏东西两京生活过，还游历了半个神州，也从来没有见到过这样的寺院，所以也免不了要啧啧称羡，只不过是比弟子们又多了份藏而不露的涵养罢了。

原来，纳缚伽蓝是由缚喝国先王拨款、鸠工所建的一所王家道场，不仅是寺宇雄伟壮丽，所有的殿堂都以奇宝装饰，光辉灿烂，炫人眼目，而且各处供养的佛像，无论大小，均贴之以金箔，嵌之以名珍，诸如珍珠、玛瑙、琥珀、水晶、钻石之属，其庄严、华美，难以言状。不过，其中最令玄奘瞩目的是一尊天王像——毗沙门天王的供养。按照中夏的供养法，四天王，也称四大金刚，属于护法神，一般都供奉在山门后的第一座殿堂内，称天王殿，殿内两侧各列二天王，持琵琶的是东方持国天王，执宝剑的是南方增长天王，拿雨伞的是北方多闻天王，捉灵蛇的是西方广目天王。毗沙门天王就是其中的多闻天王。但奇怪的是，纳缚伽蓝没有天王殿，而是将毗沙门天王单独供奉在一所殿堂里，名叫护法堂。玄奘将疑问提了出来，都维那为之解释说：

“在缚喝国，毗沙门天王不仅是守护北方国土的天神，同时还担负着护法、施福的重任。"

说到"护法"和"施福"这四个字,羯罗长老顿时眼睛一亮,精神一振,话语就像流水冲开了闸门,一泻不止。他绘声绘色地讲述了这样一个故事:"你们都看到了,这里的殿堂、佛像都嵌满了奇珍异宝,价值连城,所以,贪财好利者见之垂涎欲滴,都想据为己有。前数年,有突厥统叶护可汗之子肆叶护可汗,为了夺取这些奇宝,倾巢出动,率部掩袭伽蓝。全城僧俗自然要奋起抵抗,誓死保卫。老天有眼,突厥军兵临城下,未及进攻,夜幕已经降临。突厥兵不敢轻举妄动,只好在城外野地里驻扎下来。当晚,肆叶护可汗做了一个梦,梦见毗沙门天王站在他面前对他说:'你有何能力,竟敢前来袭击、破坏伽蓝?'说完,即挥舞手中长戟,贯其胸背。肆叶护惊醒,冷汗湿透了整件战袍,心也绞痛起来。他将所做梦和梦后身体征候告诉了部下,部下急忙快马驰请远方圣僧前来念咒作法,为其消灾祛难。就在肆叶护张嘴忏悔谢罪之时,突然口吐鲜血,即时殒命。突厥军见势不妙,只好撤兵逃去。"

玄奘听后,好像搬掉了压在心上的一块石头,庆幸地说道:"多亏了毗沙门天王的护卫。真是神通广大、威力无比的天神啊!"

说话间,护法堂外面整个院子里突然人声鼎沸起来,都维那恍然道:"呀,时辰到了,要出示圣物了。快,快跟了我来。"

玄奘师徒紧跟着羯罗长老出了法堂,只见整个院子里到处都是人,有的在呼号,有的在哭喊,有人念佛,有人祈祷,更多的人则相互挤拥,踮足翘首,目光都集中到大雄宝殿方向。为了看得更加清楚,先睹为快,有人甚至还爬到了墙头上或寮房的屋顶上。

羯罗长老凭着寺院总管的特殊身份,凭着对殿堂之间通道的熟悉,轻而易举地就把玄奘师徒带到了大雄宝殿门口。

恰好,就在这时,三个职事僧各捧着一样圣物从殿堂里出来,将它们摆放在一张供桌上。每样圣物都放置在黄金托盘里，自左至右分别是：佛牙长约寸余，宽八九分，乳白色，质地光净，是释迦牟尼佛涅槃荼毗后留下的真身舍利；佛澡罐诸色错杂，光亮耀眼，是金铸还是石造，莫能辨认，容量可斗余；佛扫帚用迦奢茅草编制而成，长两尺有余，柄围七寸左右，帚身以多种宝物饰之。佛在鹿野苑初转法轮时，曾经用此澡罐沐浴，用此扫帚除尘，佛涅槃后，纳缚伽蓝僧人方请归这里供养。

玄奘聚精会神地仔细观看着圣物，脑子里则千方百计地想将释尊讲经说法及其日常生活连接起来。突然，他眉头一蹙，转头问都维那道："都说，至诚礼拜圣物，可以感发神光，是这样吗？"

"是的。"都维那回道。

玄奘得到肯定的回答后，便蹲下身作结跏趺坐势，闭目合掌念起佛号来。

然而，就在这时，有僧前来向都维那通报了些什么，羯罗长老既喜又急，竟然顾不得许多礼节，一把将玄奘拉起，说："快，快，般若羯罗三藏大师已经回来，正在客堂里等候大唐法师你呢，速去，速去！"

玄奘听后，心里有多高兴就别说了。由于担心再发生变故而见不着般若羯罗三藏，他只好把感发神光的那份虔诚暂时深藏起来，从人群中挤了出来。临离开时，还再三回首眷顾那三件圣物。

在赶往客堂的路上，玄奘想着即将到来的会面，心中不免有些激动甚至忐忑：一位誉满西天的三藏大师，刚刚风尘仆仆归来，便不辞旅途的劳顿，立即要接见自己。而自己竟是何人？一个远离乡关的游子，一个踯躅天涯的孤客，至多，也不过是一个虔诚回向的佛子，一个质疑问难的学僧。就凭这，立即就要被一位大师接见？这是怎样的一份殊礼和荣耀啊！自己配受吗？能承受得起吗？

玄奘一面在心中自问，一面跟在都维那后边快步往客堂走去。

客堂陈设非常简单，一幅方形大毯子，毯子上面摆放着几个蒲团，如此而已。玄奘进来时，一位而立之年的僧人已经站在门边等候。玄奘以为是接待侍者，所以并没有太在意，在回礼的时候，双眼用余光很快地将全屋扫视了一遍，企望能在屋里发现第二个人——一位心目中年在耄耋、精神矍铄、老成持重的长者。但是，屋里就只此一人，别无他者，所以，心中未免有些失望。不过，玄奘终归见过世面，接触过许许多多的高僧大德，深知既不能以貌取人、更忌讳以长幼论学问的道理，所以，当脑子里萌生"意外"的瞬间，立刻就意识到自己犯了轻慢罪，急忙端正心态恭敬地致意道："大师盛名，如雷贯耳，远僧玄奘不期今日得以仰见，多幸，多幸。"

般若羯罗三藏自外弘法回来，便从监院达摩毕利长老那里得知，有一位东方大唐国的法师不辞路途遥远，前来这里巡礼圣迹，并且希望和自己相会，一起研味佛法，交流心得，心里不由得佩服其执着精神和毅力，也很想见见这个传奇式人物。真所谓：未曾谋面已心仪。及见面，又发现站在面前的，果然是个楚楚人才，东方人特有的那种细腻光净的皮肤，被一路风尘吹打成浅浅的紫铜色，显出一种壮健、刚强的神韵，一双明眸平静安详，波澜不惊，深沉而又澄澈，总而言之，既有长者的风范，又有学者的虚怀，洒脱、自然、亲和。于是乎，未开口便已有了知己故交的感觉。待听了玄奘的谦辞，又见其还要行大礼，便急忙上前一步阻止，说道："法师与我年庚相仿，譬如兄弟，何必客气太多，以后见面，切不可再大师长大师短的称呼了。"

玄奘知礼、重礼，同时也不拘尘俗，喜欢自在、放松，既闻般若三藏如此说，也就不再拘谨。坐下后，他又正视了对方一眼，终于看清主人年轻英俊的面孔，穿旧了的三衣，并未能掩盖住他机敏、通达、爽快的特殊气质。

当玄奘正要表示谢意时，般若三藏却先开了口：“大唐国距离天竺国几千上万里，法师如此策杖孤征，真是难能可贵啊！听毕利和羯罗两位长老说，呾蜜国的达摩僧伽长老对法师曾经大加赞赏，说你智慧过人，通达佛乘，后生可畏，自愧弗如呢。既如此，还用得着如此长途奔波吗？当然，一路下来，名山大川，异国风情，仙乡圣迹，见所未见，闻所未闻，这对人的一生来说，也不失为一次不平凡的经历……”

“三藏法师有所不知。”玄奘没等对方说完便打断道，“大唐国地括九州，经纬南北，疆域辽阔，物华天宝，气象万千，寒者终年冰封雪盖，热者整岁赤身露膊，大河奔腾，高山逶迤，南蛮北狄，西戎东夷，各竞风流，文物殷阜，人有我有，人无我有。玄奘一路走来，还没有见过何处可以与之比拟。所以者，玄奘此来既不为观光游览，亦不单为巡礼圣迹，最要紧的是究竟大法，求得真经，凭之化民，借以辅国，如此而已，岂敢忘此心志！”

般若三藏听后高兴地击掌道：“果然是个真佛子，心地澄碧，清净无染。钦佩，钦佩。”

“过誉了，过誉了。就当所说是三藏对玄奘的期许吧。”玄奘谦恭回罢，便话锋一转说，“玄奘听说三藏法师对九部大经、四种《阿含》，无不通晓究了，阿毗昙论藏如《婆沙》、《迦延》、《俱舍》、《发智》、《六足》诸论，更是研微造极。以是故，玄奘这才迂回绕道，前来申疑述滞，就教座下。”

般若三藏并不推辞，因问道：“法师在国时，都曾读诵过哪些经典?”

玄奘回道:“说来惭愧,所读诵者不过《涅槃》、《十地》、《般若》、《摄论》、《毗昙》、《迦延》、《成实》、《俱舍论颂》,以及五篇七聚之律等等,虽涉三藏,略览大小,却无系统可言,至于学说之体系源流,则尤其迷茫混沌。”

般若三藏道:“法师既诵小乘,又读大乘,比我又强多了。若单就小乘而论,则经有九部,尽在四《阿含》中;律分五部,包含五戒、八戒、十戒、具足戒,五篇七聚是其精要;论藏总称阿毗达摩,乃后世诸罗汉讲解诠释四《阿含》之著作。”

玄奘问:“诸尊者、罗汉之论,谁先谁后? 它们之间又是一种什么关系?”

般若三藏回道:“单就说一切有部而言,诸论之中,佛十大弟子中之舍利弗、目犍连、迦旃延造《异门》、《法蕴》、《施设》三足而先发其端,是为最古之论藏。佛灭后三四百年复有提婆设摩、世友二尊者相继造《识身》、《品类》、《界身》三足,与前三合称“六足”。至迦多衍尼子造《发智论》,所述义门最广、最详细,故又称为《发智身论》,与以上诸论合称“六足一身”。迦多衍尼子大兴毗昙论藏,其弟子及后贤竞为《发智》注释,有部演成大宗,上座部遂与之分道。迦腻色迦王时,五百罗汉再总结已有之学说,集成《大毗婆沙论》。而法胜之《阿毗昙心论》、法救之《阿毗昙杂心论》则是《婆沙论》之发展和补充。”

玄奘听到这里,再插问道:“后来为什么又出了《俱舍论》? 它与《婆沙论》又有何瓜葛?”

“这说来话就长了。”般若三藏略一沉吟,继续说道,“其中还有一个有趣的故事呢。”

“有趣的故事!”玄奘来了兴趣。

般若三藏继续道:“法师了解世亲菩萨吧?”

玄奘回道:“居国时曾读过有关他的传记《婆薮槃豆传》,知道一二。”

般若三藏继续道:“对,婆薮槃豆就是世亲,也叫作天亲,他原来是小乘学说的大家,后来才改宗大乘的。《大毗婆沙论》在迦湿弥罗国编成后被当成至宝,不让外传,世亲菩萨为了学到它,于是装疯卖傻潜入该国,又买通了相关学者,终于有机会接触到这部大论,最后学成归来……”

“偷学《婆沙论》者是婆薮盘豆还是婆娑须跋陀罗?”玄奘插问道。

般若三藏回道:“本地都说是婆薮盘豆。他回来后即聚众开讲,一面讲一面记录下来,最后共得六百颂,这就是《阿毗达摩俱舍论》。消息传到迦湿弥罗国,那里的人听了都认为讲得好,简明扼要,更易于学习,很是高兴。只有一位名叫塞建陀罗的学者看出了问题,他认为,世亲菩萨不是在阐扬《婆沙论》,而是在揭《婆沙论》的短处。大家不相信,于是花了一大笔钱去请世亲菩萨一一作注释,迦湿弥罗僧人看了注释以后,这才恍然大悟,觉得自己是空欢喜了一场,未免有些沮丧,从此以后就再也不把世亲当成自己人了。”

说到这里,般若三藏和玄奘不禁相对莞尔。之后,玄奘复问道:“据三藏看,这《俱舍论》又是怎样的一部著作?”

般若三藏清理了一下头绪,说道:“其实呢,世亲菩萨是以《杂心论》作为基础,对其理论和结构加以改造、重组,再吸收了当时兴起的经量部进步学说而写成了《俱舍论》,所以,它既是对此前论说的总结,同时也指出、批判了《大毗婆沙论》固执、保守的缺点。”

“照此看来,认为《俱会论》只是《婆沙论》提要的观点是不对的啦?”玄奘这样请问道。

般若三藏断然回道:“当然不对。《俱舍论》在讲述苦、集、灭、道四谛时,不仅在序位品次上比《婆沙论》有条理,有总有分,先后分明,而且论说也很集中,如‘界’、‘报’两品总说四谛的性质,然后以‘世’品说苦谛,以‘业’、‘随眠’两品说集谛,以‘贤圣’品说灭谛,以‘智’、‘定’二品说道谛。这些都已不属于‘提要’所能包括的内容了。”

玄奘听后合十作礼道:“经三藏如此指点,玄奘又明白了许多。日后还望三藏能就这两论各自的长短再详为讲解。”

般若三藏想了一想,说道:“法师既已远道枉顾,自然不应亏待。不过,两论卷帙浩繁,需要时日啊。”

玄奘见三藏松了口,高兴地从座上跃起道:“三藏不需为时日作难,玄奘住下来就是了。”

就这样,玄奘为了研读《俱舍论》和《婆沙论》,特别是小乘说一切有部东方迦湿弥罗派系的根本经典《大毗婆沙论》,暂停了南下的行程。

光阴荏苒,日月如梭。转眼间,缚刍河中下游沿岸的这块狭长的平原刮过阵阵凉中带冷的风儿,把绿草吹黄,将草原清爽的衣衫脱下而换上了一件暖色的薄袄,河水由急变缓,也更加澄澈,但却少了往日的那份热情……这一切都在无声地宣告:秋天到来了。

夜,已经深沉,夜风四处流窜,无影无踪,只留下了瑟瑟的脚步声,还有浸入肌肤的寒意。玄奘伏案而坐,左手掖紧法服,右手翻着书页,时而看,时而想,时而在书页天头地尾作些注释,时而在摊开的本子上记录些心得。在案头上的那只钵盂里,是玄觉入夜时为其准备的饮用水,已经凉透了,直至此时还没有被动过。蒲团旁边放着一件过膝的长衣(是高昌王预制的三十套法服的唯一遗存者,其余都在路上散给了脚力、马夫),是石槃陀为他准备的,一再叮嘱他,半夜里冷了就赶紧披到身上,但玄奘像没有听见似的,连看都没看过一眼。

房子里除了玄奘本人,还有几个弟子,普光、嘉尚、法钦,他们在按照布置,分头抄写《大毗婆沙论》。玄觉、石槃陀负责照料师父,没活儿时就在一旁合眼打坐,睡了没睡就不知道了,反正是既纹丝不动,也一点儿声响都没有。整个房子静得能听见银针掉地的声音。

终于,玄奘读完了最后一页,挺了挺胸,轻轻地舒了一口气,接着又拿起论本翻了一遍,好像是在复查,看看是否有所遗漏,又好像是在审视,自己是不是真的读完、读懂了这长篇巨制。掩卷时,脸上露出了一丝快慰。

就在玄奘放下论本的当儿,房门开了。他以为是风在作祟,赶忙起身打算过去将它掩上,才站起,却见一个人进来了,定睛看去,不禁惊讶道:"三藏还没有睡呀?"

般若三藏摆手示意不要大声,以免打搅其他人,同时附耳打趣说:"法师睡醒了?睡好了?"

玄奘只是微微一笑,没有开口作答。

般若三藏转眼看了看其他人,打坐的木然不动,抄经的也已搁笔伏案。再上前细看,一个个都睡去了。之后,回过头来对玄奘又丢了一句:"真有你的。名师出高徒啊!"

三藏说完,俯身将普光等人案上的三个抄本拿起来翻了一遍。在此同时,玄奘则给弟子们加盖了僧衣。既毕,三藏拽着玄奘的衣袖一起出了房子,再回身将房门拉上,然后才用责备的语气说道:"你们师徒真的要以身殉法吗?这样的不舍昼夜,废寝忘食?这些日子，我就没有见你屋里的灯在五更前熄灭过。”

玄奘没有作更多的辩解，只是简单地说了句：“日月如梭，时不我待啊！”

刚说完，却又像发现奇迹般说道：“三藏既然发现玄奘的灯五更前未熄，那你也并不比我睡得早呀！”

般若三藏见辫子被对方抓住了，便说道：“你倒有理了！”

玄奘没有回答，只是得意地笑了起来。三藏看玄奘笑得开心，自己也跟着笑了起来。

笑罢，三藏正经问道：“怎么样？读完了，弄通了？”

玄奘回道：“谢谢三藏这些日子来的指教，玄奘应该没有辜负你的辛苦和厚寄。”

三藏复问：“都有些什么心得、体会？”

玄奘没有立即开口，而是首先用手指了指头上的夜空。

般若三藏抬头望夜空，夜空像一顶无比巨大、无边无际的穹庐，繁星点点，犹如无数天灯。三藏似有所悟，转脸问玄奘：“你是说，像夜空般……”

“深邃，灿烂！”玄奘从心底里掏出了这四个掷地有声的字。

三藏很有同感，也沉吟着说道：“是啊，迦旃延的《发智论》是有部的开宗之作，《婆沙论》则是有关《发智论》注释的集大成，不仅如此，它还揉取了《六足》诸论，乃至小乘十八部派的精义，称得上是资料浩瀚，内容丰富，组织庞大，条贯详明，界说精严，不仅是心学的渊薮，而且还是启发智慧，寻求最后解脱的关匙呢。真是深广无边、灿若繁星啊。以是故，有部得以传数代而不衰。”

“能否说，此论的集成，可称之为‘第四结集’，能与迦叶、阿难之功媲美？”玄奘问道。

“不只是因为集成了《婆沙论》。”般若三藏回道，“世友等五百贤圣在此次结集中，首先造了十万颂《邬波第铄论》，用以释经藏；继而又造十万颂《毗奈耶毗婆沙论》，用以释律藏；最后才造了这十万颂《阿毗达摩毗婆沙论》，用以释论藏。三藏总共三十万颂六百六十万言，当然可与此前之结集同功、同光了。”

“今日已经有幸得了《婆沙论》，不知三藏处有否《邬波第铄论》和《毗奈耶毗婆沙论》?”玄奘又急切地问。

“还想读?”般若三藏颇显惊讶。

“是的，如果三藏处有的话。”玄奘满怀期望说。

般若三藏用审视的目光看着玄奘，说：“我倒糊涂了，小乘人以大乘‘非佛说’而倨傲，大乘人以小乘‘偏狭’而不屑，法师本宗大乘，此次远来亦为求取《瑜伽师地论》，为什么对小乘经论也要孜孜以求?”

玄奘回道：“三藏说的是实情，但玄奘想，所谓小乘、大乘，本是释尊一音所说，故应同奉共遵。比之以树，枝杈再多，也是同出一根，血脉相通，岂有异乎？所以分流划派者，皆因徒侣愚痴，错将释尊就相随机之方便设教，理解为陌路异门，分别你我，扬此抑彼，各立门户，妄分彼此，争长避短。宗啊，派啊，不过如此。”

“在理，在理，高论，高论。”三藏听到这里，不禁击掌赞叹道。

玄奘没有在意三藏的称颂，继续道：“诚然，玄奘心笃大乘，但亦深知小乘弘扬在先，大乘宣行在后，四部《阿含》乃佛祖之最初言教，四谛、十二因缘、五蕴皆空、业感轮回、四念处、八正道等等根本之法，已经包揽无余，实无比之法，万法之宗，向来被奉为小乘圣典。而《婆沙论》，三藏你又将其比之为心学之渊薮，通慧之关匙。所以，玄奘想，不通此论，则无以达大乘，而习唯识者则更难舍之。不唯如此，《婆沙论》非但不与大乘冲突，而且还蕴含着大乘教义，虽执‘有’而不废‘空’，甚至还据之修正自己的学说。以是故，窃以为不可呵而弃之。”

般若三藏更加惊讶了，他圆睁双眼，凝神注视玄奘好半天，这才将信将疑地问道：“这是你的真心话？一个大乘人如此这般地评价小乘学说？”

玄奘“嗯”了一声，语气很是肯定。

三藏得了明确无误的回答，疑云烟消，霞光满脸，激动不已地连声道：“难得，难得，旷古未闻，旷古未闻！”

心潮平息，般若三藏突然握住玄奘的手说：“我决定了！”

玄奘不解三藏何意，问道：“决定了什么？”

“拜你为师，跟你学大乘！”三藏一副兴高采烈的样子。

“跟我学大乘？！”这回轮到玄奘惊讶了。

“是的，跟你学习大乘法。”三藏唯恐玄奘不同意，又补充了一句，“你教我大乘法，我给你讲小乘法。”

“交换！”玄奘不禁笑了起来。

三藏也笑了。

然而，玄奘收起笑容，不无遗憾地说道：“难办啊，三藏。玄奘心欲从之而时不与呀。”

三藏问道：“你是说时间不允许？”

“此去天竺，路途尚远，玄奘还得不舍昼夜呢！”玄奘回答时，肩上好像压着万斤重担似的。

三藏一听，笑着说道：“不碍事的，不碍事的。”

玄奘不解。

三藏连忙解释道：“我离国已有许多日子，这里的法事活动又已告一段落，该是回去的时候了。”

“三藏是说，你和我们一起上路？”玄奘将信将疑地问道。

三藏回道：“正是。这样一来，你我不就有了许多共处的日子？

此外，你不是向我索要《邬波第铄论》和《毗奈耶毗婆娑论》吗？一起到迦湿弥罗国去，看看能否请得到。”

玄奘明白了，般若三藏的意思是借路上共处的日子随走随学，心里着实感动。不过，最使他高兴的还是最后那句话，他太想凭借般若三藏的帮助，从迦湿弥罗国得到《邬波第铄论》和《毗奈耶毗婆沙论》这两部藏典了。

第二十八回
试锋芒梵僧闻所未闻　开眼界唐僧见所未见

玄奘师徒与般若羯罗三藏一行离开蓝氏城后，端南溯缚刍河而上，只用了大半天的时间，便到达位于河东的揭职国。从此折向东南，进入大雪山，行一日，再折南沿谷道前进，过两道隘口，这才离开吐火罗地域而进入梵衍那国境。

这梵衍那国整个儿就处在雪山中，是名副其实的雪域山乡。虽时属秋末冬初，此地却已是飞雪满天，浓云蔽日，寒风呼啸，积雪凝冰随处设险，防不胜防，欲避还难，其艰危状况不亚于凌山，只是悬崖峭壁稍少一些罢了。因有了以前的锻炼和经验，轻装简从，又有般若羯罗三藏引路，一路上虽是苦不堪言，但前进还算顺利，只用了三四天的时间便走完了五六百里的路程，最终安抵此国国都罗烂城。

梵衍那国东西二千多里的国土全在大山之中，城镇村邑依山傍岭，人们就势筑室或穴居，而罗烂城就建在河谷两岸的高阜上。临河的崖壁上被挖出数以百计、千计蜂窝般的洞穴，有的是供僧人习定的禅窟，有的则是俗宅民居。整个都城跨崖越谷，绵延六七里，设墙垣、碉堡以护卫之。一条大河从谷中穿过，先向西奔腾而去，然后折北注入缚刍河。从郊外向城市望去，可以看见高耸的寺宇与佛塔。只是，对于这一切，玄奘师徒都未来得及近看、细看，因为梵衍那国国王不知在什么时间、从谁那里获悉了有位东方大国的高僧马上就要莅临王都，所以早就安排了人马出城等候迎迓，一见面就把他们引至宫旁伽蓝安置下来，紧接着又延入宫中宴飨供养，让他们根本就没有空隙欣赏这山城的人文景观。

所谓的王宫，其实不过是比民房略为高大坚固的房子，用规整的大石砖砌成。装饰虽然简单，但由于其纯信至诚之心甚于邻国，宗教方面的像设庄严则颇为突出、考究，如果国王不在现场，你还以为是进了庙堂佛寺呢。宫中最奢侈的用品是皮制品，国王身穿的是细毛羊皮袄，头上戴的是貂皮帽，御座上铺的是骆驼绒垫子，脚下踩的是毛线织成的毯子，等等。除此之外，完全见不到雕金镂银、嵌珠饰宝之物。总而言之，这样的王宫不禁使人联想到：这个山国既贫穷又落后，除了牲畜外，其他物产都很匮乏，生活艰难是自然的。大概也正是这个原因，其国民对精神生活的需求和渴望便更为迫切而突出，乃至于让人觉得他们似乎是要用宗教的慷慨给予来填补物质不足的空缺，以加倍的精神营养来滋补肉体的过分虚脱，在外部不平衡的世界里竭力寻求内心世界的相对平衡，并借以回答心灵深处一个个关于生活为何困顿的难题，使自己，不，是使全体国民在不灭的希望之火照耀、烘烤下，获得温暖，锻炼出一种非同凡响的坚韧性和忍耐性，使之不被艰难生活压倒，摧垮。这也许就是梵衍那国国王为什么如此关注、重视玄奘到来的原因。

和玄奘一起被迎入宫的还有般若羯罗三藏。宾主双方礼罢坐定，国王随即下令宴飨开始。首先上桌的是一大盘肥美的羊肉，接着是一大钵膏状的酸奶，最后是每人一杯红色饮品。

宾主举杯，玄奘抿嘴试着吮了一小口那红色的饮料，颇觉甘甜爽口，味美如蜜，一路的疲劳好像一下子解除了许多。

国王是个细心人，看见客人精神有所振作，便带着几分得意说道："这是蜜酒呢，还好吧？"

玄奘听说是酒，不免感到几分后悔。

国王发觉玄奘表情不对，不解地望着般若三藏。

般若三藏微笑着解释说："大唐法师是个严格持戒的佛子，听国王说到'酒'字，不免后悔自责呢。"

"嘿，小王还以为做错了什么呢。"国王如释重负地笑了，"这蜜酒其实已经不是酒。不错，它是用葡萄浆酿制的，但在饮用前已经煮开，酒味早就散尽了。"

听国王如此一说，玄奘这才放下心来。饮完蜜酒，又吃了一小碗酸奶子，便按照西域的一般习俗，把碗儿倒扣在案桌上，表示用膳完毕。

国王见状，赶忙指着那大盘羊肉说："还有这没用呢！秋冬时节，羊正肥嫩，很香，没一点腥味儿，吃了可以热血，温暖身体。"

玄奘回道："谢谢大王的盛情，贫僧就这等饭量，不能再吃了。"

国王不相信玄奘的话，还要劝说，般若三藏代为解释道："大王免劝了，玄奘法师信奉的是大乘教，杀生食肉均属严戒所禁，不吃也就罢了。"

国王分辩道："今儿所出者皆厨中所存，非专为法师所杀，法师亦未见未闻所杀，是戒律不禁之肉，如何食不得？据小王所知，大乘教并不禁食三净肉的。再说，本境地无三尺平，稼穑难生，五谷稀少，无六畜则难以系命啊。"

玄奘回道："所以，佛在狮子国楞伽山说法时，对迦叶菩萨说：

准食三净肉者乃随事渐设之制。只是,佛又说,众生一命之中复有十亿户虫,故杀众生一命即杀十亿命,罪孽深重呢。以是故,大唐国比丘、比丘尼只素食,不茹荤。”

国王也是一个虔诚的释种,听玄奘如此说,便不再劝,而是说道:“那再为法师做些素食!”

玄奘急忙说道:“大王不必麻烦了。”

般若三藏知道梵衍那国国度艰难,与国王又是老熟人了,便也说道:“大王不用再费心,法师的行囊中还有存粮呢!”

国王不再坚持,转而好奇地问道:“法师既习大乘,那都长于何种法门?”

玄奘见问,略一思考,便作答道:“贫僧不敢说有何所长,自入道以来,主要研习的是大乘法,但偏大而不废小,所以也曾用心于半教。闻摩揭陀国那烂陀寺有位硕德正在教授《瑜伽师地论》,据说此《论》详说三乘观行根本事相,所以特来求取。”

“这位大师真是了不得,竟然有这般的智慧,能够讲授此等宏论。愿闻其法讳大号。”国王兴趣不减地问。

玄奘回道:“尊号叫正法藏吧。”

国王闻所未闻,于是把眼光投向般若羯罗三藏。

般若羯罗三藏说道:“确有此师,法讳戒贤。”

“什么?法号叫戒贤?”国王有些诧异,忽然又记起一件事,继续说道,“是的,是的,记起来了,确有此师,宫内道场的圣使和圣军两位法师不久前曾前往从其受法呢。”

国王说完,随即遣人将此二僧召来介绍与玄奘。当圣使、圣军二僧得知玄奘要到那烂陀寺向戒贤上座求经受法时,就像知交重逢、故旧邂逅,高兴极了。他们不约而同地问道:“那法师一定是宗习法相唯识学的啦?”

“是的，曾用心于此学。”玄奘回道。

圣使进而问道：“不知法师都读诵过哪些相关的经典？”

玄奘略一思索后，回道：“玄奘所知，唯靠传译，读诵过的相关经典实在寥寥，不过是《佛说大般涅槃经》、无著所造《庄严经论》、《摄大乘论》及世亲《释》、世亲所造的《十地经论》诸部，还有《十七地论》的一鳞半爪，如此而已。虽得大乘学说之梗概，但因为有的经典含义难明，有的经典又传译不全，并未总汇、赅摄大乘奥义，特别是在佛性问题上，更有许多歧义不能自释，如佛性是先天就有还是熏习之后才有，又如诸法是由法性所生还是由阿赖耶生出，等等，都搞不清楚。二位法师曾在正法藏座下禀受过《瑜伽师地论》，敢请不吝指教。”

圣使、圣军二师，梵名为阿梨耶驮娑、阿梨耶斯那。二师本来是信仰小乘大众部学说的，后来转学大乘，在摩揭陀国游方之际，碰巧戒贤论师在那烂陀寺开讲《瑜伽师地论》，于是列席聆听了一遍，也觉得在理。只是接触大乘不久，实事求是地讲，还是个十足的初学者，对其中的根底、脉络、源流还不甚了了，而玄奘未能解决的难题，就凭他们眼下的这点儿功夫，如何能解得开？既见问，心里空虚，欲说而无言，只能是面面相觑，不知如何是好，场面一时显得有些尴尬。

好在这二师都是心地爽直的人，知道自己的长短和斤两，终于在瞬间的慌乱之后定下心来。圣使法师首先回答道：“望法师包涵了。我等初涉大乘法海，尚未全知水性，一者法师所问艰深，二者又不明大国争论的就里，怎敢为人师？倘若说错了，贻笑事小，误人事大呢。不过，大唐法师也不用担心、焦急，一切难题，到了那烂陀寺都会得到解决的。那烂陀寺不仅寺院大，富丽堂皇，出类拔萃的大德，除正法藏外，还有很多，不怕没有开门启柜的钥匙。”

圣使师的话很诚恳，说得也很肯定，很有把握，目的呢，一是想让玄奘不要因了自己的拒绝而失望，二是想借那烂陀寺的富丽和盛名让他多少得到一些宽慰。

圣军法师接过话头补充道："没错，戒贤老和尚博识强记，穷览大小内外一切经论，德高望重，真是名副其实的法匠呢。"

玄奘听了二师对心仪之人的评价，心里正高兴呢，却又听圣使说道："只是，那场大病，真让人提心吊胆啊！"

玄奘听圣使法师如此说，急忙问道："法师是说，正法藏大德病了？"

圣军见状，赶紧说道："法师不用担心，这是多年以前的事了，现在好好的，还在讲学不辍呢。"

玄奘听罢，一颗悬着的心这才落到了实处，他起座向二僧恭敬合十作礼道："谢谢两位法师的介绍，你等有幸在后学之前受法于正法藏，自然也就是后学的老师了，勿要推辞才好。"

圣使、圣军见客人如此恭维自己，心里美滋滋的，脸上也堆满了得意的笑容。

般若羯罗三藏见状，不露声色地说道："玄奘法师学兼大小，通于三藏，精研过的经籍也不下数十部呢。尽管如此，却仍然不远万里前来问疑质难，谦虚好学，这才是我等的师表呢。"

响鼓不用重锤敲。圣使、圣军二师也算是机敏人，知道般若三藏是在警告自己，所以不再说话。

国王不了解三藏话中深意，只当他在说客气话，于是说道："是的，这种精神很值得钦佩。众生嘛，既入道崇法，就应该有这份虔诚，就应该有信，有愿，有行。大家本来是天各一方，如今能够见面，这是缘分。既如此，就都不要客气了。玄奘法师是大国高僧、远来贵客，理应受到关照。梵衍那虽是小邦穷国，但纯信至诚，无论亲疏，相互交好，不分远近，来者皆客，尽地主之宜，是分内之事。玄奘法师一路走来，已经不稀罕冰山雪野风光，好在境内佛迹不少，其中的圣像还是举世闻名的呢。所以，法师不妨多住些日子，好好地观瞻巡礼。”

“谢谢大王的见爱。在呾蜜国时就已听说过贵国的盖世圣迹，学僧玄奘此来为的正是瞻礼朝拜呢。”玄奘起座向国王作礼致谢，继而转身看了看般若三藏，说，“真要谢谢这位大菩萨，他是一个很好的向导、顾问呢。”

般若三藏也是一个不爱听恭维话的人，他向玄奘摆摆手表示拒绝谢意之后，转而对国王道：“大王不必为大唐法师瞻礼事操心，般若一路陪伴就是了。”

“不劳不劳，你我多日不见，今儿正有法事需要你主持呢，由圣使、圣军二师陪伴即可。”国王看了看玄奘、圣使等三人，又笑着补一句，“他们不更是志同道合吗！”

圣使和圣军二师既领国王之命，便于第二天早斋后带领玄奘师徒出了门。他们朝东北方向走了不一会，便看见前面百丈开外处有山崖如嶂，壁立如削，其高数十丈，长约一二里，高崖的两头逐渐弯下去，整体看去就像月亮露出的半张脸。

站在山崖下，圣使介绍说：“国王所说的圣像就雕刻在这里。大像共有两尊，一东一西，相隔一里左右，两像之间有一座庙宇，住僧的法事活动，主要就是守护和供养这两尊大像。”

玄奘问道：“如此说来，是雕像在先，立寺在后啦？”

圣使回道：“正是。”

说话间，前面突然传来惊叫声：“天呀，好高大的佛像啊！”

玄奘寻声望去，原来是几个弟子正对着山崖间的雕像赞叹呢！

玄奘赶到像前，举目看之，竟然只见佛身不见佛首，也惊呆了，立即伏地就拜，连叩了三个响头。

弟子们见状，也扑通扑通地跪地礼拜不止。

大像是就崖凿龛雕造的一尊立佛。站在大像脚下，根本看不见佛的面庞，所以，玄奘不得不退后数十步，引颈望去，这才见着佛像发髻。据圣使、圣军介绍，雕像总高大约一百四五十尺，全身涂金，通肩绿绸袈裟下透射出缕缕金光，使色彩显得更加绚丽，尊像也因此更具神威、更加庄严，赫然给人一种与山并立、与天同高的感觉。

面对大像，无论何人，内心都会感受到一种巨大的震撼。玄奘是教中人，对释尊有着更深的了解。当此之时，他自然而然地记起一则有关释尊的故事：释迦的诞生是从摩耶夫人腋下落地的，既落地，即行七步，一手指天，一手指地，作狮子吼："天上天下，唯我独尊！"他想，如今虽然不能再见到佛之真身，但却有缘目睹如此宏伟圣像，果然有独尊的神采呢！

正在玄奘再次叩头礼拜的时候，弟子石槃陀喘着气跑过来说："师父，快，快，快看佛面去。"

玄奘起身说道："看你急的，这么高的大像，如何看得到他的面庞？"

石槃陀拽着玄奘的手道："师父跟我走就是了。"

玄奘环顾左右而后问道："你的那几个小师兄呢？"

"早就上去了，你快走吧。"石槃陀顾不得详细回答，只是拽着玄奘大步地往大像前走去。

到得跟前，圣军已经在那里等候。手里拿着一支火把迎上前，指着大像右边一个洞口说："我们从这里上去。"

玄奘没有立即跟着走，而是站着不动，问道："圣使法师呢？"

圣军回道："他带着小师弟们从左边门洞上去了。"

玄奘没有再说什么，就跟着圣军进了眼前的门洞。

进了洞，圣军随即点燃火把。火光中，玄奘看见眼前就是凿石而成的阶梯。阶梯既陡又窄，仅容一人上下。

在圣军的引导下，玄奘紧跟，石槃陀殿后。他们拾级而上，爬了好一会儿，直到汗都出来了，这才到达一平坦处，面积大不过方丈。

脚步才停，圣军立即将火把熄灭，一束微光从一眼小窗射了进来。玄奘就近窗口往外一望，差点儿没有惊叫起来。原来呀，目光到处正是雕像那巨大殊胜的面庞。佛像双眉高挑，神采飞扬；两眼深藏，锐利而不失慈祥，宁静却又不失动感，好像在沉思默想；高而直的鼻梁，稍凸的颧骨，透露出刚强和健美；嘴角挂着的那缕笑意，有洞察秋毫、胜算在握的自信，兼带降魔伏怪、救度众生的法喜。由于龛檐挡住了外面的强光，金色面庞的各个部分更加呈现出一种协调、和谐的柔美。他发现，与在国内看到的许多雕像不同，面前的这尊大像的发型，是将卷曲的长发在头顶上盘成一个螺髻，强烈地反映出佛国的固有传统、胡乡的流行风俗，让人觉得奇特而新鲜。

长期修炼的实践，使玄奘养成了一种习惯：由观而想，由想而通慧。他在瞻仰大佛面相的时候，脑子里便开始浮想联翩：释迦王子出游，历观生老病死之苦，悲悯之情由是而生；夜色深沉，王子半夜越墙而出，进山修行；衣衫褴褛、污垢不堪的王子纵身跳进泥连河洗浴；疲敝已极的王子向供养鲜奶的牧女合掌致谢；王子正襟端坐在菩提树下冥思苦想，顿时觉悟，金光迸发；释尊在鹿野苑为五弟子初转法轮；一艘大慈弘誓之船满载火宅、苦海中的众生正在横渡波涛汹涌的大河，驶向彼岸的光明灿烂世界……

不知不觉中，玄奘脸上流下了两行热泪。圣军见状，急忙问道："法师你身体不适？"

玄奘见问，本能地用手往脸上一抹，发现竟是泪水，这才知道是怎么回事，答道："不不，我很好，我很好。"停顿了一会儿，像自语，又像解释道，"释尊真是高大无比呀！"

"是的，正是这样，是一尊举世无匹的大像！"圣军自豪地肯定说。

"我是说，用牺牲自我的精神，身体力行，为众生指示了一条出离苦海的解脱之道，功比天高，德比地厚啊。"玄奘这样解释道。

圣军发现自己没有理解对方的话，连忙回道："法师说的是，释尊不仅为四众树立了一个学习榜样，还发誓要普度众生出离苦海火宅。所以，寺中住僧除每日按课程修行外，但逢斋日，还要到这里扫地拂尘，在大像前转经供养、明志发愿呢。"

"善哉，善哉，佛法有继，慧命可续矣！"

下到地面，玄奘复又引颈观像，再三赞叹道："稀有！神奇！"

"如此大像，的确是独一无二。"圣军说，"不过，这还不是最早的。"

玄奘疑问："这还不是最早的？"

圣军点头回道："是的，传说是在突厥人到来之前才开凿的，从开光到现在还不足两百年呢。"

玄奘接着问："还有比这更早的？"

圣军回道："是的，东边的大佛就比这早。"

"莫非是无忧王代所建？"玄奘猜测道。

圣军摇头说："没有这么早。无忧王虽然派遣过末阐提宣教师到这里传教，但法门真正兴盛起来还是在迦腻色迦王在位时期，那大像大约也就在那个时候成就。"

玄奘:“也和这一样高大吗?”

圣军:“比这略矮些,但也很雄伟壮观。”

“那我们赶快去看啊!”

不知什么时候,普光等几个已经跟在玄奘身后,听圣军法师如此介绍后,法钦便这样迫不及待地喊了一句。

玄奘回头瞪了法钦一眼,问道:“你说什么?去看去?”

法钦意识到自己说错了话,赶快纠正道:“弟子是说快去瞻礼。”

“你这弥子,不可再那般的信口!”玄奘见法钦已经知错追悔,只说了这么一句。

离开大像往东,经过寺院,再走百十来步,便到达另一大像处。

果然,这大像也非常壮观,身高大约相当于西大佛的三分之二,但亦超过百尺。最奇特的是,这尊大佛并无人工着色的痕迹,通身暗红,坚挺,铮亮。玄奘不禁纳闷:同样依崖而凿,东、西大像的质地为什么却如此不同?

圣军好像知道玄奘心事似的,上前对他说:“这是用鍮石铸成的。”

“鍮石铸成的?石头也可以熔铸?”玄奘不解。

圣军解释说:“鍮石不是石头,而是五金之一,当然可以熔铸。”

玄奘一面想着,一面自语:“五金之一?莫非是赤铜?金银铜铁锡,对,只有赤铜才是这般颜色。”

玄奘当年在国内游学时,到过不少地方,见过各式各样的雕像,如代北武周川前的云冈大佛、长安曲江日严寺旁大像,高亦五六丈,乃至百尺,然都是木石之作;五金所铸者亦多,但高大者少,如眼前这般高大的尊像就更没见过了。

“此像如此高大，又浑然一体，究竟是怎样铸成？又如何竖立起来的呢？”玄奘将心中的疑问提了出来。

圣军没有立即回答，而是拉着他的手走到大像跟前，指着一处地方说：“法师仔细地看看这里。”

玄奘睁大眼睛专注地在圣军手指的地方辨认了好一阵，竟不知要他看什么。

圣军再次指着原来的地方，说：“这里是不是有一条接缝？”

玄奘再次凑近看之，果然有一条模糊难辨的接缝，并由此得到启发，说道：“大像是先分几段铸造，再组合起来，是不是这样？”

圣军道：“正是，正是。法师智慧过人，一眼就看出了其中的奥秘！”

玄奘回道：“惭愧惭愧，贵国的工匠才是真正的智慧人呢！几百年前，他们就有了如此独具匠心的设计，如此高超的技艺。巧夺天工，了不起，了不起！”

说到这里，玄奘又端详了一遍大像，接着说道：“能够成就如此大像，非只是靠了天工而已，还要有释子的那份真心和虔诚。”

一直跟在玄奘身边的石槃陀听了师父的话，颇觉迷茫，于是问道：“这造像不过是力气的活儿，与虔诚有何相干？”

玄奘看了石槃陀一眼，既怜又爱地说道：“槃陀呀，你这是只看外表未看到气质。你想过没有，造像固然需要力气、巧工，但力气、巧工只能造出其形状，而无法造出其神韵。你看，这大像不仅是外形浑然一体，而且形神兼备，巍然屹立之身，不动如山之定，无魔不破之智，哪一处不体现出金刚坚利之性？设若没有虔诚回向之心，如何能够体味释尊求索、弘济的精进、勇锐精神？没有这样的深刻体验，又怎能如此鲜明生动地表现出其表里一致、心智贯通的神采？经云：诸佛如来，精勤修习，获金刚身，既得金刚身，则烦恼不能动，魔障不能侵，骂谤不能毁，毒虫不能损。此大像之作，正是要告诉我等众生，金刚之性，既是修行之果，又是证悟之器。你等要切记，了解这点是非常要紧的，否则，礼佛拜佛就徒有形式了。”

话音刚落，圣使和圣军即感叹道：“守护大像几十年，直到今天听了法师的这番话，才真正了解当年僧俗造像的良苦用心，赋予了大像这么深刻、丰富的内涵。”

众人正高兴时，忽然听得有人在背后说道：“是玄奘法师在现场说法呀，怎么不事先露布呢？”

众人回头一看，原来是般若羯罗三藏。玄奘迎上去道：“三藏休要取笑，玄奘不过在谈谈观礼的心得罢了。”

般若三藏更高兴了：“心得？当然是有所得了，能否不吝再说来听听？”

“三藏别再取笑了。”玄奘一面说，一面将三藏拉到一边，“说吧，到这里来到底有什么事？”

三藏笑道：“法师又不是尼乾子，怎么就知道我有事？”

玄奘胸有成竹道：“没事会急急忙忙到这里来？”

“好吧，就看你这自信份儿，我就实招了。”三藏收起笑脸，认真道，“确实有一事要与法师商量。”

原来，梵衍那国国王将般若三藏留下来，是要他帮着筹划无遮大会的事情。所谓无遮大会，按天竺国俗，就是国王、大臣以及贤圣、百姓等，不分上下、贵贱，共同举行财、法二施的大会。法施指的是在会间诵经说法，财施指的是以财物布施僧众。会期长短不等，长则二三月，短则一二日、三五日。届时国王先倾国库所有，乃至自身、妻子、奴婢等捐施于佛寺，然后再由大臣以下人等出钱物从寺院里赎回。这实际上是国王优崇佛教的一种形式。梵衍那国沿袭天竺国俗，也定期举行这样的大会。开春之后就是新一届的会期,眼下正在紧锣密鼓的准备之中。国王听说玄奘来自东方大国,又是一位兼研大小乘的高僧,如今莅临本国,是一种殊胜因缘,所以有意挽留,共襄盛会,一来为法会增添色彩,二来借此交好于大唐。般若三藏此来就是受命来做说服工作的。他把事情缘由交代清楚后说道:“国王的这般盛情,法师是不会拒绝的吧?以后有的是时间,今天的观礼可不可以就到这里?”

玄奘沉吟片刻,又抬头看了看天色,便拽着般若三藏的衣袖一面走一面说:“三藏既来之就且安之,屈驾陪我走一趟吧。”

“干什么去?”三藏一面被动地跟着走,一面问。

玄奘头也不回地说道:“瞻礼卧佛去。”

三藏道:“那你参不参加无遮大会啊?”

玄奘回道:“瞻礼卧佛后我告诉你。”

三藏一脸无奈,苦笑了笑。

圣使、圣军带着玄奘、般若三藏他们从东大佛处折东南行里许,就到了罗烂城正东二三里处的那座著名庙宇。这座庙宇之所以出名,是因为庙里供奉着一躯巨大的卧佛,同时又是梵衍那国按例举办无遮大会的地方。

庙宇背崖面川,由于其地位的重要,得到的布施多,所以,所占地面比较宽敞,建筑也比别的寺院好得多。不过,最叫人注目、驻足的还是寺中的那躯卧佛。圣使、圣军二僧本来就是当寺的主管,所以没有通过任何人就进了寺院。

可是,当圣使站住脚跟,告诉玄奘已经到达卧佛跟前时,玄奘却表现得十分惊讶。因为眼前只有一堵凹凸不平的岩壁,上面涂抹着浓重的色彩,但看不出是什么形象。岩壁高处是一溜长长的屋檐,檐口由无数根圆柱支撑着,形成一条向两边延伸的长廊,也是空荡荡的，什么也没有，地面干净得一尘不染，闪闪发光。

看到玄奘愕然的样子，般若三藏只是站在一旁微笑。圣使、圣军看了般若三藏的表情，也不敢随便开口。最后，还是在般若三藏的示意下，圣使才指着凹凸不平的岩壁介绍道："释尊涅槃卧像就雕刻在这岩壁上，全身总长千尺有余，法师与我等所站的地方正好是佛的腰部。由于条件限制，没有人能够一眼通观其全身，只看局部是颇难看出究竟的。因此，无论谁，刚到这里，都难免茫然和惊讶。"

紧接着，圣使开始对卧佛作了个整体的描述：卧佛整身为高浮雕，枕西面南侧卧在宝床上。右手曲肱展掌垫于头下，左臂伸直，掌置臀侧。像成后施以色彩，头部及其余显露肌肤均作黄金色，身上覆盖红中泛紫的金缕水田袈裟，整体色调和谐、热烈，流光溢彩，展示出涅槃常、乐、我、净之庄严。最后，他说："佛涅槃时有种种瑞相，还有五十二类众生围绕恸哭之相，亦皆图画在卧佛身后，法师可慢慢瞻礼。"

圣使说完，随即带领众人自西往东逐一看去。般若三藏与玄奘一前一后相随而行。

开头画的是：娑罗树下，百花齐放，花草林木一色，皑然如雪，又仿佛群鹤翱翔。圣使说："这是释尊灭后，天地为之举哀图。"

次后一组画面是：一僧振锡引领，众天人簇拥着一位夫人翩翩从天而降于娑罗双树间。圣使说："这是释尊涅槃后，其母摩耶夫人从忉利天宫下来凭吊。"

玄奘把目光移向手拄锡杖的和尚说："这位高僧就是报信的阿那律尊者了。"

般若三藏说："是的，《摩诃摩耶经》讲过这件事。"

又次后一组画面是：娑罗树上高悬着一支锡杖及一只锦囊，地上躺着一位昏厥比丘，另一比丘弯身伸手而抚摸之。

普光眼尖，手指弯身伸手的比丘说："这比丘前面画中似已有过。"

"就是那个给摩耶夫人报丧的阿那律尊者嘛。"嘉尚证实说。

"两位小师说得对。"圣使称赞道，"阿那律尊者屈身伸手抚摸的比丘就是阿难，他听说释尊入灭后，悲恸已极，至于昏厥……"

"就是佛的那个弟弟吧？"法钦插问道。

圣使点头道："正是释尊的堂弟，也是佛的十大弟子中的一个。释尊将一切正法都授予了他，入灭前又亲手将锡杖和钵盂付与他，那树上悬挂的就是。"

最后一组画面是：两位老婆婆正在伏尸抚足而哭。圣使讲解道："这两位老妇是在向释尊诉说，自己家徒四壁，一贫如洗，未能如其他人一样在释尊生时殷勤供养。如今正为此内疚，至于哭泣呢。"

玄觉不无忧心地问道："老婆婆未曾供养，能得度吗？"

"老婆婆虽然力不足以财施，但回向之心已昭然可见，这才是最好的供养呢。"玄奘纠正弟子的看法说。

"可是，在佛祖涅槃之后才供养，是不是太迟了？"石槃陀也表示了自己的担心。

玄奘和般若三藏听后都笑了。笑毕，玄奘拍着槃陀的肩膀安慰说："不迟，不迟。出家不分先后，发心也不分先后，信而发愿，既发愿则践行之，践行不怠则必得佛果。证性靠自己，不假外求，与佛生佛灭并无关系。所以，发心、修行也就没有迟早之分。"

石槃陀听着，不住地点头。普光、法钦他们看在眼里，又起了戏谑之心，上前拍了拍他的脑瓜子，说道："不用担心，你虽然发愿回向有过反复，但最后还是跟了师父，也不算晚，一定会成就一大事因缘的。”

玄奘闻声，回头瞪了普光他们一眼。

落日的余晖洒落在雪山上，皑皑白雪染上了一层金色。虽然寒气袭人，但大家的心里却是暖融融的。这从他们脸上堆满的笑容可以看得出来。

般若三藏紧赶两步，追上玄奘，用胳膊肘碰了碰玄奘，说道：“观礼已毕，该给我答案了吧？”

玄奘笑吟吟地反问道：“你知道我为什么要赶着观礼卧佛？”

“为什么？”三藏反问。

玄奘侧脸瞄了三藏一眼，说道：“玄奘在路已经一年多，至今大愿未了。岁月有限，岂可蹉跎？得赶紧上路啊！”

三藏为难道：“可国王是一片诚心啊！”

“玄奘人非木石，岂会不知国王之意？”玄奘回道，“只是去意已定，不得不拜托三藏费心周旋善后了。”

第二十九回
压天雪幸遇老猎户　汉儿寺重叙一家亲

玄奘下一站的目的地是迦毕试国。

之所以要这样走，一方面是这个地方是从西域拐向天竺佛国较近便之路；另一方面，般若羯罗三藏告诉他，迦毕试国都大城内有一座小乘寺，历代相传，此寺由汉天子之质子所创建，如今寺内尚有质子的遗迹。后面这一点，对玄奘的吸引力是非同寻常的。如果说，前一个原因是客观的必然，那么，后一个原因则主要是心理因素，感情所系。

俗话说，在家千日好，出门一时难。也许是一路上经历了太多的劳累和艰辛、太多的担心和动荡，乡关越远，乡愁就越重。所以，但凡在熙来攘往的人群中听到一句乡音，看到一个和自己相似的面容，都会在心底深处勾起一种强烈的共鸣，满腔热血就会顿时沸腾起来。像赤县神州这样一方历史悠久、地域辽阔、美丽富庶的土地，一路下来，还真没有见过可与之匹比的呢，如何能不令人依恋和牵挂！特别是，对一个身在异国他乡的游子来说，乡情，亲情，那真是比大山还可靠的精神支柱和永不枯竭的力量源泉啊!

梵衍那与迦毕试之间,横着一道山梁。这道山梁位于大雪山的南面,自西南而东北,逐渐拔起,在迦毕试境内与大雪山交汇。由于大雪山挡住了北来的寒气,山势又相对较矮,加上山体由断层岩构成,容易吸收太阳的热量,所以,在一般的年份里,山无积雪,山体黝黑,故俗称其为黑岭。

从梵衍那至迦毕试,全程不到一千里。出了罗烂城,沿河谷往东走,再翻过黑岭,即可到达迦毕试的国都。因为是山路,所需时间稍长一些,但最多亦不过十余日。但是,这次旅行却不幸地应了“天有不测的风云”那句说烂了嘴的老话,不仅耽误了行程,还差点儿搭上了性命。

玄奘一行离开罗烂城之后,大约用了四五天时间便走完了河谷路段。为了养精蓄锐,第二天好爬山,早早就在谷底山脚下扎了营,准备好好地休息一个晚上。不料,半夜里就呼呼地刮起了卷地风,接着又下起了雪,风雪交加,气温骤降,人都被冻醒了。因为没有准备,连烧火取暖的柴草都没有,只好将所有能穿能盖的都裹在身上,这才熬过了残夜。

天亮了,玄奘从帐篷里出来,看见风停了,雪也歇了,几个弟子正在雪地里嬉戏,追逐着要把雪往别人的衣领里塞,由此知道大家夜来无恙,心情因此好了许多。

般若三藏也从帐篷里出来了,抬头看了看天空,天空一片银灰色,沉甸甸的,好像要掉下来一般。他向玄奘靠拢过去,说道:“赶快收拾行李,走吧。”

玄奘提醒道:“还没有吃早斋呢!”

三藏不无忧心地回道:“还是赶早上路好。”

玄奘仍然不解："天都晴了，不用急啊。"

三藏又抬头看了看天空，忧心忡忡地说道："看样子还得下，而且不会小。趁现在放晴，雪还不深，路还辨得出来，赶快离开这沟底，要不然……"

"不然会怎么样？"玄奘受到三藏的语调和脸色的影响，开始焦急了。

三藏沉重地回道："会被雪掩埋的。"

玄奘不再问什么，立即召集弟子收拾好行囊便出发了。也顾不得许多规矩，每人发了个干馕，一面走着，一面填肚子。

当他们爬到一座小岭上时，冷风顿时扑面而来，大家以为是地势增高了的缘故，所以都没有在意，又继续向上赶了两个时辰。

后来，风向变了，风势也大了，使劲地推着人往前走。大家借着风力省了劲，仍然没有在意。法钦那几个师兄弟甚至还为此而欢呼起来，说这风刮得好。

然而，接下来的情况却让他们再也高兴不起来：风越刮越大，疯了似的，时急时缓，忽高忽低，如嘶如嚎，狂野，暴戾，刺耳；飞雪则一团一团地投掷抛摔，好像要将天空撕个粉碎似的。暴雪和与狂风共舞、肆虐，时而荡起，时而跌落，上下翻飞，左右扇击，无论是对山崖还是行旅，都毫不留情，都不肯放过。累了，乏了，休息片刻，然后继续恣意妄为、作祟如初。

般若三藏与玄奘师徒在风雪中艰难跋涉着，有时被推着走，有时又被堵住寸步难行……

大约一个多时辰之后，雪小了，风势也小了些，整个的天空如烟，如雾，如絮。

又过了一个时辰左右，风也不再刮了，本来是纷乱喧闹的天地，突然间万籁俱寂，就像人折腾乏了，困了，蒙着一床洁白、松软而宽大的被子睡去了。

风雪告停,固然有利于行走,不用憋着气走两步退一步。不过,新的问题却来了:大雪业已覆盖住一切,天地一色,白茫茫一片,不要说难以辨清道路和方向,就连哪高哪低都不易区别,即使到了跟前,也往往不能作出判断。

在这一支行旅中,只有般若三藏走过这条路,因此,现在所有的希望就都寄托在他身上了。而般若三藏也深知自己责任重大,所以,从风雪翻飞的那一刻开始,他就自觉、主动地走到了队伍的前面,一直继续到现在。

玄奘呢,自然也知道自己才是这支行旅的主角,不能把重担都推给一个临时随行伴侣,所以也很自觉地紧跟在般若三藏身后,竭力做到并肩而行。他这样做,一方面是要借此表示出艰难与共的姿态,另一方面则是出于内疚。他对三藏说:"为了送我们一程,连累三藏受这般辛苦,玄奘心里着实不安啊!"

般若三藏看了玄奘一眼,像在审视他这个人,又像在掂量他的话,然后才说道:"法师说哪里话啊,今日是你到天竺、我要回国,这是谁送谁,谁连累谁呀?再说了,就算是我送你们师徒一程,也是在按大乘法修行呀!"

玄奘一时不解:"三藏此话怎讲?"

般若三藏回道:"自度度他呀!"

玄奘更糊涂了。

般若三藏笑道:"羯罗我要过这沙岭、黑山,是不是'自度'?你们师徒也要过这沙岭、黑山,但不识路,我领你们过去,是不是'度他'?"

听了这一解释,大家都乐了。普光说道:"三藏大师真幽默,说话多风趣!"

"'自度度他',一语双关呢!"嘉尚补充道。

般若三藏笑道:"对吧?自度度他,得了大乘法,作了大功德。所以呀,连累的话就不要说了。在我看来,不是你们连累了我,而是你们师徒给了我修行、作功德的好机会呢!"

玄奘受了三藏的感染,也笑回道:"不管怎么说,三藏在这山中不知走了多少趟,这里的路有一半是你用双脚踩出来的。今儿要走完眼前这无路之路、茫茫雪原,就全靠你这识途老马了。"

三藏更乐了:"看看,看看,又把我当成天足通了。好吧,既如此,我就随了你们的意,发个宏愿誓:'不度尽众生,绝不作佛!'"

玄奘听后高兴道:"看看,看看,小乘大师已经修得大乘正果了!"

又是一阵大笑,笑声在雪野上飞扬,在山谷中回荡,将旅人的欢乐传向四方……

般若三藏虽然不肯承认自己是识途的老马,但却自信熟悉这山中的旮旯弯坳,所以一直不停地往前走,还估计天黑之前即可走出这崇山峻岭,很有把握地认为能在南坡半山腰的一个人家喝上一碗热乎乎的酥油茶。

可是,眼看着暮云越来越重,不需一个时辰黑夜就要降临,眼前的山路呢,却还是没完没了地往前延伸,该过的山头没有过,想要见到的山腰人家也没有出现。

当队伍站在一面山崖下时,般若三藏这才意识到:迷路了。因为,在他的记忆中,以前走过的路上,从未见过如此陡峭的山崖;前面的路,到底是往回折,还是向前伸,已经弄不清楚了;又由于没有了太阳、月亮、星星作参照,现在连东西南北的方向也无法辨别出来。这可怎么办啊?困在这山旮旯里,耽误了行程且不说,冻饿也可以忍一忍，唯一使人担心、不安的是：这山中有没有恶狼和猛虎之类的野兽？白天固然没有发现什么踪迹，可晚上会不会突然出来偷袭？这天寒地冻的，饿狼饥虎万一嗅到了人、马的气味……

三藏正担心呢，却听见槃陀、玄觉几个发问道：

“天都快黑了，怎么还出不了山啊？”

“要是出不去，晚上住哪里啊？”

“雪地里搭个帐篷倒也无妨，只是深山野岭的，来了大虫可怎么办？”

……

弟子们的话，也在玄奘心里引起了共鸣。不过，他没有附和，而是说道：“好啦，好啦，你们不要自己吓唬自己了。你们都不小了，不久之后就都成大僧了，也该担当大事了。遇事要想办法，不能光提问题。”

“哎，以后是以后的事，现在他们还是沙弥嘛。再说，他们所提问题也正是当下所需要考虑的啊。”般若三藏说着，又审视了一眼四周，然后颇为内疚地对玄奘说道，“看来是我领错了路，只能在此过一夜再作打算了。”

玄奘回道：”三藏不必自责，其实啊，走路就没有错不错之说。天下之路本来就是相通的，有时候难免多拐了几个弯，但最终还是会到达目的地的。跟百川归海是一个道理！再说了，不走这段路，哪有机会领略这番风景！”

般若三藏知道玄奘是在宽慰自己，所以也自我解嘲道：“法师说得对，修行修行，修即是行，行即是修，不断修正不断行进嘛。”

两位法师的谈话又把石槃陀几个师兄弟逗乐了，他们心中的焦急和不安也慢慢地淡下去。

夜幕眼看就要落下，大家正在动手清除一处旮旯的积雪，以便搭建帐篷。

就在大家埋头干活的时候，头顶上忽然飘过一股浓烟，也许是水汽太重，也许是空气的回旋作用，这股浓烟没有往高处升，而是往下沉。

普光鼻尖，首先闻到了一股柴草烟火味，于是不自觉地抬起头来搜索，接着就又惊又喜地喊道："看，快看，山崖上有洞，有人在生火！"

山崖上有洞?！有人生火?！这确是一个令人惊喜的消息，尤其是在这样一个地点，这样一个时刻。

顿时，其余的人都顺着普光手指的方向望去，果然看见在两丈多高的山崖上，有一眼三尺见方的洞口，阵阵浓烟正从那儿争先恐后地窜出来。

玄奘和般若三藏还未来得及就这个发现交换意见，嘉尚等几个师兄弟已经向山崖上喊开了话：

"喂，上面有人吗?"

"能给我们指指路吗?"

"不用怕，我们都是好人！"

喊话果然有用，洞口处终于有了动静，像是有一根棍子在晃动。

又是普光眼尖，他猛地大声警告道："快，快往后退，那是一支箭，小心射下来！"

包括普光在内的几个师兄弟，都转身跑开了，只有玄奘和般若三藏仍然站在原地。

"不要担心，我们都是佛弟子，是诵经念佛的和尚。"般若三藏向上大声喊道。

玄奘取下念珠，举过头顶不停地摇动着，也喊道："看清啦，这是佛珠，我们都是出家人。”

石槃陀他们受到师父和般若三藏的启发，也接二连三地摘下毡帽，将光秃发亮的头顶暴露在飒飒的寒风中，走近山崖向上齐声喊道：“可看清了，我们都是剃除须发的佛弟子，都是出家人！不要担心！”

喊话又起了作用，洞口的弓箭收回去了，大家悬着的心总算放下了一半。

正当众人继续引颈等待着洞口内的反应时，却出人意料地从背后传来了问话：“你们是哪里的出家人？怎么走到了这里？”

众人闻声，不禁吓了一跳，猛地回头一看，原来是一个年过花甲的老猎人，一身粗制的皮衣、皮帽、皮靴，肩上挂着弯弓，手握长矛，伫地而立，从眼神中可以看出他的高度警惕性。

玄奘和般若三藏既惊又喜地迎上前去向猎人作礼。礼毕，般若三藏首先开口道：“苾刍般若羯罗本是天竺磔迦国人，今日从梵衍那过来，经迦毕试回国，大雪盖路，走岔了，才到了这里。”

猎人听罢，转而将目光投向玄奘。玄奘再次合十作礼，自我介绍道：“贫僧来自东土大唐国，要到天竺摩羯陀国拜佛求经，今日擅闯宝地，多有惊扰，请施主多多见谅。”

猎人听完玄奘的话，顿时喜上眉梢，他笑着问般若三藏：“这些客僧在梵衍那住了很长时间了？”

问话内容有点出乎意外，三藏脑子一时转不过弯来，有点不知所然的样子。

猎人指指自己的嘴巴，借以补充说明自己问话的意思。

般若三藏猛地明白过来，也笑了：“你的意思是，这位法师会说陀罗语，莫非是在梵衍那学了很长时间？很奇怪，是吗？嘿，不奇怪，一点都不奇怪，他不仅能说陀罗语，还能说婆罗门语呢！这位大法师啊，智慧过人，从东夏到这里，有千里万里路呢，走一路，学一路，一学就通，不仅通言语，更通圣法，真佛子啊。”

猎人听后，肃然起敬，又是合十，又是弯腰，作礼不停。

玄奘在还礼的时候向猎人恳求道：“今日天色已晚，贫僧与弟子们想在此露宿一夜，望能应允。”

“不可。”猎人断然回道，没有半点儿犹豫。

玄奘没有想到会遭到拒绝，不免愕然。般若三藏见状，上前再求道：“如今日已落，进退不能，苾刍般若不敢打扰，就在这露地里权宿一晚，明日一早即离开……

“不可！”猎人初衷不改，一脸严肃，“法师们不知道，大雪天，这里正是野兽的避风处，我不避严寒到此，为的就是乘此机会狩猎呢。”

众人听此，愕然之外又添加了几分担心。

“过来！”猎人好像没有看见他们的表情变化，一面向他们招手，一面走向崖脚。

众人揣着一肚子疑虑跟着走向崖脚，既近，发现崖脚处也有一个洞口，比较一般的门户略小一些，洞室比洞口稍宽一些，人、马进出都没问题。

猎人自己先进了洞，然后转过身来招呼大家也进来，马匹当然也在内。既进来，往里再走四五步，然后左转，便可进入一眼较大的洞室。之后，猎人弯腰拾起地上一根粗大的绳子，使劲一拉，外室的地板竟然整个儿被掀了起来，将内室的洞口关了个严实。

众人莫名其妙，一下子怔住了。

老猎户见状，解释道：“这块木板放下去是外室的地板，拉起来又成了内室的门。外室地下的深坑，实际上是防野兽的陷阱。”

听完猎户的讲解，玄奘不禁击掌道：“奇思妙想，真聪明！”

三藏应和道:“这就是智慧啊!”

老猎户并不在乎玄奘和三藏的恭维,只是轻描淡写地说了句:“为了保护自己,猎人都这样做。”

说完,老猎户随手将绳子系牢在桩子上,然后举手推开洞顶豁口的一块木板,一束光线立即射了下来。接着,猎人又从洞室角落处取过一架木梯架在洞口下,自己先爬了上去,然后再招呼大家一一上去。

既上去,竟然又是一个洞室。洞室朝外开了一个孔,借着从洞口进来的亮光,可以看清室内堆了些柴火,一只年代不浅的铜壶悬挂在离地一尺高的地方,壶下没有烧完的柴火还在冒着烟,烟从洞口溜出,飘然而去。就是因为有了这股烟,主客双方才结下了这一段奇缘。洞室不大,供二三人睡觉没问题。

主人估计客人已经充分领略了他的藏身之所,便对般若三藏和玄奘说道:“洞室小,只好委屈些了。两位法师住上室,其余小师和我只能与马匹留在下面了。不过,无论上室、下室,都很暖和,很安全,野兽来了也不用害怕,既有门,又有陷阱防着呢。”

听了老猎户的话,大家都没了顾虑。

临睡时,法钦异想天开地自语道:“要是今晚真有大虫来就好了,亲眼看看牠是如何掉进陷阱,如何被活捉的。”

“对,捉住了,杀了,老伯又有一阵子好生活了。”石槃陀接着发挥说。

玄奘在上面听得清楚,立即呵道:“口又不净了。还不赶紧睡觉!”

弟子们吐了吐舌头,再也不敢言语。

玄奘师徒雪野迷路,没想到却又因祸得福,坏事变成了好事。

第二天,在老猎户的带领下,顺利地走出雪原,翻越一座遇雪即化的大山黑岭,便到了既定的目的地迦毕试国都大城。

迦毕试国位于大雪山之南,东南西三面则有黑岭作屏障,一条大河横贯其中。山地气候寒烈,沿河谷地相对和暖,谷麦花果之属一皆有之。最可人的是那郁金香,每逢二三月春风化雨的时节,先是由披针形的大叶子绣出一片片绿色,一似大小不一的水面;随后,凌波仙子纷纷跃起,赤白黄绿青紫蓝,五颜六色,各显风采。绚丽的色彩给这个环境恶劣、民俗暴犷的山国平添了一抹柔媚。

国都大城虽说城周十里,但人户疏落,彼此之间,熟悉到能一口说出某家的人口数目及每个人的年庚岁数,如果再夸张点,甚至连鸟儿是本地的还是从外面飞来的都分得一清二楚。因此故,当玄奘师徒进了城、但还没有走完半条街的时候,所有的人便都聚集到了街旁看新奇。城中各个寺院的僧人,更是倾巢而出,争着将远道而来的客僧迎进自己的寺院。不知是从哪里得到的消息,他们已经知道,这位东方大唐国的僧人与自己同道同业,都是信奉大乘教法的。

玄奘自然也很愿意住进大乘寺,只是考虑到般若三藏是小乘僧,所以一直在犹豫。恰恰就在这个时候,另外十几个僧人从街的那一头快步迎面赶了过来。既到,为首的僧人便向玄奘自我介绍说:“老僧法讳般剌首那,在城东寺中主持教务。敝寺所弘虽与法师所习不同,但却与贵国有着殊胜因缘,因此特地赶来,请求法师莅临挂锡。”

前面说过了,玄奘之所以要到此国此城,一个重要原因就是这里有个‘汉儿寺’,与中华故国有关。玄奘压根儿就没想到,刚到达就接上了关系,心想,这大概就是缘分吧!不过,为慎重起见,他还是决定弄清原委之后再做定夺,于是问道:“请问长老,宝坊如何称呼?”

长老回道:“沙落迦。”

“沙落迦?”玄奘重复着长老的话,回头用询问的目光看了看般若三藏。

三藏先点点头,解释说:“沙落迦是本地方言,梵语叫沙罗诫,俗人一般都称其为‘汉儿寺’。”

玄奘想得到更充分的证实,回头指指东边方向,再问道:“长老,沙落迦就是大汉质子所建的伽蓝吧?”

三藏为了让长老理解得明白些,重复道:“大唐国法师问,贵寺是不是大汉天子儿所造的那所寺院?”

长老见玄奘居然也晓得沙落迦的历史,十分高兴,连连回道:“正是,正是!”

长老说得肯定,玄奘自然也听得真切,所以再也没有了怀疑、犹豫,心思呢,也便转到了“沙落迦”这个寺名上,饶有趣味地念叨道:“沙落迦,沙罗诫,沙罗诫,罗……诫,罗诫……洛,罗诫……洛。”

终于,他有了天大的发现,惊喜地喊道:“是了是了,罗诫的切音就是洛,洛就是洛阳,而洛阳正是东汉的国都,洛阳来的质子岂不就是汉儿了!真是殊胜因缘啊,要不是三藏说出梵名,还一时难解‘沙落迦’的含义呢。”

三藏谦恭地回道:“惭愧惭愧,还是法师你见多识广,将梵汉语音对照、拼读,这才解了这谜呢。”

玄奘一直沉浸在新发现的喜悦中,顾不得与三藏客气,当下就答应了沙落迦寺长老的邀请。

沙落迦寺在城郊三四里处的力士山下,得走一阵子才能到达。趁着走路的一点儿时间,般剌首那长老给玄奘讲起了关于本寺的一个古老的传说：早在六七百年前，迦毕试这个地面属于贵霜王国，这个王国由从碎叶川、羯霜那国方向南下的大月氏窣利族的贵霜王邱就却建立；至迦腻色迦王时，国力鼎盛。此王智勇双全，威震四方，葱岭东西十余国尽皆臣服。就在这个时候，汉天子送子为质，交好于贵霜。迦腻色迦王十分高兴，对汉儿优宠有加，寒暑随驾，冬住天竺，夏居迦毕试，秋止昔日健陀罗国都布路沙布逻。迦毕试力士山的沙落迦寺就是汉天子儿当时所住的营舍。汉天子儿后来虽然还国，但一直遣使布施，故寺院得以香火相继，法脉绵绵，至今不但住僧三百余口，而且宝塔崇高，殿堂宏敞，庭院严净，仍然是国中一大巨刹呢。

"大唐法师今日肯赏光屈临，真是缘分使然啊。"般剌长老为能争取到玄奘的莅临而深得慰藉，说完便长长地舒了一口气。

玄奘对长老的话表示认同："长老说得对，几百年前，大汉与迦毕试国结下大缘，如今学僧玄奘又有幸与长老相会于此，真是缘上加缘啊。前缘后缘，缘深源长呀！"

"不仅是缘深源长，而且是好缘、善缘呢！"般剌长老强调说。

因为话语投机，玄奘于是又换了个新话题："请问长老，除了沙落迦寺之外，贵国还有几处著名圣迹？"

般剌长老本来是个"国事通"，既见问，便滔滔不绝地说开了："迦毕试的正教历史，就像葛尔班得河的流水，可谓源远流长呢。早在天竺国孔雀王朝时期，摩揭陀国的阿育王归信佛法后，便派出宣教师末阐提到此地传播释尊教法。后来又经贵霜王朝迦腻色迦王的推诚信奉和护持，释尊教法于是获得了空前发展，寺、塔相继拔起，遗留至今者不下百所，僧徒亦超过六千。除沙落迦寺之外，又有北岭的一排石窟，是汉天子儿习定之所。石窟之西有观世音菩萨像，无论僧俗，只要至诚祷念，即可见菩萨妙身。王城东南数十里处又有曷罗怙逻寺，寺中有塔，塔内瘗藏佛舍利，或斋日放光，或有黑色香油涌出，祥瑞，奇特，远近相传。王城西北二百里外有大雪山，山上有天池，池中恶龙兴风作浪，祸害无辜，国王乃于池旁建寺塔镇之；塔中供奉如来肉舍利，神变难以备述。又有古王寺两座、古王妃寺一座，都在王城西北葛尔班得河南岸。古王寺一藏释尊乳齿一枚，一藏释尊顶骨一片和螺发一绺；王妃寺有百尺高的金铜塔，内藏佛舍利一升，以前，每月十五日大放光明，通宵达旦。王城西南比罗莎落山峰顶有大磐石，相传此山山神曾于此供养释迦如来及一千二百大阿罗汉；后来，阿育王于大磐石上建塔，其高百尺有余，内瘗如来舍利一升。阿育王塔旁有龙泉，释尊及阿罗汉应供后曾于此以杨枝漱口净齿，后人遂于此建了一座杨枝寺纪念之。”

玄奘听罢般剌长老的介绍，钦佩不已，称赞道：“长老一口气说了这许多，脑子里装着一本厚厚的书啊！”

长老越发得意了，又说道：“除了正教圣迹外，国中亦有露形、涂灰外道的天祠、神山。法师既然远道而来，不妨多住些日子，仔细观瞻，老僧情愿随侍陪伴。”

玄奘深为长老的殷勤、诚意感动，连连谢过。到达沙落迦寺时，天色已晚，加之劳累了一天，所以略作收拾之后便早早地睡去了。

第二天清早，刚吃过早斋，长老便来邀玄奘参观寺内殿堂、宝塔。

首先瞻礼的是大佛堂。在佛堂里，玄奘并没有看到国内殿堂里通常供养的佛、菩萨、罗汉一类的像设。殿内正中只摆放了一个狮子座，座上空无一物，狮子座后的殿壁上画着一棵高大而枝繁叶茂的毕钵罗树，青翠欲滴；狮子座前一字排列着几个圆形的石墩，上面阴刻有莲花纹和佛足迹图。

玄奘面对如此这般的陈列供养，有点摸不着头脑。般刺长老解释说："释尊在毕钵罗树下觉悟成道后，随即到鹿野苑初转法轮，弘扬不二净法。这毕钵罗树、狮子座、佛足迹、莲花都是佛的法体，看见它们，就等于见到了佛陀本人，就有了榜样，就有了信心。"

玄奘听后点头道："这和大乘教供奉释尊、菩萨诸像是同一个理呀。"

般刺长老将玄奘带到殿堂东壁前，指着壁上的图像说："这就是汉天子儿。"

玄奘往壁上看去，果然是一帧与真人等高的画像，容貌服饰，一如中夏。人物后的背景是中式的亭台楼阁、池塘苑囿。看着看着，他心里不觉升起一种万里荒外突然到家的感觉，眼里顿时噙满了泪水。

在殿堂的西壁上，同样画着一幅人物画，大小也与真人相当，内容是边国君臣在羽从鼓吹的簇拥下出城迎接汉家皇子与使节，气氛很是热烈，宾主同欢，情同兄弟。

随后，玄奘又继续参观了另外几处殿堂，几乎是每处都少不了汉家天子儿的形象。所画内容或者是出游，或者是会客，或者是习读，或者是禅定，每一幅都是质子在这异国他乡生活片段的写照。让玄奘觉得不可思议的是，沙落迦寺的僧人，至少是他所看见的僧人，其三衣式样竟然与自己的穿着大致相同，这说明此寺僧众向慕中夏的执着与坚持，着实让人感动、涕零。

一路参观下来，差不多用了整整一个上午。当玄奘从殿堂出来，在院子里漫步的时候，总体打量了一眼整个鳞次栉比的寺宇，好像在发问，又好像在自语："这院子好大啊，有上百亩吧？"

般剌长老回道："百几十亩呢。宽敞是够宽敞的了，只是……"

长老欲言又止，接着是很显无奈的一声长叹。

玄奘不解地问道："长老为何如此叹息？"

般剌长老抬头看了一眼周围的寺宇建筑，不无担心地说道："许多殿堂，还有佛塔，如不及时修葺，要不了多久就会崩毁，真急人啊！"

玄奘问："没有檀越相助吗？"

"法师有所不知，本国主弘的是大乘教，小乘教势单力薄，所以所得布施自然也就少了。"

玄奘听罢，也不免为之担起心来。良久，复询道："真的没有办法了？"

般剌长老回道："倒也不是没有办法，只是怕惹来灾祸啊。"

玄奘奇怪，问道："惹来灾祸？怎么说？"

般剌长老没有回答，而是拽了玄奘的衣袖便往寺院东门走去。既到，玄奘看见门内左右两侧各矗立着一尊大神王像，大神王头戴宝冠，手执金刚杵，横眉怒目，一副镇邪驱恶的威猛仪态，就像中夏山门中的金刚力士，肩负着护法和施福的重任，唯一不同的是宝冠之上多了一只红嘴蓝羽鹦鹉。

玄奘不解长老为何要带自己到这里，看了看他，又不见其言语，于是自语道："这不就是毗沙门天王管下的八大夜叉之一吗？！"

般剌长老没有就玄奘的话表示态度，而是指着大神王背后壁间的一行字说："请法师仔细看。"

玄奘凑上前去看了看，没有全懂。长老从旁解释说："这是用粟特文书写的，意思是说：伽蓝朽坏，取以修治。"

玄奘仍然不解，再问道："从哪取？取什么？"

长老上前一步对玄奘耳语道："大神王足下深处藏有无量财

宝呢!”

玄奘将信将疑地盯着般剌长老,想问而未问。

“真的,汉天子儿在质期届满还国前,曾将随身带来的金银珠宝以及质期所得的赏赐通通密封埋藏在此,并且规定了财宝的用途。壁上的铭文,法师你已经看过了。”

玄奘道:“既如此,为何不取出使用?”

般剌长老脸有难色地说:“不敢啊,谁要掘取,会招灾惹祸的。”

玄奘又不解了:“既然说‘伽蓝朽坏,取以修治’,怎么又会招灾惹祸?”

“哎,有过教训呢。”般剌长老叹道,“说不清过去的具体年月了,邻国有恶王,恃强凌弱,贪暴成性,闻说本寺藏有无尽宝藏,于是兴兵来侵,逐我僧徒,封我寺刹,企图掘地掠宝。不期就在动镐挥锄的当儿,地大动摇,神王宝冠上的鹦鹉也拍翅鸣叫,惨厉之声弥天遍野。恶王及其军卒闻之,个个丧魂落魄,乃至于昏厥倒地。既醒,即丢盔卸甲,弃锄抛镐,落荒而逃。自此以后,再也无人敢动此处一抔土。”

玄奘听毕,沉吟良久,始终未作言语。

此后数日,玄奘师徒就近又相继巡礼了多处圣迹。剩下最后两天时间,一面休息,一面打点行装,心里盘算着到达摩揭陀国所需要的时日。还没算出个确数呢,般剌长老却带了几个主事僧突然到来,还连声道歉说:“失礼了,失礼了,没有通报就闯了进来,实在对不起……”

“长老、法师们不必如此客气,后学想请你们都怕请不来呢。”玄奘一面上前迎接,一面打断说,“长老此来,莫不是有所指示?”

“不是有指示,而是有要事相求。”般剌长老抓住玄奘双手不放，说，“老衲思量多日，就害怕高僧惦记行程，急着上路，如果不赶紧前来，寺里的大事恐怕就要耽误了。”

玄奘看见长老满怀心事，也跟着焦急起来，问道：“长老且慢慢说，寺里究竟有何大事要耽误了？”

般刺长老回头看了看随来的几个主事僧，像是要再次征得大家同意似的，然后说道：“老僧此来不为别的，就为开发前日所说寺内宝藏之事。”

玄奘不觉一怔，说道：“开发宝藏乃贵寺内部事务，与学僧并无关系啊？”

长老又看了一眼身边众主事僧，然后说道：“我们是想请法师主持发掘仪式，一者代为祈求天神应允护佑，二是为见证所出宝藏多少斤两，以便取信于世。”

玄奘作难道：“学僧不过区区行脚、匆匆过客，有何权利主持仪式？又有何德何能能感动天地神灵？怎敢妄充公正……”

“高僧此话差矣。”般刺长老唯恐玄奘拒绝，连忙打断道，“高僧已知，本寺乃汉天子儿所建。汉天子儿不仅在此住持多年，这里的殿堂、宝塔、寮房，乃至一草一木，都是中夏大国与雪山小邦友好交往历史的见证；住僧尽管像菩提树叶那样，换了一茬又一茬，但大家却未曾一刻忘记这段因缘。寺中汉天子儿的图画，不知彩绘翻新了多少次，但都不敢有一丝一毫的改变。为了永远传颂这段绝世佳话，铭记汉天子儿的功德，敝寺僧众至今所服三衣仍旧是仿照中夏的式样。用心良苦，天地可鉴。”

般刺长老说得激动，微陷的眼窝竟然湿润了。稍停后继续说道，“不期高僧竟与汉天子儿同国同宗。你等师徒要到天竺求经拜佛，本有千条路万条路可以到达那里，却偏偏又假道至我迦毕试山国，老衲等阖寺僧众又偏偏得到了这个消息，又蒙屈住敝寺，光耀殿堂，如非天意，如无缘分，哪有此等巧合之事？般若三藏说了，法师乃大小兼研之圣僧，却仍然虚怀若谷，不远万里问道请益，实乃德中翘楚、学中巨擘，主法见证者，舍法师其谁！”

“长老暨阖寺僧众对我国皇子的一往情深，学僧玄奘感激至极，其他美言，则万不敢当。”玄奘心有犹豫，言语断续，“何况，玄奘离国日久而功未之见，内心焦急……”

“固然，法师心怀宏愿，寸阴是竞，既合情又合理，老衲与阖寺僧众何尝不知？谁个不祷祝你早日圆成功德，还归大国，光大圣教？只是，法师决意要走，一走也便没事了。可老衲眼睁睁看着寺宇颓坏，不仅于心不忍，痛如刀割，而且罪大不可赦呀！”般剌长老说罢，连连搓手叹息，颇有求告无门的自怨。

玄奘不忍，可又不解：“长老何出此言？”

长老心事重重地回道：“如果寺宇不能及时修缮，要不了多少时日，便会寺毁僧散。到那时，香火断了，还有什么比不能续佛慧命更大的罪过？老衲不能守住宗门香火，罪再大，一身担也就是了。问题是，罪还不止于此呢！试想想，寺一毁，僧一散，那么，敝寺与大汉国曾经有过的一段如歌如诗的佳话，不也就随之湮灭了？这同样是万劫不复的大罪呀。”

“是这样的。大唐法师可否也为我等设身处地地想一想，怎么能让这样一座寺庙的香火断绝在我等手中呢？”其余职事僧也一旁请求道。

听了长老的肺腑之言和众主事僧的请求，玄奘如何能不动容？只是，他一时也拿不出什么好主意，也急得不停地搓手，像问又像自语道：“如此说来，非开启地下宝藏不可了？”

长老面有难色道：“法师如果不答应主持仪式，见证发掘，老僧等是不敢动一镢头的。”

又回到了老问题上，玄奘真的为难了。长老与众主事僧呢，则眼巴巴地等待着答复。

正在这个时候，般若三藏推门进来了，见众人全都默然无语，便笑道："嗨嘿，都入了三昧定呀！为何站着而不作结跏趺坐？"

玄奘回道："三藏莫取笑，正犯难呢。"

"犯难？不信，这屋里并没有迈不过去的门槛呀！般刺长老，是不是呀？"三藏想用趣话消解满屋的愁云。

般刺长老见三藏问自己，便把事情的始末说了一遍。

三藏听毕，笑道："这也叫难事啊？因缘殊胜，高兴还来不及呢。羯罗以为长老的请求，原因是要修葺寺宇，而此寺又与东夏、与法师有密切关系，这不也是因缘和合了，还有什么难事做不成！"

玄奘见事已至此，推辞不得，于是回道："那就借三藏的吉言吧。只是，三藏你这位大德，也必须同坛见证才是。"

长老和众主事僧见玄奘开口应请，又多了个三藏助缘随喜，不免喜出望外。

般若三藏见状，便赶紧说道："羯罗倒是乐意共襄盛事，只是缚喝国国王来使催回，非今晚上路不可，所以，看来是心有余而力不足了。玄奘法师是大汉，不不，是大唐的代表，有他见证，即可圆成功德，少了羯罗无所谓的。羯罗这是专门来与玄奘法师告别的，长老和寺里各位执事既然都在，羯蜀也正好谨此谢谢多日来的关照。我们后会的机会还多着呢。"

般刺长老唯恐事情再生变故，所以，从玄奘住所出来之后，便给各位执事僧分派了任务，至傍晚时分，开启宝藏法会仪式的各种准备工作便告就绪。

第二天一大早，汉儿寺全体僧众穿好法服，威仪十足，整整齐齐地集合在佛院东门大神王像前，般刺长老宣布法会开始。玄奘身着金襕袈裟，头戴法冠，净手后向大神王像上香，行过三稽首礼，然后取出祈祷文，宣道："大唐国赴天竺求法比丘释玄奘，与沙落迦故寺主大汉质子同乡国，同宗祖，同奉正法，今受本寺般刺首那长老及阖寺僧众请托，谨此禀告大神王：寺内殿堂宝塔久经风雨，日见毁损，急需修葺，复其旧貌，再显威仪。大汉质子遗言，往昔所藏财宝，唯修治是用。今启之，正当其时。玄奘谨证，其心无妄，其行无私，仰冀大神王明鉴。玄奘亲眼见证：所出财宝，必称知斤两，记录在册，交付所司，按需支用，不令浪费。伏望大神王眷顾明察。"

宣告毕，一时鼓乐齐奏，众僧绕大神王像诵经、行香、撒花，大行供养，然后移像另处奉安。既毕，般刺长老复焚香祷祝，这才举镐开挖。

众僧轮流作业，深至七八尺处，果然得一大铜器。般刺长老再次焚香祈祷，然后开启之，共得黄金数百斤，琥珀、玛瑙、翡翠、水晶、海蚌之珠等各类珍宝数十种。

消息传开，整个迦毕试都城热闹得就像开了锅，无论是官是民，是僧是俗，半教满教，乃至于涂灰外道、天衣教徒，无不欢欣鼓舞，称赏嗟叹，既为寺内藏宝得以证实，更为东国高僧之通神感应。

迦毕试国王得讯后，立即起驾前来祝贺，同时对玄奘表示感谢，赐金赠物，等等，最后还表示："本王当乘此良饥，立即遣使前往大唐国，续此旧缘，缔结新好。"

玄奘听了国王的誓愿，很是高兴，但却谢绝了其所赐钱物，说："出家人最忌物累，去欲而求清心，任缘委命，随遇而安，即是福慧。大王的友好和诚意，比任何财施都要珍贵，仅此即足够贫僧此行的资粮了。"

国王见玄奘坚拒不收,正不知如何是好。随驾的几位僧人趋前和国王耳语了一阵,国王不禁喜上眉梢,转对玄奘说道:“圣僧既然不收所赠,那就转施沙落迦寺好了,也算是小邦与大唐续缘的新开始。只是本王有个请求:望圣僧且少安毋急,在此多住几日,为小邦僧俗说说大乘法,想必不会也拒绝吧?”

玄奘既急于上路,又难却国王的盛情,一时真不知如何是好。

国王见状,遂又使出另一招,指着身边的几位僧人一一向玄奘介绍说:“这是我国几位德高望重国师,一位是大乘三藏如意声法师,一位是小乘三藏圣胄法师,一位是毗尼藏大德德贤律师,他们都想与圣僧切磋切磋,能赏光吧?”

国王话已至此,玄奘还有后路可退吗?

第三十回

礼佛影强梁归正法　游北天荒墟乱心神

却说迦毕试国国王把几位国师推出来，以切磋法义为由，让玄奘拒绝不得。而玄奘原以为讲诵法会不过几天时间，对行期并无多大的影响，便最终同意了。但结果却大出意外，因为那几位国师其实只是各专一科，此外的经论则疏如隔山，而他们所面对的这位来自东方的客僧却兼通大小，谈讲自如，几番对论下来，便个个自愧不如，于是一齐请求国王再加挽留，以便继续质疑问难。盛情难却，玄奘也便只好随缘顺势、恭敬不如从命了。直至坐夏安居毕，这才获准放行。国王大概也觉得耽误了人家的行程，颇有疚怀，所以，最后硬是赠了几匹纯锦，并派遣几个脚力送了一程。

黑岭在迦毕试国都大城南面划了一个大弧后，继续向东北延伸，最后才与大雪山挽起手来。所以，玄奘从迦毕试至蓝波国，还得再次跨越黑岭。这一段路，足足费时一旬。出发前，国王告诉玄奘，滥波国已属北天竺地域。以此划界，以北被视为边荒之地，民俗垢浊而难化,连佛陀至此行化时都不走地面,而是乘空来去。玄奘心想:既然如此,与边地相对的“内地”,也就是包括滥波国在内的以南地,便理所当然地是开化的文明之邦了。这样想着,旅行起来也就有了新的动力,脚步自然迈得更快,就好像前面有一块大磁石在吸引似的。

然而,事实却并非想象的那般美好。偌大的滥波国,伽蓝不过十来所,僧徒寥寥,又无著名圣迹。听说南面不远处的那揭罗曷国情况比这里强,所以,他们只在此地休整了二三日,便下了岭,渡过一条大河,直奔那里而去。不到两个时辰,便顺利到达了目的地。

果然,此国虽小,寺塔、圣迹却不少,可惜的是多已荒芜残破,住僧也很少。唯一让玄奘高兴的是,此地僧俗都还记得并热衷于讲述这里流传过的佛传故事。

在挂锡的那所寺院里,守香火的老比丘听说玄奘师徒是从遥远的大唐国来巡礼圣迹的,便兴致勃勃地讲起了这样一则故事:“在释迦文佛还是菩萨的时候,曾经来到此国,又很幸运地见了燃灯佛。为了表示对燃 灯佛的恭敬,于是从王家女那里买了五支莲花。王家女问菩萨买花作何用,菩萨回答说‘供佛用’。王家女见菩萨心诚,便将所剩的两支莲花也送了他。他谢过王家女后,便将七支莲花一并献给了燃灯佛。燃灯佛慈祥地微笑着向他致谢。后来,燃灯佛遇到了一条泥泞小道,前进不得,释迦菩萨毫不犹豫地便把身上的衣服脱下,铺在最难走的路面上。但衣服不够大,不能完全遮盖住烂泥,于是又蹲下身来,将盘着的头发解开来铺垫,终于让燃灯佛顺利地通过了这段路。燃灯佛为释迦菩萨的诚心和乐善好施行为所感动,于是为他摸顶授记说:‘当此贤劫之世,你一定会修行成佛,号称释迦文如来。’释迦菩萨成道后,当地僧俗先在买花处建了一塔,以兹纪念。孔雀王阿输迦,也就是阿育王,当政后,遣僧到这里宣扬正法，又在以衣、发布路处建塔，塔身竟达三百多尺高呢!”

老比丘的那张脸，无遮无掩地将内心深处的那份骄傲、得意之情全都展示了出来。

“塔还在吗?”普光几个师兄弟几乎是异口同声问道。

老比丘答道:“在，在。一座在城东南，一座在城西南，相隔也就十余里吧。”

没等再问，老僧又说起了另一处圣迹——佛顶骨城，一口气将顶骨奉安何处、尺寸大小、特征、祥瑞等等说了个仔仔细细。在讲到城中人每日供养佛顶骨的盛况时，老比丘更是眉飞色舞了:“那如来顶骨被视为国宝、圣物，平时就瘞藏在寺内的七宝小塔里。为了防人偷夺，门户总是关得严严实实的，但凡开启或关闭，皆由大户八家聚齐验印。每天日出，即开启门户，香水沐手后将佛顶骨请出，置于七宝圆座上，再覆以琉璃罩，然后奉安于寺外高台上，继之，寺僧登楼击鼓、吹螺、打钹。国王闻声，即朝服宝冠，手持香花前往供养，礼拜毕，才坐朝理政。继国王之后，是居士、长者供养，也是礼毕之后才开始营作家务。如是往复，日日无怠。佛顶骨所在寺院方不过四十余步，此地曾经有过几次天摇地动，可这寺院就是岿然不动，毫厘无损，真是神奇极了!”

“如今也还在吗?”几个师兄弟又问。

老比丘敛容扼腕道:“大约两百年前吧，嚈哒人越过大雪山南下攻灭小月氏王，此地遭了一次大难，国破家亡，田园荒芜，百姓流离失所，寺毁僧散，不堪回首啊……”

“这么说，佛顶骨也没了?”嘉尚、普光几个不禁大失所望。

老比丘回道:“那倒不是，寺毁之前，寺僧抢先将顶骨藏了起来，躲过了一劫。日子清平后，又为佛顶骨建造了两重楼阁，还将原藏别处的如来身骨、佛眼、佛所用过的袈裟、锡杖都请了来，与佛顶骨一处供养。如此一来，倒为善男信女瞻仰这些圣物省了许多来来往往的时间，少跑了许多路。”

老比丘的一连串介绍，唤醒了玄奘的记忆。他突然想起了什么，遂问道：“请问老师父，此城附近是不是有这么个洞窟，窟中深处洞壁上有影像，远看如佛真形，金色相好，光明炳著；近而看之，则若有若无，即便良工巧匠，欲描而不能？”

“有有有，有这么一个洞窟。”老比丘连声道，“这洞窟叫瞿波罗龙窟。为什么叫这个名，这就得从头说起了。瞿波罗原是一个牧牛者的名字，他奉命每日给国王供给乳酪，偶因疏失而获责，心怀怨恨，于是花钱买了一束鲜花，摆放在燃灯佛为释迦菩萨授记处的那座石塔前行供养，发誓要化为毒龙，败此国，亡此君；说完便奔向山崖，触壁而死，变为巨龙，潜居此窟，此窟于是改称瞿波罗龙窟。当毒龙正想出洞作恶的当儿，如来发大神通，鉴知其心，遂乘云驾雾来至窟前。龙既见佛，邪心顿泯，同佛受不杀戒，一国之民因而免遭劫难。瞿波罗龙请求如来并诸弟子留住窟中，以便常行供养。如来回答说，自己不久后就要涅槃寂灭，不能在此久住，但可以留下身影，并安排五大罗汉在此接受供养。日后如果邪心再发，你可观我身影，慈心即生，善行遂起。我灭后，你也不必担心，贤劫中住世的各佛都会怜悯你，并在这里留下他们的影像。”

“这么说来，进窟便可亲睹如来真身灵像啦？”玄奘满怀希望地问。

老比丘回道：“那倒不一定。若参礼者德行高尚，又有精进虔诚之心，真身灵像即显，否则便是徒费劳苦，一无所见。”

玄奘又问：“这瞿波罗龙窟与佛顶骨城相近吗？”

老比丘说：“一在都城东南十余里，一在西南二十余里，相距倒也不远。”

玄奘求老比丘道:“后学不惜身命,自远而来,一为求取真经,二为瞻礼圣迹。今日有幸来到往昔诸佛行化之地,正当一一巡礼参拜。但后学行程迫紧,又人地两生,因此有心劳师父大驾,引导我师徒到各处圣地瞻仰瞻仰,不知可否?”

老比丘考虑再三,回道:“你我既为道友,自当一起行、一起学,互相帮助,带法师等到买花处、布发地、顶骨城都可以。只是那降龙窟,非但老僧不能去,我劝你们也割爱了吧。”

玄奘问:“为什么?”

老比丘说:“老僧已年近百龄,平地上还能勉强行走,至于攀山越岭,那就心有余而力不足了。可那降龙窟,却偏偏就在黑岭的岩壁上,脚下沟涧,人鬼莫测其深,飞瀑雷鸣,听之丧魂落魄,非是胆大心细、又有飞檐走壁之技者则不能上;二者山路荒僻,行人稀少,盗贼出没,无分昼夜,防不胜防;三者是近世以来,礼者既稀,有幸亲睹者则更寥寥,即便见了,亦是若有若无,隐隐约约,是何原因,则不得而知。以是故,唯劝贤者能舍则舍,以舍求得。佛陀成道的摩揭陀国就在眼前,千里之行只剩跬步,切不可为小愿而失大愿,前功尽弃,遗恨终身啊。”

听了老比丘的介绍,玄奘对降龙窟内外的情形有了个大致的了解,但做出的决定却与老比丘的劝诫相反。他自叹生不逢时,没能见到释尊的生身,见见他的真身影像当然也就是一大福分了。释尊涅槃之后留下的舍利倒也不少,但真身影像则仅此一个。天下如此之大,有机会到得这里的,能有几人?玄奘我在经历了千辛万苦、千山万水之后才来到这里,影窟就在眼前,岂可擦肩而过?机会千载难逢,又岂可白白错过?释尊为了寻求众生解脱之法,不惜权位身命。玄奘我为了瞻仰释尊真容影像,又何惧那区区山路之险！

主意既定，玄奘师徒在老比丘的引导下，用了三四天的时间巡礼参拜完买花、布发、佛顶骨城等几处圣迹，然后即准备到降龙窟瞻礼如来影像。为慎重起见，玄奘决定只身前往，而命弟子们在挂锡寺院好生休息，以便以后赶路。尽管弟子们一再表示不放心师父一人独行，但最终都未能改变其初衷。

七、八月之交，按中夏时令，那揭罗曷国此时已是夏末，本应暑热，但因此地气序本来温暑，即便在冬令，也是微霜无雪。如今虽然到了这个月份，却仍然是热而不燥，甚至在早晚时分还有些许凉意，所以，野地里刚开败的郁金香花还随处可见。玄奘在巡礼完几处圣迹后，略作休息，带了两天的干粮便上路了。出发前，他曾经到城边佛寺和村庄寻找向导，但即便许以银钱，僧俗却大都以摇头作答，还显出一脸不解的神色，最慷慨的乐助者也不过是指点指点方向、道路而已。

无奈，玄奘只好只身边行边问路径了。

都城本来就在群山包围之中，所以出城不远便进了一条谷道。谷道两边，石山连绵起伏，山体黝黑，寸草不生，但谷底则有潺潺溪流，杂草与灌木混生，葱郁可爱。不过，这葱郁，固然显示了生命的顽强，但同时也有意无意地遮掩住了许多肮脏和污垢。

进谷后大约走了八九里，眼下是一个行人都见不着了。但偶尔还可以见到些牲畜粪便，半干半湿的，这说明，在不久前，此地还有人畜经过。玄奘认为，老比丘把情况说得也太凶险了，暗自笑了笑，脚步迈得更大了。

然而，高兴劲还未过去，老比丘的话应验了，树丛中猛地跃出几个汉子，手里都捉着刀，腰间缠着一根毛绳，气势汹汹地朝玄奘逼了过来,其中最壮实的那个显然是头儿了。

玄奘面对这突如其来的情况,第一个感觉是:遇上了强盗。不过,他没有慌,没有怕,因为,从决定只身闯天涯的那天开始,他就把生命置之度外。不惜性命的人还有什么能使他害怕呢!其次呢,一路上沟沟坎坎过得多了,所谓突发事件也就不突然了,也就是说,习以为常了。所以,现在面对这几个强梁蟊贼也就泰然了。他笑吟吟地朝那个头儿迎上去合十作礼道:“施主们辛苦了,是在打柴还是割草呀?”

头儿没回答,反而问道:“看比丘并非本地人,究竟来自何方?”

玄奘回道:“施主好眼力,竟然晓得我不是本地人。不过呢,要想知道我从何处来,你们得先回答个问题。”

头儿回道:“什么问题?快说来!”

玄奘问:“施主可知道东边很远很远的地方有个大唐国?”

头儿回道:“只听说有个什么大汉国,并不知有什么大唐国。”

玄奘道:“这就好办了。大汉国是很久很久以前的称呼,大唐国则是现在的称呼,地方没变,百姓没有变,只是国王换了人。”

头儿说道:“这就奇怪了,好好的地方你不呆,偏要走这么远的路到这穷山恶水来?”

玄奘反问道:“施主何以知道大唐国一定是个好地方?”

“谁没长眼呀,生意人不总是满载着各种货物从那边过来的吗?”头儿说着,发现似乎跑了题,于是转回来问道,“你到此来究竟要干什么,图什么?”

玄奘答道:“无所图,只是路过,到摩揭陀国拜佛求经去。”

“你骗人!摩揭陀国在东边,怎么却往西边走?”头儿自以为抓住了把柄,大声斥责道。

玄奘不理会头儿的斥责,反问道:“请问施主,到降龙窟是往东走还是往西走?"

"当然是往西啦。"头儿脱口答。

"这不就对了！不往西走如何能到得了降龙窟?"

头儿怪而问道:"不是说要到摩揭陀国去吗,怎么说话颠三倒四的?

玄奘笑道:"施主你误会了,我是就近先去降龙窟参礼佛影,然后再前往摩揭陀国呀。"

头儿见玄奘始终镇定自若,反而有点气恼了,便要蛮呵斥道:"到这到那的,都由着你了？就不怕遇到了强盗?"

玄奘笑道:"施主在吓唬我吧？光天化日之下,哪来什么强盗?这里只有你等施主呀!"

头儿冷笑一声,晃晃手中的大刀,恶狠狠地说道:"哼,施主?!你看我等有何可施的？现在等的正是施主你呢!"

"对,等的就是你这个施主呢!"其余强人见头儿已经亮了底,便一起上阵道,"留下钱物,走你的路,否则便休怪我等不给面子了!"

玄奘见强人要动真格的了,便一面将装有干粮的香袋放到地上,一面说道:"这是两日果腹之食,余物并无。若要命,请在此等候,待我礼佛回来,再由施主处置。"

众贼好像没听见玄奘后面的话似的,直朝香袋扑过去,掏出食物就要往嘴里塞。头儿夺了回来,但想了想,又给每人分了小半块饼子,同时嗔道:"别只顾自己填肚子,还有家中老少呢!"

玄奘将这一切看在眼里,又听得真切,心想:这一伙人恐怕不是什么专事杀人越货、穷凶极恶的强盗,而很可能只是几个被生活逼得走投无路的蟊贼,要不然怎么会见了面还先问长问短的,还等你放下东西之后才来拿,得了财物还先要顾家？果真是这等人,即便是行为出了轨，那也只有怜悯的份儿，还是属于救赎的对象的。为了验证自己的判断是否正确，他看了众贼一眼，故意长长地叹了一口气。

头儿果然质问道："叹什么气？不过才要了你几个饼罢了！"

玄奘摇了摇头，怜悯之情尤甚于前，说道："要了资粮不要紧，就怕要了命呢！"

头儿反责道："你现在好好的，谁要你的命了？"

玄奘回道："我说的不是你等要我的命，而是你们自己要了自己的命呢。"

"哟呵，这就怪了，有了吃的，如果再有些银两，便能活得更好，怎么反而会要了命？"头儿一副莫名其妙的样子。

玄奘又长叹了一声，满怀忧愁说道："你等今日遇到我和尚还好，要是遇上不服你等的人，打斗起来，杀了人，自己不是也会被正法？"

头儿满不在乎道："正法？穷乡僻壤的，谁来正法？"

玄奘回道："即便如此，那还有地狱呢！"

贼首更不在乎了，又冷笑道："地狱，有什么可怕的？比丘不见这是什么地方？穷山恶水，地不出粮，山不长树，没吃没穿的，活着不如死了省心。所以呀，人间并不比地狱好到哪里。"

玄奘质问道："按你的说法，那整个那揭罗曷国，还有邻邦滥波国、迦毕试国的百姓都活不成了，或者不想活了？"

头儿自觉话说过了头，回道："那倒不是。可人家有本事呀。"

玄奘瞄了一眼头儿手上的大刀，说道："你不也有那家伙吗？"

头儿晃了晃手中的大刀，满腹狐疑道："就这？"

"唔，就这！"玄奘十分肯定地回道，"这大刀呀，除了你等如今这用法之外，还有另外的大用呢！"

头儿问:“什么大用?”

玄奘回道:“披荆斩棘,开路呀! 别人用它开出了活路,你等也一定能做到的。”

头儿叹了口气,颓然道:“迟了,都站在地狱门口了。”

玄奘看见头儿还有悔过之心,于是说道:“此话差矣。难道你不曾听说过‘放下屠刀,立地成佛’的故事吗?天竺国孔雀王朝时有个叫阿输迦的国王,起先为了争夺王位,统治天下,杀兄弟,杀大臣,杀妇女,杀无辜百姓无数千万人;但后来幡然悔悟,皈依正教,大发慈悲,在阎浮洲建立八万四千座佛寺和八万四千宝塔,大力弘扬正法,终致太平,天下和乐,最后成就了一番大业。”

头儿仍然没有信心,说道:“人家手里有兵,有权,有势,自然可以呼风唤雨,做事事成。而我等不过是一介草民,几个饿汉……”

“但施主们也不曾杀人如麻,也未犯过滔天大罪,是不是?最多不过是于艰难中夺了些他人的口中食、身上衣、囊中物罢了,只要诚心改过,也不是什么难事呢。靠自己的脚走路,还要凭权论势吗?”

头儿没有再说话,仰首望望天,低头看看地,思想着,斗争着,好像是在艰难地作抉择。

其他几个同伙害怕头儿被说服,都急了,像嘟囔,又像警告,说道:“天下没那么容易的事,照比丘说的那样去做,何年何月才能穿上好衣,吃上好饭?”

玄奘一听,也怕头儿思想反复,赶紧说道:“大家说的也对,万事开头难嘛。不过,施主若能照比丘我说的去试一试,我说不定能帮一把。”

头儿讶道:“你是说,你要帮我等一把?”

还没等玄奘回答,其他同伙便已嚷了起来:“别信他的,就他这么个头陀装束,拿什么帮人?"

玄奘对头儿说道:"他们说的也是事实,比丘我本来的确是身无分文,只是一路走下来,沿途各国国王都赐赠了些行资,所以才敢说帮一把的话。"

同伙们仍然不相信:"脱去衣服就是个光身子,你的行资藏哪?"

玄奘回道:"与比丘我随行的还有几个弟子,在城内伽蓝里看守行囊呢。比丘我不说谎,向人许了诺,就一定会兑现的,你们相信好了。"

众强人听玄奘说曾与沿途各国国王有过交往,得过赏赐,便猜着他一定是个不一般的人物,敬畏之情不由得生起。又见他说话和气,态度诚恳,有一颗慈悲心,对要抢他的人非但不愠不怒,还要伸手拉一把,于是,敬畏变成了敬仰,哪里还有不相信他的道理?

大出玄奘的意外,头儿突然扔下手中的刀,扑通跪倒在地,连连向玄奘磕头道:"谢谢和尚慈悲怜悯,为我等不肖之徒指示了一条大路。"

其余同伙本来也已心有所动,又见头儿带了头,便不再说什么,也都下跪磕了头。

玄奘将他们一一扶起,一时如释重负,轻松地打趣道:"这么说,诸位施主恩准放行了?"

"和尚不能去。"头儿斩钉截铁地拦阻说。

"和尚不可去。"同伙们也齐声附和。

玄奘以为他们反悔了,惊愕不已。

头儿发现玄奘误会了,赶紧解释道:"山路崎岖,危险极了,怕你有去无回呢!"

自然,玄奘没有被说服。双方相持良久,最后达成一个方案:

由头儿等陪伴玄奘一起前往。

协议既定,他们便顺谷道往里走,不多远,拐进一条深沟,再走十数里,远远地便可看到龙窟的洞口。

洞口位于深褐色的岩壁上,离沟底大约几十丈,东南向,有小径可通。小径宽可容身,高低坎坷,还不时嵌入岩壁中。路旁并无任何可供攀缘之物,稍不留神,便有失足葬身之虞。

攀登开始,为保险起见,头儿作了这样的安排:自己领头走在前面,玄奘随后,相距数步,余人殿后,以备不测时救援。

既登攀,路况比想象的要糟糕,只见路面断断续续出现的缺口,显然是崩塌陷落造成的。头儿见状,回头吩咐道:“各自间隔远一些,留心路面是否结实。”

为防万一,每个人都是轻手轻脚的,一步一停地探着走。有些路段路面太窄,不得不侧身贴着岩壁走,双手尽可能地抓住突出的岩角或者缝隙,借以保持身体的平衡、减轻身体对路面的压力。

尽管大家已经小心到不能再小心,提着的心都到了嗓子眼儿,但竭力想要避免的事故还是不幸地发生了:在侧身走过一段仅可容足的险路后,脚下的路面渐渐地宽了起来,而且离洞口也已经只剩下百来步,于是,大家放宽了心,脚步也加快了。然而就在这当儿,玄奘脚下的路面刷地一下滑落下去,后面的那几个人眼睁睁地看着玄奘突然消失,不觉大惊失色,只是“啊”了一声,别的话便一句也说不出来了。

头儿闻声,回头一看,身后的一段路面没有了。往下看时,只见它被突出的岩块挡在半空中,随时都有继续往下滑的可能。玄奘呢,就双手扒着岩壁站在上面。

大概是出于本能吧,头儿几乎连想都未想,或者说,根本就来不及想，便神速地解下腰间的毛绳，将其一端抛给玄奘。而惊魂未定的玄奘也本能地接住这条救命绳，并迅速地在腰间缠了两圈，又打了一个结，那怦怦跳着的心才稍微安定了一些。

后头的人也将绳子抛给玄奘，玄奘又如前一般将绳系在腰上，终于使自己有了“双保险”。

在头儿的指挥下，后面的人一齐用力将玄奘往上拉。

玄奘刚刚被拉上来，那段塌落的路面，便轰然滑落，在急速滚动中崩裂成许多碎块，哗哗然往谷底下泻。

众人按照头儿的指令，不由玄奘分说，连推带拉便将他带出了沟谷。

万幸，就在玄奘他们歇过气、定下神时，头儿也安然无恙回来了。玄奘问他是如何下得来的，他只简单地回道：“天无绝人之路嘛。”

不想玄奘却接口道：“施主既然能平安回来，说明还是有路可登窟，可否再带我前往？”

头儿听后坚决拒绝并解释道：“绝对不可以。看着你们安全撤离后，我到洞口往里看过，那里原来借以取光的小洞孔都已损坏，光亮透不进，洞内漆黑一片，伸手不见五指。大着胆子往里走了几步，洞顶滴水，洞壁湿漉漉的，一摸，满手岩渣。地下也是坑坑洼洼的，一脚深一脚浅的十分难走。所以，说什么也不让你再去。”

玄奘仍然心有不甘，说道：“近在咫尺而未能瞻仰致礼，如何申我佛子挚诚！”

头儿道：“你的诚意，我等已经见证，心到即人到，应无遗憾了。”

玄奘听后，虽然不再坚持，但仍然是一脸惘然若失神态，再三地朝着那龙窟致礼。

末了，玄奘转对众人合十作礼道："多亏施主们出手相救，谨此谢过了。走吧，一起进城去，比丘我向大家许过诺呢。"

"不了，我等不进城了。"头儿谢绝道，"此去摩揭陀国，路途还远着呢，需要很多盘缠的，怎么可以分你的行资呢！其实，你给予我等的已经够多了。"

"就那几个饼？"玄奘认为头儿说得太夸张了。

"不，不只是几个饼，而是你的宽恕、你的慈悲、你的教诲，这就足够我等受用一辈子的了。"头儿说这话时，脸上的表情很复杂，既有羞愧、悔恨，更有敬仰、感激，此外还有希望。他打量了玄奘一眼后，继续说道，"和尚你肯定是个有道的人，要不然各国国王为何都敬你，服你？所以，今儿也想请你为我等立个规矩，免得再走回头路。"

玄奘听头儿说得恳切，已有悔过之心，便说道："比丘我如今只是求道人，还称不上得道人，能为你等立什么规矩呀！这样吧，佛陀曾经为在家清信士立有不杀生、不偷盗、不邪淫、不妄语、不饮酒五戒，持此五戒，即可止恶行善。这比什么规矩都有用，今儿就给你们授了，如何？"

众强人扑通一声跪倒在地，齐声道："愿受五戒，恒持不怠！"

于是，玄奘就地折草为香，取溪水摸顶，将五戒戒语重念了一遍。既毕，即挥手告别。这里放下不说。

玄奘回至那揭罗曷国都城与弟子们会合后，只休息了一个晚上，便又踏上了新的征程。

他们先是顺着自西而东的河谷，在崎岖蜿蜒的山路上走了数百里，到达健陀罗国。然后从其东境乌铎迦汉荼城北上，又跨越了几百里的高山大川，至于乌仗那国瞢揭厘城。之后从原路返回，再从乌铎迦汉荼城涉河，入呾叉始罗国、僧诃补罗国。复又原路返回至呾叉始罗国，从此渡过信度河，向东走二百里，过大石门，入乌剌尸国……一路走来，三四千里，历经春夏。到达乌剌尸国时正是中夏秋老虎闹腾的时节，但这里地处山区，气候却是凉爽的。

天气好，但玄奘发现弟子们的情绪似乎并不高，一个个只顾闷头走路，寡言少语的，神情有些抑郁和茫然，显然是怀揣着许多心事。或许是不便说，或许不愿说，也可能是不敢说罢了。

玄奘企图让他们敞开心扉，于是问道："怎么了，一个个闷葫芦似的，没点声音，是不是为师的有什么不周，得罪了弥子们？"

因为问得突然，弟子们相互看了看，仍然不说话。

玄奘笑道："怎么，都成哑巴了？"

法钦憋不住，说道："师父你说，我们到摩揭陀国去一定能取到真经吗？"

玄奘听罢，也觉得很突然，愕而问道："弥子如何有此疑虑？"

法钦仍然没有直接回答师父的问话，而是说："弟子以为到了天竺境，正教状况会越来越好呢。"

玄奘一时琢磨不透弟子话中的意思，说道："难道不是这样吗？从进入滥波国以来，正教圣迹不是越来越多了吗？"

"师父说得对，从那揭罗曷国到大石门，凡是巡礼过的佛塔、佛陀成道前后的圣迹，我都一一做了记录。"嘉尚想用数据证明师父所说不虚，一面这样说着，一面便要从香袋里掏本本。

"罢罢罢，不用看你的记录。"普光阻止道，"我来说吧，从那揭罗曷国开始，至大石门，巡礼过的佛塔共二十一座，其中，无忧王塔十三座：那揭罗曷国两座、健陀罗国两座、乌仗那国两座、呾叉始罗国三座、僧诃补罗国两座、大石门一座、乌剌尸国一座。其他佛塔八座，诸塔之中又以健陀罗国的迦腻色迦王塔最高，塔身四百多尺，塔刹相轮二十五层。正教圣迹二十九处，其中佛陀成道前后修行、教化行迹二十二处，如那揭罗曷国的释迦菩萨为燃灯佛铺衣布发处，买花供养处，降伏瞿波罗龙留影窟，健陀罗国的佛钵台，千生舍眼处，忍辱仙人为羯利王割截身体处，降伏阿波逻罗龙王及佛足迹及濯衣石处，慈力王以身血饲五夜叉处，醯罗山释迦菩萨求闻半偈而舍身处，瞢揭厘城北佛陀为人天说法处，释迦菩萨请缚送敌求赏充施处，释迦菩萨析骨写经处，尸毗迦王割肉喂鹰贸鸽处，帝释化死蟒济饥疗疾处，孔雀王啄崖成泉处，呾叉始罗国的如来悬记免龙身处，月光王断头惠施恶婆罗门处，拘浪拏太子抉目处，僧诃补罗国的摩诃萨埵投身饲虎处，如来化恶夜叉禁肉食处。其他圣迹……”

“好了，好了，你歇歇吧，都上气不接下气了。”玄奘听着普光历数圣迹，心里很是赞赏他的聪明、强记，由爱至于怜，叫停他之后说道，“这一带有如许多的圣迹和宝塔，说明释尊在此地活动很多，是正教弘扬传播的重镇，你我师徒今生有幸路过，得以参礼，这不是很令人高兴吗！”

“真是开了眼界了！”玄觉说话时，脸上洋溢着满足感。

石槃陀也很高兴地说：“幸亏槃陀回头追师父来了，否则哪有这眼福！”

法钦仍然坚持己见不变，他看了普光一眼说道：“你说的这些都实在，但只说了一半呢。”

普光一时摸不着头脑，分辩道：“都说了啊，哪里还剩一半？”

法钦提醒道：“你忘了大家私下里是怎么议论的？”

玄奘听法钦如此说，颇觉好奇，便打趣道：“唷呵，弥子们私下里都议论些什么呀？”

对于法钦的质疑，普光本来就想申辩，见师父又就此追问了起来,便回道:“大家议论说,师父常讲北天竺一带正教极盛,先贤法显大和尚曾游历至此,有过许多记载。虽然这里至今仍有许多圣迹,但已今非昔比了呀。”

玄奘问道:“何以见得?”

法钦回道:“走进天竺的第一站,就让人感到遗憾。滥波国号称开化之地,可举国却只有寺庙十余所,而且没住几个僧人,太让人失望了。”

“那揭罗曷国庙宇虽然不少,但亦多荒芜圮坏,也没住几个僧人哩。”玄觉这时也转而显得有些失落。

一向话少、稳重的嘉尚也忍不住说道:“最让人不解的是健陀罗国。师父常说,早在无忧王时就已有宣教师到那里传教了,还是小乘教说一切有部的大本营、根据地。迦腻色迦王时,更是成了贵霜王朝的首都,又兼正教弘传中心,那罗延天、无著、世亲、法救、如意、胁尊者诸大论师都出生在这里。可是现在,这里的人却多敬外道,少信正法,天祠多于佛寺。更为不堪的是寺庙都已残毁,芜漫萧条,僧无居所,不得不与外道杂处。像迦腻色迦王寺这样显赫的庙宇,也已破烂不堪,胁尊者禅室,世亲故房,如意居所,都已一无完壁,剩添荒凉;寺旁的四百尺高的大塔也已摇摇欲坠,风光不再;大塔边的小塔群,鳞次栉比,不下百数,可惜亦遭大火,至今余烬未熄。其他地面如布色揭罗伐底城千生舍眼等处的寺塔,也一样的庭宇荒凉,墙摧基陷,满目狼藉。”

玄奘注意到,弟子们在说话时,情绪都不好,遗憾,失望,抱怨,不满,等等。其实,对于弟子们所说的沧桑变化,玄奘本人并非睁眼不见。还在国内游学时他就曾熟读过萧梁代释慧皎的《高僧传》,拓拔魏杨衒之的《洛阳伽蓝记》,西游前夕又反复阅读了法显大和尚的《佛国记》;在长安的众多讲席中,还接触过不少西域以远入唐的高僧大德，特别关注过葱岭以外至于天竺佛国的各地情况。如今一路走来，自然而然地要做个对比。弟子们所说的颓败现象，自己又何尝不看在眼里，痛在心头呢。不只是滥波国、那揭罗曷国、健陀罗国如是，乌仗那国，呾叉始罗国，僧诃补罗国，乃至于眼前这乌剌尸国，情况并不比前者好一些。据当地僧人介绍，乌仗那国原来有伽蓝一千几百所，但眼下已经所剩无几，大部分都是非崩即荒，几万人众的僧团也已几乎散尽，留下来的少数也不过是孤守禅室，或者持念禁咒罢了。当年，道声和尚西游时，曾奉后魏灵太后之命，将七百余尺长幡悬挂在迦腻色迦王塔上，如今已无处可寻。此前数十年，宋云、惠生两和尚西游时在这乌仗那国释迦菩萨以身饲虎处所竖的颂德石碑也没了踪影。呾叉始罗国与健陀罗国同为正教的重镇，原本也是庙宇连甍接栋，而眼下同样是香积无烟，蔓草盈庭，惨不忍睹。如此诸般，既已看到，也已思量，之所以一直没有言语，宁愿一身担起这份沉重，就是为了避免动摇弟子们的信心和意志。没想到，自己所讳莫如深、缄口不说的，弟子们其实早就在捉摸、思考了。

“师父，如此说来，法钦的担心是有道理的啦?”石槃陀原本只是把自己当成玄奘鞍前马后的一个侍者，并不关心别的更多的事情，但现在听了大家的诉说，也不免担起心来。

“是呀，师父，此地的景况如此，摩揭陀国又能好到哪里？那烂陀寺的兴盛也许只是个传说呢!”玄觉此刻的心情完全变了个样。

玄奘听槃陀、玄觉说毕，朝其余几人看了一眼，而他们却都沉默不语，分明在憋着一肚子的不快。

在玄奘看来，弟子们关于佛教沧海桑田的议论，并非什么坏事，相反地，说明他们正在走向成熟：他们已经学会了观察，学会了思考，学会了分析，思想认识虽然还难免幼稚、片面、甚至偏激，不一定正确，就像几株刚出土不久的幼苗，根扎得还不深，叶子还太鲜嫩，还得不时地培培土，折片芭蕉叶为他们遮遮烈日，挡挡风雨，悉心呵护。忧虑、抱怨，不是他们的缺点，更不是错误。焦虑背后透露出来的是他们怀里那份虔诚的向往，抱怨之声其实正好反映出他们对所负重任的自觉感知。这是非常难能可贵的，因为它是行者殉道的基础和增上缘。眼下最要紧的是让他们意识到忧虑、抱怨的这一实质和本质，继续保持并发扬下去，增强信心，化消极为积极，尽快地成长、成熟起来。于是，他对弟子们说："其实啊，你们的担心、怀疑是多余的。"

"多余的?"弟子们没想到师父会如此说，有点儿吃惊。

"是多余的。"玄奘以不容怀疑的语气回答，"你们能从观察到的现象中提出问题，说明你们在一天天地长大。但是，你们或者是记忆不周全，或者是还不善于将听到的、见到的事和现象连贯起来一起分析思考，更没有找出其中的原因。所以，结论就不一定对，心态就可能出偏差，道路和方向也就有可能看不清楚。"

玄奘停顿了一下，见弟子们一个个都在认真地听，便又继续说道："你们一路走来，难道不曾听说，这一带及毗邻地面，曾经战事频仍，杀伐不断吗？远的不说了，自贵霜国之后，又有小月氏、嚈哒人的入侵，突厥人的易帜。这样的局面下，哪有僧人修行弘法的环境！城门失火，池鱼岂能不连着遭殃！"

"不是说，各朝各代的国王都是崇法敬佛的吗?"普光仍然不明白。

"看看，又只是记住了一面，忘掉另一面了吧?"玄奘指正说，"不错，来者不管是哪路人马，在当权之后，大都崇法敬佛。但是别忘了，不管他们是哪个种族的人，原先可都是信奉外道的，涂灰外道啦，露形外道啦，等等，五花八门，难以备说。后来虽然转崇正法，但却不会是所有的人都放弃了原来的信仰，于是乎就出现了各教并存、争长的现象，以慈悲为怀的正法哪有不吃亏的道理？”

“那也不至于连自己的道场也守不住啊！”法钦话里多少还是带些怨气。

玄奘没有直接回答法钦的问题，而是问道：“你们可知道，‘末法’之说是如何来的吗？”

普光等众人相顾无语，眼睛直盯着玄奘。

玄奘继续道：“弥子们难道忘了，般若羯罗三藏曾给我等说过嚈哒人取代了笈多王朝之后，其王曾经对正法肆行虐待，汰僧毁寺之事？巢之既覆，完卵何有？这里的有部僧团甚至还一度消亡了呢。经历了这次惨烈的大劫之后，教内惊慌失措，自乱阵脚，甚至说什么‘末法时代’已经到来……”

“那依师父的判断呢？”众弟子齐问。

玄奘回道：“你们问我，我问谁去？”

法钦自问道：“哪如何是好？”

玄奘道：“这就对了，自问自！”

弟子们一时不解师父话中的深义。

良久，普光像是悟通了什么似的，高兴道：“法待人弘……”

“唯僧是寄！”嘉尚紧接着补了一句。

法钦得到启发，接着发挥道：“也就是说，末法不末法，是兴是衰，全看我等信心坚固不坚固、意志精进不精进了。”

玄奘听罢弟子们的表白，大得安慰，赞道：“善哉善哉！你们若如是想，如是做，则法门多幸，佛法有继，慧命可续了。”

玄觉似乎还没有完全放下心来，说道：“只是，我们现在是要求法取经，摩揭陀国方面如果也和此地一样，那我们能向何人问法，又从何处取经呢？”

其余弟子没有再说什么,但看得出都有着与玄觉一样的心思,所以玄奘又开导道:"摩揭陀国的现状是否有类此地,不可得而知。但你们都知道,为师的在离开长安前曾到大兴善寺拜谒过刚从天竺国过来的波颇阿阇梨。他曾说到,不久前,戒日王已经统一五天竺,境内清宴,又崇重正法,并为此专门兴办了一所正教学府,就是曾给你们说过的那烂陀寺。波颇阿阇梨曾经在那里从戒贤论师学习过。弟子们还记得在梵衍那国会见过圣使、圣军两位大德吧?他们不是也说过曾在戒贤论师讲席听法的情形吗?所以呀,弟子们大可不必担心无处请益取经。为师的就怕你们的脑瓜子不够大,身体不够壮实呢!"

石槃陀不解何意,问道:"为什么?"

普光拍拍石槃陀的脑袋,笑着说:"怕你装不下听来的法,背不动取来的经籍!"

众人听罢,也都跟着笑了起来。

第三十一回

木梯悬度连接不通路　千求万请写得铜牒藏

玄奘动了许多心思，费了许多口舌，这才使弟子们重振精神，坚定继续前进的信心和决心。但是，只过了一夜，他们又开始担心了。

原来，玄奘师徒们到了乌剌尸国，因为正教不景气，所以只找了座仅能遮风挡雨的破庙过夜。前晚住进去时，庙中并无一人，可第二天起来收拾行装时，却发现隔壁屋里来了个老比丘，衣衫褴褛，污垢不堪，满头癣疥，身长脓疮，正怡然结跏趺坐在床上呢喃念经。玄奘注目良久，敬佩和悲悯之情并生，转身叫过石槃陀，让他从行资中匀出些银两，又取了件僧衣，于起程时送与老僧。老僧接过钱物，既不致谢感激，也不问玄奘姓甚名谁，从何处而来，向何方而去，只是将座旁的一本薄薄的小册子拿起递给玄奘，说道："路有绝壁危桥，虎豹出没，此经或可为你等壮胆、防身，带了去吧。"说罢，便又旁若无人般念他的经去了。告别老僧，玄奘一面走一面翻看经文。弟子们则不然，仍然想着、议论着老比丘的话，不免为前途的险恶担着心，同时也对那小册子可以防身壮胆的说法抱着疑虑。所以呀，个个脸上都罩上了一层浓云重雾。

玄觉沉不住气，冷不丁地问道："师父，几页经书，既非刀枪，亦非棍棒，如何有助登山，又怎么敌得过豺狼虎豹？"

玄奘将目光从经文转向弟子们，发现弟子们又有了心事，但没有直说，而是反问道："你们谁来告诉为师，释尊修行成道，是不是靠的刀枪棍棒？"

弟子们经此一问，恍然有所觉悟，只是仍然高兴不起来。

玄奘扬扬手中的小册子，说道："这是《般若波罗蜜多心经》，和当年龟兹高僧鸠摩罗什法师在长安译出的《摩诃般若波罗蜜大明经》内容相同，言简意赅，是大法的根本，是整个般若学说的核心，道理很深，以后再给你们讲解。现在只说一点，般若波罗蜜多是大神咒，是大明咒，是无上咒，是无等等咒，解除一切苦，能使人无所畏惧。你们看，这《心经》是不是非刀枪而胜刀枪、非棍棒而胜棍棒？威力大着呢！"

弟子们听玄奘如此说，虽然还不完全明白了其中的道理，但都已深信不疑，愁云消散了，心里敞亮了，精神也抖擞了。

迦湿弥罗国，那是继摩揭陀国王舍城之后的又一个正教弘传中心，说小乘一切有部的大本营，第四次结集三藏的圣地。玄奘早已心属之，期盼之，不能不去。

经打听，从乌剌尸国到迦湿弥罗国，路程在千里左右。先山行数百里，再傍河川深谷攀爬数百里，最后悬度过河，才可到达此国的首都循鲜城。

因为路上要爬木梯，悬度过河，所以玄奘决定先把驮马处理了，待到了目的地再作新的安排。这样，一切的行囊就只好各自背负了。

虽然对沿途情况有了初步了解，思想上也多少有了一些准备，但行程的艰苦却比预料的来得更早。

才半日的路程，一座巉岩壁立的大山便挡住了去路。要翻越这座大山，唯一的办法是攀登面前这三级木梯。木梯每一级都有十至二十丈高，一级与二级、二级与三级的连接处，各有一个特意开凿出来的小平台，宽约二三尺见方，可以供登者歇脚，喘口气，活动活动筋骨，以备继续攀登。

站在木梯前，无论是谁，都会有高不可攀的感觉，胆子小点的，甚至会腿软、发抖。为了鼓士气，玄奘掏出那本《般若波罗蜜多经》，说道："这《般若波罗蜜多心经》中有四句'揭谛真言'，概括了全经的旨趣，现在就念给你们听，记住啦：'揭谛揭谛，波罗揭谛，波罗僧揭谛，菩提萨婆诃。'翻译成唐言就是：'断我执断法执，彻底断我法二执，除尽执着归大空，菩萨自觉又觉他。'你我师徒念动'真言'，必定会目空一切，心里无高无险，无惧无畏，安全顺利通过这一关。"

动员果然起了作用，弟子们齐声道："对，就照师父说的做，不就是几架木梯吗！"

决心是下了，但实际问题却得一个一个解决：身上背着沉重的行囊，如何能在小小的木梯上攀爬？行动不便不说，身体重量加上行囊重量，会不会将木梯压折了？

法钦建议说："可以用绳子先把行囊吊上去！"

"深山野岭的，前不着村后不着店，到哪里去找绳子啊？"玄觉发急道。

嘉尚、普光也犯了愁，计无所出。

众人的议论提醒了石槃陀，他惊喜地大声叫道："有了，有了，我这里就有绳子呢。”

众人用怀疑的目光看着石槃陀，都以为他是在恶作剧，开玩笑。但接着却见他真的从行囊中掏出一大把驼毛绳子来，还不无得意地冲众人抖了抖。

玄奘也惊奇了，问道：“哪来的绳子？”

石槃陀回道：“师父不是叫我去卖马吗？卖掉马后，想起路途难走，或许用得着绳子，所以便随手买了这些。”

“为什么早不吭气？”法钦责怪道。

石槃陀不但没有计较法钦的态度，反倒是觉得他问得在理，傻笑着摸摸头，回道：“当时急着起程，未来得及禀报师父。刚才呢，也是因为急，什么都忘了。”

大家瞧他那副憨态，不禁哈哈大笑起来，玄奘也笑道：“焦急忘事，不奇怪，不奇怪。”

绳的问题解决了，可人的问题又出来了。什么人的问题？谁先上去呀！这木梯虽然有绳索固定，但几乎就垂直地贴着那岩壁，已经够玄的；够不够结实，谁都不知道，也难免让人担着一份心。正因为如此，个个都自告奋勇地先上，因此，争抢也就是难免的了。

最后，石槃陀再次申述了自己的理由：“首先，绳是我买的，让我先上去，就算是大家对我的奖励，好不好？另外呢，从年龄上说，我是兄长，所以，保护好师父之外，也要保护好各位小弟，所以，我得首先负起这份责任，合情合理吧？第三呢，师兄弟中，数我脑子最差，笨头笨脑的，念呀写的都不会，只能靠做些体力上的活，为师父为大家分些忧。否则，我一路下来无功无德，到头来你们个个都修成了正果，而我连个罗汉都不是，你们忍心吗？”

其他人还是不服石槃陀，还要继续争。玄奘见状，只好出来表态说：“你们别争别抢了，再争抢也只能有一个人先上去。再说了，这样争抢不停，也耽误时间。大家听我一句话，就由石槃陀先上去吧。不过，你说你笨，这点我可不同意，这么几个人中，就你想到了买绳子，说明你细心，有经验。这就是长处、优点呀！大家说是不是？”

嘉尚等几人一齐回答道：“是！就按师父说的办。”

玄奘征得众人同意后，便接着叮嘱道：“攀登时，照前面交代的，大家都心念‘揭谛真言’，不知不觉中就上去了。”

果然，石槃陀很快就攀上第一级木梯。这时，玄觉又请求说：“师父让我也上去吧，上面再增加一个人，提行李不是更容易吗！”

玄奘听玄觉说得在理，同意了。

就这样，石槃陀、玄觉率先到达一、二级间的平台，行囊也一件一件地被拉了上去。

人的心理是一种神奇的意念，比如一个战士，临战前神经会紧张，甚至产生恐惧；可一旦投入战斗，就会立即亢奋起来，把生与死完全撇到了一边，冲锋陷阵，毫不胆怯、犹豫。玄奘师徒们现在就如同战士一样，从念动真言登上第一级木梯开始，脑子里就忘掉了一切，只知道一个劲地往上爬，甚至可以这样说，他们攀爬的动作简直是机械的、本能的，而并非理性的。古人说：人不畏死，奈何以死惧之。能说出这话的人，显然还明显地具有理性，而玄奘师徒此刻则连死的念头都没有了，唯一剩下的是一连串持续不断、止之不住的攀登动作。

阿弥陀佛！三级木梯终于被撂到了脚下！虽然费了整整一个下午的时间，耗尽了精力，但总算安然无恙。忘我、无我的精神真的显示了威风！

第二天，脚下的山路仍然是坎坷不平的，但算不上十分险峻，所以走起来比较顺利，速度自然也就较快。到第三天中午时分，他们就进入了前面提到过的那条河川谷道，方向是继续向东，溯河而上。

眼下这条山径，比之从飒秣建国至铁门的那段山路又难行多了：河水在脚下几十丈深处奔腾跳跃、咆哮。河的两岸，群山起伏，犹如锯齿，茀郁屈曲，迤逦绵延。山路像一条细带，盘纡萦绕在山腰之间，有的路段由人工凿出，或凹或凸，依随山势；有的路段则是架木为栈，接高连低，下临深渊，上窥线天；有的路段，若断还连；有的路段，窄处仅可容身；碎石不时滚落，栈板间有松脱，每一步都得瞻前顾后，防上防下，慎之又慎。一旦疏忽，石击则性命难保，失足则葬身深谷。其险难以名状。因此缘故，行程进展之慢，可想而知。而山路之长，又并非一日可以丈完。所以，当天晚上，玄奘师徒不得不就宿于崖间小道上。

临天黑，他们选了处稍微宽一点的路面，各人先用绳子一头系腰一头拴在路边的岩角上，为的是避免夜间迷糊时不慎跌落深沟。之后，又安排了值夜的次序，便各自头枕行囊贴崖躺下睡了。

在蒙蒙昽昽中，终于过完一夜，睡不好是自然的。

有明确目标，又有强烈责任感的人，对在奋斗中出现的困乏、劳顿和困难是不太在乎的。玄奘师徒在有关迦湿弥罗种种神奇传说和光辉历史的招引下，巴不得迅即到达，尽情地采访、倾听。所以，尽管山路蜿蜒绵长、步履维艰，但大家都没有叫苦喊累，不仅非时不食，甚至还饥而忘餐，连续几天的旅行，紧赶慢赶地，健步如飞谈不上，神龟的坚韧性却是有的。终于，在第四天拔营启程后不久，才拐过第一道弯，便意外地看到了横跨河谷的一条粗大绳索。显然，这就是悬度过河的地方了。

悬度处，两岸相隔二十来丈，是几百里河谷中最狭窄的地方。两边怪石嶙峋，奇峰峥嵘，下临不测之渊，急流激浪，看之令人胆寒！

悬度绳索约略有手腕那么粗，似乎在编成之后曾用某种油料浸泡过，色暗而结实、光滑。绳上套一只大铁环，铁环下吊一结实筐子，显然是供乘人载物用的；环上还系有两绳，比拇指还要粗，分系在两岸铁桩上，分明是供两岸来回牵拉用。绳索应该没问题，但由于离河面太高，悬空而过，仍不免使人担着一份心。

危险关头，又一次出现了争执：这回是玄奘先开的头，他以"为人师表"、"以身作则"为理由，执意要第一个过去，还自以为胜算在握。

但弟子们却坚决不让，嘉尚首先说道："悬度情况不明，倘若师父先过去，万一闪失，非止弟子不忍，求法之行亦将前功尽弃，几千里路的罪就白受了。"

这理由自然也很难反驳。

石槃陀听嘉尚如此说，不仅觉得在理，而且认为对自己十分有利，便立即接口道："这话很对，师父的安全，事关大局，决不能发生意外。而诸位小师兄呢，又都是师父的左膀右臂，也缺少不得。所以，自然还是槃陀先探路了。"

说毕，人已经进到吊篮里，说了声"我去了"，便荡了出去，快速滑向对岸。

才一眨眼工夫，槃陀离对岸就只剩下三四丈的距离。可就在这时，吊环不动了：由于重力的作用，那粗大的绳索在那里形成了一个仰角，石槃陀就停在仰角的弯点处。正无计时，他看见了连着对岸的那根绳子，于是伸手够了下来，拽紧后，一下一下往怀里收，吊筐便随之一下一下地往对岸靠。最终，安全到达了。

第二个过去的是法钦。因为有了石槃陀的经验,心中有了数,再加上石槃陀又在对岸拉,自然也顺利到达了。

第三个过去的是普光,他有意放慢速度,一直抬头仔仔细细地观察绳索的磨损状况。看见绳索完好,便向对岸发话道:“让师父马上过来!”

嘉尚接话后,立即将玄奘扶进吊筐,一再检查后,便用力推了出去。

看着玄奘滑到了仰角处,大家这才松了一口气。槃陀、普光、法钦立即一齐用力将他往岸上拉。但是,就在一下一下地往上靠的时候,吊环上的绳子松脱了,玄奘没有准备,一下子又滑回到拐点。而槃陀、法钦他俩也差点儿跌了个仰面朝天。

这可把嘉尚、玄觉吓坏了。他们隔岸失声惊呼道:“师父……”

其实,吊环是牢固的,玄奘并无危险,只是虚惊了一下。当他接住槃陀抛来的绳子后,很快也就被拉上岸。为此,大家不仅放了心,而且都很高兴,只有普光一直在为自己的粗心而自责。

接下来,所有的行囊,还有玄觉,也都过了岸。嘉尚善后,自然也平安无事。

玄奘师徒悬度过河后,也就进入了迦湿弥罗国境。虽然还是群山起伏,但河川谷道已经宽了许多,视野也因此更加开阔,不时可以看见民居村舍,有时还可隐隐听到诵经念佛之声。顺路时,玄奘师徒也少不得进寺烧香礼佛。

一路上就听人说,此国地处弥那悉多河河谷开阔地带,东西八百里,南北三百里,四面环山,天然外廓。国开三路,设置关防。路径狭窄而险峻,易守难攻,外国难以侵犯。从走过的这段路程看,所传确实不诬。

过河的当日，就在落日西沉的时候，他们来到了一处所在：在地面比较平坦的高阜上，几幢建筑组成一个院落，既非民居，又非寺院，也不像衙门官府。近看时，大门的题额是“福舍”两字。玄奘正琢磨这两字的意思呢，一位长者已从院里出来，看了一眼玄奘，便过来施礼道：“客僧既到本院门前，何不进来歇息歇息？”

玄奘回过礼，说道：“谢谢老施主盛情，只是不知宝坊是何所在，未敢随便打扰。”

长者指指门额回道：“‘福舍’呀。此乃我国大王所建，专供过往行旅歇息，来者不拒。今时夜色已重，何不进来歇息一晚再走？”

玄奘问：“不知多少银钱一宿？”

长者回道：“大王本意，务在赡给贫乏，故取费并无定数，多者多给，少者少给，贫者全免，吃住公给。”

玄奘又问：“此处距离循鲜城还有多远？”

长者答：“远倒不远，不过二三十里罢了。只是天已见黑，不好行走呀！”

玄奘不再说什么，转身叫玄觉掏出银子递给长者说：“就请老施主为我等师徒开一房吧。”

几天来的艰难跋涉，大家都劳累至极，安顿下来后便睡了，一宿无话。

第二天一早，玄奘师徒离开福舍前往循鲜城。二三十里的路程，不到晌午时分便走完了。当他们爬上最后一个高岗，整个循鲜城便映入了眼帘：城市傍山而建，沿河伸展，南北十二三里，东西四五里。远远望去，房舍鳞次，建筑别具一格，一色的木板屋顶，全然不用草、瓦，几千里走下来，所见绝无仅有。几座佛塔突兀高耸，分外显眼。

不知是怎么回事，望着眼前这座域外山城，玄奘心中并无陌生的感觉，反而有一种似曾相识、久别重逢的冲动。昨晚在福舍留宿时，长者曾介绍过都城正教的状况，说是全城共有佛寺百余所之多，僧人五千余。城中的几座佛塔都是孔雀王朝时无忧王敕建的。诸多佛寺中，阇耶因陀罗寺是最大最红火的一座，既有高行耆宿，又多问道学僧。因此故，师徒们进城之后，就直奔此寺而去。

为了办挂单手续，玄奘首先参见了寺中上座。据福舍长者说，这位上座法讳僧称，年向古稀，是国中的名宿大德，学识渊博，思想深沉，戒行清厉，持善不失，居尊不倨，思贤若渴，故国王尊宠，臣民追仰。

在方丈室里，僧称上座接见了玄奘。他听完玄奘的陈说，用审视的目光看了对方一眼，问道："客僧果真来自东夏？"

玄奘点头道："是的，学僧玄奘的确来自东夏大唐国。"

上座继又问道："在此方住了些年头吧？"

玄奘回道："自离国至今，所历三年，一直在路，马不停蹄，少有歇息。"

上座犹疑："既如此，哪学来的此地方言俗语？"

玄奘莞尔道："一者，在国时曾从传法梵僧学过些许；二者，既远游求法，言语不通，则功德难圆，语言关非过不可，不得不且行且学之。"

上座闻言，心里已暗自称许，但嘴上却只是淡淡说道："既来之，且安之，先住下来吧。"

主人既不拒绝亦无热情的态度，未免让玄奘忐忑。

第二天清晨，盥毕斋罢，玄奘正准备再去找上座落实挂单和求经问法事宜。不料人还未出门，上座却已经急匆匆地进了屋，催促玄奘道："快，快，法师快准备入宫。"

玄奘莫名，一头雾水。

上座解释道："昨日老衲进宫禀报，说大唐国来了位高僧。国王听后非常高兴，说定今日要驾临敝寺迎请法师入宫供养。这不，大驾及羽从已快到山门外了。"

玄奘心里还有不明白的地方，想再问些什么，可已经来不及了，迦湿弥罗国国王在群臣的簇拥下已来到玄奘住房跟前。

上座见状，赶快拽着玄奘的衣袖一块迎上前去作礼。

未等玄奘开口，国王已先自说道："圣僧光临山国，小王杜尔罗跋·伐尔檀那未曾远迎，失礼了。今儿前来，一为请安，一为邀圣僧入宫供养，聊表敬爱之意。"

国王的突然到来，又说出如是这番话，实在是玄奘想不到、也未敢想的事，一时竟慌了手脚，不知如何应对才好，只管一味地合十作礼，一面连声道："谢谢大王垂爱，谢谢大王垂爱！"

在僧称上座的催促下，玄奘急忙将嘉尚递过来的袈裟接过，披好，吩咐了他们师兄弟一番，便在卫士的催促、搀扶下乘象随国王出了山门，并驾朝王宫去了。

城中百姓见国王以国之大礼迎接一位外国僧人，便都以为是了不得的大人物，既好奇又高兴，争相观礼，欢呼雀跃，感叹，称赞，喧闹，声浪一波接着一波。

进宫坐定，杜尔罗跋国王先命侍臣给玄奘献上五色郁金香鲜花，继之以葡萄诸果供养。既毕，复将作陪的大臣、高僧数十人一一作过介绍，然后对玄奘说："大国圣僧莅临，山国荣幸至极。只是不知道，圣僧既是前往摩揭陀国求取真经，却为什么不直道前进，而要折北履艰冒险，枉道我山中小国？"

玄奘见国王是个性情中人，也便不再拘谨，诚恳回道："大王过谦了。中夏有句俗话说，'山不在高，有仙则名；水不在深，有龙则灵。’贵国虽地理偏僻，山高奇险，但既有仙又有龙，阎浮闻名、赡部享誉呢！学僧今日之所以不辞劳苦来访，实慕大王国中之仙与龙也。”

人都爱听好话。杜尔罗跋国王见玄奘赞美自己的王国，乐不可支，呵呵地笑着问：“此话怎讲？”

玄奘见问，便把两百多年前龟兹高僧鸠摩罗什九岁随母越葱岭到此国，从当时的国王之弟盘头达多国师受学，国王待之以上宾之礼，以及学成回国之后在中夏大弘法教的故事讲了一遍，之后说：“是贵国为中夏培养了一代僧才呀！”

“好好好，这真是一段殊胜因缘！”杜尔国王动情地打断玄奘的话。

“贵国与中夏之殊胜因缘还不止于此呢。”玄奘继续说，“在罗什、达多两位大师前后，前往中夏传法的贵国高僧大德还有不少。前有僧伽跋澄、僧伽提婆、僧伽罗叉、弗若多罗、昙摩耶舍、卑摩罗叉、佛陀耶舍，后有佛陀什、求那跋摩、昙摩密多、师贤等等，都是贵国的法匠、义龙啊。”

国王听说本国竟有如此众多的硕学大德名扬东夏，非常自豪，一时兴起，竟然有点忘乎所以地自问自答道：“圣僧知道我国为什么出了这许多贤圣大德吗？那是有原因的呀，国师最清楚了，让他为你仔细说说。”

僧称上座应命，对玄奘说道：“大王所说的原因，指的是本国正法传播弘扬的悠久历史。”

玄奘高兴道：“是贵国正法弘传的历史呀，后学正欲了解呢，敢乞国师不辞辛苦。”

僧称上座稍微整顿了一下思绪，又咽了口口水润了润嗓子，便开始侃侃而谈，将迦湿弥罗国的一部正教史在玄奘眼前打开：

相传释尊灭度后第五十年，阿难依照佛临涅槃时的嘱咐，派遣其弟子末田底迦罗比丘前来这里，以神通法从龙王处请得此处境域，设王理政，迦湿弥罗国家从此建立。在建国的同时，末田底迦罗又于国内建立五百座寺庙，大弘正教，由是知迦湿弥罗国从一开始就和正教有着一种血肉难分的关系。不过，这时的迦湿弥罗正教还是比不上摩揭陀国王舍城兴盛，因为那里不仅是释尊修行成道的地方，同时也是他在世时讲经说法的主要场所。佛灭以后，直至孔雀王朝的阿育王代，王舍城仍然是正法的弘传中心。后来，王舍城的外道耆那教，也就是尼乾子露形外道，重整旗鼓，再度膨胀起来。他们打着"正教"旗号，发明异论，使真正的高僧大德及其徒侣动辄遭受迫害。连阿育王也为其所惑，欲将这些大德、僧徒沉尸殑伽河。诸大德、僧徒为免冤死，不得不远走他乡，来到了僻在一隅的山国迦湿弥罗。后来，阿育王一朝醒悟，亲自到迦湿弥罗向逃难众僧示过、谢罪，恳请众僧返回摩揭陀国。众大德、僧徒心有余悸，不肯从请。阿育王无奈，只好就地再建五百座佛寺，施与众大德、僧徒。这些大德、僧徒所研习的均为小乘说一切有部教义，所以，自此之后，迦湿弥罗国便成了弘扬该部学说的大本营。

玄奘听到这里，心有所感，叹曰："阿育王能够放下屠刀，皈依正教，知错即改，将功补过，真是护教大轮王，弘法大檀越啊！"

"与阿育王功德齐高的还有迦腻色迦王呢，且听国师再为圣僧细说。"国王说这话时，仍然是神采飞扬。

僧称上座继续说道：大约在佛灭后四百年顷，大月氏族迦腻色迦王御世，势力大张，创建健陀罗国，西括大夏古国全境，东达天竺之殑伽河，北总葱岭，南及信度河河口，其领地之大，为孔雀王朝阿育王世之后所未有。此王原本不信罪福、轮回之法，甚至轻侮圣教，后发正信，誓愿皈依，竭力外护，用力不少于阿育王。色迦王每日请一僧入宫说法,长年不断。听多耳熟,慢慢地发觉各僧所说虽都是有部的教义,但异说歧义颇多,无可适从。为了正本清源,绍隆法教,乃下诏于远近征召得内穷三藏、外达五明的高僧大德、圣哲时彦五百人,又指定世友尊者为上座,参考各部教义,甄别邪正,备释佛所说经律论三藏;御驾坐镇,监督无怠。最后共得《邬波第铄论》、《毗奈耶毗婆沙论》、《阿毗达摩毗婆沙论》等经律论释各十万颂,合九百六十万言。所释三藏,既穷枝叶,又究深浅,既显微言,又明大义,由此成为后世弘宣之法宝拱璧。为了使此金科玉律、真诠指南垂世千古、永导法航,色迦王又下令造赤铜之版,将论文镂刻其上,这就是世传之铜牒藏。铜牒藏先封于石函,再秘藏于大塔之内,又严令规定,只准于塔内习读,不可携带外出,越境出国就更是严加禁止了。功德圆满,色迦王还归本都,出了循鲜城西门,转身长跪作礼告别,并宣告将此国施作弘法福地。

关于迦湿弥罗结集及其秘不外传一事,玄奘在国内时就已有所闻,只不过是与僧称上座说的有所出入罢了。为了弄个究竟,便致礼再询道:"西天竺真谛法师到吾国曾译出《婆薮槃豆法师传》,说迦旃延师与五百罗汉及五百菩萨共造说一切有部阿毗达摩论藏《发智论》八章,既毕,又请马鸣菩萨至迦湿弥罗著文详为解释,历十二年方始完成,凡百万偈。此说与长老所述颇异,不知何说属实?学僧愿聆教诲。"

僧称上座断然回道:"铜牒镂文至今见在塔内,毋庸怀疑。"

玄奘听长老如此说,疑虑顿去,高兴合掌道:"善哉,善哉。"

"让圣僧高兴的事还有呢!"杜尔罗跋国王为僧称上座回答得坚决、肯定而喜形于色,"国师你继续往下说。"

"哎,天有不测风云。"僧称上座略一沉吟,慨然说道,"正教也是这样,祸福无常啊!"

玄奘的心情随着上座情绪的变化也一下子紧张起来，焦急地等待着下文。

上座不假思索地又讲述了这样一段故事：

末田底迦阿罗汉时所买寺奴，即后来之讫利多族人，以其向来被役使，宗祀灭绝，积怨甚深，故而在迦腻色迦王死后，乘机称王叛乱，杀僧毁寺，摧灭佛法。当此之时，健陀罗国之雪山下王随即奋起护教，募集国内忠勇之士三千人，乔装打扮成货贩珠宝的商贾，浩浩荡荡前往此国贸易。讫利多王见宝起意，殊礼相迎。商贾队中，早已埋伏五百足智多谋、力敌万夫之枭雄，以献宝为名，进了王宫。讫利多王既见珠宝，眼里顿时射出一束蓝光，笑逐颜开，忘乎所以，立即离座上前赏宝。就在他走向珠宝盒前的当儿，说时迟那时快，雪山下王迅雷不及掩耳地一个箭步抢占了宝座，晴天霹雳般宣告道："列众听话，我是健陀罗国雪山下王，今日专为诛杀乱国毁教之贼首而来，非关百官臣属百姓事，勿要轻举妄动。"就在雪山下王喊话同时，五百枭雄也一齐亮出暗藏袖中的短匕利刃，怒目圆睁，不容有任何反抗之举。结果，讫利多王伏尸座下，其身边鹰隼爪牙也通通被流放异域，一般僚属及广大百姓则安然无事。叛乱既平，雪山下王率众离国，效迦腻色迦王之礼，出至都城西门外，面东而跪，将此国重施僧众。于是乎，缁衣有寄，祇园再兴，晨钟暮鼓定时，朝梵夕诵之声不减从前。

听毕，玄奘这才转忧为喜，长长地舒了口气，又一次合十念道："善哉，善哉！"

说话间，不觉快到正午，杜尔国王于是下谕进膳供养。

斋间，玄奘突然停盏，不胜担心地问身旁僧称上座道："讫利多之乱荼毒如此酷烈，不知铜牒藏是否蒙难？"

未没等上座开口，杜尔国王便先说道："圣教乃降魔伏怪、驱邪护正之法，又有诸多夜叉天神卫护，乱贼近前不得，铜牒藏至今完好无损呢！”

玄奘听后高兴道：“万幸，万幸！三藏宝典历劫而犹存，光大有日矣。”

斋后，杜尔国王对玄奘说：“圣僧不辞辛劳前来山国结缘，就多住些时日，到处走走、看看。山国虽小，却有僧徒数千，庙宇盈百，阿育王所建宝塔四座，此外还有佛牙塔、象食罗汉遗身舍利塔，以及悟入、圆满、觉趣诸论师驻锡造论之所，都不妨前往观礼观礼。”

说到这里，国王转身吩咐僧称上座道：“国师年事已高，不胜劳顿，你可遣维那或监院僧一路陪侍陪侍。”

玄奘一面合十致谢，一面却说：“如此圣迹，自必瞻仰，只是学僧之来，不独为此也。”

杜尔国王询道：“圣僧莫非还有什么大愿？”

玄奘答道：“学僧此次西来，巡礼、游学兼之。巡礼者，见圣迹而礼拜，仰释尊之崇高人格，借以律己、增信、励行也；游学者，且游且学，既访善知识以求开示，亦搜未见未闻之经典，以期探幽索隐、深入堂奥也。以是故，敢乞大王多予方便、国师不吝下教，使学僧不虚此行，则感激涕零矣。”

“好说，好说。”杜尔国王痛快答应道，“只要国内有的，无论藏于密室还是宝库，全听圣僧自由出入，随便检阅。圣僧为求法而不辞万死，本王既诚心护法，又岂可藏着掖着的！”

“连塔中铜牒藏也可请阅？”玄奘趁此机会提出了心底里埋藏已久的愿望。

“当然。”国王睁大眼睛略带惊异地看着玄奘，似乎在说：这还需问吗？

玄奘喜出望外，没想到一直在为之担心的事解决得如此迅速。

事忙不知日子过，尽职难免忘寝食。玄奘为求正法而慕名来到迦湿弥罗这个佛教重镇，事情多得就像殑伽河的沙子，人还没有歇息过来，便又开始忙碌了。

先是听说僧称长老多闻博识，尤其精通《俱舍论》、《顺正理论》，还有《因明》和《声明记论》。除首篇在长安、在缚喝国听习过外，其余均为闻所未闻或闻而未见者。玄奘知道，《俱舍论》是世亲菩萨采用经量部学说的新思想批判《大毗婆沙论》，以《杂心论》为基础而写成的论著。据僧称长老的大概介绍，《顺正理论》则是众贤论师驳斥《俱舍论》对《大毗婆沙论》的批评而写成的论著，不仅维护了，而且发展了小乘有部的正统学说。兵书说，知己知彼才能百战不殆。追求真理不也应该是在对不同学说的比较、权衡、甄别中才能去粗取精、留真除讹的吗？名师就在眼前，良机岂能错过！至于《因明》、《声明记论》，一是讲论证法，一是讲语学，亦即释诂训字、详论诵文唱偈等音曲之学的，都是诠释佛法大义断不可缺的方法、手段和工具，要进入佛法此一不二之门，岂可等闲视之，不学不习之？这样一思一想，玄奘决定要做的第一件事，便是请长老讲授这些论典。

上座一来见国王待客以上宾之礼，二来为玄奘倾心咨禀之诚意所感动，于是也便不顾耄耋之衰，勉力开席，午前午后，加上初夜，三时不断，依次为之讲解诸论。

名师对高徒，讲者是成竹在胸，于是出口有如瓶泻，听者是学有根底，因此受之一似海纳百川。当一百几十卷雄论及八千颂梵文语法授受完毕时，时令已是隆冬季节。解席之时，玄奘因为领悟无遗，壸奥尽得，故而有冬去春来、雨洗青山、焕然一新的爽快。而上座则庆逢神器，传法得人，赞不绝口地向人说："这大唐国僧呀，才智卓绝，听讲人中无出其上者。唯世亲兄弟可与论伯仲，可惜其生不同时，又偏于远国，不能早接遗芳耳。”

同席旁听的远近各国学僧，都比玄奘来得早，虽不像僧称那般学富五车，却也都是些僧杰时彦，听见上座如此褒扬玄奘，有赞叹、钦仰的，也有嫉妒、不服的，但质询、诘难、酬酢下来，最后却无人不表示心悦诚服。

接下来的一两个月里，玄奘率领弟子们走访了城中远远近近的百余所寺院，不知多少次进出于大大小小的藏经楼，从无数的书堆中、书架上，总共翻检出几十部稀罕藏经。这个结果，着实使玄奘师徒们高兴不已。

但高兴过后，难题却摆到了面前：无论哪个寺院的藏经楼，都热情欢迎借阅，但都必须登记造册，按时归还，更不允许擅自携带离去。天啊，人在旅途中，时间有限，如此浩繁的卷帙，读之难完，记之不易，带走不得，弃之不能，怎么办？

这件事一时倒把玄奘难住了。而嘉尚呢，却有点不在乎，看着师父紧锁的眉头，从旁说道：“我们在缚喝国不是抄过《大毗婆沙论》吗？”

“你是说，也将这些经典抄一遍。”玄奘明白弟子的意思，但疙瘩还是没有解开，“这么些经典，就靠你们几个？那要多少时间？一年，两年，三年，四年……”

嘉尚听了师父一连串的发问，也没词儿了。其他弟子也都未能想出好点子。

众人正不知如何是好时，玄奘却一声不响地出了门，至晚方回。弟子们摸不透师父的心事，不敢多问，一夜无话。

第二天，玄奘所盼望的、弟子们所想不到的事情发生了：一大早，僧称上座领着十来个僧人前来叩门。玄奘将他们迎请进来，一见这阵势,心里已猜着了八九分。弟子们则莫名所以,误以为发生了什么不虞之事。

未等玄奘开口,僧称上座首先说道:“老僧昨儿连夜入宫,将贤俊的请求向大王禀报了。大王十分赞赏你的弘法精进精神,很痛快地就答应了你的请求,并令老僧负责挑选熟练、能干的书手。”上座侧身指了指旁边的一溜人众,继续说,“这不,都带来了。没有耽误大事吧?”

玄奘的愿望固然迫切,但无论如何也没有想到解决得这么快。因为昨儿前往上座处求助时,上座回说自己做不了主,需要向大王请示,所以那时心中并没有底。以自己最保守的估计,国王方面的答复——且不说同意还是不同意——起码也是几天之后的事了。真没想到,才过了一宿,书手已经到了跟前。

这件事使玄奘很是感动,一是因为国王的鼎力支持帮助,这不仅仅是给自己派来了书手,解决了燃眉之急,更主要的是对自己身后的祖国——大唐国家的一种示好。二是因为僧称上座急人之急的精神和作风,大教之兴,不就是因为有了这种和敬精神与利他情操吗!玄奘觉得,此时此刻,说任何感谢的话都是多余的。他一改通常合十作礼的惯例,伸出双手紧紧地攥住上座那干瘦的手掌,没有张口,但却无声胜有声,好像是在说:“玄奘将永志不忘你们的友好和帮助。”

抄写经论的书手问题解决后,玄奘搬掉了压在心上的一块大石头,不仅腾出了时间,而且还腾出了精力。当弟子和书手们在埋头笔墨劳作之后,玄奘就把自己关进了收藏铜牒藏的塔室内,沉情守志于那精雕细镂、洋洋洒洒三十万颂九百六十万言的三藏释文之中,晓夜无疲,废寝忘食,不知日之已出,夜之将临,以至于弟子们不得不指定专人侍奉,送水送食,添衣促睡。这么些事儿,当然是由石槃陀来担当了。即使如此,也难免万一之疏漏。有时候,槃陀先已睡去,倒是为师的不得不掩卷出手,为弟子添盖衣衫。

玄奘阅读铜牒藏,首先是从论藏《阿毗达摩大毗婆沙论》开始。在国内游学时,他看过苻秦朝僧伽跋澄的译本《鞞婆沙论》和北凉时期译出的《大毗婆沙论》,在缚喝国更曾抄出此论。然与眼前的铜牒藏释文相比,却或多或少有所出入,也就是说,都比不上后者详细、精确。玄奘大胆地推定,这种差别、错讹,应该是在辗转背诵、流传过程中所造成的。文既不全,如何求其真?于是乎,他又涌起了一个新的念头:将这铜牒藏也都抄了带回国去。

然而,当玄奘将这个想法告诉僧称上座时,上座却毫不犹豫地就拒绝了,说:“这万万不可以。当年编藏既毕,即刻石立下制文:在塔内读诵研习可以,但不得携带此文外出,以防其他部派学人及大乘信徒污坏此法。贤俊求法心切,弘化愿深,如此要求自可理解。可是,一者,禁止外传,这是事关国法的大问题,老衲岂可违犯!二者,贤俊本身又服膺大乘,更在禁止携带外出之列,事情就更是难办了。”

玄奘设身处地地为上座想了想,觉得他的确并无解决此一问题的能力和权力,于是对想法作了修正:唯求上座相引入宫,由自己亲自向杜尔国王申述大愿。

上座觉得这也不失为一个既成全他人又解脱自己的办法,便答应了下来。

僧称上座带领玄奘进了宫,杜尔国王待他们坐定,便饶有兴趣地问玄奘:“圣僧此来是有急事还是难事?”

玄奘直言道:“学僧动扰万机,不胜惶恐,先乞大王海涵。承蒙大王供养，既无饮食之忧，亦无起居不便，研习法义也处处顺利，只是还有一事，诚盼大王舍难舍之宝，施难施之财。”

国王说：“什么宝？什么财？不妨说来。”

玄奘回道：“学僧慕贵国圣教之盛，特地绕道前来参学，蒙允阅读铜牒大藏，实乃大幸。今欲抄写了，携归大唐弘化，诚望大王敕准是荷。”

杜尔国王听罢，表情顿时严肃起来：“这个……这个事情不好办啊。”

“为什么呢？”玄奘明知故问道。

杜尔国王回道：“迦腻色迦王镂版刻藏既毕，随即颁旨刻石，明令学人只能在此读诵，不得携带出境。”

玄奘复又明知故问：“这又是为什么呢？”

“防止其他部派及大乘学人污坏此正法啊！”杜尔国王不假思索地回答。

玄奘听罢，摇了摇头，但没有说话。

杜尔国王看在眼里，颇为惊异，问道：“怎么，圣僧不同意弟子所说？”

“岂敢，岂敢。”玄奘连忙道，“学僧只是想，当年色迦王以异说扰乱正法故，所以召集五百罗汉，参酌十八部异议，择善而采之，勘定佛说，编成三藏释文，不知其初衷何在？”

杜尔国王回道：“自然是维护正统，彰显佛法之真谛啦。”

玄奘回道：“既然如此，如将镂藏公之于世，广而弘宣，使之家喻户晓，公论既成，异说讹论则不能得逞，岂不是一件好事？”

“色迦王制文并不限制进塔习诵和出外弘传啊！”杜尔国王的回答，半是声明，半为辩白。

玄奘没有就国王的话发表看法，而是说：“学僧在国内游学时，曾见过两种《大毗婆沙论》译本，一为贵国大德僧伽提婆所出，大德备通三藏，博览众典，特善论藏，但其所诵译之《鞞婆沙论》则不过十四卷而已；又有西僧浮陀跋摩亦以《婆沙》为心要，常诵习之，也在中夏诵译此论一部，虽比前译文多，却也不过百卷罢了。如此看来，两译之文，比之于铜牒原典，不啻天渊之别。原因何在？记忆、诵出之疏漏也。谁人之过？本论之笃信者，而非其他部派或大乘人呀。由是而观之，制旨之禁，非但未达护持正统、彰显真谛之目的，客观上却在抑制大论之宣扬呢。再者，佛虽一音说法，却是就机开示，方便设门，加之根机有不同，解悟有出入，又去圣时远，真义难诠，以是故，异议蜂起，部派分张，大小并立，半满竞弘，势所必然，在所难免。然而，部派也好，半满也罢，大同而小异也。大同者，证悟离尘一致，是为根本也；小异者，法门设施、修行仪轨不同，不过枝叶也。设若天下释子一家，共敦根本而又存其枝叶，则毕钵罗觉树不是更见盛茂吗？”

一席话，很让僧称上座欢喜，幸逢神器的感觉更深了。杜尔国王呢，则茅塞顿除，一似云开日出，荫翳消除，于思索回味中，油然拊掌道：“好，好，好一个‘共敦根本，存其枝叶’，如此，则大道之昌便可永久了！”

玄奘没有白进宫，他的请求不仅获得了敕准，而且又多得了十员书手。这样，不仅是《阿毗达摩毗婆沙论》藏，而且连《毗奈耶毗婆沙论》藏、《邬波第铄论》藏都能抄写了，心里不禁想：“铜牒秘藏传归大唐有日矣！”

首尾两年，玄奘与弟子们在迦湿弥罗循鲜城总共住了八九个月。当最后一项任务，即抄写铜牒藏结束的时候，已经是第二年的初春。为了赶早到达摩揭陀国，他们在收起笔墨后不几天便踏上了南下的征程。此时，正是山国郁金香花盛开的季节，那庭前院后、路旁河边、山坡原野，到处都有其亭亭玉立、婀娜多姿的身影。近而看之，未开的腼腆含羞，盛放的笑容可掬，或莞尔情深，所谓伊人，或咯咯大笑，大方开朗；远而观之，或如朝霞满地，斑驳辉煌，或如彩缎横铺，剪裁有致，真是一幅美不胜收的画卷。

有道是，人逢喜事精神爽。玄奘，一因抄得了秘而不传的铜牒藏，心中的那份法喜久久萦绕难去，二因时值良辰，路上又风光旖旎，像是一副兴奋剂，很是使人冲动、奋发，因此，脚下生风，快步如飞，不费半日，就到了此国西南境之关口，关的那边，就是半笯嗟国。

为师的自然稳重些，虽喜而不形于色。弟子们就不一样了，年轻活泼，兴奋点无一不写在脸上。在即将跨过国境线的那一刻，他们不约而同地停了脚步，放下行囊，又一齐转过身来，像行注目礼似的，望着刚刚踏过的原野、土地，显然是在向它们告别，只是心情有点儿复杂，既留恋难舍，又有结束旧旅程、踏上新征途的欢欣。

之后，师徒们背起行囊便要出关。可就在这个时候，几个国门卫士走了过来，严令他们打开行囊，说是以要检查有否违禁物品出境。

玄奘先是一愣，但很快也就坦然接受了。心想，家有家规，国有国法，出入检查，不过是惯例罢了。再说了，不做亏心事，不怕鬼敲门。你检查了，我也好落得个清白。

就在玄奘吩咐弟子们一一打开行囊的时候，又来了一个商队，他们只和卫士打了个招呼，便获准出了关。嘉尚等几个看在眼里，不觉气上心头，法钦打头质问卫士道："为何检查我们而不检查他们？"

卫士瞪了一眼法钦，回道："因为他们是商人，你们是僧人。"

法钦更来气了:“这么说,这关口是专门为检查僧人而设的啦?”

卫士毫不掩饰地回道:“可以这样说。”

这一下,法钦等人更气了,说了声“岂有此理”,便一齐拥向卫士,要与他论个短长。

玄奘见状,急忙拦阻道:“罢了,罢了。让他们检查就是了,快查完快过关,岂不更好?”

法钦还是气不过,挤到卫士跟前理论道:“天下无商不奸,阎浮无僧不善,你们为什么颠倒着查……”

“谁颠倒来着? 你看,你看,这是什么? 从哪偷来的?”另外两个卫士气势汹汹地抱着几大包东西过来,并打断法钦的话,这样质问道。

玄奘眼快,看出那几个包裹正是千求万请得来的心肝宝贝——铜牒藏的手抄本,赶忙过来护住道:“动不得,动不得,小心别损坏了。”

在此同时,嘉尚、普光等人也都上来辩白道:“这不是偷来的,这是国王赠送的。”

卫士不相信,说道:“不可能。正是为了防止有人私自将藏经携带出境,才四面设关重点检查僧人的,大王怎么会带头违犯国法呢? 不可能!”

玄奘恳切地对卫士说道:“僧有严戒,从不诳语。这铜牒藏的确是杜尔国王恩准并派遣书手为贫僧抄写,带归大唐国宣说弘扬的。临行前,贫僧入宫辞行,还曾提到过关出境问题,杜尔国王说,他会明令各个边关放行的。”

卫士一听,更有道理了:“说谎,分明是在说谎。大王既然说要给关防下放行令,我们为何至今没有接到?”

玄奘一时没了辙。弟子们却议论开了。

普光道："这卫士说得在理，国有定制，不准私携镂藏出境，国王应该是不会，也不敢违犯国家既定之法的。"

玄觉忧心忡忡地说："这可怎么办？白费力不说，还担了个莫须有的罪名？"

石槃陀干脆埋怨道："要不是在这山窝窝里待了几个月，肯定已经到达摩揭陀国了。"

法钦说："我看这国王是在装好人，一面派人帮抄写，落个人情，一面则把关设防，让你空欢喜一场，他却白捡了份手抄本。"

"休要妄语！"玄奘喝住法钦道，"国王岂是那种人！他豪爽开朗，心就像清泉一样澄澈，蓝天一样明净，说一是一，说到做到，哪有一点儿面慈心狠、笑里藏刀、暗中使绊子的迹象？岂可随便乱想乱猜，信口开河，恶语伤人！"

"师父说的是。弟子知错了。"法钦低头承认犯戒，但还是放不下眼前的事儿，"可这事该怎么办才好啊？"

法钦话音才落，却听到远处传来了一阵急促的马蹄声。大家转身放眼，只见一队骑士正扬尘朝边关这里飞奔而来。

"你们自己好好看看，追兵都来了，我们是不是逮了个正着？"一个卫士颇为得意地冲法钦几个嚷道。

玄奘和弟子们因为没做什么见不得人的事，尽管来了不速之客，但却全然没有大祸临头的恐惧。

大队骑士到得跟前，为首的一个纵身下马，直朝玄奘快步走来。玄奘定睛一看，正是杜尔国王本人。

"耽误了圣僧行程，全是弟子的罪过。"杜尔国王紧握着玄奘双手说道，"山国地僻人穷，为百姓的饱暖和安宁，再小的事也得弟子躬亲视事，大事急事就更不用说了。昨天圣僧进宫辞行，你前脚刚走，后脚就有大臣前来急奏，忙着到现场处理，一时竟忘了给边关传旨。待想起时又来不及了，只好亲自走一趟。”

玄奘听罢，泪水已经润湿双眼，激动地说道：“大王国事繁忙，竟然还得为此事操劳分心，真是对不起了。”

杜尔国王摆手回道：“无妨，无妨。只要不耽误行程，功德就算圆满。要提醒圣僧的是，从此以降，千几百里内尽为山地，山高林密，风俗猛烈，人性犷暴，庸鄙轻薄，多有不义之徒，务必一路小心，处处谨慎，以防不测。”

说完，杜尔国王亲自推开关门，恭送玄奘师徒上路，直至他们消失在视线之外，这才拨辔回返，那份依依难舍之情，一言难尽。

第三十二回
赤花林群贼劫财害命　波罗村长年仗义重情

玄奘师徒离开迦湿弥罗国之后，端南跋山涉水，又走了千五百余里，先后经半笯嗟国、曷逻阇补罗国而进至磔迦国。自滥波国讫于此，虽然同属北天竺地域，但就摩揭陀国所在的中天竺国而言，这里仍可称之为边远之地。自此渐行渐南，气序、物产、民俗便也渐渐地有了许多变化，特别是半笯嗟国以南地，气序由温暑而湿热，且多飓风，不仅是山雨欲来时风满楼，酷暑暴热也会生出狂飙，摧枯拉朽，将大树连根拔起。由于雨水丰霈，除山地以外，一般都是林木稠密蓊郁，果园连接成片，甘蔗、庵罗、瑞应、辣木之属最为常见。风俗情性，信仰崇奉，不可而一，或怯懦轻勇，或刚猛犷暴，或质直淳朴，或谲诡狡诈，或邪正兼崇，或唯敦三宝，如此等等，难以群分，不能类别。沿途变化万千的景色，不断地刺激脑子里的兴奋点，有效地使人忘记了旅途的劳累和枯燥，而风俗人情的多样，也使人增加了新鲜感和好奇心。

在磔迦国的奢羯罗城，玄奘师徒参观完往昔世亲菩萨造《胜义谛论》的寺庙和佛塔后，又马不停蹄地继续赶路。

当玄奘师徒从另一座城池出来后不久，就进入了一个巨大的林海。这一林海颇为特别，事后打听得知，林海方圆数里，长着清一色的树木，当地人叫波罗奢树。其花红色，榨汁沉淀后色泽尤其鲜艳，是染皮染毡的上好染料，因此缘故，波罗奢树又称赤花树。这种树既粗壮又高大，成千上万株连在一起，遮天蔽日，微风一吹，便会哗哗作响。此时呀，整座森林就真的成了波涛滚滚的海洋。

说来也巧，玄奘师徒到达之时正是春末夏初的花开季节。每一个树冠都盛开着数百上千朵赤色的花。那花朵非同一般的硕大，筒形，跟量米的升差不多，颜色殷红殷红的，在深绿色叶片的衬托和林间忽闪忽闪光线的映照下，这些原本殷红的本色又幻化出更光怪陆离的色彩，像玛瑙，似琥珀，如膏如脂，冰雕玉刻，晶莹剔透，珠光宝气，正合了那玉树琼花的美称。

正当玄奘师徒怀疑这是不是西方极乐世界的千万彩灯撒落人间的时候，突然刮起一阵不知来向的天风，风势凶猛，就像千军万马在林间奋蹄奔袭。树身摇晃着，树叶发出的不再是轻微的沙沙声，而是一阵高过一阵的哗哗声。整个过程大约延续了一个时辰左右。其间，玄奘师徒不得不暂停避风。

当大风辄止，林海回归宁静，玄奘师徒从粗壮的大树背后走到开阔一点儿的地面时，眼前所看见的只有满地落花与残枝败叶，树木则没有一棵被折损。这使他们觉得很惊奇，并且感叹不已，有人说："要不是依靠了集体的力量，奋力抵抗，这些树肯定难免被连根拔起的灾难。"

庆幸之余，玄觉拽了拽师父的衣袖，低声提醒说："林子那边还有别的人呢！"

玄奘朝玄觉指示的方向一看，前面果然有几个人影在晃动，好像在弯腰捡拾什么东西似的。

这时,嘉尚等几个也看到了那些人,并且开始警惕地注视着他们的一举一动。

而那些人呢,仍旧是旁若无人似的,只顾干自己的活儿。

玄奘心想,这些人既不注意旁人,也不管旁人如何注视自己,心思只在乎地上的什么东西,应该不是什么心歪歹毒之徒。

既然有了判断,玄奘于是移步朝他们走去。既到跟前,只见他们每个人腰里都系着一个袋子,所捡拾的并非什么稀罕贵重的东西,而不过是大风中掉落在地的树叶,已经装了半袋子,于是好奇地问道:“不知诸位施主是哪里来的贵客,拾此落叶作何用途?”

听到发问,拾叶者发觉身旁有人,直起腰来看了玄奘一眼。既看,则不胜惊喜道:“你们不就是从迦湿弥罗循鲜城过来的和尚吗?”

玄奘也讶道:“施主如何知道贫僧的来处?”

拾叶人没有回答,而是羡慕地说道:“和尚好排场啊,连国王都给你送行来了。”

经此一提,玄奘立即想起从迦湿弥罗国出关时的情景,问道:“施主们莫非就是先贫僧一脚出关的商队?”

拾叶人回道:“正是。在奢羯罗城交易完后,正要往至那仆底国去呢。”

玄奘听后非常高兴,连说“幸会”、“有缘”,但很快又把注意力集中到了树叶上。

商客看着玄奘一脸的疑惑,随即递过一片叶子,说道:“和尚你将它撕一撕。”

玄奘接过树叶,用力一撕,竟然没能撕破。

法钦见状,从师父手中要过树叶,运了运气,用力一撕,好不容易才撕开了一个小口，但裂口并不顺溜。

商客笑道："看见了吧，这波罗奢叶质地坚韧，虽稍差于氍布、毛褐之类，我等行商货贩者都用它来缝制袋子。你看，这不就是！"

商客说着，指了指腰间系着的袋子。

嘉尚几个师兄弟好奇，都上前拽了拽波罗奢叶袋子，感觉的确很结实，纷纷点头称赏。

玄奘四下里望望，又不禁问道："怎么只剩下人而不见驮马货物了？"

商客回道："都在那边水塘旁吃料饮水呢！和尚们也都过来歇息歇息？"

行旅中人，能唠上话就觉得亲，所以，玄奘应了商客的邀请，招呼子弟们背起行囊便跟了过去。

快到水塘边，商客却惊呼了起来："糟糕，驮马、货物都哪去了？"

玄奘师徒随声抬眼四处打望搜索，果然没发现一点儿驮马、货物的踪迹，也不禁纳闷起来。

面对不测，拾叶的商客急坏了。而玄奘的弟子们则怀疑商客在演戏，居心不良，口上不说，但心里已经警惕起来。

就在这个时候，几十号蒙面强人突然从周围树后闪出，个个手上拿着大刀、长矛、斧钺之类，怪凶蛮吓人的。他们一声不吭，只是步步往这边进逼。

玄奘师徒和客商知道事情不妙，也都没说一句话，当然，更不要说反抗了。力量太悬殊，寡不敌众，徒劳无益，何必呢！

接下来，群贼将玄奘他们的行囊和身上的什物搜刮一空后，便往林边水塘那边赶。

到得跟前，这才发现，原来留下来看守驮马、货物的几个商客已经被逼站在水塘中央，双手都被反绑着。水塘半干半湿的，泥水还有齐膝深。几个贼人或挎弓或执弩在来回巡视看守，不时对水塘中人发出呵斥，不许他们有任何动作。

自然，玄奘师徒和拾叶的商客也被赶进了水塘，总共有十六七个呢。

在水塘中央站定后，玄奘的心也定了下来，暗自问道：难道这次真的是在劫难逃了？难道西行之路果真不得不以此水洼为终点？难道几年来的攀山越岭、栉风沐雨、忍饥挨饿，一切努力换来的就是这样的一个梦断天涯的下场？

什么东西是最令人痛苦、最让人不能接受的？那就是胜利在望，目的将达的时候不幸命丧黄泉。很自然，玄奘现在最不愿意、最不甘心的就是在佛国仙乡近在咫尺的地方告别人寰。死，并不可怕，但必须死而无憾，死有所值！于是，他下了决心，一定要在困境中作最后的挣扎，在绝望中作一次生的选择。

可是，怎么死里逃生呢？水塘是半干半湿的，长了不少草，周围则是荆棘萝蔓，一人多高，严密得几乎不透风，还有贼人监视看守着，真真是插翅难飞呢！

就在几乎绝望、崩溃的时候，玄奘却突然听槃陀小声说道："师父，背后有个排水洞呢！"

玄奘回头放眼搜索，贴底处果然有一洞口，下垂的萝蔓几乎将它遮住了，约略估计，一人钻过去没问题。这一发现让他高兴极了，立即说道："槃陀，你设法从那钻出去，给外面报个警，大家就有救了。"

石槃陀回道："不，还是师父你出去，只要你安全了，我们即使死了也无所谓。"

玄奘不容分辩地说道："听我的，你不显眼，不容易被发现，快，争取时间要紧！”

商客们虽然听不清玄奘师徒在说什么，但从谈话的神态上似乎猜到了他们的意图，便也不动声色地配合行动，相互靠拢，用身体作为掩护的屏障。

就在这时，贼人又大声吆喝了起来：“不许动，不许再乱动！”

客商们以为要开杀了，开始骚动起来。玄奘也觉得大事不好，以为大难就要临头，于是赶紧催促槃陀快走。可是，左右寻找之，却不见了槃陀的踪影。玄奘先是一愣，但接下来却是一阵激烈的心跳，惊喜与担心相交织：惊喜，是他猜着槃陀已经逃了出去；担心，是因为结果难测：槃陀能否顺利报警？别人是否相信他的话，会不会伸出援助之手？即使愿意帮助，又是否可以及时赶到？诸如此类，一个问号接着一个问号。

在一筹莫展的情况下，玄奘于是又合十胸前、颔首闭目念起了救苦救难的观音菩萨名号来，一遍一遍，连接不断……冥冥之中，他隐约听到了螺号声……继而，螺号声中还夹杂着鼓声和呐喊声……又过了一阵，螺声、鼓声、呐喊声中又增加了杂乱奔突的脚步声…… 再往后，螺声、鼓声、呐喊声、奔突声连成一片，越来越近，……这时，还在不停念念有词的玄奘真的以为，是观世音菩萨闻声救苦来了，不胜惊喜地喊了起来：“天军！菩萨率天军来了！”

但是，当他睁大眼睛笑迎“天军”时，这才发现，并非是天军从天而降，而是上百个手执刀斧钉耙棍棒之类器仗的当地村民。他们呐喊着，奔跑着，已经冲到了水塘边。而岸上的贼众却早已落荒而逃，渺无踪影。

“师父……”

石槃陀嘶喊着，纵身从岸上跳下水塘，直朝玄奘扑将过去……

玄奘师徒并商客人等上岸后，石槃陀将玄奘领到一位长者面前介绍说："这位老施主就是我们的救命恩人。"

玄奘非常感激，合十作礼道："谢谢施主，贫僧永世不会忘记你和众人的救命之恩。"

接下来，石槃陀向玄奘讲述了求救的过程："弟子趁贼人吆喝、商客惊乱时乘机从洞穴逃了出去，跑不远遇上的第一个人就是老施主。当时他正在驱牛犁地，弟子向他说，师父和商队被强盗抢劫了，还要杀人灭口呢。老施主听后大为震惊，立即停了犁，解下牛让我牵着。我不明白他的意思。他解释说：牛是婆罗门的神，你牵着牠，贼人即使追来也不敢碰你。说完，便跑回村里招呼人去了。"

听石槃陀如此一说，玄奘再次向老人作礼致谢，随后问道："老施主今儿振臂一呼，众人便都来了，莫非是村里的祭司？"

长者回道："正是。只是，如今老愚，快要挑不动这重担了。"

"不不不，祭司过谦了，还是众望所归嘛！"玄奘说到这里，转而不解地问道，"祭司是由婆罗门僧专掌的呀，既如此，为何要救我等比丘？"

老祭司回道："释迦氏与婆罗门虽非同门，但比丘修布施、持戒、忍辱、禅定、精进、智慧六波罗蜜，而婆罗门也讲苦行、布施、正行、杜杀、实语、禁欲、同情，门异而道同呀。岂有遇恶不憎、见死不救之理？"

玄奘与婆罗门祭司言投意合，相见甚欢，正要往深里谈时，普光、嘉尚抬着一个大包裹，法钦、玄觉二人跟在后面，一起气喘吁吁地跑了过来，高兴得上气不接下气地说："师父，没抢去，没抢去……"

玄奘高兴之余竟然一时忘了刚刚过去的一幕，问道："什么没抢去？慢慢说来。"

法钦回道:“我们在林子的旮旯里发现了铜牒藏抄本。”

玄奘因为一直在和老祭司说话,一时顾不上别的,这时听弟子们说到铜牒藏,这才想了起来,心儿怦怦地跳着问道:“铜牒藏抄稿没被抢走?都没损失?”

弟子们回道:“师父放心,都还在呢!”

玄奘高兴极了,立即蹲下来解包裹,见铜牒藏抄本果然完好无损,又连连称念起“阿弥陀佛”名号来。

当晚,玄奘师徒并商客应祭司挽留,就一起住在村里。

商客们因为驮马牲口及全部货物都已被抢光,还差点儿陪了性命,因此唏嘘不已,惶惶然不知如何是好,既无心吃,也无心喝。他们看见玄奘师徒们怡然无忧、谈笑如常,便不禁问道:“如今已经身无分文,明日正不知如何过呢,和尚们怎么还高兴得起来?”

玄奘理解商客们的心情,过去安慰道:“施主莫发愁,我国有句古话说,留得青山在,不怕没柴烧。对你等来说,青山就是命,草木就是财物。只要山在,就能长出草木,只要人在命在,还用担心找不到区区衣食?贫僧曾听说,西域商人从小就以石蜜为食,手掌置胶,所以,长大之后,个个能言善辩,持宝不失,极善经商买卖。因此上,各位何须惧怕一时之失?壶里的水撒了,再灌满不就得啦!”

玄奘的话,一下子将垂头丧气的商客们都说乐了。

玄奘见商客们解开了心结,于是又接着说道:“不过呢,贫僧对施主们也有一言相赠,也是我国古贤说的:君子爱财,取之有道。俗谓无商不奸,不知是否属实?贫僧唯愿各位施主能以诚信为本,公平交易,使百货尽其用,万物利于人,既造福于社会,又增福于自己。如果一味地坑蒙拐骗,这就与强盗没有什么不同了,所得皆为不义之财,最终是不会有好报的。”

客商们齐声道："承蒙和尚教诲，日后果然时来运转，财路通达，生意做大了，一定要到大唐国去看看，顺便供养和尚你。"

第二天，玄奘合十作礼与婆罗门祭司及村民告别后，随即继续往前开拔。商客们本来也要到至那仆底国去，所以便合伙一起出发了。

从赤花村启程，行半日，便到达一大庵罗林。昨晚，婆罗门祭司曾告诉说，这林子里有一位七百岁高龄的婆罗门僧隐居修证。他已皈依佛陀，对释迦正教极有造诣。所以，玄奘决定在此暂停，参访参访。

在庵罗林深处，玄奘敲开了一眼草庐的柴扉，出门迎接的是一位老叟，年在百岁左右，听玄奘申明来意后，便领了他进去。

庐内主人知道有客造访，早已站在那里静候，一左一右共两人。右边一个身材矮瘦，较出门迎接的老叟又多了些岁月，但仍然矍铄硬朗。左边的一个则形质魁伟，气宇深沉，脸面明净白嫩，仿佛而立之年，一头短刺般的白发，应该不是岁月撒下的霜雪，而可能是祖先遗传因子使然。

谁是长年婆罗门呢？玄奘看着二人，一时竟不知先给谁施礼为好。

接引老叟好像是有意考验玄奘的判断力似的，也没有立即主动介绍。

玄奘暗自思忖道：从相貌上看，居右者为长；但从气质上说，则应是居左者。

就在难辨难定的时候，'鹤发童颜'一语突然蹿上脑际，玄奘不假思索地朝居左者跪地就拜，同时说道："大唐国游学比丘玄奘，谨此参见长年长老。贸然到来，多扰梵境，乞望包涵。"

长年婆罗门嘴角稍微翘了翘，似笑非笑，心想：这比丘眼力真不低，竟然能看出我的年庚来。有了这第一感觉，自然也就不敢再小觑了，于是上前扶起玄奘，说："腊有长短，法无高下，你我平等，不必行此大礼。"

既坐定，长年婆罗门问道："客僧刚才说什么来着？从大唐国来？此国位于何方？"

玄奘答道："在赡部洲东部靠大海处。大唐国是新名，旧时称大汉……"

"大汉？就是迦腻色迦王健陀罗国时常住在迦毕试国的汉天子儿老家？"长年婆罗门打断玄奘的话，且疑，且惊。

玄奘高兴道："正是，正是。长老对此事为何记得如此真切？"

长年没有立即回答，而是在回味着什么似的，脸上洋溢着喜悦，片刻之后，这才自语般说道："这天子儿为了取信于西国，长住此方，几毕一生，至老方归。临走，还在所住伽蓝留下一笔珠宝，以备寺刹修缮之用。听说前些日子已经取出支用了。"

玄奘高兴道："是的，学僧曾经见证此事。"

"和尚你莫非就是主持掘宝仪式焚香祷告的圣僧？"长年眼睛闪光，直盯着玄奘。

玄奘连连摆手说："惭愧，惭愧，学僧岂敢以圣僧自比，不过是盛情难却，从了寺院长老请求，一起祈求诸佛护佑见证而已。"

长年很赏识玄奘的谦谨，微微一笑后，复又问道："和尚可曾知道，汉天子儿还有另外的功德？"

"还有另外的功德？"玄奘有点诧异，摇头表示不知。

长年回头示意两位侍者说："且将果子上来。"

接引老叟迅即从庐外端上一盘时果，玄奘见后不禁眼睛一亮，既惊且喜地喊道："桃子！梨子！"

长年见玄奘如此兴奋，感到非常满足，说道："桃子，梨子，我们这里叫'至那尔'，叫'至那罗阇阇弗呾逻'。'至那尔'意思是'支那传来的'；'至那罗阇阇弗呾逻'则是'支那王子'。"

玄奘惊喜有加："这是不是说，此地的桃子、梨子是由汉天子儿传来的？"

长年回道："正是呢。相传汉天子儿离国日久，很是想念故国、想念亲人，因此上，叮嘱使者带来几种上好鲜果，既满足了口福，又重温了乡情。为了让这种甜蜜惠泽此方，天子儿遂将果核播在土中，辛勤护理，终于使这等上好果木在此扎下深根，结出果实。为了感谢、纪念天子儿的培育之恩，也为了永远铭记支那国及天子，这里的百姓遂起了这名字。"

长年说到这里，情绪有些儿激动，遂将话打住，好让心潮恢复平静。片刻之后，又好像在咀嚼余香似地说道："这哪里只是稀罕的鲜果，分明是一份深情厚谊啊！这里的百姓一直都将支那国天子儿当自家人看待呢！"

叙谈中，长年婆罗门得知玄奘师徒刚罹贼难，行囊资用已被洗劫一空，连连摇头叹道："人心沦丧，竟至于此！"

玄奘道："长老或许言过了。其实呢，林子大了，哪能没枯枝败叶呀！"

长年钦佩玄奘的涵养，首肯道："法师道心慈悯，宽人贷罪，真有汉天子儿的风范呢。好吧，你也来看看此地民众还记不记得汉家的情分。"

长年说罢，随即遣侍者入村，走街串巷敲锣宣告说："昨有支那国比丘于近处大菴罗林中遭贼抢劫，行囊资用一空，众人宜共知之。"

侍者宣罢收锣，人还没有还至草庐，身后便跟了无数人众，或扛或抬，或肩挑或顶载，个个携带什物，穿戴之用如棉、麻、野蚕丝等织品，饮食之用如乳酪、膏酥、面饼、砂糖、芥子油之属，时果则如梨、桃、柰、杏、芒果、椰子之类，如此等等，不一而足，言之难详。既至庐前，遂一一摆放开来，竟然占了好大的地面。

长年婆罗门于庐内听到外面有杂乱的脚步声，似有所料，便领着玄奘出庐观之，脚还未站定，只听人群齐声说道："请支那和尚受用。"

这场面，着实让玄奘感动，他不由得上前准备施礼，以表谢意。不料，刚到得跟前，其中的几十个壮汉突然扑通跪下，神情似有所待。

玄奘见状，一时懵了：这是怎么回事呀？

长年婆罗门上前附耳道："在请求法师你摸顶加持呢。"

玄奘本想推辞，但又认为化人度生乃佛子天职，所以也就顺了众人的要求，念动真言，逐一为之摸顶。

既毕，众人欢喜散去。

玄奘将村民供养物的一大部分分与商客，又在余物中拣出数十端白氎奉施与长年婆罗门，留下来的不过路上所需而已。

事后，弟子们谈到了一个让玄奘感到意外的问题。

普光说："师父难道没有觉察，在接受摸顶的人众中，至少有十许个的身材、动作、声音让人觉得眼熟、耳熟？"

"有点跛腿的那个好像就是他们的头目，在赤花林水塘边指挥的正是他呢。"法钦十分有把握地说。

弟子们的议论使玄奘回想起一个情况：在摸顶加持时，当中一人整个的身子突然颤抖了一下，头也比别人低垂许多，好像忌讳别人看清自己的面庞似的。

“那他们不就成了两面人了吗？蒙着脸去抢人，露着脸去施人，好坏全兼了。”石槃陀觉得事情很是不可思议。

嘉尚不同意槃陀的看法，说：“也许他们是真心忏悔回向呢！”

“我看不像。”玄觉立即反对说。

嘉尚问：“凭什么这样说？”

“凭什么？明摆着的嘛。”玄觉似乎很有把握地说道，“要是真心忏悔改过，为何不归还抢去的原物，而用别的东西冒充布施？”

嘉尚回道：“这也不奇怪，老话不是说，树活皮，人活脸嘛。”

玄奘一直在全神贯注地听着弟子们的议论，并尽力去观察他们的心灵动向。听嘉尚说罢，便及时地插话道：“是呀，只要真心悔改了，表面如何就不必计较了。”

弟子们听后都不再言语。

玄奘继续道：“古贤说，君子不记人过，不议人非。何况出家释子！有人纵然曾为不轨，但悔过即觉悟。释尊之设慈航，旨在渡人，由此岸而彼岸，没有拒人乘船登筏之理。浪子回头金不换，这是大好事，求之不得，不应该铆住他的过去不放。宽人即宽己，度人即度己。杜绝怨愤，常怀慈悲，这才是释子的本怀，你们不可须臾忘忽才是。人呀，要筑路、指路、让路，而不要毁路、夺路、堵路。玄觉，槃陀，你们说，对不对？”

玄觉、槃陀没有回答，只是一味地傻笑。

商客们获得救济之后，急着重整旗鼓，第二天就已告辞东行，而玄奘则继续住下，从长年婆罗门听习经论。

长年本为婆罗门学者，故特善婆罗门经典《四吠陀》，精通有关养生缮性、享祭祈祷、礼仪占卜、兵法军阵、异能技数、禁咒医方等种种法术;皈依正法后,却投名师研习龙树菩萨所创大乘空宗假有真空、体虚如幻之理,《中论》、《百论》、《十二门论》无不娴熟。但当他得知玄奘偏重瑜伽唯识一门时,便专门为其讲解了圣天菩萨所造的《广百论》等著述。因为此《论》所说之理,正与唯识学破执着“心”与“心外诸法”皆为真实存在妄念的说教相表里。所以,玄奘听得也就特别留神、仔细,用时长达一个月。

当玄奘再次整装待发的时候,长年亲自登门送行,他递给玄奘一件包裹说:“这是护法菩萨所造的《广百论释论》,共十卷,前日所讲,意犹未尽,老朽特催侍者赶抄了一份,送与法师,以备细查。老朽休矣,后生有待!”

长年的一腔深情,溢于言表。

玄奘双手接过,一再稽首叩谢。

离开草庐没百步,长年又赶上来叮嘱说:“前面的至那仆底国有座突舍萨那寺,寺中住着一位大德,法讳调伏光,是本地的一个王子,削发皈依之后,专门研习瑜伽唯识之学,通晓《对法论》、《显宗论》、《理门论》,还造有《五蕴论释》、《唯识三十论释》,望法师莫忘了参访。”

听了长年婆罗门的这番指点,玄奘师徒就像服了一副灵丹妙药,提了神,醒了脑,觉得佛国终归是佛国,名实相副,高僧大德到处有,不是没得学,就怕学不完呢!